KB050823

# 조선인의
# 여행 체험과 글쓰기

한국문학과예술연구소 학술총서 67

# 조선인의 여행 체험과 글쓰기

정영문 지음

學古房

# 서문

현대인의 여행은 유람을 목적으로 일상에서 벗어나 낯선 지역을 돌아다니는 행동이다. 유람을 목적으로 하기에, 낯선 지역을 방문한다는 기대감으로 잠을 자지 못할 정도로 설레기도 한다. 현대인과 달리 조선인의 여행은 어떠했을까? 쇄국을 시행하던 조선에서는 타국과의 외교는 물론 무역도 제한하고 있었다. 이러하기에 조선인이 다른 나라를 여행하거나 외국인을 만나는 경우는 많지 않았고, 고향을 떠나 낯선 지역을 유람하는 일조차도 쉽지 않았다. 이러한 시기에도 낯선 지역을 여행한 사람들은 자신의 체험담을 기록으로 남겼고, 그 기록은 후대인에게 여행교과서가 되었다.

〈조선인의 여행 체험과 글쓰기〉는 8편의 발표논문을 '여행'이라는 하나의 주제로 묶고, 이를 3부분으로 정리한 것이다. 조선 시대의 여행에는 유람遊覽 이외에 사행使行, 표류漂流, 순력巡歷 등의 여정도 포함한다.

1부 「김창협의 〈동유기〉연구」(『온지논총』69), 「송환기의 〈동유일기〉연구」(『한국문학과 예술』37), 「김영근의 〈금강산절긔 동유록〉연구」(『어문연구』2)는 조선 지식인의 금강산 여행 체험과 인식을 살펴본 것이다. 근대이전에는 경제적 여유가 있었던 지식인들만 금강산과 관동지역을 유람할 수 있었고, 그들의 체험을 기록으로 남길 수 있었다. 김창협, 송환기, 김영근은 17, 18, 19세기의 조선 지식인으로 그들이 기록한 유산록에는 여행에 대한 그들의 생각과 글쓰기 특징이 나타난다.

2부 「김비의 일행의 유구표류기 연구」(김비의 일행의 표류체험과 유구제도에 대한 인식, 『한국문학과 예술』30), 「오윤겸의 동북아시아 사행과 일기연구」(오윤겸의 사행일기 연구, 『온지논총』47), 최현의 중국 사행과 『조천일록』 연구(최현이 기록한 『조천일록』의 기록문학적 특징과 글쓰기, 『어문론집』 83)는 조선인들의 해외여행 체험과 인식을 살펴본 것이다. 유구(현재의 오키나와) 지역으로 표류했던 김비의金非衣 일행의 체험담은 개인의 기록이 아니라 『조선왕조실록』에 기록되었다. 중국과 일본을 사행使行한 지식인은 자신의 체험을 기록하였다. 오윤겸은 명과 일본을 사행하고 일기를 기록했기 때문에 두 나라에서의 체험과 인식을 비교해 볼 수 있다. 최현은 1608년 명나라를 사행하고 돌아와 『조천일록』을 기록하였다. 그 일기에는 임진왜란 직후의 동북아시아 정세와 조선과 명나라의 현실이 구체적으로 표현되어 있다. 그 기록의 특징은 허봉과 김창협의 사행일기와 비교해 볼 때 더 명확해진다.

3부 「사행록에 기록된 기원의 양상과 의미연구」(『동방학』35), 「조선시대 대일 사행록에 기록된 바다체험과 일본」(『우리문학연구』63)은 명과 일본으로 파견되는 조선 사신의 바다체험과 무사 귀환을 염원하는 그들의 기원과 의례를 살펴본 것이다. 조선과 일본의 경계에 있는 바다는 물질이지만, 국제 정세의 변화에 심리적으로 영향을 받았다. 바다 여행을 앞두고 행하는 영가대와 이제묘는 사절단의 무사 귀환에 대한 염원만 아니라 중국과 일본에 대한 인식을 확인할 수 있는 장소였다.

이 책은 조선인의 다양한 여행기록을 연구한 결과물이다. 책이 나오기까지 관심을 보여주신 선생님들께 진심으로 감사드립니다. 특히, 저를 지도해주시는 조규익 교수님께 감사드립니다. 그분은 '사제동행師弟同行'을 강조하시며 35년의 세월이 흐르는 동안 내 옆에서 함께 해주셨다. 밤늦게까지 연구실을 밝히시던 모습을 보며, '저런 분이 학자로구나'라는 생각을 많이도 했는데, 2022년 8월에 정년을 맞이하신다고 하시니, 세월은 참으로 빠르기만 하다. 새롭게 시작하시는 선생님께서는 또 다른 꽃들을 왕성하게 피워 내시리라 굳게 믿으며, 이 자리를 빌려 그간의 가르침에 깊은 감사를 드립니다.

2022.8.

숭실대 문화관에서 정영문

# 목차

## 제1부 조선인의 금강산 유람과 글쓰기

## 제2부 조선인의 해외여행과 글쓰기

## 第3부 조선인의 사행 여정과 기원祈願

# 제 1 부

# 조선인의 금강산 유람과 글쓰기

# 김창협의 〈동유기〉 연구

## 1. 서론

김창협은 17세기 조선을 대표하는 성리학자이자 문장가이면서 유람객이다. 그는 생전에 금강산, 송경의 천마산, 용문산, 월출산, 월악산, 백운산 등의 명산과 이름난 암자를 유람하였고, 기거하기도 했다. 그가 살았던 조선은 정치적 부침이 심한 나라였고, 유람을 위한 교통과 숙박시설도 미비하였다. 이런 까닭에 그가 처음으로 금강산 유람을 계획할 때는 한 달 이상의 여정을 생각해야 했다. 오랜 시간이 소요되는 금강산 유람의 위험성 때문에 주위 사람들은 그를 만류하였다. 금강산을 유람할 때에도 "정양사와 천일대에만 오르면 온 산의 진면목이 한 눈에 다 들어오니, 그곳까지만 구경해도 충분하네. 무엇하러 수고롭게 바삐 다니겠는가?"[1]라고 조언하는 사람들이 있을 정도였다. 그들에게는 '산의 진면목' 즉, 본질을 인식하는 것이 중요하지, 산을 구성하는 나무, 돌, 물 등의 자연물을 살펴보는 일에는 중요한

1) 김창협, 『農巖集』 권 23, 「동유기」, 〈自京城 至淮陽記〉, 한국고전종합DB. "只登正陽寺天一臺 一山眞面 盡在目中 觀止於此足矣 何苦悤悤".

의미를 부여하지 않았기 때문이다. 그러하기에 승려들이 알려주는 명승지, 그들이 가리키는 물상만을 돌아보고 와서 금강산에 다녀왔노라 말하고, "아무 산이라는 명칭은 다만 승려의 손가락으로 가리키는 것"[2]에 불과하다고까지 말하였다.

산수 사이에서 노닐더라도 "위험한 것을 넘고 건너는 것을 높은 흥취로 여기지 않는"[3] 유람객이 많던 17세기에도 금강산 등 명산名山과 이국異國을 다녀와서 자신의 체험과 감상, 그곳에서 습득한 다양한 정보를 기록[4]하던 풍조가 있었다. 이러한 시대에 지식인들은 자신보다 앞서 금강산을 방문하고 돌아온 선학들의 이야기를 읽고, 들으며 그곳으로 유람하기를 염원하였다. 김창협도 평소 금강산의 명성을 듣고, 그곳에 유람하는 것이 소원이라고 말하였다.

금강산 이외에 조선의 지식인들이 관심을 보였던 유람지로는 지리산, 청량산, 가야산, 속리산 등이 있다. 이들 산은 16세기 이후 주목을

---

2) 김창협, 『農巖集』 권 23, 「동유기」, 〈自京城 至淮陽記〉, 한국고전종합DB. "某山者 只憑僧手指而已".

3) 이경석, 「풍악록」, 『금강산유람록』 3, 경상대학교 경남문화연구원, 2017, 40쪽.

4) 17세기에는 「유금강산기」(이정귀), 「금강록」(정엽), 「영동산수기」(최유해), 「유금강록」(신즙), 「유산록」(이명준), 「풍악록」(이현영), 「유금강내외산제기」 · 「유금강소기」(신익성), 「유풍악기」(이명한), 「풍악록」(이경석), 「유금강기」(안응창), 「관동추순록」(유창), 「유풍악기」 · 「풍악만록」 · 「유삼일포기」 · 「총석정기」(홍여하), 「금강도로기」(이하진), 「금강산록」(김득신), 「풍악록」(윤휴), 「동유기」(김창협), 「관동록」(이천상) · 「풍악일기」(김수증), 「관동기행」(임홍량), 「유금강산록」(이동표), 「유금강산소기」(조정만), 「동유록」(이세구), 「관동록」(이시선) 등의 유기가 기록되었고, 임진왜란 때 포로로 잡혀간 강항의 『간양록』, 노인의 『금계일기』, 정희득의 『월봉해상록』 등의 실기문학이 기록되었다.

받았는데, 지리산은 김종직과 조식의 문인들이 자주 찾았고, 청량산은 주세붕과 이황의 문인들이 자주 방문하였다. 가야산은 영남의 문인, 속리산은 송시열과 권상하의 문인들이 찾았다.[5] 이들 명산을 유람하는 유람객들은 선대 유학자의 수양 방법과 강학講學의 이치를 습득하여 자신의 세계관을 확장하고자 했다. 이처럼 성리학을 강조하는 태도는 17세기 이후 점차 감소하였고, '산수' 자체를 중시하는 방향으로 변모해 갔다. 이러한 변화와 맞물려 김창협의 「동유기」가 출현했다.

조선 시대 지식인들은 한시로 자신의 체험을 기록했기 때문에 유산시는 그 수를 헤아리기 어려울 정도로 많다. 최근에는 금강산을 배경으로 기록된 유기들을 정리한 책도 간행[6]되었다. 자료가 풍부해진 만큼 금강산 유람을 대상으로 한 연구도 적지 않게 이루어졌는데, 그 주제는 개별작가들의 문학성 연구[7], 시대별 특징을 밝힌 연구[8],

---

5) 김용남, 「이상수의 속리산유기에 드러나는 의론의 강화와 그 특징」, 『고전문학과 교육』 17, 한국고전문학교육학회, 2009, 37~38쪽. 김종직과 조식의 문인들은 지리산, 주세붕과 이황의 문인들은 청량산, 송시열과 권상하의 문인들은 속리산을 유람하고 기록을 남겼다.

6) 금강산 유기만 모은 책으로 이경수·강혜선·김남기 편역, 『17세기의 금강산 기행문』, 강원대 출판부, 2000; 이곡 외 지음, 정우영 엮음, 『선인들과 함께하는 금강산 기행』, 인화, 1998; 경상대학교 경남문화연구원, 『금강산 유람록』 1~10, 민속원, 2019 등이 있다.

7) 신두환, 「식산 이만부의 「금강산기」에 나타난 문예미학」, 『한문고전연구』 17, 한국한문고전학회, 2008; 윤지훈, 「도곡 이의현의 「유금강산기」에 관한 일고」, 『한문고전연구』 25, 한국한문고전학회, 2012; 정지아, 「홍인우의 〈관동록〉에 대한 고찰」, 『열상고전연구』 45, 열상고전연구회, 2015; 이승복, 「국문본 〈동유기〉의 작자와 서술의 특성」, 『고전문학과 교육』 42, 한국고전문학교육학회, 2019 등이 있다.

8) 이종묵, 「조선 전기 문인의 금강산 유람과 그 문학」, 『한국한시연구』 6, 한국한시학회, 1998; 정우봉, 「조선후기 유기의 글쓰기 및 향유방식의 변

금강산의 의미를 밝힌 연구[9]가 주를 이룬다.

이들 기록 중에서 17세기 금강산 유람록을 대표할만한 것으로 김창협의 「동유기」가 있다. 김창협은 17세기 후반, 조선의 철학사와 비평사에서 중요한 위치를 차지하고 있는 인물이라는 점을 부인하는 사람은 거의 없다. 이에 작가론, 비평론, 문학사상론, 산문론, 시론 등 다양한 분야에서 연구가 진행되고 있다.[10] 그러나, 17세기를 대표할만한 유산기로 평가받는 김창협의 「동유기」에 대한 본격적인 연구[11]는 많지 않았다. 안득용은 김창협과 김창흡 형제의 산수유기가 '정신미'에서 '자연미'로의 변화를 보여준다고 보았고, 강혜규는 홍백창의 「동유기실」을 연구하면서 김창협의 「동유기」 변화를 살펴보았다. 「동유기실」이 김창협의 「동유기」에서 나타나는 오류를 수정하고 있다는 점 등을 제시하며 「동유기실」의 의미를 부각한 것이다.

본 논문에서는 한국고전번역원의 한국고전종합DB(db.itkc.or.kr)와 『금강산유람록』4[12]에 수록된 『농암집』과 「동유기」를 텍스트로 하여

---

화」, 『한국한문학연구』 49, 한국한문학회, 2012.

9) 박은정, 「근대 이전 한문 기록을 통해 본 금강산 표상」, 『동아시아문화연구』54, 한양대학교 동아시아문화연구소, 2013; 장정수, 「기행가사와 산수유기 비교고찰- 어당 이상수의 「금강별곡」과 「동행산수기」를 대상으로」, 『어문논집』 81, 민족어문학회, 2017.

10) 채환종, 『농암 김창협 문학연구』, 충남대 박사논문, 1994; 양승이, 『금강산 관련 문학작품에 나타난 유가적 사유연구』, 고려대박사논문, 2012 등 많은 논문이 발표되었다.

11) 안득용, 「農淵 山水遊記 研究」, 『동양한문학연구』 22, 동양한문학회, 2006.; 강혜규, 「18세기 산수유기의 전변(轉變) 양상- 『동유기(東遊記)』와 『동유기실(東遊記實)』의 비교」, 『한국한문학연구』 65, 한국한문학회, 2017.

12) 경상대학교 경남문화연구원, 『금강산유람록』4, 민속원, 2017.

김창협의 관동지역 유람을 기록한 「동유기」의 서술적 특징과 유람지(금강산과 동해안)에서 느낀 김창협의 감정과 그러한 감정에서 드러나는 인식을 살펴보고자 한다.

## 2. 〈동유기〉의 서술적 특징과 의미

김창협[13]은 21살 되던 1671년 8월 11일 출발하여 9월 11일 귀가할 때까지 금강산과 동해를 유람하였다. 평소 금강산 유람을 소망했기에 약관弱冠의 나이에 금강산을 여행할 수 있었다. 여기에는 동생 김창흡[金昌翕, 1653~1722]이 혼자 금강산을 유람하고 돌아온 일이 계기가 되었다. 젊은 나이에 금강산을 유람하였기 때문에 걷거나 가마를 타고 금강산 내의 여러 지역을 두루 돌아볼 수 있었다. 그는 유람을 시작하면서 『당시선』 몇 권과 『와유록』 1권을 지참[14]하였다. 당시 유람지에

13) 김창협[金昌協, 1651~1708]의 호는 농암(農巖)이다. 1651년 1월 과천 명월리에서 문곡(文谷) 김수항의 둘째 아들로 태어났다. 아버지인 김수항은 현종 시대의 예송논쟁과 숙종 시대의 환국기를 거치며 노론의 실세로 등장하였다. 그의 아들 김창집, 김창협, 김창흡, 김창업, 김창즙, 김창립 등 6형제는 17세기 조선의 문화발전에 많은 영향력을 끼쳤다. 그중에서 김창협은 24세에 용문산에 거처하던 송시열의 문하에 출입하면서 학문에 정진하였다. 이러한 인연으로 김수항 집안과 송시열 집안에서는 긴밀한 유대관계를 형성하였다. 김창협은 32세(1682)에 증광별시문과에 장원급제하면서 벼슬에 나갔으나, 기사환국으로 김수항과 김수흥이 사망하는 일이 발생했다. 김수항은 유언을 통해 자기 아들에게 정치진출을 만류하였다. 그의 유훈으로 김창협은 42세(1692)에 농암(農巖)서실을 짓고 살면서 벼슬에 나가지 않다가 1708년(58세) 4월 11일 양주 석실(石室) 인근의 삼주(三洲)에서 세상을 떠났다.

14) 김창협, 〈동유기〉, 경상대학교 경남문화연구원, 『금강산유람록』4, 민속원,

대한 정보를 제공하고 안내서 역할을 한 것은 선학先學들의 유산록이었다. 따라서 김창협도 『와유록』을 읽고, 유람하고 숙박할 장소를 선택했을 것이다.

김창협은 김성률金聲律·이유굴李有屈 등과 함께 한양을 출발한 이후 귀가할 때까지의 여정을 일기에 기록하였다. 이처럼 산천을 유람하고, 그곳에서의 견문과 감상을 기록하는 대표적인 형식은 '유기'이다. 유기는 경물景物을 묘사하고 유람하는 자신의 행위를 서술할 때 보편적으로 사용하는 한문문체이다. 서술자가 직접 개인적인 일을 서술하는 글이며, 여타의 산문에 비해 내·외적 제약이 적다. 유람의 동기와 주된 여정을 기록하되, 경물에 대한 평가 등도 덧붙일 수 있기 때문에 묘사와 의론議論을 아우르는 글[15]이기도 하다. 물론, 시대적 분위기와 기록자의 성향에 따라 경물과 의론의 비중을 달리하기 때문에 16세기 유기처럼 의론이 상당한 비중을 차지하는 유기[16]가 있고, 김창협의 「동유기」처럼 의론이 거의 나타나지 않는 유기도 있다. 김창협은 산을 이념의 구현통로가 아니라 자연물 그 자체로 보았기 때문에 의론이 거의 나타나지 않았다. 경물에 대해서도 묘사를 사용하고 있으나, 간

---

2017, 12쪽.

15) 심경호, 『한문산문의 내면풍경』, 소명출판, 2001, 15쪽.

16) 이종묵, 「유산의 풍속과 유기류의 전통」, 『고전문학연구』 12, 고전문학연구, 1997, 398쪽. 16세기에는 사대부들이 주세붕과 이황 등 성리학자의 은거지에 대한 탐방을 중심으로 유기를 기록하였는데, 이때 자연의 아름다움은 물론 자신들이 탐방하는 산을 매개로 성리학적 이념을 표현하는 것에도 관심을 두었다.(안득용, 「16세기 후반 영남문인의 산수유기 -지산 조호익 산수유기에 나타난 자연인식과 형상화를 중심으로」, 『어문논집』 55, 민족어문학회, 2007, 83~110쪽.) 이러한 유기에서는 '의론'이 '묘사'보다 비중이 높았다.

략하고 평이하게 서술하고 있다. 김창흡은 김창협의 '간략하고 평이함'에 대해 다음과 같이 말하고 있다.

> 선생의 학문이 외연外延을 확장했다가 유자의 학문으로 수렴되면서 대략 세 번의 변화를 겪었던 것도 숨길 수 없는 사실이다. 그러나 선생의 고유한 특성은 오직 간결 평이함뿐이었다. 선생은 그 진리를 체득한 마음에서 발로하여 말과 행동으로 표출된 일들이 어느 것 하나 툭 트이고 공정하지 않은 것이 없었다. 그러므로 글을 지을 때에는 옛사람의 글을 답습하거나 표절하지 않은 결과 모든 글이 독창적이었고, 경전을 해석할 때에는 천착하거나 견강부회하지 않은 결과 논리가 순하였다. 한 단계 더 나아가 참된 본성을 보존하고 사물의 이치를 두루 깨치는 심오한 경지에 나아간 것도 요컨대 오직 간결 평이함으로 인해 이루어진 것이었다. 이 문집을 보는 사람이 초년과 만년의 작품을 구별하여 순수한 도道와 잡박한 문文으로 분간하려 아무리 애를 쓴다 하더라도, 모든 글이 한결같은 것을 어찌하겠는가.[17]

김창흡은 『농암집』 서문에서 '김창협을 김창협답게 하는 것'이 '간이簡易'라고 하였다. 김창협, 김창흡 두 형제는 혈연, 학문, 사상적 유대관계가 깊어서 당시 사람들도 그들을 '농연農淵'이라고 부를 정도였으니, 김창협을 가장 잘 이해하고 있던 인물은 아마도 김창흡일 것이다. 김창흡은 김창협의 학문적 성향이 세 차례 변화를 겪었지만, 그 변화를 관통하는 것이 있다고 하였다. 이 특성은 경전을 해석하고, 본성을 보존하며 사물의 이치를 깨우칠 때는 물론 글을 지을 때도 나타난다는

17) 김창흡, 「農巖集序」, 한국고전종합DB. "先生之終始博約 大略有三變 亦非可諱者也. 然先生之所以爲先生簡易而已矣. 自其一心印出而散於云爲者無適而不隣於明通公溥 故其於纘言 不能爲蹈襲尋撦 則純乎己出而已 其於釋經. 不能爲穿鑿牽强則怡然理順而已 過此而存誠致知 造乎深密 要亦爲一味簡易而已 覽斯集者 雖欲初晩之別 而粹駁是揀 其如泯然一色焉何哉".

것이다.

「동유기」는 김창협이 21살 때인 1671년에 기록한 것이므로 그의 초기 글쓰기 특징을 보여준다. 본질적 특징은 평생 변모하지 않았다고 하였으니, 「동유기」를 서술할 때도 이 특성이 나타났을 것이다. 「동유기」에서 발견되는 문장서술의 특징은 옛사람의 글을 답습하거나 표절하지 않았다는 점, 의론이 거의 발견되지 않았다는 점, 경물에 대해서 간략하고 평이하게 서술하고 있다는 점 등이다. 이러한 특징은 '간이簡易'에서 나왔을 것으로 짐작된다.

승지를 묘사하고, 승지에서 오는 감흥을 사실적으로 표현하는 것은 유람을 다니는 지식인들의 일반적인 인식이다. 김창협도 금강산을 유람하면서 사물의 특성을 포착하고, 그것을 「동유기」에 기록하였다. 그는 문장을 쓸 때, 주의할 점을 다음과 같이 지적하였다.

> 대개 옛사람이 글을 지을 때는 단지 자신의 뜻에 근거하여 일에 따라 솔직하게 써서 말뜻이 나름대로 충분하였다. 그러므로 후대 사람이 그것을 읽을 때도 또한 진실하여 맛이 있는 것이다. 요즘 사람들은 옛글을 인용하여 가차하고 꾸미며 과장하는데 힘쓰다 보니 결국에는 하나의 투식어가 되고 말았다. 그래서 독자들도 예의를 갖춘 말이라 여기고 사실적인 기록이라고 생각하지 않는다.[18)]

김창협은 당시 사람들이 '인용'과 '과장'으로 인한 '상투적인 표현'에 얽매어있다고 지적하고 '뜻에 근거함'과 '솔직(진실)함'을 바탕으로 글을 써야 한다고 말하고 있다. 자신의 뜻과 생각을 사실적으로 기록해야 읽는 사람이 사실로 믿으며, 감동할 수 있다는 태도는 현대

---

18) 김창협, 『農巖集』 권18, 「答權燮 丙子」. "蓋古人爲文 只據己意 隨事直書 而語意自足 故後人讀之 亦覺眞實有味 今人動喜引用古文 假借粧點 務爲張大 而畢竟只成一副套語 故讀者亦認作備禮說話 而不以爲實錄".

인의 글에서도 중요하게 생각하는 덕목이다. 이러한 김창협의 글쓰기 태도를 「동유기」에서도 발견할 수 있으니, '옛글을 인용하여 가차하고 꾸며 과장'하기보다 '솔직'하고 '사실'을 잘 드러낸 글이 그것이다. 이런 솔직함과 사실적인 표현이 후대의 지식인들에게 높이 평가받는 이유일 것이다.

김창협은 객관적인 정보를 제공하는 글이 아니라, 자신의 판단을 근거로 솔직하게 기록하려는 태도를 중시하였다. 이러한 기록 태도는 구양수의 비문을 높이 평가하며, "법도에 있어 간략하면서도 빠짐이 없고 상세하면서도 번다하지 않아서 느낌이 한가하면서도 사정이 곡진히 담기고 기풍이 생동하는 부분은 또 왕왕 그림을 그린 것 같다"[19]고 말한 점과도 서로 통한다.

그 외에 김창협이 기록한 「동유기」의 서술적 특징을 구체적으로 살펴보면 다음과 같다. 첫째, 「동유기」는 기문, 잡저, 시 등의 다양한 문체를 배제하고, 일기체 형식만으로 기록하였다. 김창협이 금강산을 유람하던 1671년 무렵에도 유산기라는 양식이 있었으므로 당시 지식인들의 유산에 대한 기록 형태를 살펴볼 수 있다. 이 시기의 기록 중에서 짧은 기를 제외한 대부분의 유산기에 한시가 수록되어 있다. 한시는 사대부들이 상호소통하는 중요한 수단으로 김창협도 『농암집』에 567제題의 한시[20]를 남긴 바 있다. 그렇지만 「동유기」에는 1편의 한시도 수록하지 않았다.

---

19) 김창협, 『농암집』34, 잡지, 한국고전종합DB. "有法 簡而能該 詳而不繁 意度閒暇而情事曲盡 風神生色處 又往往如畫".

20) 『농암집』 권1에 69題, 권2에 102題, 권3에 119題, 권4에 119題, 권5에 85題, 권6에 73題 수록.

둘째, 「동유기」는 12편의 짧은 기記를 결합하여 구성한 것이다. 김창협은 여러 지역을 유람하였고, 돌아온 뒤에는 유기를 남겼다.21) 『농암집』에 수록되어 전하는 〈游松京記〉, 〈西游記〉, 〈登月出山九井峰記〉, 〈華陽諸勝記〉, 〈游白雲山記〉, 〈東征記〉 등이 그것인데, 이들 유기는 유람을 하면서 기억에 남을만한 내용을 짧게 기록한 것이다. 「동유기」는 이들 기록 중에서 상대적으로 분량이 긴 작품이다. 12편의 기記로 구분할 수 있는 「동유기」는 김창협이 관동지역을 유람하는 노정 상의 중요지역을 기점으로 구분22)한 것이다. 표로 제시하면 다음과 같다.

**〈「동유기」에 기록된 유람 노정과 일자**

| 금강산까지의 노정 | | | 금강산 유람 | | | |
|---|---|---|---|---|---|---|
| 경성에서 회양 | | 회양에서 장안사 | 장안사에서 표훈사 | 표훈사에서 정양사 | 정양사에서 표훈사 | 만폭동에서 마하연 |
| 여행동기 | 기축일 –병신일 | 정유일 –무술일 | 기해일 | 경자일 | 신축일 | 임인일 |

21) 1672년에 유람한 윤휴도 금강산을 유람할 때 날씨와 유람한 장소를 중심으로 날마다 간단하게 기록하였다가 임자년 9월 어느날 침석정 집에서 글을 쓴다고 하였다.(遊行之際 有日錄小記 記陰晴遊陟之所 以代古人遊行錄 (중략) 壬子九月日 書于枯石亭之軒)

22) 노정을 정리하면 다음과 같다. 흥인문, 누원(현 양주), 축석령, 포천, 양문역(현 영평), 풍전역(현 철원), 김화 생창역, 금성, 창도역(현 금성), 신안역, 회양읍, 취병대, 회양읍, 추촌, 묵희령, 철이령, 장안동, 장안사, 극락암, 지장암, 백천동, 현불암, 삼일암, 안양암, 울연(명운담), 백화암, 표훈사, 천일대, 헐성루, 천일대, 표훈사, 개심대, 보현점, 묘덕암, 천덕암, 원통암, 영랑점, 진불암, 향로암, 표훈사, 만폭동(보덕굴, 진주담, 벽하담, 화룡연), 마하연, 만회암, 불지암, 안문점, 은신대, 대적암, 유점, 산영루, 선담, 자월암, 구연암, 진견성암, 운수암, 선담, 유점, 구연동, 선담, 영은암, 만경대, 유점, 구령, 이대, 백천교, 수고촌, 해산정, 삼일포, 사선정, 양진역, 옹천, 등로역, 조진역, 문암, 통천, 총석, 사선봉, 추지령, 경성.

| 금강산 유람 | | | 동해 유람 | | | 귀로 |
|---|---|---|---|---|---|---|
| 마하연에서 유점 | 구연동에서 진견성암 | 만경대에서 유점 | 유점에서 고성 | 고성에서 통천 | 총석에서 경성 | |
| 계묘일 | 갑진일–을사일 | 병오일 | 정미일 | 무신일 –기유일 | 경술일 | 신해일 –기미일 |

이처럼 여러 편의 기記를 모아서 한 편으로 완성하는 예는 연행록에서도 발견[23]된다. 이 경우에도 노정에서 중요한 기점을 선정하고 일정을 구분·정리한 것이다. 이렇게 볼 때, 「동유기」의 기점 선정에는 기록자인 김창협의 의도와 목적이 반영되었을 것이다. 그 의도를 밝히지는 않았지만, 김창협이 장안사·표훈사·정양사·만폭동·마하연 등의 사찰과 계곡이 있는 내금강, 유점사가 있는 외금강, 해금강의 삼일포와 총석정 등에서 주로 시간을 보냈다는 점을 생각해 볼 때, 유람내용을 기억하고 정리하기 편안한 장소를 기점으로 정하지 않았을까 한다. 그 당시 유람, 사행, 표류 등의 여행기록도 간단하게 기록하는 짧은 메모를 기반으로 작성되었기 때문에 이런 짐작이 가능하다.

조선시대 유람객이 금강산에 가는 경로는 목적이나 출발 지역에 따라 대부분 결정되는데, "내산을 따라 외산으로, 산에서부터 바다로 유람"[24]하는 노정이 가장 일반적이다. 이 노정은 서울에서 출발한 유람객들이 대부분 선택하는 길[25]이다. 이 길을 따라 금강산까지 유람한 것은 도로에 역과 원 등 편의시설이 잘 갖추어져 있어서 말을 타고

23) 1790년 기록된 서호수의 『연행기』는 〈起鎭江城至熱河〉, 〈起熱河至圓明園〉, 〈起圓明園至燕京〉, 〈起燕京至鎭江城〉로 나뉘는데, 노정에서 작가가 중요하게 생각하는 거점을 기준으로 일기를 기록한 것이다.

24) 송환기, 〈동유일기〉, 한국고전번역DB.

25) 정치영, 「금강산유산기를 통해 본 조선시대 사대부들의 여행관행」, 『문화역사지리』 15집 3호, 한국문화역사지리학회, 2003, 23쪽.

유람하는 사대부들도 숙식에 큰 불편함이 없었기 때문[26]이다. 김창협도 한양에서 출발하였기 때문에 이 노정을 따라 유람하였다. 처음 여행을 계획할 때는 금강산을 목적지로 정했으나, 마하연摩訶衍에서 만난 간성군수 권세경權世經이 동해까지 여행해보라고 권하였고 이를 받아들이면서 동해로 여정이 확대된 것이다.

## 3. 관동유람과 유람지에 대한 인식

사대부들은 산을 유람하면서 자연과 교감하고, 그 공간에 감추어져 있는 선대 유람객들의 흔적을 찾아보았다. 여타의 산보다 많은 유람객이 다녀간 금강산에는 그들이 남긴 유적과 이야기가 많이 전한다. 이러한 흔적을 찾아서 그들의 정신을 이해하고 공감함으로써 성정性情을 도야하고 흉금을 터놓을 수 있다. 이때의 흥취興趣와 아취雅趣는 그 장소를 방문해야 가능한 것이다. 김창협은 당시의 현장을 생각하며, "금강산 유람에서 돌아온 뒤로 8, 9년 동안 꿈속에서 비로봉毗盧峰과 만폭동萬瀑洞 사이를 밟은 것은 이루 다 기억할 수도 없었다."[27]고 하였다.

### 1) 산수의 탐색과 흥취

조선 사대부들의 유산遊山은 그들의 출처出處와 관련을 맺고 있다. 조선을 대표하는 사대부 김종직, 이황, 주세붕, 조식, 송시열 등은 벼슬

---

26) 정치영, 위의 논문, 26쪽.

27) 『농암집』 권34, 「잡지(雜識)」, 「외편(外篇)」, 한국고전번역DB. "自游金剛還 八九年間 夢踏毗盧萬瀑之間者不可記".

에 나갔다가도 뜻을 펼칠 수 없으면 물러나 자연에 은거하였다. 이들이 은거한 지역은 산이었고, 그 장소를 중심으로 그들을 존경하는 사대부들이 모여 강학하고 심신을 수양하였다. 이러한 까닭에 16세기 사대부의 은거지였던 지리산, 청량산, 가야산, 속리산 등은 '강학지산講學之山'으로 기능하였다.

한편, 금강산은 인가와 떨어져 있어서 삼국시대부터 불토佛土로 여겨졌다. 김창협도 숙고촌稤庫村에 이르러서야 마을과 밭두둑을 보았다[28]고 할 정도로 세속와는 떨어져 있었다. 그만큼 금강산은 사대부들이 은거지로 정하기 쉽지 않은 공간이었다.

> 세상에서 만이천봉萬二千峯이라고 말하는 것이 손바닥 안에 있는 것처럼 하나하나 모습을 드러내었다. 참으로 그 독특한 모습과 빼어난 자태는 다 기술할 수 없었다. 전체적으로 하얗고 깨끗한 것은 옥과 같으며, 기이하고 정교한 것은 장식과 같아 세속적인 기운이 전혀 없고 둔탁한 느낌도 전혀 없었다. 옛날 명明나라 사람 오정간吳廷簡이 황산黃山을 보고 '반평생 본 것은 모두 흙무더기와 돌덩이에 불과하다.'라고 했는데, 지금 이 산을 보니 진실로 그러했다. 다만 단풍이 아직 일러 이른바 '붉은 비단 병풍'이 임규 어르신任丈의 말과 같지 않았다.[29]

김창협은 금강산이 눈앞에 나타나자 '세상에서 일만 이천 봉이라고 하는 것'이 모습을 드러내었다고 하였다. 그가 찾은 금강산은 담무갈

28) 『농암집』 권23, 「동유기」, 〈自楡岾 至高城記〉. "稤庫村 始見村墟田疇之屬".

29) 『농암집』 권23, 「동유기」, 〈自表訓 至正陽記〉. "世所稱萬二千峰者 一一呈露如掌中 果其殊狀異姿 不可備述 大都皆皎潔如玉 奇巧如鏤 絶無塵土氣 亦絶無癡頑意 昔明人吳廷簡見黃山 以爲半生所見 皆土堆石塊耳 今見是山良然 惜楓葉尙早 所謂紅錦步障者 不能一如任丈言耳".

보살의 권속 1만 2천이 봉우리마다 살고 있다는 전설의 세계가 아니라, 실재하는 현실의 산이다. 김창협은 모습을 드러낸 금강산의 독특한 모습과 빼어난 자태를 다 기록할 수는 없다고 하였다. 산봉우리마다 제각기 다른 모습을 지녔기 때문이 아니라 말로 형언할 수 없는 광경을 지니고 있기 때문이다. 이에 자연이 주는 감흥을 표현하는 방법에 관심을 두었다. 그는 여느 사대부처럼 고문헌의 자료를 근거로 사실성 여부를 판단한 것이 아니라, 견문을 통해 얻은 정보와 문헌자료를 비교하며 자신의 생각을 밝힌 것이다.

김창협은 금강산의 자태를 '옥'의 색과 '조각'의 정교함으로 인식하고, 이러한 인식을 명나라 오정간吳廷簡의 기록과 비교하며 확인하였다. 오정간은 황산을 유람하고 「황산전유기」, 「황산후유기」, 「황산기략」, 「황유속기」 등을 기록한 인물이다. 그가 인용한 '반평생 본 것은 모두 흙무더기와 돌덩이'를 김창협은 금강산의 자태에 대한 감탄을 수사적으로 표현하기 위해서이다. 이처럼 감각적으로 표현하는 방법은 총석정에 이르러서도 나타난다. 그는 동해를 여행하면서 '반평생 보아 온 것은 모두 작은 개울이나 말 발자국에 고인 물'이라고 자신의 경험 세계가 확대되었음을 고백하고 있다. 명산과 이름난 암자를 자주 방문했던 김창협은 금강산과 동해를 유람하면서 이전보다 경험 세계가 확대되었음을 고백하였고, 12년이 지난 후에 다시 방문[30]해서는 〈過通溝山路漸幽〉, 〈宿斷髮嶺下〉, 〈朝登嶺上 望楓嶽〉, 〈百川洞〉, 〈萬

30) 『농암집』 권2, 詩, 〈朝登嶺上 望楓嶽〉. 한국고전번역DB. "관동을 산수 유람하고 온 뒤로 /영산의 감동 잊지 못해 /열두 해가 지났어도 생생한데 / 오늘 다시 보게 되었네(自我東游還 靈山在肺腑 宛宛一紀餘 不謂今再覩)".

瀑洞口〉, 〈碧霞潭〉, 〈摩訶衍〉, 〈歸到萬瀑洞口遇雨〉, 〈萬瀑洞〉, 〈宿靑蓮菴〉, 〈用左太沖振衣千仞岡 濯足萬里流爲韻 述游事始末〉 등의 한시를 남기기도 했다.

임규가 말한 '붉은 비단 병풍(紅錦步障)'을 경험하지 못하는 상황에 대해 안타까운 심정을 표현했다. '붉은 비단 병풍'은 가을 단풍이 물드는 산의 풍경을 문학적으로 표현한 것이다.

김창협은 농암서실(農巖書室)을 짓고 은거하면서도 기회가 있을 때마다 전국의 명산을 유람하고, 진경眞景이 주는 감흥을 즐겼다.

> 처음 내가 이 산을 유람할 때는 한창 젊을 때라, 거친 마음으로 다만 아름답고 진기하며 웅장하고 화려한 곳만 좋아하여 오직 이곳저곳을 바쁘게 오르내리며 마음껏 널리 구경하는 것을 통쾌하다고 여겼다.31)

처음 금강산을 유람할 때는 젊었기에 '진기함, 웅장함, 화려함(瑰奇宏麗)'을 지닌 금강산을 바삐 오르내리는 것에 정신이 팔렸다고 하였다. 이러한 유람으로 인해 그는 '위험'을 잊었다고 하였다. 이때의 기억은 "너무 위험하고 부모님의 경계도 있으니 가서는 안 되네."라는 임규의 조언과 대비되어 나타난다. 김창협은 조언을 들었으나 금강산에 들어가서는 위험을 생각하지 않고, 내외 금강을 바삐 돌아다니며 많은 것을 보고 기록하였다. 그 기록은 단순한 정보가 아니라 유람지에서 느끼는 감흥까지 포함한다. 한국인들이 금강산 유람을 소망하는 이유는 무엇이었을까? 이러한 물음에 저마다 대답이 다를 수는 있으나, 금강산이 주는 감흥을 부정하지는 못할 것이다. 김창협도 금강산

---

31) 『농암집』 권25, 題跋, 「柳集仲溟嶽錄跋」, 한국고전번역DB. "始余之游是山 方少年粗心 徒悅其瑰奇宏麗之爲勝 而唯務凌獵登頓 縱覽博觀以爲快".

을 보자마자 '마음이 들떴다(思飛越)'32). 그가 금강산에 관심을 둔 것은 "형언할 수 없을 정도로 기이한 경치(奇異光景)"33)였기에 금강산에서 느끼는 감흥을 다양하게 표현하였다.

> ① 흰 구름이 많은 골짜기에서 나와 한 줄기로 합치니 그 모습이 마치 가벼운 비단이 오락가락하며 펼쳐졌다가 말렸다가 하는 것처럼 잠시도 가만히 있지 않았다. 봉우리들이 모두 그것에 덮였다가 혹은 반쪽 모습만 내보이기도 하고, 혹은 머리카락 하나 정도만 보이기도 하였다. 아름다운 모습이 갑자기 생겨나니 눈은 아찔하고 마음은 취하여 전체를 한꺼번에 보는 것보다 더 나았다.34)
>
> ② 길 전체가 모두 기암괴석과 참대이고, 등나무와 칡넝쿨이 얽혀 있어 거의 사람이 통행할 수 없었다. 가마에서 내려 지팡이를 짚고 구부정하게 몸을 굽히고 들어갔다. 비가 온 뒤라 이끼가 젖고 돌이 미끄러워 더 가기가 힘들었다. 넘어졌다 일어났다 하면서 애를 쓰며 나가니 기이한 봉우리가 번갈아 사람 앞에 나타났다. 땅에서 솟아나 칼처럼 서 있으니 험준하기가 두려울 정도였다.35)
>
> ③ 달은 이미 동쪽에서 올라와 있었다. 서둘러 앞 기둥으로 나가 술잔을 가져와 자작하였다. 승려들을 둘러보니 모두 깊이 잠들어 있었고, 오직 봉우리들이 난간 밖에 의젓하게 서서 읍하고 수작酬酌하려는 것 같으니 이곳의 이런 밤은 평생 거의 느껴보지 못한 것이다.36)

---

32) 『농암집』 권23, 「동유기」, 〈自淮陽 至長安寺記〉, 한국고전번역DB.

33) 『농암집』 권34, 「잡지(雜識)」, 「외편(外篇)」, 한국고전번역DB.

34) 『농암집』 권23, 「동유기」, 〈自表訓 至正陽記〉. "白雲出萬壑 合爲一道 狀如輕綃 往來舒卷 倏忽不定 諸峰皆爲其罨 冪或露半面 或見一髮 姿媚橫生 目眩心醉 其視驟覩全體 更勝之矣".

35) 『농암집』 권23, 「동유기」, 〈自長安 至表訓記〉. "一路皆怪石苦竹 藤葛交縈 幾不通人行 下輿策杖 宛轉傾仄以入 會値雨後 苔濕石滑 益不可行 且跌且起 努力以進 奇峰迭出 直當人面 拔地劍立 崒兀可畏".

36) 『농암집』 권23, 「동유기」, 〈自表訓 至正陽記〉. "月已從東上矣 亟出前楹 引觴自酌 顧視諸僧 皆熟睡 唯見羣峰 儼立欄楯外 如將拱揖酬酢者 此境此

김창협은 금강산을 여행하면서 포착한 아침, 낮, 밤의 풍경을 기록하였다. 자연이 만들어내는 장관, 자연을 탐사하면서 생겨나는 고난과 흥취의 순간을 포착하고 표현한 것이다. ①은 이른 아침, 구름의 변화에 따라 끊임없이 변화하는 산봉우리의 모습을 보면서 감탄하는 장면이다. 자연의 변화는 눈을 아찔하게 하고 마음을 취하게 한다. 이런 변화 속에서 생겨나는 흥취를 과장 없이 기록한 것이다. ②는 금강산을 탐사하면서 생겨나는 감정을 그대로 드러내었다. '두려움畏'을 느끼면서도 '위험危'을 잊은 때가 있다고 하였다. 자연 앞에서 경외심畏은 잊지 않으면서도 "시내 양옆에는 모두 깎아지른 듯한 절벽으로 되어 있으므로 때때로 길을 찾을 수가 없어서 나뭇가지를 잡고 바위틈에 발을 디디며 가야 건널"[37] 수 있는 '위태로움'을 이겨내고 있다. 이것은 금강산을 유람하면서 어느 정도 위태로움危을 감수하겠다는 의지의 표현이다. ③은 정양사에서 경험한 밤의 정경을 기록하고 있다. 달빛 아래 홀로 수작酬酌하는 모습은 유람객들이 유람지에서 느끼는 객수客愁이다. 젊은 유람객으로서 이러한 흥취는 그동안 느껴보지 못했던 것이다.

이처럼 김창협은 금강산과 동해를 유람하면서 자연에서 느끼는 감탄, 위태로움 등의 감정을 기록하였다. 이러한 감정은 편하고 좋은 감정이 아닐지라도 자연에서 느끼는 흥취라 할 수 있다. 후일, 김창협은 「동유기」를 기록하던 젊은 시절의 행동을 비판하면서 유산遊山의 올바른 방법에 대해 다음과 같이 적었다.

---

夜 殆平生所未有也".

37) 『농암집』 권23, 「동유기」, 〈自長安 至表訓記〉, 한국고전번역DB. "溪流兩傍 皆斂崖斷岸 往往無所取道 至攀援樹枝 寄足巖罅 乃得度".

조용히 주위 경관을 둘러보고 여유롭게 음미하며 오묘한 도道에서 관찰하고 정신으로 이해함으로써 성령性靈을 도야하고 흉금을 넓히는 기회로 삼는 일은 거의 없었다. 이것을 어찌 산수를 제대로 구경했다고 할 수 있겠는가.38)

김창협은 금강산 유람을 "성현 군자를 뵙는 것"에 비유39)하며 '잘 관찰하는 것'이 어렵다고 하였다. 그는 유산하는 이유가 놀고 즐기기 위한 것이 아니라 자연을 '관찰'하고 '이해'하는 것에 있다고 보았다. 관점이 달라지면서, 젊은 나이에 했던 행동들이 철없음을 자각하게 된 것이다. 그가 말하는 올바르게 유산하는 방법은 '차분'하게 산을 '음미하고, 관찰'하는 것이고, 자연의 진면목에서 깨달은 바를 자신에게 적용하여 '성정을 도야'하는 것이다. 금강산을 '관람'하고, '탐색'하는 것에서 벗어나 '깨달음'을 얻고, 자신을 변화시키는 데로 나가는 것이 진정한 유산법이라고 본 것이다. 김창협은 금강산의 진면목을 알게 되면서 성인을 그리워하는 것처럼 "세월이 흐를수록 더욱 잊지 못하여 다시 보고 싶은 마음이 애당초 보지 못했던 때보다 더 간절"해

---

38) 『농암집』 권25, 「柳集仲溟嶽錄跋」, 한국고전번역DB. "若乃從容俯仰 紆餘游泳 察之以道妙 會之以精神 用以陶冶性靈 而恢廓胸次 則殆無是矣 此何足與於山水之觀哉".

39) 『농암집』 권25, 「柳集仲溟嶽錄跋」, 한국고전번역DB. "나는 일찍이 산수를 구경하는 것은 성현 군자를 뵙는 것 같이 여겼다. 성현 군자를 보지 못할 때는 한 번만이라도 만나 봤으면 하고 바란다. 직접 만나 그 용모를 보고 그 말씀을 듣고서 그가 애모할 만한 사람이라는 것을 진실로 알게 되면 헤어지고 나서도 생각하며, 세월이 흐를수록 더욱 잊지 못하여 다시 보고 싶어 하였다. 보지 못했던 때보다도 더 심해진다. 나는 풍악산(楓嶽山)에 대해 실로 그러했다.(余嘗謂觀山水 如見聖賢君子 自其未見時 則唯得一面焉幸矣 及既得見而望其容貌 聽其言論 而眞知其可愛慕 則去而思之 愈久愈不忘 而其欲復見也 乃甚於未見時 蓋余於楓嶽 實然矣)".

진다고 하였다.

### 2) 제명을 통한 소통과 아취

조선 사대부들이 금강산을 유람하는 동기는 승지 관람, 심신 수양, 문화유산 탐방, 순력巡歷 등 다양하며, 풍조와 유람객의 상황에 따라 그 중요성도 달라졌다. 김창협은 젊어서부터 유람을 좋아했고, 방문하는 장소에 대한 체험과 기억을 기록하고자 했다. 그 과정에 「동유기」가 기록되었다.

김창협은 1671년 8월 11일 한양을 출발한 후 9월 11일 귀가하였는데, 그 한 달 동안 금강산과 동해를 유람한 기간은 8월 20일부터 9일 남짓에 불과하였다. 금강산 유람은 "말은 모두 등창이 나고 말굽에 병이 나서 뒤처지는 자가 있"[40]을 정도로 험난한 코스였지만, 김창협은 승려들의 만류에도 불구하고 비가 내리는 상황에서 유람지로 이동하려고까지 했다. 자신이 유람할 수 있는 짧은 시간 동안 최대한 많은 장소를 방문하고자 한 것이다. 그 서두름으로 인해 후일 이때의 유람에 대해 '거친 마음粗心'으로 "아름답고 진기하며 웅장하고 화려한" 금강산을 "바쁘게만 보았다(縱覽博觀)"고 자책하게 된다.[41]

김창협은 자신이 동경하던 금강산[42]을 유람하면서 승지를 찾고, 그 속에서 흥취를 느꼈을 뿐만 아니라 자신의 선조나 지인의 흔적이 남아 있는 바위, 누정樓亭 등 의미 있는 장소를 적극적으로 찾아다녔

---

40) 이곡, 〈동유기〉, 『금강산유람록』 1, 앞의 책, 22쪽.

41) 『농암집』 권 25, 題跋, 「柳集仲溟嶽錄跋」.

42) 『농암집』 권23, 「동유기」, 〈自京城 至淮陽記〉. "自兒時已聞金剛名 輒有一游之願 然居常瞻望 如在天上 意非人人所可到也".

다. 당시에는 바위나 누정 등에 자신이 왔음을 제명題名하여 전하는 풍조가 있었다. 1595년 금강산을 유람한 노경임은 만폭동에 있는 양사언 글씨를 본 사람들이 너럭바위 위의 끊어진 벼랑에 자신의 이름과 자를 새긴 것이 많다[43]고까지 하였다.

제명은 유람객들의 소소한 흥취興趣에서 시작하여 점차 관습화되었지만, 17세기에는 제명하는 태도도 다양해졌다. 다수의 유람객은 이하진[44]처럼 조용히 이름만 적어두고 떠났지만, '궁벽한 산 벼랑의 바위 위에 이름을 새겨 썩지 않기를 도모'하는 현실을 비판[45]하는 유창, 남명 조식의 일화를 인용하여 '지금 우리들이 비록 따라서 이름을 쓰고 싶지만 고매한 선비들의 조롱거리가 될까 두렵다'고 제명을 반대[46] 하지만, 결국 마하연사 문설주에 이름을 적고 자기변명을 남긴[47] 임홍량과 같은 행동을 하기도 했다. 이들과 달리 김창협은 앞서 다녀간 사람들의 이름을 "이끼를 긁어가며"[48] 적극적으로 찾아 읽었다.

바위나 누정 등에 제명을 남긴 유람객들도 자신들의 행동에 제각기 의미를 부여했겠지만, 김창협은 제명을 찾아 읽음으로써 기록자들을 확인하고, 그들과 간접적으로 소통하였다. 백화암에서 장인 이단상이 지은 승려 의심義諶의 비문을 발견하고, 그것을 읽으면서 "일찍이 동강에서 공이 이 글을 짓는 모습을 본 것이 마치 어제 일처럼 뚜렷한데,

43) 노경임, 〈유금강산기〉, 『금강산유람록』 1, 앞의 책, 250쪽.

44) 이하진, 〈금강도로기〉, 『금강산유람록』 3, 앞의 책, 161쪽.

45) 유창, 〈관동추순록〉, 『금강산유람록』 3, 앞의 책, 84쪽.

46) 임홍량, 위의 책, 127~128쪽.

47) 임홍량, 「관동기행」, 『금강산유람록』 4, 앞의 책, 147~148쪽.

48) 『농암집』 권23, 「동유기」, 〈自正陽 歷圓通洞 還表訓記〉. "石上多前人題名 拂蘚讀之".

공이 묻힌 묘지의 풀은 이미 2년이나 묵었다."49)고 슬픔에 잠겼다. 소통이 활발하지 않은 시대에 유람지에서 비문을 찾아 읽거나 제명을 남기는 행동은 단순한 흥취의 수단이 아니라 과거를 회상하고, 미래의 동류들과 소통하는 방법이었으며, 현지에서 만나는 제명이나 비문은 과거와 현재, 현재와 미래를 잇는 소통의 통로였다. 이러한 까닭에 송환기는 비로봉 정상에서 5대조 송시열의 제명을 발견했다는 김희의 편지를 받고 소회50)를 남겼던 것이다.

김창협은 표훈사 남쪽 누각에서 백부 김수흥[金壽興, 1626~1690]의 이름을 발견하였고, 정양사 헐성루歇惺樓 벽에서는 청음 김상헌의 절구 한시를 발견하였다. 그는 금강산을 답사하면서 선대의 문화유적을 발견하면, 기록으로 남겼다. 이렇게 남겨진 유묵遺墨은 자신의 자긍심을 드러내는 방법이자 후대에 전하는 수단이었다. 이러한 까닭에 김창협은 "바람이 더욱 거세져 사람을 날려 떨어뜨릴 듯하였는데, 서로 붙들고 의지하여도 안정되지 못하"는 상황에서도 "글을 쓸 만한 바위를 골라 함께 유람한 자들의 이름을 기록"51)하고 돌아왔다. 제명을 읽고 적는 것으로 문화적 자부심을 드러내었으니, 그는 금강산 유람에서 '아취雅趣'를 즐겼다고 할 수 있다.

### 3) 산사에서의 교류와 정취

「동유기」에서는 17세기 후반, 금강산 승려들의 생활상을 발견할

---

49) 『농암집』 권23, 「동유기」, 〈自長安 至表訓記〉. "曾在東岡 見公爲此文 宛如前日事 而公之墓草 已再宿矣".

50) 송환기, 『성담집』 권12, 〈동유일기〉 9월 29일.

51) 『농암집』 권23, 「동유기」, 〈登萬景臺 歷般若諸菴記〉. "風力益勁 颭人欲墜 扶携互倚 猶不能定 乃擇石之可書者 識".

수 있다. 금강산에는 예로부터 '단식'하며 '참선'하는 선종 계열의 승려들이 주로 생활하고 있었고, 이들의 모습을 금강산을 유람하던 사대부들이 발견하고 기록하였다.[52] 금강산은 "세상과 멀리 떨어져 있고, 곡식을 심을 만한 한 치의 땅도 없다. 스스로 참선하기를 편안히 여기며 곡기를 끊은 자가 아니면 하루도 머물러 살 수 없"[53]는 땅이다. 이에 승려들은 "마을에서 양식을 탁발해 숙고촌稤庫村 곳집에 저장해 두었다가 찧어서 생활"[54]의 기반으로 삼았다.

조선 초기에는 3년마다 실시하는 승과 제도가 있었다. 1566년 이 과거제도가 폐지될 때까지 사대부들은 "승려들은 바야흐로 선종과 교종에 대해 떠벌리면서도 마음은 승과로 치달리"[55]는 승려들의 행동을 비판하였다. 승과가 폐지된 이후(1572년)에 금강산을 유람한 양대박은 개심암에서 "이곳은 참으로 산중의 이름난 사찰인데, 거처하는 승려가 한 사람도 없어서 향불이 전해지지 않은 지 이미 몇 년이나 되었다"[56]고 하였다. 승과 제도가 폐지되면서 승려들의 생활도 쇠

---

52) 경상대학교 경남문화연구원, 『금강산유람록』, 앞의 책. 성제원은 『유금강산기』에서 "대송라암 승려 처진이 단식하며 참선을 하고 있었다. 나이는 28세이며, 자못 영리하였다. 창을 열고 한가롭게 누워 함께 선에 대해 이야기하며 날이 개기를 기다렸다."(106쪽), 주지 석희가 제법 이야기를 나눌 만하여, 이날 밤 산속의 흥미에 대해 함께 담소하였다.(141쪽) 홍인우도 곡기를 끊은 승려들에 대해 "기상과 모습이 자못 청한하여 이야기를 나눌 만 하였다"(152쪽) 등 유기마다 승려들에 대한 기록을 발견할 수 있는데, 이들은 대부분 '참선'을 하는 승려로, '영리'하여 이야기를 나눌 만한 대상으로 등장한다. 이러한 태도는 김창협의 「동유기」에서도 동일하게 나타난다.

53) 양대박, 〈금강산기행록〉, 『금강산유람록』 1, 앞의 책, 207쪽.

54) 정엽, 〈금강록〉, 『금강산유람록』 2, 앞의 책, 24~25쪽.

55) 홍인우, 〈관동록〉, 『금강산유람록』 1, 앞의 책, 155쪽.

락[57]하였고, 금강산의 암자도 그 영향을 받은 것이다. 그 이후 전란과 역병 등으로 인해 17세기 금강산 사찰에는 빈 암자가 많았고, 김창협도 방치된 암자, 폐허가 된 암자가 많다는 사실을 재확인하였다. 그러나 김창협은 이러한 암자를 '폐허' 공간으로 인식하지 않고, 빛이 들어오고 따뜻함이 지속되는 '안식'의 공간으로 표현하였다. 이러한 표현은 그가 성리학을 기반으로 대상을 인식하지만, 승려들의 생활과 태도를 긍정적으로 인식했기 때문에 가능했다. 16세기에 기록된 유산기에는 승려들과의 논쟁이 자주 발견되지만, 점차 줄어들다가 김창협에게서 그들을 긍정적으로 인식하는 모습으로 나타났다. 이후 금강산을 유람하는 사람들이 늘어나면서 '금강산은 불교의 성지'라는 기록이 주류를 이루게 된다.

김창협은 금강산을 유람하면서 많은 승려를 만나, 이야기를 나누었다. 그중에는 김창협에게 감탄의 대상이 된 인물, 재능을 높이 평가한 인물, 대화의 상대로 보지 않았던 인물들이 있다. 1572년 양대박은 승려 혜능에 대해 "자못 문자와 언어를 이해하여 속된 승려와는 같지 않았다."라고 기록함으로써 '문자와 언어 이해'가 그들의 평가 기준임을 밝혔다. 이러한 사대부들의 인식은 금강산 유람록에서 공통적으로 발견되는데, 그 대상은 금강산 승려에만 한정된 것이 아니라 사대부 이외의 국내외 인물들을 평가하는 기준이기도 했다. 여기에는 사대부

56) 양대박, 앞의 책, 214쪽.

57) 양대박, 앞의 책, 221쪽. "명종 대에 선종에서 판사를 했던 자였다. 옛날 봉은사에 들렀다가 이 승려를 보았는데 홍삼을 입고 자줏빛 끈을 둘렀으며, 종자들은 저마다 둥근 부채를 잡고서 앞뒤로 늘어서 있었다. 지금은 다른 산을 떠돌며 영락하여 초야의 한 승려가 되었으니, 또한 승려들도 영화와 쇠락을 벗어나지 못하는 것이다."

들이 그들보다 '문명적으로 우월하다'는 인식이 내재되어 있기 때문이다. 이런 사회적 분위기에서 성장한 김창협이었기에 자신도 유점사에 거처하는 "승려는 천 명을 헤아릴 정도이고, 물자도 넉넉하였으나, 더불어 이야기를 나눌 만한 사람은 없었다."[58]고 하였다. 많은 승려가 있지만, 그들 중에 자신과 대화를 나눌 정도의 인물은 찾아보기 어렵다는 것이다. 이를 통해 그는 승려들보다 문명적으로 우위에 있다는 지식인으로서 자부심과 자긍심을 드러낸 것이다.

이러한 인식을 지니고 있음에도 불구하고 김창협은 「동유기」에 승려들과의 대화를 기록하였다. 17세기 전반까지 사대부들이 승려들과의 대화에서 주제로 삼은 것은 '성리학'이었고, 그들과의 대화를 매개로 기록자의 철학을 담아낸 '의론'을 반복적으로 서술하였다. 1618년 금강산을 유람하던 정엽은 금강산의 암자에서 승려 응상 등과 '심성'에 대해 토론하였다. 그는 성리학의 이理와 기氣에 대한 견해와 자신의 철학을 담아낸 '의론'이 "속인들과의 한담"보다 낫다[59]고까지 생각하였다. 그러나 김창협은 승려들과 대화할 때 성리학에 대한 견해를 드러내기보다 '산수'에 대해 주로 토론하였다. 대화의 주제가 '산수'로 변화한 것은 금강산을 유람하는 사대부들의 인식이 이전과 달라졌음을 의미한다.

사람이 살기에 적합하지 않은 금강산으로 모여든 승려들은 '참선' 등 수행을 하면서 사대부의 금강산 유람을 돕는 가마꾼과 길 안내자 역할을 하고 있었다. 남효온[南孝溫, 1454~1492]은 1485년 금강산을

58) 『농암집』 권23, 「동유기」, 〈自摩訶 至楡岾記〉. "居僧千指 皆饒於貲 顧無一人可與語".

59) 정엽, 〈금강록〉, 『금강산유람록』 2, 앞의 책, 29~30쪽.

유람할 때 "절의 승려 성호에게 산행의 안내자가 되어 달라고 부탁"[60] 하는 형편이었지만, 1595년 노경임은 사대부들의 편안한 여행을 돕기[61]위해 가마가 사용되고 있음을 체험한다. 김창협이 유람하던 17세기 후반에는 승려들이 절의 경계로 나와서 사대부들을 위한 '길 안내자'와 '남여籃輿 가마꾼'을 체계적으로 운영하였다.

> 산세가 점차 험준해지고 길도 미끄러워 가마를 멘 중들이 열 걸음에 한 번 정도 넘어졌는데, 늙은 자가 옆에서 돕고 건장한 자가 뒤에서 받치도록 한 뒤에야 앞으로 나갈 수 있었다. 또 6리를 가자 길이 더욱 험하여 가마에서 내려 걸어갔다. 수백 보를 가서야 비로소 길이 끝났다.[62]

김창협이 금강산의 험준한 산길을 이동하는 장면이다. 그는 가마를 타고 편안하게 금강산을 여행하고 있으며, 길 안내와 가마꾼 역할을 맡은 승려들은 한 걸음 걷기도 어려운 상황에 있었다. 1618년 정엽은 금강산을 유람하면서 자신들이 앉은 남여를 메고 이동하는 승려들의

---

60) 남효온, 〈유금강산기〉, 『금강산유람록』 1, 앞의 책, 55쪽.

61) 노경임은 1595년 금강산 유람차 들른 장안사에서 "승려들은 굶주림과 돌림병에 시달려 죽고 거의 없었다. 남아있는 파리한 서너 명의 승려도 모두 초췌하고 귀신의 모습이어서 매우 불쌍했다."(노경임, 앞의 책, 247쪽)고 기록하였다. 전란과 전염병으로 인해 폐허로 변해가는 장안사의 풍경을 기록한 것이다. 그가 9월 18일 "일찍 밥을 먹고 골짜기로 들어가려는데 승려 몇 명이 작은 가마를 내어왔다. 규모가 간단하여 운반하는 힘이 덜 들게 돼 있었다. 이에 가마를 타고 승려가 가면 가고 멈추면 멈추었는데, 조금이라도 기이하고 아름다운 곳을 만나면 문득 멈추었다."(노경임, 앞의 책, 248쪽)고 하였다.

62) 『농암집』 권23, 「동유기」, 〈登萬景臺 歷般若諸菴記〉, 한국고전번역DB. "山勢漸峻 路且滑 輿僧十步一躓 令老者傍翼 壯者後擁 乃得前 又行六里 路益絶 下輿徒 行數百步 始窮臺".

땀 흘리는 모습과 교대할 인원이 부족해서 남여를 계속 메야 하는 승려가 고통스러워하는 모습을 보게 된다. 가마를 메고 산길을 오르내리는 승려에 대한 안타까움과 스스로 편하자고 남을 고생시켰으니 마음이 편치 않다[63]는 미안함이 나타나고 있다. 김창협이 유람하던 시기에는 금강산에 대한 견문을 사실적이고 자세하게 기록하려는 태도가 중시되고, 경물敬物이나 대상에서 생겨나는 감정은 최대한 억제하고 있다.

김창협의 유람은 성제원이 금강산에서 "맑은 물에 입을 헹구고 발을 씻으며, 갓을 벗고 웃옷을 풀어헤치"면서 "좋구나 유람이여, 즐거움이 이보다 더할 수는 없다."[64]는 외침과는 다른 즐거움이다. 김창협은 남여로 통행하기 어려운 길을 빼곤 편안하게 앉아서 금강산을 유람하였으니, 17세기 이후 사대부들의 금강산 여행은 가마 위에 앉아서 승경勝景을 관람하는 것으로 변모하였다.

## 4. 결론

김창협은 17세기 조선을 대표하는 성리학자이자 문장가이면서 유람객이다. 그는 평소에도 명산과 이름난 암자를 자주 방문하였는데, 21살 되던 1671년에 동생 김창흡이 금강산을 유람하고 돌아왔다는 소식을 듣고 금강산을 향해 출발하였다. 8월 11일 집을 나와 9월 11일 귀가하였으니 한 달 동안의 여정으로 금강산과 동해를 다녀온 것이다. 금강산 유람을 목적으로 떠난 여행이 마하연摩訶衍에서 만난 간성군수

---

63) 정엽, 〈금강록〉, 앞의 책, 26~27쪽.
64) 성제원, 〈유금강산기〉, 앞의 책, 116쪽.

권세경權世經의 권유로 인해 동해안으로까지 확대되었다. 이들 지역을 유람하고 돌아와 기록한 것이 「동유기」이다. 「동유기」는 일기체 형식의 유기로 의론보다는 객관적인 사실이나 대상에 대한 묘사를 위주로 기록한 글이다. 경물에 대해서 간략하고 평이하게 서술하였는데, 이러한 서술은 김창흡이 김창협의 특성으로 제시한 '간이簡易'가 글로 표현된 것이라고 할 수 있다. 「동유기」는 '옛글을 인용하여 가차하고 꾸며 과장'하기보다 '사실성'을 잘 표현한 글이기도 하다.

「동유기」의 서술적 특징을 살펴보면 첫째, 「동유기」는 기문, 잡저, 시 등의 다양한 문체를 배제하고, 일기체 형식만으로 기록하였다. 한시는 사대부들이 상호소통하는 중요한 수단으로 김창협도 『농암집』에 567제題의 한시를 남겼지만, 동시대의 유산기와는 달리 「동유기」에는 한시를 기록하지 않았다. 둘째, 「동유기」는 12편의 짧은 기記를 결합하여 구성한 것이다. 금강산과 동해안 지역을 유람하는 노정 상의 중요지역을 기점으로 짧은 기記를 기록하고 이를 엮어서 한 편의 유산기로 완성한 것이다. 이러한 구성은 유람내용을 기억하고 정리하기 위한 편이성 때문이 아닌가 한다.

김창협은 관동지역(금강산과 동해)을 유람하면서 산수의 흥취興趣, 유묵의 아취雅趣, 승려와의 정취情趣를 체감하였다. 이러한 감정은 유람을 떠나는 사람이면 누구나 느낄 수 있는 일반적인 현상이면서도 각인각색의 정감으로 단일화시켜 말할 수도 없는 것이다. 김창협은 금강산의 자태를 오정간이 말한 '반평생 본 것은 모두 흙무더기와 돌덩이'라는 표현을 인용하여 자신의 경험 세계가 확대되었다는 사실을 고백하고, 십여 년이 지난 후에 다시 방문하였다. 그는 금강산의 진면목을 알게 되면서 성인을 그리워하는 것처럼 "세월이 흐를수록 더욱 잊지 못하여 다시 보고 싶은 마음이 애당초 보지 못했던 때보다 더 간절”해진다고 하였다. 금강산에 대한 그리움은 변하지 않았지만, 「동유기」를 기록하던 시기의 자유분방하고 많은 것을 관찰하려는 적극적인 태도를 버리고, 자연은 ‘관찰’하고 ‘이해’하는 것이 바르게 유산遊山하는 방법이라고 하였다. 또한, 김창협은 관동지역을 유람하면서 유람지에 있는 바위나 누정 등에 적극적으로 제명題名을 남기려는 태도를 보였다. 제명이 관습화된 17세기에는 조용히 이름만 적어두고 떠나거나, 제명하기를 반대하는 유람객이 증가했지만, 그는 바위 위의 이끼를 긁어가며 동류의 이름을 찾아 읽고자 했다. 소통이 활발하지 않은 시대에 유람지에서 비문을 찾아 읽거나 제명을 남기는 행동은 단순한 흥취의 수단이 아니라 과거를 회상하고, 미래의 동류들과 소통하는 방법이었기 때문이다. 그는 금강산을 유람하면서 암자를 방문하고, 승려를 만났다. 그는 당시에 폐허로 변한 암자가 많다는 사실을 기록하면서도 암자를 ‘폐허’ 공간이 아닌, 빛이 들어오고 따뜻함이 지속되는 ‘안식’의 공간으로 표현하였다. 16세기와 달리 17세기에는 승려들과의 논쟁이 줄어드는 경향을 보인다. 이런 시대적 분위기 속에서 김창협은 성리학을 기반으로 대상을 인식하면서도, 승려들의 생활과 태도를 긍정적으로 인식한 것이다.

# 송환기의 〈동유일기〉 연구

## 1. 서론

17세기에는 임진왜란과 병자호란의 피해를 극복하려는 시도가 나타났고, 그 과정에서 상공업이 지속적으로 성장하였다. 화폐경제가 발달하고 사회가 안정되면서 다른 지역으로의 이동이 이전보다 자유로워졌고, 명산과 관동지역을 유람하는 사람들도 증가하였다. 여행을 다녀온 지식인들은 새로운 세계를 인식하고, 자신의 세계관을 확장시켰다. 이때의 여행은 유람遊覽, 순력巡歷, 사행使行 등 사적·공적인 목적을 달성하는 과정이기도 하다. 시대를 막론하고 지식인들은 자신의 여행 체험을 기록으로 남기려는 욕구가 강했는데, 조선 시대에 금강산을 유람한 지식인들은 자신의 체험을 기록으로 남기지 않은 경우가 드물었다[1]고 한다.

이 시기에 여행을 다녀온 사람들은 자신의 여행 체험을 주로 유기遊記에 기록하였다. 유기는 여행자가 산천 유람에서 체험하고 견문한

1) 송환기, 〈동유일기〉, 『금강산유람록』10, 민속원, 2019, 65쪽. "古來有楓嶽者 鮮不有錄".

사실을 기록하는 글[2])로 묘사와 의론을 아우르는 산문[3])이다. 조선시대의 여행자는 대부분 지식인이고, 이들은 자신의 개인적인 일을 기록하면서 '-기', '-록'이라 명명命名하였다. 유산기遊山記는 편폭이 짧고 산수의 외관을 사실적으로 그려내는 의론이 강한 글이며, 유산록遊山錄은 편폭이 길고 일정에 따라 구성하며, 함축적이고 간결하되 의론이 약한 글[4])이다. 작가가 여행하여 본 것이 아닌 경우에는 산수기山水記[5])라고도 하였다.

조선시대 지식인들은 한문을 주된 표기 수단으로 사용했기 때문에 한문으로 유람에서의 체험을 기록하는 것이 일반적이지만, 간혹 한글로 기록하기도 했다. 18세기 이후에는 유산기보다 유산록 형식이 주를 이루었고, 의론이 약해지는 경향을 보이면서 객관적 사실을 충실히 기록하려는 사실적 경향이 강해졌다.[6])

조선 시대 유람지로서 관심을 받았던 대표지역은 관동지역이었는

---

2) 한문 산문에는 다양한 형식이 있는데, 그중 유기에 대하여 "등산한 체험을 기록하는 형식"(조규익, 「유산가사와 체험의 확장」, 『고전시가의 변이와 지속』, 학고방, 2002, 302쪽), "유산(遊山)의 풍속을 살피고 유산의 체험을 문학적으로 형상화한 기록"(이종묵, 「유산의 풍속과 유기류의 전통」, 『고전문학연구』 12, 한국고전문학회, 1997, 389쪽), "산천을 유람하면서 견문하고 체험한 사실을 기록하는 양식의 글"(김혈조, 「금강산을 노래한 시와 산문」, 유홍준 엮음, 『금강산』, 학고재, 1998, 293쪽)이라고 하여 산에서 이루어진 체험의 기록을 유기로 보았다. 유기는 길이에 따라서 유산록과 유산기로 구분(장정수, 「기행가사와 산수유기 비교 고찰」, 『어문논집』81, 민족어문학회, 2017, 7쪽)하였다.

3) 심경호, 『한문산문의 내면풍경』, 소명출판, 2001, 15쪽.

4) 이종묵, 앞의 논문, 396~398쪽.

5) 진필상 지음, 심경호 옮김, 『한문문체론』, 이회, 1995, 104쪽.

6) 김혈조, 앞의 책, 293쪽.

데, 그중에서도 금강산 유람에 대한 관심이 높았다. 그런 만큼 금강산을 중심으로 유람을 기록하는 유기가 다수 등장하였다. 관동지역을 유람하고 기록한 유산시는 그 수를 헤아리기 어려울 정도이고, '-기'·'-록'이라는 제목을 가진 작품은 560여 편의 유기 중에서 60여 편[7]에 달한다. 최근에는 이들 자료를 정리한 책도 여러 권 출간[8]되었다.

자료가 풍부해진 만큼 금강산 유람을 대상으로 하는 연구도 적지 않게 이루어졌는데, 연구주제는 개별작가들의 문학성 연구[9], 시대별

---

7) 정치영, 「유산기로 본 조선시대 사대부의 청량산 여행」, 『한국지역지리학회지』 11권 1호, 한국지역지리학회, 2005, 56쪽. 현존하는 조선시대 유산기는 저자들의 개인문집에 수록되어 있으며, 18세기 작품이 3분의 1에 이를 정도로 많다. 현재 금강산유산기 60여 편, 지리산유산기와 청량산유산기도 각기 50여 편 정도가 전하고 있다.

8) 금강산 유기만 모은 책으로 이경수·강혜선·김남기 편역, 『17세기의 금강산 기행문』, 강원대 출판부, 2000; 이곡 외 지음, 정우영 엮음, 『선인들과 함께하는 금강산 기행』, 인화, 1998; 경상대학교 경남문화연구원, 『금강산유람록』1~10, 민속원, 2019 등이 있다.

9) 김은정, 「신익성의 금강산 유람과 문학적 표현」, 『진단학보』 98, 진단학회, 2004; 윤지훈, 「삽교 안석경의 금강산 유기」, 『한문학보』 12, 우리한문학회, 2005; 홍성욱, 「권섭의 산수 유기 연구」, 『국제어문』 36, 국제어문학회, 2006; 신두환, 「식산 이만부의 「금강산기」에 나타난 문예미학」, 『한문고전연구』 17, 한국한문고전학회, 2008; 윤지훈, 「도곡 이의현의 「유금강산기」에 관한 일고」, 『한문고전연구』 25, 한국한문고전학회, 2012; 백진우, 「월곡 오원의 산수유기 연구 - 금강산유기인 「유풍악일기」를 중심으로」, 『열상고전연구』 38, 열상고전연구회, 2013; 정지아, 「홍인우의 〈관동록〉에 대한 고찰」, 『열상고전연구』 45, 열상고전연구회, 2015; 구사회·김영, 「새로운 한글 유산록 금강산졀긔 동유록의 작자와 작품분석」, 『동악어문학』73, 동악어문학회, 2017; 이현일, 「소하 조성하의 『금강산기』 연구 -19세기 경화벌열가 청년의 금강산 기행」, 『반교어문연구』 48, 반교어문학회, 2018; 이승복, 「국문본 〈동유기〉의 작자와 서술의 특성」, 『고전문학과 교육』 42, 한국고전문학교육학회, 2019 등이 있다.

특징을 밝힌 연구[10], 금강산의 의미를 밝힌 연구[11]가 주를 이루고 있다. 18세기 관동지역의 유람을 배경으로 기록한 유산록 중에 송환기의 〈동유일기〉가 있다. 송환기는 송시열[宋時烈, 1607~1689]의 5대손으로 세상일에 관여하지 않고 송시열의 학문을 정리하는 일에 평생을 보냈던 인물[12]이다. 그는 경상우도에서 노론계열의 학단을 형성하여 화양華陽의 도통을 계승[13]했다는 평을 받기도 했다. 이런 위치에 있었기 때문에 그는 당대 지식인들의 글쓰기 양상을 이해하고 있었고, 그의 유산록에 당대의 글쓰기 성향이 반영되었을 것으로 생각할 수 있다. 이에 본 연구에서는 『한국문집총간』에 수록된 『성담집』과 「금강산유람록」에 수록된 〈동유일기〉를 텍스트[14]로 하여 송환기의 관동

---

10) 이종묵, 「조선 전기 문인의 금강산 유람과 그 문학」, 『한국한시연구』 6, 한국한시학회, 1998; 정우봉, 「조선후기 유기의 글쓰기 및 향유방식의 변화」, 『한국한문학연구』 49, 한국한문학회, 2012; 이경수, 「16세기 금강산 기행문의 작자와 저술배경」, 『국문학연구』 4, 국문학회, 2000.

11) 김혈조, 「한문학을 통해 본 금강산」, 『한문학보』1, 우리한문학회, 1999; 박은정, 「근대 이전 한문 기록을 통해 본 금강산 표상」, 『동아시아문화연구』54, 한양대학교 동아시아문화연구소, 2013; 장정수, 「기행가사와 산수유기 비교고찰-어당 이상수의 「금강별곡」과 「동행산수기」를 대상으로」, 『어문논집』 81, 민족어문학회, 2017.

12) 송환기, 『성담선생집』 권31, 〈연보〉, 한국고전번역DB.

13) 김종수, 「19세기 경상우도의 성담(性潭) 송환기(宋煥箕) 학단의 동향」, 『한국전통문화연구』 26호, 한국전통문화대학교 전통문화연구소, 2020, 9~16쪽.

14) 『성담선생집』 권2에는 관동지역을 유람하면서 지은 한시를 수록하였고, 권11 잡저(雜著)에는 청량산을 유람(1761)하고 지은 〈淸凉山遊覽錄〉과 〈遊孤山錄〉 등을 기록하고, 권12 잡저(雜著)에는 관동지역을 유람(1781)하고 기록한 〈東遊日記〉를 기록하였다. 〈동유일기〉는 번역되어 『금강산유람록』10(경상대학교 경남문화연구원, 민속원, 2019.)에 수록되었다.

지역 체험과 〈동유일기〉의 서술적 특징을 살펴보고자 한다. 이러한 연구를 통해서 18세기 유산록이 지니는 특징의 일단이나마 찾아보고자 한다.

## 2. 관동유람의 노정과 유산의 의미

〈동유일기〉는 성담性潭 송환기[宋煥箕, 1728~1807][15)]가 1781년 7월 29일부터 9월 29일까지의 일정으로 관동지역을 유람한 체험을 기록한 유산록이다. 송환기는 1781년 강원도 관찰사로 부임한 김희[金熹, 1729~1800]의 초청으로 관동지역을 유람하게 되었다. 5일 동안 신계사

---

15) 송환기[宋煥箕, 1728~1807]: 1728년 9월 22일, 문의현(文義縣) 신지리(新池里)에서 태어나 1735년 5월 부친상을 당하고 모친 권부인(權夫人)을 따라 회덕(懷德)에 있는 종가(宗家)로 들어갔다. 1751년 판교재사(板橋齋舍)에 우거(寓居)하며 운평(雲坪) 송능상(宋能相)에게 태극도설(太極圖說), 「역학계몽(易學啓蒙)」, 「가례(家禮)」 등을 공부하였다. 1761년(34세) 도산(陶山)의 상덕사(尙德祠), 청량산(淸凉山), 제남루(濟南樓), 상주(尙州) 흥암서원(興巖書院) 등을 둘러보고, 이듬해 2월에는 북한산을 유람하였다. 1764년 3월 황산(黃山)을 유람하고 죽림사(竹林祠)에 배알하였다. 1779년(정조 3) 좌상 홍낙순(洪樂純)이 그를 "가난에 흔들리지 않고 글을 읽어 경서(經書)의 뜻을 통달하고 옛 법도를 배웠다."(『조선왕조실록』, 정조3년 기해(1779) 10월 3일, 한국고전종합DB.)고 청백으로 천거하여 경연관에 참여(『조선왕조실록』, 정조3년 기해(1779) 12월 14일. 한국고전종합DB)하였다. 1781년(정조 5) 54세에 여강(驪江), 원주(原州), 금강산(金剛山) 등을 유람하고 〈동유일기(東遊日記)〉와 시를 지었다. 1797년(정조 21)에는 원자의 사부로 「중용」을 진강(『국조보감』 75권, 한국고전종합DB.)하였다. 그는 우암 송시열의 유고와 사적을 정리하는데 일생을 보냈으며, 일체 시사(時事)에 관계하지 않아서 화양(華陽)의 도통을 계승했다는 평가를 받고 있다.

로부터 장안사에 이르기까지 금강산을 유람하고 돌아가는 길에 자신의 아쉬운 심정을 "구경한 것은 서너 군데 큰 곳에 불과하고 바삐 지나가는 것을 면하지 못했다. 그윽하고 깊으며 험준하고 높은 곳은 모두 볼 수 없었다. 시 짓는 명서冥棲라는 승려는 끝내 만나지 못하였다."[16]고 기록하였다. 많은 장소를 구경하지 못한 아쉬움, 승려와 한시 수창을 하지 못했던 아쉬움을 표현한 것이다. 김희를 통해 자신이 오르지 못한 비로봉에 선조先祖 송시열이 올랐고, 그곳에 제명題名을 남겼다는 소식을 들었을 때, 금강산 유람에서의 미진함이 더욱 커졌다.

여행의 체험을 기록하는 유기와 기행가사는 대부분 "여행을 떠나게 된 동기와 출발 상황(서사), 목적지까지의 노정, 목적지에서의 견문과 소회, 귀로(본사), 여행을 마친 소회(결사)"[17]로 구성된다. 〈동유일기〉도 이동 경로에 따른 순차적인 구성을 보이지만, 내금강→외금강→동해로 유람하는 일반적인 여정과 달리 동해에서 내금강으로 가는 노정을 택하였다.[18] 송환기 일행이 이러한 노정을 선택한 이유가 무엇인지

---

16) 송환기, 〈동유일기〉 9월 2일, 경상대학교 경남문화연구원, 『금강산 유람록』 10, 민속원, 2019, 122쪽. "所觀不過三四大處 而不免悤悤過 幽深峻高處都不得見 韻釋冥棲者 竟莫相遇".

17) 장정수, 앞의 논문, 8쪽. 기행가사를 "여행을 떠나게 된 동기와 출발 상황(서사), 목적지에서의 견문과 소회(본사), 여행을 마친 소회(결사)"의 구성으로 보았으나, 유산록에서도 이러한 구성을 발견할 수 있다. 유산록과 기행가사는 목적지를 정하고 왕환(往還)하였기 때문에 구성이 비슷했을 것이다.

18) 1781년 8월 10일 김희는 관동지역 순행을 이유로 원주 감영에서 영월로 출발하였고, 송환기 일행은 8월 12일 원주 감영을 출발하여 동해를 거쳐 금강산을 유람하였다. 이들은 금강산에서 재회한 후 동행하다가 9월 8일 원주 감영으로 귀환하였다. 송환기는 9월 21일 감영을 출발한 후 29일 귀가하였다.

는 〈동유일기〉에 기록되지 않았지만, 노정의 변화에 대한 심정은 남아 있다.

> 사람들은 모두, 금강산 유람은 내산을 따라 외산으로, 산에서부터 바다로 유람해야 운치가 더욱 빼어남을 알 수 있다고 말하는데, 지금 나의 유람은 그렇게 할 수가 없다. 그러나 만일 하나의 산과 하나의 물에 대해 눈으로 보고 마음으로 이해한다면 이리저리 지나가더라도 마땅하지 않은 곳이 없을 것이니, 내산과 외산과 바다를 먼저보고 나중에 보는 것을 어찌 굳이 따지겠는가?[19]

송환기는 내금강산, 외금강산, 해금강, 동해로 이어지는 노정이 '운치'가 있다고 하였다. 이 노정은 한양에서 출발한 유람객들이 대부분 선택하는 길[20]이다. 한양에서 양주, 포천, 철원, 김화, 금성을 지나 단발령을 통해 금강산으로 들어가는 이 길은 지방간선 도로인 '경흥로慶興路'의 일부와 겹치며, 한양에서 금강산까지 가는 노정의 최단거리에 있다. 도로에는 역과 원 등 편의시설이 잘 갖추어져 있어서 말을 타고 여행하는 사대부들도 숙식하기에 큰 불편함이 없었다.[21]

김창협[金昌協, 1651~1708]은 "내금강은 바위가 많고 흙이 적고, 외금강은 흙이 많고 바위가 적다. 내금강은 바위가 많아 희고 가파르지만, 외금강은 흙이 많아서 푸르고 웅장하다"[22]고 하면서 단풍잎이

---

19) 송환기, 〈동유일기〉 8월 12일, 앞의 책, 72~73쪽. "人皆謂金剛之遊 由內而外 自山而海 方可見意趣益勝 今吾行將不能然 然苟能於一山一水 着眼會心 則縱橫經過 無所不宜 表裏先後 何須論也".

20) 정치영, 「금강산유산기를 통해 본 조선시대 사대부들의 여행관행」, 『문화역사지리』 15집 3호, 2003, 23쪽.

21) 정치영, 앞의 논문, 22~26쪽.

22) 김창협, 〈동유기〉, 『농암집』 권23, 한국고전종합DB. 〈自摩訶至楡岾記〉.

무성하여 온 산을 물들이는 외금강의 풍경을 내금강에서는 보지 못했다고 하였다. 송환기는 이러한 내용을 〈동유기〉에서 읽고 '운치'를 말한 것으로 보인다. 송환기는 원주 감영에서 출발하였기 때문에 많은 유람객이 선택하던 길을 답습하지 않았지만, 강원도 관찰사로 관동지역을 순력巡歷했던 정철이나 김희의 노정과도 달랐다. 그는 동해에서 내금강으로 향하는 노정을 선택하였는데, 이러한 노정으로 인해서 여정에 운치가 적을 것을 염려하여 "눈으로 보고 마음으로 이해한다면 이리저리 지나가더라도 마땅하지 않은 곳이 없을 것"이라고 하였다. 와유록臥遊錄을 읽거나 유람객들의 이야기를 들으며 익숙해진 노정을 그대로 따라가기보다 직접 견문하고 대상을 인식하는 마음가짐이 중요하다고 말한 것이다. 그는 1780년 7월 29일부터 9월 29일 귀가할 때까지의 일정을 빠짐없이 기록하였는데, 그 일정을 정리해 보면 다음과 같다.

출발→문산→서원읍→봉암→진천읍 법왕촌→장후원→여강→청심루→보은사→석지현·분지현→안창→강무청→원주감영→오원역→회현→안흥역→문재→운교역→방림→대화→모노현→청심대→유현→횡계→오봉사→강릉→송담서원→오죽헌→해운정→사월촌→연곡→동산→상운정→양양읍→낙산사→관음굴→의상대→청간정→선유담→간성읍→열산→명파→고성→해금강→대호정→해산정→삼일포→사선정→몽천암→계월촌→양진→신계사→성직촌→옹천→쌍인암→조진→문암→통천읍→총석정→금란굴→통천읍→송림→조진→선생대→성직촌→금강산 신계사→옥류동→비봉폭→구룡폭포→만물초→장안사→발연사→효양치→원통사→송림굴→박달령→풍혈대→학소→유점사→구연동→선담→상암·효운동→은신대→불정암→안문재→

"內山多石而少土 外山多土而少石 多石故白而峭。多土故蒼而雄"

이허대→묘길상→마하연→화룡담→사자암→선담→귀담→진주담→분설담→벽하담→표훈사→만폭동→오인봉→금강대→청룡담→흑룡담→벽하담→분설담→진주담→보덕굴→표훈사→정양사→천일대→헐성루→표훈사→백화암→명운담→장안사→신원→단발령→통구→창도역→서운→상복령→산양역→낭천읍→마현→모진→인람역→소양강→봉황산의 정자→춘천읍→원창역→홍천읍→삼올치→창봉→횡성읍→원주감영→봉황산→완월루→귀석정→문막→흥원창→장후원→법촌→진천읍→봉암→승천→금곡→마포馬浦→귀가.

송환기는 노정을 따라 이동하면서 자신이 견문한 것을 김창협의 〈동유기〉 등과 비교하며 확인하였는데, 이러한 행동은 대상을 사실적으로 기록하려는 태도에서 비롯된 것이다. 귀로 듣는 여행이 아니라 체험하는 여행[23]이었기 때문에 이러한 비교가 가능했다.

송환기는 금강산 이외에 청량산과 지리산을 유람한 후에도 유람록을 남겼는데, 거주지에서 가까운 계룡산과 속리산에는 올라가 보지 못했다고 하였다.[24] 금강산은 예로부터 주목을 받던 지역이었고, 청량산은 주세붕과 이황의 문인, 지리산은 김종직과 조식의 문인들이 주로 유람한 장소였다. 그들은 산을 벽癖[25]이나 취趣[26]의 대상으로 생각한

23) 사대부들의 금강산 유람은 직접 걸으며 승지를 찾아가는 여행이 아니라 승려들이 안내해 주는 길을 따라 그들이 메는 남녀(藍輿)에 앉아서 하는 여행이 대부분이었다. 비록 그들도 선배(先輩)들의 유람록을 참고하면서 유람하지만, 승려들이 알려주는 장소를 답습하는 여행이 되기 쉬웠다. 송환기는 유람록의 사실성을 고증하면서 유람하였기 때문에 '귀로 듣는 여행이 아니라 체험하는 여행'이라 하였다.

24) 청량산은 주세붕과 이황의 문인, 지리산은 김종직과 조식의 문인들에게 주목을 받았고, 이들 산에 올라간다는 것은 유람의 의미보다는 그들이 존경하던 분들의 학문을 계승한다는 의미를 지니고 있다.

25) 만인백, 〈遊賞〉, 『금강산유산록』 2, 민속원, 2019, 11쪽. "余素有山水癖".

것이 아니라 학문수양의 장소이자 강학講學의 공간으로 인식하였다. 속리산에 대한 유람록은 대부분 17세기 초중반부터 19세기 후반까지 기록되었는데, 기록자는 주로 충북 보은과 연관이 있는 인물이거나 우암 송시열과 수암 권상하의 학통을 잇는 제자[27]들이었다. 송환기도 송시열의 후손이었기 때문에 속리산을 유람하고 싶었을 것이지만, 지방관이나 지인知人의 도움 없이 개인적으로 유람을 다녀오기 어려웠던 시대였기 때문에 실행에 옮기지 못했던 것으로 보인다.[28] 이러한 이유로 속리산이 가까이 있지만 가보지 못했음을 탄식하였다.

## 3. 〈동유일기〉의 서술적 특징

### 1) 일기형식의 잡록

〈동유일기〉는 일정에 따라 기록하는 일기형식의 잡록雜錄이다. 날짜별로 자신의 여행을 기록하는 일기형식은 이곡[李穀, 1298~1351]의 〈동유일기〉에서도 발견되는데, 조선 시대에 들어와서는 여행 체험을 기록하는 방식이 다양[29]해졌다. 18세기 이후에는 와유록 편찬과 유통,

---

26) 정민, 「18세기 산수유기의 새로운 경향」, 『조선후기 소품문의 실체』, 태학사, 2003, 153쪽.

27) 김용남, 「이상수의 속리산유기에 드러나는 의론의 강화와 그 특징」, 『고전문학과 교육』 17, 37~38쪽. 김종직과 조식의 문인들은 지리산, 주세붕과 이황의 문인들은 청량산, 송시열과 권상하의 문인들은 속리산을 유람하고 기록을 남겼다.

28) 정치영, 「유산기로 본 조선시대 사대부의 청량산 여행」, 앞의 논문, 65쪽. 송환기의 청량산 유람은 예안 현감으로 있던 종형의 도움을 받아서 이루어졌다.

29) 정우봉, 앞의 논문, 132~133쪽. 작가의 견문과 체험과 의론을 자유롭게

산수유기 작품집의 편찬[30] 등에 힘입어 잡록이 중요한 글쓰기 방식으로 대두하였고, 송환기의 〈동유일기〉도 『성담집性潭集』에서 기記가 아니라 잡록雜錄[31]편에 수록되었다.

송환기는 〈동유일기〉에 유람과 관련된 경물 묘사 외에도 유람 도중에 보고들은 지역의 역사, 역사 유적의 유래, 생활과 풍속, 건축, 제도, 일화 등에 자신의 평評을 덧붙여 기록하였다. 날짜에 따라 노정과 행적을 기록하되, 하루도 거르지 않고 날짜별로 관찰하거나 전해 들은 이야기와 승경勝景을 구체적으로 기록하였다. 일상적인 일과만 반복되는 경우에는 날짜만 적거나, 날짜와 날씨만 기록하기도 했다. 이처럼 일기형식으로 체험을 기록하는 방식은 조선전기에 등장하여 점차 보편화 되었고, 조선 후기에는 유기의 다수가 이러한 형식을 지니게 되었다. 이처럼 여행 체험과 견문을 일기형식으로 기록한 것은 자신의 체험을 시간의 경과에 따라 자세하게 기록하여 여행 체험을 기억하는 자료로 삼기 위해서이다. 이러한 기록은 여행을 떠나지 못하는 주변인에게 다양한 견문을 전달해 주는 독서물[32]이자, 여행지의 길잡이의

---

필기의 방식으로 써 내려가는 필기잡록화(筆記雜錄化)의 방식, 견문과 감상을 항목별로 세분화하여 기록한 세목화 방식, 편폭이 짧아지는 소형화 방식, 하나의 풍경처를 소재로 한 다수의 독립된 소품(小品)들을 하나로 묶는 조합화(組合化) 방식, 그림과 산수유기를 결합하는 글쓰기와 평비본(評批本) 형태의 글쓰기 등 다양한 방식이 있다. 그림과 결합된 산수유기도 그 중의 하나이다.

30) 정우봉, 위의 논문, 122쪽.

31) 김창협의 〈동유기〉는 『農巖集』에서 기(記)에 수록되어 문집을 편찬한 지식인들이 유기(遊記)로 인식하고 있었지만, 1891~1907년 사이에 간행된 『性潭集』에서는 송환기의 〈동유일기〉를 잡록으로 인식하여 잡록 편에 수록하였다.

역할을 하였다.

송환기의 〈동유일기〉에는 일기형식의 잡록이 주류를 이루지만, 한시도 수록되어 있다. 〈동유일기〉에 수록된 한시는 평소 그가 외우고 있던, 대상이나 현장을 효과적으로 표현하기 위해 차용한 것이다. 그는 관동지역을 유람하면서 "다른 일행은 시를 지어 자취를 드러냈는데 지금 나는 단지 선조의 시를 지어 답할 따름"[33)]이라는 태도를 보인다. 이로 인해서 봉암에서 채복휴[蔡復休, 1701~1778]가 말한 "그대의 이번 유람에는 반드시 시 주머니가 풍부할 테니 돌아갈 때 그것을 얻어 볼 수 있기를 청한다."[34)]던 창작 한시는 기록될 여지가 적었다.

송환기도 지식인이라 한시를 창작하려는 욕구가 없었던 것은 아니었다. 그는 관찰사에게 "누각에서 보이는 경치는 시가 되지 않는 것이 없는데 어찌하여 시를 지어 읊지 않고 (중략) 끝내 한 구절도 시를 창수함이 없는 것은 매우 졸렬합니다."[35)]라고 말한 점, 관동지역을 유람하면서 지은 한시 11수가 문집에 수록되어 있다[36)]는 점으로 볼

---

32) 장정수, 앞의 논문, 25쪽.

33) 송환기, 〈동유일기〉 8월 22일, 앞의 책. 90쪽. "各賦詩以見志 今吾只當誦先祖詩而答之耳".

34) 송환기, 〈동유일기〉 8월 1일, 앞의 책, 66쪽. "君之今行 必有奚囊之富 歸過時 可使得覽耶".

35) 송환기, 〈동유일기〉 9월 1일, 앞의 책, 120쪽. "此樓所見 無非詩者 何不題詠而空爲此也 (중략) 而終末有一句唱酬者 拙甚矣".

36) 『성담집』에 〈發楓嶽行到鳳巖〉, 〈仲秋月夜 獨登鏡浦臺〉, 〈海雲亭敬次先祖韻〉, 〈烏竹軒敬次丈巖韻〉, 〈登海山亭〉, 〈入新溪寺〉, 〈憩玉流洞〉, 〈觀九龍淵瀑布〉, 〈踰鴈門岾 過萬瀑洞〉, 〈歇惺樓〉, 〈自楓嶽歸到原營 九日陪金丈相庚 登鳳凰山〉 한시 11수가 수록되어 있으므로 그가 관동지역을 유람하면서 한시를 창작했음을 알 수 있다.

때 송환기도 관동지역을 유람하면서 한시를 창작했음을 알 수 있다. 다만, 〈동유일기〉에 자신의 한시창작에 관한 내용을 기록하지 않았고, 문집을 간행한 이들도 〈동유일기〉와 창작한 한시를 구분하여 정리했음을 알 수 있다.

## 2) 경景·정情·의議의 구성

송환기가 기록한 〈동유일기〉는 유산록이다. 유산록은 경물을 묘사하고 유람객의 행위를 서술하는 문체로 작가는 유람하면서 만나는 경물을 시의 인용이나 비유를 통하여 표현하였다. 유기는 경물을 사실대로 그려내는 경景, 경물에서 촉발된 작가의 주관적 정서인 정情, 작가가 펼치는 의론인 의議로 구성[37]하였다. 의론은 철학적 사유를 기반으로 자신의 의견을 펼치는 글쓰기이지만, 일반 논설문과는 달리 구체적인 경물과 환경에서 떠날 수 없다.[38] 이러한 의론과 표현 수법을 서술하는 정도는 기록 시기와 기록자에 따라 달라졌다.

> ① 산의 안쪽과 바깥쪽은 푸르고 붉고 누렇고 흰 빛깔이 어지러이 깔려 무늬를 이루었는데, 저마다 자연의 본성에 따라 형성된 이치가 부여되어 있었다. 애당초 누가 이렇게 되도록 하였는지는 알 수 없으나 현기증이 날 정도로 찬란한 빛이 한데 어울려 서로 비추어 산을 유람하는 사람의 볼거리를 이바지하고 도를 닦는 인자仁者에게 자기 반성을 할 수 있게 하기에 충분하였다. 주자[周子, 周敦頤]가 뜨락에 자라나는 풀을 보고 만물이 생성하는 이치를 탐구하고 맹자孟子가 우산牛山의 나무가 자꾸 잘리는 것으로 사람의 선한 본성이 상처를 받는 것에 비유한 한탄이 비록 크고 작은 형세가 다르고 흥성하고 쇠퇴한 자

37) 장정수, 앞의 논문, 9쪽.

38) 진필상, 『한문문체론』, 심경호 옮김, 이회, 1995, 123쪽.

취가 다르지만, 군자가 사물을 보고 감회를 부치는 것은 애초에 같은 것이다[39].

② 올라가 조망하는 상쾌함은 비로봉에서 다했고, 수석의 기이함은 만폭동에서 보았네. 그러나 땅에는 높낮이가 있고, 경치는 대소의 차이가 있네. 하나라는 측면에서 보면 이는 모두 내 성정 속의 사물이니, 이는 피차가 없고 도는 물아의 구분이 없네. 장차 큰 것을 보고 작은 것을 포괄하며, 높은 것을 거론하여 낮은 것을 깨우치고자 하네. 절로 차례가 있으니 굳이 서두를 것이 없네.[40]

①은 16세기 대표적 학자이면서 문인인 한강 정구[鄭逑, 1543~1620]가 가야산을 유람하고 지은 〈遊伽倻山錄〉의 일부이고, ②는 창곡 이현영[李顯英, 1573~1642]이 금강산을 유람하고 지은 〈楓嶽錄〉의 일부이다. 정구는 산색山色을 보고 사람의 본성에 대해 탐구하였고, 이현영은 금강산의 승경勝景을 보고 사물에는 차례가 있지만, 성정性情은 피아와 물아를 구분할 수 없다(理無彼我 道無物我)는 이치를 말하였다. 이처럼 의론에는 자연경관에 대한 평, 자연현상에 대한 해석, 유람과 인품의 관계 등 다양한 내용을 기록할 수 있다.

송환기는 강원 감사와 금강산에서 나눈 이야기는 "산수를 평론하는 것"[41]뿐이었다고 할 정도로 산수에 대한 평評을 중요하게 생각했다.

---

39) 정구, 〈유가야산록〉, 『寒岡集』 권9, 김지현 번역. "山之內外 靑紫黃白 散落成文 各隨造物之天 以寓生成之理 初不知孰使之然 而爛熳趣色 混茫相映 足以供遊人之賞 而資仁者之反求 周子庭草之玩 孟子牛山之歎 雖大小異勢 盛衰殊迹 君子之所以觀物寓懷 則蓋未始不同也".

40) 이현영, 〈풍악록〉, 『금강산유람록』10, 민속원, 2019, 187쪽. "其登眺之快, 則於毗盧盡之矣, 其水石之奇, 則於萬瀑見之矣. 然地有高下, 景有大小, 以一視之, 皆吾性情中物, 而理無彼我, 道無物我. 將欲見大管小, 擧高喩下, 自有次第, 不必急遽爲也".

41) 송환기, 〈동유일기〉 8월 25일, 앞의 책, 99쪽. "所話只評論山水而已".

자연경관에 대한 평도 의론으로 볼 수 있고, 작가의 사상과 감정이 산천의 기록과 묘사 속에 함축될 수도 있다. 스스로 산수에 대한 평을 중시했다고 하였으니 〈동유일기〉에 의론이 드러나는 것은 당연하다. 그는 경景·정情·의議의 형식으로 만물상에 대한 경험을 기록하였다.

> 이 산에 한 골짜기가 있는데 이름이 만물초이다. 기이한 형상이 다 갖추어져 있는 것이 마치 풀이 만물을 빚어내는 것과 같기 때문이라고 한다. 나는 그곳을 찾아가 보고 싶은 마음이 있어서 승려를 불러 지나는 길이 먼지 가까운지를 물어보았다. 이군수가 "만물초가 세상에 알려진 것은 대개 근세부터인데 사람들이 전하여 일컫는 일이 많습니다. 더욱 이름나길 좋아하는 자들이 찾습니다."라고 하였다. 나는 또한 처음 들을 적에는 별천지라는 말로 이해했는데, 이르러 보니 전혀 일컬을 만한 것이 없었다. 사물의 이름이 실제보다 지나친 것이 이와 같다.[42]

위의 예문은 '만물초'를 구경한 일에 관해 기록한 것이다. 만물초는 '만물상'으로 알려진 명소로 강원도 고성군에 위치하여 외금강을 대표하는 장소이다. 19세기까지 방문자가 거의 없었는데, 이것은 기본 노정에서 멀리 떨어져 있어 안내자를 구하기 어려웠기 때문이다.[43] 그러므로 당시에는 '이름나길 좋아하는 사람'이 찾는 공간이라는 인식과 '별천지', '기이한 형상을 다 갖추고 있는 공간'이라는 인식이 공존하고 있었다. 송환기는 채복휴 등을 통해 관동지역의 아름다운

---

42) 송환기, 〈동유일기〉 8월 26일, 앞의 책, 104쪽. "此山有一谷 名萬物草 謂其奇狀極備 若草出萬物也 余有往尋意 招僧問其經由遠近 李使君以爲萬物草之聞於世者 蓋自近世 而人多傳稱 尤爲好名者所取 吾亦初聞 意其謂別天地 及見之 全無可稱 凡物之名 浮于實 有如是矣".

43) 정치영, 「금강산유산기를 통해 본 조선시대 사대부들의 여행 관행」, 앞의 논문, 24~27쪽.

경치와 정취를 듣거나, 선배들의 〈해산록〉, 〈동유기〉 등을 읽으면서 만물초를 유람할만한 공간으로 인식하고 있었다. 그러하기에 승려를 불러 위치를 확인하고, 직접 찾아갔으나 그가 발견한 것은 "전혀 일컬을 만한 것이 없는" 공간이었다. 이로 인해 촉발된 정서는 허무함[情]이었을 것이고, "사물의 이름이 실제보다 지나친 것"이라고 인식[議]하게 되었다.

### 3) 사실적 서술과 고증적 태도

"산을 유람하는 사람은 등산기가 없을 수 없고, 등산기가 있으면 유람에 매우 유익하다."[44]는 퇴계의 언명은 지식인들의 산행이 뒷사람의 산행이나 와유臥遊에 도움을 주어야 한다는 의미이다. 송환기도 유람을 준비하면서 『해산록』을 구해 읽었는데, 그 책에 "유람에 대한 기록만 아니라 상당히 좋은 이야기를 수록하고 있다."[45]고 하였다. 유기에는 유람에 관한 내용뿐만 아니라 좋은 이야기를 많이 기록해야 한다는 의미로 보인다. 그가 말한 '상당히 좋은 이야기'는 무엇이겠는가? 〈동유일기〉에 관동지역을 유람한 내용만 아니라 음식, 풍속, 역사, 지리 등 다양한 내용을 기록하고 있다는 점을 생각해 보면, 다양한 정보를 제공하는 것을 표현한 것이라 할 수 있다. 송환기는 관동지역을 여행하면서 자신이 실제 경험한 사실을 중심으로 유산록을 기록했는데, 이때 수사적 기법이나 치밀한 묘사보다 고증을 더 중시하였다.

---

44) 이황, 〈유소백산록〉, 『퇴계선생문집』41. 한국고전종합DB. "遊山者不可以無錄 而有錄之有益於遊山也".

45) 송환기, 〈동유일기〉 8월 1일, 앞의 책, 66쪽. "頗多好說話 不但記遊覽之勝而已".

묘사보다 고증을 더 중시하는 태도, 다양한 정보를 진실성 있게 기록하는 태도는 지식인이 유산록을 기록하는 행태일 것이다.

송환기는 18세기 노론을 대표하는 성리학자이기에 그의 인식 저변에 성리학적 인식이 자리하고 있음은 물론이다.

> 읍치의 형태와 규모를 살펴보니 참으로 그윽한 곳의 큰 관아였다. 이곳은 본래 예국이었는데 한나라 원봉 연간에 우거를 토벌하여 사군을 정할 때 임둔으로 삼았는데, 땅이 말갈과 이어져 있다. 일찍이 『후한서』에 이곳의 아름다운 풍속을 일컬은 것이 많아서 괴이했는데 이제 산천을 살펴보니 매우 아름답다. 신라와 고려 때 소경을 설치했으며, 우리 조정에서는 대도호부를 삼았으니 어찌 이유가 없겠는가?[46]

송환기는 8월 15일 강릉에 도착하였다. 강릉에는 단오굿 무가, 강릉매화타령, 홍장고사 등 다양한 서사가 전하고 있지만, 지역을 중심으로 널리 알려진 이야기를 채록하기보다 문헌을 통해 확인한 강릉의 역사, 풍속, 산천의 경물 등을 기록하였다. 구술로 전해지던 설화보다 문헌으로 확인한 사실을 고증하여 후대의 유람에 도움이 되는 글을 쓰기 위해서였다. 이처럼 〈동유일기〉에는 다양한 정보와 재미있는 이야기, 그리고 역사나 문학적 표현 등 인문지리적 인식과 결합하여 제시되고 있다. 이러한 정보는 작가 나름의 고증을 거쳐 사실로 확인한 것이고, 이러한 이야기들이 모여 관동지역에 대한 이미지를 형상화하였을 것이다.

송환기 일행의 최종 목적지인 금강산은 오랜 시간 동안 불교 성지,

---

46) 송환기, 〈동유일기〉 8월 16일, 앞의 책, 77쪽. "覽觀刑制 儘奧區巨府也 此地本濊國 漢元封中 討右渠定四郡時 爲臨屯 而地連靺鞨 嘗怪後漢書多稱其美俗 今見山川 甚佳 羅麗之置小京 我朝之爲大都護 豈無以哉".

성리학적 이념의 실천공간, 유람과 놀이의 공간[47] 등으로 인식되고 있었다. 사찰에는 금강산에 불교가 정착하는 과정을 기록한 이야기가 기록되어 전해졌고, 이 이야기들은 승려들의 입을 통해 외부세계로 전파되었다. 그런데 이런 이야기는 역사적 사실이라기보다 믿기 어려운 설화 형태로 전하고 있다.

유점사楡岾寺에 있는 오탁정은 바위 감실을 사용해 물을 저장[48]하는 우물로 "유졈ᄉᆞ 지을 적의 물이 업셔 어렵더니 홀련 ᄶᅡ마괴가 ᄶᅡ흘 ᄲᅩ아 물이 나니 일홈 짓기을 오작슈라"[49]는 설화를 간직하고 있는 공간이다. 송환기는 오탁정의 설화를 기록하지 않고, "오래되었지만 까마귀가 이르지 않고 새도 없으니 맑고 차갑다"[50]는 내용을 소개함으로써 '오래된舊' 역사와 '맑고 차갑다洌寒'는 우물의 속성을 전하고 있다. 송환기는 금강산을 선계仙界, 봉래동부蓬萊洞府 등의 탈속적脫俗的 공간으로 인식하면서도 고증을 통해 사실로 확신할 수 있는 이야기만 기록하려고 했다.

조선 시대 지식인들은 산수를 유람할 때 전대의 유람록을 지참하였다. 지식인들은 지리지와 역사서를 참고하여 그 지역에 대한 사전지식을 얻었고, 먼저 유람했던 사람의 기록을 고증하기까지 하였다. 이러

---

47) 유승훈, 「근대 자료를 통해 본 금강산 관광과 이미지」, 『실천민속학연구』 14, 실천민속학회, 2009, 346~347쪽.

48) 이병운, 〈동정일록〉, 『금강산유람록』10, 민속원, 2019, 196쪽.

49) 김영근, 〈금강산졀긔 동유록〉, 구사회·김영, 「새로운 한글 유산록 금강산졀긔 동유록의 작자와 작품분석」, 『동악어문학』73, 동악어문학회, 2017, 330쪽.

50) 송환기, 〈동유일기〉 8월 29일, 앞의 책, 110쪽. "舊 不至無禽 可見其洌寒也".

한 고증을 통해 자신의 기록을 보완할 뿐 아니라 자신이 습득한 정보에 대해서 사실 여부를 확증함으로써 선대 유람록의 오류를 찾아내 수정하기도 했다.

> 삼주의 〈동유기〉에 이곳 여러 못을 매우 상세히 기록해 놓았는데 못의 이름과 수가 지금 보는 것과 대략 같지 않은 점이 있다. 벽하담 진주담 같은 경우는 차례가 서로 바뀌어 있다. 형상을 묘사한 것을 찾아보면 기록한 내용에 틀린 것이 없는 듯하다. 이는 아마도 바위에 이름을 새긴 것이 근세의 일이니 거처하는 승려가 잘못 가리킨 데에 기인하여 그러한 듯하다.[51)]

위의 예문은 송환기가 김창협의 〈동유기〉를 읽고 현장과 대비한 후 자신의 의견을 기록한 것이다. 김창협과 송환기의 유람은 110년 차이가 있었고, 그 시간 동안에 발생한 오류를 기록하여 이를 수정하고자 한 것이다. 그는 “바위에 이름을 새긴 것이 근세의 일이니 거처하는 승려가 잘못 가리킨 데에 기인”한다고 오류의 원인을 제시하였다. 이러한 인식은 임규[任奎, 1620~1687]가 김창협에게 조언한 “명칭은 단지 중이 손가락으로 가리키는 것에 의지”[52)]한다는 내용과도 통한다. 많은 유람객이 선배들의 유람록을 그대로 인용하는 잘못을 범하기도 하지만 이처럼 고증을 통해 오류를 바로잡으려는 노력이 지속되었음을 알 수 있다.

---

51) 송환기, 〈동유일기〉 9월 1일, 앞의 책, 115쪽. “三洲東遊記記此諸潭甚詳 而名與數 與今所覩 畧有不同 至於碧霞眞珠 第次互換 尋究其所摸狀 則所記恐無謬舛 豈巖刻出於近世 因居僧誤指而然歟”.

52) 김창협, 〈동유기〉 8월 16일, 한국고전종합DB. “某地某山者 只憑僧手指而已”.

송환기는 선배들의 유람록 등의 기록 외에 주변 사람들로부터 정보를 습득하고, 기록하는 방식도 사용하였다. 현장과 관련된 내용을 기록하면서 조선의 속언은 물론 중국의 고사, 백거이의 「태호석기」 등 시문, 『지리지』, 『후한서』·『강목』 등의 전대 문헌을 적극적으로 활용하여 사실을 전달하고자 했다. 그렇기 때문에 지식인 독자들의 만족도를 충족시킬 수 있었을 것이다.

## 4. 〈동유일기〉에 기록된 인식 세계

### 1) 성리학적 합리성에 기반한 외물 인식

유기는 산행을 하면서 견문한 사적이나 풍경, 여기에서 촉발되는 자신들의 감정이나 관점을 기록한 문체[53)]이다. 여기에 현실적인 문제, 문화유적, 일화, 산에서 촉발된 자각과 자긍심 등을 기록하면서 자신들의 이념적 욕구를 충족시켰다. 송환기는 이러한 전통을 계승하여 자신의 관동유람을 〈동유일기〉에 남긴 것이다.

송환기는 성리학자로서 자연을 완상하고 도를 탐구하는 태도를 지니고 있지만, 젊은 시절에는 승경勝景에 감탄하고 흥취興趣에 도취하기도 했다. 쉰 넷 중년의 나이에 과거의 기억이 남아있는 장소를 다시 방문한 것이니, 그 공간은 과거의 기억과 현재가 교차하는 독특한 장소성을 지닌다. 그 장소에서 동일한 대상을 인식하였지만, 혈기 왕성했던 젊은 시절과 달리 현재의 송환기는 대상을 한걸음 뒤에서 조망眺望하는 여유가 있었다.

53) 호승희, 「조선전기 유산록 연구」, 『한국한문학연구』 18, 한국한문학회, 1995, 116쪽.

> 수십 년 전 흥원에서 배를 타고 한양으로 가다가 이곳을 지났는데, 물 가운데 홀연히 석대와 산의 누각이 석양 속에서 은은히 비치는 것이 보였다. 황홀한 신선세계가 지척에 있으니 젊은 나이에 매우 흥에 겨워 나도 모르게 황급히 소리를 쳤다. 그리고 노를 저어 절 아래에 배를 대게 하려 했지만 함께 탔던 여러 사람이 웃으면서 응하지 않았다. 순식간에 꿈속처럼 지나갔지만 오랫동안 마음속에서 잊을 수 없었다. 지금 올라와 바라보니 옛날의 아름다운 경치는 변함이 없으나 흥취는 그다지 전과 같지 않았다. 안목이 젊은 시절에 알고 보았던 것보다 높기 때문에 그런 것이 아니겠는가? 그렇지 않다면 혹여 멀리서 바라보는 것이 가까이서 보는 감상보다 나은 점이 있어서일 것이다.[54)]

위의 예문은 송환기가 자신의 과거와 현재 경험을 반추反芻하며 의론을 드러낸 것이다. '신선 세계'로 형상화된 석양 속의 석대와 산의 누각은 과거의 기억과 현재의 공간에 실재한다. 이 경물이 젊은 시절의 송환기에게는 감정을 주체할 수 없게 했지만, 현재의 송환기에게는 평범한 풍경으로 인식되었다. 과거와 현재의 경물[景]은 동일하지만, 이로 인해 촉발되는 정서[情]는 상반되게 나타난 것이다. 송환기는 경물에 대한 자신의 감정을 깊이 성찰한 결과 '안목의 성장'과 '대상과의 거리 차'로 인해 인식의 차이가 발생했다는 의론[議]에 이르게 되었다. 경물에 대한 인식의 차이를 성찰하고 결과를 도출해 낸 송환기에게 경물은 독특한 경험을 제공한 것이다. 이처럼 노정에서 접하게 된 경치와 만난 사람들을 과장하거나 미화하지 않고, 견문한 대상을

---

54) 송환기, 〈동유일기〉, 앞의 책, 69쪽. "數十年前 自興原乘舟向漢城 過此而在水中央 忽見石臺山樓隱暎於斜陽中 恍惚仙境 在咫尺間 壯歲逸興 殆不覺狂呌 欲移泊寺下 同舟諸人 笑而不應 儵忽若夢裏過 久不能忘于懷 今玆登臨 依俙往時佳景 而興趣則大不如前 豈其眼目有高於少日知見耶 抑或騁望有勝於臨眺趣味也".

있는 그대로 옮겨 적으면서 대상에 대한 자신의 의견을 개진할 수 있었던 것은 자신을 성찰할 수 있었기 때문이다.

그는 관동지역을 유람하면서 성리학적 합리성을 기준으로 사물을 인식하고 사물의 타당성을 논하거나 사물이 지닌 의미를 제시하였다.

> 속언에 전하는 담무갈이 빛을 발하자 고려의 태조가 이마를 땅에 대고 절을 올렸다는 설은 믿기에 부족한 점이 있다. 이 산의 여러 봉우리는 모두 불경의 황망한 말과 여러 부처의 음혼한 이름을 덮어쓰고 있어서 부끄럽고 한스러운 바가 실로 퇴도가 청량산에서 부끄러워하고 한스러워했던 바와 같은 점이 있다. 그러나 이것이 선계의 빼어난 경치에 무슨 훼손하는 일이 있겠는가?[55]

위의 예문은 정양사 뒤쪽 방광대放光臺에 얽힌 설화를 듣고 의론을 기록한 것이다. 그는 설화와 관련하여 '성리학적 인식'과 '불교적 인식'을 보여준다. 담무갈 부처와 고려 태조의 이야기는 역사가 아니라 설화로 불교가 금강산에 정착하는 과정을 설명하고 있다. 불교가 정착한 지역에서는 봉우리, 바위, 폭포, 웅덩이 등에 불교식 이름이 명명되었는데, 그 명칭들이 부끄럽고 한스럽게 느껴진다고 하였다. 이러한 인식은 퇴도退陶 이황[李滉, 1501~1570]의 생각과 일치하는 것으로, 송환기는 이 점을 부각함으로써 자신의 주장에 합리성을 확보하려고 했다.

이황의 은거지 부근에는 청량산이 있다. 이 산은 16세기 이전까지 안동의 작은 산으로 유람객이 많지 않았지만, 20개 이상의 사찰과

---

55) 송환기, 〈동유일기〉 9월 1일, 앞의 책, 119쪽. "其諺傳曇無竭放光 麗太祖頂禮之說 有不足信也 此山諸峯皆冒竺書荒茫之語 諸佛淫昏之號 其所羞恨實有如退陶之於淸凉山者 然是於仙區勝槩 有何損哉".

암자가 들어서서 불교식 명칭이 흔하게 발견되던 장소이다. 산 인근에는 주세붕과 이현보 등의 은거지도 있었다. 이들을 존경하여 학문과 덕행을 배우려는 사대부가 모여들었고, 이에 청량산도 유람객이 방문하는 명소가 되었다. 이황은 벼슬에서 물러난 이후 두 차례 청량산을 유람하였고, '오가산吾家山'이라 명명하며 각별한 애정을 표현하기도 했다. 하지만 이황은 안식처로 여기던 청량산을 유람하면서 '부끄러워하고 한스러워'[56]했다고 하였다. 송환기는 이황의 이 말을 인용하여 금강산을 유람하면서 느낀 심정을 표현한 것이다. 그러면서 불교 명칭이 "선계의 빼어난 경치"를 훼손할 수 없다고 말하여 물상의 외면보다 본질이 중요하다는 인식을 드러내었다.

이러한 성리학적 인식은 발연사鉢淵寺 부근의 폭포에서 목격한 '치폭'놀이의 유래담에서도 발견할 수 있다. 송환기는 8월 29일 진표율사가 창건한 발연사 인근에서 한 승려가 물을 좇아가며 바위를 건너 달리는 놀이를 보았고, 놀이 유래담을 들었다. 유래담을 들으면서 "그의 말이 비록 믿기에 부족했지만 또한 떳떳한 윤리는 없앨 수 없음을 알 수 있으니, 저 불가의 가르침은 과연 무슨 법도란 말인가?"[57]라는

---

56) 이황, 『퇴계집』, 언행록 5, 類編, 한국고전종합DB. "선생께서 젊었을 때 청량산(淸凉山)을 유람하고서 〈백운암기(白雲菴記)〉를 지었는데, 그 절의 중이 그것을 새겨서 암자의 벽에 붙여 두었다. 선생은 만년에야 그 말을 듣고 곧 떼어버리라고 하였다. 또 산승이 와서 시를 청하면 비록 거절은 하지 않았지만 다만 자연의 경치만 적어 주고 한 자도 불교에 대한 것은 쓰지 않았다."(少時遊淸涼山 作白雲庵記 寺僧刊留庵壁 先生晩乃聞之 卽令去之 山僧來請詩 雖或不拒 而但寫煙霞水石之勝以付之 無一字及於僧家者).

57) 송환기, 〈동유일기〉 8월 29일, 앞의 책. 106쪽. "其言雖不足言 亦可見彛倫之不可殄滅 彼釋氏之敎 果何帛哉".

견해를 밝혔다. 불교를 비판적으로 인식하면서도 부모를 봉양하려는 진표율사의 행동에서 놀이가 발생했다는 사실을 알고서는 불교의 교리도 의미를 지니는 것인지 반문하고 있다. 놀이 유래담의 주인공인 진표율사는 통일신라 시대의 인물로 〈해동고승전〉에도 기록되어 있다. 송환기는 오래된 일이라서 놀이 유래담의 사실 여부를 파악하기가 쉽지 않아 믿기 어렵다고 하였지만, 유래담에 담긴 '떳떳한 윤리'와 '불가의 법도'에 대한 의론을 제시하였다.

이러한 기록에서 송환기가 금강산과 관련한 설화들을 판단하는 기준이 성리학에 있음을 알 수 있다. 송환기는 〈동유일기〉에 민간에 전하는 설화나 불교 관련 설화에는 큰 관심을 보이지 않았다. 그가 관심을 갖고 기록한 설화는 지역과 관련된 인물의 행적을 드러내는 일화였고, 그에 대한 인식도 성리학적 인식하에 제시되었다.

### 2) 여행지에서 느끼는 자긍심과 연민의 정

조선 시대에 관동지역을 유람하기는 쉽지 않았다. 경제적 기반을 갖추고 있거나 관직에 있는 지인의 도움을 받아야만 가능했다. 출사하지 못한 향촌 사대부의 경우에는 한양 사대부보다도 경제적으로 여유롭지 못하여 유람을 지속하기도 힘들었다. 이에 박순우는 〈동유록〉에서 양식 조달과 숙박의 문제가 금강산 유람길 내내 가장 큰 난관[58]이라고 하였다. 노론을 대표하는 송환기도 "쌀을 사서 밥을 해 먹었는데 매우 힘들고 고생"[59]했다는 사실을 밝히기도 했다. 이런 난관을 극복하고 유람을 떠나는 지식인이 여행 노정에서 자긍심과 연민의 정을

---

58) 유정선, 앞의 논문, 245쪽.

59) 송환기, 〈동유일기〉 8월 4일. 앞의 책, 70쪽. "買米炊飯 極艱辛".

느끼는 일은 적지 않았고, 그들은 이를 유산록에 고스란히 담았다.

송환기는 관찰사 김희의 권유로 원주 감영에 머물면서 관동지역 유람을 준비하였다. 관동지역을 유람하면서는 자신이 머물렀던 바위나 건축물에 제명題名하였는데, 이러한 풍조는 유산록에서 흔히 발견된다. 금강산을 유람하는 지식인들은 시간을 내어 선학先學의 자취를 찾았고, 그곳을 먼저 다녀간 사람들의 이름이나 글귀를 발견하면 기뻐하였다. 시간이 흘러 선학들의 흔적이 마멸磨滅되었을 때는 안타까움을 표출하기도 했다. 지식인의 문자표현은 그들의 자긍심을 외부로 투사하는 방법이었고, 가족과 가문, 동료와의 유대감을 확인할 수 있는 수단이었다. 그렇기 때문에 "바위에는 예나 지금의 친척과 벗들의 이름이 많아 황홀하게도 그들을 직접 보는 듯했고, 또한 삶과 죽음의 감회가 없지 않았다."[60]는 인식이 나타날 수 있었다.

승지를 유람하며 자신의 이름을 새겨 넣는 제명은 행위자의 사회적 위상에 따라 각기 다른 의미를 지니고 있다. 이상수는 유람객들이 금강산에 제명하여 "장안사 동문洞門부터 명경대, 만폭동에 가득하여 주먹만 한 돌이라도 빈틈을 남긴 것이 드물다."[61]며 일반성一般性을 제시하였다. 송환기도 관동지역을 유람하는 동안 선조들의 사당을 발견하면 봉심奉審하였고, 제명을 발견하면 애써 이를 기록하였다. 그에게 선조의 흔적이 남아있는 장소는 단순한 공간이 아니라 가문의 위상과 자긍심을 드러내는 공간이었다. 송환기는 금강산에서 송시열

60) 신광하, 〈동유기행〉, 『금강산유람록』10, 민속원, 2019, 30쪽.

61) 이상수, 『峿堂集』 권13, 〈表訓北萬瀑八潭記〉, 한국고전종합DB. "金剛題名 自長安寺洞門始 盛于明鏡臺 極于萬瀑洞 盖拳石鮮有閒者 如入五都之市".

의 흔적을 찾으려 노력하였다. 금강산은 송시열의 학풍을 계승한다는 자긍심을 은연중에 표출하는 장소였기 때문이다. 정치에서 멀어진 향리의 경우에는 제명행위가 정치적 소외감에 대한 보상의식[62]이라는 의미를 지니기도 한다.

송환기 일행이 유람한 지역 관리들은 그를 맞이하여 융성하게 접대하였다. 이런 일이 반복되자 "성의가 매우 근실하여 사양할 수 없는 점이 있었지만, 분수에 맞지 않아 끝내 편안하기가 어려웠다."[63]는 심정을 밝히기도 했다. 지방관의 이러한 배려는 그가 송시열의 직계 후손으로 노론을 대표하는 인물이었기 때문으로 보인다. 이들 지배층과 달리 백성의 삶은 매우 괴롭고 고생이 심했다. 송환기는 이러한 실정을 알고 있었기 때문에 "칡 신을 신고서 서리를 밟는(葛屨履霜)"[64] 현실에 탄식하였다. 이러한 인식에도 불구하고 그의 유람은 백성들의 폐해로 이어졌다.

> 나는 이번 유람에서 나의 여정을 알리고 싶지 않았지만, 산길에 여관이 드물어 부득이 역원의 마을로 들어갔다. 데리고 간 감영의 노비들은 행색이 저절로 드러나 마을 백성들로 하여금 견여를 메고 맞들며 바삐 걷는 수고를 면하지 못하게 하였으니, 특히 미안한 마음이 들었다.[65]

62) 유정선, 「18·19세기 기행가사 작자층의 성격변화 연구 : 〈금강별곡〉과 〈금강산유산록〉을 중심으로, 『한국시가연구』 6, 한국시가학회, 2000, 245쪽.

63) 송환기, 〈동유일기〉 8월 19일, 앞의 책, 73쪽. "其意勤至 有不得辭却 拙分終覺難安".

64) 송환기, 〈동유일기〉 8월 24일, 앞의 책, 97쪽. "有葛屨履霜之歎".

65) 송환기, 〈동유일기〉 8월 13일, 앞의 책, 73쪽. "余之今行 不欲爲歷路所知 而山路店稀 不得已入驛村 所帶營隷 自露行色 未免使村氓有擔舁奔走之勞 殊覺歉然".

위의 예문은 마을 사람들이 견여肩輿를 메고 숙소로 들어가는 장면이다. 사대부들이 금강산을 유람할 때는 사찰의 승려들이 영역을 나누어 가마꾼과 길 안내자가 되었다. 사대부들은 남여籃輿에 앉아서 편안하게 유람을 하였던 반면 승려들은 고통을 감내해야만 했던 것이다. 그들의 고통에 대해 송환기는 “도보로 걸어온 자는 퉁소를 분 듯 숨이 찼으며, 간장이 흘러넘치듯 땀을 흘렸다.”[66]고 하여 외면만을 기록하였다. 16세기 말부터 남여에 앉아 금강산을 편안하게 유람[67]하는 일부 지배층이 있었지만, 송환기가 유람하던 18세기에 이르러서는 사대부들이 남여를 타고 금강산을 유람하는 것이 일반적인 현상으로 고착화되었다. 그런데 송환기의 유람에는 마을 사람들이 동원되어 가마를 들었다고 한다. 그의 유람으로 인해 금강산 승려의 고통이 인근 고을 백성으로 확대되었으니 사대부의 금강산 유람은 피지배층의 고통 위에서 이루어진 것이다. 다만, 송환기는 자신의 유람이 개인적인 풍류였기 때문에 백성이 동원되었다는 사실에 부담감을 느꼈고, 이러한 심정을 기록한 것으로 보인다.

## 5. 결론

본 논문은 『한국문집총간』에 수록된 『성담집』의 〈동유일기〉를 텍스트로 하여 관동지역에서의 송환기 체험과 〈동유일기〉의 서술적 특징을 살펴본 것이다. 송환기는 18세기 인물이며, 〈동유일기〉은 관동팔

---

66) 송환기, 〈동유일기〉 8월 28일, 앞의 책, 108쪽. “徒行者 喘如吹筒 汗如流漿”.

67) 정치영, 앞의 논문, 66쪽.

경과 금강산 유람을 기록한 유산록遊山錄이다. 18세기는 상공업이 발달하면서 명산과 관동지역을 유람하는 사람들과 유산록이 증가하던 시기이다. 이 시기의 유산록은 의론議論이 약해지고, 객관적 사실을 충실히 기록하려는 사실적 경향이 강했다. 〈동유일기〉도 이러한 시대적 상황 속에서 등장하였다.

금강산을 비롯한 관동지역은 조선조 지식인에게 유람지遊覽地, 순력巡歷의 장소, 와유臥遊의 공간으로 인식되고 있었고, 기행가사에는 "중원 ᄉᆞ람도 원ᄒᆞ여 글을 지으되 고려국의 나셔 금강산 ᄒᆞᆫ 번보기를 원ᄒᆞ노라"는 관습적인 표현이 반복적으로 나타난다. 여행자들은 그보다 앞서 여행했던 사람들이 남긴 기록을 참고하거나 그 노정을 답습하려고 했다. 송환기도 김창협의 〈동유기〉를 참고하고, 채지홍[蔡之洪, 1683~1741]이 기록한 『해산록』을 그의 아들에게 빌려 읽으면서 자신의 체험과 비교하며 유람하였다.

그 유람에서 강원도 지역의 역사, 인문지리人文地理, 풍속, 문화유산 등을 견문하고 기록하였으며, 사실로 받아들이기 쉽지 않은 사찰연기설화에 대해서는 "기록한 사찰의 전말이 모두 허망하여 믿을 수 없다."[68]는 태도를 보였다. 〈동유일기〉에는 문학적 표현보다 성리학적 인식이 강조되었고, 경景 · 정情 · 의議의 형식과 잡록雜錄의 글쓰기 형태가 발견된다. 송환기는 관동지역을 유람하면서 한시를 창작하였지만, 한시는 〈동유일기〉가 아닌 『성담집』에 수록하였다. 그는 자신이 체험한 장소에 대한 정보를 고증考證을 통해 객관화客觀化하였고, 노론老論으로서의 자긍심과 백성에 대한 연민의 정을 기록하였다.

68) 김창협, 〈東游記〉, 『農巖集』 권지23, 한국고전종합DB. "其所記寺本末 類皆誕謾不足信".

이처럼 송환기의 〈동유일기〉는 17세기 김창협의 〈동유기〉 등 선대의 영향을 받아 형성되었으며, 후대 사람들의 유람과 유람록 형성에 영향을 주었을 것이다. 이러한 영향 관계를 보다 면밀하게 살펴본다면, 조선 사회를 주도했던 노론계 인물들의 여행과 여행지에 대한 인식만 아니라 조선 시대 사람들의 사회에 대한 인식과 지향성도 확인해 볼 수 있을 것이다.

# 김영근의 〈금강산절긔 동유록〉 연구

## 1. 서론

조선 시대에는 여행 떠나는 것을 결정하기가 쉽지 않았다. 노정에 어려움이 많아서 많은 준비가 필요했기 때문이다. 여행을 좋아하는 신광하[申光河, 1729~1796]도 여행을 권하는 사람은 적고 막는 자가 많아 가야겠다는 생각을 하지 못할 때가 많았다[1]고 한다. 이러한 만류에도 불구하고 산수 자연을 좋아하는 지식인들은 여행을 통해 새로운 세계로 들어가는 통과의례와 같은 경험을 하였다. 이러한 경험은 여행자의 인식을 변화시키기에 충분했다. 낯선 지역으로의 여행은 명승지 유람이라는 개인적인 목적을 달성하는 과정이나 순력巡歷, 사행使行 등 공적인 목적을 달성하는 과정에 이루어지기도 했다.

조선시대 지식인들은 선학先學의 은거지이자 강학講學의 공간인 '산'을 즐겨 찾았고, 그 산을 유람하면서 산수의 덕을 체현體現하고, 호연지기를 기르고자 하였다.[2] 그들의 주된 관심사는 산에 있었기

1) 신광하, 「동유기행」, 윤호진 외 역, 『금강산유람록』10, 민속원, 2019, 18쪽.
2) 장정수, 「기행가사와 산수유기 비교고찰」, 『어문논집』 81, 민족어문학회,

때문에 백두산, 한라산, 금강산, 속리산, 청량산 등 유명한 산만 아니라 생활 주변에 있는 산에 올라가서도 그 공간에서의 체험을 기록으로 남겼다. 산천을 유람하면서 견문하고 체험한 사실을 기록하는 글을 유기遊記[3)]라고 하는데, 유기는 묘사와 의론을 아우르는 한문 산문[4)]으로 서술자가 직접 개인적인 일을 서술하는 형태이다. 유기 중에서 편폭이 길고 일정에 따른 구성을 보이며, 함축성과 간결성을 특징으로 하는 의론이 약한 글을 유산록遊山錄[5)]이라 한다. 유산록을 읽는 독자는 평소 자신이 가보고 싶어했던 지역을 간접적으로나마 경험할 수 있었고, 앞서 유람했던 지식인의 견문과 체험을 지침서로 삼아 유람을 실천하기도 했다.

조선 시대에 가장 주목을 받은 장소는 강원도 금강산이다. 그런 만큼 금강산 유람을 기록한 작품이 많았으며, 이들 작품을 정리한 책도 여러 권 출간[6)]되었다. 금강산을 대상으로 한 한시는 그 수를 헤아리기 어려울 정도였고, 한문 산문은 170편[7)], 국문 가사는 35편[8)]

---

2017, 13쪽.

3) 이종묵은 "遊山의 풍속을 살피고 유산의 체험을 문학적으로 형상화한 기록"을 유기류(이종묵, 「유산의 풍속과 유기류의 전통」, 『고전문학연구』 12, 한국고전문학회, 1997, 389쪽.)라 하였고, 장정수는 길이에 따라 유산록과 유산기로 구분하였다.(장정수, 「기행가사와 산수유기 비교고찰」, 『어문논집』81, 민족어문학회, 2017, 7쪽.)

4) 심경호, 『한문산문의 내면풍경』, 소명출판, 2001, 15쪽.

5) 이종묵, 위의 논문, 1997, 396~398쪽.

6) 금강산 유기만 모은 책으로 이경수·강혜선·김남기 편역, 『17세기의 금강산 기행문』, 강원대 출나부, 2000; 이곡 외 지음, 정우영 엮음, 『선인들과 함께하는 금강산 기행』, 인화, 1998; 경상대학교 경남문화연구원, 『금강산 유람록』1~10, 민속원, 2019 등이 있다.

7) 윤호진 외 편역, 『유람록으로 보는 금강산 유람』, 경상대학교 경남문화연

정도가 전하고 있다. 조선시대 지식인들은 한문을 주된 표기 수단으로 사용하였기 때문에 유산록을 한문으로 기록하는 것이 대부분이었으나 한글로 표기한 유산록도 있었다. 그 대표적인 예가 1863년(철종 14) 강원도 관찰사로 부임한 후 강원도 지역을 순시하고 그때의 체험을 기록한 승산勝山 김영근[金泳根, 1793~1873]의 〈금강산졀긔 동유록〉이다.

조선 후기로 올수록 유산록의 의론성은 약해지고 객관적 사실을 충실히 기록하려는 욕구가 강해졌다.[9] 17세기에는 인문지리지 편찬 등으로 유산록이 양적으로 증가했고, 18세기 이후에는 와유록 편찬과 유통, 산수유기 작품집의 편찬[10]이 활발해지면서 한글로 여행 체험을 기록한 가사도 다수 등장하였다. 유산록과 가사작품이 증가한 만큼 금강산을 대상으로 하는 연구도 적지 않게 이루어졌는데, 연구주제는 개별 작가들의 문학성 연구[11], 시대별 특징을 밝힌 연구[12], 금강산의

---

구원, 「유람록으로 보는 금강산 유람」, 『금강산 유람록』 1, 민속원, 2016, 372쪽.

8) 장정수, 「19세기 처사작 금강산 기행가사에 나타난 금강산의 의미」, 『한국시가연구』 34, 한국시가학회, 2013, 154쪽.

9) 김혈조, 「금강산을 노래한 시와 산문」, 유홍준 엮음, 『금강산』, 학고재, 1998, 293쪽.

10) 정우봉, 위의 논문, 122쪽.

11) 김은정, 「신익성의 금강산 유람과 문학적 표현」, 『진단학보』 98, 진단학회, 2004; 윤지훈, 「도곡 이의현의 「유금강산기」에 관한 일고」, 『한문고전연구』 25, 한국한문고전학회, 2012; 백진우, 「월곡 오원의 산수유기 연구 - 금강산유기인 「유풍악일기」를 중심으로」, 『열상고전연구』 38, 열상고전연구회, 2013; 이승복, 「국문본 〈동유기〉의 작자와 서술의 특성」, 『고전문학과 교육』 42, 한국고전문학교육학회, 2019.

12) 이종묵, 「조선 전기 문인의 금강산 유람과 그 문학」, 『한국한시연구』 6,

의미를 밝힌 연구[13]가 주를 이루고 있다. 17·18세기에 기록된 유산록에 비해서 19세기에 기록된 유산록을 대상으로 한 연구는 많지 않다. 한글 가사가 많이 창작되었기 때문에 연구도 가사작품에 집중되었다. 본 연구에서는 19세기에 기록된 김영근의 〈금강산졀긔 동유록〉을 텍스트로 삼아 서술적 특징과 작가의 의식을 살펴보고자 한다. 텍스트로 선정한 〈금강산졀긔 동유록〉은 한글로 기록한 유산록이라는 의미를 지닌 작품이지만, 현재까지 텍스트를 발굴하고 소개한 연구논문[14]만 발표되어 연구가 미진한 상태이다. 이에 본 연구에서는 김영근이 기록자라는 기존의 논의를 바탕으로 연구를 확대해 나가고자 한다.

## 2. 〈금강산졀긔 동유록〉의 서술적 특징

19세기에 기록된 〈금강산졀긔 동유록〉은 강원도 관찰사였던 김영근[15]이 1863년 8월 6일에 고을을 순시하는 순력巡歷의 길을 떠나 9월

---

한국한시학회, 1998; 정우봉, 「조선후기 유기의 글쓰기 및 향유방식의 변화」, 『한국한문학연구』 49, 한국한문학회, 2012; 이경수, 「16세기 금강산 기행문의 작자와 저술배경」, 『국문학연구』 4, 국문학회, 2000.

13) 김혈조, 「한문학을 통해 본 금강산」, 『한문학보』1, 우리한문학회, 1999; 박은정, 「근대 이전 한문 기록을 통해 본 금강산 표상」, 『동아시아문화연구』54, 한양대학교 동아시아문화연구소, 2013.

14) 구사회·김영, 「새로운 한글 유산록 금강산졀긔 동유록의 작자와 작품분석」, 『동악어문학』 73, 동악어문학회, 2017. 〈금강산졀긔 동유록〉의 서지사항을 중심으로 논문을 소개하면서, 참고자료로 원문까지 수록하였다. 필자는 19세기 금강산 유람록을 연구하는 데 있어서 〈금강산졀긔 동유록〉이 중요한 의미를 지닌 자료라고 판단하고, 논문에 소개된 텍스트를 중심으로 연구를 진행하였다.

15) 윤정현, 「贈議政府右議政金公謚狀」, 『梣溪遺稿』, 한국문집총간 편목색인.

4일 원주 감영으로 복귀하는 일정을 기록한 한글 일기체 유산록이다. 이 기록의 서술적 특징을 살펴보면 다음과 같다.

첫째, 〈금강산절긔 동유록〉은 날짜에 따라 노정과 내용을 기록하되, 하루도 거르지 않고 날짜별로 여정과 승경勝景은 물론 날씨, 숙소로 정한 곳, 관찰하거나 전해 들은 내용까지 구체적으로 기록하였다. 이처럼 일기형식으로 체험을 기록하는 방식은 조선전기에 등장하여 점차 보편화 되었다.

둘째, 가사에 흔히 사용하는 '-가歌'나 '-곡曲'이 아니라, 산문 형태의 기록이라는 의미에서 '-록錄'이라고 하였다. 김영근이 한글로 유산록을 기록하였지만, 글을 지은 동기나 수용 양상을 밝히지 않았기 때문에 한글 유산록을 기록하게 된 정확한 이유를 알기는 어렵다. 다만, 한문으로 유산록을 기록하던 전통에서 벗어나 한글로 기록한 것에는 시대적 상황·문학 담당층의 변화와 관련이 있음을 짐작해 볼 수 있다.

여행 체험을 한글로 기록한 송강 정철[鄭澈, 1536~1593]의 〈관동별

---

金泳根(1793~1873)의 본관은 安東, 자는 德夫, 호는 勝山이다. 그는 정조 17년 11월 14일 驪州邑에서 태어나 1852년(철종 3) 황주목사, 1853년에는 황해도 관찰사, 1856년 강화부유수, 1858년 공조판서와 형조판서, 1861년 수원부 유수 등을 역임하고, 1863년(철종 14) 강원도 관찰사로 부임하였다. 임기의 대부분을 지방관으로 보냈는데 세도가에게 양자로 아들을 보낸 그였기에 중앙 관료로서 영달하기는 쉽지 않았을 것이다. 강원도 관찰사로서 1864년 삼척의 歙谷縣 민가가 불탄 일을 처리하는 과정이 『승정원일기』에 기록되어 있다. 그의 첫째 아들은 호조참판을 역임한 金炳駿, 둘째 아들은 호조판서와 어영대장을 겸한 金炳冀이다. 김영근과 동행한 셋째 아들은 현령을 지낸 庶子 金炳驪이다. 그 외에 아들 炳驥, 炳宛, 炳乘과 洪祐昇에게 시집간 딸이 있다.

곡〉은 1580년 창작되었지만, 한글로 기록하는 산문은 임진왜란과 병자호란이 끝난 17세기 이후에 등장하기 시작하였다. 본격적인 한글 기행문의 등장은 18세기[16]에 이르러서 이루어졌다. 전란으로 폐허가 된 조선을 복구하고, 사회체제를 정비하는 동안 18세기가 되었다. 그 동안 피지배층인 평민과 여성의 의식이 성장하였고, 전란을 겪으면서 체험을 기록하려는 욕구도 강해졌다. 이러한 사회 분위기 속에서 한문에 익숙하지 않은 여성이나 한자를 모르는 평민이 기행문의 주요한 독자로 등장하고, 기록의 주체도 양반사대부에서 이들에게로 확대되었다. 현재 전하는 사대부의 한글 기행가사는 대부분 한문으로 된 유기遊記를 짓고, 그 후에 유람을 경험하지 못한 어머니나 아내, 자식 등을 위해 한글로 지었다[17]고 한다. 이런 현상은 조선사회의 지식인인 사대부들이 자신이 익숙하게 사용하던 표기체계와 형식으로 자신의 체험담을 기록하고, 그 내용을 한문에 익숙하지 않은 계층인 여성이나 자녀에게 전해주기 위해서 그들의 표기체계인 한글로 기록하는 과정에서 나타났을 것이다.

더구나 김영근은 〈금강산절긔 동유록〉에 철학적 소견을 기록하기

---

16) 정철의 〈관동별곡〉 등 한글 기행가사는 16세기에도 기록되었지만, 한글 기행문은 대부분 18세기 이후에 기록되었다. 사행을 배경으로 기록한 한글 연행록 14편 중에서 10편이 18세기에 기록(한영균, 「한글 연행록류의 서지와 산출시기」, 『열상고전연구』49, 2016, 69~70쪽)되었고, 국내 여행을 한글로 기록한 〈금강유산일기〉, 〈북정동유록〉, 〈동명일기〉, 〈남해문견록〉, 〈북관노정록〉, 〈화성일기〉, 〈동유기〉 등도 18세기 이후에 기록되었다. 국내 한글 기행문 중에서 〈금강유산일기〉(1715)를 제외하고는 18세기 후반 이후에 기록되어 기록 시기에 따라 변별되는 특징이 있다.

17) 장정수, 「기행가사와 산수유기 비교고찰-어당 이상수의 「금강별곡」과 「동행산수기」를 대상으로」, 『어문논집』 81, 민족어문학회, 2017, 26쪽.

보다 노정과 견문 등 현장 체험을 주로 기록하였다. 16세기 철학적 사유思惟를 중시하던 태도에서 실제적 체험體驗을 중시하는 기록으로 변한 것이다. 이러한 변화는 김창협의 유산록에서도 발견되는데, 김영근의 유산록에서는 한글로 기록하기에 이른 것이다. 김영근은 〈금강산졀긔 동유록〉에 금강산의 다양한 전설을 찾아 기록하였지만, 고증考證을 통해 그 전설에 담겨있는 사실을 애써 밝히려고 하지 않았다. 이러한 기록 태도는 그가 지식인을 독자로 염두에 두고 기록했다기보다 여성이나 하층민을 대상으로 기록하였을 것이라는 추측을 가능하게 한다.

김영근이 강원도를 순력할 때 둘째 아들과 셋째아들, 방비傍婢들까지 동행하였다. 대규모 인원이 참여한 순력이지만 양반 여성들을 행렬에 동참시키기는 어려웠을 것이니 집에 남아있는 여성을 고려하여 한글로 지었다고 할 수 있다.

셋째, 〈금강산졀긔 동유록〉은 남병길[南秉吉, 1820~1869]이 편찬한 『양전편고』 1권의 이면에 기록되어 있다. 이 기록이 조선 후기에 여성과 하층민이 즐겨 읽었던 〈유충열전〉·〈괴똥전〉과 함께 필사[18]되었다는 사실에서 자료가 정착하는 과정에 여성이나 하층민이 주된 독자였을 것으로 추측할 수 있다. 이때, 원 기록자는 김영근이지만 별도의 필사자에 의해 기록되어 전승되었을 것이다.

넷째, 현재 발견된 자료만으로 보면, 한글로 순력에서 견문한 내용을 기록하고, 후일 자료를 보완한 것으로 보인다. 이 사실은 표훈사를 찾아가는 장면에서 확인할 수 있다.

---

18) 구사회·김영, 위의 논문, 304쪽.

> 포운ᄉᆞ로 ᄎᆞ자가니 (중략) 포운ᄉᆞ 드러가니 신라 시졀의 의ᄉᆞᆼᄃᆡᄉᆞ 상ᄌᆞ 표훈이라 ᄒᆞ난 ᄌᆡ 지흔 졀이라 졀일홈은 표훈이요 법당 일홈은 능인젼의 금강산 모양으로 흑으로 ᄆᆡᆫ드러셔 법긔보ᄉᆞᆯ 안쳐ᄂᆞᆫᄃᆡ 벌긔보ᄉᆞᆯ이라 ᄒᆞᄂᆞᆫ 부쳐ᄂᆞᆫ 금강산 맛튼 부쳐라[19]

김영근은 포운ᄉᆞ에 들어가면서, 그 절이 신라 시대에 표훈대사가 지은 절이라고 하면서 절 이름을 "표훈"이라고 하였다. '表訓寺'라고 하였지만, 한글로는 '포운ᄉᆞ'라고 적은 것이다. '포운ᄉᆞ'를 반복 표기하고, 고증하는 부분에서 "졀일홈은 표훈"이라고 하였으니, '포운ᄉᆞ'는 현판 등 기록을 보고 적은 것이 아니라 주변의 인물에게 얻은 정보를 바탕으로 기록한 것으로 보인다. '표훈'은 후일 문헌 자료를 참고하여 기록한 것이다. 이렇게 볼 때, 〈금강산졀긔 동유록〉은 순력에서의 체험을 한글로 기록하고, 후일 대상에 대한 정보를 수집하여 한글로 기록한 내용을 보완했을 것이라 생각할 수 있다.

## 3. 김영근의 여정과 의식세계

### 1) 순력巡歷의 노정과 소명의식

관동지역을 배경으로 기록된 유산록은 대부분 "여행동기, 금강산으로의 출발, 금강산과 관동팔경 유람, 귀환"으로 구성되어 있다. 〈금강산졀긔 동유록〉도 여기에서 크게 벗어나지는 않는다. 8월 6일 원주 감영을 출발한 김영근은 횡성, 홍천, 춘천, 낭천, 김화를 거쳐 단발령을 넘어 금강산을 유람하고 동해안을 따라 내려오면서 횡계, 오대산 월정

19) 위의 논문, 325쪽. 〈자료〉

사를 거쳐 원주 감영으로 복귀하는 노정[20]을 따르고 있다. 이러한 노정은 개인적인 금강산 유람이 아니라 관동지역을 순시하려는 목적과 유람을 겸하고 있어서 결정된 것이다. 다음은 순력을 떠나는 장면과 귀환하는 장면이다.

① 갈ᄉᆞ록 셩은으로 관동 팔악八嶽이 박명方面을 맛기시니 승뉴쳔화勝遊天下ᄒᆞ려니와 슌력인들 아니ᄒᆞ랴 슈령 ᄇᆡᆨ셩 질고疾苦와 쳔ᄒᆞ 명ᄉᆞᆫ 풍경구경ᄒᆞ니 이도 ᄯᅩᄒᆞᆫ 일운 ᄇᆡ라. 계ᄒᆡ癸亥 츄팔월秋八月 초뉵일初六日의 슌부巡府 길을 ᄯᅥ나가니 셋지아희 방비傍婢들과 ᄯᆞ로ᄂᆞ니 만터

20) 김영근의 순력(巡歷) 노정을 살펴보면 실제 일정으로는 왕복할 수 없는 거리를 기록하기도 했다. 순력한 날짜와 이동한 공간을 구체적으로 제시하면 다음과 같다. 1863년 음력 8월 6일(양력 9월 18일) 原州 監營 出發 → 橫城邑(7일)→ 蒼峯驛→ 洪川邑(8일)→ 泛波亭→ 原昌驛→ 春川邑(9일) → 문소각→ 五里亭→ 昭陽亭→ 牛頭村→ 인남역→ 谷雲山(10일)→ 곡운구곡→ 낭천읍→ 山陽驛→ 瑞雲驛(11일)→ 김성읍→ 昌道驛→ 葱丘站(12일)→ 斷髮嶺→ 장북참→ 長安寺→ 地藏庵(13일)→ 百川洞→ 明鏡臺→ (돌노 ᄡᆞ흔 셩)→ 白塔洞→ 望軍臺→ 靈源庵→ 沃焦臺, 十王峯→ 鳴淵潭→ 천왕바위→ 三佛庵→ 백화암→ 含影橋→ 表訓寺→ 正陽寺→ 歇惺樓→ 천일대→ 正陽寺→ 表訓寺(14일)→ 萬瀑洞→ 圓通洞→ 靑壺淵→ 용곡담→ 須彌塔→ 圓通庵→ 萬瀑洞→ 팔담→ 普德窟→ 摩訶衍→ 혈망봉(15일)→ 妙吉祥→ 션쳔담 후쳔ᄃᆡ와 ᄇᆡᆨ화담→ 안무재→ 七寶臺→ 隱仙臺→ 효운동 → 船潭→ 楡岾寺→ 山映樓→ 楡岾寺(16일)→ 개자영→ 백천교→ 경고촌 → 신계사(→ 九龍淵→ 옥류동→ 온정영→ 萬物草 동문: 물리적 시간상 가기 어려운 길)→ 양진(17일)→ 장전참→ 도진관→ 通川邑(18~20일)→ 叢石亭(21일)→ 화선정→ 고제촌→ 通川邑(22일)→ 조진→ 장전진(23일) → 固城 三日浦→ 四仙亭→ 夢泉庵→ 固城邑→ 海金剛(24일)→ 간성읍(25일)→ 아야촌(26일)→ 洛山寺→ 보타굴(27일)→ 해주관→ 의상대→ 양양 → 등산창→ 호해정(28일)→ 鏡浦臺→ 홍장암→ 구산(29일)→ 大關嶺(9월 1일)→ 橫溪→ 五臺山 월정사→ 진보역→ 대화중방(2일)→ 운교(3일)→ 橫城오원→ 오대정(4일)→ 原州 監營(음력 9월 4일)

라[21]

② 오ᄃᆡ졍 드러가니 겸즁군이 구갑쥬ᄒᆞ고 ᄀᆡ긔치 거ᄂᆞ리고 군병으로 긴
치고 방포 ᄉᆞᆷ셩의 진문을 크게 여려 노코 군례로 문안ᄒᆞ더라[22]

김영근은 1863년(철종 14) 4월 15일에 강원감사 남병길과 자리를 바꾸어 수원 유수에서 강원감사로 자리를 옮겼다.[23] 그는 자신이 강원도 관찰사로 부임하는 상황을 송강 정철의 〈관동별곡〉에서 차용하여 "셩은으로 관동 팔악八嶽이 박명方面을 맛기시니"라 하였다. 순력을 떠나는 상황에 대해 정철의 〈관동별곡〉을 염두에 두고 적은 것이지만, 정철의 관동유람과는 성격이 다르다. 정철은 〈관동별곡〉에서 감영을 출발하는 장면을 "營中(영듕)이 無事(무ᄉᆞ)ᄒᆞ고 時節(시졀)이 三月(삼월)인 제, 花川(화쳔) 시내길히 風岳(풍악)으로 버더 잇다. 行裝(힝장)을 다 썰티고 石逕(셕경)의 막대 디퍼"[24]라고 하였기 때문이다.

정철은 꽃구경하기 좋은 늦은 봄, 감영에 특별한 일이 없어서 관동지역 유람을 계획하고 출발한다. 그는 금강산으로의 여정을 공적인 행사인 순력이 아니라 사적인 유람으로 표현하고 있다. 유람에서 생기는 흥취를 부각시키고, 여정도 압축적으로 표현하였다. 정철은 금강산을 유람하는 동안에도 정치에 대한 포부를 잊지 않았고, 선정후경先政後景 하겠다는 심정을 노래[25]하기도 했다.

---

21) 구사회·김영, 위의 논문, 320쪽. 〈자료〉

22) 위의 논문, 335쪽. 〈자료〉

23) 『조선왕조실록』, 한국고전종합DB. 한국고전번역원, 철종 14년 계해(1863) 4월 15일.

24) 이상보 편저, 『한국가사선집』, 민속원, 1997, 223쪽.

25) 위의 책, 228쪽. "이 술 가져다가 四海(사해)예 고로 ᄂᆞᆫ화 億萬蒼生(억만창생)을 다 醉(취)케 ᄆᆡᆼ근 後(후)의 그제야 고텨 맛나 ᄯᅩ ᄒᆞᆫ잔 ᄒᆞ쟛고야"

이처럼 정철은 승경 유람을 앞세우면서도 정치에 대한 포부를 놓지 않았던 반면, 김영근은 정치에 대한 포부보다는 자신이 보고 들은 것을 기록하는데 집중했다. 그는 '츄팔월秋八月 초눅일初六日' 강원도 지역에 대한 순력을 시작하였다. 강원도를 시찰하는 목적이 "슈령 빅성 질고疾苦와 쳔ᄒᆞ 명ᄉᆞ 풍경구경"에 있다고 하여 '순력巡歷'이라는 공적인 업무와 '승유勝遊'라는 개인적 흥취와 병행되고 있음을 밝혔다. 순력을 승유보다 앞세운 까닭에 〈금강산졀긔 동유록〉의 본사에서 산수에 대한 감탄, 풍속, 지리, 전설 등을 기록하고, 결사에서 소회所懷를 기록하지 않은 것이다. ②의 내용을 결사에 추가함으로써 그의 순력이 군례를 받을 수 있는 공적인 행사였음을 확인하고 있다. 김영근은 세도가 김좌근에게 둘째 아들을 양자로 보냈으니, 정철과 달리 남의 이목을 생각하지 않을 수 없었을 것이다.

김영근이 순력하는 자세는 "금강산의 노든일을 홀노 누워 싱각ᄒᆞᆫ니 취즁인지 몽즁인지 ᄭᆡ닷지 못ᄒᆞ겟네"[26]라는 개인적인 심회, "셰상ᄉᆞ람 ᄌᆞ셰이 명염ᄒᆞ소"[27]라는 금강산 체험을 독자에게 전달하겠다는 태도와는 다른 것이다. 여기에는 관찰사에게 백성들의 삶을 살펴볼 책무가 있다는 인식이 반영되었기 때문이다. 그는 관찰사로서 '순력巡歷'을 시작했기 때문에 기회가 있을 때마다 '치민治民'하는 도리를 말하였다.

① 십연젼 과긔이요 오날날 도빅이라 긔구는 잇다마는 한가ᄒᆞ미 현격ᄒᆞ

---

26) 조윤희, 〈관동신곡〉, 최강현 편, 『기행가사자료선집』Ⅰ, 국학자료원, 1996, 451쪽.

27) 박희현, 〈지헌금강산유산록〉, 최강현 편, 기행가사자료선집Ⅰ, 국학자료원, 1996, 위의 책, 359쪽.

다 읍즁의 ᄃᆡ소ᄉᆞ를 셰셰히 ᄉᆞᆯ핀 후[28]

② 비가오나 각 읍폐을 ᄉᆡᆼ각ᄒᆞ니 비오신들 묵을소냐[29]

③ 츄종騶從을 다 ᄯᅥᆯ치고 단긔單騎로 가련마 ᄂᆞᆫ 협즁峽中 길 뉵십 니가 지극히 험헌지라 ᄉᆡ길을 ᄂᆡᄌᆞ ᄒᆞ니 민폐가 ᄃᆡ단ᄒᆞ고 ᄒᆞ로 길 더ᄒᆞᄌᆞ니 노문路文을 엇지헐고. 죄 만ᄒᆞ고섭 ᄒᆞ니 경치가 소삭蕭索ᄒᆞ다[30]

1863년 12월 8일 철종이 붕어崩御하면서 효명세자의 부인인 신정왕후 조대비의 수렴청정이 시작되었고, 흥선대원군 이하응의 아들이 고종高宗으로 즉위하였다. 이러한 정치적 급변으로 인해 김영근은 1864년 2월 15일 송서送西되어[31] 10개월 동안의 강원도 관찰사 직을 내려놓게 된다.

그 일이 있기 직전, 그는 관찰사로 부임하여 강원도를 순력했기 때문에 노정에서 '읍폐을 ᄉᆡᆼ각'하고, 'ᄉᆡ길을 ᄂᆡᄌᆞᄒᆞ니 민폐가 ᄃᆡ단'할 것이라는 백성의 어려움을 생각하였다. 그들의 어려움을 걱정하여 일행을 "다 ᄯᅥᆯ치고 단긔單騎로"라도 떠나려고 했지만, "협즁峽中 길 뉵십 니가 지극히 험헌지라" 이러지도 저러지도 못하는 처지에 놓이게 되었다. "ᄉᆡ길을 ᄂᆡᄌᆞ"하니 민폐, "ᄒᆞ로 길 더ᄒᆞᄌᆞ"하니 이 또한 민폐이기에 "노문路文을 엇지헐고"라는 탄식만 하였다. 이로 인해서 생겨나는 "죄 만ᄒᆞ고 섭섭ᄒᆞ"다는 심정은 자연을 스산한[蕭索] 분위기로 인식하기에 이르렀다. 이러한 행적에서 김영근의 소명의식召命意識을 읽을 수 있다.

---

28) 구사회·김영, 위의 논문, 320쪽. 〈자료〉

29) 위의 논문, 321쪽. 〈자료〉

30) 위의 논문, 322쪽. 〈자료〉

31) 『승정원일기』, 한국고전종합DB. 한국고전번역원, 고종 1년 갑자(1864) 2월 15일.

### 2) 구곡九曲과 제명題名에 나타난 가족애

김영근은 김상헌[金尙憲, 1570~1652]의 9대 손孫이며, 김광찬[金光燦, 1597~1668], 김수항[金壽恒, 1629~1689], 김창집[金昌集, 1648~1722], 김제겸[金濟謙, 1680~1722], 김성행[金省行, 1696~1722], 김이장[金履長, 1718~1774], 김복순[金復淳,?~?], 김영근[金泳根, 1793~1873]으로 이어지는 안동김씨 가문의 일원이다. 김상헌의 직계 후손이지만, 안동김씨 세도기에 수원 유수, 강원도 관찰사 등 외직外職에 머물러 있었던 관료이자 지식인이었다.

그는 강원도 관찰사로 부임한 후 금강산을 순력을 하였는데, 이때의 여정에는 셋ᄌᆡ아희, 방비傍婢들이 동행하였고, 근친覲親을 온 아들과의 만남[32]도 예정되어 있었다.

> 둘ᄌᆡ아희 편지 왓다 어젹긔 춘쳔春川와셔 기다인다 ᄒᆞ여시니 우즁의 가ᄂᆞᆫ 마옴 더옥 아니 밧블소냐 (중략) 둘ᄌᆡ아희 호조판셔戶曹判書 어영ᄃᆡ장御營大將겸ᄃᆡ兼帶ᄒᆞ되 나라의 ᄉᆞᆼ소ᄒᆞ고 근친차覲親者로 이리 오ᄆᆡ ᄌᆞᆨ지의 맛ᄂᆞ보니 반갑기도 측양업고 심계心界가 더옥 조타. 부ᄌᆞ형졔 ᄒᆞᆫ가지로 ᄒᆡ산海山 풍경 구경가니 우리도 조커니와 남 보기도 희귀ᄒᆞ다[33]

김병기는 춘천에 도착하여 그의 아버지 김영근에게 편지를 보내 만나기로 약속하였다. 근친은 미리 기별 되었을 것이니, 순력에는 아들과의 만남이라는 목적도 있었을 것이다. 아들과의 상봉을 고대하며

---

32) 둘째 아들은 김병기로 세도가 김좌근의 양자로 입적했던 인물이다. 그는 김영근이 강원도 관찰사가 되었을 때, 호조판서와 어영대장을 겸하고 있었다. 세째 아들은 김병려로 김영근의 서자이다. 1873년(고종 10) 초시에 급제하였다.

33) 구사회·김영, 위의 논문, 321쪽. 〈자료〉

약속장소로 가는 자신의 심정을 "우즁의 가는 마옴 더옥 아니 밧블소냐"로 표현하고 있다. 비를 맞으면서도 길을 재촉하는 행동에는 자식을 그리워하는 부모의 심정이 담겨있다. 김영근은 수원유수, 강원도 관찰사 등 외직으로 오랜 시간을 보냈기 때문에 가족과 지내는 시간이 많지 않았다. 강원도에 부임해온 자신에게 중앙관직에 있는 둘째 아들이 근친을 온다는 연락을 보냈으니 "긱지의 맛ᄂᆞ보니 반갑기도 층양업"다는 감정이 표출된 것이다. 아들을 만나는 심정을 드러내는 한편, "부ᄌᆞ 형제 ᄒᆞᆫ가지로 ᄒᆡ산海山 풍경 구경가니 우리도 조커니와 남 보기도 희귀ᄒᆞ다."고 하였다. 헤어져 있던 부자와 형제가 만나 바다로 유람을 떠나는 상황은 기쁘기 한량없지만, 그는 자신들의 상황을 남의 이목을 통해 확인받고자 했다.

이들은 각자 용무가 있어 정양사에서 헤어졌다가 장안사에서 다시 만난다. 이들이 다시 만난 날 "젼역밥 먹은 후의 창문을 열고 안ᄌᆞ 월식을 구경ᄒᆞ니 봉봉峰峰이 흰빗치 은영ᄒᆞ여 더옥 조타. 이날 호판도 이 졀의 와 슉소ᄒᆞᆫ지라"[34]고 하였다. 밤늦도록 창문을 열고 달을 구경하는 것은 현대인들도 여행지에서 자주 하는 행동이다. 그런데 김영근은 달밤에 쉬이 잠들지 못한 것은 '아들이 같은 공간에서 자고 있기 때문'이라고 하였다. 이들은 부자지간父子之間이지만, 멀리 떨어져서 살아가야 하는 관계이다. 이런 상황에서 그에게 달밤과 장안사는 단순한 시공간時空間이 아니라 부성애父性愛가 투영된 장소로, 가족에 대한 사랑을 확인할 수 있는 특별한 의미 공간으로 기능하고 있다.

김영근은 금강산을 유람하면서 선대先代와 가족에 대한 사랑을 여러 차례 드러내었는데, 이러한 사랑의 매개로 제시된 것이 구곡九曲과

---

34) 위의 논문, 326쪽. 〈자료〉

제명題名이었다. 김영근 일행은 8월 10일 곡운산에 도착하여 곡운谷雲 김수증[金壽增, 1624~1701]의 자취가 남아있는 골짜기를 발견하였다.

> 길가의 큰 ᄂᆡ물이 셔편으로 ᄂᆞ려오니 곡운구곡谷雲九曲으로 흘녀 오ᄂᆞᆫ지라 곡운은 춘쳔 ᄯᅡ히요 화악산 셔편이라 족族 뉵 ᄃᆡ조 곡운션ᄉᆡᆼ谷雲先生이 산슈를 ᄉᆞ랑ᄒᆞᄉᆞ 여러 ᄒᆡ 게신 데라. 신려협 神女峽아 룡담龍潭과 아홉 구뷔 경ᄀᆡ 좃타 영당이 계신지라 구경도 ᄒᆞ려니 봉심奉審을 아니 ᄒᆞ랴.35)

조선의 성리학자들은 주자의 학문과 사상을 공부하는 것에서 나아가 그의 생활방식까지 본받고자 하였다. 이것을 실천하는 방법은 주자의 「무이구곡」을 수용하고, 이를 생활 속에서 실현하는 것이다. 그 결과 생겨난 것이 구곡문화九曲文化이다. 이황이나 이이 등의 정통 성리학자들이 문화를 주도했기 때문에 구곡九曲은 주자의 도를 실천하는 장소라는 의미를 갖게 되었다. 조선의 지식인들은 유람을 통해 선학의 자취가 남아있는 공간을 찾았고, 그곳을 발견하면 기뻐하며 '구곡九曲'이라 명명命名하였다. 심지어 그런 장소를 구곡도九曲圖로 그려서 감상36)하고 즐겼다. 김영근도 순력하던 길에 곡운谷雲 계곡을 발견하고서는 그곳을 곡운구곡谷雲九曲이라 명명하고, 6대조 김수증의 사당에도 들러 참배하였다.

김수증은 1689년(숙종 15) 기사환국으로 동생 김수항이 사사賜死 당하고, 동생 김수홍이 유배지에서 죽자 곡운산에 들어가 은거했던 인물이다. 가문의 흥망성쇠를 보여주는 곡운산 골짜기는 '신려협神女峽', '룡담龍潭', '아홉 구뷔의 경ᄀᆡ'로 표현되는 단순한 자연공간이 아

---

35) 위의 논문, 322쪽. 〈자료〉

36) 이상균, 「조선시대 사대부의 산수유관과 구곡유람」, 『영남학』 27, 경북대학교 영남문화연구원, 2015, 371~372쪽.

니라 '봉심奉審'하는 공간이 되었다. 그러므로 김영근의 곡운구곡谷雲九曲 방문은 단순한 유람이 아니라 선조를 통해 자기 가문의 위상을 확인하는 일인 것이다.

조선의 지식인들은 자신이 유람한 행적을 돌 등에 새겨 후세에 전하는 풍조가 있었다. 많은 지식인들이 유산록遊山錄에 제명題名하는 현장을 기록하고 있어서 당시 조선에서는 이름을 돌에 새기는 풍조가 만연하고 있었음을 보여준다. 이러한 풍조는 19세기에도 이어져 금강산을 유람하는 지식인들은 자신이 머물렀던 바위나 건축물에 이름을 새기도록 승려나 하인에게 명령하는 일이 잦았고, 먼저 다녀간 사람들의 제명을 발견하면 이름이나 글귀를 보고 반가워하였다. 지식인들의 이러한 행동은 자신들의 자긍심을 외부로 투사하는 방법이었고, 가족과 가문, 동료의 유대감을 확인할 수 있는 수단이 되었기 때문에 유람지에서 제명題名하는 일이 많았던 것이다. 김창협[金昌協, 1651~1708]은 표훈사 남쪽 누각에서 백부 김수흥[金壽興, 1626~1690]의 제명을 발견[37]한 후 이를 기록하였고, 이천상은 "약사전, 명경대의 벽에 이름을 쓴 것이 가득했다."[38]고 기록하였다. 이런 기록은 금강산을 포함한 전국 각지에서 이루어졌고, 일행의 이름이나 시를 남기는 제명만 아니라 불교의 지명이나 바위 이름을 유가적儒家的으로 고치는 행동으로 나타나기도 했다.

김영근도 순력의 여정에서 제명題名에 대한 일을 기록하였다. 그에

---

37) 김창협, 「東游記」〈동유기〉, 『農巖集』, 한국고전종합DB. "抵表訓寺 壯麗與長安相埒 南樓有伯父題名".

38) 이천상, 「關東錄」〈관동록〉, 『韓國歷代山水遊記聚編』 2, 民昌文化史, 1996, 465쪽, "仍題名于藥師殿明鏡臺 凡遊山內外題名滿壁".

게 제명은 단순한 표식의 의미가 아니라 선조와 가족에 대한 그리움과 염원을 재현한다는 의미를 지니고 있다. 이러한 인식이 구체적으로 드러난 공간이 '은선대隱仙臺'이다.

> 은션ᄃᆡ 바회 우희 션왕고先王考 션부군先父君 제명이 계신지라. 소자가 감ᄉᆞ監司 ᄒᆞ여 슌력으로 이곳 오니 봉심奉審ᄒᆞ게도라 ᄒᆞ인 츄죵騶從을 ᄇᆞ리고 다만 ᄉᆞᆷᄉᆞ인만 다리고 ᄃᆡ 우의 올나가니 고봉절졍高峯絶頂의 층층헌 바회 잇셔 놉흔 ᄃᆡ가 되여더라. 경치도 보련이와 졔명을 봉심 ᄒᆞ니 션죠고 휘ᄌᆞ와 션부군 삼형졔분 졔명이 겨신지라 옛일을 ᄉᆡᆼ각 ᄒᆞ니 감창感愴ᄒᆞ물 금치 못헐너라. 셰월이 오라니 졔명 글ᄌᆞ가 희미헌지라 돌을 다시 조아 너르게 다듬고 휘ᄌᆞ을 다시 삭인 후의 ᄂᆡ 일홈 겻ᄒᆡ 쓰고 산님 호판과 용담의 일홈을 겻흐로 각각 뼈셔 삭이라 지휘 ᄒᆞ고 ᄉᆞ면으로 도라보니 십이층 폭포물이 건너편 졀벽 우희 층층이 쩌러지니 여ᄉᆞᆫ폭포廬山瀑布 이러헌가. (중략) ᄀᆡ이헌 바회와 고이헌 봉더리 셔북으로 버려 잇셔 ᄇᆡᆨ옥갓치 ᄉᆞᆷᄉᆞᆷ허고 한편으로 도라보니 동ᄒᆡ 바다 만경창파萬頃滄波 슬하의 구버뵈니 흉금도 상연爽然ᄒᆞ고 경치도 졀승ᄒᆞ다. 경치을 의논ᄒᆞ면 ᄂᆡ외산의 졔일이라. ᄂᆡ 소견 니러ᄒᆞ니 남의 소견 엇더헐고. 션왕고 고셩군슈로 겨오실 ᄯᆡ 구경ᄒᆞ시고 부ᄌᆞ분 졔명ᄒᆞ신지라. 소ᄌᆞ 이졔 올나 보고 다시 이어 졔명題名ᄒᆞ니 이후의 ᄂᆡ ᄌᆞ손이 몃몃 치고 다시 와셔 젼ᄒᆞ여 졔명ᄒᆞ면 그 아니 죠흘소냐[39]

김영근 일행은 8월 15일 은선대를 지나며 선조들의 제명을 발견한다. 이곳의 제명은 김이장金履長이 고성군수로 있을 때, 김복순金復淳 등 3형제가 금강산을 유람하고 남긴 것이다. 오랜 세월이 지나자 제명이 마멸되면서 그들이 금강산을 방문하고 남겼던 흔적은 희미해졌지만, 그들을 그리워하는 심정은 변하지 않았다. 당시 조선의 지식인들은 "바위에는 예나 지금의 친척과 벗들의 이름이 많아 황홀하게도

---

39) 구사회·김영, 위의 논문, 328~329쪽. 〈자료〉

그들을 직접 보는 듯했고, 또한 삶과 죽음의 감회가 없지 않았다."[40]는 인식을 지니고 있었다. 제명이 주인공과 직접 대면하는 통로라는 인식이 있었기 때문에 자신의 흔적을 후세들이 알아보도록 바위에 새긴 것이다.

이곳을 발견한 김영근도 3~4명의 주변 인물만 데리고 은선대 위로 올라가 당시의 흔적을 돌아보고, 이곳에서 "소ᄌᆞ 이졔 올나보고 다시 이어 졔명"한다는 사실을 밝혔다. 이때의 은선대는 단순한 공간이 아니라 안동 김씨가문을 자신이 이어간다는 자부심을 드러내는 장소이다. 이 공간을 매개로 자신의 가문을 돌아볼 수 있었고, "옛일을 ᄉᆡᆼ각ᄒᆞ니 감창ᄒᆞ물 금치 못"하겠다는 심회를 드러낼 수 있었다. 그런데 그는 여기에서 만족하지 않고, 자손이 다시 와서 제명해 주기를 기대하고 있다. 이러한 기대는 가족과 가문의 영광이 지속하기를 바라는 그의 욕구가 반영된 것이다. 그러기에 그는 "기울가 큰 바회"나 "벽하담 반석" 등에 "ᄂᆡ 일홈과 호판형뎨 일홈 제명題名ᄒᆞ고 삭이"는 행동을 하고, "ᄂᆡ ᄌᆞ손이 몃몃치고 다시 와셔 젼하여 제명ᄒᆞ면 그 아니 죠흘소냐"는 심정을 읊었다. 제명을 매개로 자신이 선조들과 만났던 것처럼 자신이 남긴 제명도 언젠가는 후손과 만날 수 있는 기회를 제공해 줄 것이라는 믿음이 반영되어 있기 때문이다. 김영근은 금강산의 자연물을 매개로 가족의 미래를 염원했던 것이고, 여기에 가족들이 평안하기를 바라는 속마음을 투영한 것이다.

### 3) 역사적 현장과 전설에 관한 글쓰기

문학작품은 텍스트 자체로 존재가치가 있지만, 독자와의 관계에서

---

40) 신광하, 「동유기행」, 『금강산유람록』10, 민속원, 2019, 30쪽.

새로운 의미를 획득할 수 있다. 조선 시대에 유산록을 기록하는 것은 자신의 기억을 보존하고, 주변인들에게 와유臥遊할 수 있는 정보를 제공하는 역할을 한다. 정보 제공의 측면에서 생각해 볼 때, 여느 기록보다도 독자의 역할이 중요하다. 이 기록은 양반 사대부와 달리 외출이 자유롭지 못한 규방의 여성들에게 금강산에 관한 정보를 제공하여 독자의 호기심을 충족시키려는 의도에서 작성되었다. 따라서 김영근은 여성들이 가지 못하는 동해, 내·외금강 경관과 지역에 전해오는 이야기들을 기록하였다.

금강산의 여러 승지에 대한 정보와 재미있는 이야기는 인문지리적 인식과 결합하여 장소에 대한 이미지를 형성[41]한다. 김영근은 특정한 장소에 구술로 전해지던 이야기를 채록하는 적극성을 보인다. 이 기록을 통해서 금강산과 관련한 이야기 속의 다양한 기억을, 기록자인 김영근에게 전달해 주던 승려의 생각을 읽을 수 있다. 금강산 등지에 얽힌 이야기를 '전설傳說'이라고 할 때, 이 전설에는 사실이라 믿을 수 있는 역사적인 사건과 그 사건을 보완하거나 수정하는 과정에 형성된 지역민들의 바람까지 반영되어 있다.

김영근은 "남손재 외숙이 수백 자의 장편시를 지었는데 모두 황당한 전설을 깨뜨리는 내용으로 오늘의 귀감이 될 만하다."[42]고 기록하였다. 이 기록에서 밝힌 '황당한 전설'은 금강산에 불교가 정착되는 내용을 말한다. 그는 이러한 전설을 '황당한 전설'로, 비현실적인 이야기로 인식하고 있지만, 무조건 비판하지는 않았다. 그는 성리학적 인

41) 염은열, 「금강산 가사의 지리적 상상력과 장소 표현이 지닌 의미」, 『고전문학연구』 38, 한국고전문학회, 2010, 27쪽.

42) 유정문, 「유금강록」, 『금강산유람록』10, 민속원, 2019, 164쪽.

식에서 벗어난 전설을 공리적功利的으로 재단하지 않고, 들은 이야기를 그대로 기록하였다.

김영근은 8월 16일 유점사楡岾寺를 방문하였는데, 이 사찰은 "닉외산 제일 가는 큰절"로 많은 유적을 간직하고 있었다. 이곳에 숙박하면서 사찰을 둘러보고 "유졈ᄉ 지을 적의 물이 업셔 어렵더니 홀련 ᄶᅡ마괴가 ᄶᅡ흘 ᄧᅩ아 물이 나니 일홈 짓기을 오작슈라"는 오탁정전설烏啄井傳說을 기록하였다. 이 전설은 유점사가 창건되던 시기의 상황을 까마귀가 물을 구해주었다는 내용으로 변형한 것이다. 김영근은 사찰을 중심으로 퍼져있던 전설을 듣고 있는 그대로 기록하였다. 따라서 독자들은 "오탁정이 있는데 바위 감실을 사용해 물을 저장하고 있었다."43) 라든가 '고려의 법화거사 민지閔漬가 기록한 전설을 기반으로 창작되었다'는 등 단순한 정보를 독자에게 전해주는 것보다 더 흥미롭게 유산록을 읽을 수 있다.

또한, 김영근이 기록한 전설은 강원도의 역사를 설명하고 있다. 그는 강원도를 순력하던 도중에 '폐허가 된 성', '홍장암' 등에 이르러 역사적 사건과 마주하게 된다. 이때의 사건은 비록 실제 역사적 현장과는 괴리乖離가 있지만, 실제 역사를 재현하는 것보다 더 호기심을 유발한다.

> 옛적의 강능부ᄉ 홍장이라 ᄒᆞᄂᆞᆫ니가 기싱을 신션 모양으로 서미며 일엽션비를 타고 쳥의동ᄌᆞ로셔 불니고 지ᄂᆞ가ᄂᆞᆫ ᄉᆞ직덜을 외연이 속여시니 바회 일홈을 인ᄒᆞ여 홍ᄌᆞᆼ암이라44)

---

43) 이병운, 「동정일록」, 『금강산유람록』10, 민속원, 2019, 196쪽.

44) 구사회·김영, 앞의 논문, 334쪽. 〈자료〉

강릉에는 단오굿무가, 강릉매화타령, 홍장고사 등 다양한 서사가 전하고 있는데, 김영근은 직접 보고들은 홍장암과 홍장고사를 기록하였다. 전설 속 남주인공은 강원도 안찰사 박신이고, 여주인공은 기생 홍장이다. 이들의 사랑 이야기를 흥미롭게 만드는 인물이 강릉 부사이다. 강릉의 명물 홍장암에 얽힌 사랑 이야기는 『목민심서』, 『동인시화』 등에도 수록되어 있다. 정철은 〈관동별곡〉에서 "헌ᄉᆞ"한 이야기로 소개하였다. 이처럼 다양한 문헌에 관련 설화가 기록으로 남은 것은 당대 사람들로부터 관심과 주목을 받았기 때문이다. 김영근이 〈금강산절긔 동유록〉에 기록한 이야기는 이들 문헌에 기록된 내용이 아니라 지역에서 변이과정을 거치며 새로 구성된 것이다.[45] 이야기를 채록하는 과정에 변이가 일어나거나, 변이되어 전하는 이야기를 기록했을 가능성도 있다. 물론, 순력 도중에 들은 이야기를 정리하는 과정에서 변이되었을 가능성도 있다. 어느 것이든 홍장암 고사의 변이는 그가 『목민심서』 등의 내용을 확인하지 않았기 때문에 생겨났다.

조선시대 지식인들은 산수를 유람할 때 전대前代의 유산록을 지참하였다. 지리지를 참고하여 유람지역에 대한 사전지식을 얻고, 먼저 유람했던 사람의 기록이 있으면 그것을 외우고 있다가 고증하는 열정까지 보였다. 여행을 마친 후에 다양한 자료들을 활용하면서 자신의 기록을 보완하기도 했다. 그런데 김영근은 견문을 통해 습득한 이야기를 기억하고 있다가 기록했기 때문에 변이가 발생한 것이다. 고증보다

---

45) 『목민심서』에서는 "按廉使 朴信과 강릉 기생 紅粧이 만나 서로 사랑하다가 박신이 한양으로 돌아갈 즈음에 府尹 조운흘이 홍장의 거짓 죽음을 전하고, 슬퍼하는 박신을 鏡浦臺로 불러 곱게 단장한 홍장을 만나게 했다. 이 자리에 모였던 사람들이 손뼉을 치면서 크게 웃었다."(『목민심서』 律己 6조, 제1조 飭躬)고 기록하고 있다.

는 현장에서의 견문을 중시한 결과라 할 수 있다. 이런 까닭에 〈금강산 결긔 동유록〉에는 다수의 유산록에 나타나는 현장을 고증할만한 중국의 고사, 다른 사람들의 시문, 전대前代 문헌이 사용되지 않았다. 김영근은 홍장암을 배경으로 전해지는 이야기를 듣고 기록하였지만, 그 이야기가 변이되었다는 사실에는 관심을 두지 않았다. 그는 이야기의 정확성보다 홍장암을 배경으로 유전되는 이야기 자체에 관심을 두었던 것으로 보인다.

역사적 사실의 변형은 『삼국사기』와 『삼국유사』에 기록된 김부대왕 전설에서도 발견된다.

> 동구로셔 슈ᄇᆡᆨ 보 드러가면 돌노 ᄡᅡᄒᆞᆫ 셩 ᄒᆞ나이 거의 다 문허지고 형지形址가 약간 남아 지금가지 젼한 말이 신나 젹 금보왕[金傅王]이 고려국 ᄐᆡ죠太祖의게 항복을 ᄒᆞ려 ᄒᆞ니 아들 세히 낙누落淚ᄒᆞ고 간ᄒᆞ여 엿ᄌᆞ오되 쳔여 연 이은 국가 일조一朝의 남을 쥬고 도로혀 신하 도여 죠졍 참녜 ᄒᆞ여 시니 누누이 간ᄒᆞ여도 죵시 듯지 아니시ᄂᆞᆫ지라 항복ᄒᆞᆫ 후 즉시 ᄯᅥ나 금강산 드러와셔 셩을 짓고 셕젼을 깁히 닷고 초식草食으로 늘거더라. 교젹은 희미ᄒᆞ나 젼셜이 이러ᄒᆞ다[46]

위의 예문은 김영근이 금강산을 순력하면서 '돌노 ᄡᅡᄒᆞᆫ 셩'을 발견하면서 시작된다. 이 성은 "거의 다 문허지고 형지形址가 약간 남아"있는 상태이다. 이 성을 배경으로 전하고 있는 전설을 채록하면서 유적이 남긴 흔적은 희미해졌다고 하였다. 김영근이 말한 금보왕은 신라 56대 경순왕 김부[金傅, 재위: 927~935]이다. 그는 927년 신라 수도 경주를 침공한 후백제 견훤에 의해 경애왕을 이어 왕위에 올랐으나 935년 고려 태조에 항복하였다. 경순왕의 항복이라는 역사적 사건을

46) 구사회·김영, 앞의 논문, 324쪽. 〈자료〉

배경으로 형성된 이야기는 전설이 되었고, "태자太子는 울면서 왕王을 하직하고 바로 개골산皆骨山으로 들어가서 삼베옷을 입고 풀을 먹다가 세상을 마쳤다."[47]고 기록되어 전한다. 기록의 배경은 인제 지역[48]인데, 현재까지 이 지역의 전설에 대한 사실 여부를 두고 논쟁이 벌어지고 있다. 김영근도 인제에서 '폐허가 된 성'을 발견하고, "세속에서는 신라 태자가 피난했던 곳"[49]이라는 단편적인 기록이 아니라 성을 배경으로 일어났을 법한 전설을 기록하였다. 김영근은 신라가 멸망할 당시 항복을 반대했던 사람들이 태자를 따라 이곳에 와서 부흥을 시도했을 것이라고 보았다. 신라 부흥의 꿈을 실현하기 위한 노력이 이 장소를 중심으로 일어났을 것으로 추정되지만 김영근은 인제 김부리,[50] 폐허의 성만 발견할 수 있었다. 그는 이처럼 금강산의 승경勝景과 그 속에서 발생한 다양한 전설傳說들을 기록함으로써 독자들에게 정보와 흥미를 전하고 있다. 이러한 글쓰기가 〈금강산절긔 동유록〉의 특징적인 면모라고 할 수 있다.

## 4. 결론

금강산은 개인에게는 유람지, 강원도 관찰사에게는 순력을 위해

---

47) 김부식, 『삼국사기』(상), 이병도 역주, 을유문화사, 1986. 242~243쪽; 일연, 『삼국유사』 이민수 역, 을유문화사, 1986, 146쪽.

48) 이학주, 「인제군 김부대왕 관련 지명유래의 현황과 의미」, 『한국문학과예술』15, 숭실대학교 한국문예연구소, 2015, 173~205쪽.

49) 신광하, 「동유기행」, 『금강산유람록』10, 민속원, 2019, 24쪽.

50) 이학주, 「인제 마의태자설화의 문화적 의미와 관광문화콘텐츠 방안」, 『동방학』 36, 2017, 218쪽.

방문해야 하는 장소, 여행하기 어려운 사람들에게는 "그림을 걸어 놓고 예찬"[51]하는 와유臥遊의 공간이었다. 양반들도 쉽게 갈 수 없었던 금강산을 유람했다는 황진이 이야기는 금강산을 동경의 공간으로 만들기도 했다. 이러한 인식이 조선 시대에 확산되면서 "중원 ᄉᆞ람도 원ᄒᆞ여 글을 지으되 고려국의 나셔 금강산 ᄒᆞᆫ 번보기를 원ᄒᆞ노라"는 관습적인 표현이 등장하게 되었다. 금강산 여행자들은 자신보다 앞서 여행했던 사람들이 남긴 기록을 참고하였으며, 시간의 경과에 따라 대상을 서술하면서 인물이나 지명과 관련된 전설뿐만 아니라 특정한 문화유산을 소개하기도 했다.

1863년(철종 14) 강원도 관찰사로 부임한 김영근金泳根은 8월 6일 원주原州 감영監營을 출발한 후 9월 4일 감영으로 복귀할 때까지의 견문과 체험을 〈금강산졀긔 동유록〉에 남겼다. 이 기록에는 "我國의 난 ᄉᆞᄅᆞᆷ이야 금강 팔경 못 보고 늘게 되면 지극ᄒᆞᆫ 恨"이 될 것이라는 금강산 유람에 대한 그의 소망을 담았고, 그의 바람은 '순력巡歷'으로 성취되었다. 그는 순력을 하면서 만났던 인물이나 장소, 전설 등 다양한 정보를 기록하고, 산수의 장관을 서술하였다.

금강산은 강원도 외직으로 파견된 관리나 승려들이 주로 찾았던 공간이었으나, 근대에는 벼슬에 나가지 못한 처사들도 참여하는 유람 공간으로 변모하였다. 유람공간으로 변모한 금강산에서 김영근은 관찰사로서 치자治者의 도리를, 가족에 대한 사랑을 기록하였다. 그는 여성 독자를 고려하여 한글 일기체 유산록遊山錄으로 기록하였다. 독서나 노래를 통해 송강 정철의 〈관동별곡〉을 알고 있었기 때문에 그

51) 권근, 『陽村先生文集』卷之十七, 「送懶庵上人遊金剛山詩序」, 한국고전종합DB. "有垂其圖而禮之者矣".

글귀를 〈금강산졀긔 동유록〉에 차용하였고, 승려들의 전언이나 사찰에 보관된 기록 등을 근간으로 자신의 체험과 견문한 바를 기록하였다. 농암 김창협은 성리학자의 입장에서 받아들이기 쉽지 않은 전설에 대해 "기록한 사찰의 전말이 모두 허망하여 믿을 수 없다."[52]는 태도를 보였지만, 김영근은 "즁덜의 젼혼 말"이 "허황ᄒᆞ야 ᄉᆞ람을 속이더라."고 비판을 하면서도 그 비판의 강도는 높지 않았다. 성리학적 이념을 내세우기보다 견문한 내용을 기록하는 것에 힘썼기 때문에 지역에서 전하는 전설을 사실적으로 재현再現할 수 있었다. 그는 순력巡歷, 제명題名, 전설傳說을 매개로 자신의 인식을 드러내었는데, 여기에서 지방관으로서의 소명의식, 가족에 대한 기대 등도 확인할 수 있다.

52) 김창협, 「東游記」, 『農巖集』 권지23, 한국고전종합DB. "其所記寺本末 類皆誕謾不足信".

# 참고문헌


## 1. 자료

경상대학교 경남문화연구원, 『금강산 유람록』1~10, 민속원, 2019.

권　근, 「送懶庵上人遊金剛山詩序」, 『양촌집』, 한국고전종합DB.

김동주 편역, 『금강산유람기』, 전통문화연구회, 1999.

김부식, 『삼국사기』(상), 이병도 역주, 을유문화사, 1986.

김창협, 〈東游記〉, 『農巖集』 권지 23, 한국고전종합DB.

______, 『三淵集拾遺』.

김혈조, 「금강산을 노래한 시와 산문」, 유홍준 엮음, 『금강산』, 학고재, 1998.

만인백, 〈遊賞〉, 『금강산유산록』 2, 민속원, 2019.

송환기, 〈동유일기〉, 『금강산유람록』10, 민속원, 2019.

신광하, 「동유기행」, 『금강산유람록』10, 민속원, 2019.

유몽인, 『어우야담』, 돌베개, 2006.

유정문, 「유금강록」, 『금강산유람록』10, 민속원, 2019.

윤호진 외 편역, 『유람록으로 보는 금강산 유람』, 『금강산 유람록』 1, 민속원, 2016.

이경수·강혜선·김남기 편역, 『17세기의 금강산 기행문』, 강원대 출판부, 2000.

이곡 외 지음, 정우영 엮음, 『선인들과 함께하는 금강산 기행』, 인화, 1998.

이병운, 〈동정일록〉, 『금강산유람록』10, 민속원, 2019.

이상보 편저, 『한국가사선집』, 민속원, 1997.

이천상, 「關東錄」, 『韓國歷代山水遊記聚編』 2, 民昌文化史, 1996.
이현영, 〈풍악록〉, 『금강산유람록』10, 민속원, 2019.
이 황, 〈유소백산록〉, 『퇴계선생문집』 41. 한국고전종합DB.
______, 『퇴계집』, 언행록 5, 類編, 한국고전종합DB.
일 연, 『삼국유사』 이민수 역, 을유문화사, 1986.
정구, 〈遊伽倻山錄〉, 『寒岡集』 권9, 한국고전종합DB.
최강현 편, 『기행가사자료선집』Ⅰ, 국학자료원, 1996.
최강현, 『한국기행문학연구』, 일지사, 1982.
『승정원일기』, 한국고전종합DB.
『조선왕조실록』, 한국고전종합DB.

## 2. 논저

강혜규, 「18세기 산수유기의 전변양상」, 『한국한문학연구』 65, 한국한문학회, 2017.
구사회 · 김영, 「새로운 한글 유산록 금강산졀긔 동유록의 작자와 작품분석」, 『동악어문학』73, 동악어문학회, 2017.
김동준, 「정치권력과의 상관관계로 본 김창협 · 김창흡의 문학비평과 그 성격」, 『한국한문학연구』 67, 한국한문학회, 2017.
김용남, 「이상수의 속리산유기에 드러나는 의론의 강화와 그 특징」, 『고전문학과 교육』 17, 한국고전문학교육학회, 2009.
김은정, 「신익성의 금강산 유람과 문학적 표현」, 『진단학보』 98, 진단학회, 2004.
______, 「金昌翕의 丹丘 유람과 문학적 형상화」, 『어문학』 141, 한국어문학회, 2018.
김종수, 「19세기 경상우도의 성담(性潭) 송환기(宋煥箕) 학단의 동향」, 『한국전통문화연구』 26, 한국전통문화대학교 전통문화연구소, 2020.
김주미, 「조선후기 산수유기의 전개와 특징」, 성균관대학교 석사학위논문, 1995.

김혈조, 「금강산을 노래한 시와 산문」, 유홍준 엮음, 『금강산』, 학고재, 1998.

______, 「한문학을 통해 본 금강산」, 『한문학보』1, 우리한문학회, 1999.

박영호, 「농암 김창협의 문장론과 문체론」, 『동방한문학』17, 동방한문학회, 1999.

박은정, 「근대 이전 한문 기록을 통해 본 금강산 표상」, 『동아시아문화연구』54, 한양대학교 동아시아문화연구소, 2013.

백진우, 「월곡 오원의 산수유기 연구 - 금강산유기인 「유풍악일기」를 중심으로」, 『열상고전연구』 38, 열상고전연구회, 2013.

신두환, 「식산 이만부의 「금강산기」에 나타난 문예미학」, 『한문고전연구』 17, 한국한문고전학회, 2008.

심경호, 『한문산문의 내면풍경』, 소명출판, 2001.

안득용, 「농연 산수유기 연구」, 『동양한문학연구』 22, 동양한문학회, 2006.

______, 「16세기 후반 영남문인의 산수유기 -지산 조호익 산수유기에 나타난 자연인식과 형상화를 중심으로」, 『어문논집』55, 민족어문학회, 2007.

에드워드 렐프 저, 김덕현 김현주 심승희 역, 『장소와 장소상실』, 논형, 2005.

염은열, 「금강산 가사의 지리적 상상력과 장소 표현이 지닌 의미」, 『고전문학연구』 38, 한국고전문학회, 2010.

유승훈, 「근대 자료를 통해본 금강산 관광과 이미지」, 『실천민속학연구』 14, 실천민속학회, 2009.

유정선, 「18 · 19세기 기행가사 작자층의 성격변화 연구: 〈금강별곡〉과 〈금강산유산록〉을 중심으로, 『한국시가연구』 6, 한국시가학회, 2000.

윤재환, 「옥동 이성의 금강산 기행시문연구」, 『대동한문학』 21, 대동한문학회, 2004.

윤지훈, 「삽교 안석경의 금강산 유기」, 『한문학보』 12, 우리한문학회,

2005.

_____, 「도곡 이의현의 「유금강산기」에 관한 일고」, 『한문고전연구』 25, 한국한문고전학회, 2012.

이경구, 「17세기 후반 농암 김창협의 탈속과 참여의식」, 『기전문화연구』 34, 경인교육대 기전문화연구소, 2008.

이경수, 「16세기 금강산 기행문의 작자와 저술배경」, 『국문학연구』 4, 국문학회, 2000.

이승복, 「국문본 〈동유기〉의 작자와 서술의 특성」, 『고전문학과 교육』 42, 한국고전문학교육학회, 2019.

이종묵, 「유산의 풍속과 유기류의 전통」, 『고전문학연구』 12, 한국고전문학회, 1997.

_____, 「조선 전기 문인의 금강산 유람과 그 문학」, 『한국한시연구』 6, 한국한시학회, 1998.

이종호, 17~18세기 기유문예의 두 양상-농연그룹의 문예활동을 중심으로, 『한문학논집』 30, 근역한문학회, 2010.

이학주, 「인제군 김부대왕 관련 지명유래의 현황과 의미」, 『한국문학과예술』 15, 숭실대학교 한국문예연구소, 2015.

_____, 「인제 마의태자설화의 문화적 의미와 관광문화콘텐츠 방안」, 『동방학』 36, 2017.

이현일, 「소하 조성하의 『금강산기』 연구 –19세기 경화벌열가 청년의 금강산 기행」, 『반교어문연구』 48, 반교어문학회, 2018.

장정수, 「19세기 처사작 금강산 기행가사에 나타난 금강산의 의미」, 『한국시가연구』 34, 한국시가학회, 2013.

_____, 「기행가사와 산수유기 비교고찰 -어당 이상수의 「금강별곡」과 「동행산수기」를 대상으로」, 『어문논집』 81, 민족어문학회, 2017.

정　민, 「18세기 산수유기의 새로운 경향」, 『조선후기 소품문의 실체』, 태학사, 2003.

정우봉, 「조선후기 유기의 글쓰기 및 향유방식의 변화」, 『한국한문학연구』

49, 한국한문학회, 2012.
정지아, 「홍인우의 〈관동록〉에 대한 고찰」, 『열상고전연구』 45, 열상고전연구회, 2015.
정치영, 「금강산유산기를 통해 본 조선시대 사대부들의 여행관행」, 『문화역사지리』 15집 3호, 한국문화역사지리학회, 2003.
______, 「유산기로 본 조선시대 사대부의 청량산 여행」, 『한국지역지리학회지』 11권 1호, 한국지역지리학회, 2005.
조규익, 「유산가사와 체험의 확장」, 『고전시가의 변이와 지속』, 학고방, 2002.
진필상, 『한문문체론』, 심경호 옮김, 이회, 1995.
한영균, 「한글 연행록류의 서지와 산출시기」, 열상고전연구 49, 2016.
호승희, 「조선전기 유산록 연구」, 『한국한문학연구』 18, 한국한문학회, 1995.
홍성욱, 「권섭의 산수 유기 연구」, 『국제어문』 36, 국제어문학회, 2006.
황인순, 「설화와 기록, 공간의 상호 읽기를 통한 서사적 기억의 생성연구」, 『리터러시연구』 11권 6호, 한국리터러시학회, 2020.

제2부

# 조선인의 해외여행과 글쓰기

# 김비의 일행의 유구琉球 표류기 연구

## 1. 서론

조선은 삼면이 바다와 인접해 있는데도 불구하고 '해금정책'을 시행했던 국가이다. 생활 가까이 바다가 있었지만 제주도를 제외한 연안 도서의 출입을 제한한 것이다. 상황이 이런데도 불구하고 표류민이 발생하였다. 표류민은 조선연안의 선군船軍, 어민漁民들이 바다에서 계절풍을 만났을 때 발생한다. 항해술이 발달하지 않은 시대였기 때문에 예기치 않은 날씨에는 곧잘 해난사고로 이어졌다. 난파된 배에 탄 사람 중 일부는 중국, 일본, 유구(오키나와), 안남(베트남), 여송(필리핀) 등 멀고 낯선 이국땅에 표착漂着[1])하기도 했다. 표착한 곳에서 노예로 매매[2])되는 등 여러 이유로 조선으로 귀환한 사람은 많지 않았

1) 표착이란 뜻하지 않게 발생한 표류에 의해 떠다니다가 일정한 곳에 도착한다는 의미이다.

2) 『단종실록』 단종 1년 계유(1453) 4월 24일, 한국고전종합DB. "조선국 인민이 근년에 바닷가를 행선하다 태풍을 만나서 바다 위에서 표류하다가 일본 살마주 칠도서에 도착하였는데, 배는 파손되고 사람들은 바다에 떠서 해안에 올랐으나, 저들 본 섬 사람들이 붙잡아서 노예로 삼아 부리었

다. 이런 상황에서도 표류민과 관련된 이야기는 다양한 형식으로 기록되어 현재까지 전하고 있다.[3)] 조선 초기에는 「조선왕조실록」에 이국 땅에 표착한 사람들의 이야기가 기록되었다. 이들 표류민의 이야기는 당대인들의 사고방식과 대외인식은 물론 현지를 이해하는 중요한 자료가 되었다.

『조선왕조실록』에는 유구琉球에 표착했다가 귀환한 사람들에 관한 기록이 있다. 그중에서 가장 상세한 것은 김비의金非衣 일행이 구술한 '표해기'[4)]이다. 『조선왕조실록』 등 고문헌에 기록된 조선 표류민의 유구 표착은 1397년부터 1870년까지 48건이고, 인원으로는 398명 정도[5)]이다. 유구에서 표류민을 송환한 것은 13차례[6)]있었다. 관련 기록

---

다.(朝鮮國人民 近年因爲邊海行船 遇遭大風 漂流海面 到於日本 薩摩州 七島嶼 船破 人浮登岸 彼本嶼人獲爲奴用去)".

3) 표류민과 관련된 이야기는 기록의 주체에 따라 조난자가 직접 쓴 기록(최부, 이지항, 장한철, 최두연, 이종덕 등의 기록)과 관료가 기록한 조사기록(만년과 정록, 양성과 고석수, 초득성, 김배회, 김비의·강무·이정 등의 표류 조사기록), 제3자가 펴낸 기록(정운경의 『탐라문견록』, 「유구풍토기」 등)으로 구분되며, 이들이 기록한 형태도 일기, 조사기록 등으로 다양하다.

4) "조난자 또는 그로부터 전해들은 다른 사람이 표류사건에 대하여 적은 사문서"를 '표해록'('표주록', '승사록' 등)이라 한다.(정성일, 「한국표해록의 종류와 특징」, 『도서문화』 40집, 목포대학교 도서문화연구소, 2012, 10쪽.) 개인 기록이외에 조사자가 표류사건을 조사·기록한 공문서도 있다. 공적 기록을 수록한 『조선왕조실록』에서는 '표해기', '표류기'의 명칭을 사용하지 않았다. 그러나 『패관잡기』 등에 '표해기'의 명칭을 사용하고 있다. 본 연구에서는 김비의 일행의 '바다체험에 대한 조사기록'이라는 의미에서 '표해기'라고 하였다. 조사자의 기록은 '공적기록'의 성격이 강하고, 조난자의 기록은 '이야기' 성격이 강하다. 기록이 민간에 전래된 경우에는 '설화'의 성격(〈패관잡기〉에 수록된 박손의 「유구풍토기」)을 지니기도 한다.

은 『고려사절요』에서도 발견된다. 탐라 백성 정일貞一 등 21명이 「극원도極遠島」(동남쪽의 먼 섬)에 표착하였다가 7개월 만에 일본의 나사부那沙府를 경유해서 귀국한 일을 기록하였고, 정일 등은 표착한 지역 사람들이 "몸이 장대하고 온몸에 털이 났으며", "말이 달랐다."[7]고 하였다.

『조선왕조실록』에 기록된 표류에 관한 기록은 조사자가 구술자의 표류체험담을 듣고 기록한 조사기록이다. 표류민은 자신의 표류 체험과 견문을 조사자에게 구술해 주고, 조사자는 자신이 청취한 내용을 체계적으로 정리하여 국왕에게 보고하였다. 이처럼 외국을 경험하고, 그 경험에서 견문한 것을 국왕에게 보고하는 일은 '표류' 외에 '사행'에서도 이루어졌다. 표류는 국가의 공식적인 행사였던 사행과 달리 구사일생으로 살아남은 자들의 행적을 기록한 것이기 때문에 구술자와 조사자에 따라 내용과 형식, 당사자의 대상에 대한 인식이 상이한 경우가 많았다.

『조선왕조실록』에는 임진왜란 이전에 기록한 9건의 '표해기'가 수록되어 있는데, 그중 3건의 '표해기'[8]는 『성종실록』에서 발견되었다.

---

5) 이수진, 「조선표류민의 유구표착과 송환」, 『열상고전연구』48, 열상고전연구회, 2015, 441~443쪽.

6) 하카마다 미츠야스, 『조선왕조실록』 성종조의 류큐 표류에 관한 고찰, 『연민학지』 24, 2015, 16쪽.

7) 『고려사절요』 3, 「顯宗元文大王」, 己巳二十年(1029), 한국고전종합DB. "탐라 백성 정일(貞一) 등이 일본에서 돌아왔다. 이전에 정일 등 21명이 항해하는 도중에 바람에 밀리어 동남쪽의 먼 섬에 이르렀다. 섬사람들은 몸이 장대하고 온몸에 털이 났으며 말이 달랐다.(耽羅 民貞一等 還自日本 初貞一等二十一人 泛海漂風 到東南極遠島 島人長大 遍體生毛 語言殊異)".

8) ① 김배회의 표류기 : 성종실록 기사(『성종실록』 성종 2년(1471) 정월

성종 시대에는 신숙주가 『해동제국기』를, 최부는 『금남표해록』[9]를 남겼다. 이 시대에는 유구 여러 섬의 표류체험담을 기록하고 있다는 점, 유구에서 파견한 사신이 8차례 조선을 방문하였다는 점, 외교의 전범을 마련하였다는 점 등 다른 시기보다 유구에 대한 이해의 폭이 넓었던 것으로 추정된다. 이에 본 연구에서는 『성종실록』에 기록된 김비의 일행의 '표해기'[10]를 중심으로 그들의 표류 체험과 표류지역

---

7일(경진); 『성종실록』 성종 2년(1471) 정월 8일(신미))이다. 1470년 8월 제주 사람 김배회 등 7명이 진상물을 한양까지 수송한 다음 제주로 되돌아오던 길에 나주에서 바람을 만나 중국 절강성으로 표류하였다. 그곳에서 구호를 받고 성절사 한치의에게 넘겨져서 귀국한 과정을 기록하였다. ② 이섬의 표류기 : 성종실록 기사(『성종실록』 성종 14년(1483) 8월 10일(경오), 8월 12일(임신), 8월 22일(임오), 9월 6일(병오))이다. 1483년 2월 29일 제주 성의현감 이섬과 훈도 김효반 등 47명이 제주를 출발하여 뭍으로 가다가 중국 장사진으로 표류하였다. 양주에 이르렀을 때 14명이 굶어 죽고 이섬과 김효반 등 33명만 살아서 북경에 도착하였다. 이들은 천추사 박건선에게 인계되어 귀국하였다. 김종직이 성종의 명을 받은 이섬 일행의 말을 듣고 기록한 것이다. ③ 김비의·강무·이정의 표류기 : 성종실록 기사(『성종실록』 성종 10년(1479) 5월 16일(신미), 6월 10일(을미))이다. 1477년 2월 1일 제주에서 헌상할 감귤을 운송하던 중 추자도에서 바람을 만나 김비의 등 8명이 유구국 윤이시마(閏伊是磨)로 표류하였다. 이들 중 3명만 살아남아 1478년 5월 오키나와 본섬으로 이송되었고, 8월 유구 국왕을 만난 후 국왕사신과 함께 1479년 5월 염포(울산)로 송환되었다.

9) 최부(崔溥)는 성종 18년(1487)에 제주 추쇄경차관(濟州推刷敬差官)으로 부임했다가 이듬해(1488) 1월 부친상을 당해 돌아오던 중 풍랑을 만났다. 승선한 43명과 함께 중국 절강성 영파부(寧波府)에 표착하였다. 온갖 고난을 겪고 6월에 조선으로 귀국하였다. 『표해록』은 성종의 명을 받은 최부가 자신의 표류체험과 중국현지에서 견문한 자연환경과 사회제도에 대해 기록한 표해기(漂流記)이다.

10) 본 논문에서 인용한 자료와 해석은 한국고전번역원(http://db.itkc.or.kr)에서 공개한 한국고전종합DB의 내용임을 밝힌다.

에 대한 인식을 살펴보고자 한다.

현재까지 조선과 유구의 관계에 대한 연구는 역사[11]·외교[12]·무역[13]·표류민 송환 문제[14] 등을 중심으로 지속적으로 이루어졌다. 그 중에서 김비의 일행의 조사기록은 표류 노정에 대한 재검토[15], 기록 형태와 풍속에 대한 연구[16]가 진행되었다. 『성종실록』에 기록된 김비의 일행의 조사기록은 15세기 유구지역의 언어·음식·의복·거실·풍토는 물론 유구국의 외교, 의례, 일본과의 관계 등에 대한 정보를 가장 자세하게 전해주고 있다.

## 2. 『성종실록』에 기록된 김비의 일행의 표류기

조선은 건국 직후에 명의 조공과 책봉 정책을 수용하여 일본, 유구 등과 외교 관계를 맺었다. 유구의 외교사절은 태조부터 성종까지 30회

11) 양수지, 『조선유구관계 연구: 조선전기를 중심으로』, 한국정신문화연구원 한국학대학원 박사학위논문, 1993.

12) 손승철, 「朝·琉 교린체제의 구조와 특징」, 『강원사학』13, 강원사학회, 1998.

13) 심의섭, 「조선초 대유구 경제와 무역에 관한 연구(1392~1494)」, 한국오키나와학회, 1998.

14) 이훈, 「조선후기 표민의 송환을 통해서 본 조선·유구관계」, 『사학지』27, 단국대사학회, 1994.
이수진, 「조선표류민의 유구표착과 송환」, 『열상고전연구』48, 열상고전연구회, 2015.

15) 하카마다미츠야스, 「『조선왕조실록』 성종조의 류큐 표류에 관한 고찰」, 『연민학지』24, 연민학회, 2015.

16) 윤치부, 「김비의 일행의 표해록 고찰」, 『겨레어문학』15, 건국대국어국문학연구회, 1991.

이상 조선을 방문하였으며, 세조대(1455~1468) 15회, 성종대(1469~1494) 13회로 그 빈도가 다른 시기보다 상당히 높았다.[17] 유구 국왕의 위임을 받은 일본인이 사신으로 오는 일도 많았기 때문에 유구 사신 중에는 위사僞使로 의심받는 인물도 있었다. 이런 상황에서 유구 사신의 진위를 구분할 필요가 있었다. 유구에 대한 정보를 수집하면서 그동안 조선 조정에서 알고 있던 유구에 대한 정보가 실제와 다르다는 사실도 밝혀졌다.[18] 조선 조정에서는 유구에 대한 정보를 보완할 필요성이 제기되었지만, 정보를 얻을 수 있는 방법은 많지 않았다. 이런 상황에서 신숙주가 성종의 명을 받아서 『해동제국기』를 기록한 것도 일본과 유구에 대한 외교적 전범으로 활용[19]하기 위해서였다. 성종은

17) 손승철, 「朝·琉 교린체제의 구조와 특징」, 『강원사학』13, 강원사학회, 1998, 194~199쪽. "손승철 선생님의 논문에 조선과 유구의 접촉일람표가 잘 정리되어 있다."

18) 1461년 선위사 이계손(李繼孫)은 유구사신 채경(蔡景)과 문답을 하면서 『문헌통고』의 유구국에 대한 기록이 잘못되었음을 확인하였다. 이에 이계손은 채경과 문답한 내용을 『見聞事目』에 기록하여 세조에게 바쳤다.(『세조실록』27, 8년 2월 계사) 1500년 유구사신 양광(梁廣), 양춘(梁椿)이 방문했을 때 선위사 성희안(成希顔)이 이들과 문답한 뒤에 그 내용을 『해동제국기』에 기록하였다.(『연산군일기』40, 7년 정월 신미)

19) 『해동제국기』는 일본에 대한 정보를 중심으로 기록하였지만, 유구에 대한 정보도 「유구국기」에 기록하였다. 『해동제국기』 서. "대저 이웃 나라와 수호(修好) 통문(通問)하고, 풍속이 다른 나라 사람을 안무(安撫) 접대하기 위해서는 반드시 그 실정을 알아야만 그 예절을 다할 수 있고, 그 예절을 다해야만 그 마음을 다할 수 있습니다. 그리하여 우리 주상 전하께서 신(臣) 숙주(叔舟)에게 명하여 해동제국(海東諸國)의 조빙(朝聘)·왕래(往來)·관곡(館穀)·예접(禮接)에 대한 구례(舊例)를 찬술(撰述)해 오라 하시니(夫交隣聘問撫接殊俗必知其情然後可以盡其禮盡其禮然後可以盡其心矣我主上殿下命臣叔舟撰海東諸國朝聘往來之舊館穀禮接之例以來)".

문자를 알지 못하는 표류민의 유구체험과 견문도 국가기관(홍문관 등)에서 조사하여 보고서[20]를 작성하도록 하였다. 표류민의 구술이 표착 지역의 풍속을 생생하게 전해줄 뿐만 아니라 외교에도 도움을 주기 때문이다.

성종 10년에 귀환한 김비의 일행은 "윤이도閏伊島에서부터 견문한 물산物産"을 구술하고, 홍문관 관리가 이를 보고서로 작성하였으며, 『성종실록』에 수록되었다. 17세기 이후에도 실록, 승정원일기 등에서 표해록에 관한 언급이 발견된다. 그러나 15세기 실록에 수록된 표해기와 같은 구체적인 표류체험담은 개인의 문집, 표류인을 호송하는 사신들의 사행록에 기록되거나 다른 나라에 관심이 있는 백성들 사이에서 이야기로 구전·기록되었다.

### 1) 김비의金非衣 일행의 표류와 귀환 여정

『조선왕조실록』에는 중국, 일본, 유구 등지에 표착했던 표류민의

---

『연산군일기』 연산군7년 1월 10일, 한국고전종합DB. "신(臣)이 《해동제국기(海東諸國紀)》를 상고해 보니, 일본과 유구국 사신이 바다를 건널 때의 양식[過海糧]은 다만 20일분뿐입니다.(臣按《海東諸國記》 日本 琉球國使臣過海糧只二十日)".

20) 『조선왕조실록』에 기록된 표해기는 다음과 같다. 1456년(세조 2년) 정월 25일 선군(船軍) 양성(梁成) 일행은 제주에서 폭풍을 만나 유구북쪽 구미도(仇彌島)에 도착했고, 1461년(세조 7년) 정월 24일 초득성(肖得誠) 일행은 나주를 출발한 배가 표류하여 미아괴도(彌阿槐島)에 도착했다. 양성(梁成)과 초득성(肖得誠) 일행의 표해기는 1462년(세조 8년) 2월 16일 『세조실록』에 기록되었다. 1477년(성종 8년) 2월 1일에는 김비의(金非衣) 일행이 제주에서 귤을 싣고 추자도로 가다가 풍랑을 만나 표류하다가 유구에 도착하였다. 『성종실록』 1479년(성종 10년) 5월과 6월에 김비의 일행의 표해기가 기록되었다.

체험담이 기록되어 있다. 그중에는 유구를 표착지로 한 양성, 초득성, 김비의 일행의 표해기도 포함된다. 이들 표류민은 자신이 관찰했던 유구의 언어, 의복, 음식, 거주, 풍토, 물산 등을 조사자에게 들려주었다. 조선에서는 '외국 배가 표류해 오거나 정박하면 그곳에 관리를 파견하여 사정을 캐묻는' 문정問情을 하였고, 그 결과를 문서로 기록하여 조정에 보고하였다. '표해기'도 문정처럼 조사자가 기록한 공적보고서이다. 그러나 김비의 일행의 표해기는 심문한 내용을 그대로 옮긴 단순한 조사기록으로 볼 수는 없다. 일행의 이국 체험과 풍속에 대한 인식을 직·간접적으로 반영하고 있다는 점에서 일행과 조사자의 공동 기록으로 보아야 한다.

『성종실록』 10년 5월 신미조와 6월 을미조에는 김비의 일행의 행적이 기록되었다. 두 기록은 김비의 일행의 유구 표류에서부터 조선 염포로 귀환하기까지의 노정과 체험이 반영되어 있다는 점에서 공통적이다. 그러나 두 기록 사이에는 차이점도 명확하다. 조사자가 '선위사 이칙李則[21]'과 '홍문관 관리'이고, 구술자가 '일본 하카다[博多]상인 신시라新時羅·新四郞[22]'와 '김비의 일행'이라는 점에서 구별된다. 기록의 성격도 '표류민의 표류와 귀국에 대한 보고서'와 '풍토기(風土記)'로 서로 다르다.

---

21) 이칙(李則)은 세종 20년(1438)-연산군 2년(1496)의 문신이다. 본관은 고성, 자는 숙도(叔度), 시호는 정숙(貞肅)이다. 성종8년(1477) 사헌부집의를 거쳐 주청사의 서장관으로 명나라에 다녀오고, 군자감정, 형조참의, 이조참판, 성균관 대사성 등을 역임하였다.

22) 『성종실록』 성종 10년 5월 신미에는 '琉球國臣上官人新時羅'라고 표기되어 있지만, 6월 을미에는 '新伊四郞'이라고 하였다. 표기는 다르지만 동일 인물이다.

이들 기록을 참고하여 김비의 일행의 표류 노정을 정리해보면 다음과 같다. 정유년(1477년) 2월 1일, 제주도 사람 김비의金非衣·강무姜茂·이정李正은 진상할 귤을 받아가지고 현세수玄世修·김득산金得山·이청민李淸敏·양성돌梁成突·조귀봉曹貴奉[23]와 함께 비거도선鼻居刀船을 타고 추자도로 항해하였다. 추자도楸子島에 이르렀을 때 폭풍을 만나 서쪽으로 표류하다가, 7일에는 남쪽으로 표류하였다. 11일에는 김득산이 굶주려 병들어 죽고, 14일 아침에 섬에 상륙하려다가 배가 부서지면서[24] 현세수·양성석이·이청밀·조괴봉 등이 익사하였다. 일행이 상륙한 지역은 윤이시마允伊·閏伊是麿[25](현재의 與那國島)로 야에야마 제도[八重山諸島][26]의 서남쪽 끝에 위치한 섬이다.

---

23) 선위사 이칙이 5월 16일 올린 보고서에는 김비을개(金非乙介), 강무(姜茂), 이정(李正), 현세수(玄世守)·이청밀(李靑密)·김득산(金得山)·양성석이(梁成石伊)·조괴봉(曹怪奉)으로 인명을 기록하였다. 두 기록에서 사람이름이 달라진 것은 김비의, 현세수, 이청민, 양성돌, 조귀봉 등이 한자 이름을 가지지 못한 피지배층이었기 때문일 것으로 판단된다.

24) 『성종실록』 10년 6월 을미, 한국고전종합DB. "미처 기슭에 대지 못하여 키가 부러지고 배가 파손되어 남은 사람은 모두 다 물에 빠져 죽고, 여러 가지 장비도 모두 물에 빠져 잃어버렸으며, 우리들 세 사람은 한 판자에 타고 앉아 있었습니다.(第十四日 望一小島 未及泊岸 柁折船毁 餘人皆溺死 裝載盤纏 亦皆渰失 俺等三人 騎坐一板)".

25) 앞에 기록된 섬 이름은 『성종실록』 10년 5월 신미에 기록한 것이고, 뒤에 기록된 이름은 『성종실록』 10년 6월 을미에 기록한 것이다. 본 연구에서는 두 기록의 지명을 모두 인용하였다. 김비의 일행이 표착하고 이동한 지역은 하나였으나 기록자에 따라 지명이 달리 기록되었다. 한 지명에 대한 두 기록은 김비의 일행이 일본어에 서툴렀다는 점, 김비의 일행이 직접 구술한 내용과 일본상인을 통해 구술된 내용 사이에 차이가 있다는 점 때문이다. 김비의 일행의 체험담이 여러 사람들을 거치면서 변이된 것이다. 이런 현상은 인명에 대한 기록에서도 발견된다.

일행이 이동한 노정은 소내도(所乃島 · 所乃是麿: 현재의 西表島) → 패돌마도(悖突麻島 · 捕月老麻伊是麿: 현재의 波照間島) → 발내이도(勃乃伊島 · 捕剌伊是麿: 현재의 新城島) → 후이시마도(后伊是麻島 · 欻尹是麿: 현재의 黒島) → 탈나마도(脫羅麻島 · 他羅馬是麿: 현재의 多良間島) → 이라파도(伊羅波島 · 伊羅夫是麿: 현재의 伊良部島) → 패라미고도(悖羅彌古島 · 覓高是麿: 현재의 宮古島) → 오키나와 섬[沖縄本島] 나하[那覇]이다.

노정에 기록된 섬사람들의 언어 · 음식 · 의복 · 거실 · 풍토는 비슷했지만 탈나마도脫羅麻島 · 他羅馬是麿에서부터 의복이 조금 달라졌고, 이라파도伊羅波島 · 伊羅夫是麿에서부터 술을 빚는 방법과 곡식의 종류가 달라졌다. 이들 섬은 유구의 영향을 받고 있지만 생활 습속生活習俗과 환경에 따라 문화가 조금씩 달라졌음을 의미한다.

노정을 그림으로 표시하면 다음과 같다.[27]

---

26) 야에야마 제도[八重山諸島]는 오키나와 본섬으로부터 남서쪽으로 400~500km 떨어진 곳에 위치한 도서(島嶼)이다. 이시가키 섬(石垣島)을 시작으로 다케토미 섬(竹富島), 이리오모테 섬(西表島) 등 10여 개의 유인도와 주변의 무인도로 이루어져 있다.

27) 〈김비의 일행의 노정〉은 김동건 선생님(동국대)이 제공해 준 자료이다.

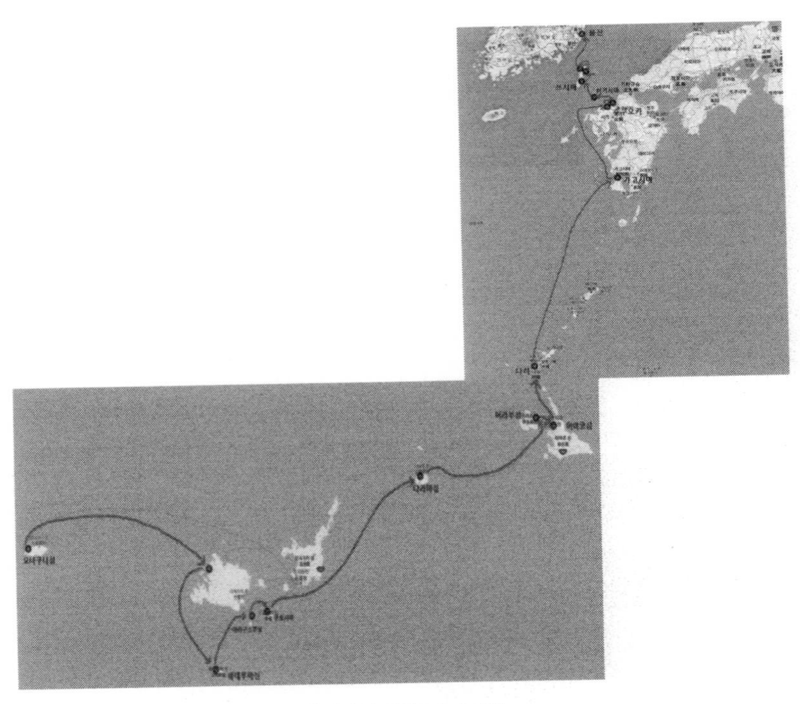

**〈김비의 일행의 노정〉**

유구본섬에 도착한 일행은 살마주薩摩州 → 타가서포(打家西浦우치케니시우라) → 패가대覇家臺 → 식가(軾駕시카) → 일기도(一岐島이키시마) → 대마도(對馬島쓰시마) 초나포(草那浦구사나 우라) → 사포沙浦 → 도이사지포(都伊沙只浦도요사키 우라)로 이동하면서 기해년(1479) 5월 3일 염포鹽浦로 귀국하였다. 일행은 바다의 상태와 일본정세의 변화를 살펴보면서 일정과 노정을 조정하였고, 마침내 귀국한 것이다.

김비의 일행이 염포에 도착했을 때 이칙李則도 보고서를 작성하여 조정에 보고하였다. 이칙은 김비의 일행을 조사한 것이 아니라 유구

국왕의 위임을 받아 염포로 제주인 3명을 호송해온 일본 하카다[博多] 지역의 상인 신시라新時羅를 조사한 것이다. 이칙의 보고서에는 표류한 제주백성의 이름이 "김비을개金非乙介, 강무姜茂, 이정李正"[28]이라고 적혀있다. 일본인을 통해서 들은 이름이기 때문에 '제주도 표류인→일본인 신시라(新時羅_→선위관 이칙李則'의 과정을 거치면서 인명이 달라진 것[29]이다. 이칙의 조사 기록과 홍문관 관리의 '표해기'에서 유구의 지명이 달라지는 것도 이러한 이유 때문일 것이다.

염포에 도착한 김비의 일행은 귀가하지 못하고, 상경하여 성종을 알현한다. 이때 성종은 김비의 일행이 지나온 섬의 풍속이 매우 기이하다는 점에 관심을 갖고 홍문관에 명령을 내려 표류민의 구술내용을 적어 바치도록 하였다. 김비의 일행의 표해기에 '풍속'과 관련된 내용이 풍부하고 자세한 것은 "그 말을 써서 아뢰라"[30]고 하는 왕명이

28) 『성종실록』 성종 10년 5월 16일, 한국고전종합DB. "제주(濟州) 표류인(漂流人) 김비을개(金非乙介) · 강무(姜茂) · 이정(李正) 등", "현세수(玄世守) · 이청밀(李青密) · 김득산(金得山) · 양성석이(梁成石伊) · 조괴봉(曹怪奉)" 『성종실록』 성종 10년 5월 17일. 제주 경차관(濟州敬差官) 남계당(南季堂)에게 하서(下書)하기를, "제주 사람 김비을개(金非乙介) · 강무(姜茂) · 이정(李正) · 현세수(玄世守) · 이청밀(李青密) · 김득산(金得山) · 양성석이(梁成石伊) · 조괴봉(曹怪奉) 등"(下書于濟州敬差官南季堂曰: 濟州人金非乙介、姜茂、李正、玄世守、李青密、金得山、梁成石伊、曹恠奉等).

29) '표해기'에 기록한 이름은 "金非衣, 姜茂, 李正"이다. 이들과 동행했지만 돌아오지 못한 사람들의 이름은 玄世修 · 金得山 · 李淸敏 · 梁成突 · 曹貴奉 등이다. 이칙의 보고서에서 신시라(新時羅)가 말했다는 "玄世守 · 李青密 · 金得山 · 梁成石伊 · 曹怪奉"은 "玄世修 · 金得山 · 李淸敏 · 梁成突 · 曹貴奉"을 잘못 들었거나, 조선인과 일본인의 발음 차이에서 발생한 오류라고 판단된다.

30) 『성종실록』 성종 10년, 6월 10일, 한국고전종합DB. "유구국에서 돌아왔는데, 지나온 여러 섬의 풍속을 말하는 것이 매우 기이하므로, 임금이 홍문관

있었기 때문이다. 성종은 조선과 외교 관계에 있던 중국, 일본, 유구 등에 관심이 많았다. 최부의 『표해록』과 신숙주의 『해동제국기』 등이 기록된 것도 이러한 관심 때문이었다.

김비의 일행은 6월 20일 제주도로 돌아갔다. 그들이 유구에서 고향으로 돌아가기 위해 노력한 점, 2년 동안 역사를 면제받았다는 점[31]으로 볼 때, 양민(良民)의 신분이었을 가능성이 크다. 이들의 표류와 귀환 과정을 보면, 비록 외교적 필요성에 의한 것이지만 15세기 동아시아(조선, 중국, 일본, 유구)에 표류한 사람들을 구조하여 그들 나라로 송환하려는 국제적인 노력[32]이 있었음을 알 수 있다.

### 2) 김비의金非衣 일행이 견문한 유구제도琉球諸島

#### (1) 야에야마 제도[八重山諸島]와 미야코 열도[宮古列島]의 풍토기

김비의 일행은 1479년 제주도에서 추자도로 항해하던 중 풍랑을 만나 표류하다가 유구 남단 윤이시마允伊是麿에 표착漂着하였다. 이

---

에 명하여 그 말을 써서 아뢰라고 하였다. (還自琉球國 言所歷諸島風俗甚奇異 上令弘文館 書其言以啓)"

31) 『성종실록』 성종 10년 6월 20일, 한국고전종합DB. "제주(濟州)로 송환(送還)하고 명하여 2년의 역사(役使)를 면제해 주었으며, 반년의 녹료(祿料)와 바다를 건너가는 양식[過海糧]을 지급하고, 또 각기 저고리와 직신 철릭포(直身帖裏布)·직신 철릭(直身帖裏) 각각 하나씩을 내려 주게 하였다.(濟州命除二年役 給半年料及過海糧 又各賜襦直身帖裏布 直身帖裏 各一)".

32) 『단종실록』 단종 1년 계유(1453) 6월 15일(경자), 한국고전종합DB. "만약 다시 표류하여 귀방(貴方)의 지경(地境)에 기착(寄着)하거든, 계속하여 쇄환(刷還)하여 길이 이웃나라끼리 통호(通好)함이 가(可)하다.(若復流寓貴境 可續刷還 以永隣好)"

섬에 표착한 이후 이들은 섬사람들과 함께 생활하기 시작하였다.

> 섬사람은 남녀 1백여 명으로 풀을 베어 바닷가에 여막을 만들어서 우리들을 머물게 하였습니다. (중략) 한 달 뒤에는 우리들을 세 마을에 나누어 두고 역시 차례로 돌려가며 대접하는데, 무릇 술과 밥은 하루에 세 끼였으며, 온 섬사람의 용모容貌는 우리나라와 동일同一했습니다. (중략) 우리들은 고향을 생각하고 항상 울었는데, 그 섬 사람이 새 벼의 줄기를 뽑아서 옛날 벼와 비교해 보이고는 동쪽을 향하여 불었는데, 그 뜻은 대개 새 벼가 옛 벼와 같이 익으면 마땅히 출발하여 돌아가게 되리라는 것을 말함이었습니다.[33)]

위의 인용문은 김비의 일행이 윤이사마(允伊·閏伊是麿)에서 여섯 달 머무는 동안의 관찰기록이다. 명나라의 '해금海禁정책'을 받아들인 조선에서는 연안 도서의 민간인들을 내륙으로 이주시켰다. 이후 조선에서 바다를 경험할 수 있는 기회는 '조운漕運'이나 '제주도 방문'으로 줄어들었다. 조선 사람들은 바다에 대한 경험이 부족해지면서 바다 건너에 있는 세계에 대한 두려움이 생겼다. 더구나 김비의 일행은 바다에서 표류하는 동안 동행하던 사람들이 죽어가는 모습을 지켜보았을 것이므로 심리적 외상이 생겼을 가능성이 높다. 이러한 불안감이 표해기의 문면에 잘 드러나지 않은 것은 표착과 귀환의 간극間隙이 크고, 김비의 일행의 구술이 기록을 거치면서 조정되었기 때문이다.

김비의 일행은 섬에 표착한 이후 섬을 떠날 때까지 원주민들이 그

---

33) 『성종실록』 성종 10년 6월 10일, 한국고전종합DB. "島人男女百餘名 刈草結廬於海濱 將俺等住止 (중략) 一月後 分置俺等於三里 亦輪次饋餉 凡饋酒食 一日三時 一島人容貌 與我國同一 (중략) 俺等思念鄕土 常常涕泣 其島人 拔新稻莖 比舊稻而示之 東向而吹之 其意 蓋謂新稻如舊稻 而熟當發還也"

들을 접대했던 방법을 구체적으로 제시하였다. 그런 뒤에 원주민들이 "우리나라와 동일"하다는 판단을 내리고 있다. 원주민들의 모습이 자신들과 동일하다는 판단은 그들도 '사람'이라는 생물학적인 특징만을 의미하는 것은 아니다. 두려움의 대상이었을 원주민이 자신과 동일한 문명을 지닌 사람이라는 인식이다. 죽음에 대한 두려움에서 벗어나 그들을 바라볼 수 있게 된 것이다. 그러나 "고향을 생각하고 항상 울었다."는 점에서 이들의 불안감이 표출되고 있다. 이러한 불안을 안정시켜 준 것은 '출발하여 돌아갈 것'을 암시해주는 "새 벼의 줄기를 뽑아서 옛날 벼와 비교해 보이고는 동쪽을 향하여 부는(拔新稻莖比舊稻而示之 東向而吹之)" 섬사람의 행동이었다.

김비의 일행은 섬에 머물면서 원주민들의 생활상을 구체적으로 살펴볼 수 있었다.

> 처음 도착한 섬允伊에 사는 사람은 장대長大하고, 수염鬚髯이 길었습니다. 여자는 서면 머리털이 땅에 이르고, 남자는 앉으면 수염이 무릎에 이르렀습니다. 언어言語와 의복衣服은 왜인倭人과 같지 않았습니다. 우리들이 조선국朝鮮國이라는 세 글자를 풀잎에 써서 보이니, 알지 못하였습니다.[34)]

원주민들의 긴 머리와 긴 수염은 상투를 매는 조선의 풍속과 달랐다. 원주민들의 외모와 풍속에 관심을 갖게 된 것이다. 그들의 언어와 의복도 왜인과 같지 않았으며, 그들은 조선에 대해서 알지 못했다. 조선과 유구의 교류는 고려 시대부터 있었지만, 김비의 일행이 표착한

---

34) 『성종실록』 성종 10년 5월 16일, 한국고전종합DB. "島名稱允伊 居人長大美鬚髯 女立則髮至地 男人坐則鬚至膝 言語衣服不類倭人 我等 書朝鮮國三字于草葉示之 不解見".

지역은 유구 본섬에서 멀리 떨어져 있는 외딴 섬이었기 때문이다. 섬사람들이 조선에 대해서 알 수 있는 기회는 적었을 것이다. 김비의 일행도 섬사람들을 알지 못했기 때문에 왜인을 기준으로 그들을 평가하였다. 김비의 일행은 제주도 사람으로 바다를 삶의 터전으로 삼고 살았기 때문에 왜인과 접촉한 경험이 있었을 것이다. 그렇기 때문에 그들은 자신이 알고 있는 왜인의 습속과 원주민들을 비교해 본 것이다. 원주민들은 자신들이 알고 있는 왜인과 다른 언어와 의복을 사용한다는 점을 알고 자신들이 낯선 세계에 표착했음을 깨달았다.

작은 섬에서 원주민들과 여섯 달을 같이 지냈지만, 그들의 풍속을 다 알지 못하였다. 이로 인해 "소·닭의 고기는 먹을 만한데 묻는 것은 옳지 않다고 하였더니, 섬사람들이 침을 뱉으면서 비웃"는 문화적 이질감을 체험하였다. 섬을 떠난 일행이 수리왕부首里王府에 도착할 때까지 여러 섬을 경유하였지만, 그 섬에 살고 있는 사람들은 닭고기를 먹지 않는 공통점이 있었다. 김비의 일행이 표착한 섬과 달리 수리왕부에 접근하면서 사람들이 소고기를 먹는다는 사실을 알게 되었다. 그런데 사람들이 소고기는 먹지만 닭고기는 먹지 않는 이유에 대해서는 알려고 하지 않았다. 이치를 탐구할 정도로 마음의 여유를 갖지 못했던 것이다.

표착지 원주민들에게는 "도적이 없어서 길에서 떨어진 것을 줍지 않고, 서로 꾸짖거나 큰 소리로 싸우지 아니하며, 어린아이를 어루만져 사랑하여 비록 울더라도 손을 대지 않는"[35] 풍속이 있음을 알았다. 문화적 이질감을 느끼면서도 인구 100명 정도의 원주민 사회가 지니

35) 『성종실록』 성종 10년 6월 10일, 한국고전종합DB. "其俗無盜賊 道不拾遺 不相詈罵喧鬪 撫愛孩兒 雖啼哭 不加手焉".

고 있는 내부적 금기와 그들의 삶을 이해한 것이다. 원주민에게는 "먹을 수 있는 자에게 덩어리 수를 계산하지 않고 다 먹는 데에 따라 주었다."[36]는 경제적 여유가 있었다. 이러한 여유가 소수의 공동사회이지만, 다툼과 갈등이 적은 사회를 유지할 수 있는 비결이지 않았을까. 그런데 일행이 체류했던 모든 섬마다 경제적 여유가 있었던 것은 아니다. 포월로마이시마捕月老麻伊是麿에서는 논과 벼가 없어서 내소도所乃島에서 곡식을 사온다고 하였다. 양식이 부족한 섬이지만, 김비의 일행을 대접하는 방법이 비슷했다는 것은 이 시기에 수리왕부首里王府의 힘이 강력했음을 의미한다.

유구에 표류했다가 귀환한 양성梁成과 초득성肖得誠, 김비의金非衣 등은 구술을 통해 『세조실록』과 『성종실록』에 자신들의 표류 체험을 남겼다. 조선은 농업사회였고, 조선왕조실록에 표류기록을 남긴 인물들은 대부분 피지배 신분이었다. 이들이 조선에서 농사를 지었을 가능성은 높지만, 그들의 표류기에 기록된 표착 지역의 벼 파종, 이앙, 수확 시기는 각기 달랐다. 이것은 그들이 표착漂着한 지역이 달랐기 때문이다. 김비의 일행도 농사에 대한 관심이 높아서 섬사람들이 "추수를 마치고 난 뒤에 밭을 일구어 심는데 아홉 종류의 곡식을 심고, 또 10월 사이에 파종播種하여 2, 3월에 수확해서 마치고, 다시 심어서 7, 8월에 또 수확하였다."[37], "작은 삽을 사용하여 경작한다."[38]는 사실을 구술하여 현재까지 전하고 있다.

---

36) 『성종실록』 성종 10년 6월 10일, 한국고전종합DB. "能食者不計丸數 隨盡隨給"

37) 『성종실록』 성종 10년 6월 10일, 한국고전종합DB. "治田種之九種粟 亦於十月間播種 二三月收穫訖 後種之 七八月又(收獲)"

38) 『성종실록』 105권, 성종 10년 6월 10일 乙未, 한국고전종합DB.

섬으로 구성된 유구는 1372년 명나라에 조공을 하면서 동아시아 국제 질서 체계에 포함되었다. 조공에 대한 답례로 명나라에서 물품을 보내주었을 때, 유구 사람들에게 환영을 받은 것은 명의 사치품이 아니라 '도자기와 쇠솥'이었다.[39] 식량이 풍부한 유구지역 사람들에게 가장 부족한 것은 철기였기 때문이다.

> 가마·솥·숟가락·젓가락·소반·밥그릇·자기磁器·와기瓦器는 없고, 흙을 뭉쳐서 솥을 만들어 햇볕에 쪼여 말려서 짚불로써 태워 밥을 짓는데, 5, 6일이면 문득 파열破裂해 버립니다.[40]

유구에서는 철제 농기구를 나라에서 관리했을 뿐 아니라 취사할 때 필요한 쇠솥도 유구 왕실이나 귀족만 가지고 있었다.[41] 김비의 일행은 유구에서 일반 사람들은 흙으로 빚어 햇볕에 말린 뒤 불에 구워낸 솥을 사용한다고 했다. 이런 솥은 5, 6일 불에 올려놓으면 깨어져 못쓰게 된다. 임진왜란 때 끌려간 조선의 도공이 유구에 많이 정착하게 된 이유 중에 이러한 이유도 있었을 것이다. 본섬 가까이 있는 멱고시마覓高是麿에 도착해서는 밥을 지을 때 유구국과 무역한 쇠솥을 사용하고 있음을 보았고, 유구에 와서야 도자기 접시와 나무젓가락을 사용[42]할 수 있었다. 이처럼 유구와 관련된 표류기록에는 15세기 유구 사회의 생활상이 사실적으로 기록되어 있어서 당시 유구지역의 문화에 대한 인식의 폭을 넓힐 수 있다.

---

39) 『명 태조실록』 95, 7년 12월 을묘, 양수지, 앞의 논문, 23쪽 재인용.

40) 『성종실록』 성종 10년 6월 10일, 한국고전종합DB. "無釜鼎匙筯盤盂磁瓦器 摶土作鼎 曝日乾之 熏以藁火炊飯 五六日輒破裂".

41) 양수지, 앞의 논문, 24쪽.

42) 『성종실록』 105권, 성종 10년 6월 10일 乙未, 한국고전종합DB.

### (2) 오키나와 본섬[沖繩本島]의 문화와 풍속

김비의 일행은 자신들이 도착한 지역이 일본과 다르다는 사실을 알았고, 사람들이 자신들을 잘 대접하고 있다는 사실도 알았다. 처음에는 언어조차 통하지 않았지만, 오래 머무르면서 그들과 조금씩 의사소통을 하게 되었다.

임진왜란 이후 회답겸쇄환사回答兼刷還使가 피로인被擄人 송환을 목적으로 일본을 방문했을 때, 조선 사람 중에서 귀국을 원하는 이들은 많지 않았다. 일본에 정착한 시간이 길어지면서 현지에 적응하게 되고, 자연스럽게 귀국하려는 의지도 약해졌기 때문이다. 이들 피로인과 달리 김비의 일행은 고향을 그리워하는 마음이 컸고, 섬사람에게 "고향을 생각하고 항상 울었다."고 토로43)한다. 이 말을 하고 며칠 뒤 김비의 일행은 조선으로 귀국하기 위하여 수리왕부首里王府를 향해 출발하였다. 일행은 야에야마 제도[八重山諸島]에서 미야코 열도[宮古列島]를 거쳐 오키나와 본섬[沖繩本島]에 이르는 530km를 이동하여 수리왕부首里王府에 도착한다.

김비의 일행이 유구에 표착한 시기는 상진왕(尙真王; 1465~1527) 때44)로 유구 국왕의 힘이 야에야마 제도[八重山諸島]까지 미치고 있었다. 당시 유구는 조선과 외교 관계를 유지하고 있었기 때문에 김비

---

43) 김비의 일행의 말을 들은 섬사람은 "새 벼의 줄기를 뽑아서 옛날 벼와 비교해 보이고는 동쪽을 향하여 불었다."고 한다. 새 벼가 옛 벼와 같이 익으면 출발하여 돌아갈 것이라는 사실을 미리 알려준 것이다. 이 일화는 김비의 일행의 송환이 계획된 일정에 따라 진행되고 있음을 알려준다.

44) 1429년 중산왕이 三山을 통일하고 第一尙氏 왕조를 열었다. 1470년에는 第二尙氏 왕조가 등장하였다. 김비의 일행의 표착은 第二尙氏의 전성시대인 尙真王(1465~1527) 시기의 일이다.

의 일행의 조선 송환은 순조롭게 이루어졌을 것이다. 조선으로 송환되기 위해 오키나와 본섬[沖縄本島]에 도착한 김비의 일행은 야에야마 제도[八重山諸島]와 미야코 열도[宮古列島]에서 볼 수 없었던 광경을 목격한다. 유구 국왕의 어머니가 외출하는 행렬은 화려했으며, 그들이 살고 있는 제주도에서도 보기 힘든 장면이었다.

> 우리들은 마침 국왕의 어머니가 출유出遊하는 것을 보았는데, 칠련漆輦을 타고 사면四面에 발을 드리웠으며, 멘 자가 거의 20인으로 모두가 흰 저의苧衣를 입고 비단으로 머리를 쌌습니다. 군사는 긴 칼을 가지고 활과 화살을 찼는데, 앞뒤를 옹위擁衛한 자가 거의 1백여 인이었고, 쌍각雙角·쌍태평소雙太平嘯를 불었으며, 화포火砲를 쏘았습니다. 아름다운 부인 4, 5인이 채단綵段 옷을 입고, 겉에는 백저포白苧布의 긴 옷을 입었습니다. 우리들이 길 곁에 나가서 배알拜謁하니, 연을 멈추고 두 개의 납병鑞甁에다 술을 담아서 검은 칠을 한 목기木器로써 우리들에게 주었는데, 그 맛이 우리나라의 것과 같았습니다. 어떤 소랑小郞이 조금 뒤에 따로 갔는데, 나이는 10여 세가 될 만하고 얼굴이 매우 아름다웠으며, 머리를 뒤로 드리우고 땋지 않았으며, 붉은 비단옷을 입고 띠를 묶었으며, 살찐 말을 탔습니다. 말굴레를 잡은 자는 모두 다 흰옷을 입었고, 말을 타고 앞에서 인도하는 자가 4, 5인이며, 좌우左右에서 부옹扶擁하는 자도 매우 많았습니다. 위사衛士로서 긴 칼을 가진 자가 20여 인이요, 일산日傘을 가진 자는 말을 나란히 타고 가면서 햇빛을 막았습니다. 우리들이 또한 배알하니 소랑이 말에서 내리어 납병에 술을 담아서 대접하는데, 마시기를 마치자 소랑은 말에 올라서 갔습니다. 국인國人이 이르기를, '국왕國王이 훙薨하고, 사군嗣君의 나이가 어리기 때문에 모후母后가 임조臨朝하게 되었는데, 소랑이 나이가 들면 마땅히 국왕이 될 것이다.'라 하였습니다.45)

45) 『성종실록』 성종 10년 6월 10일, 한국고전종합DB. "俺等適見國王之母出遊 乘漆輦 四面垂簾 舁者幾二十人 皆着白苧衣 以帛裹首 軍士持長劒 佩弓矢 擁衛前後 幾百餘人 吹雙角 雙太平嘯 放火砲 美婦四五人 着綵段衣

김비의 일행이 오키나와 본섬[沖縄本島]에서 본 행렬은 유구 국왕모의 출유出遊 장면이다. 유구국의 왕실 구성원이 조선에서 온 민간인과 접촉하면서 비록 짧은 시간이지만 양국의 교류가 이루어진다. 또한 이 행렬을 통해 15세기 유구국의 규모를 이해할 수 있다.

당시의 상황은 '국왕모의 출유와 만남', '소랑과의 만남', '국인의 소개'라는 세 부분으로 나눌 수 있다. 칠련漆輦을 탄 국왕모와 말을 탄 소랑, 그들을 호위하는 행렬은 성대하고, 화려하였다. 『성종실록』에 이 장면이 매우 세밀하게 묘사되어 있는데, 심리적으로 불안한 상태에 있던 표류민이 당시의 상황을 이처럼 사실적이고 구체적으로 묘사할 수 있었는지 의문이다. 이 부분은 구술자의 이야기를 들은 기록자가 충실하게 경험담을 기록한 것이 아니라 홍문관 관리라는 기록자의 경험담까지 가미되어 현재의 표해기를 완성하였을 것으로 보는 것이 타당하다.

홍문관 관리는 "풍속을 기록"하라는 왕명을 받고 조사를 시작했기 때문에 김비의 일행의 행적보다는 유구의 풍속이 중요하였고, 왕실의 행사에 참여하거나 목격했을 것이기 때문에 구술자의 이야기를 보완할 수 있었을 것이다. 이처럼 구술자와 기록자가 다른 기록의 경우, 대상에 대한 구술과 기록 과정에 변이가 발생할 가능성이 높아진다.

위에 제시한 홍문관 관리의 기록에서 몇 가지 의문점이 발견된다.

---

表着白苧布長衣 俺等 出道傍拜謁 駐輦以二鑞瓶 盛酒 酌以髹木器俺等 其味與我國同 有小郎 稍後別行 年可十餘歲 貌甚美 髮垂後不辮 着紅綃衣束帶 乘肥馬 執鞚者皆着白衣 騎馬前導者四五人 扶擁左右者 亦甚衆 衛士持長劍者 二十餘人 持傘者 竝馬而行 以障日 俺等 亦拜謁見 小郎下馬 以鑞瓶盛酒饋之 飮訖 小郎上馬去 國人云 國王薨 嗣君年幼 故母后臨朝 小郎年長則當爲國王".

국왕모와 소랑이 행렬을 멈추고 술을 하사한 이유가 무엇인가 하는 점, 국인이 누구인가 하는 점 등이 그것이다. 이러한 의문은 홍문관 관리의 보고서와 선위사 이칙의 보고서[46]를 비교해 볼 때, 일정 부분 해결된다.

홍문관 관리의 기록과 이칙의 보고서 사이에는 여러 부분에서 차이점이 발견된다. 이칙의 보고서에 기록된 국왕의 외출이 국왕 어머니의 외출로 기록되어 있고, 길 곁에서 절하고 울면서 애걸哀乞하는 소리를 내는 장면은 길 곁에서 배알拜謁하는 장면으로 기록되었다. 우리나라 말을 아는 통사가 일행에게 알려주는 어린아이에 대한 정보는 국인과의 대화를 통해 얻은 정보가 되었다.

이칙의 보고서는 신시라新時羅가 진술한 송환 사정을 정리한 것이기 때문에 유구의 풍속이 중요한 내용은 아니었을 것이다. 그러나 구술자인 신시라는 김비의 일행과 9개월 이상 동행했기 때문에 유구 국왕모의 외출이라는 특별한 경험을 공유했을 가능성이 높다. 이러한

---

46) 『성종실록』 성종 10년 5월 16일, 한국고전종합DB. "국왕(國王)이 황금(黃金)으로 꾸민 대련(大輦)을 타고, 앞과 뒤로는 군위(軍衛)의 의장(儀仗)이 매우 성(盛)하였으며, 또 10여 세가 되는 남자(男子)가 말을 타고 수행(隨行)하는데, 병위(兵衛)가 또한 성하였습니다. 관부에 이르러 왔으므로 우리들이 길 곁에서 절하고 울면서 애걸(哀乞)하는 소리를 발(發)하였더니, 국왕이 연(輦)을 멈추고 물어본 뒤에 사람에게 명령하여 술을 먹이게 하고 조금 있다가 돌아갔습니다. 일본(日本) 통사(通事)로서 우리 나라 말을 아는 자가 그곳에 와서 있었는데, 말해 주기를, '국왕이 훙서(薨逝)하고 여주(女主)가 나라를 다스리는데, 연을 탄 사람이 이 여주고, 말을 탄 어린 아이는 곧 국왕의 아들이다.'라고 하였습니다.(國王 乘黃金飾大輦 前後軍衛儀仗甚盛 又十餘歲男子 騎馬隨行 兵衛亦盛 來至官府 我等拜哭道傍 發哀乞之聲 國王駐輦問之 令人饋酒 俄而還去 日本通事解我國言者 來在其處 言曰國王薨逝 女主治國 乘輦者 是女主也 騎馬小兒 卽國王子也)".

경험담이 이칙에게도 전달되었을 것이므로 이칙의 보고서가 잘못되었다고 단정하기도 어렵다. 이처럼 두 기록이 관점을 달리하고 있는 경우, 내용이 달라질 수 있으므로 두 기록을 비교해 볼 때, 보다 사실에 가까운 판단이 가능해질 것이다.

### 3) 귀국방안의 모색과 유구국流球國 주변 지역의 정세변화

김비의 일행은 유구국 사신 "上官人 新時羅, 副官人 三未三甫羅, 押物 要時羅·也而羅, 船主 皮古仇羅 및 伴從人·格人 등 2백 19명"과 함께 염포에 도착하였다. 상관 신시라新時羅는 하카다[博多] 상인으로 유구국왕國王의 서계書契를 받고 무술년 7월 28일에 유구를 출발하여 기해년 5월 3일 염포에 도착했다고 하였다.

유구는 조선과 5,430리47) 떨어져 있는 작은 섬나라로 명나라와 사대관계를 맺고 있었다. 중국과 유구의 외교는 삼산三山 시기에 시작하여 1429년 중산왕 상파지尙巴志가 삼산三山을 통일한 이후에도 지속되었다. 유구에서 명나라에 조공을 하자 항해용 선박과 복건성 출신의 항해사(36姓의 뱃사람)를 보내48) 항해의 불편을 줄여주었다. 유구는 중국·동남아시아 여러 나라와 중개무역을 하고 있었고, 이러한 사실은 김비의 일행의 표해기에도 발견된다. 김비의 일행은 "강남과 남만 사람들이 장사를 위해 유구를 지속적으로 왕래하였고, 그들 중에는 유구에 터전을 두고 생활하는 상인이 있다"는 사실을 알았다. 상투를 틀어 올린 남만 사람도 직접 보았는데, 그들의 피부색이 검은 것에 놀랐다. 실록에서는 이들의 놀라움을 '특이하였다'로 표현하고 있다.

---

47) 『해동제국기』의 「유구국기」 〈도로이수〉.

48) 양수지, 앞의 논문, 25쪽.

조선에서는 왜구로 인해 발생한 피로인의 소환을 중요한 문제로 인식하고 있었기 때문에 유구를 일본의 막부와 동등하게 대우하고 있었다. 유구의 사신이 조선을 방문했을 때, 조정에서는 이들 사행 편에 김윤후金允厚, 이예李藝, 김원진金元珍49) 등을 보빙報聘의 형식으로 파견하기도 했다. 세종 19년(1437) 김원진이 유구에서 피로인 6명을 송환한 것을 마지막으로 사신을 파견하지 않은 것은 유구는 너무 먼 나라였고, 한양을 방문한 유구 사신은 대부분 유구 국왕이 임명한 왜인이거나 위사僞使50)였기 때문이다.

조선에서는 왜구 문제를 해결하기 위해 대마도에 조선과의 교역권을 인정하였다. 그 이후 대마도는 조선과 일본의 중개무역을 독점하였고, 유구의 중개무역을 방해하였다. 1431년 조선을 방문한 하례구夏禮久는 바닷길을 아는 사람이 없다는 점, 일본인이 길을 막았기 때문에 사신을 보내지 못하고 있다51)는 점을 조선 조정에 보고하였다. 1453년(단종원년) 표류인 정록丁祿, 만년萬年을 송환하기 위해 조선을 방문한 하카다[博多] 상인 도안道安도 같은 말을 하였다. 그는 조선과 유구의 관계가 소원해진 이유를 첫째, 바닷길을 아는 사람이 없어서 계속 오지 못한다는 점, 둘째, 유구와 살마주 사이가 화목하지 못하여 살마 사람들이 해적질을 많이 한다는 점52)때문이라고 하였다. 유구와 조선

---

49) 『세종실록』 78, 19년 7월 戊申, 한국고전종합DB.

50) 유구에서는 조선에 32차례 사신을 파견하였는데, 유구국왕이 보낸 사신은 1431년, 1461년, 1500년 3차례 불과했고, 6회의 사신은 유구의 위임을 받은 일본상인, 나머지 23회는 유구사신을 사칭한 倭人僞使였다.

51) 『세종실록』 세종 13년 신해(1431) 11월 9일, 한국고전종합DB. “本國爲無能諳海道之人”, “倭人阻隔, 久廢修好”

52) 『단종실록』 6, 원년 4월 辛亥.

사이에 일본이 있어서 양국의 관계를 지속하기 어렵다고 한 것이다. 이처럼 양국의 외교가 지속되기 어려운 상황이었지만 김비의 일행의 조선 송환은 이루어졌다.

폭풍을 만나 윤이사마(允伊·閏伊是麿)에 표착한 김비의 일행은 유구에 도착하여 조선말을 할 수 있는 통사를 만났고, 그를 통해 귀국하고 싶다는 뜻을 국왕에게 전달했다. 그런데 15세기 유구에서 조선으로 갈 수 있는 방법은 중국이나 일본을 경유하는 길밖에 없었다.

15세기 유구에서 조선으로 귀환할 수 있는 노정에 대한 기록은 『세조실록』에서 일부 발견된다. 유구에 표착했던 초득성은 "남만南蠻은 나라의 정남쪽에 있는데, 순풍順風이면 3개월 만에 도착할 수 있고, 일본국日本國은 나라의 동남쪽에 있는데 5일 만에 도착할 수 있고, 중국은 나라의 서쪽에 있는데 순풍順風이면 20일 만에 도착할 수 있다"[53]고 하였다. 유구에서 돌아온 표류민 양성도 "중원으로 가는 길은 동남풍東南風이 불기 때문에 배로 가면 7일 걸리고, 일본으로 가는 길은 서풍西風이 불기 때문에 배로 가면 18일이면 도착한다."[54]고 하였다. 초득성과 양성이 말한 유구에서 중국과 일본으로 가는 항해 일수에 차이가 있음을 알 수 있다. 이들은 표착한 지역이 달랐기 때문에 중국이나 일본으로 갈 수 있는 방향과 시간에 차이가 발생한 것이다. 김비의 일행은 조선말을 아는 통사와 교류할 시간이 있었고, 그를 통해 유구에서 중국과 일본까지의 이동 시간을 미리 들을 수 있었다.

---

53) 『세조실록』 27, 세조 8년 2월 16일 辛巳, 한국고전종합DB. "南蠻在國正南, 順風則可三月乃到, 日本國在國東南, 順風則可五日乃到, 中原在國西, 順風則可二十日乃到".

54) 『세조실록』 27, 세조 8년 2월 16일 辛巳, 한국고전종합DB. "中原程途因東南風舟行七日乃到 日本程途順西風舟行 十八日乃到".

김비의 일행이 귀국하고 싶다는 소식을 들은 유구국왕은 "일본 사람은 성질이 나빠서 너희들이 보전할 수가 없으므로, 너희들을 강남江南으로 보내고자 한다."는 뜻을 일행에게 전하였다. 하례구夏禮久와 도안道安이 말한 것처럼 유구국은 살마薩摩와 사이가 좋지 않아서 김비의 일행을 일본을 통해 호송하기가 쉽지 않았던 것이다. 그러나 김비의 일행은 유구와 일본의 갈등 관계를 알지 못했고, 통사를 통해 조선으로 귀국하는 거리가 중국보다 일본이 짧다는 사실만 알고 있었다. 그러므로 일본을 통해 귀국하기를 원하였다. 국왕이 그들을 호송해 주는 방법을 고민하고 있을 때, 패가대霸家臺 상인 신시라(新時羅·新伊四郞)가 유구에 왔다. 국왕은 김비의 등에게 물건을 하사하고 일본을 거쳐 돌아갈 수 있도록 주선해 주었다. 당시 유구에서 일본과의 무역은 하카다[博多](또는 霸家臺)지역의 상인이 담당하고 있었다. 이들 상인 중에는 유구 국왕의 위임을 받아서 조선과의 외교를 대행하기도 했다. 이 점에서 김비의 일행을 조선으로 호송한 신시라新時羅도 유구국왕의 위임을 받은 왜사倭使라 할 수 있다.

김비의 일행의 조사기록에 따르면, 일행은 유구에서 살마주까지 나흘 걸렸다고 하였다. 신시라新時羅는 김비의 일행을 살마주에 데리고 갔다가 9월 별선別船을 사서 타가서포打家西浦로 이동하였다. 그곳에서 상륙한 후 육로로 패가대로 갔다. 이곳에서 일본이 내전 중에 있다는 사실을 알게 되었다. 대내전大內殿이 소이전小二殿을 공격하는 것을 목격한 것이다. 이들의 전쟁은 '應仁의 난'(1466~1477)으로, 무로마치 막부가 끝나고 전국시대의 시작을 알리는 계기가 된 사건이다. 대내가의 오우치 마사히로大內政弘는 동군과 서군으로 나뉘어 대립한 오닌의 난에서 서군의 최대 세력이었다. 김비의 일행이 유구에서 귀환하는 과정에서 일본 역사에서 중요한 사건을 목격한 것이다.

① 대내전大內殿이 소이전小二殿과 서로 싸워 소이전이 싸움에 패하여 도망해 가고, 대내전의 군사軍士가 흩어져서 여러 집에 머물고 있다고 들었는데, 어느 날에는 강상江上에 사람의 머리 넷을 달아놓은 것을 보았고, 또 하루에는 효수梟首 둘을 보고 이를 물어보았더니, 효수된 자는 곧 소이전의 사람이라고 하였습니다.[55)]

② 4일 만에 싸움에 이기고 돌아왔는데 6급級을 베어서 장대 끝에 효수梟首하고, 혹 어떤 사람은 그 이빨을 살펴서 그 사람의 귀천貴賤을 징험하였는데, 이는 대개 관작官爵이 있는 자는 이빨을 물들였기 때문이었습니다.[56)]

『성종실록』에서는 일행이 보았던 대내전과 소이전의 싸움에 대하여 다음과 같이 기록하고 있다. ①은 선위사宣慰使 이칙李則이 기록한 내용이고, ②는 홍문관 관리가 기록한 내용이다. 동일한 사건을 기록한 것인데 내용은 달랐다. 선위사 이칙은 사건을 경과 중심으로 기록한 반면, 홍문관 관리는 경과보다는 일본의 풍습에 중점을 두고 기록하였기 때문이다. 김비의 일행의 표해기를 올바르게 이해하기 위해서 두 기록을 비교해 보아야 하는 이유가 여기에 있다.

표해기에 기록된 '물들인 이빨染齒'는 통신사 신유한의 〈富士山賦〉에서도 발견된다. 그는 賦에서 "豈驩頭黑齒之可與汚兮 어찌 환두와 흑치로 더불어 더럽혀질 수 있겠는가, 亭亭玉雪之高標 깨끗하고 우뚝한 옥설의 높은 자태로다"라고 하였다. 일본의 풍속과 부사산을 비교

---

55) 『성종실록』 104권, 성종 10년 5월 16일(辛未), 한국고전종합DB "聞大內殿 與小二殿相戰 小二殿戰敗遁去 大內殿軍士 散住諸家 一日見江上懸人首四 又一日梟首二 問之則曰 彼梟首者 乃小二殿人也".

56) 『성종실록』 105권, 성종 10년 6월 10일(乙未), 한국고전종합DB "凡四日戰勝而還 斬六級 梟首於竿 或有人柱其齒 以驗其人之貴賤 蓋有爵者 染齒故也".

하면서 '黑齒'를 야만적인 풍속으로 인식하고 있다. 이러한 인식은 임진왜란 이후 조선 지식인들에게 흔히 발견된다. 성종 시대에는 일본을 부정적으로 인식할 이유가 없었기 때문에 김비의 일행의 견문을 사실적으로 기록하고 있다.

호송을 맡은 신시라新時羅는 해도海島에 숨어 있다가 약탈하려는 해적이 두려워 병란이 평정되기를 기다린 뒤 1479년(성종 10) 2월 식가軾駕, 일기도一岐島를 경유하여 대마도에 도착하였다. 일행은 일본의 다른 지역과 달리 대마도는 "땅은 메마르고 밭이 없으며 백성은 모두 다 먹고 살기가 어려워 지나온 여러 섬과 같지 않았다."[57]고 하였다. 대내전과 소이전의 전쟁, 대마도의 빈궁한 생활상은 다른 표류기에서는 발견되지 않는 내용으로 15세기 일본의 정세에 대한 정보를 제공하고 있다.

## 3. 결론

조선 초기 표류와 관련된 기록은 『조선왕조실록』에 수록되어 있다. 그중에는 유구에 표착했다가 귀환한 사람들에 관한 기록도 있다. 실록에 수록된 표류기록 중에서 가장 상세하게 기록된 것은 김비의 일행이 구술한 표해기이다.

김비의 일행은 1477년 추자도로 향하던 중 표류하여 유구국 윤이시마(允伊·閏伊是麿)에 표착하였다. 조선과 유구의 외교관계가 지속되었기 때문에 김비의 일행의 조선 송환이 결정되었다. 일행은 팔중산제

57) 『성종실록』 105권, 성종 10년 6월 10일(乙未) "其地磽瘠無田 民皆艱食 非如所經諸島"

도八重山諸島, 궁고열도宮古列島, 수리왕부首里王府, 살마주薩摩州, 패가대覇家臺, 일기도一岐島, 대마도對馬島를 경유하여 1479년 염포로 귀국하였다. 이들은 귀국 후 성종을 알현謁見한 뒤에 자신들의 표류 체험과 "閏伊島에서부터 견문한 物産"을 보고하였다. 성종은 이들의 체험담을 홍문관에서 기록하여 보고하도록 명령하였다. 조사를 맡은 홍문관 관리는 그 내용을 자세히 정리하여 국왕에게 보고한다. 이 보고서는 언어言語·음식飮食·의복衣服·거실居室·풍토風土를 기준으로 체계적으로 정리되었다. 김비의 일행의 표류 체험뿐만 아니라 홍문관 관리의 문학적 상상력이 가미되어 완성되었다. 김비의 일행의 표류 체험에 대한 실체적 모습은 이칙의 보고서와 비교·검토해야 만이 제대로 이해할 수 있다. 김비의 일행은 15세기 유구와 일본을 여행하였기 때문에 그 지역의 언어·음식·의복·거실·풍토는 물론 유구국의 외교, 의례, 유구와 일본의 관계 등을 파악할 수 있었다. 이들이 구술한 내용은 15세기 유구지역의 풍속을 이해하는 귀중한 자료로 평가받고 있으며, 이 기록으로 15세기 조선인의 세계인식이 동아시아로 확대되었음을 알 수 있다.

표류 체험이 조선왕조실록에 기록되었다는 점에서 표해기를 '이야기'로 볼 것인지, '공적 기록'으로 볼 것인지에 대한 논란이 있을 수 있다. 그러나 본 연구에서는 김비의 일행의 표해기는 단순한 공적 기록이 아니라 제주백성들의 표류 체험과 견문에 홍문관 관리의 경험을 가미하여 기록한 '이야기'라고 보았다. 김비의 일행이 표착한 유구지역에 대한 기록은 1663년 김려휘, 1726년 김일남 등에서도 발견된다. 이들의 문화체험과 송환시스템, 귀환 동선을 비교한다면, 유구의 생활·풍속·문화를 이해할 수 있다. 그 연구는 다음 기회로 미룬다.

# 오윤겸의 동북아시아 사행과 일기 연구
## -『동사일록』과『조천일록』을 중심으로

## 1. 서론

15세기의 동북아시아는 명나라의 조공朝貢과 책봉冊封 정책을 중심으로 중세질서를 확립하였고, 이 체계는 16세기 말까지 지속되었다. 17세기에 접어들면서 일본에서는 덕천막부德川幕府[1)]가, 만주 지역에서는 후금이 새로운 세력으로 등장하였다. 이 시기의 조선에서는 명나라 중심의 중세질서를 그대로 유지하려고 하였다. 그러면서도 변화하는 주변세계에 대한 관심을 놓지 않고, 명나라와 일본에 사신을 파견하였다. 이러한 사행의 결과물인 17세기 통신사 사행록은 15종[2)], 해로로 명나라를 사행한 기록인 수로조천록[3)]은 30여 종[4)]이 전하고 있다.

---

1) 덕천가강[德川家康, 도쿠가와 이에야스]이 1600년 關ケ原[세키가하라]戰鬪와 1615년 대판[大坂, 오사카] 성에서 豊臣秀賴[도요토미 히데요리]에게 승리하면서 덕천[德川, 도쿠가와] 막부가 일본을 장악하였다.

2) 정영문,『조선시대 통신사문학연구』, 지식과 교양, 2011, 60~70쪽.

3) 조선에서 출발한 사신 일행이 해로를 따라 중국을 왕환하고 기록한 사행록을 '수로조천록'이라 하였다. 조선시대 명나라 황제를 조회한 기록이라는 의미에서 '조천록'이라는 명칭도 빈번하게 사용하였다. 여기에 바닷길로 사행하던 시기의 기록이라는 의미에서 '수로'라는 명칭을 덧붙인 것이다.

이 시기 동북아시아를 두루 사행한 인물로 오윤겸[吳允謙, 1559~1636]이 있다. 그는 중국과 일본을 사행한 후 두 편의 사행일기를 남겼다. 그 중 『동사일록』은 1617년(광해 9) 7월 4일 부산에서 시작하여 10월 18일 부산에 도착하는 날까지 매일의 경과를 기록한 일기이고, 『조천일록』은 1622년(광해 14) 4월 29일 곽산 선사포에서 시작하여 10월 16일 선사진 객헌까지의 일정을 기록한 일기이다. 두 일기는 조선 지식인의 시선으로 17세기 초 동아시아의 상황을 관찰하고, 기록한 것으로 당시 세계에 대한 조선인의 인식을 가늠해 볼 수 있는 귀중한 자료이다.

오윤겸이 사행했던 17세기 초, 명·청 교체기의 단초는 일본의 대륙 진출 시도에서 찾을 수 있다. 16세기 말 일본을 장악한 풍신수길[豊臣秀吉, 도요토미 히데요시]은 대륙으로 진출하기 위해 임진왜란을 일으켰다. 그의 사후에 덕천가강[德川家康, 도쿠가와 이에야스]은 전란을 매듭짓고 조선과 일본의 국교를 정상화하였다. 양국의 외교는 1607년 회답겸쇄환사 파견과 국서 교환으로 시작되었고, 1617년에는 1차 사행에서 이루지 못했던 '피로인 쇄환'을 마무리하고자 했다. 정사는 오윤겸吳允謙, 부사는 박재[朴梓, 1564~1622], 종사관은 이경직[李景稷, 1577~1640]이었다.[5)]

임진왜란의 참전 등으로 국력을 소모한 명은 17세기 초에 내우외환에 빠졌다. 안으로는 관료의 부정부패와 당쟁,[6)] 백련교도 서홍유 등의

---

4) 박현규, 「17세기 전반기 대명 해로사행에 관한 행차분석」, 『한국실학연구』 21집, 한국실학학회, 2011, 121~122쪽.

5) 정사 오윤겸의 『동사상일록』, 부사 박재의 『동사일기』, 종사관 이경직의 『부상록』이 『해행총재』에 수록되어 있다.

6) 명나라에서는 만력제 사후에 즉위한 태창제도 얼마 지나지 않아 급사하였

반란이, 밖으로는 후금의 세력 확장이 있었다. 누루하치는 건주위를 중심으로 여진 세력을 통합하여 1616년에 후금을 세웠다. 세력을 확장하던 1618년 봄, 조선으로 사신을 파견하여 명나라와 후금 사이에서 중립을 요구하였다. 그러나 조선에서는 이듬해에 강홍립을 도원수로 삼아 명나라에 지원군을 파견하였다. 조·명 연합군은 사르흐[薩爾滸, 1619]에서 팔기군에게 패배[7]하였고, 누루하치는 1621년 3월 심양을 함락시키고 요동 복속을 조선에 통보해왔다. 이 사건으로 조선과 명나라를 이어주던 육로 사행이 차단되었고, 명에서는 북방을 책임지던 웅정필[熊廷弼, 1569~1625] 등이 처형당하였다. 이처럼 혼란의 1622년, 명나라 희종 천계제의 즉위를 축하하는 사절단이 한양을 출발한 후 해로로 등주를 거쳐 북경을 다녀왔다. 이때의 정사는 오윤겸이었고, 부사는 변흡[邊潝, 1568~1644], 서장관은 유응원[柳應元, ?~?]이었다.

지금까지 17세기 초의 사행에 관한 다양한 연구가 이루어졌으며, 오윤겸의 생애와 정치 활동,[8] 오윤겸 가문의 정치적 성향과 문벌 의식[9]에 대한 연구도 진행되었다. 사행과 관련된 연구는 '회답겸쇄환사'의 일원[10]으로서의 역할과 17세기 초 해로사행에 대한 연구의 한 부분

---

다. 태창제를 이어 천계제가 1620년 15세의 나이에 즉위하였다. 천계제가 즉위하면서 위충현(1568~1627)에게 국정을 위임하여 환관 세력이 커지면서 정통 관료 사대부인 동림당과 정쟁(政爭)하였다.

7) 김영숙, 「명말의 중국사회와 조선사신의 외교활동」, 『명청사연구』 31, 명청사학회, 2009, 72쪽.

8) 정성미, 「오윤겸의 생애와 정치활동」, 『역사와 담론』 61, 호서사학회, 2012.

9) 김학수, 「조선후기 근기소론 오윤겸가(近畿少論吳允謙家)의 학문, 정치적 성향과 문벌의식」, 『조선시대사학보』 63, 조선시대사학회, 2012.

10) 구지현, 「임진왜란 피로인에 대한 회답겸쇄환사의 인식변화」, 『한국어문

으로 연구되었다.

본 연구에서는 오윤겸의 사행 일기 『조천일록』과 『동사상일록』[11]을 텍스트로 17세기 초 명나라와 일본의 정치, 외교적 변화와 오윤겸의 대외인식을 살펴보고자 한다.

## 2. 오윤겸의 사행과 인식세계

### 1) 세계에 대한 인식과 현장감

동북아시아에서는 16세기 말(1573)부터 17세기 중엽(1644) 사이에 변혁이 바람이 불었다. 이 여파로 조선에서는 임진년과 병자년에 외세의 침략이 있었고, 중국 대륙과 일본에서는 세력이 교체되었다. 조선에서는 건국 초기부터 '해금정책'을 시행하고 있었기 때문에 먼 바다로 나가는 경험은 많지 않았다. 이로 인해서 바다는 두려움의 대상이었다. 두려움을 안고 떠나는 사행의 고충에 대해서는 1711년(숙종 37) 통신사 부사 임수간[任守幹, 1665~1721]과 숙종의 대화에서도 확인할 수 있다. 숙종은 "이번에 가는 수로가 조천하던 수로에 비해 험하고 평탄함이 어떠한가"라고 물었고, 임수간 등은 "이번에 가는 해로가 비록 멀기는 하지만, 조천할 때의 해로같이 험하지는 않습니다."[12]라

학연구』 63, 한국어문학연구학회, 2014; 윤달세, 「九州地方에서의 壬辰·丁酉 倭亂 被虜人 刷還상황」, 『조선통신사연구』 5, 조선통신사학회, 2007; 정영문, 「회답겸쇄환사의 사행문학연구」, 『溫知論叢』 12, 온지학회, 2005.

11) 본 연구의 텍스트로 이민수 역(『楸灘先生文集』, 법전출판사, 1980)의 『조천일록』과 『동사일록』, 한국고전번역원 한국고전종합DB의 『동사상일록』을 자료로 사용하였다.

고 대답하였다. 일본으로 가는 해로가 조천하던 해로보다는 멀지만, 17세기 초 명나라로 사행하던 해로보다는 덜 험하다는 것이다. 실질적인 항로로 볼 때 통신사행의 해로가 멀고도 험하지만, 통신 사행은 준비하는 기간이 길어서 배를 진수하는 등 원해遠海로 나갈 준비가 충분하였고, 사신 일행이 부산에 도착하면 대마도인이 부산으로 마중 나와 목적지까지 안내했기 때문에 비교적 안전하게 다녀올 수 있었다. 반면, 명나라를 사행하던 해로는 오랜 시간 폐쇄되었던 항로를 새로 개척해야 할 뿐만 아니라 준비기간도 짧아서 위험성은 배가 되었다.

오윤겸이 정사를 맡은 사절단의 명칭은 회답겸쇄환사이다. 일행은 428명으로 1617년 7월 7일 부산을 출발하였다. 그들의 목적은 '국서전달'과 '조선 피로인의 쇄환'이었다. 이 목적을 달성하기 위해 사신 일행은 중도에 관백이 머물고 있는 경도[京都, 교토] 복견성[伏見城, 후시미성]으로 노정을 변경하였다. 이 여정에서 오윤겸은 일본의 산수와 도시문물을 목도하고, 이를 기록으로 남겼다.

> ① 조흥이 다옥에서 잠시 쉬어 갈 것을 청하였다. 우리들은 당堂 뒤로 따로 들어가 회랑을 지나니 욕실과 다옥이 있었는데, 깨끗하여 마음에 들었다. 다옥의 뒤에서 소나무와 대나무 숲 사이를 돌아 나가니 못 위에 연꽃잎이 깔려 있어서 아름다웠다. 우리들은 못 가에 의자를 놓고 한참 동안 앉아 구경하다가 다옥으로 돌아왔다.[13)]

---

12) 임수간, 『동사일기』, 1711년 5월 15일. "此行與水路 朝天險夷如何云耶 臣等皆言 此去海路雖遠 而不如朝天時海程之險艱云".

13) 『동사일록』, 7월 14일. "調興請於茶屋暫休 吾等從堂後 轉過回廊 有浴室茶屋 淸淨可愛 自茶屋之後 繞出松樹竹林之間 有池塘荷葉之勝 吾等設椅池邊 坐玩良久 還尋茶屋" 7월 14일에는 조흥의 茶屋을 방문하였고, 7월 21일에는 도주 의성의 茶屋을 방문하였다.

② 가류도可留島에 정박하였다. 저녁을 먹은 뒤 부사 종사관과 함께 배를 내려가서 모래밭 가에 앉았다가 포 가장자리에 산기슭이 있는데 가히 사방을 바라다볼 만한 곳이므로 세 사람이 견여를 타고 올라가 보니, 오랫동안 배 위에만 있어 자못 울적하다가 갑자기 가슴이 탁 트이는 것을 느꼈다.14)

③ 사관은 일향사日向寺 대어당大御堂으로 정했는데, 이 절은 대판성大坂城 밖 6, 7리 되는 곳에 있었다. 배에서 내린 강변으로부터 대어당까지는 15여 리 인데, 시전市廛 사이를 뚫고 집들이 이어져 있어서 한 치의 땅도 비어 있는 곳이 없었다. 인민의 많음과 물화의 풍성함이 참으로 큰 도회지였다. 좌우에서 구경하는 사람들이 담장처럼 줄지어 있어서 가마가 지날 때면 고개를 들고 손을 이마에 얹으며 일제히 소리를 지르니 그 소리가 울리는 것이 우레와 같았다.15)

④ 동사東寺에서 왜경까지 20여 리이다. 집들이 서로 연결되어 있고 시전市廛이 즐비하여 물화의 풍성함과 백성들이 많음이 대판大坂의 열배는 되었다. 큰길로 이어진 도로 좌우에 구경꾼들이 늘어서서 빈틈없이 꽉 메워 떠드는 소리가 울리는 것이 우레와 같았다.16)

①과 ②는 일본의 다옥茶屋, 산수山水에 대한 기록이고, ③과 ④는 대판[大坂, 오사카]과 경도[京都, 교토]의 도시문물에 대한 기록이다. 오윤겸은 대마도에 도착한 뒤 대마도주 종의성宗義成과 유천조흥柳川調興의 초대를 받아 그들의 다옥을 방문하였다. 이곳에서 당옥堂屋,

---

14) 『동사일록』, 8월 12일. "泊於可留島 夕食後與副使從事 下船坐沙邊 浦邊有山麓可通望處 三人以肩輿登眺 久在船上頗鬱積 殊覺胸襟開豁也".

15) 『동사일록』, 8월 18일. "館於日向寺大御堂 寺在大坂城外六七里 自下船江邊 至大御堂十五餘里 穿市廛間 比屋連甍 無寸地空閒 人民之庶 物貨之盛 眞大都也 左右觀者如堵墻 轎過時仰首加額 齊聲攢手 聲振如雷".

16) 『동사일록』, 8월 21일. "自東寺至倭京二十餘里 屋宇相連 市廛櫛比 物貨之盛 民庶之衆 十倍於大坂 大道通衢 左右觀光者 戢戢森森 騈闐充塞 聲振如雷".

기구器具, 원림園林 등을 눈여겨보고 그들의 음식과 다옥의 배경이 되는 산수 등에 대해 '정결, 청결, 아름다움' 등으로 표현하였다. 오윤겸이 일본의 산수와 다옥 등을 '맑고 깨끗'한 이미지로 인식한 것은 관찰한 대상을 화華의 세계와 이夷의 세계로 구분하지 않고, 일본에 대한 감정을 최대한 배제한 상태에서 대상을 인식하고 표현하려고 한 결과이다.

오윤겸이 일본에서 찾은 다옥과 그 주변의 산수 자연은 그에게는 유람의 공간이면서, 대마도에서 보여주고자 한 공간이고, 이미지이다. 대마도는 조선의 사신들이 힘든 바다 여행을 마치고 잠시 지친 몸을 쉴 수 있는 공간이요, 심리적 '안정'을 얻을 수 있는 공간이다. 더구나 대마도 사람들이 제공하는 욕실과 다옥은 비록 짧은 바다 여행이지만, 그 공간에서는 경험하지 못했던 '맑고 깨끗함'을 선사하였다. 이로 인해서 좀처럼 감정을 드러내지 않던 그가 '마음에 들었다'고 한 것이다.

②에서 오윤겸은 배를 타고 내해를 거슬러 가던 도중에 가류도可留島에 정박하였다. 그는 이곳에서 가마를 타고 산기슭에 올랐고, 그곳에서 본 광경은 배 위에서 며칠을 지내던 상황과 대비되어 그의 울적한 마음을 위로해 준다. 사신이 되어 이국을 여행할 때, 낮에는 목적지로 이동하는 일로 바쁘지만, 밤이 되면 사관이나 배에 머물게 되어 슬픔, 외로움 등에 빠지는 일이 많다. 많은 여행자들이 밤에 시작품을 남긴 것은 그러한 이유에서다. 오윤겸에게도 낯선 일본의 밤은 '고독의 공간'으로 자리하고 있다.

오윤겸은 해로 사행에서 생긴 울적한 마음을 해소하는 공간으로 '산수'를 제시하였다. 마음을 정화淨化하는 공간인 '산수'는 기록자에 따라서는 선계仙界로 미화되기도 한다. 일본의 산수를 선계로 표현한 대표적인 인물이 신유한이다. 하지만 오윤겸은 일본의 산수를 선계仙

界로 인식하지 못하고, '감정을 해소하는 공간'으로만 기억하고 있다. 대마도에서 경도까지의 해로는 일본의 내해로 이어져 있다. 이 여정에서 시간을 보내는 곳이란 협소한 배 위다. 병고[兵庫, 효고] 등에 이르러서는 배에서 내려 민가를 찾아가 잠을 자기도 했지만, 민가에 대해서는 자세히 기록하지 않았다. 이 시기에는 공식적인 여정만을 중시하였지, 일본의 풍속 등을 관찰하고 기록할 여유가 없었기 때문이다. 그 때문에 『동사일록』에는 다옥茶屋 등 대마도에서 제공하는 숙소에 대해서만 자세하게 묘사하였다.

③과 ④는 해로에서의 여정을 마치고 육지에 상륙한 뒤 오윤겸이 발견한 일본의 화려함이다. 일본 문물의 화려함은 '번잡한 도로', '즐비한 집', '인민의 많음', '물화의 풍성함'에서 연유한다. 강호[江戶, 도쿄]에 도착한 뒤에는 대판성大坂城의 규모와 비교하여 크고, 화려함에 놀라고, 사람이 많이 모인 이유를 밝히고자 하였다. 물질적인 풍성함은 임진왜란으로 황폐해진 조선에서는 찾아보기 어렵다. 그러므로 일본의 외면적인 현상을 보고, 번성한 이유를 찾아보려고 하였다. 그런데, 그가 얻은 정보는 "전에 번성하던 때에 비하면 반은 줄었다."는 사실과 "66주의 여러 장수들이 데리고 온 군병이 많다."는 사실뿐이다. 일본에 대한 정보를 수집하려는 노력은 계속되었지만, 실제적으로는 이러한 노력이 효과를 보지 못하고 있음을 여기에서도 확인할 수 있다.

오윤겸은 임진왜란 직후 일본 사행을 갔는데, 자신이 관찰한 일본의 산수와 도시 문물의 번화함을 객관화시켜서 기록하고 있다. 이렇게 함으로써 일본의 내면까지는 바라보지 못했지만 일본의 실상을 보다 사실에 가깝게 인식할 수 있었다. 한편, 오윤겸은 1622년(광해 14) 4월 29일 곽산 선사포宣沙浦를 출발하여 대중국 사행을 시작하였다. 그의 일행은 등주登州에 도착한 이후 북경北京까지 육로로 이동한다. 이동을 하면서 중국의 여러 지역을 지나갔는데, 이때 오윤겸의 관심 대상은 일본에서 관심을 두었던 산수 자연이나 다옥茶屋, 사관使館의 정결함과 아름다움이 아니라 사적지史蹟地였다. 문명국이라 생각하지 않았던 일본지역의 사적지는 그에게 관심의 대상이 아니었기 때문이다.

중국의 각지에는 많은 왕조의 유적과 유명한 인물들의 사적지가 남아 있다. 오윤겸은 이런 유적과 사적지에 대하여 자신이 알고 있는 고사를 통해 확인하고 있다. 오윤겸이 눈여겨본 지역은 성인으로 평가받는 인물이나 모범이 될 만한 유가儒家 인물과 관련된 지역이다. 이러한 인물들의 유적지에 대해 기록함으로써 자신의 풍부한 독서 경험을 확인했을 뿐만 아니라 자신이 중화中華의 세계에 있음도 확인하였다.

오윤겸이 명나라에서 관심을 갖고 관찰한 대상은 유적이나 사적지에 담겨있는 중화의 역사였다. 그는 자신이 모르는 사적지나 확실하지 않은 사실에 대해서는 토착민에게 문의하여 알려고 하였다. 그가 알지 못하고 지나친 지역에 대한 정보는 후일에라도 기록하고자 했다.

> 이문이 있는데 현판에 쓰기를 순우고리라 했다. 대개 의심컨대, 순우곤이 살던 마을 이름인 듯 싶다. 그러나 물어볼 사람이 없어서 역관을 시켜 촌부에게 물어봤으나 모른다는 것이다. (중략) 황현에 이르러 선비를 만나 물었더니, 과연 제나라 변사 순우곤이 살던 곳이라고 한다.[17)]

오윤겸은 등주에서 북경까지 육로로 이동하면서 '순우고리淳于故里'라 적혀있는 현판을 발견하였다. 그는 이 글자에서 순우곤淳于髡과

17) 「조천일록」, 6월 7일. "有里門 書額曰 淳于故里 盖疑淳于髡所居里名也 無人可問 令譯官問之村夫 不知也 (중략) 至黃縣 見士人 問之 果時齊辯士髡之居也".

관련된 마을이라고 생각하고, 자신의 의문을 해결하려고 한다. 그런데 순우곤은 전국시대의 인물이었기 때문에 그 지역의 토착민도 자신이 살고 있는 지역의 유래를 알지 못하고 있었다. 오윤겸은 이 지역의 유래에 대한 궁금증을 황현에 이르러 선비에게 물어보고 나서야 풀 수 있었다. 순우곤은 제후들에게 자주 사신으로 갔으나 굴욕을 당한 일이 없었다는 인물이다.[18] 오윤겸이 순우곤이 살았던 마을에 관심을 가졌던 이유는 그 지역의 유래를 몰랐기 때문이라는 이유도 있지만, 사행使行을 자주 다녔지만 굴욕을 당하지 않은 인물이라는 인식이 그에게 은연중 작용한 것이 아니었을까 생각된다.

오윤겸이 기록한 인물과 그의 사적은 사행을 가는 길에 우연히 만나는 장소가 아니라 '중화中華'의 문명을 세웠던 인물과 결부되어 있다. 일본의 사적을 방문하였을 때는 그 유래를 밝히려는 의지가 없었던 것[19]과 비교해 볼 때, 그의 생각이 '중화'적 가치관과 결부되어 있음을 알 수 있다. 오윤겸이 역사에 깊은 관심을 가지고 있었던 것은 '중세적 질서와 보편주의'[20]를 고적古跡으로 대변되는 '역사'에서 찾으려 했던 것은 아니었을까? 이렇게 볼 때, 오윤겸은 명나라에서 역사적 인물들이 살았던 사적과 역사를 통해 '중화' 문명에 대한 흠모의

---

18) 『史記』 권126, 골계열전(滑稽列傳). "淳于髡者, (중략) 數使諸侯, 未嘗屈辱".

19) 『동사일록』, 8월 2일, 한국고전종합DB. "관사의 곁에 망모사(望母祠)가 있고 그 마을의 이름을 성모방(聖母坊)이라 했다. 반드시 여기에 고적(古跡)이 있을 것인데 아는 사람이 없었다.(館舍之傍 有望母祠 其里名曰聖母坊云云 必是古跡 而無人知者)"

20) 조규익, 「조선 지식인의 중국체험과 중세보편주의의 위기」, 『온지논총』 40, 온지학회, 2014. 37~66쪽.

정을 내면화하였다고 할 수 있다.

### 2) 사행노정에서의 현장감

사절단은 사행 시간의 대부분을 길에서 보낸다. 이 노정에서 현실과 마주치면, 그 속에서 긴장감과 두려움을 느끼게 된다. 이러한 현장감은 사행록을 읽고 이해하는 데 중요한 요소이다. 대일 사행에서 조선 사절단과 갈등하는 대상은 대부분 대마도 사람들이다. 대마도는 조선과 일본의 중개기지로서 바다 경험이 많지 않은 조선 사신을 목적지까지 인도하는 한편, 일본의 정치적 상황을 파악할 수 있게 도와주는 정보제공자 역할도 한다. 그럼에도 대일 사행에서 조선 사절단과 그들의 갈등이 부각되었던 것은 대마도 사람들이 막부를 대신하여 사절단과 직접 접촉하였을 뿐만 아니라 '믿을 수 없는 존재'라는 사절단의 인식 때문이었다.

임진왜란 이후 단절되었던 조선과 대마도의 무역이 1609년 기유약조를 통해 재개[21]되었고, 1611년부터는 세견선歲遣船이 정식으로 도항하였다. 조선과의 외교관계가 회복되면서 대마도에서 임진왜란 이전부터 담당해 왔던 중개자 역할을 수행하게 되었다. 당시 조선 지식인들은 "조정에서 대마도를 깊이 돌보아 주는 것과 청이 있으면 반드시 들어주는 성의"가 있다는 이유로 대마도를 '번병藩屛'[22]으로 인식하고

---

21) 강재언, 『조선통신사의 일본견문록』, 한길사, 2005, 107쪽.

22) 『동사일록』, 7월 10일. "비록 도주가 나이 어릴지라도 좌우에 반드시 일을 아는 사람이 많을 것이다. 도주를 잘 인도하여, 조정에서 대마도를 깊이 돌보아 주는 것과 청이 있으면 반드시 들어주는 성의가 있으니, 이를 감사하게 생각하여, 지성으로 사대(事大)하며 시종 한 마음을 가져 영원히 번병(藩屛)이 되어야 할 것이다. (雖島主年少 左右必多解事人 善導島主

있었다. 한반도를 침범하는 왜구에 대한 두려움으로 시작된 대마도에 대한 지원이 오래 지속되면서, 자연스럽게 대마도를 조선의 '번병'으로 인식한 것이다. 일본의 관백과 장관들도 '대마도'의 지정학적 위치와 역할을 인정하고 있었다. 그렇기 때문에 본다정신[本多正信, 혼다 마사노부]은 회답겸쇄환사에게 두 나라 사이에 왕래할 일이 있으면 대마도를 통해 진행하고 싶다고 하였다.

1617년 사행한 오윤겸은 대마도주 종의지宗義智의 가신家臣인 귤지정橘智正과 평지장平智長 등에게 의지하며, 외교적 목적을 달성하기 위해서 관백이 머물고 있는 강호[江戶, 에도(현재의 도쿄)]로 향했다. 그런데 대마도인 원우위문原右衛門을 통해 당시의 관백은 덕천수충[德川秀忠, 도쿠가와 히데타다]이며, 그가 9월 보름까지 산성주에 머물고 있다는 소식을 듣게 된다. 그리고 조선에서 출발한 사행이 대마도에 도착했다는 소식에 관백과 그의 장수들이 기뻐한다는 말도 듣는다.[23]

덕천수충德川秀忠은 1615년 5월 풍신수뢰[豊臣秀賴, 도요토미 히데요리]와 벌인 '오사카 전투'에서 승리하고 일본을 평정한 후에 조선에 사신을 요청하였다. 그의 요청에 따라 조선에서 사신이 왔으니, 자신의 승리를 국내외적으로 인정받을 수 있었다. 이런 까닭에 그는 전쟁을 종결시킨 오사카에서 가까운 복견성[伏見城, 후시미 성]에서 사신

---

使之感念朝廷軫恤馬島 有請必從之盛意 至誠事大 終始一心 永爲藩屛可也)".

23) 『동사일록』, 8월 5일. "관백 수충(秀忠)은 아직 산성주(山城州)에 머물러 있으며, 9월 보름 이후에는 당연히 관동(關東)으로 돌아갈 것인데, 사신 행차가 이미 대마도에 당도했다는 기별(奇別)을 듣고서 몹시 기뻐했습니다.(關白秀忠 尙留山城州 九月望後當還關東 聞使臣之行 已到馬島之奇 深喜)".

을 만나고자 한 것이다. 이곳에서 양국의 국서를 교환함으로써 풍신수길 가문의 추종 세력을 억제하고, 66주의 대명大名들에게 충성을 재확인하게 된다.[24)]

오윤겸은 경도[京都, 쿄토]에 도착하여 '66주의 여러 장수들이 데리고 온 군병' 때문에 인구가 많아졌다[25)]는 사실과 관백이 일본의 군부를 장악하고 있음을 확인하였다. 오윤겸은 자신이 직접 정치적 안정을 확인하기 전까지 일본을 사행하면서도 일본 내부에 정치적 혼란이 지속되고 있을 것이라고 생각하고 있었다.

> 도포에 정박하고 한참 있을 때, 조흥調興이 사람을 보내어 "번마주태수幡摩州太守가 직책이 갈리고 녹봉도 깎이니, 그 태수 소관인 하인들이 처소를 잃고 이 포구에 살게 되었는데, 이 무리들이 난민亂民 같으니 사관으로 내려가는 것은 불가합니다."라고 말하였다. 이에 배를 돌려 몇 리 밖의 포구로 옮겨 정박하였다.[26)]

사행이 대판[大坂, 오사카]에 도착하여 수집한 정보는 "연년에 수뢰秀賴가 전사할 때에 모두 분탕질을 당했다"는 사실과 성을 "새로 건설하였지만, 번성하던 때의 절반"으로 규모가 줄었다는 소문이다. 사행

---

24) 강재언, 앞의 책, 112쪽.

25) 『동사상일록』, 8월 21일, 한국고전종합DB. "왜경에 원래부터 거주한 백성들만이 아니라, 관백이 관동으로부터 여기에 온 지 오래되지 않아서 66주의 여러 장수들이 각자 군병을 거느리고 경도 근처에 모여든 까닭에 군대와 백성의 성함이 이와 같다고 한다.(非獨倭京元居民衆也 關白自關東來到未久 六十六州諸將 各率軍兵 會于京都近處 故軍民之盛如此云云)"

26) 『동사일록』 8월 14일. "泊船良久 調興送人言幡摩州太守替職降祿 其太守所管下人失所 落泊於此浦 此輩似是亂民 不可下館云 仍回船移泊於數里外浦口".

2년 전에 대규모 전투가 있었고, 그 여파로 도시 대부분이 파괴되었다는 정보는 일본 내부가 불안정하다고 인식하게 만들었다. '도포韜浦'에서 사행을 안내하는 대마도 사람들의 말만을 듣고 진위도 파악하지 않은 상태에서, 정박지를 옮긴 일은 '일본의 혼란상을 믿고' 있었다는 사실을 말해준다.

17세기 초에 일본을 사행한 조선 사절들은 일본의 조선 재침략과 일본 내부 분열에 대해 걱정하고 있었다. 반면, 대륙의 변화에 대해서는 반응을 드러내지 않았다. 조선 사절단의 대명 의식은 청과의 관계 속에서 형성·변모하였다. 17, 8세기 조선 지식인은 명의 후계자라는 '중화 의식'을 지니고 청에 대한 우월의식을 드러내었다. 그러나 17세기 초의 조선 지식인들은 어떠했을까? 오윤겸은 명나라를 사행하면서 지식인들과 교류하였지만, 학문적인 내용을 토론할 수 있는 분위기는 아니었다. 그보다 오윤겸이 체감한 것은 현실적인 위기의식이었다. 그는 해로에서는 요동 지역의 혼란상[27]을, 육로에서는 내륙의 혼란상을 목도하였다.

명나라 희종 때 명나라 관민의 기강은 해이해졌고, 도적들은 강한 힘으로 명나라를 어지럽히고 있었다. 오윤겸은 등주에서 북경으로 이동하면서 연주兗州 지방의 백년교도 서홍유徐弘儒가 일으킨 민란[28]

27) 『조천일록』, 5월 18일. "광록에는 들르지 않았다. 광록은 요동 해안에 가깝기 때문이다. 동천총도 역시 말하기를, 절대로 평탄한 섬은 향하지 말라고 했다.(廣鹿 近遼岸故也 董千摠 亦言切勿向平島云云)".

28) 『조천일록』, 6월 3일. "들으니 연주 지방에 토적이 크게 일어나 적의 괴수 서홍유가 백련교라는 무리를 모아 몇만 명에 이르고 잇달아 성 셋을 함락시켰는데도 관군은 아직 섬멸하지 못했다고 한다.(聞兗州地方 土賊大熾 賊魁徐弘儒 回白蓮教聚從 至於累萬 連陷三城 官軍尚未蒲滅)".

에 대한 소식을 듣고 이를 기록한다. 그 기록은 서홍유 무리가 연달아 세 개의 성을 함락시켰다는 소식과 며칠 뒤에 추가로 7개 성이 함락되었다는 소식에 관한 것이다. 그는 관군들이 반란을 쉽게 해소할 수 있을 것이라 생각하였지만 기대와는 달리 "등주에 있는 군영에서 군사를 선별하여 구원보낸다."[29]는 소식까지 듣게 된다. 이러한 소식은 명나라가 얼마나 허약한 상태인지를 보여준다. 오윤겸은 현장에서 명나라의 현실을 자각하게 되었고, 명나라에 대한 흠모는 현실이 아닌 사적지가 내재하고 있는 역사에서 찾고자 한 것이다.

오윤겸은 청주靑州 미타사에 머물 때, 난을 피해 요동에서 도망쳐온 선비 세 사람을 만난다. 그들의 관심사는 여진으로부터 요동과 광주를 수복하고 고향으로 돌아가는 것이다. 그들은 요동으로 돌아가는 방법으로 요동을 빼앗긴 경략 양호, 웅정필, 안찰 왕화정, 유국진 네 사람을 구원하는 것이라고 생각하고 있다. 비록 이들이 요동을 빼앗겼지만, 이런 사람을 얻을 수 없으니 용서하고 다시 등용해야 한다고 말한다. 그들이 오윤겸을 찾아온 이유는 '재상들과 만나게 되거든 실정을 말해 달라'는 청탁을 하기 위해서이다. 요동에서 피난 온 선비들은 조선에서 온 사신이 중앙정계에 영향력을 행사할 수 있다고 믿었을 것이다. 그러나 오윤겸은 이들에게 자신들이 작은 나라의 신하이고, 재상을 만날 기회도 없을 것[30]이라 한다. 자신과 조선의 처지를 자각하고 있었기 때문에 귀국 후 국왕에게 건의하겠다는 약속만 하였다.

---

29) 『조천일록』, 6월 3일. "등주의 군영에서 군사 3천 명을 뽑아 오늘 떠나보낸다고 한다.(登州軍門 方抄兵三千 即日發送云)".

30) 『조천일록』, 6월 14일. "다만 작은 나라 신하로 말도 통하지 않고, 또 명나라 재집(宰執)을 만날 길이 없으니, 진실로 사정을 전하기도 어렵겠오.(但小邦之臣 言語不通 且無接見天朝宰執之로(路) 固難通情)".

이러한 상황과 반대되는 일도 발생했다. 북경으로 사행을 가는 자신들에게 말과 인부를 제공해야 할 지방관이 일을 지체시키고, 뇌물을 요구했기 때문이다. 명나라 관리가 작은 권한을 이용하여 재물을 취하려고 하였다. 17세기 초 사행록에는 명나라 관리들의 부패를 고발하는 내용이 자주 등장하는데, 오윤겸은 관리들의 이러한 부조리에 대하여 심각하게 다루거나, 부정적으로 기록하지 않고, 사사로이 말을 빌려 상경上京하면서 상부에 보고하겠다는 말로 위협하여 일을 무마시킨다.

오윤겸의 일기에는 대상을 객관화시켜 기록하는 글쓰기 특성이 나타나지만, 김육이 말한 "명 관리들의 탐오풍조는 매우 성하며, 정치는 뇌물"[31]이라는 인식은 드러나지 않았다. 여기에는 1622년 명나라 관료들 사이에 조선에 대한 우호적인 인식이 자리하고 있었다는 점, 오윤겸이 대명 사행 기간에 병으로 명나라의 현실을 직시할 수 있는 시간이 짧았다는 점 등이 작용하였기 때문이다.

### 3) 외교적 소명의식과 한계

일본은 임진왜란 직후인 1599년부터 1606년까지 대마도를 매개로 조선과 교섭하였다. 조선에서는 이 교섭으로 2,158명(3,768명) 정도의 피로인을 쇄환刷還[32]할 수 있었다. 임진왜란을 겪은 조선 조정에서는 민심 수습책으로 피로인被擄人 쇄환을 원하였고, 일본은 조선과의 국교 수립을 바라고 있었다. 이러한 양국의 필요성에 의해 '국교회복'과

---

31) 김영숙, 앞의 논문, 88쪽.

32) 손승철, 「조선통신사의 피로인 쇄환과 그 한계」, 『전북사학』 42, 전북사학회, 2013, 171쪽. 1604년 송운대사, 손문욱 일행이 탐적사로 일본에 가서 귀국시킨 피로인의 숫자가 3천여 명(선조수정실록, 선조 38년 4월 1일)과 1,390명(선조실록, 선조 38년 5월 24일)으로 기록되었기 때문이다.

'쇄환'을 목적으로 1607년, 1617년, 1624년에 회답겸쇄환사가 일본 사행에 나섰다.

1617년에 사행한 오윤겸은 "단지 돌아가기를 원하는 자를 보낸다면 반드시 돌아갈 사람이 없을 것"이라고 우려한다. 이러한 우려는 임진왜란 때 포로로 잡혀간 백성들 대부분이 일본에 정착했을 것이라는 인식이 작용하였기 때문이다. 고향으로 돌아가고자 하는 욕구가 감소하였을지 모른다는 우려 이외에 쇄환에 소극적인 태도를 보이거나 방해하는 일본인도 걱정이 되었을 것이다. 그러나 사행의 실질적인 목적은 한 사람도 빠짐없이 쇄환하는 것이었기 때문에 일본 사행에서 만나는 조선인에게 '귀환'을 당부하며 돌아갈 때 함께 가기를 기약하였다. 사신에게 국서를 전달하는 일이 무엇보다 중요하고, 선행 되어야 하기 때문에 사행이 돌아가는 길에 같이 가기를 기약한 것이다.

통신사행의 목적은 일본 국왕에게 국서를 전달하는 것이다. 일본 국왕이 없다면, 조선이 추구하는 교린交隣 외교 하에서 국서는 조선 국왕과 대등한 위치에 있는 인물에게 전달되어야 한다. 이런 이유에서 조선 사절단에서는 일본의 정치제도에 대한 관심이 높았고, 일본 국왕의 위치에 있을 만한 일본의 정치지도자인 '관백'과 '천황'에 대한 정보를 수집했다.

현실적으로 일본에서 조선과 외교 관계를 맺을 수 있는 위치에 있는 인물은 '관백'이었다. 오윤겸은 대마도인 원우위문原右衞門에게 관백의 소식을 들었다. 그가 전해준 소식은 막부 장군이 '국왕'이 아니라 '관백'이라는 사실이었다. '국왕'과 '관백'이 다르다는 사실이 표면화되면 양국의 '교린' 외교에 중대한 문제가 발생한다. 당시에는 명나라 중심의 동아시아 국제질서가 유지되고 있었고, 그 체제 속에서 외교 주권자는 '국왕'이었기 때문이다.

일본에서는 덕천가강德川家康이나 덕천수충德川秀忠을 '국왕'으로 부르지 않았지만, 조선에서는 조선 국왕과 대등한 관계에 있는 '일본 국왕'을 상정하고 있었다. 임진왜란에 대한 강화에서도 국서에 '일본 국왕'의 도장을 날인하도록 요구한 것은 이러한 이유에서이다. 1617년 일본에 사행한 오윤겸도 접반사(接伴使)에게 '일본 국왕'이 날인한 국서를 요구하였다. 일본에서는 '천황'을 '왕'이라고 했기 때문에 막부에서 '일본 국왕'을 사용하지 않으려고 하였다.[33] 이런 까닭에 국서위조 사건[34]이후 '일본 국왕'과의 외교는 '관백'과의 외교로 대체되었다.

오윤겸은 1611년 8월 27일 천황에서 물러난 후양성[後陽成, 고요세이] 상황이 죽었기 때문에, 사신을 접대하는 자리에서 관백이 향연 석상에서 물러나고 두 명의 동생이 대신 자리를 지켰다[35]는 사실을 알게 되었다. 오윤겸은 '천황'의 존재를 알게 되어 "천황이 상중에 있으면 3일이 지나야 일을 본다."고 기록하였다. 천황과 관백이 상하 관계에 있다는 사실을 인식[36]했음을 알 수 있다. 그러나 이러한 관계가 양국의 외교에 갈등의 요인이 될 것이라는 사실은 아직 인식하지

---

33) 민덕기, 『조선시대 일본의 대외교섭』, 경인문화사, 2010, 232~3쪽.

34) 민덕기, 앞의 책, 231쪽. 1635년 에도막부는 대마도의 국서 위조사건인 '야나가와 잇켄(柳川一件)'을 처리한다. 이 사건은 막부가 낸 대조선 국서의 쇼군 서명에 대해 1617년에 '日本國源秀忠'을 '日本國王源秀忠'으로 1624년에는 '日本國主源家光'을 '日本國王源家光'으로 대마도가 위조한 사실이 드러나 관련자를 처벌한 사건이다.

35) 강재언, 앞의 책, 114쪽.

36) 오윤겸은 『동사일록』 8월 3일 남도 사관(使館)에서 "장정도 역시 국왕이 있는 곳에 가고, 단지 부관이 남아서 지공(支供)한다(聞長政亦往國王處只留副官支供)"고 기록하였다. 이 기록을 통해 일본의 정치에 대해 인식하고 있었음을 알 수 있다.

못하고 있다.

국서를 교환한 오윤겸은 일본 접반사와 피로인 쇄환에 대하여 교섭하였다. 이때 '단지 돌아가기를 원하는 자를 보내는 것'은 예禮가 아니라고 하였다. 이는 막부가 쇄환에 적극적으로 나설 것을 요구한 말이다. 일본 접반사를 압박하기 위한 말이지만, 그는 "일본은 인민이 많아서 5, 6백 명이나 천 명의 인구를 관계하지 않는데, 어찌 아까울 것이 있겠습니까."[37]라고 반발하였다. 조선의 백성이므로 타국에 버려둘 수 없다는 조선 사절단의 '당위론'과 원하지 않는 사람을 강박하여 보낼 수 없다는 일본 막부의 '현실론'은 충돌할 수밖에 없다. 당시 막부에서는 피로인 쇄환을 피로인의 '의사'에 따른다는 원칙을 세워두고 있었다. 이로 인해 일본 관리들은 비협조적 태도로 일관했고, 조선 사절단은 강한 불만을 드러내었다. 오윤겸이 피로인을 쇄환하기 어렵다고 토로[38]한 것도 이러한 배경에서 나온 것이다.

임진왜란 종결 직후에 시작된 피로인 쇄환은 시간이 경과하면서 왜란 직후의 쇄환을 담당한 유정이나 1607년 1차 회답겸쇄환사보다 조선으로 송환하는 인원이 줄어들 수밖에 없었다.[39] 이렇게 감소하는

---

37) 『동사일록』, 9월 5일. "日本人民衆多 五六百千人口不關 何惜之有".

38) 『동사일록』, 9월 15일. 오윤겸은 피로인들이 본심을 상실하여 아무리 정성을 다하여 끌어들이고 설득을 해도 마음을 돌려 돌아오려고 하지 않거나, 돌아가겠다고 약속을 하고서도 중간에 변심하여 오지 않았으며, 혹은 배를 탈 무렵에 달아나 버리는 자까지 있었다고 하였다.

39) 김정호, 「17세기 초 조선피로인 쇄환교섭전략의 특성과 일본어역관의 역할」, 『정신문화연구』 제31권 제4호, 한국학중앙연구원, 2008. "인조실록, 인조3년 3월 13일. 1607년 제1차 사절에는 1,418명을 일본의 협력으로 쇄환할 수 있었지만, 1617년 제2차 사절단은 321명을 쇄환하였고, 1624년에는 146명, 1636년 미상, 1643년 14명을 쇄환하는데 그쳤다."

피로인에 대한 쇄환 대책을 조흥을 통해 들었지만, 그는 매매를 통한 쇄환 등의 '실천 방안'[40]을 거부하였다. 오윤겸은 쇄환 문제를 조선 지식인들이 주장하는 '예禮와 의義'로 극복할 수 있다고 보았다. 그러나 그가 직접 일본을 사행하면서 조선에서부터 지니고 있었던 생각에 변화가 나타나기 시작했다.

그 결과 귀환하고자 하는 "유식 등의 딸들을 우리들의 사관 근처에 옮겨놓고 호위하게 하여 빼앗아 가는 것을 막게 하"[41]는 등의 대책을 마련하기도 하고, 은화를 제공하여 귀환하도록 유도하기도 했다. 이러한 노력으로 그가 오사카를 출발할 때, 쇄환하는 인원이 120여 명이었다. 비록 일부는 자신의 거주지로 돌아갔지만, 돈[料]을 받고 귀환에 참여한다고 약속했던 인원이 170여 명에 이르렀다. 이러한 노력의 결과로 인해 피로인 321명이 조선으로 귀환할 수 있었다.

1621년 4월, 후금이 요양과 심양을 점령한 이후 조선에서 명나라로

---

40) 『동사일록』, 7월 12일. 조흥이 제시한 피로인의 쇄환 방법은 "빈손만으로는 할 수 없고 반드시 재물이 있어야 합니다. 그들 중에는 사야 할 사람도 없지 않을 것이기 때문입니다(不可空手而爲 必有財可爲。其間不無買出之人云)"에서 잘 나타난다. 오윤겸 등은 당시 일본의 경제환경이 조선과 다르다는 사실을 인식하지 못하고 있었기 때문에 조흥의 현실적인 방안을 거부하였다.

41) 『동사일록』, 9월 9일. "최의길이 양반·평민 등 20여 명을 점고하여 받아서 다른 집으로 옮겼다. 그중에 이른바 유석준(柳錫俊)의 딸 및 평민[常人] 몇 명은 다시 돌아가서 오려고 하지 않았다 하였다. 곧 사령(使令) 및 군관(軍官) 등을 정하여 유식 등의 딸들을 우리들의 사관(使館) 근처로 옮겨놓고 그들로 하여금 호위하게 하여 빼앗아 가는 것을 방지하도록 하였다.(崔義吉點授兩班常人幷二十餘人 移接他家 其中所謂柳錫俊女子及常人數三 還入不肯來云 卽定使令及軍官 卽搬移柳植等女子於吾等所館近處 使之護衛 以防奪去)"

사신을 보내는 일이 어려워졌다. 사행 노정으로 이용하던 육로가 차단되면서 새로운 통로를 개척할 필요성이 제기되었다. 이 시기 조선에서는 명나라로 가는 해로를 "바다에 있자고 하니 폭풍이 두렵고, 배를 산 아래 대자고 하니 달자韃子가 무서운"[42] 노정으로 인식하고 있었다. 바닷길을 개척하던 사행 초기에는 사신들이 수몰당하는 일도 있었다. 1620년(광해 12) 육로로 명나라에 갔던 진위사(정사) 박이서, 진향사(부사) 유간, 서장관 정응두 일행이 개척되지 않은 해로를 통해 귀국하다가 몰사한 것이 그 예이다. 본격적인 해로 사행은 1621년(광해 13) 명나라 희종의 등극을 알리기 위해 조선으로 온 유홍훈과 양도인이 돌아갈 때, 비변사의 건의[43]에 따라 진위사 권진기와 사은사 최응허 일행이 출발하면서부터이다. 1622년 오윤겸 일행은 등주에서 양감군이 보낸 명나라 관원 유진표의 길안내를 받으면서 선사포宣沙浦를 출발하였지만, 선천 앞바다에서 좌초하였다. 연근해의 암초도 파악하지 못하고 있는 상황에서 사행은 쉽지 않은 일이었다. 더구나 키를 틀어도 뱃머리가 돌려지지 않았고, 돛을 펼쳐도 뱃머리가 앞서지 않는 상황과 당시의 조선 기술[44]은 사행을 어렵게 하였다.

등주登州에 상륙한 오윤겸은 북경으로 상경하는 동안 역관으로부터

---

42) 조즙, 『연행록』, 계해년 9월 11조.

43) 『광해군일기』, 13년 5월 2일. 비변사에서 아뢰기를 "이백년 이래로 사신이 배를 타고 중국에 가는 일은 이번이 처음입니다. 이번의 진위사신(陳慰使臣)이 만약 중국 사신을 따라가지 못하면, 결코 중국에 도달할 수 있는 길이 없을 것입니다.(備邊司啓曰 二百年來 使臣浮海朝天 創自今日 今此陳慰使臣 若不得隨行天使以行 則決無得達之路)"하였다.

44) 정약용, 『經世遺表』 권2, 冬官工曹 제6 事官之屬 典艦司조. 조선에서 배를 만들 때는 척도를 사용하지 않고 재목도 균일하지 않으므로 재목에 따라 형체와 모양이 달랐다.

많은 도움을 받으면서 당면한 문제들을 해결하였다. 이런 경험이 있었기 때문에 역관을 믿었으나, 오윤겸이 역관의 도움을 받은 상태에서도 중국의 선비와 의사소통을 하지 못하는 문제가 발생했다. 일본을 사행하는 동안에는 대마도 사람들이 중간에서 매개 역할을 하였지만, 대중국 사행에서는 모든 일을 사절단이 해결해야만 했다. 이로 인해 많은 문제점을 노출하게 되었는데, 그 한 예가 『조천일록』에 기록된 의사소통의 실패이다. 조·명의 지식인들이 교류하는 데 도움을 줘야 할 역관이 그 역할을 제대로 못한 것이다. 이로 인해서 오윤겸은 역관이 제 역할을 하지 못했다고 비판하며 탄식[45]하기에 이른다. 오윤겸이 사행하던 시기는 후금 세력이 성장하여 요동 지역을 점령하고 조선을 위협하던 때이다. 이처럼 위급한 시기에 역관이 제 역할을 하지 못할 수 있다는 인식은 조선 사절단의 문제 인식이자 위기감으로 다가왔을 것이다.

#### 4) 지식인의 교류와 현실인식

조선 지식인들은 사행 지역의 지식인들과 교류하고자 하였다. 그들과 교류함으로써 한시 창화唱和를 할 수 있고, 그 지역의 학문, 예의, 풍속 등의 문화적 차이도 이해할 수 있기 때문이다. 오윤겸도 일본을 사행하면서 일본의 지식인들과 교류하고, 그 지역의 학문과 풍속 등을 기록하였다. 오윤겸은 일본의 지식인들에 대해 '문자를 겨우 뜯어볼 줄 아는 사람', '외딴 섬의 미개한 중'이라고 묘사하였다. 화이(華夷)에

45) 『조천일록』, 6월 8일. "제가 바로 그 사람인데, 다른 곳에서 구할 것이 있겠습니까 한다. 그러나 역관이 말을 하지 못해서 응대할 수가 없으니 탄식할 일이다.(此乃其人 何必求他也 譯官不能言 無以酬酢 可歎)".

근거했던 일본에 대한 인식은 사행을 진행하면서 변모한다.

> 의성의 좌우에, 이름이 원지정源智政이라는 자가 문자를 해득하여 서계書啓 등의 일을 다 주관하고 있었다. 지정이 말하기를, "옛사람이 이르기를, '타향에 들어가면 그 풍속을 따른다.' 하였으니 사신이 이 섬에 들어온 뒤에는 그 나라 풍속을 따르는 것이 옳으며 다른 나라의 예모禮貌를 가지고 애써 책망하는 것은 불가합니다."하였다. 그 뜻은 대개 예모에 관한 일로 누차 힐책을 당한 것을 겸연쩍게 여겼기 때문이었다. 그래서 나는 대답하기를 이른바 풍속을 따른다는 것은 무릇 음식이나 거처의 사소한 절목에 관한 일이다. 예절에 있어서는 저절로 등급이 있는 법이니 이는 천하가 통하는 것이라. 일정하여 바꾸지 못하는 것이니 풍속에 따라 고쳐서는 안 되는 것이다. 각기 깊게 살피어 처하는 것이 옳을 것인데 하필 풍속을 따라야 한다고 말하는가 하였다.46)

일본을 사행하면서 예의에 대해 논쟁을 벌인 곳은 사신이 대마도주와 관백을 만나는 자리이다. 관백을 접견하는 자리는 교린 외교가 진행되는 자리이기 때문에 예행연습을 하였고, 대마도주와의 만남에서는 사신이 예의를 강조하였다. 이로 인해서 대마도주는 조선 사신들과의 만남에서 예모禮貌를 어렵게 여겼다. 귤지정은 대마도에서 문자를 해독하고 서계書契 등의 일을 주관하기 때문에 대마도주를 대신하여 "타향에 들어가면 그 풍속을 따르는 것이 옳으며 다른 나라의 예모로써 억지로 책하는 것은 옳지 못하다."고 지적한다. 그가 말한 '타향', '다른 나라', '이 섬'은 대마도가 조선과는 별개의 지역임을 말하는

---

46) 『동사일록』, 7월 23일. "義成左右名源知政者 稍解文字 凡書啓等事 皆主之 智政言 古人云入鄕循俗 使臣入此島後 則循其國風俗可也 不可强責以他國禮貌云 其意蓋以禮貌間事 累被責詰爲慊故也 吾答曰 所謂循俗 凡飮食起處小小節目間事也 至於禮節 自有等差 是天下通行 一定不易 不可循俗而有所撓改也 各尋討是處可也 何必言循俗爲也".

것이다. 그러므로 조선의 예모를 기준으로 대마도주를 책망하지 말라는 의미이다. 이러한 주장에 대하여 오윤겸은 "예절은 등급이 있고, 천하가 통하는 것이므로 풍속에 따라 고쳐서는 안 된다"고 반박하였다. 풍속과 예모를 음식이나 거처의 사소한 절목과 등급이 있는 것, 바꿀 수 있는 것과 없는 것, 지엽적인 것과 통용되는 것으로 구분하여 풍속과 예모가 다름을 분명히 한 것이다. 이는 예모를 버릴 수 없다는 오윤겸의 의지이다.

조선과 일본의 '교린' 외교는 조선의 입장에서는 중국의 책봉체제를 기반으로 한 것이지만, 당시 일본은 동아시아 국제질서와는 별개로 존재했다. 조선과 일본은 전혀 다른 체제가 작동하고 있는 상황인데, 오윤겸은 그들에게 '예의'를 지키도록 요구한 것이다. 예절에 대한 논쟁이 벌어졌지만, 오윤겸의 주장에 대한 반박을 기록하지 않았다는 점에서 당시에는 이 논쟁이 확대되지 않았음을 알 수 있다. 아직 조선과 일본 사이에 신의 관계가 회복되지 않았기 때문이다. 일본 막부의 정치적 안정을 이루기 위해서 조선에 사신 파견을 요청하였기에 예의 논쟁이 표면화되지 않았을 뿐, 후일 이와 관련된 양국 지식인 사이에 충돌이 발생하게 된다. 그 초기적인 모습을 여기에서 확인할 수 있다.

예의는 성리학자들에게 일상화된 생활방식이기 때문에 대마도주에게 이를 지키도록 요구한 것에는 조선의 문화적 우월의식이 나타난다. 그러면서도 오윤겸은 야만의 나라로 인식하고 있던 일본에도 그 나름의 예의가 있다고 보았다.[47] 일본의 풍속(무릎으로 걷는 것)이 잘못되거나, 버려야 할 것이 아니라 풍속 그대로를 인정하고 있는 것이다.

47) 『동사일록』, 8월 3일. "대개 이 나라 풍속은 무릎으로 걷는 것을 지극한 공경으로 삼고 있는 것이다(蓋國俗 以膝行爲極敬也)"

예의가 '천하에 통하는' 본질적인 요소라면, 한문학은 중세의 동아시아 질서에서 문명의 척도이다. 그러므로 오윤겸도 한문학을 기준으로 일본의 문명화 여부를 평가하였다.

① 다옥의 서가 위에 〈춘추〉, 〈논어〉, 〈맹자〉, 〈중용〉, 〈대학〉 및 그 밖에 사기와 제가의 글을 초록한 책들이 있었다.[48)]

② 종방이 "무극無極과 태극太極이 무슨 뜻입니까" 물어보기에 나는 "이것은 용이하게 말할 수 있는 것이 아니다."라고 대답하였다. 그의 뜻을 살피니 반드시 알고 싶어서 재삼 간청하는 것이라. 나는 "이치가 형상이 없기 때문에 무극無極이라 하고, 지극하기 때문에 태극太極이라 이르는 것이니 다만 한 가지 이치일 뿐이요 두 가지 물건이 아니다."라고 대답하였다. "그런데 그대는 어떻게 무극과 태극의 이름을 알고 있는가. 이 말이 어떤 글에 나왔으며, 그대는 어디에서 보았는가?" 하였다. 그러자 그가 대답하였다. 들으니 "이것은 주렴계의 설이라고 합니다" 하였다. 외딴 섬의 미개한 중이 또한 이 말이 있음을 알고, 또 누구의 설이란 것도 알고 있으니 기이한 일이라 여겨졌다.[49)]

③ 종방이 사미를 보내어 칠언시 4운 한 수를 바쳤다.[50)] 종방이 찾아와서 차를 마시며 한참동안 앉아 이야기했다. 칠언시 한 구절을 바치니, 대개 그 뜻이 화친할 것을 구하는 것이었다.[51)]

①은 대마도의 다옥茶屋에서 경서와 초록을 보았다는 기록, ②는

---

48) 『동사일록』, 7월 21일. "茶屋架上 有春秋論孟庸學及他史記諸家抄集".

49) 『동사일록』, 8월 1일. "宗方問無極太極是何意 吾答曰 此不可容易言之 觀其意 必欲知之 再三懇請 吾答曰 以理無形故謂之無極 至極故謂之太極 只一理非二物也 但汝何以知無極太極之名 此言出於何書 汝何處得見之乎 答曰 聞是周濂溪說云 絶島蠻僧 亦知有此言 又知某之說 奇哉奇哉"

50) 『동사일록』, 7월 17일. "宗方送沙彌 呈七言四韻一首"

51) 『동사일록』, 7월 24일. "宗方來見 行茶坐語良久 仍書七言一絶以呈 其意蓋欲求和".

종방이 주염계[周濂溪, 960~1127]의 태극도설을 질의했다는 기록, ③은 종방이 한시를 바쳤다는 기록이다. 이들 기록은 대마도에서도 한문학을 습득하고 있음을 보여준다.

오윤겸은 부산을 출발하여 대마도에 도착하였을 때, 유천조흥과 대마도주 종의성의 다옥을 방문하였다. 그곳에서 경서들을 발견하고 그들도 한문학에 관심을 가지고 있음을 알았다. 그 관심은 일본이 동북아시아의 한자 문명권에서 요구하는 문화를 습득하고 있음을 보여주는 것이다.

일본인 특히, 종방宗方과의 만남이 잦아지면서 일본의 문명에 대한 오윤겸의 인식은 달라지고 있다. 종방이 오윤겸에게 '무극無極'과 '태극太極'의 이치를 질의했을 때, 오윤겸은 쉽게 말할 수 없다고 하면서도 학설의 이치에 대하여 설명해준다. 한문학에 대한 관심은 일본이 문화적으로 성장할 수 있음을 보여준다. 종방은 '무극과 태극'이 주자의 학설에 연유하고 있다는 사실을 알고 있었고, 이 말을 들은 오윤겸은 그의 학문적 성과에 대하여 감탄하였다. "외딴 섬의 미개한 중"이라고 생각했던 인물이 학문에 관심이 많았기 때문이다. 그 성취도를 종방 개인의 일로 치부하고 있지만, 일본의 문명화에 대한 인식을 심어주기에는 충분했다.

종방은 통신사의 접반을 맡은 인물이자, 대마도의 승려이다. 일본에서는 승려가 지식인이자 존경받는 위치에 있었다. 그러므로 종방과 오윤겸의 교류는 한문학을 중심으로 이루어질 수 있었고, 이는 한시 수창酬唱으로 이어진다. 중세 지식인의 기본적인 소양은 '한시 수창'이다. 한시문과 필담창화는 문화적 교류뿐만 아니라 외교적 수단이기도 했다. 그러므로 접반사인 종방이 오윤겸에게 여러 차례 한시를 지어 보내고, 한문학에 대해 교류한 것은 외교적 교섭의 일환이라 할 수 있다. 이러한 사실은 접반사인 그가 지어준 시가 '화친'의 뜻을 담고 있다는 점에서도 알 수 있다. 사행이 지속되면서 한시 수창은 통신사와 접반사의 교류에서 통신사와 지식인들의 교류로 확대되었다.

명나라를 사행하던 오윤겸은 등주登州에 도착한 5월 25일 이후 북경北京까지 이동하는 과정에서 중국의 지식인들과 교류할 기회를 얻었다.[52] 중국의 지식인들도 오윤겸도 다른 나라의 지식인에 대해 관심이 많았기 때문이다. 오윤겸은 중국 지식인들에게 관심이 있었지만, 그들을 만나기 위해 숙소를 벗어날 수는 없었다. 문금門禁정책으로 조선사신에게 자유로운 활동이 보장되어 있지 않았고, 오윤겸도 사행 도중에 병을 얻었기 때문에 숙소를 벗어나 적극적으로 움직이지 못했다. 중국 지식인 중에는 낯선 조선에서 찾아온 사절단을 찾아오는 이들이 있었다. 그들은 호기심에서 찾아오기도 하고, 청탁을 위해 찾아오기도 했다.

오윤겸은 황산역에 머무를 때 관사에서 조봉길, 도학이라는 선비를 만난다. 이들은 오윤겸이 기다리던 '경서에 밝은 선비'였지만, 짧은 인사만을 나누고 헤어졌다. 그들과 길게 대화할 수 있는 여건을 갖추지 못했기 때문이다. 당시 조선의 지식인이 타국의 지식인과 교류하는 방법은 역관의 통역을 거치거나 필담하는 방법밖에 없었다. 사행에서 가장 일반적으로 사용하는 방법은 '필담'이었지만, 오윤겸은 필담보다 보좌하던 역관을 통해 소통하려고 했다. 갑작스런 만남에서는 필담을 할 여건을 갖추지 못했기 때문이다. 그런데 오윤겸이 두 선비를 만나 대화하는 과정에 문제가 발생했다. 양국 문인의 교류에 도움을 줘야 할 역관이 말을 제대로 하지 못했기 때문이다. 결국 오윤겸은 필담으로 수작酬酌도 하지 못한 상태에서 헤어져야 했다. 이러한 이유

52) 『조천일록』, 6월 8일. 6월 14일.

로 '지식과 정보의 중계자'[53]역할을 해야 하는 역관이 제 역할을 못하고 있다고 비판하며, "탄식할 일"[54]이라고 하였다. 오윤겸이 이 사건에 대해 자세한 기록을 남기지 않아서 그 내막을 파악하기 어렵지만, 역관이 제 역할을 감당하지 못한 사실은 확인할 수 있다.

## 3. 오윤겸 사행일기의 특징과 의미

오윤겸은 중국과 일본을 사행하면서 일기를 남겼다. 그의 일기는 사행 기간 동안 매일 날짜, 날씨, 내용, 이동 거리의 순으로 기록하였다. 그런데 『동사일록』에는 매일 일기를 적었으나, 『조천일록』에는 적지 않은 날이 많았다. 그 이유는 사행 도중 중병으로 인해 기록하지 못한 부분을 후일 보완했기 때문이다.[55] 날짜와 날씨 등 특별한 행적이 없는 날에도 일기를 남기기도 하지만, 누락된 날짜도 있다는 점, 일기의 내용을 보충하는 방법으로 별지[56]를 사용하고 있다는 점으로

---

53) 진재교, 「18,19세기 동아시아와 지식(知識), 정보(情報)의 메신저, 역관(譯官)」, 『한국한문학연구』 47, 한국한문학회, 2011, 118쪽.

54) 『조천일록』, 6월 8일.

55) 명나라를 사행하던 8월 17일에는 병이 나은 뒤에 일기를 적었음을 밝히고 있다. 9월 초5일의 일기에는 "내가 병이 조금 덜한 뒤에 부사 및 역관, 군관들이 그 자세한 것을 말하기로 다시 기록"하는 것임을 밝히고 있다. 8월 17일 (이하는 병이 나은 뒤에 쓴 것임). 8월 16일, 18일, 19일, 21일~25일자, 27일~30일, 9월 1일부터 4일의 일기는 없다.

56) 오윤겸은 기록을 별지에 하는 경우가 있었다. 병 방문한 온 제독이 낭중에게 처방전을 받아 전해주었을 때, 이 처방전을 베껴서 별지로 만들어 두었다고 하였다. 등주에서 지은 시를 약봉지에서 찾기도 했다는 점에서 별지로 일기를 보충했음을 알 수 있다.

볼 때, 일기는 후일 새롭게 정리되었기 때문이며, 일기에서 누락된 부분은 소실되었다고 생각한다.

그는 가급적 일정을 상세하게 기록하려고 하였다. 의심이나 의문이 생기는 사안에 대해서는 최대한 정보를 모아 해결하려고 했다. 이는 '정보수집'이라는 사신의 목적 달성을 위해서라기보다는 개인적 호기심에 대한 답을 구하려는 개인적인 성향에서 비롯된 것이다. "아침, 저녁으로 문안하는 것이 관례가 되었으므로 이후로는 쓰지 않는다."고 한 것을 보면, 반복되는 일상사는 기록하지 않았음을 알 수 있다.

임진왜란 직후에 사행하였지만, 일기에 일본에 대한 적대감이나 명나라에 대한 흠모의 정을 표출하지 않았다. 국내외의 정치·외교의 혼란상을 목도目睹하면서도 감정을 노출시키지 않고, 체험과 견문으로 습득한 정보를 객관화하여 제시함으로써 보다 사실적인 이해가 가능하도록 했다. 오윤겸이 사행하던 당시의 명나라는 정치적·문화적 혼란 상황을 노출하고 있으면서도 물질적으로는 번영을 누리고 있었다. 이런 상황에 대하여 직접 관찰한 사실을 위주로 기록하였다. 야만의 세계로 인식했던 일본에서도 물질문명의 번성을 발견한다. 그는 중국과 일본 양국의 번성함을 목도하였지만, 그 원인을 밝히려는 시도나 그 나라의 선진화된 기술을 조선에 도입하려는 의지를 드러내지 않았다.

그의 일기는 비변사에 보고하고자 하는 공적 일기의 성격보다 사적 일기의 성격이 강하다. 그러나 외교와 관련된 부분에서는 일기를 기록하는 주체를 '나'에서 '사신'으로 변경하여 기록하고 있다. 『동사일록』에서는 경도京都 도착 이전과 이후를 기준으로 기록 주체를 달리하고 있으며, 『조천일록』에서는 상황에 따라 기록 주체를 달리하여 기록하고 있다.57)

이러한 오윤겸의 사행일기를 통해 그의 사행이 지니는 의미를 다음

몇 가지로 정리할 수 있다. 첫째, 오윤겸은 해로를 통하여 명나라와 일본을 사행하였다. 차단된 육로 사행노정 대신 선천 선사포에서 등주에 이르는 해로를 개척한 것이다. 2백 여년 간 버려두었던 바닷길을 개척했다는 점에서 바다 체험이 쉽지 않은 조선인에게 새로운 공간을 인식시키는 계기를 마련하였다. 둘째, 두 번의 사행 모두 정사의 신분으로 참여하여 사행 전반에 관한 책임을 지고 일을 추진하였다. 특히, 제2차 회답겸쇄환사의 정사로 대일외교에 참여했기 때문에 조·일 양국의 외교관계 정립과 피로인 쇄환에 적극적으로 참여할 수 있었다. 셋째, 오윤겸은 동아시아가 급변하던 시기에 명나라와 일본을 방문하였기 때문에 그들 나라의 변화상을 직시할 수 있었다. 한편으로는 명나라 중심의 국제질서를 지속적으로 유지하였으며, 다른 한편으로는 대마도를 매개로 일본과 교섭하여 조선의 안정을 지속할 수 있었다.

## 4. 결론

17세기에 접어들면서 일본에서는 덕천막부德川幕府가, 만주 지역에서는 후금後金이 새로운 세력으로 등장하였다. 조선에서는 변화하는 주변 세계에 대한 관심으로 명나라와 일본에 사신을 파견하였다. 이 시기에 정사를 맡은 오윤겸은 중국과 일본 사행 후 『조천일록』과 『동사일록』을 남겼다. 이 두 편의 사행록을 중심으로 17세기 초 명나라와

57) 왜경 이전에는 '나는 부사, 종사관과 함께 한 청에 같이 앉아 서로 접견하였다'고 표현했는데, 왜경에 이르러서는 '우리들', '사신'으로 기록의 주체가 달라진다. 개인의 사적 일기에서 국서를 전달하는 등 외교적 목적이 중시되는 부분에 이르러서는 사신의 공적 일기로 글의 성격이 달라지는 것이다.

일본의 정치·외교, 문화적 변화와 오윤겸의 대중·대일 인식을 살펴보았다.

오윤겸을 정사로 하는 회답겸쇄환사는 1617년 7월 7일 부산을 출발하여 복견성[伏見城, 후시미성]으로 사행하였다. 사행의 주된 목적은 '국서전달'과 '피로인 쇄환'이다. 오윤겸은 사행 중에 일본을 관찰하고 기록하였는데, 이 기록에서 발견되는 오윤겸의 대일인식을 살펴보았다. 첫째, 일본에서 관찰한 산수와 도시 문물의 번화함을 기록할 때, 사적인 감정을 배제한 채 대상을 객관화하여 기록하였다. 이것은 일본의 실상을 보다 객관적으로 인식하려 했기 때문이다. 둘째, 당시 일본은 덕천막부의 지배하에 있었으나, 내부적으로는 혼란이 지속되고 있었다. 즉, '안정 속의 혼란'이 당시 일본의 모습이었다. 셋째, 오윤겸은 대마도에서 처음으로 조흥을 만났을 때 피로인 쇄환을 위한 조흥의 '실천 방안'을 거부하였다. 그러나 일본 사회에 대한 이해가 깊어갈수록 '예禮와 의義'보다는 현실적 방안으로 쇄환을 하였다. 그 결과 321명을 쇄환할 수 있었다. 넷째, 일본을 사행하면서 대마도에서 풍습과 예의에 대해 논쟁을 벌였다. 이 논쟁에서 오윤겸은 예의는 천하가 통하는 것이니 일본에서도 지켜져야 하지만, 풍속은 사소한 절목이기 때문에 지역마다 달라질 수 있다고 보았다. 그리고 일본의 한문학이 성장하고 있다는 사실도 확인하였다.

한편 일기에서 발견되는 오윤겸의 대명인식은 다음과 같다. 첫째, 오윤겸은 명나라를 사행하면서 사적지에 관심을 보였다. 사적지에 내재되어 있는 인물과 역사는 명나라의 중화적 위치와 의미를 인식하는 계기로 작용한다. 둘째, 명나라를 사행하면서 중국이 직면하고 있는 현실적 문제를 확인하고 있다. 당시의 명나라는 서홍유의 반란과 후금의 세력 확장 등 내우외환의 문제도 지니고 있지만, 동시에 도시

문물이 융성하다는 사실도 확인하였다. '혼란 속의 번성'이 당시 중국의 모습이었다. 셋째, 역관이 제 역할을 감당하지 못하고 있다는 외교에 대한 문제 인식도 드러내고 있었다.

# 최현의 중국 사행과 『조천일록』 연구

## 1. 서론

사행록은 사신 또는 그들의 수행원이 사행 노정에서의 견문과 체험, 감상을 기록한 것으로 문학·역사·정치 외교·군사·예술 등 다양한 분야의 내용을 기록한 복합텍스트이다. 내용의 다양성만큼이나 기록 방식과 표기 형태[1]도 다양하여 1832년에 북경을 사행한 김경선은 『연원직지』 서문에서 김창업의 『연행일기』, 홍대용의 『연기』, 박지원의 『열하일기』를 3가家[2]라 명명하였다. 이들이 편년체, 기사체, 전기체

---

1) 사행록은 한문으로 기록된 사행록이 주류를 이루고 있으나 "독자층에 대한 배려라는 이유 외에 변화되고 있던 당시 지배그룹이나 문단 주류의 분위기를 반영한 결과"(조규익, 『국문사행록의 미학』, 역락, 2004, 244쪽), "독자층을 확대하여 국문 독자들에게 실용적 의미를 가지도록 했으며, 흥미로운 중국 여행의 전모를 전달"(정훈식, 『홍대용 연행록의 글쓰기와 중국인식』, 세종출판사, 2007, 257쪽), "표현의 효율성 측면에서 한문보다 국문이 낫다는 깨달음"(조규익, 「사행문학 초기자료의 쓰기 관습과 내용적 성격」, 『국제어문』 42, 국제어문학회, 2008, 10쪽)등을 이유로 한글로 사행록을 기록하기도 했다. 일부 사행록은 한문 사행록을 참고하여 한글 가사체 사행록을 기록하기도 했다.

형식으로 기록된 사행록을 대표한다는 것이다. 일반적으로 사행록은 한시, 일록, 공문서 등의 잡록, 지리지 등을 하나 또는 둘 이상 결합하여 완성하는데, 최현의 『조천일록』은 일기체 사행록이지만 한시와 잡록을 포함하고 있다. 일기도 '문견사건'이라는 보고문으로서의 공적 일기와 개인기록으로서의 사일기를 병렬적으로 배치하는 독특한 방식으로 기록하였다. 공적 일기는 중국지역을 배경으로 매일의 일정과 행적을 기록한 반면에 사적 일기는 사행 전반을 기록하였으되, 중요한 행적을 중심으로 취사선택한 기록이다.

사행록이 "동아시아 보편성을 가진 기록문학이며 시문"[3]이라고 하는데, 이때의 기록문학이란 1970년대에 순수창작문학(또는 창조적 문학)과 대립하는 개념으로 등장하였다. 실증주의를 기반으로 실제 경험한 사실에 한정하여 소재로 삼은 문학이라는 의미[4]를 지니고 있어 체험, 객관적 전달, 사실성을 핵심으로 하는 문학 작품군이다. 유기용은 기록문학이 17세기 이후에 등장하여 근대적 지향의 시대정신을

---

2) 김경선, 『연원직지』 서, 고전종합DB. "연경에 갔던 사람들이 대부분 기행문을 남겼는데, 그중 3家가 가장 저명하니, 그는 곧 노가재 김창업, 담헌 홍대용, 연암 박지원이다. 사례로 말하면 노가재는 편년체에 가까운데 평순하고 착실하여 조리가 분명하며, 홍담헌은 기사체를 따랐는데 전아하고 치밀하며, 박연암은 전기체와 같은데 문장이 아름답고 화려하며, 내용이 풍부하고 해박하다.(適燕者多紀其行 而三家最著 稼齋金氏 湛軒洪氏 燕巖朴氏也 以史例則稼近於編年 而平實條暢 洪沿乎紀事 而典雅縝密 朴類夫立傳 而贍麗閎博)".

3) 나카오 히로시, 「기록문학으로서의 조선통신사 「사행록」의 동아시아적 보편성」, 『한국문학과예술』 2, 숭실대 한국문학과예술연구소, 2008, 192쪽.

4) 유기용, 「한국 기록문학의 형성과 근대적 지향성 연구」, 『어문론총』11, 한국문학언어학회, 1977, 3쪽.

반영[5]하고 있으며, 실증적 정신과 함께 산문정신의 구현에 이바지하면서 당대의 사회, 문화, 시대 등의 공통적인 지배원리가 된 시대정신을 반영[6]한다고 보았다. 근대적 지향의 '국어표현'과 함께 '문학 영역'을 중시한 것이다. 최현의 『조천일록』은 실증주의, 체험적 사실, 시대정신을 반영한 기록으로, 한시와 운율이 없는 비문학[7]을 포함하고 있다. 견문한 사실을 기록하면서도 독자에게 흥미와 미감을 준다는 점에서 문학이라 할 수 있다. 현대에 이르러 문학의 영역이 확대되고 있다는 점도 『조천일록』을 기록문학 범주에 포함할 수 있게 한다.

최현은 한시와 가사 등의 형식으로 다양한 기록을 남겼으며, 이들 자료를 텍스트로 하는 한시[8], 〈용사음〉과 〈명월음〉[9] 등의 연구가 진행되었다. 최근에는 『조천일록』에 대한 연구로 그 범위가 확장되어 조규익[10], 성영애[11], 윤세형[12], 정영문[13], 양훈식[14], 김지현[15], 김성

---

5) 유기용, 앞의 논문, 5쪽.

6) 유기용, 「기록문학-영·정조 이후의 기록문학 작품군에 반영된 근대적 지향성」, 『국어국문학』76, 국어국문학, 1977, 94쪽.

7) 사행록을 기록하는 형식은 '한시'체에서 '일기'체로 글쓰기 형태가 변모하였지만, 내용상 '사상이나 감정을 상상의 힘을 빌려 언어로 표현한 예술'이라는 문학과는 변별되는 점이 있다. '사상이나 감정', '상상력'과는 거리가 먼 대상에 대한 '보고서' 성격의 잡록을 다수 포함하고 있기 때문이다.

8) 정우락, 「인재 최현의 한시문학과 그 의미지향」, 『동방한문학』 18집, 동방한문학회, 2000.

9) 이동영, 「인재가사연구」, 『어문학』5, 한국어문학회, 1959; 고순희, 「〈용사음〉의 작가의식」, 『이화어문논집』 9, 이화여자대학교 한국어문학연구소, 1987; 홍재휴, 「인재가사고」, 〈용사음〉과 〈명월음〉」, 『동방한문학』 18, 동방한문학회, 2000; 정재민, 「용사음의 임란 서술 양상과 주제의식」, 『육사논문집』 61-1, 육군사관학교, 2005; 황병익, 「임란기 부산지역 전란가사의 의미고찰」, 『향도부산』 26, 부산광역시 시사편찬위원회, 2010.

훈[16]에 의해 개별적으로 진행되던 연구성과물을 『최현의 『조천일록』 세밀히 읽기』[17]로 묶었다. 조규익은 『조천일록』이 17세기의 사행록이지만, '사실성이나 진실성을 추구'하는 19세기 사행록 글쓰기 태도가 나타나며, 이러한 구체성은 시각적 이미지를 활용함으로써 가능했다고 하였다. 『조천일록』이 공익을 중시하는 태도를 반영할 뿐만 아니라 정서적인 표현까지 담아내고 있는 중요한 기록이라는 것이다. 이러한 연구성과를 기반으로 최현의 사행과 『조천일록』[18]이 지니는 기록문학적 특징과 의미를 살펴보고자 한다.

---

10) 조규익, 앞의 논문, 2008; 조규익, 「조선 지식인의 중국체험과 중세보편주의의 위기 - 최현 『조천일록』과 이덕형 『조천록/죽천행록』을 중심으로」, 『온지논총』 40, 온지학회, 2014.

11) 성영애, 「최현의 〈조천일록〉에 나타난 의례관련 사실들과 그 의미」, 『온지논총』 62, 온지학회, 2020.

12) 윤세형, 「조선시대 사행과 사행문화 : 최현의 〈조경시별단서계〉에 나타난 현실인식연구」, 『온지논총』 42, 온지학회, 2015.

13) 정영문, 「최현의 『조천일록』에 나타난 현실인식」, 『한국문학과예술』 27집, 한국문학과예술연구소, 2018.

14) 양훈식, 「최현 『조천일록』에 나타난 누정문화와 미학적 체현 양상」, 『문화와 융합』 42, 한국문화융합학회, 2020.

15) 김지현, 「최현의 『조천일록』속 유산기 연구」, 『한국문학과예술』 32집, 한국문학과예술연구소, 2019.

16) 김성훈, 「최현문학 연구의 현황과 전망」, 『한국문학과예술』 32집, 한국문학과예술연구소, 2019.

17) 조규익 · 성영애 · 윤세형 · 정영문 · 양훈식 · 김지현 · 김성훈, 『최현의 『조천일록』세밀히 읽기』, 학고방, 2020.

18) 번역은 조규익 외, 『역주 조천일록』, 학고방, 2020을 인용하였다. 이후의 인용문은 『조천일록』 날짜만 기록한다.

## 2. 『조천일록』의 구성과 특징

사행에서 돌아온 사신들은 자신들의 견문과 체험을 자세히 기록하여 조정에 보고할 의무가 있었다. 보고하는 형식은 시대에 따라 달라질 수 있지만, 후대 사행을 위한 자료, 상대국의 정치·외교·국방 등을 파악하려는 목적으로 기록한 것이기 때문에 보고의 책임을 맡은 인물은 있기 마련이다. 그 임무는 대부분 서장관이 맡았는데, 그들은 사행의 행적을 기록하고, 돌아와서는 이를 승정원에 보고할 의무가 있었다. 사행록은 국가의 필요성에 의해 작성되는 보고서이므로, 개인의 견문과 감상보다는 객관적인 사실과 정보를 중시하였다. 축일기사, 문견별단, 서계, 통보 등 다양한 자료를 포함하되, 조정의 논란거리가 될만한 내용에 대해서는 삭제하거나, 삼사가 논의하여 기록을 통일하기도 했다.

조선 초기에는 한시와 산문으로 사행록을 기록하는 역할 분담이 있었으나 현재 전하는 사행록은 대부분 한시체로 전하고 있다. 다음은 이와 관련된 기록이다.

> 봉명하던 날 상이 편전에서 신 희경希璟을 불러 하교하기를, "타국으로부터 돌아왔으니 시를 짓지 않을 수 없다." 하시고 신 공달孔達에게 하교하시기를, "타국에서 돌아왔으니 글로 쓰지 않을 수 없다." 하시었다.[19]

세종은 일본에서 돌아온 송희경[宋希璟, 1376~1446]과 공달에게 한

19) 송희경, 『일본행록』, 1420년 10월 26일, 고전종합DB. "蓋受命之日 上召入便殿 敎臣希璟曰 歸自他國 詩不可以不作 敎臣孔達曰 歸自他國 書不可以不書".

시와 산문으로 보고서를 작성해 올리도록 하였다. 현재 공달이 기록한 사행록은 전하지 않고, 송희경이 "출성하던 날부터 복명할 때까지를 천루淺陋함을 생각지 않고 모든 귀와 눈에 접한 것을 다 기록"[20]한 한시체 『일본행록』만 전하고 있다. 이처럼 조정에 보고된 사행록은 다음 사행을 준비하는 과정에 참고자료가 되었고, 사행하는 사신들은 지참하여 읽거나 전례의 근거로 삼았다. 최현도 『조천일록』에 해평부원군 윤근수[尹根壽, 1537~1616]의 사행록 등을 참고하여 견문한 사실을 보완[21]하거나 오류를 수정하였다.

최현은 동지사 서장관의 신분으로 1608년 8월 3일 한양을 떠났다가 이듬해(1609년) 3월 22일 돌아와 복명하였는데, 상사는 신설[申渫, 1560~1631], 부사는 윤양[尹暘, 1564~1638]이었다. 최현은 사행의 운영 전반을 관리·감독하는 서장관으로서 사행일지를 작성하였는데, 이 일은 "실물 원형에 가까운 중국 달력을 복사하여 매일 페이지마다 써나가는 일"[22]에 비유될 정도였다. 『조천일록』에는 글의 구성에 대해 다음과 같이 기록하였다.

> 동지사冬至使 서장관書狀官 선교랑宣敎郎 성균관전적成均館典籍 겸 사헌부감찰司憲府監察 최현崔晛은 문견한 일에 대해 삼가 장계狀啓를 올립니

---

20) 송희경, 『일본행록』, 1420년 10월 26일, 고전종합DB. "自出城至復命 不揆淺陋 凡有接於耳目者 皆記"

21) 최현, 『조천일록』, 1608년 9월 24일. "물 옆에 석성이 있는데, 세속에 전하기를 고려 태자가 이 성을 지키다가 성이 함락되자 강에 몸을 던져 빠져 죽었다고 한다. 이는 해평부원군의 기록에 상세하게 적혀있다.(臨河有石城 世傳 高麗太子守此城 城陷投河而死云 詳在海平府院君記事中)".

22) 윤경남 역, 『민영환과 윤치호, 러시아에 가다 :윤치호 일기 제4권 1896년』, 신앙과지성사, 2014, 211쪽.

다. 신은 상사 신설·부사 윤양을 수행하여 함께 북경에 가서 일을 마치고 돌아왔습니다. 보고 들은 것을 날마다 자세히 기록하고 또 목격한 폐단 두세 가지에 대해 적이 느낀 바가 있어 아울러 별단別段으로 기록하여 삼가 올립니다.【별단 서계別段書啓는 원집에 실려 있다.】문견사건이다. 날마다 사일기를 첨부하였다.[23)]

위의 글에서 '보고 들은 것을 날마다 자세히 기록'한 것은 〈문견사건〉이고, '목격한 폐단 두세 가지에 대해 느낀 바'를 기록한 것은 〈조경시별단서계〉이다. 이 글에서 최현이 중국을 사행하면서 사일기, 문견사건, 별단서계를 작성했다는 점, 『조천일록』이 사행을 마치고 한양으로 돌아온 이후에 작성되었다는 점, 『조천일록』이 사행 이후 한차례 이상 정리가 되었다는 점, 『조천일록』에 수록된 문견사건과 사일기의 성격이 비슷하다는 점 등을 알 수 있다. 그 외에 '문견사건'을 본문으로 하고, '사일기'를 부기하는 형태라는 사실도 알 수 있다.

의무려의 산들은 여양에서 다하였으며, 평원은 아득하였습니다. 십삼산은 공중에 높이 솟아 화극畫戟을 나열한 것 같았고, 봉우리가 13개라 그렇게 이름한 것입니다. [부기] (중략) 의무려의 산들은 여양에서 다하였으며, 만 겹으로 된 기이한 봉우리들이 길에서 역력히 보였다. 이날 남쪽으로 90리를 갔다.[24)]

---

23) 최현, 『조천일록』, 1608년 9월 8일. "冬至使書狀官宣教郎成均館典籍 兼司憲府監察 臣崔晛 謹啓爲聞見事 臣跟同上使臣申渫 副使臣尹暘 前赴京師竣事廻還 凡所見聞 逐日開坐 且因目覩弊端二三事 竊有所懷 並錄別段 謹具啓聞【別段書啓 載原集】聞見事件 逐日附私日記".

24) 최현, 『조천일록』, 1608년 10월 9일. "醫巫閭之山 盡于閭陽 平原杳茫 十三山岌然聳空 列如畫戟 峯有十三 故名焉 ○ [附] (중략) 醫巫閭之山 盡于閭陽 而萬疊奇峯 在道歷歷可見 是日南行九十里".

위의 글은 『조천일록』 10월 9일의 기록인데, 부기附記를 기준으로 앞의 내용은 '문견사건'의 일부이고, 뒤의 내용은 '사일기'의 일부이다. 길에서 의무려산을 보았다는 동일한 내용이 반복적으로 기술되고 있는데, 이렇게 구성한 이유를 구체적으로 밝혀두지는 않았지만, '문견사건'과 '사일기'가 일기체 형식으로 동일한 반면에 기술목적이 달랐기 때문에 하나로 통합될 수 있었을 것이다. 사일기는 1608년 8월 3일 한양을 출발하여 이듬해 4월 4월 19일 낙향할 때까지 기록하되, 1608년 9월 9일 압록강을 건너갈 때부터 이듬해 3월 6일 다시 압록강을 건너는 날까지는 '문견사건'과 병행하여 기록하였다. 일기에는 날짜, 날씨, 사행 여정과 견문, 지명의 유래, 감상과 대상에 대한 판단, 이동거리, 숙박 장소와 주인 이름의 순서로 기록하였는데, 이러한 기록 형태는 편년체 사행록에서 흔하게 발견된다. 최현은 매 순간 기록하기보다 간단하게 메모한 후에 여유가 있는 날 정리하였는데, 이러한 기록 습관으로 인해 동일한 내용이 다른 날짜에 기록되는 오류가 발생하기도 했다.[25] 이는 별개로 기록한 문견사건과 사일기를 편집하는 과정에서 발생한 오류일 가능성도 있다. 별단서계는 최현이 올린 공문서이지만 『인재선생속집』 서문에 "선생의 6세손인 광벽光璧씨가 선생의 조천록朝天錄과 잃어버린 시문 약간 편을 모아서 속집續集을 만들"[26]었다는 내용이 있어서 "문견사건이다. 날마다 사일기를 첨부하

---

25) 최현은 9월 12일 반절대 아래에서 "흰 두건을 쓰고 고기를 잡는 자가 있어 물어보니 중국인은 부모의 상에도 8일 후에 술을 마시고 고기를 먹는다(有白巾打魚者 問之則中原人 父母之喪 八日後 食肉飮酒云)"(최현, 『조천일록』, 1608년 9월 12일)는 사실을 알게 된다. 이러한 경험과 9월 15일 요동 회원관에 도착한 이후 조사한 자료가 9월 14일 일기에 기록되어 있다.

였다.”는 내용이 후대에 첨부되었을 가능성도 있기 때문이다.

문견사건과 별단서계는 1609년 3월 24일 승정원에 올린 공문서로, 보고를 목적으로 기록한 것이다. 최현은 일행이 한양에 도착한 3월 22일부터 사자관寫字官 김취영金就英에게 문견사건을 베끼게 하고, 23일에는 별단서계도 같이 베끼게 하였다. 문견사건과 별단서계가 작성된 24일 이들 보고서를 승정원에 올렸다.27) 문견사건은 일반적으로 ‘문견록’이라 하며, 잡지28) 형태로 사행록에 많이 기록된다. 문견록은 지역의 사정에 대한 ‘문견사건’29)과 ‘날마다 자세히 기록하는’ 일록 형식의 ‘문견사건’을 별도로 기록하고 있는데, 기록 내용과 형식에 차이가 있다는 것은 문견록의 형식이 이 시기에는 일정한 틀을 갖추지 못하고 있음을 방증한다. 통신사의 경우, 임진왜란 이후 일본에 대한 정확한 정보를 수집하고 기록할 필요성에 의해 ‘문견록’이 기록되었는데, 점차 사행록을 기록하는 중요한 형식30)으로 정착하였다.

---

26) 최현, 『조천일록』, 이헌경, 「인재선생속집서」. 최현의 『조천록』과 1778년(정조 2)에 발간된 『인재선생집』에 수록되지 못한 시문의 일부가 최광벽[1728-1791]에 의해 1785년 『인재선생속집』에 수록되었다.

27) 최현, 『조천일록』, 3월 24일. “최현이 승정원에 들어가서 金汝恭을 시켜 사은숙배를 하지 못하므로 승정원에 들어갈 수 없다는 말을 전하고, 禮房書吏를 통해 올렸다.”.

28) 雜誌란 독립된 항목에 대하여 짤막하게 서술하는 짧은 글을 말하며, 임금에게 실상과 유의할 것을 간단하게 적은 보고문 형태이다. 잡지는 기사체로 되어있는데, 이 문체는 전아하고 치밀한 효과를 주는 것으로 사건마다 본말을 종합하여 적는 역사의 한 체이다.

29) 최현, 『조천일록』, 1608년 9월 8일. 일기에는 첨부한 ‘일행이 소지한 반전과 별인정의 수량’을 기록하면서 ‘광녕의 사정에 대한 문견사건’이라고 하였고, 1월 22일에는 사일기에서 ‘별장계는 북경의 여러 기이한 일을 기록’한 것임을 밝히고, 23일 문견사건 부분에 그 내용을 기록하였다.

사행록은 여정에 따른 기록자의 체험을 반영하지만, 그 기록은 작가의 의도에 따라 생략, 축소, 확대되기 마련이다.[31) 『조천일록』의 기본적인 내용은 사일기에 기록되어 있는데, 견문한 내용을 최대한 기록[32)] 한 점, 문견사건에 기록하지 못하는 내밀한 내용까지 기록한 점, 다양한 표현 방법을 활용하여 기록한 점, 정보전달을 위주로 하면서도 실증적 자세를 유지한 점 등이 특징이다. 이러한 특징은 일기의 내용을 풍부하게 만들어 문학적인 의미를 부여하였다.

조규익은 최현의 『조천일록』을 '효율적인 정보 수집과 전달의 방책'[33)]으로 요약할 수 있다고 보았다. 그만큼 사행에서의 경험을 박물

---

30) 정영문, 『조선시대 통신사문학연구』, 지식과교양, 2011, 81쪽. 1607년(경섬의 『해사록』과 이경직의 『부상록』)에는 '문견록'이 왜국의 제도와 법령, 풍속 등을 종합적으로 기록하는 형태이지만, 이 시기에는 일정한 형식도 명칭도 없었고, 사행록 내에서 배치될 위치도 정해지지 못한 상태였다. 1608년(최현의 〈조천일록〉)에는 '문견사건'(일록형식)과 '문견록' 형식이 공존하고 있으며, 사일기가 '보고'를 목적으로 기록한 '문견사건'보다 자세하였다. 1624년(강홍중의 『동사록』)에 '견문총록'이라는 독립적인 명칭을 지니게 되었다. 남용익은 '문견별록'(1655)을 사행록과 별도로 구성하여 일본에 대한 보고서로 倭皇代序, 關白次序, 對馬島主世系, 官制, 州界, 道里, 山川, 風俗, 兵糧, 人物 등 10가지 항목을 기록하였다. 신유한은 이를 '견문잡록'이라고 하였다. 명칭도 다양해지고, 내용에서도 변화를 겪으면서 '문견록'은 사행록의 중요한 형식적 특징이 되었다.

31) 정기철, 『한국기행가사의 새로운 조명』, 역락, 2001, 94쪽.

32) 최현, 『조천일록』, 1609년 1월 18일. "학규는 바빠 모두 기록하지 못하였으나 다만 홍무16년 및 30년의 학규와 영락 연간의 신명학규 중 가장 중요한 것을 기록하였다.(學錄 忙不及盡錄 只錄洪武十六年 三十年 及永樂申明學規之最關者)".

33) 조규익, 「최현과 『조천일록』을 보는 관점」, 『최현의 『조천일록』세밀히 읽기』, 학고방, 2020, 15쪽.

학적, 사실적, 실증적으로 기록하고 있다는 의미이다. 이러한 기록에서도 다음과 같은 문학적인 요소들이 발견된다.

첫째, 한시 기록이다. 최현은 사행하는 동안 황여헌, 공민왕, 이안눌(2수), 권필, 중국사신 황홍헌(3수), 이주, 노수신, 고경명의 시 11수를 『조천일록』에 수록하였다. 이들 한시는 누각에 판각되어 있거나 사자관 김취영이 제독에게 보낸 시를 옮겨적은 것에 불과하다. 그렇지만, 객수客愁를 표현한 한시를 『조천일록』에 기록함으로써 사행록이 단순한 정보전달을 목적으로 한 것이 아님을 알게 해주고, 독자에게 문학작품을 음미할 기회를 준다. 다른 작가의 시는 『조천일록』에 수록하면서도 자신의 심회를 읊은 시(5수)는 수록하지 않았다. 사행하는 동안 창수唱酬를 했다는 기록도 남기지 않았으며, 여정에서 많은 시를 보았지만 "고인故人의 자취가 문득 그림 병풍[畵屛] 사이에 있다"[34]는 허봉[許篈, 1551~1588]의 시평과 같은 평도 기록하지 않았다. 이런 특징을 보면, 『조천일록』에 최현의 한시를 기록함에 무형의 제약이 있었을 것이라고 짐작할 수 있다. 최현이 사행을 하는 동안 연향에 참석했다는 기록이 보이지 않는 점도 이러한 사실을 뒷받침해 준다. 그 이유는 무엇이었을까? 아마도 최현의 사행이 선조宣祖의 국상이 있던 시기에 이루어졌다는 점에서 국상國喪이 그의 기록에 영향을 준 것으로 보인다.

둘째, 통보通報의 활용이다. 최현은 1608년 중국 조정의 상황을 '통보'[35]에 근거하여 기록하였다. 당시 사행의 일을 돕는 이들은 뇌물이

34) 허봉, 『조천기』, 1574년 6월 2일. "故人跡 却在畵屛間".

35) 정신남, 「16·17세기 朝鮮燕行使의 중국 通報 수집활동」, 『한국문화』 79, 서울대 규장각 한국학연구원, 2017, 165쪽. 통보는 명나라의 중앙기구인

나 바라고 조그마한 일도 부풀려 말했기[36] 때문에 믿을 수 없었고, 급박하게 진행되는 중국의 정치적 움직임에 능동적으로 활용할 정보원이 적었다. 이런 상황에 최선의 정보 수집의 통로는 통보일 수밖에 없었다. 최현은 『조천일록』에 통보의 내용을 기록하되, 원문 그대로 일기에 기록하는 것이 아니라 요약이나 발췌 형식을 혼용하여 수록하였다.[37] 중국 조정에 대한 정보를 가공하여 조선 조정에 전달하기 위해서이다. 가공을 거친 정보는 이해하기 쉽다는 독자 편의적인 효과도 있지만, 기록자의 의식이 정보에 투영되면서 변질될 가능성도 높아진다. 이런 까닭에 통보를 활용한 글쓰기는 최현의 의식이 반영된 것으로 기록문학적 접근을 가능하게 한다. 사행록에 통보를 배치하는

---

통정사와 육과에서 편집되어 반포된 관보인 조보와 저보의 별칭으로, 오늘날의 신문과 유사한 공문서이다.

36) 최현, 『조천일록』, 1608년 11월 4일. "내시와 종자 및 각 부서의 하리 · 관부 · 패자의 무리가 모여들어 시끄럽게 떠들며 책봉하는 일에 첫 번째로 힘을 썼다고 다투어 말(所知內宦從者 及各部下吏舘夫牌子之徒 坌集喧聒爭言有力於封事一番)"과 "일을 도모할 때마다 모두 뇌물을 썼으니, 이는 큰일을 이루기 어렵고 실정을 듣기 어렵기 때문이었소.(前者圖事 皆用皮膚 所以大事之難成 實情之難聞)"라는 말에서 당시의 사정이 그대로 드러난다.

37) 『조천일록』 12월 6일의 일기는 태학사 섭상고의 문서가 이정기에 관한 내용이기 때문에 문서 뒤에 이정기와 관련된 내용을 통보에서 찾아 정리한 것이고, 12월 15일 일기는 "오랑캐 정세에 대한 병부의 주본과 유사과의 당보에 대한 복본과 성지는 모두 통보에 실려 있다."는 내용이므로, 관련 내용이 게재된 12월 7일과 8일의 통보를 인용한 것이다. 이때 8일 통보를 7일 통보보다 먼저 제시하고 있는데, 7일 통보의 내용 중에서 주석으로 "잘못된 글자가 있다."고 하였으니, 날짜보다는 의미에 중점을 두고 수록한 것으로 이해된다. 1월 20일에는 1월 4일, 5일, 6일, 10일의 통보를 수록하고 있다.

형식은 조헌의 『조천일기』에서도 발견된다. 그는 『조천일기』 권12에 1574년 6월 1일부터 8월 30일까지 '중조통보'를 날짜별로 정리 수록[38]하여 기록자의 인식을 최대한 제거하고 있다. 최현은 10월 3일자에 재새宰賽와 이성량李成樑의 움직임을 기록하면서 "통보에 상세히 실려 있다."고 하였으니, 가공하지 않은 통보를 별도로 보고했을 가능성도 있다.

셋째, 기記의 표현이다. 최현은 『조천일록』에 기記 등 한문학 갈래를 활용하여 기술하고 있다. 기는 '적는 자의 주관이 담긴 글'[39]이며, 사물을 관찰과 동시에 기록하여 영구히 잊지 않고 기념하고자 할 때 적는 글로 인물, 사건이나 물건, 산수풍경을 적을 때 사용한다.[40] 산수유기처럼 주관적인 내용을 기록하는데 사용하는 문체를 『조천일록』에서는 정보전달의 수단으로 활용하고 있다. 최현은 천산, 수양산, 천비묘, 의무려산, 안산 등지를 유람하면서 자신의 견문을 기록했지만, 독립적으로 기記의 명칭을 사용한 글은 양유년梁有年의 〈新修路河記〉 한 편 뿐[41]이다. 이 기록은 노하의 건설에 대한 전망을 옮겨 적은 것이다.

넷째, 구술문화의 제시이다. 구술에서 "고도로 예술적이고 인간적 가치를 지닌 강력하고 아름다운 언어적 연행이 산출"[42]되는데, 이는

---

38) 김지현, 「조헌 『조천일기』에 대한 소고」, 『온지논총』 40, 온지학회, 2014, 77쪽.

39) 조규익, 앞의 논문, 28쪽.

40) 한국민족문화대백과사전 DB.

41) 조규익, 앞의 논문, 40쪽.

42) 월터 J. 옹 지음, 이기우 · 임명진 옮김, 『구술문화와 문자문화』, 문예출판사, 2004, 27쪽.

기억하고 재현하는데 효과적인 방식이다. 최현은 일화, 속담, 고사성어, 속세 이야기 등을 활용하여 풍성한 내용을 담아내었다. 최현이 기록한 구술내용은 지역과 관련된 역사나 유래담을 채록한 것[43]이 대부분이나 깨달음을 표현하는 방법으로 제시하기도 했다. 『조천일록』에 이러한 구술자료를 덧붙인 것은 그의 글쓰기가 독자를 고려하고 있음을 의미하며, 이러한 기록도 문학이 될 수 있음을 보여준다.

## 3. 『조천일록』과 편년체 사행록의 비교

『조천일록』은 1608년에 기록된 편년체 사행록이다. 편년체 사행록은 1533년 소세양[蘇世讓, 1486~1562]의 『양곡부경일기』 이후 한시체 사행록과 함께 사행록을 기록하는 대표적인 형식이 되었다. 허봉은 1574년 명 신종의 생일을 축하하기 위한 성절사행의 서장관으로 참가하여 『조천기』[44]를 기록하였다. 『조천기』는 개인의 정서를 표출하는 내용이 많다는 점에서 최현의 『조천일록』과 대비되는 것으로 다양한 내용을 수록하고 있다는 점에서 16세기 사행록을 대표하는 기록이라 할 수 있다. 그의 "인마는 시끄럽고 술자리가 낭자하였으므로 자못 아름다운 운치는 없었다."[45]는 기록은 사행 노정에 연향이 많았던[46]

43) 17세기 초에는 지역의 유래와 관련된 다양한 이야기가 전하고 있지만, 후대로 갈수록 지역의 유래담이 실전되었다. 이런 까닭에 최현이 기록한 옥전현 유래담이 김창업 시대에 오면 조조 관련 역사기록으로 대체된다.

44) 허봉의 『하곡선생조천기』과 김창업의 『노가재연행일기』는 한국고전종합DB 연행록선집에서 『조천기』와 『연행일기』로 표기되었다. 본 논문에서는 한국고전종합DB의 번역본을 참고하였다.

45) 허봉, 『조천기』 1574년 5월 15일. "人馬喧聒 杯盤狼藉 殊無雅致".

임진왜란 이전의 분위기를 보여준다.

김경선[金景善, 1788~1853]은 편년체 사행록을 대표하는 기록으로 노가재 김창업[金昌業, 1658~1721]의 『연행일기』를 제시하였다. 이 사행록은 김창업이 1712년 11월 3일부터 1713년 3월 30일까지 기록한 것으로 사행에서 견문한 대상을 최대한 객관적이고 세밀하게 서술한 것이다. 18세기 편년체 사행록을 대표하는 『연행일기』는 16세기 허봉의 『조천기』와 17세기 최현의 『조천일록』과 구별된다. 이들 3편의 사행록은 각기 나름의 특징을 지니고 있는데, 이들 사행록을 비교하기 위해 그들이 방문했던 평양과 이제묘, 태학을 기점으로 하였다.

> ① 누각에서 정전井田의 옛 구획區劃을 바라볼 수가 있었는데 곧 기자箕子가 도읍한 곳이었다. 나는 삼대三代의 경계經界가 고르던 것을 생각하며 말세에는 부역賦役이 무거움을 걱정하려니 슬퍼서 창연하였다. 아아! 그 누가 이를 바로 할 수 있으랴![47]
>
> ② 밭의 형태를 자세히 보면 백보로 1구를 삼은 것은 그 모양이 크고 명확하고, 70보로 1구를 삼은 것은 그 모양이 작고 뚜렷하지 않으니, 생각건대 반드시 백보로 1구를 삼은 것이 기자가 구획한 1구로서 이것이 한 장정이 받을 수 있는 땅인 듯하다. 노인들에게 물은즉 (중략) 『맹자』에 비록 이러한 말이 있으나 은나라 제도는 자세히 알 수 없으니[48]

---

46) 허봉, 『조천기』, 1574년 5월 23일. "포구(抛球) · 향발(響鈸) · 무동(舞童) · 무고(舞鼓)의 재주는 시끄럽고 떠들썩하기가 어제보다 더욱 심하였다. (抛毬響鈸 舞童舞鼓之伎喧闐膠擾 比昨日尤甚)"와 같은 사행 노정에서의 연향 관련 내용은 18세기 이후에 다시 등장하게 되었다.

47) 허봉, 『조천기』, 1574년 5월 23일. "樓可以望井田舊畫 卽箕子所都處也 余思三代經界之均 念末世賦役之重 爲之悵然 噫 其孰能正之哉".

48) 최현, 『조천일록』, 1608년 8월 15일. "細看田形 則以百步爲一區者 其形大而明 以七十步爲一區者 其形小而微 意必百步之區 是箕子所畫之一區 而

③ 다모茶母를 부르는 소리가 새벽까지 끊이지 않기에 까닭을 물었더니, 행중의 비장裨將과 역원배들이 그렇게 다모를 찾는다는 것이었다. 대개 온 읍내의 기생이라야 노약자를 빼고, 손님 대접을 치를 만한 자는 기껏해야 수십 명을 넘지 못한다. (중략) 부기 사금은 노래를 잘 부르는 기생이라 하여 불려 왔는데, 목이 아프다는 핑계로 두어 곡만 부르고 말았다.[49)]

위의 글은 허봉, 최현, 김창업이 평양에서 기록한 내용이다. 허봉은 정전으로 구획된 토지를 보았고, 부역으로 고통받은 백성들의 처지를 생각하였다. 고통받는 백성들을 자신이 구제할 수 있으리라는 신념을 간접적으로 밝힌 것이다. ②에서 최현이 평양의 정전법에 관심이 많았음을 알 수 있다. 그는 밭의 형태를 자세히 살피고, 노인들에게 물어본 뒤에야 자신의 생각을 밝히고 있다. 직·간접 자료를 확인한 후에 자신의 주장을 전개하였다는 점에서 최현은 합리적이고, 실증적인 인물이었으며, 이러한 태도가 글쓰기에도 나타난다. 김창업은 평양에서 11월 11일부터 13일까지 머물렀는데, 그가 주목한 대상은 토지가 아니라 인물이었다. 기생을 집중적으로 조명한 것은 그들이 다른 대상보다 가까이에 있어서 관심을 가졌기 때문이다. 위의 글에서 기록자의 관심 영역에 따라 대상을 달리 인식하고 있으며, 기록하는 태도도 달라짐을 알 수 있다.

① 이제묘夷齊廟에 이를 즈음에 길을 잃었으므로 7, 8리를 돌아서야 바

---

似是一夫所受之地也 問于耆老 (중략) 孟子雖有此說 殷制未詳".

49) 김창업, 『연행일기』 1712년 11월 11-12일. "夜聞呼茶母之聲 撤曉不絶 問其由 行中裨將員譯輩索之如此云 蓋一邑妓生 除老弱外 可堪待客者 多不過數十人 (중략) 聞府妓四金善歌 招至 托以喉痛 只唱數曲而止".

야흐로 길을 찾아 이제묘에 이르렀다. (중략) 재배再拜의 예를 행하고 우러러 돌이켜 생각해 보니 심신이 상쾌하였다.[50]

② 누각 안에 정문正門이 있어 안으로 들어가니 이는 백이·숙제의 정전이었다. 우리들은 신문神門밖 계단 위에서 재배再拜의 예를 행하였다. 처음에는 백의白衣로 예를 표하는 것이 꺼려졌으나, 내가 말하기를 "나그네는 길 가는 복장으로 절해도 무방하오. 하물며 두 분은 은나라 사람이 아니오? 은나라 사람은 흰색을 숭상했으니 백의를 입고 절하는 것이 또한 옳지 않겠소?"라고 하였다.[51]

③ 우리는 큰길을 제쳐 놓고 강을 거슬러 곧장 서북쪽으로 향하였으니, 이제묘를 찾아가기 위함이었다. (중략) 우리들 일행은 패루 밑에 이르자 모두 말에서 내렸으며, 제2문에 이르러 백씨는 의관을 갖추었다. 나는 해진 옷을 벗고 도포를 입은 뒤 정전으로 나아가 재배례를 드렸다. 백이와 숙제는 면복冕服 차림으로 단상에 앉아 있었다.[52]

위의 글은 허봉, 최현, 김창업이 이제묘를 방문한 체험을 기록한 것이다. 조선 사신은 이제묘를 방문하여 조문하면서 이제묘와 그 주변의 경관을 자세히 묘사하는 한편, 시를 지어 자신의 감정을 표현하였다. 이러한 태도는 허봉, 최현, 김창업에게서도 발견된다. 허봉은 사행을 하던 7월 24일 백이·숙제의 사당을 지나가면서 '돌아오는 길에 구경'하기를 기약하였고, 귀환하는 길에 '7, 8리를 돌아서 길을 찾아' 이제묘를 방문하였다. 힘들게 찾아온 장소에서 예를 행하며 '심신이

---

50) 허봉, 『조천기』, 1574년 9월 13일. "將至夷齊廟 迷失道 屈曲七八里方得路 抵夷齊廟 (중략) 行再拜禮 瞻仰回思 心神颯爽".

51) 최현, 『조천일록』, 1608년 10월 21일. "閣內有正門 入門 是夷齊正殿也 我等於神門外階上 行再拜禮 初以白衣爲嫌 我謂曰 行者以行衣拜之無妨 況二子殷人也 殷人尙白 拜以白衣 不亦可乎".

52) 김창업, 『연행일기』, 1712년 12월 21일. "捨大路 直泝河西北行 訪夷齊廟也 (중략) 皆下馬 至第二門 伯氏具冠帶 余脫敝衣着道袍 就正殿楹內 行再拜禮 伯夷叔齊 冕服並坐".

상쾌해'졌고, 주위 경관을 돌아보면서 "기절奇絶한 지역"임을 확인하였다. 최현은 이제묘를 방문하고 두 편의 시를 지어 자신의 감회를 드러내었다. 그는 선조의 국상으로 인해 흰옷을 입은 상태인데도 정전에서 예를 행하면서 "나그네는 길 가는 복장으로 절해도 무방"하고, "백의를 입고 절하는 것"은 당연하다고까지 하였다. 이제묘의 소상塑像이 비록 '진짜는 아니지만 공경심'을 느꼈고, '차마 떠나지 못하는 마음'을 지니게 되었음을 밝혔다. 허봉과 최현이 제사를 지내면서 감개한 것은 백이와 숙제가 절개의 상징적 존재였기 때문이다. 허봉은 이때의 심회를 '淸風'에서 이는 '상쾌함'으로, 최현은 '紀綱'을 지킨 '高義'[53]와 '淸霜'[54]으로 표현하였다. 김창업도 이제묘를 찾아가기 위해 "큰길을 제쳐 놓고 강을 거슬러" 간 뒤, 정전에서 "해진 옷을 벗고 도포를 입은 뒤" 예를 행하였으나, 그는 자신의 심회를 기록하지는 않았다.

① 태학은 본래 수선首善하는 곳이요 한갓 문구文具를 일삼는 곳은 아니다. 이제 묘우가 깊숙하고 조밀하며, 전나무·잣나무의 숲이 울창하고 재실[堂齋]이 깨끗하게 단장되어서 환경이 그윽하고 조용한 것을 보니, 참으로 스승과 생도가 도道를 강론할 만한 곳이었으나, 스승이 된 이는 자리만 차지하고 강론하지 않고 제자되는 이가 흩어져서 거리에서 살며, 좨주祭酒와 사업司業들은 큰 벼슬에 뛰어오를 것만 생각하고 감생과 세공歲貢들은 이 일명一命을 얻는 것을 영화로 삼고, 예의와 염치가 무엇인지를 알지 못하여, 학교가 퇴폐하고 타락함이 이에 이르렀으니, 인재人材는 옛적만 같지 못한 것이 마땅하다. 아아, 슬

---

53) 최현, 『인재집』 권1, 〈過首陽山有感〉. "山因高義重 水共大名長 萬古扶天地 千秋振紀綱".

54) 최현, 『인재집』 별집 「연보」, 〈拜夷齊廟〉. "大曜輝黃道 淸霜映碧旻".

프도다![55)]

② 중국 조정의 풍속은 도관과 절은 아름답게 꾸몄으나 국학과 문묘는 먼지로 매몰되어 인적이 드물었다. (중략) 나는 이러한 시시한 사람들은 알지 못하지만 태학 서생에게 물어보면 알 수 있을 것이라고 생각했다. 두세 서생들에게 물었으나, 모두 문산文山의 사당이 이곳에 있다는 것을 알지 못하고[56)]

③ 영성문 좌우로 길에 걸쳐 패루를 세우고 안팎에 '국자감'이라 썼으며, 한쪽에는 만주글자도 보였다. (중략) 정전正殿 앞 월대에 흰 돌로 난간을 만들고 상하 섬돌에 화문을 새긴 것이 태화전에 비교하여 계단은 적으나 제도의 정제함은 다름이 없었다. 정전에도 문지기가 있었는데 옆문을 열고 나를 인도하여 들어갔다.[57)]

위의 글은 허봉, 최현, 김창업이 태학을 방문하고 기록한 내용의 일부이다. 김창업은 자제군관의 신분으로 문금門禁의 제약을 덜 받았으므로 북경에서의 유람이 비교적 자유로웠던 반면에 허봉과 최현은 서장관으로 숙소 출입이 제한되었고, 최현의 경우에는 그 정도가 더욱 심하였다. 이런 상황에서도 태학은 3명 모두 관람했던 장소이다. 태학에서 견문한 대상을 자세히 묘사하고 있지만, 묘사의 세밀함과 기록자

---

55) 허봉, 『조천기』, 1574년 8월 20일. "抑大學本爲首善之地 非徒文具爲也 今見廟宇深密 檜柏森蔚 堂齋靚潔 地位幽閴 眞可爲師生講道之所 而爲師者倚席不講 爲弟子者散處閭閻 祭酒司業 以驟陞大官爲念 監生歲貢 以得添一命爲榮 慢不知禮義廉恥之爲何事 學校之廢墜至於斯 宜乎人才之不古若也 嗟呼嗟呼".

56) 최현, 『조천일록』, 1608년 1월 18일. "中朝之俗 致美於道觀僧舍 而國學文廟 則塵埃埋沒 人跡罕到焉 (중략) 我以爲此等庸夫不可識 若問太學書生則可以知矣 問于數三書生 皆不知文山之有廟于此".

57) 김창업, 『연행일기』, 1713년 2월 13일. "欞星門左右 跨路樹牌樓 內外皆書國子監 一邊有淸書 (중략) 正殿前月臺 以白石爲闌干 上下陛刻花紋 比之太和殿 則階級雖少 制度之整齊則無異也 正殿亦有守者 啓傍門 導我以入".

의 인식에 차이가 있다. 허봉은 태학에서 그 장소의 환경과 실상을 대립적으로 제시하였다. 그는 태학의 환경이 '그윽하고 조용하여 도를 강론할 만한 곳'이라고 하였지만, 스승은 자리만 차지하고, 제자들은 예의와 염치를 알지 못하여, 학교가 퇴폐하고 타락했다고 평가하였다. 최현에게도 이러한 이분법적인 태도가 동일하게 나타나지만 그는 '도관과 절'을 '국학과 문묘'보다 중시하는 중국의 풍속과 태학 서생의 무지를 비판하였다. 반면에 김창업은 태학에서 견문하게 된 대상을 세밀하게 묘사하는데 집중하고 있다. 허봉과 최현은 중화로 인식했던 중국의 실상을 깨달으며 비판적인 태도를 드러냈지만, 김창업은 중국 문물의 모습을 있는 그대로 기록하고자 한 것이다.

이처럼 허봉, 최현, 김창업은 사행록을 편년체로 기록하였지만, 관심의 대상·표현 방법·대상에 대한 감상이 제각기 달랐다. 이러한 차이점에는 개인의 기질만 아니라 시대적 환경도 영향을 미쳤을 것이다. 16세기 조선에서는 대외적 안정을 기반으로 성리학이 융성하고 그 외의 학문을 배척하는 풍토가 생겨났다. 이러한 시대를 배경으로 허봉은 인물, 예술, 명나라에 성행하던 양명학 등에 대한 개인적인 관심사를 기록하였다. 17세기 초 최현은 전란으로 폐허가 된 조선과 선조의 죽음으로 인한 정치적 혼란상을 체감하였다. 이러한 상황에 요동의 정세도 급변하여 조선에 영향을 주고 있었다. 최현은 명나라의 실정을 직접 파악하고 이를 기록하여 조정에 보고하였다. 17세기 말이 되면 청에 대한 적개심은 호기심으로 대체되어 청을 탐구의 대상으로 인식하는 태도가 나타났다. 김창업은 이러한 인식의 변화를 사행록에 반영하였다. 이리하여 3명의 사행록은 각기 다른 특징을 지니게 되었다.

## 4. 『조천일록』의 글쓰기 유형과 의미

최현은 1608년 동북아시아, 특히 요동 지역의 급변하는 군사적 움직임과 혼란기에 접어든 중국의 정치·외교·군사적인 대응 양상을 현장에서 직접 체험하였고, 독서를 통해 선험적으로 인식하고 있던 선망과 동경의 장소도 방문하였다. 이들 현장에서 직·간접적으로 습득한 대상을 건조하게 기록하고 있지만, 주목할만한 대상에 대해서는 다양한 수집자료를 근거로 제시하며 자신의 판단을 서술하면서 지식을 구조화하였다. 그의 『조천일록』에도 여타 사행록에서 발견되는 객관적인 서술과 묘사가 나타나지만, 실증적인 글쓰기와 정서적 글쓰기도 공존하고 있다.

### 1) 실증에 기반한 논리적 글쓰기

사행록에는 사행 노정에서 발견한 대상에 대해 기록하여 관련 정보를 독자에게 전달하고 있다. 직접 견문한 대상을 기록할 뿐만 아니라 기록자의 물리적인 한계, 폭넓은 정보 수집의 필요성, 직접 체험의 어려움 등이 있는 경우에는 수행한 이들의 도움을 받아 기록하기도 했다. 노정에서는 대상에 대한 정보를 거주민을 통해 습득하는 일이 많았고[58], 종자와 하리 · 관부 · 패자 등을 활용하여 정보를 얻기도 했다. 이처럼 정보 수집의 통로를 다양화함으로써 필요한 정보를 확장해 나갈 수 있었다.

사행이 북경에 도착한 이후에는 문금으로 제약을 받았다. 옥하관의 출입이 제한되면서 땔감과 물을 구하지 못해 수행원들이 굶주리는

58) 최현, 『조천일록』, 1608년 10월 11일.

일까지 일어났다. 이런 상황에서도 자신보다 자유롭게 출입할 수 있는 통사나 역관 등을 보내 다양한 정보를 탐문 수집하였다. 그들은 삼사와 달리 사행 체험이 비교적 풍부하고, 의사소통이 가능하여 현지 사정도 밝았기 때문이다. 그 결과 최현은 "적의 동태를 자세히 물어보니 어제 전해 들은 것은 진짜 오랑캐가 아니었습니다."[59]는 보고문을 작성할 수 있었다. 이러한 정보습득의 통로로 '통보'도 중요한 기능을 하였다.

이처럼 최현은 견문한 대상을 기록할 뿐만 아니라 다양한 경로를 통해 습득한 자료와 비교하여 대상에 대해서 보다 객관적인 사실을 기록하고자 했다. 평양에서 밭고랑을 자세히 관찰하고, 노인에게 묻은 뒤에야 자신의 생각을 표현했던 것도 그의 글쓰기 태도를 보여준다.

사행록에는 실제 일어난 일의 경과나 보고들은 경물을 기록하는 기사문이 많이 사용되었다. 대상에 대한 충실한 기록을 일차적 목적으로 하는 글이 사행록이므로 객관적 사실에 대한 정확한 진술이 중요하다.[60] 이때 인물과 사건의 생생한 재현, 생동감 있는 묘사를 표현 방법으로 하는데, 이러한 표현을 통해 대상의 참모습을 드러내기도 한다.[61] 사행에서 기록하는 대상은 조선에서는 보기 어려운 것이다. 낯설면서도 흥미로운 대상을 발견할 때, 이를 최대한 기록하고자 한 것이다. 기록할 때는 대상을 객관적인 거리에서 서술하여 실제로 가보지 않은 독자들조차 그려낼 수 있을 정도로 세밀하게 묘사하였다.

---

59) 최현, 『조천일록』, 1609년 1월 10일. "詳問賊奇 則昨日所傳 非眞胡也".

60) 송혁기, 「신유한 산문의 일고찰-기사의 문학성을 중심으로」, 『한국학논집』 39, 계명대 한국학연구소, 2009, 14쪽.

61) 송혁기, 앞의 논문, 15쪽.

최현은 『조천일록』에 사행 노정에서 습득한 다양한 이야기를 기록하였다. 이야기는 소중한 가치를 지닌 정신 문화유산으로 이야기 고유의 매력을 지니고 있다. 이러한 매력으로 인해 시간을 넘어서 동일한 내용이 기록되기도 했다. 대상과 밀접하고도 감정 이입적이며 공유적인 일체화[62)]를 이루는 것이다. 최현의 『조천일록』에는 다양한 이야기가 수록되어 있고, 그 이야기 중에는 여타 사행록에서 반복적으로 나타나는 이야기도, 유일하게 기록된 이야기도 있다.

> 정녀 맹강은 섬서인으로 성은 허씨인데 장안에서 살았으므로 맹강이라 하였다. 그녀의 남편 범랑范郞이 진나라 만리장성의 역사役事에서 오랫동안 돌아오지 않자 맹강이 남편을 찾아 만 리길 요동에 오니 남편은 이미 죽고 없었다. 맹강이 곡을 하다가 죽으니, 토착민이 높은 언덕을 택해 묻어주고 제사를 지냈다. 일설에 이르기를, 맹강의 남편은 곧 기량杞梁이라고도 하는데, 기량의 사적에 대해서는 〈단궁檀〉>에 실려 있으니 그가 진나라 때 사람이 아님이 명백하다. 남편을 기다리다 화석化石이 된 이야기는 비문碑文에 기록되어 있지 않으나, 지금까지 바닷가에 망부석이 있으니 이것은 진짜 화석化石이 아니다. 이 돌을 가리켜 맹강이 남편 기다린 마음이 굳세고 정고하여 움직이지 않음을 드러낸 것이다. 정녀사는 바로 높은 언덕 위 울퉁불퉁한 돌 더미에 자리 잡고 있는데 석공이 이를 조탁하였다.[63)]

---

62) 월터 J. 옹 지음, 이기우 · 임명진 옮김, 앞의 책, 74쪽.

63) 최현, 『조천일록』, 1608년 10월 15일. "貞女孟姜 陝西人 姓許氏 居長安 故曰孟姜 其夫范郎 赴秦長城之役 久而不返 孟姜萬里尋夫 至遼東則夫已物故 孟姜哭而死 土人遴高阜處 瘞而祀之 一云 孟姜之夫 卽杞梁 杞梁事載檀弓 其不爲秦時人明矣 望夫化石之事 碑文不載 而至今海中有望夫石 蓋非眞化石也 指此石以表孟姜望夫之心 堅貞不移也 貞女祠 正據高阜石堆盤陀 而石工雕琢之".

위의 글은 팔리포八里鋪 동남쪽 3리(1.2km)에 위치한 정녀사에 얽힌 맹강녀 이야기이다. 관련 내용을 제시하고, 이 이야기에 대한 최현의 판단을 보여주고 있다. 이야기와 논리적 주장을 병렬적으로 제시하면서 이야기와 화석의 연관성을 밝히고 있다. 북경으로 들어가는 길목인 산해관 부근에 정녀사가 위치해 있는데, 사신들은 관행처럼 이 사당에 들러 그녀의 행적을 기록하였다. 최현이 『조천일록』에 소개한 맹강녀 설화는 "맹강이 만리장성의 부역에 나간 남편을 기다리다가 결국 남편을 찾아 요동까지 왔으나 남편은 이미 죽고 없어 따라 죽는다"라는 단순한 구조로 1488년(성종 19) 최부[崔溥, 1454~1504]의 『표해록』에서도 발견된다. 사행록에 수록된 이야기는 250여 건이고, 16가지 유형[64]의 이야기로 변형되어 전한다. 이처럼 많은 기록을 남길 수 있었던 것은 열녀 맹강녀 이야기가 조선 각지에서 볼 수 있는 망부석 설화와 유사하고, 조선 지식인들의 유교적 이념과도 일치하기 때문이다. 통속적인 이야기지만 성리학적 이념도 반영[65]하고 있어 조선의 지식인들에게 매혹적인 이야기였을 것이다. 그런데 최현은 맹강녀 이야기를 전달하는 것에 집중한 것이 아니라, 이와 관련된 외부정보에 더 관심을 보였다. 맹강의 남편이 기량인가 범량인가의 문제, 바닷가에 있는 망부석과의 관련성 문제를 설명하고 있다. 이를 위해 『예기』의 〈檀弓〉편을 검토하고, 바닷가에 있는 망부석을 직접 찾아가 실제를 확인하고 주장의 근거로 삼았다. 최현은 김창업이 기록한 "뒷사람들

64) 김철, 「'연행록' 중의 맹강녀 전설 기록 양상 소고」, 『민족문화연구』 63, 고려대학교 민족문화연구원, 2014, 160~166쪽.

65) 김현화, 「맹강녀 설화의 서사문학적 가치 재구」, 『한국문학논총』 71, 한국문학회, 2015, 7쪽.

이 그곳에 사당을 세우고 소상을 만든 것"이라는 정보를 습득하지 못했기 때문에 '망부석'을 살펴보고, 실제로는 석공이 조탁한 조형물이라고 밝힌 것이다. 이러한 사실을 근거로 하여 망부석은 "맹강이 남편 기다린 마음이 굳세고 정고하여 움직이지 않음을 드러낸 것"이라는 주장을 제기하였다. 실제 견문한 사실을 기록할 때, 최현이 김창업[66]보다 세밀하게 글을 쓰는 태도는 부족하지만, 실제를 확인하고 그 사실에 의미를 부여하는 글쓰기에 장점을 보이고 있다.

### 2) 깨달음에 기반한 정서적 글쓰기

최현의 『조천일록』을 보면 대상을 효과적으로 전달하기 위해 매우 다양한 방법을 동원하고 있지만, 경험에서 우러나는 감동과 깨달음을 표현한 부분은 많지 않다. 정녀사 설화, 두송과 그의 첩에 대한 일화, 청개구리 설화, 노적봉 설화 등은 대중적 호소력[67]을 지닌 이야기이지만, 그 이야기에 일정한 거리를 유지하고 있기 때문이다. 이러한 거리두기는 천산, 수양산의 이제묘, 의무려산, 안산 등을 유람하고 기록할 때도 발견된다. 독서를 통해 추체험했던 중국의 명산을 유람하는 것은 견문을 확대할 수 있는 좋은 기회이자, 깨달음을 통해 자신의 의식을 변화시키는 계기가 되기도 했다.[68] 그렇기 때문에 최현도 공적 일기에

---

66) 김창업의 『연행일기』 1712년 12월 18일에는 최현이 기록하지 못한 "한 여자의 상을 두 동자가 시립(侍立)하였는데, 왼쪽 아이는 일산을 들고 오른쪽 아이는 띠[帶]를 들고 있다. 두 아이는 정녀의 아들(塑一女子 兩童子侍立 左者持傘 右者持帶 兩童卽貞女之子)"이라는 기록이 있다.

67) 장준영, 「"이야기"의 고금 "변형"을 통한 인문학적 소통의 가치 읽기 - 간장막야, 저공, 맹강녀 이야기를 중심으로」, 『중국연구』 64, 한국외국어대학교 중국연구소, 2015, 459쪽.

적지 못했던 명산 유람을 사일기에 기록한 것이다. 이때에도 그는 대상에 몰입하기보다 일정한 거리를 유지하려고 하였다.

중국을 사행한 조선의 지식인들은 이들 장소를 방문하고 자신의 심정을 한시와 기記로 표현하였다. 월사 이정구[李廷龜, 1564~1635]도 1598년 사행에서 〈遊千山記〉를 남겼지만, 그 명산을 다 둘러볼 수는 없었다고 한다.

> 듣건대, 천산千山은 요양遼陽 서쪽에 있고 의무려산醫巫閭山은 광녕廣寧 북쪽에 있고 각산사角山寺는 산해관山海關 성 굽이의 가장 꼭대기에 있으며 모두 기절奇絶하기로 이름난 곳이다. 그러나 거리가 60리 혹은 30리, 20리나 되며 길이 우회하고 험준하여 공무의 일정상 마음대로 가볼 수 없고 그저 멀리서 바라보며 상상의 나래나 펼칠 뿐이었다.[69]

최현은 이정구보다 10년이 늦은 1608년에 사행에 참여하였다. 노정은 이정구의 노정과 크게 달라지지 않았지만, 최현은 그가 동경하던 천산(9월 26일), 의무려산(10월 3일에서 8일), 각산(10월 19일)을 유람하고, 자신의 심회를 기록하였다. 멀리서 바라보며 상상만 하지 않고 따로 시간을 내어 둘러본 것이다.

> 이날 천산에서 잤는데 부사는 안산에서 잤다. 이 기록에서 천산에서 잤다는 말을 하지 않은 것은 국가에서 유람을 금했기 때문이다.[70]

---

68) 조규익, 「연행록에 반영된 천산·의무려산·수양산의 내재적 의미-연행 노정 연구의 일환으로」, 『어문연구』 32, 한국어문교육연구회, 2004, 155쪽.

69) 김지현, 「『조천일록』과 유산기」, 『최현의 『조천일록』 세밀히 읽기』, 2020, 196쪽 재인용. "聞千山在遼陽西 醫巫閭在廣寧北 角山寺在山海關城曲之最高頂 俱稱奇絶 而去路六十里 或三十里二十里 迂且險 官程不獲自由 唯望見寄想而已"(이정구, 『월사집』 제38권, 유천산기, 한국고전종합DB).

최현은 천산으로 유람을 다녀왔지만, '천산에서 잤다'는 말을 문견사건에는 기록하지 않았다고 했다. 기록해야 하는 당위성과 유람하려는 욕망 사이에서 갈등하다가 결국 유람을 택하고, 문견사건에서는 누락한 것이다. 국내적인 상황을 고려하면 위험을 무릅 쓰고 천산을 다녀온 것이다. 조선조 지식인에게 의무려산, 수양산, 천산은 중국의 명산이라는 의미 이외에 성리학적 이념이 내면화된 공간이라는 특별한 의미도 지닌다. 내면화는 노정에 있어 내적 의미에 대한 추구[71]라 할 수 있다. 명산을 찾고 기록을 남긴 조선의 지식인들은 엄숙한 구도자의 자세로 유람하는 것이 일반적이었으며, 이들 장소는 이념을 실천할 수 있는 정신적 공간이었다.[72]

그러나 최현은 중국의 명산을 유람하면서도 관람한 대상에 대한 감상을 최대한 절제하고 경관에 대한 설명을 주로 하였다. 최현이 이제묘에서 '紀綱'을 지킨 '高義'와 '淸霜'의 심정을 표출한 것은 『조천일록』이 아니라 그의 시에서였고, 이를 『조천일록』에 수록하지 않았다. 그나마 그의 감정이 표출된 공간은 천산으로 특별한 감정을 부여하는 공간으로서의 장소성[73]을 지니고 있다. 최현은 천산의 산세

---

70) 최현, 『조천일록』, 1608년 9월 27일. "是日 宿于千山 而副使宿于鞍山 此記不言宿千山者 國禁遊觀故也".

71) 조규익, 「연행록에 반영된 천산·의무려산·수양산의 내재적 의미」, 앞의 논문, 2004, 155쪽.

72) 이혜순 외, 『조선 중기의 유산기 문학』, 집문당, 1997, 53쪽.

73) 장소는 정치적 문화적 사회적 가치가 부여되어 일정한 인문학적 의미가 창출되는 공간이다.(에드워드 렐프 저, 김덕현 · 김현주 · 심승희 역, 『장소와 장소상실』, 논형, 2005, 93쪽.), 정인숙은 「조선후기 시가를 통해 본 서울의 장소성과 그 의미」(『한국시가연구』 34, 한국시가학회, 2013, 121~122쪽.)에서 "공간에 가치를 부여하면 장소가 된다.", "같은 장소라

와 사찰을 상세히 묘사하고 나서 유람으로 얻은 마음의 변화를 다음과 같이 기록하였다.

> ① 노승 회문會文이 우리를 인도하여 방장坊長에게 데려가 배·밤·소래금小來禽을 대접하였다. 선과仙果를 먹고 차를 마시니 마음이 상쾌해져, 부사와 함께 이 기이한 광경을 함께하지 못하는 것이 한스러웠다. 아! 지난날 요양성에 있을 때에는 피곤하고 희롱을 당하여 마치 조롱 속의 새와 같았으나, 오늘 천산의 절 속에서 상쾌하고 자유롭게 노닐어 문득 물외인物外人이 된 듯하니, 이것은 무엇 때문인가? 수일 사이에 지위의 높고 낮음과 심신의 맑고 탁함이 이같이 현저히 다르단 말인가? 사람이 사는 곳을 선택하지 않을 수 없는 것이 이와 같도다![74]
>
> ② 이른 아침 노승 회문이 배·밤 등의 과일과 차 주발을 갖추어 가지고 왔다. 차를 마신 후 한 식탁에서 마주하고 밥을 먹어도 싫지 않았음은 이 또한 산 속에서 느끼는 멋으로 물아物我를 서로 잊은 경지였다.[75]

위의 글은 9월 26일과 27일 양일간 최현이 천산을 유람하면서 느낀 감정을 표현한 것이다. 산에 들어가는 행장은 단출하지만 "속세를 벗어난 생각"이 들었다고 하였다. 출발할 때부터 천산과 외부세계를 경계 짓고 있으며, 이러한 차이는 '조롱 속의 새'와 '물외인'에 이르러 최고조에 달한다. 그에게 천산은 속세를 벗어난 공간이며, 물아를 잊

---

하더라도 주체의 경험이나 의미작용에 따라 장소는 다르게 인식될 수 있다."고 하였다.

74) 최현, 『조천일록』, 1608년 9월 26일. "老僧會文 引至方丈 饋以梨栗 小來禽 嚼仙果 啜茗茶 已覺心骨俱爽 恨不與副使共此奇觀也 噫 昨日遼陽城中 困被嬲挨 有若籠中鳥 今日千山寺裏 逍遙快豁 便作物外人 是何 數日之內 地位之高卑 心神之淸濁 若是其懸絶歟 人之所處 不可不擇 有若是哉".

75) 최현, 『조천일록』, 1608년 9월 26일. "早朝 老師會文 又具梨栗茶椀 茶罷 具食共卓對喫 畧不爲嫌 此亦山中氣味 物我相忘處也".

게 해주는 공간이다. 이러한 인식은 요동 회원관에서의 곤궁[76]을 당하던 처지와 대비되었다는 점에서 최현이 말한 '물외인'이 세속을 벗어난 존재를 의미하는 것은 아니었을 것이다. 그보다 오욕을 당하던 상태에서 벗어난 '자유로움'이라 할 것이다. 당시 조선의 위태로운 상황은 그의 유람이 여유로움에 기반한 것이 아님을 말해준다. 천산이 승경을 제공하는 공간이라는 사실은 조선의 명산과의 대비를 통해서도 구체화 된다. 그가 제시한 "산수의 아름다움", "암석의 기괴함과 제작의 정교함"은 이념적 공간과는 거리가 먼 현실적 기준이기 때문이다.

천산은 북위시대부터 명·청시대에 이르기까지 불교와 도교의 사원들이 모여들어 특별한 공간을 만들었다.[77] 회원관에서 곤궁을 당하던 최현에게 있어서 천산은 현실과 분리된 공간처럼 보인다. 이 공간에서 이틀을 보내는 동안 최현은 승려 회문과의 인연을 맺는다. 승려와 더불어 같은 식탁에서 마주 대함에 거리낌이 없었다는 태도는 최현이 있는 공간이 '천산'이기 때문에 가능했다. 조선의 지식인들이 동경하

---

76) 최현은 동지사 일원인데, 동지사는 정해진 기간 내에 북경에 도착해야만 하는 사행이다. 그런데 일행은 9월 15일 회원관에 도착했지만 열흘 동안 출발을 하지 못하고, 역관 등을 통해 매일 뇌물과 음식을 바치지만, 예물이 부족하다고 징색을 당하는 상황이었다. 약소국 조선의 사신이 명나라 변방에서 당하는 치욕으로 인해 최현은 문견사건에 "요동에 오래 붙들려 있었기 때문에 두량산 무리의 행위에 분노가 치밀어 올라 말을 빨리 달리니, 진흙탕에 말이 빠지고 밤이 되어 어두워도 오히려 그 고통을 알지 못하였습니다."(최현, 『조천일록』, 1608년 9월 25일)라는 상황을 보고하였다. 이러한 일을 겪은 뒤에 천산에 올랐으니, 이 공간이 속세를 벗어난 공간으로 기록한 것이다.

77) 조규익, 「연행길, 고통의 길, 그러나 깨달음의 길」, 『국문사행록의 미학』, 역락, 2004, 316~317쪽.

던 공간에 들어와서 느끼는 해방감이 최현의 심정이다. 그는 이곳에서 "사는 곳을 선택해야 한다"는 깨달음을 얻었다.

천산은 대상을 자아와 분리하여 객관적으로 인식하던 태도에서 대상을 자아와 일체화하여 주관적으로 인식하는 태도로 변화시키는 장소이다. 객관적이고 실증적으로 사물을 인식하고 기록하던 태도를 버리고 자유로움에 이르게 한 장소이기도 하다. 유람하는 장소의 경치를 묘사하는데[78] 집중하던 최현의 기록 태도가 이곳에서는 변화한 것이다. 그렇다면 최현이 이 공간을 진정한 선계나 불계로 인식했을까? 인식이 변화했다면 '조롱속의 새'라는 대비적인 표현도, '산 속에서 느끼는 멋', '물아를 잊은 경지'라는 표현도 나타나지 않았을 것이다. 최현에게 있어서 천산은 한때의 깨달음을 주는 '임시공간'에 불과했다.

『조천일록』에는 최현이 상사의 권유로 남단南壇을 둘러보았을 때의 감동도 기록하였다.

> 우리들은 날도 저물고 피곤하여 돌아가려 하니, 상사가 억지로 남단南壇까지 모두 본 후에 돌아가고자 하였다. 대개 우리가 좀 전에 보았던 것은 천단天壇이었기에, 이밖에는 특별히 중요한 곳이 아니라 여겼고, 남단이 바로 황제가 친히 제사하는 곳으로 제일 볼만한 곳임을 알지 못했던 것이었다. 이에 담장 밖에서 말을 타고 남쪽으로 가 남단이라 말한 곳에 이르렀다. (중략) 9층의 둥근 누대를 세우고 푸른 유리 벽돌을 깔고 푸른 유리 난간이 둘러 있었다. 광채가 형형하여 눈으로 볼 수 없고 발로 밟을 수 없었다. 상사가 "그대들이 내 말을 듣지 않고 돌아갔다면 어찌할 뻔 하였소."라고 웃으며 말하였다. 우리들은 항복하는 시늉을 하고는

78) 김지현, 「『조천일록』과 유산기」, 『최현의 『조천일록』세밀히 읽기』, 학고방, 2020, 212쪽.

"만약 이를 보지 못하고 돌아가 천단을 유람했다고 자랑했다면 재포백정 滓泡白丁과 다를 바 없었을 것이오."라 말하였다. (중략) 이것이 바로 조악한 것을 보고 참된 것을 버린다는 것이다. 우리들이 오늘 거의 이와 같음을 면하지 못하였으니[79)]

위의 글은 상사의 권유에 따라 남단을 구경하면서 느낀 심정을 기록한 것이다. 최현은 북경에 머무는 동안 출입이 자유롭지 못했지만, 제독의 허가를 얻어 한나절 국자감, 문천상묘, 환구를 둘러볼 수 있었다. 이때의 관람은 최현에게 중국의 낯설면서도 화려한 문물을 인식하게 하였다. 일행은 환구를 둘러보고 돌아가는 길에 상사의 권유로 환구의 남단을 관람하게 되었다. 이곳의 '유리 벽돌'과 '유리 난간', 9층 누대는 조선에 없는 문물로 최현의 경험을 확장할 수 있는 좋은 기회였다. 또한, 최현은 화려한 남단을 보지 못하고 돌아가서 중국의 문물을 보았다고 자랑한다면 '조악한 것을 보고 참된 것을 보지 못한' 우를 범했을 것이라는 자각을 드러내고 있다. 이러한 깨달음을 '재포백정' 이야기를 매개로 설명하고 있다. 대상을 객관적으로 기록하는 태도에서 벗어나 자신의 감정, 깨달음을 전달하는 글쓰기를 여기에서 발견할 수 있다.

---

79) 최현, 『조천일록』, 1609년 정월 18일. "我等以日暮困病 將欲回還 上使强之 欲盡觀南壇而後回 蓋我等以前所觀者爲天壇 而此外特其不打緊之地 不知南壇乃皇帝親祠之地 而第一可觀處也 乃自墻外騎馬南行 至所謂南壇者 (중략) 築九層圓臺 鋪以靑琉璃壁 周以靑琉璃欄檻 光彩炯炯 目不能視 足不能履也 上使笑曰 公等不從我言而回去則何如 我等乃竪降幡曰 若不見此地而歸 詫天壇之遊賞 則無異於滓泡白丁也 (중략) 此乃見其粗而遺其眞也 我等今日幾不免此也".

## 5. 결론

『조천일록』은 17세기 초 최현의 사행 여정을 기록한 사행록이다. 최현은 노정에서 문물이나 제도, 자연 풍경이나 풍습 등 경험과 견문의 대상을 세밀하게 관찰하고 실증적으로 기록하였다. 공식적인 일정을 중심으로 기록한 결과 주관적 감상이나 개인적인 성찰이 여타 사행록보다 적게 발견되지만, 이는 1608년의 시대적 상황에 영향을 받아서이다. 전란으로 폐허가 된 조선의 국력을 회복하지 못한 상태에서 1608년 1월 선조가 붕어하였다. 이로 인해 조선에서는 임해군의 반역 문제가 표면화되고 있었고, 건주여진이 세력을 확대하면서 명나라가 요동을 상실할 위기에 놓여 있었다. 이러한 시기에 사행을 다녀왔기 때문에 최현은 자신의 감상이나 성찰을 드러내기보다는 17세기 초 요동지역과 중국의 혼란스러운 시대상을 기록하고 있다. 당시의 시대상을 반영하고 있다는 점에서 『조천일록』은 기록물로서의 가치가 충분하다.

최현의 『조천일록』은 편년체로 기록되었고, 이러한 기록형태는 허봉의 『조천기』와 김창업의 『연행일기』에서도 발견된다. 각 시대의 편년체 사행록을 대표할만한 이들 사행록을 비교해보면, 최현은 대상을 객관적으로 묘사하면서도 특정 지역이나 대상에 대해서는 실증적인 방법을 통해 자신의 주장을 전개하고 있음을 알 수 있다.

최현은 서장관으로서 중국의 정세를 파악하고 조정에 보고해야 할 임무가 있었고, 이러한 임무를 달성하기 위해 수집한 정보를 정확하고 논리적으로 분석하였다. 이러한 분석을 위해 중국 조정에서 발간한 통보는 물론 현장에서 직·간접으로 수집한 자료나 역관 등을 통해 수집한 자료를 활용하였다. 사행에서 복귀한 이후 고전과 류서類書

등의 자료를 참조하여 사행록을 보완하였고,[80] 최현의 6대손 최광벽이 문집을 정리하는 과정에 편집이 이루어지기도 했다. 최현은 장계 등을 회람한 후 기록하였고, 귀국한 후에 사행일정의 촉박함으로 기록하지 못했던 부분을 보완하기도 했다. 대상에 대한 실증적인 태도와 함께 조선 지식인으로서 선망하던 천산과 의무려산 등을 방문하고 개인적인 심회를 드러내기도 했다. 이러한 기록은 『조천일록』을 기록문학으로 이해할 수 있는 근거가 된다

80) 김경록, 「조선시대 사행기록에 대한 검토」, 『진단학보』132, 진단학회, 2019, 323～324쪽.

# 참고문헌


영남문집해제: 인제집(최현), 『민족문화연구소 자료총서』 4, 1988.

吳允謙 著, 李民樹 譯, 『(國譯)楸灘先生遺集』, 海州吳氏楸灘公派宗中, 1994.

吳允謙 著, 李民樹 譯, 『楸灘先生文集』, 法典出版社, 1980.

이상보, 『한국가사선집』, 1997.

최현, 『인재집』, 『한국문집총간』 67.

최현, 『조천일록』, 『인재속집』, 성균관대학교 존경각 소장.

『고려사절요』

『단종실록』

『성종실록』

『세조실록』

『세종실록』

『조선왕조실록』, 한국고전종합DB

『해동제국기』

### 2. 논저

강재언, 『조선통신사의 일본견문록』, 한길사, 2005.

고순희, 「〈용사음〉의 작가의식」, 『이화어문논집』 9, 이화여자대학교 한국어문학연구소, 1987.

구지현, 「임진왜란 피로인에 대한 회답겸쇄환사의 인식변화」, 『한국어문학연구』 63, 한국어문학연구학회, 2014.

권정원, 「이덕무의 청대고증학 수용」, 『한국한문학연구』 58, 한국한문학회, 2015.

김경록, 「17세기 초 명 · 청 교체와 대중국 사행의 변화」, 『한국문학과예술』

15, 한국문학과예술연구소, 2015.

______, 「조선시대 사행기록에 대한 검토」, 『진단학보』 132, 진단학회, 2019.

김시황, 「인재 최현선생의 정치사상과 학문」, 『동방한문학』 18, 동방한문학회, 2000.

김영숙, 「명말의 중국사회와 조선사신의 외교활동」, 『명청사연구』 31, 명청사학회, 2009.

김정호, 「17세기 초 조선피로인 쇄환교섭전략의 특성과 일본어역관의 역할」, 『정신문화연구』 제31권 제4호, 한국학중앙연구원, 2008.

김지현, 「조헌 『조천일기』에 대한 소고」, 『온지논총』 40, 온지학회, 2014.

______, 『조선시대 대명 사행문학 연구』, 한국학중앙연구원 한국학대학원 박사학위논문, 2014.

______, 「경정 이민성의 『계해조천록』소고」, 『온지논총』 42, 온지학회, 2015.

김 철, 「'연행록' 중의 맹강녀 전설 기록 양상 소고」, 『민족문화연구』 63, 고려대학교 민족문화연구원, 2014.

김학수, 「조선후기 근기소론 오윤겸가(近畿少論 吳允謙家)의 학문, 정치적 성향과 문벌의식」, 『조선시대사학보』 63, 조선시대사학회, 2012.

김현화, 「맹강녀 설화의 서사문학적 가치 재구」, 『한국문학논총』 71, 한국문학회, 2015.

나카오 히로시, 「기록문학으로서의 조선통신사 「사행록」의 동아시아적 보편성」, 『한국문학과예술』 2, 숭실대 한국문학과예술연구소, 2008.

류해춘, 「임진왜란의 체험과 가사문학의 변모」, 『우리어문연구』 17, 2004.

민덕기, 『조선시대 일본의 대외교섭』, 경인문화사, 2010.

박영주, 「현장의 사실성을 중시한 인재 최현」, 『오늘의 가사문학』 11, 고요아침, 2016.

박영호, 「인재 최현의 현실인식과 문학관」, 『동방한문학』 18, 동방한문학회, 2000.

박현규, 「17세기 전반기 대명 해로사행에 관한 행차분석」, 『한국실학연구』 21, 한국실학학회, 2011.

손승철, 「朝 · 琉 교린체제의 구조와 특징」, 『강원사학』 13, 강원사학회, 1998.

______, 「조선통신사의 피로인 쇄환과 그 한계」, 『전북사학』 42, 전북사학회, 2013.

송혁기, 「신유한 산문의 일고찰-기사의 문학성을 중심으로」, 『한국학논집』 39, 계명대 한국학연구소, 2009.

심의섭, 「조선초 대유구 경제와 무역에 관한 연구(1392~1494)」, 한국오키나와학회, 1998.

양수지, 『조선유구관계 연구: 조선전기를 중심으로』, 한국정신문화연구원 한국학대학원 박사학위논문, 1993.

월터 J. 옹 지음, 이기우 · 임명진 옮김, 『구술문화와 문자문화』, 문예출판사, 2004.

유기용, 「기록문학-영 · 정조 이후의 기록문학 작품군에 반영된 근대적 지향성」, 『국어국문학』 76, 국어국문학, 1977.

______, 「한국 기록문학의 형성과 근대적 지향성 연구」, 『어문론총』 11, 한국문학언어학회, 1977.

윤경남 역, 『민영환과 윤치호, 러시아에 가다: 윤치호 일기 제4권 1896년』, 신앙과지성사, 2014.

윤달세, 「九州地方에서의 壬辰 · 丁酉 倭亂 被虜人 刷還상황」, 『조선통신사연구』 5, 조선통신사학회, 2007.

윤세형, 「조선시대 사행과 사행문화: 최현의 〈조경시별단서계〉에 나타난 현실인식연구」, 『온지논총』 42, 온지학회, 2015.

윤치부, 「김비의 일행의 표해록 고찰」, 『겨레어문학』 15, 건국대국어국문학연구회, 1991.

이 훈, 「조선후기 표민의 송환을 통해서 본 조선 · 유구관계」, 『사학지』

27, 단국대사학회, 1994.
이동영, 「인재가사연구」, 『어문학』 5, 한국어문학회, 1959.
이수진, 「조선표류민의 유구표착과 송환」, 『열상고전연구』 48, 열상고전연구회, 2015.
이혜순 등, 『조선 중기의 유산기 문학』, 집문당, 1997.
장준영, 「"이야기"의 고금 "변형"을 통한 인문학적 소통의 가치 읽기 - 간장막야, 저공, 맹강녀 이야기를 중심으로」, 『중국연구』 64, 한국외국어대학교 중국연구소, 2015.
정기철, 『한국기행가사의 새로운 조명』, 역락, 2001.
정성미, 「오윤겸의 생애와 정치활동」, 『역사와 담론』 61, 호서사학회, 2012.
정성일, 「한국표해록의 종류와 특징」, 『도서문화』 40, 목포대학교 도서문화연구소, 2012.
정신남, 「16·17세기 朝鮮燕行使의 중국 通報 수집활동」, 『한국문화』 79, 서울대 규장각 한국학연구원, 2017.
정영문, 「회답겸쇄환사(回答兼刷還使)의 사행문학연구(使行文學研究)」, 『溫知論叢』 12, 온지학회, 2005.
______, 『조선시대 통신사문학연구』, 지식과 교양, 2011.
______, 「오윤겸의 사행일기 연구: 『동사일록』과 『조천일록』을 중심으로」, 『온지논총』 47, 온지학회, 2016.
정우락, 「인재 최현의 한시문학과 그 의미지향」, 『동방한문학』 18, 동방한문학회, 2000.
정재민, 「용사음의 임란 서술 양상과 주제의식」, 『육사논문집』 61-1, 육군사관학교, 2005.
정훈식, 『홍대용 연행록의 글쓰기와 중국인식』, 세종출판사, 2007.
조규익, 「연행록에 반영된 천산·의무려산·수양산의 내재적 의미-연행노정 연구의 일환으로」, 『어문연구』 32, 한국어문교육연구회, 2004.

______, 「깨달음의 아이콘, 그 제의적 공간」, 『연행노정, 그 고난과 깨달음의 길』, 박이정, 2004.
______, 『국문사행록의 미학』, 역락, 2004.
______, 「사행문학 초기 자료의 쓰기 관습과 내용적 성격: 인재 최현의 『조천일록』을 중심으로」, 『국제어문』 42, 국제어문학회, 2008.
______, 「조선 지식인의 중국체험과 중세보편주의의 위기: 최현 『조천일록』과 이덕형 「조천록」, 「죽천행록」을 중심으로」, 『온지논총』 40, 온지학회, 2014.
조규익·성영애·윤세형·정영문·양훈식·김지현·김성훈, 『역주 조천일록』, 학고방, 2020.
조규익·성영애·윤세형·정영문·양훈식·김지현·김성훈, 『최현의 『조천일록』세밀히 읽기』, 학고방, 2020.
진명호, 「戴震의 고증학사상과 문학해석의 관계연구」, 『중어중문학』 61, 한국중어중문학회, 2015.
진재교, 「18,19세기 동아시아와 지식(知識), 정보(情報)의 메신저, 역관(譯官)」, 『한국한문학연구』 47, 한국한문학회, 2011.
최재남, 「인제 최현의 삶과 시세계」, 『한국한시작가연구』 8, 한국한시학회, 2003.
하카마다미츠야스, 「『조선왕조실록』 성종조의 류큐 표류에 관한 고찰」, 『연민학지』 24, 연민학회, 2015.
홍재휴, 「인재가사고」, 〈용사음〉과 〈명월음〉」, 『동방한문학』 18, 동방한문학회, 2000.
황병익, 「임란기 부산지역 전란가사의 의미고찰」, 『향도부산』 26, 2010.

# 제3부

# 조선인의 사행 여정과 기원祈願

# 사행록에 기록된 기원의 양상과 의미연구

## 1. 서론

사행은 '사신행차使臣行次'의 준말로, 중세시대의 대표적이고 보편적인 외교방법이다. 조선의 주요한 외교대상은 '명의 황제'와 '일본 막부의 장군'이었고, 이들과 조선 국왕의 외교는 사행을 매개로 진행되었다. 외교를 위해 명과 일본을 사행하고 돌아온 사신들은 자신의 행적을 기록하였고, 이 기록[1]이 현재 다양한 형태로 전하고 있다.

조선에서는 건국 직후부터 명으로 매년 사신을 파견하였고, 이들은 한양을 출발하여 의주를 거쳐 북경(또는 남경)에 이르렀다. 이들의 노정은 1621년(광해군 13) 3월 후금이 심양과 요동을 점령할 때까지 이용되었다. 그러나 익숙했던 육로가 막히자 조선 조정에서는 1637년(인조 15)까지 해로를 이용하게 된다. 이 시기 북경으로 사행을 떠난

1) 고려부터 조선왕조까지 공식적인 절차에 따라 중국과 일본으로 사신이 파견되었다. 사신은 파견된 지역이나 임무 등에 따라 명칭을 달리하고 있지만, 본 연구에서는 중국의 北京이나 일본의 江戶로 가는 사신의 여정이라는 의미에서 '使行'이라 하였다. '使行錄'은 '연행록', '조천록', '통신사사행록' 등을 포괄하는 의미로 사용하였다.

사신 일행은 통신사행의 해로보다 짧은 거리였음에도 불구하고, 통신사 사행보다 준비하는 기간이 짧았고, 앞서 사행한 사신의 수몰 소식이 전해지면서 사행 자체를 두려워하였다.2)

일본으로의 통신사행은 조선 건국 이후에도 계속되었다. 그러나 조난 사고가 지속적으로 발생하면서, '수로의 험난함'을 이유로 통신사행은 중단되었다. 재개된 사행도 임진왜란으로 중단되었다가 양국이 안정을 찾아가면서 통신사행이 재개된다. 사신단은 한양을 출발하여 부산 영가대와 대마도를 거쳐 강호[江戶, 에도]에 이르는 1,900km를 왕환往還하였는데, 그 노정의 2/3가 해로였다.

이처럼 사행 노정에 해로가 있거나, 해로로 변경되면서 조선의 사신들은 이전에 경험해보지 못했던 자연의 힘을 실감하게 된다. 바다가 주는 두려움은 육지에서와는 달리 벗어날 다른 방법이 없다는 데 있다. 명나라로 가는 해로 사행은 연안의 도서를 경유하여 발해만을 가로지르는 노정을 따라 진행되었다. 이 노정에 있는 바다는 잔잔하였지만, 바다 경험이 많지 않은 조선 사신의 입장에서는 물리적 어려움보다 심리적 두려움이 더 크게 작용하였다. 후금이 강성해지면서 바닷길의 북쪽에 후금의 군대가 주둔하고 있다는 소문은 사신들에게 두려움을 주기에 충분하였기 때문이다. 이처럼 자연의 힘과 후금에 대한 두려움을 안고 해로를 이용해야 하는 상황에서 '기원'은 필연적으로 수반될 수밖에 없었다.

기원은 바라는 일이 이루어지기를 비는 행위로서, 신이나 초월적

---

2) 본 연구에서는 이 시기에 해로로 北京을 往還하거나 往還하고자한 사행을 對明 海路使行이라 하였다. 일본으로 사행하는 것은 '通信使行'이라고 하여 두 사행을 구분하였다.

존재 등과의 소통을 목적으로 한다. 자연의 위력을 체험한 사신들은 자신들의 무사 귀환을 소망하면서 어려움을 해소해줄 초월적인 존재를 희구하였다. 해신제, 선신제 등을 매개로 신령에게 음식을 바치며 기원을 드리는 일은 이러한 배경 하에 나타났다. 사행을 하면서 고인故人과 성현聖賢을 추모하는 제사도 지냈다. 사행 노정에서 죽은 이를 추모하고, 성현들에게 제사를 지내는 일이 초월적인 존재에 대한 기원은 아니지만, 안전한 사행 길에 대한 바람을 기반으로 한다는 점에서 기원의 한 양상이라 할 수 있다. 이러한 기원의 모습을 확인할 수 있는 대표적인 장소가 중국의 '이제묘'와 일본의 '박다진[博多津, 하카타츠]'이다.

현재까지 해로 사행을 배경으로 하는 기원연구는 해신제에 대한 연구와 천비낭낭(마조)에 대한 연구가 주를 이루고 있다. 해신제에 대한 연구는 통신사행과 관련하여 주로 연구되었고, 천비낭낭에 대한 연구는 대명사행과 관련하여 연구되었다. 해신제 연구는 영가대 형성과 역할, 해신제 제의절차와 의의, 해신제문의 구성과 내용을 살핀 연구[3], 1719년 해신제를 『국조오례의』 길례의 '제악해독의'와 비교한 연구[4], 영가대 해신제에 올려진 제수의 내용을 살핀 연구[5] 등이 있다. 천비낭낭 연구는 중국 해안지역의 민간신앙과 관련하여 연구[6]가 진

3) 한태문, 「조선후기 대일사행과 영가대 해신제」, 『통신사, 한·일교류의 길을 가다』, 조선통신사문화사업추진위원회, 경성대학교 한국학 연구소, 2003, 27~54쪽.

4) 송지원, 「조선통신사의 의례」, 『조선통신사연구』2, 조선통신사학회, 2006, 25~35쪽.

5) 이경희·조수민·한태문, 「永嘉臺 海神祭 祭需 요리의 원형복원에 대하여」, 『조선통신사연구』 8, 조선통신사학회, 2009.

행되거나, 해로사행 연구의 일부분으로서 사신의 안전과 기원에 대해 연구[7]하였다. 이들 연구는 해로 사행과 결부되어 있으면서 특정 지역이나 특정 행사를 중심으로 진행되었다. 본 연구는 이러한 연구 결과를 참고하여 사행록에서 발견되는 기원의 양상과 의미를 살펴보는 것에 목적을 두었다.

## 2. 기원의 양상과 의미

사행록은 기록의 복합물이라고 할 정도로 다양한 형식으로 기록되었다. 이 기록 중에는 사신들의 안전에 대한 염원이 반영되어 나타나기도 했다. 그들의 염원은 외교적 결례 없이 수개월의 여정을 무사히 마치고 안전하게 귀국하는 것이다. 이러한 목적을 달성하기 위하여 사신들은 초월적 존재나 상징화된 존재에게 기원하는 일이 잦았다.

### 1) 초월적 존재에 대한 기원 '해신제'

사행원이 이국을 사행할 때 다양한 의례를 행하기 마련이다. 해로사행의 경우에는 항해의 무사안전을 도모하는 것이 중요한 문제였기 때문에 바다 신에게 지내는 '해신제'[8]를 엄숙하게 진행하였다.

---

6) 박현규, 「고려·조선시대 해로 사행록에 투영된 마조분석」, 『역사민속학』 32, 한국역사민속학회, 2010; 박현규, 「1621년 조선·명 海路使行의 媽祖 사적과 기록 분석」, 『역사민속학』 40, 한국역사민속학회, 2012.11.

7) 박현규, 「17세기 전반기 대명 해로사행에 관한 행차분석」, 『한국실학연구』 21, 한국실학학회, 2011; 박현규, 「17세기 전반 대명 해로사행의 운항과 풍속분석」, 『한국한문학연구』 48, 한국한문학회, 2011.

8) '海神祭'는 바닷길로 사행함에 있어서 출발과 도착을 전후하여 지내는

조선시대에는 바다에 지내는 제사를 중사中祀로 여겨 기외畿外에서는 소재지 감사나 각 관의 수령이 제사를 주관하였다. 그렇기 때문에 사행이 발선發船하는 지역에 있는 관아의 수령들은 해신제에 일정 부분 참여하여 제례를 행[9]하였다. 오례五禮[10]가 예치禮治의 실천적 표현이며, 세속적인 시공간을 엄숙하고 장엄하게 연출하여 왕실의 권위를 드러내는 행사였다면, 제례는 상례와 더불어 예법의 발단이자 근본[11]으로 여겨 중시하였다.

사행록에 따라서는 '해신제를 거행하였다'라는 기록만 남아 있는 경우[12]도 있지만, 제례의 세부적인 시행내용까지 상세하게 기록하기

---

'開洋祭'와 '下陸祭'를 통칭하는 말이다.

9) 안동준, 「해상 사행문학과 천비신앙」, 『연행록연구총서』, 학고방, 2006, 551쪽.

10) 조선은 오례, 즉 길례(吉禮), 가례(嘉禮), 빈례(賓禮), 군례(軍禮), 흉례(凶禮)에 대한 국가적인 기본예식을 엄격하게 규정하고 의례서를 편찬하였다.

11) 김주연, 「조선시대 궁중 喪葬禮 미술 속의 정치적 祈願」, 『온지논총』 45, 온지학회, 2015. 10, 12쪽.

12) 밤 4경(更)에 정·부사와 종사관이 관디[冠帶]를 갖추고 일행 인원을 거느리고 제단(祭壇)에 올라가 제사를 거행했는데 희생(犧牲)과 폐백(幣帛)의 제물로 해신(海神)에게 제사하였다.(이경직, 『부상록』, 7월 5일, 한국고전번역원 한국고전종합DB) 새벽 녘에 생폐(牲幣 희생과 폐백)와 서수(庶羞 여러 가지 제수)에 제문(祭文)을 갖추어 상사 이하 여러 관원이 모두 검은 관디[冠帶]를 착용(着用)하고 영가대(永嘉臺) 위에서 해신(海神)에게 제사를 올렸다.(강홍중, 『동사록』, 9월 28일, 한국고전번역원, 한국고전종합DB) 삼사(三使)가 사청(射廳)에 모여서 기풍제(祈風祭 순풍이 불기를 기원하는 제사) 지낼 제물(祭物)을 검사해서 봉하였다.(작자미상, 『계미동사일록』, 3월 14일, 한국고전번역원, 한국고전종합DB) 이날이 바로 배를 타는 길일(吉日)이다. 하루 전에 일행은 목욕재계 하고 영가대(永嘉臺)에 음식을 차려놓고 새벽 축시에 해신(海神)에게 기풍제(祈風祭)를 지냈다. 정사 이하가 공복차림으로 예를 행하는데, 제술관 성완(成琬)이 독축(讀

도 했다. 1622년(광해 14년) 선사포에 도착한 오윤겸이 “4월 30일 새벽에 서해신에게 제사를 지냈다. 제사에 쓰는 향과 제문, 폐백은 조정에서 내려왔다.”고 기록한 것과 1719년 부산 영가대永嘉臺에서 “제물, 의폐는 본부에서 거행하고”13), “부산진절제사 최진추가 단을 설치했다.”14)는 신유한의 기록이 그 예이다.

해신제는 하륙제下陸祭보다는 개양제開洋祭에 대한 기록이 많이 남아 있는데, 이는 목적지에 ‘안착安着’하려는 사신의 관심사가 반영되었기 때문이다. 이런 이유로 출발지인 조선의 ‘선사포’와 ‘부산의 영가대’는 물론, 중국의 등주 등 해안지역에서도 해신제를 지냈다. 사신들은 배를 출발하는 지역이 어디이건 임무를 완수하고 무사 귀환 여부가 중요한 문제였기 때문이다.

> ① 평양성 석다산 아래 해변의 높은 언덕 위에 땅을 깎아 제단을 만들었는데, 곧 대해·용왕·소성의 삼신을 모시고 제사지내는 곳이다. 부경 사신들이 배를 타고 바다로 나가는 날이면 반드시 몸소 제사를 행

---

祝)하고 삼헌(三獻)을 한 뒤에 끝났다.(김지남, 『동사일록』, 6월 3일, 한국고전번역원, 한국고전종합DB) 새벽에 기풍제(祈風祭)를 지냈다. 영가대(永嘉臺)에 제단과 제사터·장막을 설치하였는데, 해신(海神)의 위판(位版)은 이수장(李壽長)이 쓰고 제문(祭文)은 제술관(製述官)이 지었으며, 제물(祭物)은 동래부(東萊府)에서 바쳤고 제기(祭器)는 충렬사(忠烈祠)에 비축해 둔 것을 빌려 썼다.(임수간, 『동사일기』, 6월 21일, 한국고전번역원, 한국고전종합DB).

13) 신유한 저, 성낙훈 역, 『해유록』 6월 1일, 『해행총재』, 한국고전번역원, 1976.

14) 신유한 저, 성낙훈 역, 『해유록』, 6월 6일. 조선시대 부산진에는 절제사를 두지 않았다. 종3품의 僉節制使가 釜山浦鎭에서 일본관련 수군업무를 수행하였다. 신유한의 기록에 부산진절제사로 기록되어 있어 그대로 인용하였다.

하며 정성껏 기도를 올린다고 한다.[15)]

② 삼가 생각건대, 성스러운 어머니이신 천비天妃께서는 이미 자애로운 어짊을 드러내시었으며, 존귀하신 신인 해약海若께서는 또 관용의 덕을 머금으셨습니다. 구만리 길을 가면서 험난한 곳을 쉽사리 건넜음에 오직 용왕龍王을 우러르며, 삼천리를 치고 오름에 순조롭게 도움받아 나는 것 같았던 것은 실로 풍백風伯에 힘입은 것입니다. 하물며 이 소성小星이 보우하시어 역시 대공大功을 능히 보전하였다고 하겠습니다.[16)]

위의 두 인용문은 대명 해로사행에서 지낸 해신제이다. ①은 1632년 주청부사奏請副使로 참여한 이안눌이 7월 16일 임자일 석다산에서 해신제를 지내면서 지은 시의 주註부분이다. ②는 1637년 윤4월에 김육이 각화도에서 올린 〈開洋祭文〉의 일부이다.

사행을 떠나는 사신은 유교 이념으로 무장한 유학자이지만, 자연의 위력을 체험하면서 안식安息할 수 있는 목적지에 안착安着하기를 염원하였다. 이러한 염원이 '기원'의 형태로 나타나기도 하였다. 이안눌은 당시의 사행에 대하여 "해로를 통하여 가면, 가기는 가되 돌아오지 못하는 사람이 열에 두셋"이라고 하면서, 자신은 "나이가 62세이고, 평소에 질병이 많은"[17)]상태라고 하였다. 이러한 상황이기 때문에 '安着'은 중요한 문제였다. 그는 삼신제三神祭를 지내면서 "조금 있다 큰 파도가 거울처럼 맑아지고, 이 배는 아무 일 없이 황제의 궁에 들어갈"[18)]것이라는 심정을 밝혔다.

---

15) 이안눌, 국역 『동악선생집』 卷20, 「朝天後錄」, 덕수이씨문혜공파종회, 2003, 235쪽. 〈七月十六日壬子 晨起 與上使書狀官暨一行員役 行三神祭〉

16) 김육 저, 정선용 역, 국역 『잠곡유고』2, 민족문화추진회, 1999, 253쪽. 〈覺華島開洋祭文 丁丑閏四月〉

17) 이안눌, 앞의 책, 233쪽. 〈贈別咸興驛子林德生〉

인용문에서 제시한 두 기록을 살펴보면 기원의 대상이 '대해, 용왕, 소성'의 삼신三神과 '천비성모, 해약존신, 용왕, 풍백, 소성' 등 오신五神으로 다르게 나타난다. 이러한 차이는 조선의 '석다산'과 중국의 '각화도'라는 출발지의 변화에 기인한 것이다. 이 기록에서 사행의 주체인 유학자들이 출발을 앞두고 절대적인 존재에 의지하여 자신들의 무사안녕을 기원하고 있음도 확인할 수 있다. 그만큼 당시 사신들에게 바다가 주는 두려움은 컸다. 항해航海에 대한 두려움을 극복하지 못한 상태에서 사행은 지속할 수밖에 없었고, 안전에 대한 간절한 심정은 출항지역 뱃사공들이 신봉하는 '삼신'과 '오신'을 그대로 수용하는 모습으로 나타났다.

해로 사행을 앞둔 사신들에게 조선 조정朝廷에서는 해신제에 소요되는 향과 제문, 폐백 등을 제공하였다. '해신제'는 국가 공적인 제사로 사행에 있어서 중요한 의미를 지닌다. 그런데 '해신제'를 진행할 때, 대명 해로사행과 통신사행에는 큰 차이가 있다. 유학자가 사행의 주체이기 때문에 그들이 지내는 '해신제'가 유교 의례라는 점은 공통되지만, 대명 해로사행의 경우에 운항運航하는 뱃사공의 의견을 많이 수용하였다. '괴력난신을 말하지 않는다[不語怪力亂神]'는 말을 체화하고 있던 유학자와 달리 뱃사공들은 자신이 사는 지역을 중심으로 형성된 신을 믿었다. 뱃사공들이 기원의 대상으로 삼고 신성시하는 존재는 흔히 서낭, 선왕 등으로 불리는 배의 수호신이나 해안가에서 조화를 부린다는 영감, 참봉 혹은 도깨비신, 바다의 동서남북을 의미하는 사신용왕, 또 중앙의 용왕황제 등[19]이다. 이러한 다신多神들이

18) 이안눌, 앞의 책, 235쪽. 〈七月十六日壬子 晨起 與上使書狀官曁一行員役行三神祭〉"行見鯨波淸似鏡 檣烏無恙入丹宸"

해신제에서 신앙의 대상으로 등장하고 있기 때문에 해신제의 지역적 특색을 보여준다.

다음 인용문에서도 뱃사공들이 해신제에 영향을 주고 있음을 확인할 수 있다.

> ① 뱃사람들이 타기도와 묘도 두 곳에 천비성모상을 모시는 향불이 이어져오고 있으며 매번 기도를 드리면 반드시 감응해준다고 했다. 내가 맨발로 꿇어앉아 선상에서 크게 성모를 부르짖으며 평생 거울로 삼아 축원하고 수번을 만들어 성덕을 높이 받들겠다고 기대했다. 말이 끝나기도 전에 갑자기 바람과 파도가 잦아졌다. 이것이 어찌 뱃사람의 힘이라 할 수 있겠는가?[20]
>
> ② 부사가 배에 오른 이후로 매일 밤 꿈에 심히 아름답고 고운 한 선녀가 하늘로부터 내려오곤 했는데, 이날 밤엔 더욱 분명하여 마음에 이상히 여겼다. 뱃사람들에게 말하니 뱃사람들이 기뻐하며 서로 고하여 말하기를, "이것은 충청 내포의 성황신입니다. 이름은 모란선牧丹仙인데, 만약 뱃사공의 꿈에 보여도 심히 길할진대 하물며 지금 여러 차례 사신의 꿈에 보였으니, 그 길하고 경사스러움을 어찌 헤아릴 수 있겠습니까? 우리들이 다만 북경에 가는 것뿐만 아니라 비록 천만리의 끝없는 바다를 가더라도 어찌 근심하겠습니까?" 라고 말하는 것이었다. 부사가 이 말을 듣고 더욱 기이하게 여겨 향과 제물로 선랑에게 친히 제사를 드렸다.[21]

①은 유홍훈이 '천비성모상'에 기도를 드리면 반드시 감응해 준다는 뱃사람들의 말을 듣고, 천비성모에게 기도를 드리는 장면이다. 유

19) 이윤선, 「南海神祠 海神祭 복원과 의례음악 연출 試論」, 『도서문화』 28, 국립목포대학교 도서문화연구원, 2006, 425~426쪽.

20) 박현규, 앞의 논문, 75쪽 재인용. 『사소산방집』 권15.

21) 조규익, 『17세기 국문사행록 죽천행록』, 박이정, 2002, 256~257쪽.

홍훈 일행은 육로 사행을 통해 조선으로 입국하였지만, 후금이 요동 지역을 점령하면서 1621년(광해군 13) 조선 사신 최응허, 안경, 권진기, 유안항 등과 해로로 귀국길에 오른다. 이때 조선 조정에서는 22척의 선박을 제공하였지만, 조난으로 9척이나 침몰하였다. 사행에 대한 준비 소홀과 바다에 대한 이해 부족으로 작은 배를 타고 바다를 건너가려고 하였기 때문이다. 바다에서 악천후를 만난 사행선은 미처 대응하지 못한 상태에서 침몰하였다. 이처럼 위급한 상황에 직면한 유홍훈은 맨발로 꿇어앉아 성모를 부르며 지극정성으로 기원하였다. 천비낭낭 신앙과 기상의 변화는 상관관계가 없을 것이지만, 유홍훈은 기원을 드린 후에 바람과 파도가 잦아져 생명을 구했으니, 성모의 힘이 작용하고 있다고 하였다. 절박한 상황에서 그가 믿고 의지한 것은 천비낭낭天妃朗朗이었으니, "기도를 드리면 감응한다."는 뱃사공의 말을 믿으려 한 것이다.

②는 『조천록』의 일부이다. 1624년 8월 12일 석성도를 향해 항해할 때 뱃사공들은 서쪽 하늘에서 황룡이 하늘로 올라가는 현상을 목도한다. 흐린 날씨로 인해 발생한 자연현상이지만, 부사 오숙은 자신이 간밤에 꾼 꿈과 이 현상을 연계하여 말한다. 그가 꿈을 해몽하자 뱃사공들은 자신의 고향에서 믿고 있는 '내포의 성황신인 모란선[牧丹仙]'을 언급한다. 이 말을 들은 부사도 향과 제물을 준비하여 제사를 지내고 있다.

두 인용문에서 뱃사공들이 유학자의 의식에 깊이 관여하고 있음을 보여준다. 이들이 지낸 제사가 일시적이고 개인적인 성격의 제사이기 때문에 국가 공적인 '해신제'와 성격이 다르다고 하지만, 개인적이든 공적이든 제사에는 운항을 책임진 뱃사공의 의견이 많이 반영되었을 것이다. 사신들이 제문을 짓고 제사를 주도하는 '해신제'의 기저에는

'소명召命'과 '안착安着'에 대한 염원이 있다.

바다에 의지하여 삶을 영위하는 뱃사공들은 기원의 대상을 쉽게 바꾸지 않는다. 그런데 1719년 신유한이 기록한 해신제의 경우, 영가대에 단을 설치하고, 단 위에 신위를 두었는데, 그 위판에는 '대해신위大海神位'라고만 적었다. 기원의 대상이 여러 신에서 해신海神으로 특정特定된 것이다. 그리고 그 절차에 대하여 영가대에 마련한 "단 아래 모난 다방에는 네 곳에는 상과 자리를 설치"하고, "그 아래에는 삼헌관의 절할 자리를 서향하도록 만들고, 그 옆에는 반렬에 참예하는 당상역관 이하 원역의 절할 자리를 북향으로 하였다"22)라고 자세히 기록하였다. 당시 제관으로는 공복을 입은 사람만 참여할 수 있도록 인원을 제한하고, 그들이 제사를 지낼 때 위치하는 장소와 방향까지 정해둔 것이다.23)

통신사가 거행한 '해신제'는 17세기 대명 사행에서 지낸 '해신제'와 구별된다. 주된 요인은 '해신제'를 지내는 장소와 시기에 기인한 것이지만, 일본에 대한 인식도 작용하고 있다. 해신제가 끝난 날 새벽에 뱃사람들은 손을 모아 "오늘 제사는 신이 취하고 배불렀다. 군자가 빌었는지라 좋은 상서가 응했다."24)라고 축하하고 있다. 대명 해로사행에서 지낸 해신제와 달리 뱃사공은 제례를 관람하는 제3자의 위치에 머물러 있고, 제사를 주관하는 주체는 통신사들이다. 뱃사공의 인식이 해신제에 반영될 여지가 없어진 것이다.

---

22) 신유한 저, 성낙훈 역, 『해유록』, 6월 6일. 『해행총재』, 한국고전번역원. 1976.

23) 송지원, 「조선통신사의 의례」, 앞의 논문, 34쪽.

24) 신유한 저, 성낙훈 역, 『해유록』, 6월 6일. 『해행총재』, 한국고전번역원. 1976.

조선 조정과 사신은 덕천막부德川幕府와 일본인에 대하여 '교린交隣'과 '문명文明'이라는 이중적인 인식을 지니고 있었다. 더구나 일본으로 가는 통신사행은 6개월 이상을 준비하였고, 영가대에 집결하고 순풍을 기다린 후에 의례儀禮를 거행하고, 사행을 시작하였다. 그만큼 통신사행에서 국가적 위신은 중요하다. 김성일이 일본에서 조선의 '국체國體'를 강조한 것도 이런 연유가 있는 것이다. 통신사가 지내는 '해신제'도 외교적 절차의 일부로 진행되었기 때문에, 『국조오례의』의 절차를 밟아가면서 의식을 행하였다. 이렇게 볼 때, 대명 해로사행과 통신사행의 '해신제'는 '기원'이라는 점에서는 일치하지만, 절차와 주체 등에서 달랐음을 알 수 있다.

사행의 일부분으로 거행된 '해신제'는 사행하는 동안 다양한 의례儀禮로 변화되었다. 그 대표적인 제의祭儀가 '용왕제'이다. 용왕은 조선에서 많은 사람들이 신봉하고 있는 존재였기 때문에 해로사행에서도 용왕을 기원대상으로 하는 제사를 지낸 것이다. 사행 도중에는 해양민속과 관련하여 신앙체에게 제사를 지내는 것도 '해신제'의 변형이라 할 수 있다. 오윤겸은 중국 내의 수로를 사행할 때도 그 지역의 강신江神에게 제사를 지내기도 했다.[25] 초월적 존재에 대한 기원이 확대되면서 선박의 신령인 선신船神에게 '선신제船神祭'를 지내기도 했다. 이 제사는 보통 해신제海神祭를 지내고 난 다음에 원역들의 주관 아래 각 선박의 선상船上에서 거행하였다. 이덕형은 바다를 바라보는 산꼭대기에서 해신제를 지내고 나서, 또 역관들을 바닷가에 정박한 선박으로 보내 6척의 신에게 각각 제사를 지내도록 하였다.[26] 중국에

25) 오윤겸 저, 이민수 역, (國譯)『楸灘先生遺集』, 海州吳氏楸灘公派宗中, 1994. 4월 30일, 10월 3일.

서 선박을 타고 귀국할 때에도 해당 출항지에서 해신제와 선신제를 지내기도 했다.[27] 항해 도중에는 각 선박에 따라 제사를 지내기도 했는데, 당시 초월적 존재에 대한 기원은 항해 여건과 주변 환경에 따라 제사를 행하였기 때문이다. 이러한 의례儀禮는 초월적 존재에 의지하여 항해의 무사안전을 기원한다는 점에서 해신제의 상황적 변형이라 할 수 있다.

이처럼 중국의 여러 지역에서 사신들은 다양한 신神에게 제사를 지냈지만, 통신사행을 하는 일본에서는 사행원들이 제사를 지내는 예가 적었다. "우리나라에서는 음험한 사당을 금하고 선비는 신에게 기도하는 문자를 짓지 않는다는 뜻"[28]으로 신당을 지키는 자를 쫓아 버리기도 했다는 기록은 통신사가 지니고 있던 인식의 단면을 보여준다. 이러한 까닭에 부산 영가대에서 지내는 '해신제'를 제외하고 통신사가 신에게 제사 지내는 기록을 거의 발견할 수가 없는 것이다. 심지어 "우리가 지나치는 것을 보고 손을 흔들어 보인 것은 대개 와서 구원해주기를 바란 것이 아니라, 우리가 돌아가서 바야흐로 자신들이 죽어가던 때의 모습을 전해주기를 바랐던 것"[29]이라고 하여 죽음에

---

26) 이덕형, 『조천록』, 7월 25일. 조규익, 『17세기 국문사행록 죽천행록』, 앞의 책, 249~250쪽.

27) 1624년과 1629년 조즙과 신열도가 등주에서 해신제를 지냈고, 1625년 홍익한이 등주에서 선신에게 개양제를 지냈으며, 1637년 김육은 각화도를 출항하기 직전에 오신과 선신에게 제사를 지냈다. 1625년 홍익한은 선사포에서 해신들에게 제사를 지냈고, 1637년 김육도 석다산에서 하륙제를 지냈다. 항해 도중에도 간간이 해신과 선신에게 제사를 지냈다.

28) 원중거 저, 『승사록』; 김경숙 역, 『조선후기 지식인, 일본과 만나다』, 소명출판, 2006, 141쪽.

29) 원중거 저, 『승사록』; 김경숙 역, 앞의 책, 127~128쪽.

직면한 상황에서도 초월적 존재에 대한 기원은 잘 나타나지 않는다.

통신사는 죽음 앞에서 자신의 존재를 타자에게 각인시키는 형태로 기원을 표현하고 있다. 원중거는 바다에서 체험한 사건의 전말을 기록하면서 "이는 망령된 이야기도 괴이한 기록도 아니다. 대개 왕령王靈이 보호해주는 바이니 운물雲物 또한 어찌 도움이 없었겠는가."[30]라고 하여 사건을 객관화하고, '왕령의 보호'를 강조하고 있다.

통신사는 일본을 사행하였기 때문에 바다 위에서 절망적인 상황을 당하였을 때도 초월적인 존재를 통한 구원을 기원하기보다는 "행운은 없나보다", "죽고 사는 것에 이르렀을 때 처음에 이미 맡겨버리면 다시는 두려워할 바가 없다"[31]는 인식을 드러낸 것이다. 이처럼 통신사행의 경우에는 현실적인 의지로 고난을 극복하려는 의지가 표출되었고, 초월적 존재에 대한 기원은 감추어졌다.

대명 해로사행에서는 사신들의 '초월적 존재에 대한 기원'을 있는 그대로 기록하는 반면, 일본에서는 자신들의 '의지'를 부각시키고 있다. 이러한 인식의 차이는 왜인에 대한 우월의식에 근거한다. 통신사는 일본에서 "우리로 하여금 그들을 두려워하고, 그들의 바다를 두려워하게 하여, 장황하게 현혹"하려 한다고 일본인을 평가하고 있다. 이러한 인식은 일본인에 대한 불신과 더불어 일본인 앞에서는 자신의 연약함을 드러내지 않으려는 의식이 작동했기 때문이다. 그만큼 일본에 대한 '자존감'이 강하였던 것이고, 이러한 자존감은 위난의 상황에서도 굳건한 의지를 표출하는 방향으로 나타났다.

30) 원중거 저, 『승사록』; 김경숙 역, 앞의 책, 129쪽.
31) 원중거 저, 『승사록』; 김경숙 역, 앞의 책, 125쪽.

### 2) 수몰자水沒者에 대한 '추모제'

해로 사행에서는 추모제도 중요하게 지내는 제사이다. 추모제의 사전적 의미는 "죽은 이를 생각하고 그리워하는 뜻으로 올리는 제사"이지만, 해로 사행에서는 '기원'의 의미가 덧붙여진다. 죽은 이의 넋을 기리는 동시에 자신들의 안전을 기원하는 의식인 것이다. 대명 해로사행에서는 사행과 관련된 인물에 대한 제사, 수몰 지역에서 제사를 지내는 광경이 제시된다. 해로 사행에서는 조난 사고가 끊이지 않고 일어났고, 그 사고로 인해 인명피해[32]가 많이 발생했기 때문이다. 제사를 행하는 장소가 출항지인 경우도 있지만, 익사 사고가 발생했던 해역에 사행선이 도착하면 잠시 머물러 제사를 지내기도 했다.[33]

---

32) 박현규, 「17세기 전반기 대명 해로사행에 관한 행차분석」, 한국실학연구 21, 한국실학학회, 2011, 123~125쪽. 1621년 4월에 진위사 박이서와 서장관 강욱 및 진향사 유간과 서장관 정응두 일행이 해로로 귀국하던 중에 풍랑으로 배가 파손되어 침몰하였다. 박이서와 강욱은 익사 처리하고, 유간과 정응두는 시신을 수습하였다.(『광해군일기』 13년 4월 13일조, 13년 10월 21일조) 그해 6월에는 사은사 최응허 일행과 명나라 황제의 등극을 알리러 왔던 조사 유홍훈, 양도인이 해로로 돌아가는 길에 여순에서 태풍을 만나 선박 9척이 침몰하였다. 사신들과 조선 선원들은 구조되었으나, 중국 선원 수십 명이 익사하고 많은 물품을 유실하였다. 1626년(인조 4) 4월에는 성절사의 제3선이 침몰하여 역관과 선원들이 익사하였다. 그해 5월에는 동지사 역관이었던 김성립 등이 탄 배가 표류하다가 중국 선박에 의해 구조되었다. 1627년 12월에는 성절 겸 동지사로 사행하던 서장관 윤창립의 배가 파손되어 79명이 익사하였다.(『인조실록』 5년 12월 5일조) 1629년(인조 7)에 동지정사 윤안국이 탄 배가 전복되어 관원과 뱃사람 50여 명이 익사하였다.(이흘, 『설정선생조천일록』 9월 17일조) 1630년 2월에 동지사 일행이 귀환하던 도중 破船하여 정사 윤안국 등이 익사하였다. 1635년 5월에도 동지사 원역들이 탄 배가 태풍으로 표류하다가 요동 해안에서 침몰하였다.

33) 1625년 홍익한은 철산취(노철산) 앞 바다에서. 1629년 이흘은 평도에 정

> 첫 닭이 울 때에 상사, 부사와 함께 선소船所에 나아가 천비天妃, 풍신風神, 용왕龍王, 소성小聖에게 제사를 지내고, 죽은 사신使臣 우참찬右參贊 유간柳澗, 참찬 박이서朴彛敍, 정언 정응두鄭應斗에게 제사를 지냈다.[34)]

홍익한은 중국으로 사행을 가는 도중에 묘도 부근에 이르러 제사를 지냈다. 이곳은 산동山東, 봉래蓬萊에 위치하며, 많은 암초와 작은 섬으로 구성되어 있다. 암초가 많은 까닭에 해로로 중국을 사행하던 기간 동안 사고가 많이 발생한 지역이었다. 조선에서는 건국 이후에 해상을 통한 무역과 여행을 제한하면서 항해술이 쇠퇴하였고, 항로에 익숙한 안내인도 많지 않았다. 조선 선사포에서 등주까지의 거리는 대략 3,760리로, 배로 11~14일[35)] 거리이다. 사행선의 출발지는 선사포에서 석다산으로 옮겨졌지만, 그 이동은 육로의 단축[36)]을 목적으로 한 것이다. 사행선이 안전하게 항해할 수 있도록 뱃사공이 해로지형이나 풍향에 익숙해지기까지는 5~6년이 걸렸다.

사행 노정이 등주에서 각화도로 변경되었어도 평도까지는 동일한 해로로 사행하였기 때문에 사신들은 사행선이 침몰한 지역을 지나갈 때, 제물을 준비하여 제사를 지냈다. 이 제사는 '추모제'의 성격을 지니고 있지만, 자신들이 사행을 무사히 마치고 귀국할 수 있도록 도와달라는 기원의 의미도 담겨있다. 제사의 제문은 삼사가 작성하는 것이

---

박할 때 제사를 지냈다.

34) 홍익한 저, 정지상 역, 「조천항해록」 권2, 3월 19일. 『연행록선집』, 한국고전번역원, 1976.

35) 박현규, 앞의 논문, 133~135쪽.

36) 1621년 해로사행이 선사포에서 출발하였으나, 1628년(인조 6)부터는 선사포에서부터 평안도 증산현(현재의 강서군 증산면)의 석다산으로 옮겨졌다. 선사포에 비하여 국내의 육로 길이 5-6일 단축되었기 때문이다.

관례였으나 사행원이 짓기도 했다. 제문에는 항해 목적, 무사 안전의 기원, 해신 숭상과 축원 등을 기록하고 있다.

홍익한도 이곳을 지나가면서 첫닭이 우는 새벽에 천비낭낭, 풍신, 용왕, 소성에게 안착安着의 기원을 담아 제사를 지냈다. 그 제사를 지낸 이후에 수몰된 사신 유간, 박이서, 정응두 등을 위로하기 위하여 '추모제'를 거행하였다.

한편, 대명 해로사행과 달리 통신사행에서는 해상에서 지내는 추모제에 대한 기록이 거의 발견되지 않는다. 단편적으로 남아 있는 해상 추모제에 대한 기록으로 송희경의 『일본행록』이 있다. 송희경은 최운사의 사당을 발견하고, 이곳에서 추모제를 지냈다.

| | |
|---|---|
| 東溟孤島小祠開 | 동쪽바다 외로운 섬 작은 신사를 열어, |
| 我到焚香奠一盃 | 내 여기 와 분향하고 술 한잔 올리네. |
| 寂寞忠心人不問 | 적막한 충심을 묻는 이 없고, |
| 驚濤含忿但往回[37] | 분노 머금은 파도만 오고가네. |

이 시는 경도[京都, 교토]로 사행하던 송희경이 일기도에서 최운사의 사당을 방문하여 제사를 지낸 후 지었다. 최운사가 회례사로 일본을 사행할 때, 배가 난파되었는데 뱃사공과 수행원이 그를 구해주지 않아서 죽었다. 그 후 왜인들이 돌을 쌓아 그의 사당을 만들고 제사를 지낸다는 이야기를 들은 송희경은 수행원에게 제사를 지내도록 하였다. 그는 조선에서 온 사신의 '충심'을 생각하지 않는 타지에 홀로 남겨진 최운사의 넋을 위로한 것이다. 그의 충심忠心을 회례사인 자신

37) 송희경 저, 남만성 역, 〈祭崔回禮使云嗣祠〉, 『일본행록』. 『해행총재』, 한국고전번역원. 1977.

은 이해한다는 의미이다.

대명 해로사행에서 관례적으로 지내던 위령제를 통신사의 기록에서는 발견하기 쉽지 않다. 수로가 험난하다는 이유로 임진왜란 이전의 통신사행은 지속되지 못하였기 때문이다. 임진왜란 이후 재개된 통신사행에서는 항로에 익숙한 대마도인들이 안내인으로 참여하여 사행선을 선도했다. 그렇기 때문에 조난으로 수몰된 조선 사신이 없었다. 바닷길에서의 두려움이 표출된 중국에서와는 달리 일본을 사행하는 동안에는 특별한 해상체험이 없는 한 제사 지내는 일을 기록하지 않으려 하였다. 이러한 면모는 대마도 악포에 도착한 신유한이 "계미년에 바다를 건너던 역관 한천석이 여기에 이르러 빠져 죽었다"고 하면서도 "생각하니 으쓱하다"[38]는 기록만 남기는 광경에서 확인할 수 있다.

### 3) 이제묘夷齊廟와 박다진博多津에서의 '참배'

조선 지식인들은 사신의 신분으로 중국을 왕환往還하면서 많은 유람기를 남겼다. 그들이 중국에서 즐겨 찾은 대상은 산山이다. 그중에서 중국을 대표하는 명산인 6산을 방문한 뒤에 남긴 기록이 현재까지 전하고 있다. 6산은 봉황산, 천산, 의무려산, 각산, 수양산, 반산이며, 현전 기록 중에서는 수양산과 관련된 기록이 많다.[39]

---

38) 신유한 저, 성낙훈 역, 『해유록』, 6월 23일. 『해행총재』, 한국고전번역원. 1976.

39) 신익철, 「조선후기 연행사의 중국 명산 유람 양상과 그 특징」, 『반교어문연구』 40, 반교어문학회, 2015, 279쪽. 봉황산, 천산, 의무려산, 각산, 수양산, 반산에 방문한 내력을 살펴보면, 수양산이 16차로 가장 많고, 그 다음은 의무려산이 12차, 각산 8차, 반산 6차, 봉황산 4차, 천산 2차의 순으로 나타난다.

바쁜 사행 일정을 보내는 사신이 별도의 시간을 내면서까지 6산을 방문한 이유는 무엇 때문일까? 중국의 산하山河를 유람하고자 하는 목적만은 아니었을 것이다.

6산 중에서 수양산은 영평부 난하 가에 위치한 산으로, 백이숙제의 사당인 이제묘가 있다. 이 수양산은 "이제묘 때문에 억지로 붙여진 이름으로서 진짜 수양산이 아니"[40]라고 의문을 제기하는 사신이 많았다. 그럼에도 사신들이 즐겨 찾았던 이유는 백이伯夷와 숙제叔齊 때문이다. 이제묘를 방문한 사신은 이곳에서 고사리나물을 먹으면서 그를 추모하였다. 이러한 일이 반복되면서 "일 벌리기 좋아하는 사람들이 마른 고사리를 가지고 그리로 가서 삶아 내어 일행에게 바치는 것이 전례"[41]가 되기도 했다.

> 사당문을 열고 들어가 뜰에서 절을 하고, 누대에 올라 그곳에 앉아 찬란한 빛을 우러러보며, 일어나 흠향하였다. 높은 절개를 상상하니 감개가 일고, 정신이 번쩍 들어 모발이 곧추서니, 비굴한 생각이 없어지고 비겁함이 용기로 변한다. 깨끗하여 마치 가을볕을 쬐고 강물에 씻기는 듯하고, 두둥실 내가 세속에 있는 줄을 모르겠더라.[42]

이 인용문은 1601년 이안눌이 이제묘에 들어가 참배하면서 느낀 소회를 적은 〈題夷齊廟〉에 첨부된 주註이다. 그는 이곳에서 백이숙제의 소상塑像에 참배한 후에 이곳에서 느낀 심정을 시로 표현하였다.

이안눌은 '백이 숙제'를 절개의 상징으로 인식하고 있다. 이는 조선

---

40) 권협 저, 박천규 역, 『연행록』, 1597년 2월 28일. 『연행록선집』, 한국고전번역원, 1976.

41) 홍대용 저, 김영수 역, 『담헌서』, 「이제묘」, 한국고전번역원, 1974.

42) 이안눌 저, 이필영 역, 「朝天錄」, 〈題夷齊廟〉, 앞의 책, 104쪽.

유학자들의 보편적 인식이었다. 이안눌은 이곳에서 사행길에 나선 자신을 자각하고, 험난한 노정을 경험하면서 비굴해지고 비겁해진 마음속 티끌을 "씻어 맑아"지도록 정화하고자 했다. 이런 정화는 이안눌에게 "萬古淸風"[43]이며, 사행의 어려움을 극복하고 임무를 완수하게 하는 힘으로 작용하였다. 이는 사신들이 '북경'에 도착하기 전 이곳을 방문하는 이유 중 하나였다. 이제묘를 방문한 사신들은 자신의 심정을 시로 표출하였다. 이곳을 배경으로 17세기 초에 지어진 시가 『연행록전집』에만 29제 40수[44]에 이를 정도로 풍부하다.

그중에서 1636년 명나라를 사행한 김육의 시를 살펴보면 다음과 같다.

| | |
|---|---|
| 肅肅夷齊廟 | 쓸쓸하고 쓸쓸한 이제의 묘 |
| 荒庭落木寒 | 황량한 뜰에 잎 떨어진 나무는 차구나. |
| 綱常明日月 | 강상은 해달보다 밝으니 |
| 禮謁正衣冠 | 예로 뵈려고 의관을 바르게 하네. |
| 萬古無雙士 | 만고에 둘도 없는 선비로 |
| 三仁逸二難 | 세 어진이보다 뛰어난 두 형제여라. |
| 昌黎却在眼 | 창려현이 문득 눈에 들어오니 |
| 讀頌更思韓[45] | 읽고 외다 다시금 한유를 생각하노라. |

김육은 "아직 어두컴컴할 때에 먼저 짐바리를 보내고, 서장관과 더불어 고죽성孤竹城으로 달려가 이제묘夷齊廟에 배알"[46]하였다. 그가

---

43) 이안눌 저, 이필영 역, 「朝天錄」, 〈題夷齊廟〉, 앞의 책, 102쪽.

44) 이성형, 연행록의 백이·숙제 관련 한시연구 -임란 수습기를 중심으로-, 『한문학논집』 31, 근역한문학회, 2010, 181~182쪽.

45) 김육 저, 정선용 역, 『잠곡유고』 2권, 〈永平孤竹城 謁夷齊廟〉, 민족문화추진회, 1999.

이곳을 방문한 시기는 1636년으로, 명나라를 방문한 조선의 마지막 사행이었다. 이 사행에서 김육은 이제묘를 '달려가 배알하고자 하는 대상'으로 인식하고 있다. 단순히 유람의 공간이 아니었다. 그가 이곳을 다시 방문했을 때, "無顔更入夷齊廟 다시 이제묘에 들어설 면목이 없으니 前度行人今又來 전에 왔던 행인이 다시금 찾아왔네."[47]라고 읊었다. 이제묘를 대하는 자신의 심정을 읊은 것이지만, 이 표현으로 보아 김육이 이곳을 성찰의 공간으로 이해하고 있음을 알 수 있다.

명나라 때 북경을 방문한 사신들은 이곳에 찾아와 백이 숙제를 매개로 중국의 문명을 확인하고, 의義를 배우고자 하였다. 반면, 청나라 때 북경을 방문하기 위해 이곳에 온 사신들은 백이 숙제에게 참배하면서 조선이 중화임을 확인하고자 했다. '이제묘'를 방문한 사신은 이념화되고 상징화된 '백이 숙제'를 매개로 자신과 조선의 위치를 확인하는 동시에 자신의 마음을 정화하고 성찰하는 계기로 삼았던 것이다.

한편, 통신사행에서 이러한 기능을 했던 장소로 남도의 '박다진博多津'이 있다. 이곳은 "신라 충신 박제상이 충의에 죽은 곳이고, 포은 정몽주가 사신 갔다가 억류되었던"[48] 지역이다. 신유한은 이곳에 도착하여 81행의 「哀博多津」을 지었다. 이 시에 "박다진이 눈에 들어오네. 옛일 생각하고 슬퍼함이여! 그분이 아니면 내가 누굴 위해 슬퍼할꼬"(8~10행), "그 사람의 당당한 것 사모하네. 천년을 지낸 뒤 와서 제사 드림이여! 공경히 당신을 조상합니다."(60~62행)라 하여 박제상

---

46) 김육 저, 정선용 역, 『잠곡유고』 14권, 〈조경일록〉 1636년 10월 25일. 앞의 책, 125쪽.

47) 김육 저, 정선용 역, 〈謁夷齊廟〉, 국역 『잠곡유고』, 민족문화추진회, 1999.

48) 신유한 저, 성낙훈 역, 『해유록』, 8월 1일. 『해행총재』, 한국고전번역원, 1976

을 추모하는 심정을 담았다. 비록 "새벽에 일어나 출발을 재촉하여 조상하는 시를 길게 못 쓴다"(80~81행)고 하였지만, 신유한은 시詩로써 박제상을 추모하는 제례를 행한 것이다. 이 제례는 "임금의 덕이 아니면 내가 어디 의지하며, 충신이 아니면 내가 어찌 행하리. 이것을 받들어 거행함이여"(75~76행)라는 자신의 임무 수행과 연결되어 있다. 신유한에게 박다진博多津은 단순한 유적지가 아니라 자신의 정체성을 확인하는 장소인 것이다.

## 3. 결론

조선국 사신은 한양을 출발하여 북경이나 강호江戶를 왕환往還하며 임무를 수행하였다. 이 여정에서의 체험을 기록한 기록자는 사신으로서 '소명의식'을 굳건하게 지키면서도 본능적인 두려움 앞에서 자신의 본 모습을 드러내었다. 그 속에서 기원의 양상이 드러날 수 있었다. 사행에서 '기원'은 '육로'와 '해로'에서 달리 나타났다. 해로에서는 초월적 존재에 대한 기원 '해신제', 수몰자에 대한 '추모제'의 형태로, 육로에서는 '이제묘'와 '박다진'에서의 '참배'의 형태로 나타났다.

사행은 외교적 목적을 달성하기 위한 여정이다. 이러한 목적을 수행하는 과정에서 '소명'과 '안착'은 중요한 의미를 지닌다. 그렇기 때문에 외교 목적의 달성과 무사 귀환을 빌며 출발지인 조선의 '선사포'와 '부산의 영가대'는 물론, 중국의 등주 등에서도 제례를 행하였다. 대명해로사행에서 '해신제'는 다양한 신격이 통합적으로 등장한다. 뱃사공의 인식이 강하게 반영되었기 때문이다. 반면, 통신사행에서는 대명해로사행에서보다 '의례'가 더 중요하게 작용하였다. 이러한 이유로 해신제는 유교의례에 따라 거행되었고, 그 제의의 주체는 사신이었다.

뱃사공은 제3자의 위치에 머물러 있었다.

대명 해로사행에서는 사행과 관련된 인물에 대한 제사, 수몰지역에서 제사를 지내는 광경이 제시된다. 해로사행에서는 조난사고가 끊이지 않고 일어났고, 그 사고로 인명피해가 많았기 때문이다. 반면, 통신사행에서는 수몰자에 대한 제사는 거의 발견되지 않는다. 해로를 벗어나 목적지인 북경이나 강호[江戶, 에도]로 가는 노정 중에 '이제묘'와 '박다진'을 지나가게 된다. 이곳에 도착한 사신들은 백이 숙제와 박제상을 추모하는 제를 지냈다. 이 제사에서 사신은 자신의 염원을 표출하기도 한다.

이처럼 사행록에는 '기원'과 관련된 다양한 기록이 전하고 있다. 그 기록은 '해신제', '추모제' 등의 형식으로 표출되었으며, 이때 사신들의 관심사는 중세보편주의의 지속과 관련된다. 사행록에 기록된 '기원'은 초월자를 대상으로 할지라도, 신앙의 표현이라기보다 자신들의 소명의식을 완수하고 귀환하기를 바라는 염원을 표출한 것이다.

# 조선시대 대일 사행록에 기록된 바다체험과 일본

## 1. 서론

한국 역사상 해양국가로 맹위를 떨쳤던 시기가 있었다. 이 시기의 바다는 생활 가까이에 있었을 것이다. 물고기를 잡아서 생활하는 어부에게 바다는 '생활의 공간'이었고, 문학적 감수성을 지닌 지식인에게 바다는 상상력을 제공해주는 '문학적 상상력의 공간'이었다. 이처럼 기록자의 '경험'과 '관념'에 따라 바다는 다면적으로 인식되고 기록으로 전한다.

조선시대에는 명나라의 해금海禁정책을 수용하여 먼 바다를 통제하였다. 그 결과 바다를 체험할 수 있는 방법은 사행과 표류뿐이었다. 사행에 참여하거나 바다에 표류했던 인물들은 자신의 체험을 다양한 방법으로 세상에 전하였다. 그 중에서 조선시대 지식인들의 바다 체험은 주로 사행록을 통해 전하고 있다.

조선은 교린交隣과 사대事大로 주변의 국가들과 교류하였고, 외교는 사행을 매개로 진행되었다. 이 시대에 해로로 사행을 떠난 사신使臣에게 바다는 선계와 문명 세계로 들어가는 입구였고, 자신을 성찰하는 공간이었다. 그 공간에서 추모와 제의도 펼쳐졌다.

중국으로의 사행은 대부분 육로를 통해 이루어졌으나 일본으로의 사행은 해로를 이용할 수밖에 없었다. 조선의 왕이 일본의 통치자에게 파견하는 사행의 명칭은 사신의 역할과 파견 시기에 따라 달라졌다. 본 연구에서는 통시적인 이해를 위해 일본으로 가는 사행을 '대일사행'[1]이라고 하였다. 대일사행에 참여한 삼사신과 그 수행원들은 자신들의 여정을 공문서, 일기, 한시 등으로 기록하였다. 이들 기록에는 국가나 개인의 필요성[2], 사신의 기록 욕구 등이 반영되었다. 조엄은 이들 기록이 사행의 참고와 열람을 목적으로 정사正使에게 전해졌다고 하였다.[3] 이들 기록은 『해행총재海行摠載』라는 이름으로 전해졌고,

---

1) 조선에서 사행을 파견한 국가는 주로 중국(명과 청)과 일본이었는데, 이들 국가에 파견되는 사절단의 명칭은 역할과 시대에 따라 달라졌다. 일본으로 파견된 사절단의 명칭은 통신사, 회례사, 보빙, 수호, 호송사, 사물관압사, 회빙, 경치관, 초무사, 선위관, 치전관, 수문사, 탐적사, 회답겸쇄환사, 수신사 등으로 다양하지만, 보편적으로 사용하는 명칭은 '통신사'이다. 본 연구에서는 여러 명칭을 제시할 필요가 있기 때문에 '통신사' 대신에 '대일 사행이라고 하였다.

2) 송희경, 『일본행록』, 1420년 10월 26일, 「還本國書」, 한국고전종합DB. "임금이 편전에서 송희경을 불러 말씀하시기를 타국으로부터 돌아왔으니 시를 짓지 않을 수 없다하셨고, 공달에게 말씀하시기를 타국에서 돌아왔으니 글로 쓰지 않을 수 없다 하시었다.(敎臣希璟曰 歸自他國 詩不可以不作 敎臣孔達曰 歸自他國 書不可以不書)".

3) 조엄, 『해사일기』 10월 6일, 한국고전종합DB. "전후의 통신사 가운데 사신이나 원역을 논할 것 없이 일기를 쓴 자가 많았다. 상서(尙書) 홍계희(洪啓禧)가 이를 널리 수집하여 해행총재(海行摠載)라 이름한 것을 부제학 서명응(徐命膺)이 다시 베껴 써서 식파록(息波錄)이라는 제목으로 모두 61편을 만들었다. 사행 중 참고하여 열람할 자료로 삼았다. 그가 체임(遞任)하게 되면서 모두 내게 보내주었다.(前後信使 毋論使臣員役 多有日記

조선고서간행회, 민족문화추진회에서 이를 활자화하였다. 이 과정에서 수신사의 사행록 등 여러 기록이 보완되었다. 민족문화추진회에서 간행한 『해행총재』에는 14세기 말에서 19세기 말까지 기록된 일본 관련 기록 35편을 수록하고 있다. 본 연구에서도 민족문화추진회(현 고전번역원)에서 간행한 『해행총재』 소재 사행록을 연구대상으로 하였다.

바다와 관련된 고전문학을 '해양문학'으로 정의하고, 연구하기 시작한 것은 『해양문학을 찾아서』, 『한국해양문학연구』 등이 발표되는 1990년대이다. 바다를 소재와 주제로 하는 연구에서 벗어나 바다와 관련된 토속적인 문화까지로 범위를 확대하였다. 바다에 대한 관심이 높아지면서 사행문학을 대상으로 바다와 관련지은 논문이 발표되었다. 그 연구는 대부분 개별 사행록에 대한 연구[4]의 일부분에서 논의되었다. 연구의 폭이 확대되면서 해로노정, 해상제의, 남해와 현해탄에 대한 논의 등[5]의 다양한 연구 결과가 발표되었다. 본 연구에서는 『해행총재』에 수록된 사행록을 중심으로 사신의 바다체험과 그 체험에서 드러나는 일본에 대한 인식을 살펴보았다. 범위를 사행록에 한정한 것은 동질집단의 인식변화를 살펴보기 위해서이다.

---

者 洪尙書啓禧 廣加蒐集 名以海行摠載 徐副學命膺翻謄之 題以息波錄 合爲六十一編 以爲行中考閱之資 及其遞任也 盡送於余)".

4) 허경진, 「수로조천록과 통신사행록의 바다체험 비교」, 『한국한문학연구』 43, 한국한문학회, 2009.

5) 한태문, 「해행총재 소재 사행록에 반영된 일본의 통과의례와 사행원의 인식」, 『한국문학논총』26, 한국문학회, 2006; 정영문, 「사행록에 기록된 기원의 양상과 의미연구」, 『동방학』35, 한서대 동양학연구소, 2016; 임채명, 「조일 문사의 눈에 비친 남해 그리고 현해탄」, 『한국한문학연구』 43, 한국한문학회, 2009.

## 2. 대일 사행록에 기록된 바다

일본으로의 사행은 해로, 강로江路, 육로를 따라 이루어졌다. 해로는 부산에서부터 대판[大坂, 오사카]의 고무천[尻無川, 시리나시가와] 어귀에 이르는 3,190리, 강으로는 정천[淀川, 요도가와]에 이르는 120리, 육로는 강호[江戶, 에도]까지 1,330리 노정[6]이다. 해로가 육로보다 길고, 해로로 사행을 하는 동안 사행선이 침몰하거나, 익사자가 발생하는 등[7] 많은 사건이 발생했다. 이러한 위험은 사신으로서의 소명의식을 일깨워주었다. 이러한 연유에서 대일사행에서의 바다는 두려움의 공간인 동시에 소명의식이 발현되는 공간이라고 할 수 있다.

### 1) 두려움의 공간

조선시대의 바다체험은 특별한 사람에게만 주어진 경험이었다. 제주도와 연안도서 등으로의 이동도 자유롭지 못하여 바다를 체험할 수 있는 기회가 많지 않았기 때문이다. 제주도를 왕래하는 일도 쉽지 않은 상황에서 해로를 통해 일본 등을 체험하는 일은 특별할 수밖에 없었다. 대부분의 조선 사람들은 바다를 직접 체험하기보다 독서 등 선험적 경험을 통해 이해하였다. 대일사행에 참여한 사신도 출발 전에는 사행록을 통해 일본과 바다를 이해하였다. 그들에게 바다는 조선과 일본을 구분하는 '자연국경'인 동시에 '장애물'이었다.

조선과 일본의 외교관계가 돈독해지면서 일본을 사행한 조선 지식

---

6) 김경숙, 『일본으로간 조선의 선비들』, 이순, 2012, 39~40쪽. 신유한은 〈使行水陸路程記〉에서 부산에서 하구(河口)까지 바닷길로 3230리, 하구에서 정성(淀城)까지 강으로 120리를 가는 노정이라고 하였다.

7) 허경진, 앞의 논문, 72쪽.

인이 증가하였다. 그러나 사행의 막중한 책임을 부여받은 지식인 중에는 사신 가는 것을 "칼날이나 화살처럼 무서워"하며 회피하는 일이 빈번하게 일어났다. 신유한도 "죽을지 살지 모르는 바다를 건너는 행차에 몰아넣으니, 이는 모두 오귀五鬼가 나를 따라다니기 때문"이라고 회피하려고 하였다. 그가 제시한 이유는 "어머니가 늙으셨고 집이 가난한 것", "재주가 둔하여 막중한 기대에 부응할 수 없다는 것", "겁이 많고 약하여 책임을 감당할 수 없다는 것"[8]이다. 이러한 이유는 사행 참여를 회피하려는 관료들의 전형적인 변명이었고, 조정에서는 이를 용납하지 않았다.

효종도 해로 사행의 어려움을 생각하고 있었기 때문에 사행을 떠나는 신하들을 불러 위로하였다.

> 임금께서 세 사신을 희정당熙政堂에서 불러보시고, "이 걸음은 북경에 가는 것과는 달라 내가 애처롭게 여긴다. 너희들은 모름지기 협력하여 좋게 갔다 오기 바란다." 하셨다.[9]

효종이 대일 사행을 떠나는 남용익 등에게 건넨 말은 "북경으로 가는 것과는 달라서 애처롭게 여긴다."이다. 이때의 연민은 일본의 야만성에 대한 경계인 동시에 해로의 위험성에 대한 위로이기도 하다. 효종이 걱정한 것처럼 일본으로 가는 바닷길에는 사신들이 원치 않던 일들이 자주 일어났다. 날씨의 변화는 예측할 수가 없었고, 바다에서

8) 신유한, 『해유록』상, 숙묘 44년 무술(1718)정월, 한국고전종합DB. "人皆畏避如鋒矢", "驅之於死生溟海之役 此皆坐五鬼未去耳", "余以母老家貧辭 以才鈍不能塞重望辭 以㤼弱不勝任辭 皆不獲".

9) 남용익, 『부상일록』, 을미년 4월 20일, 한국고전종합DB. "上引見三臣于熙政堂 敎曰 此行異於燕行 予用依然 爾等須與協和 好爲往還".

발생하는 위험은 회피할 방법도 없었다. 이로 인해 바다에서는 삶과 죽음, 현실과 비현실이 혼재하고, 혼돈의 상황이 연속적으로 일어났다.

대일 사행록에는 바다에서 자신들이 겪은 위태로운 상황을 다음과 같이 기록하였다.

> ① 큰 바다에 당도하자 颶風이 크게 일어나서 닻줄이 끊어지고 돛대가 꺾여 전복할 위험이 잠깐 사이에 있었다. 배 안에 있던 사람들이 모두 소리치며 울부짖었고, 바다에 익숙한 사공도 또한 발을 구르며 어찌할 바를 몰라 하였다.10)

> ② 30리를 가서 鰐浦를 지나갔다. 큰 바위가 바다 가운데에 늘어서 있는데 혹은 일어서 있고 혹은 엎드려 있어 고래의 어금니와 범의 이빨과 같았다. 바람과 파도와 싸우는데 물결이 때리고 뿜는 것이 雪山과 같았다.11)

| | |
|---|---|
| ③ 長風日相盪 | 긴 바람이 날마다 부채질하니 |
| 層波空浩淼 | 층층진 파도는 우람도 하이 |
| 蛟龍內蕩潏 | 교룡이 안에서 굽이를 치니 |
| 萬怪紛夭杳 | 만 가지 기괴가 뒤숭숭 나타나네12) |

임진왜란 이후 통신사들은 조선에서 건조한 사행선을 타고 일본을 왕환往還하였다. 사행선은 판옥선으로 16세기에 개발된 우리나라 전통 배이다. 1층은 널판으로 둘러싸 갑판을 만들고, 2층은 기둥을 세우

---

10) 김성일, 『해사록』 5, 행장, 한국고전종합DB. “旣及大洋 颶風大作 碇絶檣摧 傾覆之患 在於斯須 舟中人皆號哭失聲 篙工之習於海上者 亦頓足靡措”.

11) 신유한, 『해유록』, 6월 23일, 한국고전종합DB. “行三十里過鰐浦 巨石列立洋中 或起或伏 如鯨牙虎齒 與風波鬪怒 波之拍而噴者 若雪山 舟入其中一失勢 破碎傾覆比比 所以名鰐浦”.

12) 김세렴, 『사상록』, 1636년. 〈次從事韻〉의 11~14행, 한국고전종합DB.

고 널판을 깔아 상갑판을 만든 뒤 다락을 세웠다.[13] 안정적인 갑판과 달리 배의 밑바닥은 평평한 평저선平底船으로 방향 전환은 쉽게 할 수 있지만, 운항 속도가 느렸다. 사행을 준비하는 과정에서 사행선은 견고하게 건조되었지만, 자연 앞에서는 무기력하여 곧잘 침몰의 위험에 내몰렸다. 이로 인해서 조선과 일본의 외교 상황과는 별개로 사행록에서 공통적으로 발견되는 것이 풍파風波에 대한 두려움이다.

일본을 사행하고 돌아온 사신들의 일기와 한시, 행장 등에 바다에서 겪은 상황이 사실 또는 문학적 상상력으로 기록되었다. 위에 제시된 ①은 김성일의 일기, ②는 신유한의 일기, ③은 김세렴의 한시이다. 김성일은 “닻줄이 끊어지고 돛대가 꺾여”나가고, 소리치며 울부짖는 사람들, 바닷길에 익숙한 뱃사공도 발을 구르는 상황을 사실적으로 묘사하여 바다에서 체험한 위험을 알려준다. 신유한의 일기와 김세렴의 시에서는 바람과 파도로 인한 무질서와 혼돈의 상황을 상상의 동물인 ‘교룡, 고래, 악어 등의 출몰’로 표현하였다. 이러한 표현은 사실 기록과 문학적 수사로 그 성격이 다르지만, 자신들이 겪은 위태로운 상황을 현장감 있게 표현하고 있다는 점에서는 동일하다. 이들이 바다에서 직면한 상황은 회피할 방법이 없다는 점에서 두려움은 배가 되었을 것이다.

사신으로 임명된 지식인은 해로의 위험을 익히 알고 있었다. 그렇기 때문에 출항하기 전에 날씨의 변화를 꼼꼼하게 살펴보았고, 흐린 날에는 출항을 연기하였다. 이러한 이유로 조엄 일행은 부산에서 오사카까지 이동하는 데 100일이 넘게 걸렸다. 조심스럽게 사행하였지만 바다에서 비바람이나 높은 파도를 만나는 일은 잦았다. 이런 위험성을

13) 김경숙, 앞의 책, 41쪽.

해소하고 마음에 안정을 얻고자 부산 영가대永嘉臺에서 제문을 짓고, 해신제를 지냈다. 이 일은 통신사행에서 전례가 되었다.

먼 바다로 나가는 것을 억제한 이후 조선에서는 독자적으로 해로 사행을 진행하기 어려웠다. 사행이 부산에 도착하면 강호[江戶, 에도]까지 왕복 15,000여 리를 여행하기 위하여 해로에 익숙한 대마도 뱃사공이 와서 길을 안내했다. 그러나 그들도 날씨의 변화를 읽어내지 못하는 날이 많았고, 난파당하는 상황에 직면하는 일도 있었다. 날씨의 변화로 인한 위험은 19세기 후반 사행선이 '화륜선'으로 바뀌면서 줄어들었다. 그때까지 대일사행에서 바다는 '두려움의 공간'이었다.

### 2) 자아성찰과 소명의식의 발현 공간

조선에서는 1428년부터 1882년까지 일본에 사신을 파견하여 외교 관계를 유지하였다. 이들 사신은 사행 시기와 사행 목적에 따라 각기 이름을 달리하였다.[14] 1589년(선조 22) 8월 조선과 일본 양국은 '통신사' 파견에 대해 논의하였고, 김성일 등이 1590년 일본을 사행하였다.

| | |
|---|---|
| 眼中孤島大如丸 | 눈 앞의 외로운 섬 크기가 탄환만한데 |
| 危嶂磨天氣鬱蟠 | 뾰족한 뫼가 하늘을 찌르고 정기는 서려 있다 |
| 誰仗王靈綏遠俗 | 누가 왕화(王化)에 의지하여 먼 나라를 회유할까 |
| 願爲砥柱障狂瀾 | 지주(砥柱)되어 거센 물결 막기를 원하노라 |
| 難危轉覺心期壯 | 어려운 고비에 마음이 비장해짐을 깨닫겠고 |
| 顚沛猶能手笏端 | 위태로울 때에 능히 손에 홀을 단정히 잡으리 |

14) 조선의 조정에서 일본의 실권자에게 파견한 사신의 이름은 사행 시기와 사행 목적에 따라 그 이름을 달리하였는데, 임진왜란 이후에 파견한 사절단의 명칭은 1607~1624년 회답겸쇄환사, 1636~1811년 통신사, 1876~1882년까지는 수신사, 1881년에는 조사시찰단이라 하였다.

| | |
|---|---|
| 蒲酒三杯歌浩浩 | 창포 술 석 잔에 노랫소리 높은데 |
| 六鼇頭上海天寬 | 여섯 자라[六鼇]의 머리 위에 바다 하늘 넓어라15) |

김성일은 〈次五山題對馬島韻〉에서 대마도를 '孤島', '大如丸'이라 하였다. '탄환 정도의 작은 섬'은 수사적 표현인 동시에 현실 인식의 반영이다. 김성일은 대마도 앞바다에서 "지주砥柱가 황하의 물결을 막는 것"처럼 통신사로 파견된 자신이 일본의 "거센 물결狂瀾"을 막겠다는 의지를 드러냈다. 일본을 탐색하기 위해 대마도에 도착한 현재가 "위태로운 때難危"임을 자각한 것이다. 이때 그는 "손에 홀을 단정히 잡으리手笏端"라고 하였다. 홀은 왕명을 받아 적는 도구로, 홀을 잡는 행위는 왕명을 굳건히 받들어 가겠다는 의지의 표현이다. 김성일이 마음을 다잡았던 공간은 조선과 일본의 '자연경계', '국경선'으로, 이곳에서 볼 때 대마도는 "如丸"과 같았을 것이다. 그는 조선을 위협하고 있는 일본을 인식하고 있었고, 양국의 경계에서 자신의 의지를 확인하였다. 이때 바다는 소명의식을 발현하는 공간으로 기능하고 있다.

'소명의식'은 힘든 상황에서 자신을 성찰하게 하고, 위태로운 상황을 극복할 수 있게 하는 원동력이다. 사신의 소명의식은 사행하던 모든 장소에서 발현될 수 있다. 그러나 대일 사행에서 사신의 소명의식은 일본의 접반사接伴使와 '전례典例', '예의禮義', 조선 국왕에게 보내는 '국서'의 내용 등으로 인해 갈등할 때 나타났다. 공간보다는 '위험'과 '외교적 갈등'이 영향을 준 것이다. 이때 사신은 자신들의 뜻을 굽히지 않았고, 그 과정에서 외교에 대한 소명의식이 발현되었다.

15) 김성일, 『해사록』, 〈次五山題對馬島韻〉, 한국고전종합DB.

외교적인 갈등이 드러나지 않는 바다에서도 사신의 소명의식이 나타났다. 이때의 소명의식은 자연인 바다와 대결해야 하는 위태로운 상황에 직면해서 발현되었다.

> 물마루[水宗]를 지나자 키가 또 부러졌다. 더는 대체代替할만한 예비품이 없으므로 부득이 배 사닥다리 나무를 끊어 키 모양으로 만들어서 배꼬리에 달았다. 사시巳時에 바람이 점점 세차고 배는 또 키가 없기 때문에 빙빙 돌고 번복되어 배 밑에서 솟아 들어오는 물이 거의 온 배 안에 퍼져서 예물禮物과 개인들의 짐[私卜]이 반은 젖었으며, 목물木物과 기명器皿들은 떠내려가고 부서져서 남은 것이 없었다. (중략) 이때를 당하여 인생이 막다른 곳에 이르매 조금도 걱정스럽고 두려워하는 마음은 없고 마음에 잊을 수 없는 것은 다만, "만일 죽어서 이 흉한 소식이 전해지면 부모와 처자의 마음이 어떠하겠는가?" 하는 것이었다. 인하여 평생 동안 한 일을 생각하니 실로 한 가지의 숨은 죄악도 없는데 하늘이 어찌 나를 죽이랴! 하물며 우리 임금의 명령을 받들어 외국으로 오는데 상하 80여 명이 어찌 죄 없이 하루 동안 다 죽을 수가 있겠는가 하는 생각이 들고 말이 나왔다.[16]

남용익 일행은 부산을 떠나 대마도로 향하는 해로에서 사행선의 키가 부러지는 위태로운 상황을 맞이하였다. 파도가 심해 예비키까지 부러졌고, 임시로 만든 키는 제 기능을 못했다. 배를 조정하는 키가 부러졌기 때문에 할 수 있는 일이 아무것도 없는 상황이다. 이런 상황에서도 남용익은 걱정과 두려운 마음이 사라졌다고 하였다. 자연의

---

16) 남용익, 『부상일록』, 6월 9일, 한국고전종합DB. "過水宗鴟柁又折 更無可替之件 不得已截斷船梯木 依作柁樣 垂於船尾 巳時風勢漸緊 舟又無柁 故盤旋翻覆 船底湧入之水 幾遍船內 禮單私卜 太半沾濕 木物器皿 漂碎無餘 (중략) 當此時人生到十分地頭 了無憂怖之心 心頭耿耿者 只在若傳此惡報 則父母妻子當作何如懷也 仍念平生行事 實無一箇底陰慝隱惡 天豈殺我也 況奉吾君之命 有此異國之行 上下八十餘人 豈有無辜盡死於一日之內乎".

힘 앞에 무기력한 인간의 모습이 아니라, 깨달음을 얻고 마음의 평안을 회복한 모습이다. 그의 깨달음은 평생 숨은 죄악이 없다는 점, 임금의 명령을 받들어 사행한다는 점에 근거하고 있다. 죽음을 앞둔 상황이지만, 효와 충의 유학적 가르침에서 벗어난 적이 없기 때문에 죽지 않을 것이라는 믿음이 생긴 것이다.

남용익은 임금에게 부여받은 명령을 반드시 수행하겠다는 '소명의식'을 지니고 있었기 때문에 침몰을 걱정해야 하는 상황에서 희망의 끈을 놓지 않았다고 하였다. 그의 '평생토록 숨은 죄악이 없다'는 자부심은 "사람을 대함에 불경함이 없고, 홀로 있을 때도 몸가짐이 늘 신중했다."[17]는 신독(愼獨)에서 출발한 것이다. 이러한 태도는 조엄의 『해사일기』에서도 발견된다.

> 副騎船이 20~30보의 사이를 두고 스쳐 지나가면서도 바람이 날카롭고 물결이 거슬러 형세가 배를 돌려 구해줄 수 없었다. 포를 쏘고 기를 흔들어 되었지만, 각각의 배가 또한 뚫고 들어올 수가 없었다. 이 지경에 이르자 어찌할 방법이 없어 죽음만 기다릴 뿐이었다. 다만 생각하기를, "이 국서는 우리 임금의 姓과 諱가 적힌 문자로 임금께서 이미 내게 부탁하였으니, 내가 죽을지라도 몸에서 떨어질 수 없다."하고, 마침내 국서를 꺼내 속옷 안에 짊어지고 붉은 띠로 매고 나서 천명을 기다렸다.[18]

조엄은 일본을 항해하다가 풍랑을 만나 죽음을 눈앞에 둔 상태에까지 몰리게 되었다. 그는 부기선과 20~30보 거리를 두고 있었지만 서로

---

17) 『논어』 "無自欺 思無邪", 『예기』 "毋不敬 愼其獨".

18) 조엄, 『해사일기』, 1763년 11월 13일, 한국고전종합DB. "而副騎船 戛過於二三十步之間 風利水逆 勢莫能回船相救 放砲揮旗 而各船亦末由衝進 到此地頭 無可奈何 有死而已 但念此國書 是吾君父姓諱所寫之文字 既付於余 雖死不可離吾身也 遂乃出國書 背負於裡衣之內 結以紅帶 以待天命矣".

구해줄 수 없는 상황을 사실적으로 묘사하면서 당시의 위급한 상황을 실감나게 표현하였다. 이러한 상황에서 조엄이 선택한 것은 소명의식을 자각하고 죽음을 준비하는 것이다.

일본을 믿을 수 없는 존재로 인식했던 임진왜란 직후의 '회답겸쇄환사'에게 소명의식은 매순간 표출되었지만, 조일양국의 평화기에 파견된 통신사가 그의 소명의식을 확인하는 자리는 특별한 계기가 있을 때였다. 인간과 인간으로 마주하는 육지와 달리 바다에서는 자연의 힘이 압도적으로 강하여 사행 도중에 죽음과 직면하는 일이 발생했다. 조엄도 바다에서 죽음을 기다리는 순간에 임금이 국서를 "내게 부탁하였으니, 내가 죽을지라도 몸에서 떨어질 수 없다."는 자각이 생겼다. 마음가짐을 어질고 두텁게 하고 일에 조심하며, 천명天命을 기다릴 수 있게 한 것이다. 인간이라면 대부분 자연의 위협 앞에서 생존에 대한 욕구가 앞섰을 것이지만 조엄은 사명을 완수하겠다는 의지를 강하게 드러냈다. 삶과 죽음의 내적 갈등이 소명의식의 발현에 영향을 주었다. 이처럼 대일사행에서 바다는 사신에게 자신을 성찰하고, 소명의식을 발현하는 공간으로 작용하고 있음을 알 수 있다.

## 3. 바다를 매개로 한 일본 인식

바다는 어부에게 어로漁撈의 공간이요, 풍어의 즐거움과 파선破船의 위험이 공존하는 세계이다. 즐거움과 위험의 양면성은 어부뿐만 아니라 바다를 여행하는 여행자에게도 나타난다. 현대와 달리 조선시대의 바다는 자유롭게 여행할 수 있는 개방된 공간이 아니라 매우 폐쇄적인 공간이다. 육지 여행도 쉽지 않았던 시대였기 때문에 바다 여행을 할 수 있는 사람은 매우 적었다. 대일 사행의 통로인 바다는 사행

시기에 따라 다양한 모습으로 나타났다. 이때 그들에게 인식되는 바다는 자연 그대로의 바다라기보다 일본을 바라보는 인식이 투영된 관념의 바다라 할 수 있다. 이는 당시의 시대상과 개인의 인식이 바다에 착종錯綜되어 나타나기 때문이다. 대일 사행록에 기록된 바다의 이미지를 통시적으로 살펴보면 다음과 같다.

### 1) 15세기, 해적의 공간

14세기 말에서 15세기 초 조선 사람들은 바다에 대한 두려움이 강했다. 이러한 두려움에는 자연 앞에 무기력한 인간의 모습뿐 아니라 시대적 상황도 영향을 주었다. 충렬왕 7년(1281) 고려가 몽고의 일본 정벌에 참여하면서 고려와 일본의 국교는 단절되었고, 그 상황은 100년 이상 이어졌다. 충정왕 2년(1350)부터 왜구가 고려의 해안을 침략하기 시작하자, 공민왕은 1466년 일본에 사신을 파견하여 왜의 해적행위 금지를 요청하였다. 이러한 교섭은 조선 초까지 지속되었고, 그 범위도 일기도壹岐島, 구주九州, 살마번薩摩藩, 일향주日向州 등지로 확대[19]되었다. 이러한 교류에도 불구하고 왜구의 침략이 계속되었기에 세종 원년(1418) 이종무가 227척의 배를 이끌고 대마도를 공격하였다.

명에서 쇄국정책을 시행하면서, 조선에서도 바닷길을 막고, 책봉과 조공의 국제질서에 편입되지 않은 나라들과 외교를 맺지 않았다. 이로 인해 바다는 해적들의 활동무대가 되었다. 15세기 조선에서는 해적들에게 잡혀간 피로인被擄人을 송환하는 것이 중요한 문제로 대두되었다. 대마도 정벌이 끝난 시기[세종 1년, 1419]에 대일사행에 참여한

19) 양수지, 『조선 유구관계 연구 : 조선 전기를 중심으로』, 한국정신문화연구원 한국학대학원 박사논문, 1993, 16쪽.

송희경은 바다를 '왜구의 공간'으로 인식하였다. 이러한 인식은 대마도에서 기록한 〈어주漁舟〉에서 확인된다.

| | |
|---|---|
| 子搖短棹逐波頭 | 아들은 짧은 노 저어 물결 머리 쫓아가고 |
| 父執踈筌急放收 | 아비는 성긴 통발 놓았다가 거두네. |
| 中有炊嫗兼抱子 | 안에는 밥 짓는 할미 아이까지 안았구나. |
| 捕魚行賊一扁舟 | 물고기 잡으며 도둑질하는 한 작은 배여[20] |

| | |
|---|---|
| 被虜唐僧跪舟底 | 사로잡힌 중국 중이 배 바닥에 꿇어앉아 |
| 哀哀乞食訴艱辛 | 슬프게 밥을 빌며 괴로움을 호소하네 |
| 執筌老賊回頭語 | 통발 잡은 늙은 도둑 머리 돌려 하는 말이 |
| 給米吾當賣此人 | 쌀을 주면 내 이 사람 팔겠소 하네[21] |

송희경은 대마도에서 '아들, 아비, 할미' 3대가 한 배에서 평화롭게 지내는 광경을 보았다. 〈어주漁舟〉 기·승·전의 풍경은 한가로운 그들의 모습을 형상화한 것이다. 이러한 평화가 결구結句에서 역전된다. 송희경은 그들이 "물고기 잡으며 도둑질하는(捕魚行賊)" 존재라고 묘사한다. 조선시대의 왜구는 소규모 조직으로 생활필수품을 탈취하는 왜구, 중국을 침략하다가 돌아가는 길에 조선의 배를 약탈하는 왜구들이 있었다. 송희경은 자신이 본 작은 배에 탄 어부들이 단순한 어부가 아니라 '도적'이라고 하였다. '대마도인은 왜구'라는 생각은 당시 조선인들이 지니고 있던 일반적인 인식일 것이다. 이러한 생각은 중국 피로인被擄人을 만나면서 더욱 확고해졌다. 송희경은 〈당인唐人〉에서 중국 피로인을 신고辛苦를 겪는 '唐僧'으로 표현하였다. "쌀을 주면 사람을 팔겠다."는 어부를 만나면서 바다는 더 이상 평화롭지 않았다.

20) 송희경, 『일본행록』, 한국고전종합DB. 〈어주(漁舟)〉.

21) 송희경, 『일본행록』, 2월 17일, 한국고전종합DB. 〈당인(唐人)〉.

당시 막부에서는 일본 전역을 장악하지 못하였다. 그러하기에 송희경은 사신의 임무를 띠고 파견되어 일본을 사행하였지만 왜구의 노략질을 걱정해야 하는 상황[22]인 것이다. 이런 상황에서는 바다에서 들리는 '새 울음소리'도 사람들을 놀라게 했다.

> 단우라포短于羅浦에 정박停泊하였다. 그곳은 해적들이 사는 곳이므로 매우 경계하고 두려워하는 마음이 들었다. 밤중에 한 작은 배가 바다 북쪽으로부터 와서 호송선護送船을 보고 갔다. 온 배 안의 사람들이 의심하였다. 또 남쪽 산 위에서 소리가 났다. 종사從事가 방에 들어와 나에게 말하기를, "흉악한 무리가 서로 호응呼應하는 소리가 있으니 더욱 두렵습니다." 하였다. 나는 과연 의심하여 잠자리에 옷을 벗지 않았으며 잠을 이루지도 못하였다. 밤중에 바람이 순하여 떠날 수 있었다. 이튿날 종사가 또 말하기를, "어젯밤 산 위에서 나던 소리가 이제 또 다시 납니다." 하였다. 자세히 들어보니 그것은 꿩 울음 소리였다.[23]

바다를 항해할 때, 바람의 변화는 무엇보다 중요하다. 바다에서 사행을 지체시키는 요인은 바람이었기 때문이다. 바람을 인위적으로 조절할 수 없기 때문에 사신들은 섬에서 순풍을 기다리는 시간이 길었다. 송희경 일행은 바다에서 보내는 시간이 길어지면서 불안감도 높아졌다. 그들을 불안하게 하는 것은 '해적에 대한 두려움'이다. 이러한

---

22) 송희경, 『일본행록』, 7월 22일, 한국고전종합DB. 〈泊可忘家利〉 "이곳은 해적의 무리들이 사는 곳으로서 왕의 명령이 미치지 않는다.(此輩賊所居王令不及)".

23) 송희경, 『일본행록』, 3월 3일, 한국고전종합DB. "退泊短于羅浦 乃海賊所居處 甚有戒懼之心 夜半 有小船自海北來 見護送船而去 一船人皆疑之 又南邊山上有聲 從事入房告余曰 有兇人相應之聲 尤可畏也 余果疑之 臥不脫衣 不成寐 夜半風順得發 翌日從事又告曰 去夜山上聲 今復有之 審聽則乃雉鳴聲也".

불안감이 구체적으로 드러난 글이 〈發赤間關 宿海濱〉이다. 바닷가에서 머무는 동안 종사관 공달은 '찡 우는 소리'를 듣고 해적의 도발 소리로 알고 잠을 이루지 못하였다. 그의 불안감에 전염된 송희경도 잠들지 못했다. 그들의 불안감은 자신들이 바다에 있다는 상황인식으로 인해 더 심해졌을 것이다.

15세기 바닷길을 장악하고 있는 세력은 '왜구'이다. 이들은 조선과 대마도의 교류가 본격화되면서 사라졌지만, 조선인의 내면에는 바다에는 왜구가 있다는 믿음이 강하게 남아 있었다. 이로 인해서 조선 지식인에게 바다는 왜구가 사는 '두려움과 경계의 공간'으로 무의식화되었다. 두려움의 밑바탕에는 바다를 활동무대로 삼지 못했던 조선인들의 바다에 대한 인식이 자리 잡게 되었다.

### 2) 16세기에서 18세기, 선계와 선계 입구

임진왜란이 끝나고, 그로 인한 피해를 수습해 가면서 일본의 재침에 대한 두려움이 줄어들었다. 그 결과 1636년에 파견된 사절단을 '통신사'라 명명하게 되었다. 일본을 탐지하거나 피로인을 쇄환하려는 목적이 약해지고, 양국의 선린善隣관계를 유지하는 것이 외교정책으로 변모한 것이다. 이러한 시대적 변화는 사신의 기록도 변모시켰다.

조선에서 대일사행을 위해 파견된 사행은 자연 관문인 바다를 통과해야만 했다. 바다를 건너는 일은 특별히 제조된 사행선으로도 쉽지 않은 일이다. 사신은 상상이나 문학으로 형상화된 바다가 아니라 실체를 지닌 바다를 경험했다. 바닷길에는 죽음과도 같은 위기상황이 동반되었고, 그 상황을 극복한 뒤에는 일찍이 경험해보지 못했던 새로운 세계에 도착하였다. 조선시대 사람들은 '동해에 삼신산이 있다.'는 전설을 믿었고, 이러한 인식은 근대까지 이어져 일본을 방문한 사신들은 일본을 '선계'로 표현하는 일이 많아서 관행처럼 전해졌다. 그러나 임진왜란 직후에는 이러한 관습적 표현이 적용되지 않았다. 이로 인해서 일본에 상륙上陸할 때의 모습도 시대에 따라 달라졌다.

> 배가 포구로 들어갈 때는 통할 데가 없을 것 같더니, 배가 점점 가까이 가자 굽이굽이의 포구가 사통오달하였다. 혹 큰 바다가 바라보이고 혹은 모래밭이 바라보이는데, 큰 섬은 집 같고 작은 섬은 배 같아 기기괴괴하였으니, 참으로 하나의 기이한 경치였다.24)

임진왜란이 끝난 직후에 일본에 파견된 회답겸쇄환사回答兼刷還使는 일본과 일본의 바다를 '선계仙界'로 표현하지 않았다. 일본의 실정을 객관적으로 기술해서 조정에 보고함으로써 일본의 움직임에 대응하는 정책을 수립하려는 목적이 강했기 때문이다. 대상을 객관적으로 기록하려는 태도는 정보를 축적해 가면서 달라졌다. 초기에는 해로 사행에서 만나는 연안 도서에 대한 정보를 구체적으로 기록하였다. 지역에 대한 기본적인 정보를 축적할 필요성이 있었기 때문이다. 섬의 이름과 크기, 섬들의 거리 등 시각적으로 관찰할 수 있는 사항에 대한 기록이 축적되면서, 섬사람들의 풍속, 인물, 시문 등 인문 지리에 관심을 보였다. 기본정보에서 인문 지리로 정보가 확대되고, 노정에서 접하게 되는 정보를 기록하는 단계에서 일본 전체를 대상으로 정보를 수집하는 단계로 발전하였다.

이경직은 상륙한 일본의 해안이 '기기괴괴'하여 '기이한 경치'라고 하였다. 인간세계에서 벗어나 있는 것과 같은 모습을 보고 대상을

---

24) 이경직, 『부상록』, 1617년 8월 14일, 한국고전종합DB. "舟入浦內 若無所通 舟行漸近 曲曲浦口 四通五達 或望大海 或望沙渚 大島如屋 小島如舟 奇奇怪怪 眞可一奇觀".

사실적으로 표현한 것이다. 이러한 기록 태도는 시간이 지나면서 달라졌다. 일본이 재침할 것이라는 우려가 사라지고, '양국이 신의를 통한다.'는 통신사 파견이 결정되었을 때, 사신들은 마음에 여유를 갖게 되었다.

> 바다 밖에는 먼 산이 100리가량 둘러 싸 둥근 거울과 같은 편편한 호수로 되어 있는데, 푸른 나무숲과 구름 안개가 모두 시원하고 밝으며 그윽하고 청초하여 보는 사람이 곧 황홀하여 정신을 잃을 지경이었으니, 내가 항해해온 이후 처음 보는 신선의 경지였다.[25)]

신유한은 바다를 통과해 도착한 '남도藍島'에 대해 '처음 보는 신선의 경지神仙境'라고 묘사하였다. 바다에서 죽을 고비를 넘기고 무사히 상륙한 육지가 "시원하고, 밝으며, 그윽하고, 청초"했기 때문이다. 동아시아에서는 고대로부터 신선의 세계가 동해에 있다고 믿었고, 이러한 믿음은 조선인의 무의식에도 내재하고 있었다. 중국의 동해는 조선의 서해이지만, 서해가 아니라 동해에서 신선 세계를 찾았던 것은 '자기중심주의' 때문이다. 신유한은 그가 도착한 일본을 선계로 표현하였지만, 그의 선계는 문학적 수사[26)]에 불과했다. 그럼에도 신유한이

---

25) 신유한, 『해유록』, 1719년 8월 1일, 한국고전종합DB. "海外遙山 彎控百里許 便作平湖圓鏡 草木雲烟 皆爽朗幽楚 觀者輒怳然自失 卽余航海以後 初見神仙境矣".

26) 신유한, 『해유록』, 8월 8일, 한국고전종합DB. "통사가 오늘 구경이 어떻습니까"하고 묻기에, 나는 "지금 황홀하여 정신을 잃어 내 몸 밖에 무슨 물건이 있는지를 모르겠다. 만약 백 년 즉, 3만 6천 일 동안이나 오래 이 속에 앉아서 살 수 있다면, 바로 겨드랑이에 날개가 생겨 신선이 되어 하늘로 올라갈 수 있을 것 같다"고 대답하였다. 통사는 또 "남도에 사는 사람 중에 신선이 되어 하늘로 올라 간 사람이 없다고 하니 어떻게 된

고난 뒤에 찾아오는 일본을 '선계仙界'로 형상화할 수 있었던 것은 조선과 일본의 관계가 안정을 유지하고 있었기 때문이다. 이렇게 볼 때, 이경직과 신유한 두 사람의 인식에서 '바다'는 현실영역에서 다른 영역으로의 이행을 가능하게 하는 출구[27]였지만, 그 세계를 표현하는 방법은 서로 달랐음을 알 수 있다.

### 3) 19세기, 소통과 근대화의 통로

조선이 개항을 하면서 대일 사행에서도 변화가 나타났다. 화륜선의 등장, 빈번해진 국제통상, 개인적으로 바다를 왕래하는 사람들이 생겼기 때문이다. 대일 사행에 화륜선이 사용되면서 사행선의 속도가 빨라졌고, 바다에 대한 심리적 두려움도 줄어들었다. 단절의 공간이었던 바다가 소통의 공간[28]으로 인식되기 시작한 것이다. 개항 이전에는 조선에서 준비한 사행선을 타고 대마도, 일기도 등으로 이동하는 동안 날씨의 변화에 따라 섬에서 한 달 이상을 정박하기도 했다. 사신들은 오랜 시간 사행을 했기 때문에 바다에 대한 자신의 생각을 드러내는 일이 많았다. 그러나 병자수호조약(1876) 이후에는 사신들이 일본에서 준비한 화륜선을 타고 움직였기 때문에 바다에 대한 생각을 드러낼 시간이 많지 않았다. 바다 위에서조차 바다보다는 화륜선에 관심을 보였다.

---

것입니까"하고 물었다. 그의 말이 지극히 우스웠다.(通事曰 今日觀何如 答云吾今爽然自失 不知身外有何物 若使百年三萬六千日 長得浮生坐此間 便足羽化登仙 通事又云 藍島居人 未聞有登仙者 奈何 其言極可笑).

27) 멀치아 엘이아데, 『성과 속』, 학민사, 1997, 34쪽.

28) 배종석, 근대전환기 해양 네트워크에 대한 상상과 추구, 『열상고전연구』 58, 열상고전연구회, 2017, 143쪽.

온종일을 배를 운행하여 충청도·전라도·경상도의 3도道 바다를 지나는 동안 바람이 일어 물결은 놀란 듯 파도치고 배는 흔들려 진정하지 않는다. 일행의 모든 사람들이 다 구토하고 늘어져 누웠는데, 다만 화륜선火輪船의 고동소리, 물결치는 소리만이 들려 사람의 심장을 뒤흔들 뿐이다. 바다의 파도는 하늘에 맞닿아 기세가 우주를 뒤엎을 듯하므로 선창을 굳게 닫고 숨을 죽이고 누워서 한 몸을 내맡긴 채 파도를 따라 올라갔다 내려갔다 하였다.29)

박대양은 화륜선을 타고 가면서 겪었던 자신의 체험을 『동사만록』에 기록하였다. 그는 충청, 전라, 경상도를 지나가는 동안 뱃멀미로 고생했다고 한다. 파도는 '하늘에 맞닿아 기세가 우주를 뒤엎을 듯.' 하였으니 자연의 위세는 변함이 없다. 바다 체험이 적은 조선 사람이기 때문에 바다에서 겪는 '멀미'는 당연한 현상일지도 모른다. 그런데 이 기록에는 '죽음'과도 같은 바다 체험과 바다에서의 '자기성찰'적 태도가 나타나지 않는다. 바다는 더 이상 두려움의 공간이 아니었으며, 화륜선은 사행선과 달리 안정적인 배라는 사실도 보여준다. 조선의 지식인에게 새로운 시대, 바다를 극복해 나가는 화륜선에 대한 관심이 나타날 수밖에 없다. 이러한 변화는 1876년 대일 사행에 참여한 김기수에게서도 발견된다.

대마도는 종전에도 사신이 반드시 지나가던 곳인데, 이번 걸음은 큰 바다를 배로 건너가게 되니, 가끔 나타나는 섬은 전연 관계없이 지나가 버린다. 큰 바다로 나오니 물결이 세차게 일어 배가 더욱 일렁거린다.

---

29) 박대양, 『동사만록』, 1884년 12월 25일, 한국고전종합DB. "竟夜鎭日 舟過忠淸全羅慶尙三道海 風作浪驚 舟搖靡定 一行諸人 皆嘔吐頹臥 但聞火輪鼓浪 響動心腸 海濤接天 勢傾宇宙 深掩蓬窓 靜息而臥 任他一身隨波上下".

> 일행 중 많은 사람들이 구토를 하고, 어지러워서 머리를 붙들고 누웠으나, 나와 안정산(안광묵), 오비관(오현묘), 이 당상관(이용숙)만은 다행히 심한 고통은 없었다. 때때로 그들과 함께 갑판에 올라가 바라보니, 망망한 물과 하늘은 한 빛깔로 푸르러 끝이 없으므로, 몸은 비록 계속해서 흔들리고 있어도 가슴속만은 시원하고 쾌활하였다.[30]

김기수는 장중근신莊重謹愼[31]하는 태도로 대일 사행에 참여하였고, 자신의 견문과 체험을 『일동기유』에 기록하였다. 부산포를 떠나 일본의 바다를 항해하는 동안 다른 일행은 구토와 어지러움으로 고통을 호소했지만, 김기수는 갑판에 올라가 바다를 바라보면서 "망망한 물과 하늘은 한 빛깔로 푸르러 끝이 없으므로, 몸은 비록 계속해서 흔들리고 있어도 가슴속만은 시원하고 쾌활하다"[32]고 하였다. 뱃멀미를 적게 했기 때문에 바다 풍경을 살펴볼 시간이 있었다. 그가 바다에서 발견한 것은 대마도가 '지나가는 섬'이 되었다는 사실이다.

대마도는 조선과 일본의 중간지점에 있어서 지정학적으로 중요한

---

30) 김기수, 『일동기유』, 정박 14칙, 한국고전종합DB. "島 故從前信使所必由之地 而今行直渡大洋 往往島嶼 了不關涉 一出大洋 波濤凶湧 船尤動盪 一行諸人 皆嘔吐暈眩扶頭而臥 而余與安斑山(光默)及吳裨(顯杳) 李堂上(容肅) 幸不甚病 時與之共上甲板 見水天茫茫 一碧無際 身雖搖搖 而心胷則爲之暢闊也".

31) 김기수는 "구호(舊好)를 닦고 신의를 두터이 한다."는 수신사로서 "사명(辭命)으로써 인도하고 위의로써 이루어, 과격하지도 맹종하지도 않으며, 태도를 장중근신(莊重謹愼)케 하여, 임금의 명령을 욕되지 않게 해야"(김기수, 『일동기유』, 상략 6칙)한다고 하였다. 일본의 힘에 굴복한 상태이지만, '과격', '맹종'하지 않도록 '장중근신'해야 '임금을 욕되지 않게 할 수 있다는 것이다.

32) 김기수, 『일동기유』, 정박(停泊) 14칙. 한국고전종합DB. "見水天茫茫 一碧無際 身雖搖搖 而心胷則爲之暢闊也".

위치에 있었고 조선에서도 이를 활용하였다. 조선에서 매년 일본으로 사행을 파견하기 어려워 대마도를 통해 정보를 얻고 있었다. 그런데, 김기수가 사행하던 1876년에는 부산포에서 적간관赤間關까지 일일 거리로 좁혀지면서 대마도가 '지나가는 섬'이 된 것이다. 조선과 일본이 가까운 거리에 있다는 사실을 통해 김기수는 시대적 변화를 체감했을 것이다. 더구나 그는 일본의 변화상을 살펴보고 오라는 특명을 받았다. 이런 상황에서 그가 새로운 문물에 관심을 보인 것33)은 당연하다. 바다 위에서 화륜선에 대해 자세히 기록34)한 것도 이러한 관심의 표현일 것이다.

1881년 조선에서는 청나라에 영선사, 일본에 조사시찰단을 파견하였다. 일본과 청나라의 발전상황을 정확히 파악하고자 했던 고종의 의지가 반영된 결과이다. 시찰단의 일원35)으로 뽑힌 이헌영은 "세관

---

33) 김기수, 『일동기유』, 정박 14칙, 한국고전종합DB. 김기수는 "외무성에서는 나에게, 이곳에서 하룻동안 묵으면서 대판의 조폐국(造幣局)도 가 보라고 신신 당부(歸時外務省之申申以留此一日 往觀大坂之造幣局者此也)"하였다고 기록하여 조폐국, 철로, 화륜차 등 일본의 신문물을 살펴보는 것이 목적이었음을 밝혔다.

34) 김기수가 기록한 배는 1811년까지 대일사행에 사용한 평저선 형태의 조선 판옥선이 아니다. 그는 자신이 탄 배를 자세히 관찰한 후에 "큰 바람만 불지 않는다면, 바람이 있어도 가고 없어도 가게 된다. 배가 가는 힘은 오직 석탄(石炭)에서 나오는 것이니 석탄에서 불이 일면 기계가 저절로 돌아 배가 나는 듯이 가게 된다.(苟非大風 有風亦行 無風亦行 一船之力 專借石炭 石炭火發 機輪自轉 而船行如飛)"(김기수, 『일동기유』, 승선 9칙.)고 하였다. 석탄을 이용한 화륜선이기 때문에 태풍이나 큰 바람만 불지 않으면 이동이 편리하다는 사실을 기록한 것이다.

35) 조사시찰단은 전문위원인 조사 12명, 조사 1명에게는 수행원 2명, 통역관 1명, 하인 1명을 배정하여 60명으로 구성하였다. 이들은 '동래부 암행어사'라는 직함을 부여받았고, 일본의 정세를 파악하여 '문견기록'과 '시찰

이 관장하는 바의 사무와 그 밖의 다소多少"를 "보고 듣고 탐색하라"36)는 밀명을 받고 있었다. 바다를 건너 일본에 도착하여 정세탐지에 주력하였기 때문에 바다체험은 중요한 것이 아니었다. 그에게 바다는 "신호에서 횡빈橫濱까지 가자면 다시 대양으로 나오게 되는데, 풍랑이 부산釜山과 적관赤關 사이에서보다 더 험하다."는 정보만을 제공하였다.

1880년 제2차 수신사 사행에 참여한 강위[姜瑋, 1820~1884]는 그의 사행시집 「동유초」에서 바다를 세상에 대비시켜 개항의 필요성을 말하고 있다.

| | |
|---|---|
| 萍蓬一世喜浮遊 | 부평초 평생 기뻐 떠다니듯 |
| 又上滄溟萬里舟 | 또한 바다 위에 만 리 배가 떠 있네 |
| 衆帆浮浮開絶域 | 여러 돛이 도도히 절역 열어 가는데 |
| 一方寂寂阻洪流 | 한쪽에서는 적막하게 큰 물결 막아내네 |
| 丹忱尙與葵傾日 | 해바라기 해를 좇듯 변함없는 정성 있으나 |
| 白首無成草變秋 | 풀이 가을되어 변하도록 백발에 이룬 것 없네 |
| 遣盡人間多小累 | 인간 세상 여러 일들 다 날려 보내려 |
| 西風長嘯六鼇頭 | 육오의 머리에서 서풍 맞으며 길게 휘파람 불어보네37) |

---

보고서'형식으로 고종에게 견문한 바를 보고하였다. 이헌영은 『일사집략』에서 "말을 통하지 못하여 타인의 입을 빌렸으므로 모호하였고, 글자도 타인이 대신 풀어 억지로 이해하여 의심이 되었다. 널리 많은 의견을 얻으려 했으나 그 속을 깊이 살피지 못했"다는 한계를 밝혔다. 조사로 파견한 인물이 일본어를 몰랐다는 사실에서 조사시찰단은 한계를 지니고 있었음을 알 수 있다.

36) 이헌영, 『일사집략』, 1881년 고종18, 한국고전종합DB. 이헌영은 4개월 동안 일본에 머물면서 도쿄, 오사카 등의 시설과 세관, 조폐 등은 물론, 제사, 잠업 등을 시찰하고 고종에게 보고하였다.

위의 인용한 시에서 강위는 “바다 위에 만리 배가 떠있네(上滄溟萬里舟)”, “여러 나라 배들이 절역을 열어 가는데(衆帆浮浮開絶域) 한쪽에서는 적막하게 큰 물결을 막아낸다.(一方寂寂阻洪流)”고 하였다. ‘萬里舟’는 ‘만 리를 가는 배’로, ‘바다’를 통해 세계 여러 나라가 국경을 넘나들고 있음을 말하고 있다. 1811년까지 진행된 통신사행에서 ‘바다’는 조선과 일본의 통로였다. 이 바다가 강위의 시대에 이르러 일본을 넘어 전 세계를 소통하는 통로가 되었다. 배가 “절역을 열어간다(開絶域)”고 하였으니, 이는 개항의 필요성을 주장하는 것이다. 세계가 개방되어 있고, 문물이 발달한 시대에 조선의 현실은 ‘一方’으로 ‘洪流’를 막아내려고만 하고 있다. 시대의 흐름을 거스르고 있는 조선의 현실을 걱정하고 있지만, 그는 적극적으로 이 문제를 해결하지 못하고 있다. 이러한 자신의 처지를 ‘白首’, ‘變秋’로 표현하였다. 조선의 현실과는 달리 일본의 개항도시 고베에서 “동쪽 바다는 일마다 유신이라(東溟事事屬維新)”[38]이라고 하였다. 조선과 일본의 상황을 대비시켜 ‘조선이 세계를 향해 나가야 한다.’는 근대화를 주장하고 있다. 그가 세계와 소통하는 방법으로 제시한 것은 ‘萬里舟’이며, 시대의 흐름을 ‘洪流’로 표현하였다. 바다를 매개로 조선과 일본의 상황을 제시하고 있는 것이다.

이렇게 볼 때, 대일 사행에서 바다는 조선과 일본을 연결하는 통로라는 물리적 기능만 한 것은 아니었다. 대일 사행에 참여한 조선인에게 바다는 일본인과 일본에 대한 인식이 투영된 관념의 바다이기도

---

37) 문순희, 「「東遊艸」로 보는 강위의 수신사 사행과 일본인식」, 『열상고전연구』 67, 열상고전연구회, 2019, 240쪽.

38) 문순희, 앞의 논문, 243쪽.

했다. 조선인들의 인식은 시기별로 그 양상을 달리하였다. 조선에서 해금정책을 시행한 이후 15세기의 바다는 조선인들에게 '해적의 공간'으로 인식되었다. 바다를 비워두었기 때문에 해적들이 바다를 장악하여 불안정하고 위험한 세계가 되었기 때문이다. 조선의 해금정책은 임진왜란 이후에도 지속되었지만, 일본에 전국을 통일한 막부가 등장하면서 바다는 안정되었다. 조선과 일본 양국이 평화를 유지하면서 통신사행은 재개되었고, 이 시기의 바다는 양국의 안정을 바탕으로 '선계의 입구'로 인식되기도 했다. 1876년 병자수호조약丙子修好條約이 체결되면서 일본의 발전상을 알게 된 조선인들에게 바다는 일본의 신문물을 알고 싶고, 그 문물을 도입하고자 하는 통로가 되었다.

## 4. 결론

조선시대 대일 사행은 왜구 문제를 해결하기 위한 목적에서 시작되었다. 이 시기에는 일본을 중국 중심의 동아시아 질서체제 속에 포함된 국가로 인식하지 않았다.[39] 그러나 일본이 임진왜란을 일으키면서 조선에서는 일본을 새로운 시각으로 인식하게 되었다. 해로 사행의 어려움을 이유로 사행을 중단할 수는 없는 상황이 된 것이다. 해로 사행의 어려움을 알고 있었기 때문에 사행을 준비하는 기간이 길었고, 바닷길에 익숙한 대마도 뱃사공을 부산으로 불러 강호江戶까지 동행

39) 소세양, 「老松宋先生日本行錄序」, 한국고전종합DB. "일본은 멀리 부상(扶桑)의 동쪽에 있어서 정삭(正朔: 황제의 법령)이 미치지 못하는 곳이다. 습속이 사납고 간사하며 인의(仁義)가 있다는 것조차 알지 못하는 자들이다.(日本邈在扶桑之東 正朔所不及 俗悍而詐 非知有仁義者也)"

하였다. 조선과 일본의 외교는 점차 안정되었지만, 사신들은 일본인을 믿지 못했고, 바다의 날씨도 불안정했기 때문에 두려움을 지니고 사행에 임할 수밖에 없었다. 이러한 이유로 대일사행의 해로노정은 '모험의 여정'이라 할 수 있다.

본 연구에서는 『해행총재』 소재 대일 사행록을 중심으로 조선 지식인들의 바다체험과 그 체험에서 드러나는 인식의 양상을 살펴보았다. 조선시대의 바다는 삶의 터전이 아니었기 때문에 현실적인 삶을 지탱하는 공간이라기보다는 완상의 대상에 머물러 있었다. 그 공간이 사행을 통해 체험과 문학의 공간이 되었다. 사행록에 기록된 바다는 바닷길의 험난함과 해상사고에 대한 공포가 자리한 공간이었다. 이로 인해 바다는 지식인에게 두려움의 공간이었고, 두려움을 극복하기 위해 자신을 성찰하는 공간이었다. 어두운 바다를 지나 도착한 육지는 조선과는 다른 낯선 세계였다. 이국적인 풍경을 사실적으로 기록한 시대가 있었고, '선계·선경'의 이미지로 표현한 시대가 있었다. 이러한 차이는 외교적 상황과 관련된다. 선계의 이미지가 제시된 것은 조선과 일본의 외교가 안정을 유지하고 있었기 때문이다. 선경은 두려움의 바다 공간과 대비되어 바다를 이해하는 핵심어가 되었다.

조선시대 지식인들에게 바다는 이러한 양면적 인식 이외에 사행 시기에 따라서도 인식의 차이가 발견된다. 왜구가 바다를 장악하고 있던 시기에 바다를 지나가던 지식인들은 사소한 일에도 놀라고 두려워했다. 왜구에 대한 두려움이 강했기 때문이다. 임진왜란이 끝난 직후에는 일본에 대한 정보를 기록하는 일이 중요했고, 이 시기에는 바다에서도 자신의 감정을 드러내기보다는 사실적인 기록을 남기고자 하였다. 바다를 객관적으로 인식하던 시기라 할 수 있다. 조선과 일본의 외교관계가 안정을 찾은 이후 바다는 지식인들의 심리적 안정

위에서 '선계'의 이미지로 나타났다. 강화도 조약 이후에는 바다 위에서 자연의 아름다움을 드러내기보다는 선박의 원리를 과학적으로 살피는 데 집중되었다. 이처럼 조선시대의 '바다'는 지식인들에게 체험의 현장을 제공하였고, 그 속에서 인식의 변모를 보여주었다.

# 참고문헌


## 1. 자료

권　협 저, 박천규 역, 「연행록」, 『연행록선집』, 한국고전번역원, 1976.

김기수, 『일동기유』

김세렴, 『해사록』

김　육 저, 정선용 역, 국역 『잠곡유고』, 민족문화추진회, 1999.

남용익, 『부상일록』

박대양, 『동사만록』

송희경, 『일본행록』

신유한 저, 성낙훈 역, 『해유록』, 『해행총재』, 한국고전번역원, 1976.

안　경, 『가해조천록』

오윤겸 저, 이민수 역, 국역 『추탄선생문집』, 海州吳氏楸灘公派宗中, 1994

이덕형 저, 조규익 역, 『죽천행록』

이안눌 저, 이필영 역, 국역 『東岳先生集』, 덕수이씨문혜공파종회, 2003.

이정구, 『월사집』

이헌영, 『일사집략』,

조명채, 『봉사일본시문견록』

조　엄, 『해사일기』

조　즙, 『조천일승』

홍대용 저, 김영수 역, 『담헌서』, 한국고전번역원, 1974.

홍익한 저, 정지상 역, 「조천항해록」, 권2, 3월 19일. 『연행록선집』, 한국고전번역원, 1976.

『高麗史節要』

『논어』

『성종실록』
『예기』
『증정교린지』
『통문관지』
『해행총재』

## 2. 논저

김경숙, 『조선후기 지식인, 일본과 만나다』, 소명출판, 2006.
_____, 『일본으로간 조선의 선비들』, 이순, 2012.
김지은, 『17세기 전반 해로사행문학연구』, 이화여대석사학위논문, 2006.
김지현, 「17세기 초 대명 해로 사행록 서술의 양상」, 『한국문학과예술』 15, 한국문학과예술연구소, 2015.
_____, 「경정 李民宬의 『계해조천록』 소고」, 『온지논총』 42, 온지학회, 2015.
멀치아 엘이아데, 『성과 속』, 학민사, 1997.
문순희, 「「東遊艸」로 보는 강위의 수신사 사행과 일본인식」, 『열상고전연구』 67, 열상고전연구회, 2019.
박현규, 「고려·조선시대 해로 사행록에 투영된 마조분석」, 역사민속학 32, 한국역사민속학회, 2010.
_____, 「17세기 전반 대명해로사행의 운항과 풍속 분석」, 『한국한문학연구』48, 한국한문학연구, 2011.
_____, 「17세기 전반기 대명해로사행에 관한 행차 분석」, 『한국실학연구』 21, 한국실학학회, 2011.
_____, 「1621년 조선·명 海路使行의 媽祖 사적과 기록 분석」, 『역사민속학회』 40, 한국역사민속학회, 2012.
배종석, 「근대전환기 해양 네트워크에 대한 상상과 추구」, 『열상고전연구』 58, 열상고전연구회, 2017.
송지원, 「조선통신사의 의례」, 『조선통신사연구』2, 조선통신사학회, 2006.

신익철, 「조선후기 연행사의 중국 명산 유람 양상과 그 특징」, 『반교어문연구』 40, 반교어문학회, 2015.
안동준, 「해상 사행문학과 천비신앙」, 『연행록연구총서』, 학고방, 2006.
양수지, 『조선 유구관계 연구: 조선 전기를 중심으로』, 한국정신문화연구원 한국학대학원 박사논문, 1993.
윤재환, 「17세기 초 대명 해로사행의 해상사행시」, 『한국문학과예술』22, 한국문학과예술연구소, 2017.
이경희, 조수민, 한태문, 「永嘉臺 海神祭 祭需 요리의 원형복원에 대하여」, 『조선통신사연구』 8, 2009.
이동근, 「향가의 기원성과 소통방식」, 『人文科學硏究』 35, 대구대학교 인문과학연구소, 2010.
이성형, 「명·청 교체기 대명해로 사행의 출항지 고찰」, 『한문학논집』 48, 근역한문학회, 2017.
이성형, 「연행록의 백이·숙제 관련 한시연구 -임란 수습기를 중심으로-」, 『한문학논집』 31, 근역한문학회, 2010.
이윤선, 「南海神祠 海神祭 복원과 의례음악 연출 試論」, 『도서문화』 28, 국립목포대학교 도서문화연구원, 2006.
이은영, 『조선 초기 제문연구』, 이화여대 박사학위논문, 2001.
이혜순, 『조선 통신사의 문학』, 이화여대출판부, 1996.
임기중, 『연행록 연구』, 일지사, 2002.
임채명, 「조일 문사의 눈에 비친 남해 그리고 현해탄」, 『한국한문학연구』 43, 한국한문학회, 2009.
정영문, 「사행록에 기록된 기원의 양상과 의미연구」, 『동방학』35, 한서대 동양학연구소, 2016.
______, 「오윤겸의 사행일기연구」, 『온지논총』47, 온지학회, 2016.
______, 「사행록에 나타난 조선지식인의 바다체험과 인식」, 『한국문학과예술』29, 한국문학과예술연구소, 2019.
정은주, 『조선시대 사행기록화』, 사회평론, 2012.

조규익, 『고전문학과 바다』, 『해양문학을 찾아서1』, 집문당, 1994.
______, 『17세기 국문사행록 죽천행록』, 박이정, 2002.
______, 『국문사행록의 미학』, 역락, 2002.
조창록, 「1636년의 해로 사행과 이만영의 『숭정병자조천록』」, 『인문과학』 47, 성균관대 인문학연구원, 2011.
______, 「1632년의 해로사행과 홍호의 「조천일기」」, 『온지논총』 42, 온지학회, 2015.
한태문, 「조선후기 대일사행과 영가대 해신제」, 『통신사, 한·일교류의 길을 가다』, 조선통신사문화사업추진위원회, 경성대학교 한국학 연구소, 2003.
______, 「해행총재 소재 사행록에 반영된 일본의 통과의례와 사행원의 인식」, 『한국문학논총』26, 2006.
허경진, 「수로조천록과 통신사행록의 바다체험 비교」, 『한국한문학연구』 43, 한국한문학회, 2009.

# 찾아보기

**ㅈ**

/ 지은이 소개 /

## 정영문

문학박사. 숭실대학교 시간강사·겸임교수·강의교수를 거쳐 현재 국어국문학과 연구교수. 저서 『조선시대 통신사사행문학 연구』(2011), 『조선시대 사행록의 텍스트와 콘텍스트』(2011), 공저 『(박순호본) 한양가 연구』(2013), 『최현의 『조천일록』 세밀히 읽기』(2020), 『검무연구』(2020), 『창의적 사고와 글쓰기』(2016), 공번 『역주 조천일록』(2020), 공편 『연행록연구총서』(2006), 『조선통신사 사행록 연구총서』(2008)와 「송환기의 〈동유일기〉 연구」(2021) 외 다수의 논문을 발표했음.

(사) 한국문학과예술연구소 학술총서 67

# 조선인의 여행 체험과 글쓰기

초판 인쇄 2022년 8월 17일
초판 발행 2022년 8월 29일

지 은 이 | 정영문
펴 낸 이 | 하운근
펴 낸 곳 | 學古房

주 소 | 경기도 고양시 덕양구 통일로 140 삼송테크노밸리 A동 B224
전 화 | (02)353-9908 편집부(02)356-9903
팩 스 | (02)6959-8234
홈페이지 | http://hakgobang.co.kr/
전자우편 | hakgobang@naver.com, hakgobang@chol.com
등록번호 | 제311-1994-000001호

ISBN 979-11-6586-479-8 94810
978-89-6071-160-0 (세트)

값 : 18,000원

# 비밀의 비밀

# 비밀의 비밀

# FOOL ME ONCE

할런 코벤 HARLAN COBEN 지음
노진선 옮김

문학수첩

# *1*

조는 살해된 지 사흘 뒤에 땅에 묻혔다. 마야는 슬픔에 잠긴 미망인답게 검은 옷을 입고 있었다. 맹렬한 기세로 따가운 햇살을 퍼부어대는 태양을 보니 사막에서 복무하던 때가 생각났다. 목사는 틀에 박힌 추도사를 늘어놓았지만 마야는 듣지 않았다. 그녀의 눈은 길 건너 학교 운동장으로 향했다.

그렇다. 이 묘지는 초등학교를 마주 보고 있다.

차로 이곳을 수없이 지나다녔지만 오른쪽에 초등학교가, 왼쪽에 묘지가 있는 게 이상하다 못해 얼마나 어처구니없는 일인지 미처 깨닫지 못했다. 학교와 묘지 중에 어느 쪽이 먼저 생겼을까? 대체 누가 학교 옆에 묘지를, 혹은 묘지 옆에 학교를 짓겠다고 했을까? 삶의 끝과 시작이 이렇게 나란히 놓인 데에는 아무 의미도 없을까? 아니면 다소 통렬한 비유일까? 죽음은 늘 우리 곁에, 바로 코앞에 있으니 아이들에게 일찌감치 그 사실을 알려주는 게 현명하다는 비유?

땅속으로 사라지는 조의 관을 지켜보는 동안 마야의 머릿속은 이런 쓸데없는 생각들로 가득 찼다. 계속 다른 일에 정신을 팔아야 한다. 그게 핵심이다. 그렇게 버텨야 한다.

검은 원피스 때문에 몸이 가려웠다. 지난 10년 동안 백 번이 넘는 장례식에 참석했지만 의무적으로 검은 옷을 입어야 하는 경우는 처음이었다. 너무 싫었다.

그녀의 오른쪽에는 조의 직계 가족인 어머니 주디스, 남동생 닐, 여동생 캐럴라인이 있었는데 다들 찜통더위와 깊은 슬픔으로 시들시들했다. 왼쪽에는 자꾸 칭얼거리며 마야의 팔에 매달려 그네를 타듯 앞뒤로 흔들거리는 두 살배기 딸 릴리가 있었다. 아이들은 사용 설명서 없이 태어난다는 그 진부한 말이 오늘처럼 실감나는 때가 없었다. 장례식에 참석하기 전, 마야는 이런 상황에서 어떻게 하는 게 경우에 맞는 일일지 고민했다. 두 살배기 딸을 집에 두고 가야 할까, 아니면 아이 아빠의 장례식에 데려가야 할까? 척척박사 행세를 하며 천편일률적인 충고만 늘어놓는 육아 관련 웹사이트에도 이런 상황은 나온 적이 없었다. 자기 연민과 분노에 휩싸인 마야는 하마터면 욱하는 심정으로 이런 질문을 올릴 뻔했다. "안녕하세요, 여러분! 우리 남편이 최근에 살해됐어요. 두 살짜리 딸을 장례식에 데려가야 할까요, 아니면 집에 두고 가야 할까요? 아, 그리고 복장 관련 조언도 환영합니다. 고맙습니다!"

장례식에 참석한 수많은 조문객을 보니 의식 저편에서 조가 기뻐했을 거라는 생각이 들었다. 조는 사람들을 좋아했고, 사람들은 조를 좋아했다. 물론 단순히 조가 인기가 많아서 이렇게 조문객이 많이 왔다고 할 수는 없다. 부유한 버켓가의 매력적인 장남이자 국제적 추문으로 진흙탕에 빠진 여자의 남편이 총에 맞아 살해되었다. 조문객들은 이 비극적 사건을 가까이에서 지켜볼 수 있다는 끔찍한 미끼에 몰려든 것이다.

릴리가 두 팔로 엄마의 다리를 감싸자 마야는 허리를 숙이고 속삭였다. “금방 끝나니까 조금만 참아, 알았지?”

릴리는 고개를 끄덕이면서도 마야의 다리를 더욱 꽉 잡았다.

마야는 뒤로 물러나서 차렷 자세를 취하고, 아이린에게서 빌린 검은 원피스를 양손으로 쓸어내렸다. 조는 마야가 검은 옷을 입는 걸 원치 않았으리라. 차라리 육군 대위 시절의 군복을 입기를 바랐을 것이다. 그들이 버켓가에서 주최한 자선 파티에서 처음 만났을 때, 턱시도를 입은 조는 그녀에게 곧장 다가와 바람둥이 같은 미소를 지으며(그를 만나기 전까지는 바람둥이처럼 생겼다는 말이 무슨 뜻인지도 몰랐다) 말했다. “와, 난 제복이 섹시하다는 말은 남자에게만 해당되는 줄 알았는데.”

정말 허접한 작업 멘트였지만, 너무 허접해서 오히려 마야는 웃음이 나왔다. 조 같은 남자는 그런 멘트만으로도 충분했다. 그는 정말 미친 듯이 잘생겼으니까. 그때 기억을 떠올리자 이렇게 숨 막힐 듯한 더위 속에서 몇 미터 앞에 그의 시신을 두고 있는데도 저절로 미소가 지어졌다. 1년 뒤에 마야와 조는 결혼했고, 얼마 지나지 않아 릴리가 태어났다. 그리고 마치 누군가가 그들의 결혼 생활 테이프를 빨리 돌린 것처럼 그녀는 지금 여기서 남편이자 하나뿐인 딸의 아빠를 땅에 묻고 있다.

“모든 러브 스토리는 비극으로 끝나는 법이지.” 오래전에 마야의 아버지는 그렇게 말했다.

그때 마야는 고개를 저으며 말했다. “맙소사, 아빠, 왜 그렇게 우울한 소리를 하세요.”

"정말이야. 생각해봐라. 결국엔 사랑이 식거나, 설사 정말 운이 좋아 평생 함께 산다 해도 소울메이트가 죽는 걸 지켜봐야 하잖니."

마야는 어릴 때 살았던 브루클린 연립 주택의 누렇게 변한 포마이카 합판 식탁에 앉은 아버지의 모습이 아직도 눈에 선했다. 기억 속 아버지는 늘 입는 카디건(꼭 군인이 아니더라도 사람은 누구나 어떤 형태로든 유니폼을 입는 법이다) 차림으로 채점해야 하는 대학생들 리포트에 둘러싸여 있었다.

부모님은 몇 년 전에 몇 달 간격으로 돌아가셨다. 하지만 마야는 아직도 두 분의 러브 스토리가 어느 쪽에 속하는지 알 수 없었다.

목사가 계속 떠들어대는 동안 시어머니 주디스 버켓이 그녀의 손을 꽉 잡으며 중얼거렸다.

"이번이 훨씬 힘들구나."

마야는 그게 무슨 소리냐고 묻지 않았다. 물을 필요도 없었다. 주디스가 자식을 잃은 게 이번이 처음이 아니기 때문이다. 세 아들 중 둘이 죽었다. 한 사람은 비극적 사고로, 또 한 사람은 살인으로. 마야는 딸 릴리의 정수리를 내려다보며 자식을 잃고 어떻게 살 수 있을까 생각했다.

마치 그녀의 속마음을 읽기라도 한 듯이 주디스가 속삭였다. "절대 나아지지 않는단다." 그 짧은 말이 저승사자의 낫처럼 공기를 갈랐다. "절대."

"제 탓이에요." 마야가 말했다.

엉겁결에 나온 말이었다. 주디스가 그녀를 올려다보았다.

"그때 제가……."

"그 상황에서 네가 할 수 있는 일은 하나도 없었어." 주디스가 말했다. 하지만 그 말투에는 무언가가 더 있었다. 마야는 충분히 이해했다. 아마 다른 사람들도 똑같이 생각할 터이다. 한때 그렇게 많은 사람을 구한 마야 스턴 대위가 왜 정작 남편은 구하지 못했을까?

"재는 재로, 먼지는……."

맙소사, 방금 목사가 정말로 저 고리타분한 구절을 말한 건가? 아니면 마야가 착각한 걸까? 그녀는 계속 건성으로 듣고 있었다. 장례식에서는 늘 그랬다. 죽음을 너무 자주 접한 터라 견뎌내는 비결을 알고 있었는데 바로 무감각해지는 것이다. 어느 것에도 집중하지 말고, 모든 소리와 형체를 인식할 수 없을 정도로 흐릿하게 만들어야 한다.

조의 관이 땅바닥에 쿵 부딪치는 소리가 정체된 대기 속에서 지나치리만큼 오래 울려 퍼졌다. 주디스는 나직한 신음을 내뱉으며 몸을 좌우로 흔들어 마야를 툭툭 쳤다. 마야는 군대 시절의 자세를 유지했다. 고개를 들고, 등은 똑바로 세우고, 어깨는 뒤로 젖히고. 최근에 그녀는 사람들이 이메일로 지인들에게 보내주곤 하는 자기 계발에 관련된 기사를 읽었다. '힘이 느껴지는 자세'를 취하면 실적이 올라간다는 내용이었다. 군에서는 이런 대중 심리학을 진즉에 파악하고 있었다. 군인이 차렷 자세를 취하는 이유는 멋있어 보여서가 아니다. 그렇게 서면 어느 정도 힘이 생길 뿐만 아니라 전우와 적들에게 강해 보이기 때문이다.

마야는 잠시 공원에서 있었던 일을 떠올렸다. 번뜩이는 쇠붙이, 총성, 쓰러지는 조, 피로 물든 그녀의 셔츠, 어둠을 가르고 휘청거리며 내딛던 걸음, 저 멀리 가로등의 흐릿하고 둥그런 불빛…….

"*도와주세요……. 제발…… 누가 좀……. 남편이…….*"

마야는 눈을 감고 기억을 밀어내며 속으로 생각했다.

'조금만 더 버텨. 이겨내.'

그리고 그렇게 했다.

그다음은 조문객들과 인사를 나눌 차례였다.

줄지어 선 손님들과 인사를 나누는 경우는 결혼식과 장례식뿐이다. 거기에도 통렬한 의미가 있을 테지만 마야는 그게 무엇일지 짐작할 수 없었다.

몇 명이나 거쳐 갔는지 몰라도 꽤 오래 걸렸다. 아무리 죽여도 계속 나타나는 영화 속 좀비처럼 조문객은 끊임없이 그녀 앞으로 다가왔다.

끊임없이.

대부분은 나직이 "조의를 표합니다"라고 말했고, 이는 꽤 적절한 말이었다. 하지만 나머지 사람들은 말이 많았다. 이게 얼마나 비극적인 사건인지부터 시작해 정말 아까운 죽음이다, 이 도시는 지옥이 될 거다, 자기들도 하마터면 권총 강도에게 털릴 뻔한 적이 있다(법칙 하나: 유가족에게 조의를 표하는 자리에서 절대 자기 얘기는 하지 말 것), 경찰이 이 짐승 같은 범인을 찾아내서 찢어 죽였으면 좋겠다, 마야는 정말 운이 좋았다, 하느님이 분명 그녀를 보살펴주고 있다(그렇다면 하느님이 조는 별로 신경 쓰지 않았다는 말인가?), 다 신의 뜻이다, 모든 일에는 이유가 있는 법이다, 라고 떠들어댔다(마야가 이들 얼굴에 주먹을 날리지 않은 게 기적이었다).

조의 가족들은 도중에 지쳐서 의자에 앉아 조문객을 맞이했지만 마야는 그러지 않았다. 그녀는 계속 서서 상대의 눈을 똑바로 바라보고, 매번 힘찬 악수로 조문객을 맞이했다. 포옹이나 키스처럼 보다 적극적인 방식으로 애도하려는 조문객들에게는 교묘하면서도 노골적인 몸짓으로 거부 의사를 밝혔다. 조문객이 쓸데없는 소리를 늘어놓아도 열심히 들어주며 고개를 끄덕이고, 한결같이 진심 어린 말투로 "와주셔서 감사합니다"라고 말한 뒤에 다음 사람을 맞았다.

장례식에서 유가족에게 인사할 때 금과옥조로 삼아야 할 또 하나의 법칙: 말을 많이 하지 말 것. 짧고 진부한 인사가 잘 먹히는 이유는 불쾌한 말보다 무해한 말이 훨씬 낫기 때문이다. 더 말해야 할 필요를 느낀다면 망자와 관련된 멋지고 짧은 기억을 언급하라. 절대 조의 고모 이디스처럼 신경질적으로 울면서 "날 봐요. 내가 이렇게 슬프답니다"라고 광고하지 말라. 또한 슬픔에 빠진 미망인에게 섬뜩할 정도로 멍청한 말을 해서도 안 된다. 이를테면 이런 말. "우리 불쌍한 마야. 처음에는 언니가 죽더니 이젠 남편마저 죽었구나."

많은 사람들의 속마음을 이디스 고모가 대변하자 세상은 잠시 정지했다. 더구나 마야의 어린 조카 대니얼과 알렉사가 그 말을 들을 수 있을 정도로 가까이에 있었다. 마야는 온몸의 혈관이 툭툭 튀는 걸 느꼈고, 이디스 고모의 목을 붙잡아 성대를 뽑아버리고 싶은 충동을 겨우 참았다.

대신 진심 어린 말투로 이렇게 말했다. "와주셔서 감사합니다."

셰인을 포함해 마야의 예전 소대원 여섯 명이 뒤쪽에서 어슬렁거리며 그녀를 예의 주시했다. 좋든 싫든 그게 저들이 하는 일이었다. 저들은 아직도 모였다 하면 그녀를 호위하듯 행동했다. 유가족과 인사를 나누는 줄에도 서지 않았다. 마야의 심정을 누구보다 잘 알기 때문이다. 그들은 늘 말없이 마야를 지켜주었고, 오늘처럼 힘든 날에는 유일하게 위로가 되는 존재였다.

가끔씩 릴리의 키득거리는 웃음소리가 어렴풋이 들리는 듯했지만 아마 환청이리라. 릴리는 마야의 오랜 친구 아이린 핀을 따라 길 건너 초등학교 운동장에 갔기 때문이다. 이런 상황에서 어린아이의 웃음소리라니, 얼토당토않으면서도 왠지 기운이 났다. 마야는 그 웃음소리가 그리운 동시에 못 견디게 싫었다.

마지막 조문객은 언니 클레어의 아이들인 대니얼과 알렉사였다. 마야는 언제나처럼 이 아이들을 온갖 불행으로부터 지켜주고 싶다고 생각하며 두 팔로 끌어안았다. 그 옆에는 형부 에디가 서 있었다. 형부라고 하는 게 맞나? 이제는 죽고 없는 언니의 남편을 뭐라고 불러야 할까? '전 형부'는 언니 부부가 이혼했을 때 더 적합한 표현 같았다. 그럼 '한때 형부'? 아니면 그냥 계속 형부라고 불러야 하나?

이 역시 정신을 분산시키기 위한 쓸데없는 생각일 뿐이다.

에디가 머뭇거리며 다가왔다. 면도할 때 미처 밀지 못하고 빠뜨린 수염이 남아 있었다. 에디는 마야의 볼에 키스했다. 구강 청결제와 박하 냄새가 코를 찌르는 탓에 다른 냄새는 전혀 맡을 수 없었다. 하지만 원래 그러려고 쓰는 물건 아니던가.

"조가 그리울 거야." 에디가 웅얼거렸다.

"네, 알아요. 그이도 형부를 많이 좋아했어요."

"혹시 우리가 도와줄 일이 있으면……."

'당신 아이들이나 잘 건사하세요.' 마야는 그렇게 생각했지만 평소 그에게 느꼈던 분노는 구멍 뚫린 튜브에서 바람이 빠지듯이 사라지고 없었다.

"괜찮아요. 고마워요."

마치 마야의 속마음을 읽기라도 한 듯 에디는 말이 없었다. 아마 눈치챘으리라.

"지난번 경기에 못 가서 미안하다. 하지만 내일은 꼭 갈게." 마야가 알렉사에게 말했다.

갑자기 세 사람 모두 불편해 보였다.

"아, 올 필요 없어, 처제." 에디가 말했다.

"괜찮아요. 제게도 기분 전환이 될 거예요."

에디는 고개를 끄덕이며 대니얼과 알렉사를 데리고 주차한 곳으로 걸어갔다. 걸어가는 동안 알렉사가 뒤를 돌아봤다. 마야는 걱정하지 말라는 듯한 미소를 지어 보였다. '변한 건 없어. 네 엄마에게 약속했듯이 난 언제나 너희들 곁에 있을 거야'라고 말하는 미소였다.

마야는 언니 가족이 차에 타는 모습을 지켜보았다. 활달한

열네 살 소년 대니얼이 조수석에 탔다. 열두 살인 알렉사는 혼자 뒷좌석에 탔다. 엄마가 죽은 뒤로 알렉사는 마치 언제 또 주먹이 날아올지 모른다는 듯이 늘 움찔거렸다. 에디는 손을 흔들며 지친 미소를 지어 보이고 운전석으로 들어갔다.

마야는 천천히 멀어지는 자동차를 지켜보았다. 차가 사라지자 저 멀리 나무에 기대서 있는 로저 키어스가 보였다. 뉴욕시 경찰청 살인 담당 형사였다. 오늘 같은 날, 그것도 이런 상황에 찾아오다니. 마야는 그에게 달려가 따지고 싶었지만 주디스가 다시 그녀의 손을 잡았다.

"너와 릴리가 판우드로 와서 우리와 함께 지내면 좋겠구나."

버켓가 사람들은 자기들 집을 늘 '판우드'라는 이름으로 불렀다. 아마도 이런 집안의 남자와 결혼하면 앞날이 어떻게 될지 알려주는 첫 번째 단서였을 것이다.

"고맙습니다. 하지만 릴리는 집에서 지내는 게 좋을 것 같아요."

"릴리는 가족과 함께 지내야 해. 너도 마찬가지고."

"말씀은 감사합니다."

"빈말 아니다. 릴리는 언제나 우리 손녀고, 너도 언제나 우리 며느리야."

주디스는 자신의 심정을 강조하기 위해 마야의 손을 더욱 꽉 쥐었다. 평소 그녀가 주최하는 자선 파티에서 미리 준비해둔 원고를 읽을 때처럼 감동적인 말이지만 진심은 아니었다. 적어도 마야에 대해서는. 버켓가와 결혼한 사람은 어디까지나 참고 봐주는 외부인에 불과했다.

"나중에요. 이해하시죠?" 마야가 말했다.

주디스는 고개를 끄덕이며 사무적으로 그녀를 껴안았다. 조의 남동생과 누이도 마야와 형식적인 포옹을 나누었다. 버켓가의 영지로 데려다줄 스트레치 리무진을 향해 그들이 비틀비틀 걸어가는 동안 마야는 그들의 상심한 얼굴을 바라봤다.

예전 소대원들은 여전히 그 자리에 있었다. 마야는 셰인과 눈을 마주치며 고개를 까닥였다. 그들은 그 의미를 알아차리고 자리를 떴다. "헤쳐" 명령에 따라 일시에 흩어진다기보다 그냥 서서히. 누구에게도 방해가 되지 않도록 조심하면서. 그들은 대부분 아직 현역이었다. 시리아와 이라크 국경에서 그 사건이 발생한 뒤, 마야는 명예제대를 '권고'받았다. 다른 선택의 여지가 없었기에 그녀는 그렇게 했다. 그리하여 한때 새로운 육군의 얼굴이었던 마야 스턴 대위는 현재 소대원을 통솔하거나 하다못해 신병들을 훈련시키는 일도 아닌, 뉴저지주 북쪽 티터보로 공항에서 비행 수업을 하는 퇴역 군인이었다. 가끔은 그 일도 괜찮았지만 대개는 예상보다 훨씬 더 군대 생활이 그리웠다.

마침내 마야는 곧 남편을 덮을 흙무덤 옆에 섰다.

"아, 조."

마야는 큰 소리로 조를 부르며 그의 존재를 느껴보려 했다. 이전에도 숱한 애도의 자리에서 그런 노력을 했지만 매번 실패했다. 적어도 희미한 생명력 정도는 느껴져야 한다고 믿는 사람들도 있다. 망자의 에너지와 움직임은 완전히 소멸되지 않고, 영혼은 불멸하며, 물질은 완전히 파괴되지 않는다 등등. 그 말이 맞을 수도 있다. 하지만 죽음을 접하면 접할수록 마야는 아무것도, 정말로 아무것도 남아 있지 않는 듯한 기분이 들었다.

그녀는 구덩이 옆에 계속 서 있었고 마침내 아이린이 릴리를 데리고 돌아왔다.

"이제 그만 갈까?" 아이린이 물었다.

마야는 땅속 구덩이를 한 번 더 쳐다봤다. 조에게 뭔가 심오한 말, 두 사람 모두에게 (윽) 제대로 종지부를 찍어줄 말을 하고 싶었다. 하지만 아무 말도 떠오르지 않았다.

아이린이 집까지 차로 데려다주기로 했다. 릴리는 나사(NASA)에서 설계한 듯한 카시트에 앉아 잠들었고, 마야는 조수석에 앉아 창밖을 내다봤다. 집 앞에 도착하자 (사실 조는 이 집에도 이름을 붙이려고 했지만 마야가 단호히 반대했다) 마야는 복잡한 구조로 고정된 카시트의 안전띠를 간신히 푼 다음, 릴 리가 잠에서 깨지 않도록 머리를 받치며 안아 올렸다.

"데려다줘서 고마워." 마야가 속삭였다.

아이린은 차의 시동을 껐다. "나 잠깐 들어가도 될까?"

"난 괜찮으니까 걱정 마."

"그거 때문이 아냐. 너한테 줄 게 있어. 2분이면 돼."

마야는 아이린이 건넨 물건을 받아들었다. "디지털 사진틀?"

아이린은 붉은빛이 도는 금발에 주근깨가 있고 환한 미소를 짓고 다녔다. 어딜 가든 주변을 환히 밝히는 얼굴이었는데 이는 내면의 고통을 감춰주는 훌륭한 가면이기도 했다.

"아니, 사진틀처럼 보이지만 사실은 내니 캠(보모 감시용 몰래 카메라—옮긴이)이야."

"뭐라고?"

"너 이제부터 풀타임으로 일할 거잖아. 그러니까 좀 더 제대로 감시해야 하지 않겠어?"

"그야 그렇지."

"이사벨라와 릴리가 주로 노는 데가 어디야?"

마야는 오른쪽으로 고갯짓을 했다. "거실."

"가자. 내가 보여줄게."

"아이린……."

아이린은 마야의 손에서 사진틀을 가져갔다. "일단 따라와."

부엌 바로 옆에 자리한 거실은 높고 양쪽으로 경사진 천장 아래 원목 가구들이 즐비했다. 벽에는 대형 텔레비전이 걸려 있고, 릴리의 교육용 장난감이 넘칠 듯 담긴 바구니 두 개와 소파 앞에 놓인 접이식 아기 침대가 있었다. 예전에는 아름다운 마호가니 커피 테이블이 있던 자리였는데 안타깝게도 릴리가 다칠 위험이 있어서 옮겨야 했다.

아이린은 책꽂이 쪽으로 걸어갔다. 책꽂이 빈 공간에 사진틀을 올려놓고 근처 콘센트에 코드를 꽂았다. "내가 이미 사진틀에 너희 가족사진을 업로드해뒀어. 그러니까 그 사진들이 무작위로 한 장씩 뜰 거야. 이사벨라와 릴리가 주로 저 소파 옆에서 놀아?"

"응."

"좋아." 아이린은 사진틀을 그쪽으로 돌렸다. "이 안에 내장된 카메라는 광각 렌즈를 사용해. 그러니까 거실 전체를 다 볼 수 있어."

"아이린……."

"아까 장례식에서 봤어."

"누구?"

"네 보모."

"이사벨라네 가족은 오래전부터 조의 집안을 위해 일했어. 이사벨라의 엄마는 조의 보모였고, 오빠는 그 집 정원사야."

"정말?"

마야는 어깨를 으쓱였다. "부자잖아."

"우리와 다르구나."

"다르지."

"그래서 그 여자를 믿어?"

"누구, 이사벨라?"

"응."

마야는 어깨를 으쓱였다. "내 성격 알잖아."

"알지." 아이린은 원래 언니 클레어의 친구였다. 두 사람은 배서대학 1학년 때 기숙사 룸메이트였고, 셋은 금세 친해졌다. "너 아무도 안 믿는 거."

"그 정도는 아냐."

"좋아. 그럼 아이와 관련해서라면?"

"아이와 관련해서라면, 그래, 맞아. 아무도 안 믿어."

아이린은 미소를 지었다. "그래서 내가 이걸 가져온 거야. 정말로 무슨 문제가 있을 거라고는 생각하지 않아. 이사벨라는 좋은 사람 같으니까."

"하지만 미안하더라도 안전한 게 낫다?"

"그렇지. 이것 덕분에 아이들을 보모에게 맡겨도 얼마나 마음이 편한지 몰라."

마야는 아이린이 정말 보모를 감시하려고 샀는지, 아니면 누군가를 고소하려고 샀는지 의심스러웠지만 지금은 잠자코 있기로 했다.

"컴퓨터에 SD카드 포트 있어?" 아이린이 물었다.

"잘 모르겠어."

"상관없어. 모든 USB포트에 연결할 수 있는 SD카드 리더기를 가져왔어. 이걸 네 노트북이나 컴퓨터에 꽂기만 하면 돼. 정말 누워서 떡 먹기라니까. 집에 돌아오면 사진틀 뒤에서 SD카드를 빼. 이 뒤에 있어. 보이지?"

마야는 고개를 끄덕였다.

"그런 다음 카드를 리더기에 넣으면 녹화된 영상이 컴퓨터 모니터에 뜰 거야. 용량이 32기가니까 며칠분은 저장해둘 수 있어. 동작 감지기가 내장돼 있어서 거실에 아무도 없을 때는 녹화되지 않아."

마야는 저절로 웃음이 났다. "기분이 이상해."

"왜? 우리 역할이 바뀐 거 같아서?"

"조금. 내가 진작 이렇게 했어야 하는데."

"그러게 말이야. 네가 몰라서 놀랐어."

마야는 아래를 내려다보며 친구와 눈을 마주쳤다. 아이린은 158센티미터쯤 되고, 마야는 거의 183센티미터였다. 하지만 등을 꼿꼿이 세운 아이린은 마야보다 훨씬 커 보였다. "네 내니캠에서 뭐 나온 적 있어?"

"내가 봐서는 안 될 게 있었냐고?"

"응."

"아니. 네가 무슨 생각하는지 알아. 그이는 돌아오지 않았어. 나도 본 적 없고."

"나무라는 거 아냐."

"조금도?"

"조금도 나무라지 않으면 그게 무슨 친구겠어?"

아이린은 마야에게 다가와 두 팔로 그녀를 껴안았고, 마야도 그녀를 껴안았다. 아이린은 형식적인 조의를 표하는 낯선 조문객이 아니었다. 클레어가 배서대학에 진학하고서 1년 뒤에 마야도 같은 대학에 입학했다. 그리하여 앨라배마주 포트러커에 있는 공군사관학교에 진학하기 전까지 세 사람은 평온한 시절을 함께 보냈다. 아이린은 셰인과 함께 지금도 마야의 절친한 친구다.

"사랑해. 알지?"

마야는 고개를 끄덕였다. "응, 알아."

"정말 나 가도 되겠어?"

"가서 가족들 챙겨야지."

"괜찮아." 아이린이 엄지로 디지털 사진틀 쪽을 가리켰다. "내니 캠이 작동 중이야."

"재밌네."

"농담 아냐. 하지만 너도 혼자 쉬고 싶겠지. 뭐든 필요하면 연락해. 아, 그리고 저녁은 걱정 마. 이미 중국집에 전화해서 주문해뒀으니까. 20분 뒤에 도착할 거야."

"사랑해. 알지?"

"응. 알아." 아이린이 현관 쪽으로 가며 말하더니 걸음을 멈췄다. "어머."

"왜?"

"손님이 왔어."

# 2

손님은 뉴욕시 경찰청 소속의 키 작고 털 많은 로저 키어스 형사였다. 키어스는 경찰답게 사방을 두리번거리며 한껏 거들먹거리는 태도로 집 안에 들어와 말했다. "집이 좋군요."

마야는 눈살을 찌푸리며 불쾌감을 감추지 않았다.

키어스는 어딘가 원시인처럼 보였다. 떡 벌어진 어깨에 다부진 체격이었고, 팔은 몸에 비해 너무 짧았다. 방금 면도를 하고 나와도 이상하게 안 한 듯한 얼굴이었다. 숱이 많은 눈썹은 나방으로 변하기 직전의 송충이 같았고, 손등의 털은 세팅기로 말아놓은 듯 곱실거렸다.

"제가 방해한 건 아닌지 모르겠군요."

"왜 방해가 되겠어요? 아, 맞다, 방금 우리 남편이 땅에 묻혀서요?" 마야가 되물었다.

키어스는 짐짓 뉘우치는 척했다. "제가 적절하지 못한 때에 찾아온 모양입니다."

"그런가요?"

"하지만 내일부터 다시 출근한다고 하셔서 좀처럼 적절한 때를 찾을 수가 없었습니다."

"지당하신 말씀이에요. 뭘 도와드릴까요, 형사님?"

"좀 앉아도 되겠습니까?"

마야는 거실 소파를 향해 손짓했다. 불현듯 소름 끼치는 생각이 떠올랐다. 지금 이 만남, 정확하게는 이 거실에서 이뤄지는 모든 만남이 사진틀로 위장한 내니 캠에 녹화될 터이다. 생각해보면 정말 기이한 일이다. 물론 사진틀의 녹화 버튼을 꺼두었다가 나중에 외출할 때 다시 켤 수도 있지만, 누가 번거롭게 매일 그런 수고를 한단 말인가. 내니 캠에 소리도 녹화되는지 궁금했다. 아이린에게 물어보거나, 나중에 녹화된 영상을 보고 직접 확인할 수 있으리라.

"집이 좋군요." 키어스가 말했다.

"네. 아까 들어올 때 이미 말하셨어요."

"몇 년도에 지은 집인가요?"

"1920년대요."

"시댁에서 소유한 집이죠?"

"네."

키어스는 자리에 앉았다. 마야는 계속 서 있었다.

"무슨 일로 오셨죠, 형사님?"

"그냥 몇 가지 확인차 왔습니다."

"확인요?"

"좀 참고 들어주십시오." 키어스는 마야의 마음을 풀겠답시고 제 딴에는 매력적인 미소를 지었지만 마야에게는 먹히지 않았다. "어디에 뒀더라……?" 그는 재킷 안주머니를 뒤지며 가장자리가 너덜너덜해진 수첩을 꺼냈다. "처음부터 다시 짚어봐도 되겠습니까?"

마야는 키어스 형사가 무슨 꿍꿍이인지 알 수 없었다. 아마도 그가 원하는 바이리라. "뭐가 알고 싶으시죠?"

"처음부터 시작하죠."

마야는 자리에 앉아 어서 물어보라는 듯이 두 팔을 활짝 펼쳤다.

"왜 남편분과 센트럴파크에서 만나셨죠?"

"남편이 그러자고 했으니까요."

"전화로요, 맞죠?"

"네."

"자주 있는 일이었나요?"

"전에도 거기서 만난 적이 있어요. 네."

"언제요?"

"모르겠어요. 수없이 많죠. 말씀드렸잖아요. 거기가 센트럴파크에서도 멋진 곳이라고요. 전에도 잔디밭에 담요를 깔고 누워 있다가 보트하우스 레스토랑에서 점심을 먹고……." 마야는 갑자기 말을 멈추고 침을 삼켰다. "아무튼 멋진 곳이니까요."

"낮에는 그렇죠. 하지만 밤에는 좀 인적이 드물지 않나요?"

"우린 한번도 거기가 위험하다고 생각한 적 없어요."

키어스가 미소를 지었다. "당신에게는 거의 모든 곳이 그렇겠죠."

"무슨 뜻이죠?"

"그동안 당신이 복무한 곳을 생각하면, 공원은 별로 위험하게 느껴지지 않을 거라는 말입니다." 키어스가 주먹에 대고 기침을 했다. "어쨌든 남편분이 전화를 걸어 거기서 보자고 했고, 그래서 만났군요."

"맞아요."

"하지만 문제는," 키어스는 수첩을 내려다보며 손끝에 침을 묻히더니 종이를 넘기기 시작했다. "남편분이 전화하지 않았다는 겁니다."

그는 고개를 들어 마야를 바라봤다.

"뭐라고요?"

"방금 남편분이 전화해서 약속을 잡았다고 하셨잖습니까."

"아뇨, 그렇게 말한 사람은 형사님이죠. 난 남편이 거기서 만나자고 했다고만 했어요."

"하지만 제가 그다음에 '남편분이 전화를 걸어'라고 했을 때 '맞아요'라고 하셨습니다."

"지금 말장난하시나요, 형사님? 그날 저녁의 통화 기록이 있을 텐데요. 제 말 맞죠?"

"맞습니다. 네."

"그럼 제가 남편과 통화했다는 것도 아시겠군요."

"네. 압니다."

"남편이 먼저 전화했는지, 제가 먼저 했는지는 기억 안 나요. 어쨌든 남편은 우리가 늘 갔던 곳에서 만나자고 했어요. 제가 먼저 만나자고 했을 수도 있고요. 그게 무슨 상관인지 모르겠지만요. 사실 남편이 먼저 말하지 않았으면 제가 했을 거예요."

"남편과 거기서 자주 만났다는 걸 확인해줄 사람이 있나요?"

"없을걸요. 하지만 역시나 그게 무슨 상관인지 모르겠네요."

키어스는 마음에도 없는 미소를 지어 보였다. "저도 모르겠습니다. 그러니 다음으로 넘어갈까요?"

마야는 다리를 꼬고 기다렸다.

"서쪽에서 두 남자가 다가왔다고 하셨습니다. 맞나요?"

"네."

"둘 다 스키 마스크를 썼고요."

마야가 이미 수십 번 했던 이야기였다. "네."

"검은 스키 마스크요. 맞죠?"

"맞아요."

"그중 한 명은 183센티미터쯤 된다고 하셨습니다. 키가 어떻게 되시죠, 버켓 부인?"

하마터면 마야는 대위라고 부르라고 쏘아붙일 뻔했다. '부인'이라는 호칭을 싫어했기 때문이다. 하지만 이제는 대위라는 호칭도 부적절했다.

"마야라고 부르세요. 저도 183센티미터쯤 돼요."

"그러니까 한 놈은 당신과 키가 비슷했군요."

마야는 어이없는 표정을 짓지 않으려고 애썼다. "아, 네."

"범인에 대한 묘사가 상당히 정확하시더군요." 키어스는 수첩에 적힌 글을 읽기 시작했다. "한 명은 183센티미터, 다른 한 명은 177센티미터쯤 된다고 하셨습니다. 한 명은 검은 후드 점퍼에 청바지, 빨간 컨버스 운동화를 신고, 다른 한 명은 아무런 로고도 없는 연푸른색 티셔츠에 베이지색 배낭, 검은 러닝화를 신었고요. 러닝화가 어디 제품인지는 모른다고 하셨습니다."

"맞아요."

"빨간 컨버스를 신은 남자가 남편을 쐈다고 하셨죠?"

"네."

"부인은 달아나셨고요."

마야는 아무 말도 하지 않았다.

"부인 진술에 따르면 그들은 강도였습니다. 남편께서 지갑을 빨리 넘겨주지 않았다고 하셨어요. 아주 고급 시계를 차고 있었고요. 위블로라고 했죠?"

마야는 목이 타들어갔다. "네. 맞아요."

"왜 남편분이 빨리 넘겨주지 않았을까요?"

"아마…… 아마 본인도 빨리 넘겨주려고 했을 거예요."

"그런데 왜?"

마야는 고개를 저었다.

"누군가 형사님 얼굴에 권총을 겨눈 적이 있나요?"

"아뇨."

"그럼 모르실 거예요."

"뭘요?"

"총구. 그 구멍요. 누군가 총구를 겨누면서 방아쇠를 당기겠다고 협박하면, 그 검은 구멍이 엄청나게 커지죠. 마치 날 통째로 삼켜버릴 듯이요. 그 구멍을 보고 얼어붙는 사람들도 있죠."

키어스의 목소리가 부드러워졌다. "그럼 남편분도…… 그랬나요?"

"순간적으로 그랬죠."

"그런데 그 순간이 너무 길었군요."

"이 경우에는 그랬어요. 네."

두 사람은 몇 분간 말없이 앉아 있었다.

“총이 실수로 발사되었을 수도 있을까요?” 키어스가 물었다.

“그럴 리 없을걸요.”

“왜 그렇게 생각하시죠?”

“두 가지 이유에서죠. 첫째, 그건 리볼버였어요. 리볼버에 대해 아시나요?”

“잘은 모릅니다.”

“리볼버는 작동 원리상 공이치기를 뒤로 젖히거나, 방아쇠를 세게 잡아당겨야 발사돼요. 실수로 발사될 수가 없죠.”

“그렇군요. 두 번째 이유는요?”

“더 확실한 이유죠. 범인은 두 번 더 쐈어요. 세 번이나 ‘실수로’ 발사될 순 없죠.”

키어스는 고개를 끄덕이고 다시 수첩을 확인했다. “첫 번째 총알은 남편분의 왼쪽 어깨에 맞았고, 두 번째 총알은 오른쪽 쇄골 윗부분에 맞았습니다.”

마야는 눈을 감았다.

“범인이 얼마나 떨어진 거리에서 총을 쐈죠?”

“3미터요.”

“검시관 말로는 두 발 모두 직접적인 사인은 아니라고 하더군요.”

“네. 이미 말씀하셨어요.”

“그다음에 무슨 일이 있었죠?”

“전 그를 일으키려고 했고…….”

“남편분요?”

"네, 남편요. 달리 누구겠어요." 그녀가 쏘아붙였다.
"미안합니다. 계속하시죠."
"난…… 조는 바닥에 주저앉은 상태였어요."
"그리고 그때 범인이 세 번째 총알을 발사했죠?"
마야는 아무 말도 하지 않았다.
"세 번째이자 남편분을 죽인 총알이었죠."
"이미 말씀드렸잖아요."
"뭘 말입니까?"
마야는 고개를 들고 그의 눈을 똑바로 보았다. "전 범인이 세 번째로 총을 쏘는 모습은 보지 못했어요."
키어스가 고개를 끄덕였다. "네. 그때 당신은 달아나는 중이었으니까요."
"*도와주세요……. 제발…… 누가 좀……. 남편이…….*"
그녀의 가슴이 들썩이기 시작했다. 총성, 헬리콥터 날개가 돌아가는 소리, 고통스러운 비명. 이 모든 소리가 한꺼번에 밀려들었다. 마야는 눈을 감고 두세 번 심호흡을 한 뒤, 침착한 표정을 유지했다.
"마야?"
"네. 난 도망쳤어요. 됐나요? 두 남자가 총을 들고 있었고, 난 도망쳤어요. 남편을 버리고 도망쳤죠. 그러다 잠시 후, 글쎄요, 아마 4, 5초쯤 지났을 때 뒤에서 총성이 울렸고, 네, 형사님이 한 말을 종합해볼 때 내가 도망친 뒤 범인이 계속 주저앉아 있던 남편의 머리에 총을 대고 방아쇠를 당겨서……."
마야는 말을 멈췄다.

"아무도 당신을 비난하지 않습니다."

"물어본 적 없는데요, 형사님." 마야가 이를 악문 채 말했다. "또 뭐가 궁금하시죠?"

키어스는 수첩을 넘기기 시작했다. "범인의 세세한 인상착의 말고도 빨간 컨버스를 신은 남자가 스미스앤드웨슨 686을, 공범이 베레타 M9를 들고 있었다는 말도 하셨습니다." 키어스가 고개를 들고 말을 이었다. "정말 대단하십니다. 이렇게 총의 종류까지 파악하시다니."

"훈련의 결과죠."

"군대에서 받은 훈련이겠군요. 맞습니까?"

"그냥 제가 눈썰미가 좋은 걸로 해두죠."

"아, 겸손하신 말씀입니다. 당신의 영웅적인 행적은 익히 알려져 있습니다."

'그리고 내 추락도요.' 마야는 자칫 그렇게 덧붙일 뻔했다.

"사건 현장은 그다지 밝지 않았습니다. 멀리 떨어진 가로등 서너 개뿐이었죠."

"그거면 충분해요."

"어떤 총인지 알아보기에 충분하다는 말인가요?"

"전 총을 잘 아니까요."

"물론 그러시겠죠. 사실 당신은 명사수(marksman)니까요. 맞습니까?"

"여자 명사수죠(markswoman)."

그 말이 자동으로 튀어나왔다. 거드름을 피우는 듯한 그의 미소도 마찬가지였다.

"미안합니다. 하지만 그렇게 어두운데—"

"스미스앤드웨슨은 검은색이 아니라 스테인리스스틸이에요." 마야가 그의 말을 잘랐다. "어둠 속에서 알아보기 쉽죠. 또 공이치기를 젖히는 소리도 들었고요. 반자동이 아닌 경우에는 그렇게 젖혀야 해요."

"베레타는요?"

"어디 제품인지는 잘 모르겠지만 베레타 스타일로 총열이 분리되어 있더군요."

"아시다시피 남편분 시신에서 총알이 세 개 나왔습니다. 38구경, 스미스앤드웨슨과 일치했죠." 키어스는 골똘히 생각하듯이 얼굴을 문질렀다. "총을 소지하고 계시죠?"

"네."

"혹시 그중 하나가 스미스앤드웨슨 686인가요?"

"말하지 않아도 아실 텐데요."

"제가 어떻게 알겠습니까?"

"뉴저지주 법에 따라 전 이 주에서 구입한 총을 다 등록해야 해요. 그러니까 당연히 아실 거예요. 무능해빠진 경찰이 아닌 한은요. 형사님은 결코 무능한 분이 아니니 제가 소유한 총의 기록을 곧바로 조사해보셨겠죠. 그러니까 게임은 그만하고 곧장 본론으로 들어가시죠."

"남편분이 쓰러진 곳에서 베세즈다 분수까지 몇 미터나 될까요?"

갑자기 화제가 바뀌었다. "분명 거리를 재보셨을 텐데요."

"재봤습니다, 네. 여기저기 꺾이고 돌아가는 곳까지 포함해 대략 275미터쯤 되더군요. 저도 거기까지 뛰어가봤습니다. 당신처럼 체력이 좋진 않지만 1분쯤 걸리더군요."

"네."

"자, 문제는 이겁니다. 몇몇 증인들 말로는 총성이 울리고서 적어도 1, 2분쯤 지난 후에 당신이 나타났다더군요. 그건 어떻게 설명하실 건가요?"

"그걸 제가 왜 설명해야 하죠?"

"꼭 알아야 하니까요."

마야는 눈도 깜빡이지 않고 말했다. "제가 남편을 쐈다고 생각하시나요, 형사님?"

"쏘셨나요?"

"아뇨. 그걸 제가 어떻게 증명할지 아세요?"

"어떻게요?"

"저랑 사격장에 가시죠."

"무슨 뜻입니까?"

"말씀하셨듯이 전 명사수예요."

"그렇다고 들었습니다."

"그러면 아실 텐데요."

"뭘 말입니까?"

마야는 몸을 앞으로 내밀고 그의 눈을 똑바로 바라봤다. "그 거리에서 누군가를 죽일 때 세 발이나 쏠 필요가 없어요. 눈을 가렸으면 모를까."

그 말에 키어스는 빙그레 웃었다. "제가 졌습니다. 그리고 그런 질문을 드린 걸 사과하죠. 저도 당신이 남편을 쐈다고는 생각하지 않습니다. 사실 쏘지 않았다는 걸 증명할 수도 있고요."

"무슨 말이죠?"

키어스는 자리에서 일어났다. "총을 집에 보관하시나요?"

"네."

"좀 보여주시겠습니까?"

마야는 지하실에 있는 총기 보관용 금고로 키어스를 데리고 갔다.

"수정 헌법 제2조(모든 시민의 총기 소지와 휴대를 보장하는 법—옮긴이)를 열렬히 찬성하시나 봅니다." 키어스가 말했다.

"정치는 관심 없어요."

"하지만 총은 좋아하시는군요." 그는 금고를 보았다. "금고 다이얼이 안 보이네요. 열쇠로 여나요?"

"아뇨. 지문으로만 열 수 있죠."

"아, 그렇군요. 그럼 금고를 열 수 있는 사람은 당신뿐이군요."

마야는 침을 삼켰다. "지금은요."

"아." 키어스가 실수를 깨닫고 말했다. "남편분도?"

그녀는 고개를 끄덕였다.

"두 분 말고 또 금고를 열 수 있는 사람이 있나요?"

"없어요." 마야는 금고에 엄지손가락을 댔다. 톡 소리와 함께 금고 문이 열렸다. 그녀는 옆으로 비켜섰다.

키어스는 금고 안을 들여다보며 나직이 휘파람을 불었다. "이 많은 총이 다 어디에 필요하십니까?"

"필요해서 산 게 아니에요. 전 사격을 좋아해요. 취미죠. 대부분의 사람은 이해도 못 하고, 좋아하지도 않지만요. 상관없어요."

"스미스앤드웨슨 686은 어디 있죠?"

마야는 금고 안을 가리켰다. "여기요."

키어스가 실눈을 떴다. "가져가도 될까요?"

"이걸요?"

"네. 문제가 안 된다면요."

"제가 쐈다고 생각하지 않으신다면서요."

"네. 하지만 당신뿐 아니라 당신 총도 용의 선상에서 제외해야 하니까요. 안 그렇습니까?"

마야는 스미스앤드웨슨을 꺼냈다. 대부분의 명사수들처럼 그녀 역시 총을 청소하거나 장전하거나 총알을 빼두는 데 강박증이 있었다. 다시 말해 총의 장전 상태를 늘 한 번 더 확인했다. 역시나 총은 장전되어 있지 않았다.

"영수증을 써드리죠." 그가 말했다.

"당연한 말이지만, 제가 영장을 요구할 수도 있어요."

"아마도 영장이 나올 겁니다."

맞는 말이었다. 마야는 총을 넘겨주었다.

"형사님?"

"네?"

"제게 숨기는 게 있으시죠?"

키어스는 미소를 지었다. "곧 연락드리죠."

# 3

이튿날 아침 7시에 릴리의 보모 이사벨라가 왔다.

어제 장례식에서 가장 요란하게 슬퍼한 조문객은 바로 이사벨라의 가족들이었다. 특히 조의 보모였던 이사벨라의 엄마 로사는 넋이 나간 채 손수건을 움켜쥐고 자식인 이사벨라와 헥터에게 연신 몸을 기댔다. 어제 얼마나 울었는지 이사벨라의 눈가는 지금도 붉게 물들어 있었다.

"정말 유감이에요, 버켓 부인."

마야는 버켓 부인이 아니라 그냥 이름을 부르라고 수차례 일렀지만, 이사벨라는 고개만 끄덕일 뿐 계속 버켓 부인이라고 불렀다. 결국 마야도 포기했다. 일터에서 좀 더 격식을 갖추는 것이 이사벨라에게 더 편하다면 마야로서도 강요할 수 없는 노릇이었다.

"고마워요, 이사벨라."

릴리는 입술에 시리얼이 묻은 채 부엌 의자에서 폴짝 뛰어내려 그들에게 달려왔다. "이사벨라!"

이사벨라가 환한 얼굴로 릴리를 번쩍 안아 올려 꼭 껴안았다. 보모를 이렇게 좋아하는 딸을 보니 고마우면서도 섭섭한 마음에 마야는 일하는 엄마로서 비애를 느꼈다.

과연 그녀는 이사벨라를 믿고 있을까?

어제도 말했듯이 그렇다, 그녀는 이사벨라를 믿었다. 하지만 어디까지나 '이방인'이라는 한계 안에서였다. 이사벨라를 고용한 사람은 물론 남편이었다. 당시 마야는 보모를 쓰는 데 확신이 없는 상태였다. 오히려 포터가에 새로 생긴 '그로잉 업'이라는 어린이집에 관심이 갔다. 브루스 스프링스틴의 노래에서 따온 상호 같았다. 키티 셤("미스 키티라고 부르세요!")이라는 어리고 예쁘고 방실방실 웃는 선생님을 따라 둘러본 어린이집 내부는 깨끗하고 반질반질했으며, 알록달록한 방마다 온갖 종류의 CCTV와 보안 프로그램이 작동 중이었다. 역시 젊고 방실방실 웃는 다른 선생님들과 릴리가 함께 놀 수 있는 친구들도 있었다. 하지만 조는 보모를 써야 한다고 고집을 부렸고, 사실상 이사벨라의 엄마가 자기를 키웠다고 강조했다. 마야는 농담을 빙자해 "그게 대단한 경력이라도 된다는 거야?"라고 대꾸했지만, 6개월간의 해외 복무를 앞둔 상태라서 마냥 자기 의견만 고집할 수는 없었다. 딱히 그 결정에 반대할 이유도 없었고.

마야는 릴리의 정수리에 키스하고 출근길에 나섰다. 며칠 더 쉬면서 릴리와 단둘이 집에 있을 수도 있었다. 혼전계약서를 쓰기는 했어도 이제는 부유한 미망인이므로 딱히 돈이 필요하지는 않았다. 하지만 자식만 바라보는 엄마 역할은 그녀에게 맞지 않았다. 한때 엄마들의 세상에 편입하기 위해 다른 엄마들과 차를 마시며 배변 훈련과 명문 사립 유치원, 유모차 안전 등급에 대해 토론하고 자식들의 지루한 발달 과정을 돌아가며 자랑하기도 했다. 마야는 미소 띤 얼굴로 앉아 있었지만 마음은 이라크로, 사방이 피범벅인 기억으로 돌아가곤 했다. 아칸소주에서 온 열아홉 살 일병 제이크 에번스가 하반신이 완전히 날아갔는데도 신기하게 살아 있던 모습이 주로 떠올랐다. 그녀는 이렇게 커피를 마시며 잡담을 나누는 세상이 피범벅인 전쟁터와 같은 행성에 존재한다는 불가사의한 사실을 어떻게든 받아들이려고 애썼다.

가끔은 섬뜩한 장면 대신 헬리콥터 날개 소리가 귓가에 울리기도 했다. 자식 교육에 있어서 이렇게 극성맞고 절대 물러서지 않는 엄마들을 '헬리콥터 맘'이라고 부르다니, 아이러니하게만 느껴졌다.

그들은 전쟁이 뭔지 쥐뿔도 모르는데 말이다.

진입로에 세워둔 차를 향해 걸어가는 동안 마야는 주위를 둘러보며 적들이 매복해 있다가 덤벼들 만한 곳이 있는지 살폈다. 이유는 간단했다. 오랜 직업병이었다. 한번 군인은 영원한 군인이다.

망상이든 아니든, 적의 흔적은 어디에도 없었다.

마야는 자신이 참전 군인의 전형적인 정신 질환에 시달리고 있음을 알고 있었다. 하지만 원래 참전하고도 정신이 멀쩡한 군인은 없다. 그녀에게 이 질환은 깨달음에 가까웠다. 자신은 세상이 어떤 곳인지 알지만, 다른 이들은 그러지 못하다는.

군대에 있을 때 마야는 전투 헬리콥터를 몰며 진격하는 지상 부대를 엄호하고 길을 내주는 일을 했다. 처음에는 캠벨 기지에서 UH-60 블랙호크를 몰다가 비행 거리가 쌓이자 유명한 제160 특수작전 항공 연대(SOAR)에 지원했다. 군인들은 헬리콥터를 으레 '새'라고 불렀다. 별 상관은 없었지만 민간인들이 그럴 때보다 더 짜증이 났다. 평생 군인으로 살 계획이었으나 코리더휘슬(CoreyTheWhistle) 사이트에 문제의 영상이 올라오면서 그 계획은 날아가버렸다. 제이크 에번스가 사제 폭탄을 밟았을 때처럼.

오늘 비행 수업은 세상에서 가장 많이 팔린 경비행기 세스나 172를 타고 진행될 예정이다. 수업은 학생과 함께 몇 시간씩 상공에서 진행되었고, 마야의 업무는 적극적으로 지시하기보다 그저 가만히 지켜보는 쪽에 가까웠다.

비행기를 몰거나 혹은 다른 사람이 모는 비행기 조종석에 가만히 앉아 있는 일은 마야에게 명상이나 다름없어서 어깨의 뭉친 근육이 풀릴 정도였다. 물론 바그다드 상공에서 UH-60 블랙호크를 몰거나, 보잉 MH-6 리틀버드를 모는 최초의 여자 비행사가 됐을 때처럼 신나거나 짜릿하지는 않았다. 전쟁이 엄청난 황홀감을 주며 마약 못지않게 아드레날린을 과다 분비시킨다는 사실을 인정하고 싶어 하는 사람은 없다. 전쟁을 '즐기고', 그 찌릿함을 느끼고, 세상 어느 것도 전쟁이 주는 쾌감에 미치지 못함을 깨닫는 일은 부적절하기 때문이다. 이는 절대 입 밖에 낼 수 없는 끔찍한 비밀이다. 그렇다. 전쟁은 추악하며 누구도 겪어서는 안 된다. 릴리가 전쟁 근처에 가지 않을 수만 있다면 마야는 목숨이라도 바칠 것이다. 하지만 인간이 마음 한편으로 위험을 갈망한다는 것도 무언의 진실이다. 누구도 자신이 그렇게 되길 원치 않는다. 자신의 그런 면을 깨닫는 것도 달갑지 않다. 위험을 좋아한다는 것은 선천적으로 난폭하거나 공감 능력이 떨어진다는 뜻이며 애초에 말이 안 되기 때문이다. 하지만 공포에는 중독적인 요소가 있다. 집에서는 비교적 차분하고 잔잔하고 지루한 삶을 살 수 있다. 하지만 전쟁터에 나가 죽음의 공포 속에서 살던 사람이 다시 집에 돌아와 차분하고 잔잔하고 지루한 삶을 살기란 불가능하다. 인간은 그렇게 되지 않는다.

마야는 방해받고 싶지 않아 수업 중에는 늘 휴대전화를 로커에 넣어두었다. 급한 일이라면 회사에서 헬리콥터로 무전을 보낼 테니까. 하지만 점심시간에 휴대전화를 확인했더니 조카 대니얼에게서 이상한 문자가 와 있었다.

알렉사는 이모가 축구 시합에 오는 게 싫은가 봐요.

마야는 대니얼에게 전화를 걸었다. 첫 번째 신호음이 울리자 대니얼이 전화를 받으며 말했다.

"여보세요?"

"무슨 일이니?"

마야는 알렉사의 축구 코치에게 다가가 어깨를 톡톡 쳤다. 거구의 코치가 어찌나 빨리 돌아보는지 목에 걸린 호루라기가 하마터면 그녀의 얼굴을 때릴 뻔했다.

"뭡니까?" 그가 외쳤다.

필이라는 이름의 이 코치는 시합 내내 쉴 새 없이 소리를 지르고 앞뒤로 서성이며 성질을 부렸다. 열두 살 소녀가 아닌 신병을 가르치는 교관들도 그렇게 심하게 굴지는 않는다.

"전 마야 스턴이라고 해요."

"아, 누군지 알지. 하지만." 코치는 과장된 몸짓으로 축구장을 가리켰다. "지금은 한창 시합 중이야. 그 점을 존중해주시오, 군인 양반."

군인 양반? "잠깐 물어볼 게 있어요."

"지금은 얘기할 시간이 없다니까. 경기 후에 와요. 그리고 관객은 이쪽으로 오면 안 된다고."

"경기 규칙인가요?"

"그렇소."

필 코치가 그만 가보라는 뜻으로 몸을 돌리자 그의 널찍한 등이 그녀를 마주했다. 마야는 움직이지 않았다.

"지금 후반전이에요." 마야가 말했다.

"뭐요?"

"모든 선수들은 경기의 절반씩 뛰어야 한다고 경기 규칙에 명시되어 있어요. 그런데 벌써 후반전이고, 아직 세 선수가 뛰지 못했어요. 지금부터 뛴다고 해도 경기의 절반이 안 되고요."

코치의 반바지는 아마 예전에 10~15킬로그램 정도 덜 나갔을 때나 맞았을 것이다. 왼쪽 가슴에 '코치'라는 글자가 수놓인 빨간 폴로셔츠도 몸에 꼭 끼어서 마치 소시지 껍질 같았다. 이젠 퇴물이 된 전직 운동선수처럼 보였는데 아마 실제로도 그럴 것이다. 덩치가 크고 위협적이어서 사람들은 그를 보기만 해도 겁내리라.

필 코치는 여전히 그녀에게 등을 돌린 채 한쪽 입꼬리로 내뱉듯이 말했다. "아는지 모르겠지만 이 시합이 준결승전이란 말이오."

"알아요."

"우리 팀이 겨우 한 점 차이로 이기고 있소."

"경기 규칙을 확인해봤지만 절반씩 뛰어야 한다는 데 예외는 없었어요. 8강전에서도 뛰지 않은 선수들이 있었고요."

필 코치는 다시 뒤돌아 마야를 마주 보더니 모자챙을 바로잡고 그녀에게 성큼 다가섰다. 마야는 물러서지 않았다. 전반전이 진행되는 동안 다른 학부모들과 객석에 앉아 있던 마야는 이 남자가 선수와 심판에게 끊임없이 욕을 퍼부어대는 모습을 지켜봤다. 저 거지 같은 모자를 두 번이나 땅에 내팽개치는 모습은 꼭 떼를 쓰는 두 살배기 같았다.

"지난번 경기에 그 애들을 뛰게 했으면 우린 이 준결승에 못 올라왔을 거요." 유리 조각을 내뱉듯이 코치가 말했다.

"규칙대로 했으면 졌다는 뜻인가요?"

그 말에 다른 학생들을 괴롭히기로 유명한 코치의 딸 패티가 코웃음을 쳤다. "걔들 실력이 구리다는 뜻이죠."

"넌 빠져라, 패티. 아만다 대신 들어가기나 해."

패티는 히죽거리며 점수 기록관들이 있는 곳으로 갔다.

"당신 딸." 마야가 말했다.

"우리 애가 뭐요?"

"당신 딸이 다른 아이들을 괴롭혀요."

코치는 역겹다는 표정으로 말했다. "앨리스가 그럽디까?"

"알렉사예요. 그리고 알렉사가 한 말이 아니에요."

대니얼에게 들었다.

코치는 입에서 나는 참치 샐러드 냄새를 맡을 수 있을 정도로 마야에게 얼굴을 내밀었다.

"이봐요, 군인 양반,"

"군인 양반?"

"당신 군인 맞잖소. 이젠 아닌가?" 그가 씩 웃었다. "소문을 듣자 하니 당신도 규칙을 그다지 잘 지키진 않던데. 안 그래?"

그녀는 손으로 주먹을 쥐었다가 풀고, 다시 주먹을 쥐었다가 풀었다.

"전직 군인답게 간단히 생각하시오." 그가 말했다.

"어떻게요?"

필 코치가 바지를 추켜올리며 경기장을 가리켰다. "여기는 내 전쟁터요. 난 장군이고 이 아이들은 병사지. 멍청한 일등병에게 F-16인지 뭔지의 조종대를 맡기진 않을 거 아뇨. 안 그래요?"

마야는 정말로 혈관 속 피가 뜨거워지는 것을 느꼈다.

"그러니까 지금 이 축구 경기가 아프가니스탄과 이라크에서 벌어지는 전쟁과 같다는 뜻인가요?" 가까스로 차분한 어조를 유지하며 그녀가 물었다.

"다를 게 뭐가 있소?"

'수축, 이완, 수축, 이완, 수축, 이완. 호흡은 천천히, 고르게.'

"이건 스포츠요." 코치가 다시 축구장을 가리키며 말했다. "진지하고 경쟁적인 스포츠. 그러니 전쟁과 비슷하지 뭘 그래.

그리고 난 이 애들을 나약하게 키우지 않아. 더는 세상이 마냥 무지갯빛인 5학년이 아니란 말이오. 이젠 6학년이니 현실을 대면해야지. 무슨 말인지 알겠소?"

"하지만 웹사이트에 명시된 경기 규칙은……."

필 코치는 모자챙이 그녀의 정수리에 닿을 정도로 몸을 숙였다. "웹사이트에 뭐라고 적혀 있든 난 관심 없으니까, 불만 있으면 축구 협회에 정식으로 신고하시오."

"그리고 축구 협회 회장은 당신이고요."

코치는 환하게 미소를 지으며 말했다. "이젠 우리 애들을 봐줘야 하니까 그만 가보시오." 그러더니 작별의 뜻으로 손가락을 흔들고 다시 경기장 쪽으로 서서히 몸을 돌렸다.

"나한테 등 돌리지 않는 게 좋을 텐데요." 마야가 말했다

"돌리면 어쩔 건데?"

참아야 했다. 마야도 알고 있었다. 알렉사를 생각해서라도 상황을 악화시키지 말아야 했다.

'수축, 이완, 수축…….'

하지만 머릿속으로 그렇게 야무진 꿈을 꾸는 동안 손은 다른 계획을 꾸몄다. 마야는 번개처럼 빠르게 허리를 숙여 코치의 반바지를 붙잡았고, 그가 팬티를 입었기를 기도하며 발목까지 바지를 내렸다.

순식간에 몇 가지 일이 벌어졌다.

먼저 관객들이 동시에 헉 하고 숨을 들이쉬었다. 딱 달라붙는 흰 팬티를 입은 코치는 반바지를 끌어 올리려고 역시 번개처럼 빠르게 허리를 숙였지만 발을 헛디뎌 땅으로 고꾸라졌다.

그러자 관객석에서 박장대소가 터졌다.

마야는 기다렸다.

코치는 재빨리 균형을 되찾아 벌떡 일어선 다음, 반바지를 끌어 올리고 그녀에게 돌진했다. 분노와 모욕감으로 얼굴이 사창가 불빛처럼 시뻘겠다.

"이런 미친년."

마야는 조용히 코치의 공격에 대비하면서도 움직이지는 않았다.

코치가 주먹을 들어 올렸다.

"어서 때려요. 그래야 내가 당신을 때려눕힐 수 있으니까." 마야가 말했다.

코치는 멈칫하고 마야의 눈을 바라보더니 거기서 무언가를 보고 손을 내렸다. "너 같은 년은 때릴 가치도 없어."

'이쯤 해두자.' 마야는 생각했다.

그녀는 자신의 행동을 이미 반쯤 후회하고 있었다. 조카들에게 폭력이 해결책이 될 수 있다는 잘못된 교훈을 주었기 때문이다. 다른 사람은 몰라도 그녀만은 그렇게 행동하면 안 되었다. 내성적인 알렉사는 겁에 질렸거나 민망해할 것이다. 하지만 알렉사를 힐끗 보니 그녀의 예상과 달리 살짝 미소 짓고 있었다. 이 사태가 만족스럽다거나 코치가 망신을 당해서 기쁘다는 의미가 아니었다. 그 미소는 다른 의미였다.

'이제 알았구나.' 마야는 생각했다.

그녀는 군대에서 그걸 배웠지만 이는 당연히 일상생활에도 적용된다. 병사들은 동료가 그들을 지켜준다는 사실을 알아야 한다. 이는 다른 어떤 것보다 우선하고 중요한 첫 번째 규칙이자 가르침이다. 적이 너를 쫓는다면 그것은 곧 나를 쫓는다는 뜻이다. 마야의 대응이 과했을 수도 있고, 아닐 수도 있다. 하지만 어느 쪽이든 이제 알렉사는 무슨 일이 있어도 이모가 자신을 위해 싸워주리라는 사실을 알게 되었다.

이 소동이 막 시작됐을 때 어떻게든 돕기 위해 그녀 쪽으로 달려오던 대니얼도 고개를 끄덕여 보였다. 저 아이도 아는 것이다.

저 아이들은 엄마가 죽었고, 아빠는 술주정뱅이다.

하지만 마야가 지켜줄 것이다.

마야는 미행 차량을 발견했다.

대니얼과 알렉사를 차로 집에 데려다주는 중이었고, 여느 때와 다름없이 습관적으로 주변을 훑어보며 수상한 것이 없는지 살피고 있었다. 그때 백미러에 빨간색 뷰익 베라노가 비쳤다.

아직까지 수상한 점은 없었다. 이제 겨우 2킬로미터 운전했을 뿐이지만 아까 축구 경기장 주차장에서 차를 뺄 때도 저 뷰익이 있었다. 우연의 일치일 수도 있다. 아마 그럴 것이다. 군인에게는 가끔씩 아무 이유 없이 그냥 알게 되는 육감이 있다고 셰인이 말했다. 말도 안 되는 헛소리지만 마야는 그 말을 믿었다. 아주 끔찍한 사건을 통해 그게 순 엉터리임이 밝혀지기 전까지는.

“마야 이모?”

알렉사였다.

"왜?"

"와줘서 고마워요."

"재미있었어. 너도 아주 잘했고."

"아뇨, 패티 말이 맞아요. 난 구려요."

대니얼이 웃었고, 알렉사도 따라 웃었다.

"그런 말 마. 그래도 축구 좋아하잖아. 그렇지?"

"네. 하지만 올해까지만 할 거예요."

"왜?"

"내년에도 계속할 만큼 잘하지 못하니까요."

마야는 고개를 저었다. "그러려고 하는 게 아니야."

"네?"

"스포츠라는 건 말이야, 재미있게 놀고 운동하려고 하는 거야."

"그걸 믿어요?" 알렉사가 물었다.

"응."

"마야 이모?"

"왜 그러니, 대니얼?"

"이모는 부활절 토끼도 믿죠?"

대니얼과 알렉사가 다시 웃었다. 마야는 고개를 절레절레 흔들며 미소 짓다가 백미러를 힐끗 보았다.

빨간색 뷰익 베라노가 여전히 따라오고 있었다. 코치가 다시 한판 붙으려고 따라오는 걸까? 그런 남자라면 빨간색을 좋아할 것 같기는 하지만, 필시 남성성을 과시할 만한 스포츠카나 사륜구동형 지프를 몰 것이다.

언니네 집(언니가 죽은 지 오래였지만 마야에게는 여전히 언니네 집이었다) 앞에 차를 세우자 빨간 뷰익이 조금도 머뭇거리지 않고 그들 옆을 지나갔다. 그러니 아마 그녀를 미행하지는 않았을 것이다. 같은 축구 시합에 참가했던 이웃집 가족이리라. 그렇다면 납득이 된다.

마야는 언니가 이 집을 처음 보여줬던 때를 떠올렸다. 지금과 비슷한 상태였다. 깎지 않아 무성한 잔디, 칠이 벗겨진 외벽, 금이 간 진입로, 시든 꽃들.

"어때?" 집을 보여준 언니는 그렇게 물었다.

"쓰레기장이네."

언니는 미소를 지었다. "맞아. 고맙구나. 두고 보라고."

마야는 잠재된 가능성을 보는 데 소질이 없었다. 하지만 언니는 그녀와 달리 솜씨가 좋았다. 얼마 지나지 않아 언니네 집 앞에 차를 세우면 '아늑함'과 '쾌적함'이라는 두 단어가 떠올랐다. 마치 행복한 아이가 크레용으로 그린 집 같았다. 늘 태양이 빛나고, 현관보다 더 높이 자란 꽃들이 피어 있는 집.

하지만 이젠 모두 사라졌다.

형부 에디가 현관에서 그들을 맞이했다. 에디 역시 이 집과 마찬가지로 언니가 죽은 뒤 잿빛으로 시들었다. "시합 어땠니?" 그가 딸에게 물었다.

"우리가 졌어요." 알렉사가 말했다.

"저런, 안됐구나."

알렉사는 아빠의 볼에 키스하고 대니얼과 함께 쏜살같이 집 안으로 들어갔다. 에디는 마야를 경계하는 듯했지만 그녀가 들어올 수 있도록 옆으로 비켜섰다. 빨간 체크무늬 셔츠에 청바지를 입었고, 이번에도 구강 청결제 냄새가 진동했다.

"내가 데리러 갈 걸 그랬어." 그가 변명하듯 말했다.

"괜찮아요." 마야가 말했다.

"오해할까 봐 하는 말인데…… 처제에게 애들을 데려다주겠다는 말을 들은 뒤에 마신 거야."

그녀는 아무 말도 하지 않았다. 구석에 여전히 상자가 쌓여 있었다. 언니의 유품이다. 에디는 아직도 저 상자를 지하실이나 차고로 옮기지 않고, 저장 강박증 환자처럼 거실 구석에 쌓아두었다.

"정말이야. 음주 운전은 하지 않아." 에디가 말했다.

"그거 참 대단하시네요."

"대단하지."

"그만하죠."

"마야?"

"왜요?"

면도할 때 빠뜨린 수염이 턱과 오른쪽 뺨에 군데군데 남아 있었다. 언니가 살아 있었다면 말해줬으리라. 집을 이렇게 어지르지 말라고도 했을 테고.

에디가 부드럽게 말했다. "언니가 살아 있을 땐 술을 마시지 않았어."

마야는 뭐라고 대꾸해야 할지 몰라서 가만히 있었다.

"물론 가끔씩 마시기는 했지만……."

"무슨 말인지 알아요." 마야가 그의 말을 잘랐다. "어쨌든 그만 갈게요. 애들 잘 챙겨주세요."

"마을 축구 협회에서 전화가 왔어."

"그랬어요?"

"처제가 한바탕 난리를 친 모양이더군."

마야는 어깨를 으쓱였다. "코치와 경기 규칙에 대해 의논했을 뿐이에요."

"무슨 권리로?"

"내 조카가 도와달라고 전화했으니까요."

"그래서 그게 도와준 거야?"

마야는 아무 말도 하지 않았다.

"필 코치 같은 머저리가 이 일을 그냥 넘어갈 거 같아? 알렉사에게 화풀이할 거라고."

"안 그러는 게 좋을걸요."

"그러면 어쩔 건데?" 에디가 퉁명스럽게 대꾸했다. "처제가 또 나설 거야?"

"네, 형부. 그래야 한다면요. 알렉사가 스스로 싸울 수 있을 때까지 제가 대신 싸워줄 거예요."

"코치의 바지를 내려서?"

"필요한 일을 해서요."

"지금 생각이나 하고 하는 말이야?"

"충분히요. 난 알렉사를 지켜줄 거예요. 왠지 알아요? 나 말고는 아무도 없으니까요."

그는 빰이라도 맞은 듯이 움찔했다. "이 집에서 당장 나가."

"알았어요." 마야는 현관을 향해 걷다가 걸음을 멈추고 돌아봤다. "그나저나 집이 돼지우리예요. 청소 좀 하세요."

"꺼지라고 했어. 그리고 당분간 오지 마."

"뭐라고요?"

"내 애들까지 망치지 말라고."

"내 애들까지……?" 마야는 그에게 다가갔다. "그게 무슨 말이죠?"

에디의 눈에서 조금 전의 분노는 사라지고 없었다. 그는 침을 삼키더니 시선을 피하며 말했다. "처제는 몰라."

"뭘요?"

"전에는 우릴 대신해서 싸워줬지. 덕분에 우린 든든했고."

"전에는?"

"그래."

"무슨 소린지 모르겠네요."

마침내 에디가 그녀를 마주 봤다. "죽음이 처제를 따라다녀."

마야는 우두커니 서 있었다. 멀리서 누군가 텔레비전을 켰고, 둔탁한 환호성이 들렸다.

에디는 손가락을 꼽기 시작했다. "전쟁. 클레어. 그리고 이제 조까지."

"그게 내 탓이라는 거예요?"

그는 입을 벌렸다가 다물더니 다시 열었다. "어쩌면. 나도 모르겠어. 거지같은 전쟁터에서 죽음이 처제에게 달라붙었을 수도 있지. 원래 처제 안에 있다가 가끔씩 나오는 걸 수도 있고, 아니면 처제를 따라 여기까지 왔을 수도 있고."

"그게 무슨 헛소리예요."

“아닐 수도 있고. 난 조를 좋아했어. 좋은 친구였지. 그런데 이젠 조도 죽었어.” 에디는 눈을 들어 그녀를 보았다. “사랑하는 사람을 또 잃고 싶진 않아.”

“난 대니얼과 알렉사가 절대 다치지 않도록 지킬 거예요. 형부도 알잖아요.”

“처제에게 그런 힘이 있다고 생각해?”

마야는 대답하지 않았다.

“클레어나 조도 절대 다치지 않도록 지켰겠지. 그런데 어떻게 됐어?”

‘이완, 수축.’

“이건 말도 안 돼요, 형부.”

“내 집에서 나가. 그리고 다신 오지 마.”

# 4

일주일 후에 빨간색 뷰익 베라노가 다시 나타났다.

마야는 늦게까지 비행 수업을 하고 귀가하는 중이었다. 피곤하고 배가 고팠으며, 어서 집에 가서 이사벨라를 보내줘야 했다. 그런데 망할 놈의 빨간 뷰익이 다시 나타난 것이다.

어떻게 해야 할까?

자신이 취할 수 있는 행동이 뭐가 있을지 생각하자마자 뷰익이 다시 방향을 틀어 사라졌다. 이번에도 우연의 일치일까? 아니면 그녀가 집으로 가는 것을 확인했으니 더는 미행할 필요가 없어서일까? 마야는 후자라고 확신했다.

차를 세우자 픽업트럭 옆에서 이사벨라를 기다리고 있는 헥터가 보였다. 그는 정원 일을 마치면 이사벨라를 태우고 함께 집으로 갔다.

"안녕하세요, 버켓 부인."

"안녕하세요, 헥터."

"방금 화단 손질을 끝냈습니다." 그가 입고 있는 후드 점퍼의 지퍼를 목까지 올렸다. 이렇게 더운 날씨에 어울리지 않는 옷이었다. "마음에 드세요?"

"좋네요. 부탁 하나만 해도 될까요?"

"물론이죠."

"우리 언니네 집에 일손이 필요해요. 내가 돈을 더 줄 테니까 그 집에 가서 잔디를 깎고 청소 좀 해주겠어요?"

헥터는 이 제안이 다소 불편한 듯했다. 그들 가족은 오로지 버켓가를 위해서만 일했고, 그들에게 월급을 받았기 때문이다.

"어머니께는 내가 말씀드릴게요." 마야가 말했다.

"그렇다면 기꺼이 해야죠."

마야가 집으로 걸어가는 동안 휴대전화가 띠링 울렸다. 알렉사가 보낸 문자 메시지였다.

토요일에 축구 시합 있어요. 올 수 있어요?

지난주에 코치와의 사건이 있은 후로 마야는 이런저런 핑계를 대며 언니네 집에 가지 않고 있었다. '죽음이 따라다닌다'는 헛소리가 사실이 아니며 형부가 순간적으로 이성을 잃고 내뱉은 말이라는 건 알지만, 그래도 계속 머릿속을 맴돌았다. 또한 자식 일에 있어서라면 부모는 이성을 잃을 권리가 있다는 생각도 들었다. 어차피 잠시 동안일 테니까.

예전에 대니얼이 태어났을 때 언니와 형부는 그들에게 무슨 일이 일어날 경우를 대비해 마야를 후견인으로 지정했고, 나중에는 알렉사의 후견인으로도 지정했다. 당시 언니는 자신의 앞날을 전혀 모르고 있었는데도 마야를 한쪽으로 끌고 가 이렇게 말했다. "만약 내게 무슨 일이 생기면 에디 혼자서는 역부족일 거야."

"왜 그렇게 생각해?"

"저이는 좋은 사람이지만 마음이 여리거든. 네가 반드시 도와줘야 해."

클레어는 "약속해줘"라든가 그 비슷한 부탁의 말을 할 필요가 없었다. 마야가 약속을 지키리라는 걸 클레어도, 마야도 알고 있었다. 마야는 언니의 부탁을 진지하게 받아들였고 조카들에게 책임감을 느꼈다. 설사 당분간 형부의 명령에 따라 언니네 집에 가지 않는다 해도 그게 일시적이라는 걸 형부도 알리라. 마야는 답문을 보냈다.

이런, 못 가겠다. 수업이 있어. 곧 보자. XO(키스와 포옹을 뜻하는 작별의 인사말—옮긴이).

뒷문을 향해 계속 걸어가는 동안 쿠웨이트 아리프잔 미군 기지에서의 그날이 떠올랐다. 그곳 시간으로는 정오, 여기는 새벽 5시였을 때 전화가 왔다.

"나야. 나쁜 소식이 있어." 조가 갈라지는 목소리로 말했다.

세상이 무너지기 직전의 그 짧은 순간, 그녀는 나쁜 소식을 듣는 쪽이 자신이라는 게 이상하다고 생각했다. 이런 끔찍한 소식은 늘 반대쪽, 다시 말해 중동에서 서쪽으로 이동해 미국으로 가기 때문이다. 물론 그녀가 직접 전화한 적은 없다. 이런 일에 관해서는 규약이 있다. 사망 통지 장교(그렇다, 군에는 그런 게 있다)가 유가족을 찾아가 직접 말해줘야 한다. 업무가 업무이다 보니 아무도 자원하지 않고, 자원하라는 강요를 받는다. 그들은 푸른색 옷을 입고 목사와 함께 유가족의 집을 방문해 외운 문장을 그대로 말한다.

"무슨 일인데?" 그녀가 조에게 물었다.

정적이 흘렀다. 그렇게 끔찍한 정적은 처음이었다.

"조?"

"언니 일이야." 그녀는 가슴속에서 무언가가 와르르 무너지는 것을 느꼈다.

마야는 뒷문을 열었다. 릴리가 소파에 앉아 초록색 크레용으로 그림을 그리고 있었다. 엄마가 왔는데도 고개를 들지 않았지만 상관없었다. 릴리는 집중력이 엄청나게 뛰어난 아이고, 지금은 모든 집중력을 그림에 쏟고 있다. 이사벨라는 릴리를 방해하기 싫다는 듯이 천천히 일어나 거실을 가로질러 왔다.

"늦게까지 봐줘서 고마워요." 마야가 말했다.

"별말씀을요."

릴리가 고개를 들더니 그들에게 미소를 지었다. 마야와 이사벨라는 동시에 미소를 지으며 손을 흔들었다.

"오늘 릴리는 어땠어요?"

"잘 놀았어요." 이사벨라는 쓸쓸한 표정으로 마야를 바라보았다. "아무것도 모르니까요."

이사벨라는 매일 이와 비슷한 말을 했다.

"내일 아침에 봐요." 마야가 말했다.

"네, 버켓 부인."

마야는 릴리 옆에 앉아 헥터의 트럭이 떠나는 소리를 들으며, 디지털 사진틀이자 내니 캠에 차례로 뜨는 사진들을 바라보았다. 저걸 볼 때마다 자신이 하는 행동이 모두 녹화되고 있다는 사실이 떠올랐다. 그녀는 거의 매일 녹화된 영상을 확인하며 혹시라도 이사벨라가…… 음, 정확히 뭘 걱정하는지는 알 수 없었다. 어쨌든 녹화된 영상은 늘 별다른 사건 없이 단조로웠다. 마야는 자신이 릴리와 노는 모습은 절대 보지 않았다. 기분이 이상했기 때문이다. 거실에 감시 카메라가 있다는 사실 자체가 이상했다. 마치 카메라 때문에 평소와 다르게 행동해야 할 것만 같았다. 카메라가 릴리를 대하는 자신의 태도에 어느 정도 영향을 미칠까? 아마 그럴 것이다.

"뭘 그리고 있니?" 마야가 물었다.

"이거."

도화지 안에는 그저 구불구불한 선들만 있었다. "뭔지 모르겠는데."

릴리는 상처 받은 듯했다.

마야는 어깨를 으쓱였다. "엄마한테 말해줄래?"

"소 두 마리랑 애벌레."

"소가 초록색이네."

"그건 애벌레야."

다행히 그때 마야의 휴대전화가 울렸다. 발신인을 보니 셰인이었다.

"힘들 텐데 어떻게 지내?" 셰인이 물었다.

"잘 지내."

3초간 침묵이 흐르다 셰인이 말했다.

"어색하고 좋네."

"그러게. 무슨 일이야?"

두 사람은 "힘들 텐데 어떻게 지내?"라는 말을 하기에는 너무 가까웠다. 그들 사이에는 절대 주고받지 않는 말이었다.

"할 말이 있어."

"말해."

"지금 갈게. 배고파?"

"별로."

"베스트 오브 에브리싱에서 버펄로 치킨 피자 사갈게."

"그럼 빨리 와."

그녀는 전화를 끊었다. 아리프잔 기지에서는 거의 매 끼니마다 피자를 먹을 수 있었지만 소스는 상한 케첩 맛이었고, 도우는 치약처럼 물컹거렸다. 귀국한 후로는 오로지 도우가 얇고 바삭한 피자만 먹었는데, 베스트 오브 에브리싱이 최고였다.

셰인이 도착하자 세 사람은 식탁에 둘러앉아 게걸스럽게 피자를 먹어치웠다. 릴리는 셰인을 좋아했다. 일반적으로 아이들은 셰인을 좋아했다. 그가 잘 지내지 못하는 대상은 어른이었다. 그에게서는 어색하면서 엄격한 분위기가 풍겼는데 예의상 마음에 없는 미소라도 지어주길 바라는 사람들은 이를 불쾌하게 여겼다. 사소한 잡담이나 인사치레는 셰인의 성격과 거리가 멀었다.

피자를 다 먹자 릴리는 마야가 아닌 셰인에게 침대로 데려다 달라고 우겼다.

셰인은 입술을 삐죽 내밀었다. "하지만 책을 읽어주는 건 너무 지겹단 말이야."

그 말에 릴리는 자지러지게 웃어대더니 셰인의 손을 잡고 계단으로 끌고 가기 시작했다. "안 돼, 제발!" 셰인은 바닥으로 쓰러지며 그렇게 외쳤다. 릴리는 더 크게 웃어대며 계속 셰인을 끌고 갔다. 셰인은 계속 저항했고, 릴리가 그를 계단으로 끌고 갈 때까지 10분이나 걸렸다.

침실에 들어가자 셰인은 동화책을 읽어줬고, 릴리는 금방 곯아떨어졌다. 혹시 셰인이 수면제를 먹였나 의심스러울 정도였다.

"금방 잠들었네." 셰인이 거실로 내려오자 그녀가 말했다.

"내 작전 덕분이지."

"무슨 작전?"

"릴리에게 계단까지 날 끌고 가게 한 작전. 그러면 몸이 녹초가 되거든."

"똑똑한데."

"뭐, 이 정도야."

두 사람은 냉장고에서 차가운 맥주 두 병을 꺼내 뒤뜰로 나갔다. 밤이 내려앉아 있었다. 무거운 습기가 그들을 짓눌렀지만 사막에서 20킬로그램 군장을 메고 행군한 경험이 있는 그들에게 웬만한 더위는 문제되지 않았다.

"좋다." 셰인이 말했다.

그들은 수영장 옆에 앉아 맥주를 마셨다. 두 사람 사이에 무언가 보이지 않는 틈 같은 것이 있었고 마야는 그게 싫었다.

"그만해." 그녀가 말했다.

"뭘?"

"날 마치……."

"마치 뭐?"

"미망인 대하듯 하는 거. 그만하라고."

셰인은 고개를 끄덕였다. "그래, 알았어. 미안해."

"나한테 할 말이라는 게 뭐야?" 그녀가 물었다.

셰인은 맥주를 꿀꺽 마셨다. "별거 아닐 수도 있어."

"뭔데?"

"떠도는 소문에 의하면, 코리 러진스키가 다시 미국에 돌아온 것 같아." 셰인은 아직 현역이고 지방 헌병대 책임자였다.

그는 마야의 반응을 기다렸다. 마야는 맥주를 길게 한 모금 들이킬 뿐 아무 말도 하지 않았다.

"2주 전에 캐나다 국경을 넘었나 봐."

"체포 영장 있어?"

"엄밀히 따지면 없지."

코리 러진스키는 내부 고발자(whistle blower, 직역하면 '호루라기를 부는 사람'이라는 뜻—옮긴이)들이 신분 노출의 위험 없이 마음 놓고 인터넷에 정보를 올릴 수 있는 코리더휘슬의 설립자다. 정부나 대기업의 불법적인 활동을 폭로하자는 취지에서 만들어진 사이트로 남미 공직자들이 정유 회사로부터 뇌물을 받은 사건, 인종차별적 발언이 실린 이메일을 주고받은 부패 경찰 사건, 아이다호 주립 교도소에서 벌어진 수감자 학대 사건, 아시아에서 발생한 핵폭발 사고를 은폐한 사건, 유엔군이 접대부를 고용한 사건 모두가 코리더휘슬을 통해 세상에 알려졌다.

의욕 넘치는 여군 헬리콥터 조종사 때문에 민간인이 죽게 된 사건도.

이 모든 '특종'은 은밀한 내부 고발자들이 코리더휘슬에 폭로한 덕분이었다.

"마야?"

"그자는 더 이상 날 건드릴 수 없어."

셰인은 고개를 갸웃했다.

"왜?" 마야가 물었다.

"아무것도 아냐."

"그자는 날 건드릴 수 없어. 이미 영상을 공개했잖아." 그녀가 말했다.

"전부는 아니지."

마야는 맥주를 한 모금 마셨다. "상관없어, 셰인."

그는 의자에 등을 기댔다. "알았어." 그러더니 다시 물었다. "왜 그랬을까?"

"뭘?"

"왜 음성은 공개하지 않았냐고."

그 질문이 얼마나 끈질기게 마야를 따라다녔는지 셰인은 상상도 못할 것이다.

"코리는 내부 고발자잖아. 그런데 왜 음성은 공개하지 않았을까?" 셰인이 말했다.

"모르겠어."

셰인은 먼 곳을 바라봤다. 마야도 익히 아는 표정이었다.

"짚이는 게 있는 모양인데?" 그녀가 물었다.

"응."

"들어나 보자."

"나중에 적당한 때에 터뜨리려고 아껴두는 거야." 셰인이 말했다.

마야는 눈살을 찌푸렸다.

"처음에 그걸 터뜨리고 언론의 관심을 한 몸에 받았잖아. 그러니 나중에 또 관심을 끌고 싶으면 그때 나머지를 터뜨릴 거라고."

마야는 고개를 저었다.

"놈은 상어야. 상어는 끊임없이 먹이를 찾지." 셰인이 말했다.

"무슨 뜻이야?"

"코리 러진스키의 목적은 단지 부패한 자들을 쓸어내는 게 아니야. 최대한 언론의 관심을 끌면서 쓸어내는 거지."

"셰인?"

"왜?"

"난 정말 상관없어. 이제 군인도 아닌걸. 심지어 미망인이야. 맘대로 하라 그래."

셰인이 이 허세를 믿어줄지 마야는 의문이었다. 하지만 따지고 보면 그가 꼭 진실을 알아야 한다는 법도 없었다.

"알았어." 셰인은 남은 맥주를 다 마셨다. "그럼 진실을 말해줄 거야?"

"무슨 말이야?"

"난 아무것도 묻지 않고 널 위해 그 검사를 했어."

그녀는 고개를 끄덕였다. "고마워."

"생색내려고 하는 말이 아냐. 알잖아."

마야도 알고 있었다.

"그 검사를 하는 건 서약에 어긋나는 일이었어. 까놓고 말해서 불법이었다고. 너도 알지?"

"그냥 모른 척해줘, 셰인."

"조가 위험에 처했다는 거, 알았어?"

"셰인……."

"아니면 진짜 표적은 너였던 거야?"

마야는 잠시 눈을 감았다. 머릿속에서 소리가 점점 커졌다.

"마야?"

그녀는 눈을 뜨고 천천히 셰인을 돌아봤다. "나 믿어?"

"그런 식으로 날 모욕하지 마. 넌 내 생명의 은인이야. 내가 아는 군인 중에서 가장 용감하고 훌륭해."

그녀는 고개를 저었다. "가장 용감하고 훌륭한 군인은 죽어서 집으로 돌아간 사람들이야."

"아냐, 마야, 그렇지 않아. 물론 그들은 가장 큰 대가를 치렀어. 하지만 용감하다기보다 그냥 운이 없었던 거야. 너도 알잖아. 하필 그때 거기 있었을 뿐이라고."

사실이다. 유능한 군인이라고 해서 생존 확률이 높아지지는 않는다. 죽고 사는 일은 도박이고, 전쟁은 결코 능력 위주로 사상자를 내지 않는다.

어둠 속에서 셰인의 목소리가 부드럽게 흘러나왔다. "너 혼자 해치울 셈이지?"

그녀는 대답하지 않았다.

"조를 죽인 범인들을 네가 직접 해치울 생각인 거야."

질문이 아니었다. 한동안 침묵이 습기처럼 허공에 맴돌았다.

"내 도움이 필요하면 언제든 말해. 알지?"

"알아. 근데 나 믿어, 셰인?"

"내 목숨이라도 걸지."

"그럼 그냥 가만히 있어."

맥주를 다 마신 셰인은 현관으로 걸어갔다.

"부탁할 게 있어."

마야는 그렇게 말하며 종이쪽지를 건넸다.

"이게 뭐야?"

"빨간색 뷰익 베라노 차량 번호야. 차주가 누구인지 알아야겠어."

셰인은 얼굴을 찌푸렸다. "이유를 묻진 않겠어. 그건 우리 둘 다 모욕하는 셈이니까. 하지만 이번까지야."

셰인은 아버지가 딸에게 하듯 그녀의 정수리에 키스하고 떠났다.

마야는 잠든 릴리를 바라보다가 조용히 방에서 나가 체력단련실로 갔다. 이 집에 처음 이사 왔을 때 조가 최신식으로 꾸민 공간이었다. 스쿼트와 벤치프레스, 아령 들기 같은 가벼운 근력 운동을 한 다음에 러닝머신을 달렸다. 그녀에게는 이 집이 늘 너무 크고, 너무 화려하게 느껴졌다. 어느 모로 보나 가난한 집안 출신은 아닌데도 이런 부유함은 좀처럼 익숙해지지 않았다. 마야는 이 집이 불편했다. 단 한 번도 편한 적이 없었다. 하지만 버켓가는 절대 자기들의 영지를 벗어나지 않았다. 땅을 새로 구입해 영지를 더 넓힐지언정.

그녀는 땀에 흠뻑 젖을 때까지 달렸다. 운동을 하면 늘 기분이 좋아진다. 러닝머신에서 내려와 목에 타월을 두르고, 냉장고에서 성에 낀 버드와이저 병을 꺼내 이마에 댔다. 더할 나위 없이 시원했다.

마우스를 움직여 모니터를 활성화한 다음, 인터넷 창을 열고서 코리더휘슬의 웹사이트 주소를 입력하고 사이트가 뜨기를 기다렸다. 위키리크스를 비롯해 코리더휘슬과 비슷한 다른 사이트들은 천편일률적으로 간단명료한 단색의 레이아웃으로 이루어져 있다. 반면 코리더휘슬은 시각적으로 훨씬 자극적이다. 맨 위에 글자마다 다른 폰트로 된 이 사이트의 모토는 단순하고 천박했다. "호루라기(whistle)는 우리가 제공하지만, 그걸 빠는 일(blow)은 여러분에게 달렸습니다(내부 고발자를 뜻하는 whistleblower의 blow를 오럴 섹스를 뜻하는 blow job에 빗댔다—옮긴이)!"

알록달록한 화면에는 여러 영상의 섬네일이 있었다. 다른 경쟁 사이트들이 과장된 표현을 자제하는 반면, 코리더휘슬은 최대한 효과적으로 떡밥을 던지는 유치한 문구들을 나열했다. "정부가 당신을 감시하는 열 가지 방법. 특히 7번은 충격 그 자체!" "월스트리트가 당신의 돈을 노린다…… 곧 믿을 수 없는 일이 벌어질 것이다." "경찰이 우리를 보호해준다고? 다시 생각하시길." "우린 민간인을 죽인다. 4성 장군들이 우리를 미워하는 이유." "은행이 당신의 돈을 훔쳐가고 있다는 스무 가지

조짐.” “세계 제일 갑부들은 세금을 내지 않는다. 당신도 그렇게 할 수 있는 방법.” “당신이 가장 좋아하는 폭군은? 이 테스트를 해보시길.”

마야는 자료실에 들어가 그 영상을 찾아냈다. 왜 굳이 이 사이트에 들어왔을까? 유튜브에 가면 이걸 조금씩 변형시킨 영상이 수십 개는 있을 터이다. 하지만 왠지 원본을 봐야 할 것 같았다.

구출 작전으로 시작되었다가 참사로 끝난 이 사건의 영상을 누군가 코리 러진스키에게 제보했다. 시리아와 이라크 국경에서 멀지 않은 알카임에서 벌어진 일이었다. 평소 마야가 아끼던 병사 셋을 포함해 잠복하고 있던 병사 네 명이 살해되었다. 나머지 병사 둘은 살았지만 적의 사격 때문에 발이 묶여 있었다. 검은 SUV가 그들을 죽이려고 다가가고 있었다. 전속력으로 보잉 MH-6 리틀버드 헬리콥터를 몰던 마야와 셰인은 생존한 두 병사가 보낸 구조 요청을 들었다. 겁에 질린 그들의 목소리는 너무나 어렸다. 이미 죽은 네 명도 그렇게 어리다는 걸 마야는 알고 있었다.

SUV가 사격 범위 안에 들어오자 그들은 승인을 기다렸다. 사람들은 군대 장비가 고성능일 거라고 생각하지만 알아사드에 있는 합동작전사령부의 무선 신호는 끊어지기 일쑤였다. 반면 살려달라는 두 병사의 구조 요청은 계속 들어왔다. 마야와 셰인은 기다렸다. 둘 다 무전으로 욕을 퍼부으며 사령부에 응답하라고 요구하고 있을 때, 두 병사의 비명이 들렸다.

그 순간 마야는 SUV를 향해 AGM-114 헬파이어 미사일을 발사했다. 폭파된 SUV가 하늘 높이 솟구쳐 올랐고, 보병대가 투입되어 두 병사를 구해냈다. 부상은 입었지만 둘 다 살아 있었다.

당시에는 꽤나 옳은 일인 것만 같았다.

휴대전화가 울리자 마야는 포르노 동영상이라도 보다가 들킨 사람처럼 얼른 인터넷 창을 닫았다. 발신지는 버켓가의 저택 '판우드'였다.

"여보세요?"

"마야, 나 주디스다."

시어머니였다. 조가 죽은 지 일주일이 넘었지만 그녀의 목소리는 여전히 무거웠다. 말 한 마디 한 마디가 힘들고 고통스럽다는 듯이.

"아, 안녕하세요, 어머니."

"릴리랑 어떻게 지내는지 궁금해서 전화했다."

"고맙습니다. 잘 지내고 있어요."

"다행이구나. 내일 헤더 하월이 조의 유언장을 공개하기로 한 거 잊지 않았지? 아침 9시 정각에 판우드 서재에서 낭독할 거다."

부자들은 심지어 방에도 이름을 붙였다.

"꼭 갈게요. 알려주셔서 고맙습니다."

"차를 보내줄까?"

"아뇨, 괜찮아요."

"릴리도 데려오지 그러니. 다들 릴리를 보고 싶어 해."

"상황 봐서요."

"그래라. 난…… 난 정말로 릴리가 그립구나. 그 애는 정말 지 애비를……. 어쨌든 내일 보자."

주디스는 눈물을 삼키며 전화를 끊었다.

마야는 잠시 그대로 앉아 있었다. 릴리를 데려가야 할 것 같았다. 이사벨라도. 그러자 내니 캠에 녹화된 영상을 확인하지 않았다는 사실이 떠올랐다. 마지막으로 확인한 게 이틀 전이었다. 하지만 그런들 어떠랴. 지금은 피곤하니 내일 아침에 봐도 된다.

마야는 손을 씻었다. 침실의 큼지막한 의자, 남편이 쓰던 의자에 앉아 책을 펼쳤다. 새로 출간된 라이트 형제 전기였다. 책에 집중하려고 했지만 도무지 마음이 안정되지 않았다.

코리 러진스키가 미국에 돌아왔다. 이게 우연의 일치일까?

*"너 혼자 해치울 셈이지?"*

마야는 경계경보가 울리는 것을 느꼈다. 책을 덮고 재빨리 침대로 들어가 불을 끄고 기다렸다.

처음에는 식은땀이 나기 시작하고, 이내 영상이 보인다. 하지만 그녀를 지치게 하는 것은 소리였다. 소리. 끊임없는 소음, 두두두두 돌아가는 헬리콥터 날개의 끝없는 불협화음, 무전기의 지글거리는 잡음, 총성, 그리고 물론 사람의 소리도. 웃음소리, 조롱, 공황 발작, 비명.

마야는 베개로 귀를 막았지만 상황은 더 악화될 뿐이었다. 소리는 단지 그녀를 둘러싸고 떠나갈 듯 울리기만 하는 게 아니라 머리를 잡아 찢고, 그 안의 뇌 조직까지 뚫고 들어가 그녀의 꿈과 생각과 바람을 뜨거운 유산탄처럼 산산이 부숴버렸다.

마야는 터져 나오려는 비명을 꾹 참았다. 오늘 밤은 힘들 듯했다. 도움이 필요했다.

머리맡 테이블의 서랍을 열고 약병을 꺼내 신경안정제 두 알을 삼켰다.

약을 먹어도 소리는 멈추지는 않았다. 하지만 좀 더 버티다 보니 마침내 잠들 수 있을 정도로 소리가 줄어들었다.

# 5

잠에서 깬 마야는 제일 먼저 내니 캠에 녹화된 영상을 확인하자고 생각했다.

그녀는 늘 정확히 새벽 4시 58분에 깼다. 누군가 그녀의 머릿속에 알람시계가 설치되어 있다고 했는데, 만약 그렇다면 그 시계는 오로지 4시 58분에만 맞춰지고 절대 끌 수 없었다. 전날 밤에 늦게 자서 단 몇 분이라도 더 자고 싶어도 소용없었다. 알람을 몇 분 늦추거나 당기려고 해도 어김없이 새벽 4시 58분으로 돌아갔다.

이 습관은 처음 훈련소에 입소하면서부터 시작되었다. 교관은 새벽 5시에 찾아왔는데, 동료 병사들이 신음하며 잠에서 깨는 동안 마야는 이미 2분 전에 정신을 차리고 곧 들이닥칠 교관을 맞이할 준비가 되어 있었다.

어젯밤에 잠이 든(이라고 쓰고 기절했다고 읽는다) 후에는 단잠을 잤다. 그녀에게 어떤 귀신이 씌였는지 몰라도 이상하게 그 귀신은 절대 꿈에 나오지 않았다. 덕분에 악몽을 꾸느라 밤새 뒤척이고, 식은땀을 흘리며 깨어나는 일은 없었다. 마야는 절대 꿈을 기억하지 못했다. 다시 말해 편히 잠을 잤고, 어떤 꿈을 꾸는 간에 자비로운 무의식이 그걸 잊게 해주었다.

그녀는 머리맡 테이블에 있던 머리끈으로 머리를 높이 묶었다. 조는 그렇게 묶는 걸 좋아했다. "난 당신의 얼굴 골격이 좋아. 가능한 한 얼굴을 많이 드러내라고." 그는 그렇게 말하곤 했다. 또한 그녀의 머리꽁댕이를 가지고 놀기도 하고, 가끔은 섹스를 하는 도중에 부드럽게 잡아당기기도 했다.

옛 기억이 떠오르자 마야는 얼굴을 붉혔다.

휴대전화 메시지를 확인했지만 중요한 것은 없었다. 침대에서 내려와 조용히 복도를 내려갔다. 릴리는 아직 자고 있다. 놀랄 일도 아니었다. 마야의 알람시계는 유전되지 않았고, 릴리는 아빠를 닮아 늦잠을 잤다.

밖은 아직 어두웠다. 부엌에서는 빵을 구운 냄새가 났다. 당연히 이사벨라였다. 마야는 피치 못할 상황이 아닌 한 요리도, 베이킹도, 음식과 관련된 어떤 일도 하지 않았다. 요리에 많은 시간을 쏟는 친구들을 볼 때마다 신기했다. 수세기에 걸쳐, 사실상 인류가 존재한 이후로 요리는 누구나 피하고 싶은 지루하고 고된 노동으로 여겨졌기 때문이다. 역사책을 봐도 왕이나 귀족 혹은 조금이라도 지체 높은 사람들 중에 요리를 즐겨한 사람은 거의 없다. 물론 고급 정찬과 와인은 좋아했을 것이다. 하지만 식사 준비를 한다고? 그것은 하찮은 하인들이나 하던 천한 노동이다.

마야는 스크램블드에그를 만들어 베이컨과 함께 먹을까 하다가 그냥 시리얼에 우유나 부어 먹기로 했다. 식탁에 앉아 오늘 조의 유언장이 공개된다는 사실은 생각하지 않으려 했다.

유언장을 듣고 놀랄 일은 없을 것이다. 결혼 전에 이미 혼전 계약서에 서명했고(조는 "우리 집안 전통이야. 버켓가의 일원은 계약서를 작성하지 않으면 유산을 한 푼도 못 받아"라고 말했다), 릴리가 태어나자 조는 자신이 죽을 경우 전 재산이 딸에게 가도록 유언장을 바꾸었다. 마야는 그것으로 만족했다.

찬장에 시리얼이 없었다. 젠장. 이사벨라가 시리얼에 설탕이 너무 많이 들어간다고 불평하긴 했지만 설마 버렸을까? 마야는 냉장고로 가다 말고 걸음을 멈췄다.

이사벨라.

내니 캠.

오늘 아침에 일어나자마자 내니 캠 생각이 났다. 이상한 일이었다. 물론 녹화 영상을 자주 확인하긴 했지만 매일 하진 않았다. 어서 확인해야 한다는 생각은 한 번도 한 적이 없었다. 또한 조금이라도 의심스러운 장면이 녹화된 적도 없었다. 마야는 빨리 감기 버튼을 계속 누른 채 화면을 봤는데 화면 속 이사벨라는 늘 밝고 행복했다. 그 점이 약간 거슬렸다. 이사벨라는 원래 그런 사람이 아니기 때문이다. 릴리와 함께 있으면 얼굴이 밝아지기는 해도 평소에는 돌부처처럼 무표정했고 잘 웃지 않았다.

그런데도 화면 속에서는 늘 미소를 짓고, 늘 완벽한 보모였다. 하지만 솔직히 말해서 완벽한 보모란 없지 않은가. 누구도 그럴 순 없다. 누구나 기분 나쁠 때가 있는 법이다.

혹시 이사벨라가 내니 캠의 존재를 아는 걸까?

노트북과 아이린이 준 SD카드 리더기는 배낭 속에 있었다.

한동안 마야는 군대에서 받은 주머니가 많이 달린 베이지색 나일론 배낭을 메고 다녔다. 하지만 많은 사람들이 군대를 동경하는 나머지 똑같은 배낭을 인터넷으로 주문해 메고 다녔고, 어딘가 너무 튀어 보였다. 조는 충격에 강한 케블라 섬유로 만든 투미 노트북 배낭을 사주었다. 그녀는 너무 비싸다고 생각했지만 군대를 동경하는 사람들이 인터넷으로 주문하는 배낭의 가격을 보고 생각을 바꿨다.

마야는 사진틀을 집어 들고 측면 버튼을 눌러 SD카드를 꺼냈다. 이게 내니 캠이라는 걸 이사벨라가 알아냈다고 치자. 우선 그게 그렇게 놀랄 일일까? 그렇지 않다. 조금이라도 통찰력이 있다면(그리고 이사벨라는 통찰력이 있다) 왜 갑자기 집에 못 보던 사진틀이 있는지 의아해할 것이다. 또한 조금이라도 통찰력이 있다면(다시 한 번 말하지만, 이사벨라는 통찰력이 있다) 왜 주인집 남편의 장례식 직후에 사진틀이 등장했는지 의아해할 것이다.

혹은 통찰력이 있어도 그런 생각을 전혀 못할 수도 있고. 누가 알겠는가.

마야는 SD카드를 리더기에 집어넣고, 리더기를 USB포트에 꽂았다. 왜 갑자기 불안할까? 그녀의 예상대로 새로운 사진틀이 단지 가족사진을 보여주기만 하는 물건이 아님을 이사벨라가 알았다면 그녀는 당연히 최대한 좋은 모습만 보여줄 것이다. 바보가 아닌 이상 수상한 행동은 하지 않을 것이다. 감시카메라는 감시 대상이 그 존재를 모를 때만 제 역할을 한다. 상대에게 발각되면 모든 계획은 물거품이 된다.

마야는 재생 버튼을 눌렀다. 동작이 감지되어야 녹화 기능이 작동하기 때문에 이사벨라가 커피가 든 머그잔을 들고 거실에 들어서는 장면부터 시작되었다. 물론 혹시라도 뜨거운 커피가 릴리에게 떨어지지 않도록 머그잔에는 뚜껑이 씌어져 있었다. 이사벨라는 바닥에 떨어진 기린 인형을 주워 다시 부엌으로 걸어가며 화면에서 사라졌다.

"엄마."

내니 캠에는 녹음 기능이 없으므로 마야는 고개를 돌려 계단에 선 릴리를 올려다보았다. 온몸에 익숙한 온기가 흘러넘쳤다. 그녀는 대부분의 양육 과정에 냉소적이었지만, 딸을 볼 때마다 주위가 희미해지고 아이의 작은 얼굴만 보이는 기분은 이해할 수 있었다.

"일어났어, 우리 딸?"

"더."

마야는 어디선가 평균 두 살짜리 아이의 어휘력은 대략 단어 50개라는 글을 읽은 적이 있다. 맞는 말인 듯했다. 그렇다면 두 살배기에게 "더"는 꽤 고급 단어다. 마야는 서둘러 계단을 올라가 아이가 내려오지 못하게 설치해둔 안전문 앞에서 릴리를 안아 올렸다. 릴리는 찢어지지 않는 마분지로 만들어진 닥터 수스의 고전《물고기 한 마리, 물고기 두 마리, 빨간 물고기, 파란 물고기》를 들고 있었다. 다른 아이들이 늘 곰 인형을 안고 다니듯이 최근 릴리는 늘 책을 들고 다녔다. 인형보다 책이 낫다는 생각에 마야는 괜히 기분이 좋았다.

"책 읽어달라고?"

릴리는 고개를 끄덕였다.

마야는 릴리를 안고 계단을 내려가 식탁 의자에 앉혔다. 녹화된 영상은 여전히 재생 중이었다. 마야가 아이를 키우며 새로이 알게 된 사실 하나는 두 살배기들은 반복을 좋아한다는 것이다. 아직은 새로운 경험을 원치 않았다. 마야는 P. D. 이스트먼의 《당신이 우리 엄마인가요?》 혹은 《물 밖에 나온 물고기》처럼 무서운 장면과 반전이 있는, 이야기 중심의 책을 좋아했다. 하지만 릴리에게 이런 책을 읽어주면 듣기는 해도(안 읽어주는 것보다는 나으니까) 늘 그림과 라임이 맞는 닥터 수스의 글로 되돌아갔다. 당연한 일이었다.

마야는 녹화 영상이 재생되고 있는 모니터를 힐끗 봤다. 모니터 안에서 이사벨라는 릴리와 소파에 나란히 앉아, 물고기 모양 크래커를 하나씩 먹여주고 있었다. 곡예를 부린 바다표범에게 상으로 빙어를 주듯이. 그 장면을 본 마야는 선반에서 물고기 모양 크래커를 꺼내 테이블에 몇 개 늘어놓았다. 릴리는 하나씩 집어먹었다.

"다른 거 줄까?"

릴리는 고개를 저으며 책을 가리켰다. "읽어."

"'읽어'가 아니라 '책 읽어주세요, 엄마' 이렇게……."

마야는 말을 멈췄다. 관두자. 책을 집어 들고 첫 페이지를 펼쳐 물고기 한 마리, 물고기 두 마리에서 시작해 다음 페이지로 넘겼다. 노란 모자를 쓴 뚱뚱한 물고기가 나오는 부분에 이르렀을 때 모니터 속 무언가가 시선을 끌었다.

마야는 책 읽기를 멈췄다.

"더." 릴리가 외쳤다.

마야는 모니터 쪽으로 몸을 내밀었다.

녹화가 다시 시작됐지만 시야가 완전히 막혀 있었다. 왜지……? 아마 지금 자신이 보는 것은 이사벨라의 등이리라. 이사벨라가 사진틀 바로 앞에 서 있기 때문에 아무것도 볼 수 없는 것이다.

아니다.

이사벨라는 키가 작다. 머리라면 몰라도 등으로 가린다고? 그럴 리 없다. 게다가 이젠 화면 속 셔츠의 색깔을 알아볼 수 있었다. 이사벨라는 어제 빨간 블라우스를 입었는데 이 셔츠는 녹색이다.

포레스트그린.

"엄마?"

"잠깐만 기다려."

카메라를 가린 사람이 누군지는 몰라도 옆으로 비켜나 화면에서 사라졌다. 이제 소파가 보였다. 소파에는 릴리 혼자 앉아 있었다. 지금과 똑같은 책을 든 채 마치 읽는 것처럼 책장을 넘겼다.

마야는 기다렸다.

부엌이 있는 왼쪽에서 누군가 화면 안으로 들어왔다. 이사벨라가 아니었다.

남자였다.

적어도 남자 같았다. 여전히 카메라 근처에 서 있었는데 얼굴은 보이지 않았다. 한순간 마야는 저 남자가 헥터일지도 모른다고 생각했다. 잠시 쉬려고 집에 들어와 물이나 뭐 다른 걸 마시려는 거라고. 하지만 헥터는 작업복에 후드 티를 입는데 이 남자는 청바지에 초록색…….

포레스트그린 셔츠를 입고 있다.

화면 속에서 소파에 앉아 있는 릴리가 고개를 들어 남자로 추정되는 사람을 보더니 환하게 웃었다. 마야는 가슴이 철렁 내려앉았다. 릴리는 낯을 많이 가렸다. 그러니 이 사람, 눈에 익은 포레스트그린 셔츠를 입은 남자는 아마도…….

남자는 소파 쪽으로 걸어갔다. 이제 그의 등이 시야를 가려 릴리가 보이지 않았다. 마야는 겁에 질려 좌우로 기웃거렸다. 마치 이 남자의 등을 피하면 릴리가 지금과 똑같은 닥터 수스 책을 들고 소파에 무사히 앉아 있는 걸 확인할 수 있다는 듯이. 마치 릴리가 위험에 처했고, 적어도 그 애가 다시 화면에 나타나 계속 볼 수 있기 전까지는 그 위험이 지속된다는 듯이. 물론 말도 안 되는 생각임을 마야도 알고 있었다. 그녀가 보는 화면은 실시간이 아니라 이미 벌어졌던 일이며, 지금 릴리는 멀쩡하게 그것도 행복한 표정으로 그녀 곁에 있기 때문이다. 적어도 마야가 말없이 모니터만 응시하기 전까지는 그랬다.

"엄마."

"잠깐만 기다려. 알았지?"

포레스트그린. 조는 저 셔츠의 색을 그렇게 불렀다. 그냥 초록색이나 진초록 혹은 연초록이 아니라 포레스트그린이라고. 눈에 익은 청바지에 포레스트그린 셔츠를 입은 남자는 분명 릴리를 해치지도 납치하지도 않았다. 그러니 지금 마야가 느끼는 이 불안은 부적절하고 과장되었다.

화면 속 남자가 옆으로 비켜났다.

마야는 다시 릴리를 볼 수 있었다. 이제 공포심이 가라앉을 줄 알았는데 그러지 않았다. 남자는 뒤돌아 릴리 옆에 앉더니 카메라를 바라보며 미소 지었다.

이상하게도 마야는 비명이 나오지 않았다.

'수축, 이완, 수축…….'

그녀는 전쟁터에서 늘 차분했다. 늘 맥박을 진정시키고, 아드레날린이 치솟아 몸이 마비되는 것을 막아주는 생각을 찾아냈는데 지금도 그랬다. 눈에 익은 옷, 청바지와 특히 포레스트 그린 셔츠 덕분에 어떤 가능성(사실은 '불가능성'이지만)에 마음의 대비를 한 터라 큰 소리로 비명을 지르지도, 헉 하고 숨을 들이쉬지도 않았다.

대신 가슴이 답답해서 숨을 쉴 수가 없었다. 몸 안의 피가 차가워지고 입술이 바르르 떨렸다.

화면 속 릴리는 죽은 아빠의 무릎 위로 기어 오르고 있었다.

# 6

녹화 영상은 이내 끝났다. 릴리가 아빠의 무릎에 올라가자마자 조는 릴리를 안고 자리에서 일어나 화면 밖으로 나갔다. 그로부터 30초 후에 녹화가 중단되었다.

그게 전부였다.

다시 녹화가 시작되었을 때는 부엌 쪽에서 이사벨라와 릴리가 들어오더니 평소처럼 놀기 시작했다. 마야는 빨리 감기 버튼을 눌렀지만 그 후는 평상시와 똑같았다. 이사벨라와 릴리뿐이었다. 죽은 남편이든 다른 누구든 없었다.

마야는 영상을 앞으로 감아 다시 재생했고, 세 번째로 감아 다시 재생했다.

"책!"

기다리다 지친 릴리가 외쳤다. 마야는 릴리에게 몸을 돌리고 어떻게 물어봐야 할지 고민하다가 천천히 말했다. "릴리, 어제 아빠 봤니?"

"아빠?"

"그래. 아빠 봤어?"

갑자기 릴리가 슬픈 표정을 지었다. "아빠 어디?"

마야는 딸을 슬프게 하고 싶지 않았지만 이건 중요한 일이었다. 어떻게 해야 놀이하듯이 물어볼 수 있을까? 마야로서는 도무지 방법이 생각나지 않아 한 번 더 녹화 영상을 재생해 릴리에게 보여줬다. 릴리는 넋을 잃고 화면을 바라보았다. 그러다가 조가 나타나자 기뻐하며 꺄악 비명을 질렀다. "아빠!"

"그래." 기뻐하는 딸을 보니 마음이 아팠지만 마야는 담담하게 말했다. "아빠 봤어?"

릴리가 화면을 가리켰다. "아빠!"

"그래, 아빠야. 아빠가 어제 여기 왔니?"

릴리는 마야를 빤히 바라보았다.

"어제." 마야는 그렇게 말하고 자리에서 일어났다. 소파로 가서 화면 속 조(정말로?)가 앉았던 자리에 똑같이 앉았다. "어제 아빠가 여기 있었어?"

릴리는 이해하지 못했다. 마야는 밝은 표정으로 게임이라도 하듯, 필사적인 심정을 감추고 행복한 척했지만 먹히지 않았다. 몸짓이 표정과 달리 진지했거나, 어린 딸이 생각보다 직감이 뛰어난 모양이었다.

"엄마, 그만."

'내가 릴리를 괴롭히고 있어.'

마야는 억지로 환하게 웃으며 딸을 안아 올렸다. 그러고는 아까 릴리의 얼굴에서 봤던 불편함이 사라질 때까지 간지럼을 태우고 춤을 추면서 2층으로 올라가, 릴리를 침대에 앉히고 텔레비전을 켰다. 닉 주니어 채널에서 릴리가 좋아하는 〈버블버블 인어 친구들〉을 방송하고 있었다. 모든 부모가 맹세했다가 실패하듯, 마야 역시 텔레비전으로 아이를 달래는 일은 절대 하지 않겠다고 맹세했지만 몇 분간만 아이의 주의를 돌리는 용도로 쓰는 건 괜찮으리라.

마야는 서둘러 조의 옷이 보관된 옷장으로 갔다가 그 앞에서 머뭇거렸다. 남편이 죽은 뒤로는 한 번도 이 옷장을 열지 않았다. 아직은 마음의 준비가 안 되었다. 하지만 물론 지금은 그런 걸 따질 여유가 없다. 릴리가 텔레비전을 뚫어지게 보는 동안 마야는 옷장 문을 열고 내부 등을 켰다.

조는 옷을 좋아했고, 마야가 총을 관리하듯 옷을 관리했다. 정확히 10센티미터 간격으로 걸린 옷걸이마다 양복이 단정하게 걸려 있었다. 셔츠는 색깔별로 분류되었고, 바지는 늘 밑단을 집게로 집어 일자로 걸어두는 옷걸이에 보관했다. 절대 반으로 접어 주름이 생기게 걸어두지 않았다.

조는 옷을 직접 사는 걸 좋아했다. 마야가 옷을 선물하려고 할 때마다 질색했는데, 딱 하나 예외가 바로 무즈 오브 노르웨이에서 제작한 포레스트그린색 버튼다운 셔츠였다. 그녀의 눈이 잘못된 게 아니라면 잔털이 있는 능직으로 만든 그 셔츠가 화면 속 조가 입은 셔츠일 가능성이 매우 높았다. 그녀는 그 셔츠가 어디에 걸려 있는지 정확히 알고 있었다.

그런데 그 자리에 셔츠는 없었다.

이번에도 비명이나 헉 소리는 나지 않았다. 하지만 이젠 분명히 알 수 있었다.

누군가 이 집에 들어왔다. 그리고 조의 옷장을 뒤졌다.

10분 뒤, 마야의 의문을 즉시 해소해줄 유일한 사람이 도착했다.

이사벨라.

어제 이사벨라는 릴리를 돌보며 이 집에 있었다. 그러니 적어도 원칙적으로는 마야의 죽은 남편이 옷장을 뒤지거나 딸과 놀아주는 것과 같은 비상식적인 일을 알아차렸어야 마땅하다.

마야는 진입로를 걸어오는 이사벨라를 침실 창문 너머로 바라보며 적을 분석하듯 딸의 보모를 분석했다. 가방 말고 딱히 무기가 될 만한 물건은 없어 보였다. 물론 가방 안에 무기가 들어 있을 수도 있다. 마치 누군가 가방을 채갈까 두렵다는 듯이 끈을 꼭 잡고 있었는데 원래 늘 저러고 다녔다. 이사벨라는 딱히 다정한 성격은 아니지만 가장 중요한 대상, 즉 릴리에게만은 예외였다. 그녀는 충직한 하인이 너그러운 주인을 사랑하듯 조를 사랑했고, 마야를 어디까지나 침입자로 생각했다. 때로는 충직한 하인이 부유한 주인보다 외부인에게 더 방어적이고 교만하게 구는 법이다.

오늘 이사벨라가 평소보다 좀 더 경계한다고 할 수 있을까?

분간하기 힘들었다. 그녀는 늘 경계 태세라서 평소에도 딱딱하게 굳은 얼굴로 좌우를 힐끗거리며, 어깨를 웅크리고 다녔다. 하지만 오늘 유독 더한 걸까, 아니면 이미 과열된 마야의 상상력이 판단을 흐리는 걸까?

이사벨라는 열쇠로 뒷문을 열었다. 마야는 그대로 2층에서 기다렸다.

"버켓 부인?"

침묵.

“버켓 부인?”

“금방 내려갈게요.”

마야는 리모컨을 집어 들어 텔레비전을 껐다. 떼를 부릴 줄 알았던 릴리는 의외로 얌전했다. 이사벨라의 목소리를 듣자 어서 1층으로 내려가고 싶어진 모양이다. 마야는 릴리를 안아 올리고 계단을 내려갔다.

싱크대에서 커피 잔을 씻고 있던 이사벨라는 발소리를 듣고 고개를 돌렸다. 그러더니 릴리와, 오로지 릴리하고만 시선을 맞추고 경계심으로 굳어 있던 표정을 환하게 풀며 미소 지었다. ‘멋진 미소지만 평소보다 조금 어두워 보이지 않나?’ 마야는 생각했다.

그만하자.

릴리가 이사벨라를 향해 팔을 뻗었다. 이사벨라는 수도꼭지를 잠그고 수건에 손을 닦은 다음 그들 쪽으로 다가왔다. 역시 팔을 뻗어 옹알거리는 듯한 소리를 내며 ‘빨리 넘겨주세요’라고 말하듯 손가락을 꼼지락거렸다.

“어서 와요, 이사벨라.” 마야가 말했다.

“안녕하세요, 버켓 부인.”

이사벨라는 다시 릴리에게 팔을 뻗었고, 마야는 하마터면 릴리를 뒤로 뺄 뻔했다. 아이린이 이 여자를 믿느냐고 물었을 때 마야는 아이를 맡길 수 있을 만큼은 믿는다고 대답했다. 하지만 내니 캠의 영상을 보고 나니…….

이사벨라는 마야에게서 릴리를 낚아챘고, 마야는 가만히 있었다. 이사벨라는 아무 말 없이 릴리와 함께 거실로 들어가 소파에 앉았다.

"이사벨라?"

이사벨라가 놀란 듯이 고개를 들었다. 미소 띤 표정이 그대로 굳어 있었다. "네, 버켓 부인?"

"잠깐 얘기 좀 할까요?"

릴리는 그녀의 무릎에 앉아 있었다.

"지금요?"

"네." 불현듯 마야는 자신의 목소리가 이상하게 들린다고 생각했다. "보여줄 게 있어요."

이사벨라는 옆 쿠션에 릴리를 살짝 내려놓고 마분지 책을 건네준 다음, 자리에서 일어나 스커트의 주름을 폈다. 그러고는 한 대 맞을 각오가 된 표정으로 마야에게 천천히 다가왔다.

"왜 그러시죠, 버켓 부인?"

"어제 여기 누가 왔었나요?"

"무슨 말씀이세요?"

"그러니까 어제 이 집에 당신과 릴리 말고 또 누가 있었냐고요." 언성을 높이지 않으며 마야가 물었다.

"아뇨, 버켓 부인." 다시 경직된 표정이 나타났다. "누굴 말씀하시는 건가요?"

"누구든 상관없어요. 예를 들어서 헥터가 집에 들어왔나요?"

"아뇨, 버켓 부인."

"그러니까 아무도 없었군요."

"네."

마야는 노트북 쪽을 힐끗 봤다가 다시 이사벨라를 봤다. "자리를 비운 적은요?"

"집을 나갔냐고요?"

"네."

"릴리와 놀이터에 갔죠. 매일 가는 걸요."

"그때 말고 또 집을 비운 적은 없어요?"

이사벨라는 기억을 더듬듯이 위를 올려다봤다. "없어요, 버켓 부인."

"그럼 혼자 나간 적은요?"

"릴리를 두고요?" 이사벨라는 숨을 헉 들이쉬며 말했다. 마치 그렇게 불쾌한 일은 상상도 하기 싫다는 듯이. "아뇨, 버켓 부인. 당연히 없죠."

"그럼 릴리를 혼자 둔 적이 전혀 없어요?"

"무슨 말씀이신지……."

"간단한 질문이에요, 이사벨라."

"이 상황 자체가 이해가 안 가요. 왜 제게 그런 질문을 하시죠? 제가 일하는 게 마음에 안 드세요?"

"그런 말은 안 했어요."

"전 절대 릴리를 혼자 두지 않아요. 절대. 릴리가 위층에서 낮잠 잘 때 아래층으로 내려와 설거지를 하기는 해도……."

"그걸 말하는 게 아니에요."

이제 이사벨라는 마야의 얼굴을 빤히 바라봤다. "그럼 뭘 말하시는 거죠?"

더는 돌려서 말할 필요가 없었다. "보여줄 게 있어요."

노트북은 부엌 아일랜드에 있었다. 마야가 노트북으로 손을 뻗는 동안 이사벨라가 가까이 다가왔다. "거실에 카메라를 뒀어요." 마야가 말문을 열었다.

이사벨라는 어리둥절한 표정이었다.

"친구가 줬어요." 마야가 변명하듯 말했다. 그런데 이걸 변명할 필요가 있나? "내가 없을 때 거실에서 일어나는 일을 전부 녹화하죠."

"카메라요?"

"네."

"전 본 적 없는데요, 버켓 부인."

"당연하죠. 숨겨 놓았으니까."

이사벨라의 시선이 거실 쪽으로 미끄러졌다.

"책꽂이에 놓아둔 새 사진틀 알죠?" 마야가 말을 이었다.

이사벨라의 시선이 책꽂이에 내려앉았다.

"그게 카메라예요."

이사벨라는 다시 마야를 보았다. "그러니까 절 감시하셨군요?"

"내 아이를 지켜봤을 뿐이에요."

"하지만 제게 미리 알리지 않았잖아요."

"그랬어요."

"왜죠?"

"왜 이렇게 방어적으로 나와요? 그럴 이유가 없잖아요."

"이유가 없다고요?" 이사벨라가 언성을 높였다. "절 믿지 않잖아요."

"당신이라면 믿겠어요?"

"뭐라고요?"

"당신 때문에 이러는 게 아니에요, 이사벨라. 릴리는 내 딸이에요. 난 릴리의 안전을 책임져야 한다고요."

"그래서 절 감시하는 게 릴리를 위한 최선의 대책인가요?"

마야는 화면을 확대한 다음, 재생 버튼을 눌렀다. "오늘 아침까지는 별일 없을 거라고 생각했어요."

"그런데요?"

마야는 이사벨라가 볼 수 있도록 노트북을 돌렸다. "봐요."

마야는 이미 여러 번 본 터라 굳이 화면을 다시 보지 않았다. 대신 이사벨라의 얼굴을 바라보며 스트레스를 받거나 속이는 기색이 있는지 살폈다.

"뭘 보라는 거죠?"

마야는 화면을 힐끗 봤다. 가짜 조가 카메라를 가린 뒤 화면 밖으로 나갔다. "계속 봐요."

이사벨라는 실눈을 떴다. 마야는 호흡이 거칠어지지 않도록 노력했다. 수류탄이 떨어졌을 때 누가 어떻게 반응할지 아무도 모른다는 말이 있다. 무장한 전우들과 함께 서 있는데 발치에 수류탄이 떨어진다. 그 상황에서 누가 도망가고, 누가 몸을 웅크리고, 누가 수류탄에 뛰어들어 자기 자신을 희생할까? 이 대답은 늘 가정일 수밖에 없다. 실제로 수류탄이 떨어지기 전까지는 답을 알 수 없기 때문이다.

마야는 동료 병사들에게 거듭 자신의 능력을 보여주었다. 전투가 벌어지는 긴박한 상황에서도 그녀가 늘 차분하고 냉정하다는 사실을 동료들은 알고 있다. 그녀는 매번 그런 자질을 보여주는 리더였다.

하지만 이상하게도 일상생활에서는 그런 냉정함과 리더십이 발휘되지 않았다. 아이린은 아들 카일이 몬테소리 유치원에서는 그렇게 정리 정돈을 잘하는데 집에만 오면 엉망으로 어지른다고 말한 적이 있다. 마야도 그와 비슷했다.

따라서 조가 등장해 무릎에 릴리를 앉히는 장면이 나왔는데도 이사벨라의 표정에 변화가 없자, 마야는 마음속에서 무언가 치밀어 오르는 걸 느꼈다.

"자, 말해봐요." 마야가 말했다.

이사벨라가 그녀를 바라봤다. "뭘요?"

마야의 눈 뒤에서 무언가 툭 끊어졌다. "지금 뭘요, 라고 했어요?"

이사벨라가 움찔했다.

"어떻게 설명할 거죠?"

"무슨 말씀이신지 모르겠어요."

"장난치지 말아요, 이사벨라."

이사벨라가 한 발짝 물러섰다. "장난이라뇨?"

"화면 봤어요?"

"물론이죠."

"그럼 그 남자도 봤겠네요?"

이사벨라는 아무 말도 하지 않았다.

"그 남자 봤죠?"

이사벨라는 계속 침묵을 지켰다.

"내가 묻잖아요."

"대체 무슨 대답을 듣고 싶으세요?"

"그 남자 봤죠?"

"누구요?"

"누구요? 누구긴 누구예요. 조!" 마야는 손을 뻗어 이사벨라의 멱살을 잡았다. "어떻게 그이가 우리 집에 들어왔죠?"

"이러지 마세요, 버켓 부인. 무서워요!"

마야는 이사벨라를 끌어당겼다. "조가 안 보여요?"

이사벨라가 그녀의 눈을 마주 보며 말했다. "부인에겐 보이나요?" 속삭임에 가까운 부드러운 목소리였다. "저 화면에서 조 도련님이 보여요?"

"당신은…… 안 보인단 말이에요?"

"이러지 마세요, 버켓 부인. 아파요."

"잠깐만, 지금 그 말은……."

"이거 놓으세요!"

"엄마……."

릴리였다. 마야는 릴리를 바라보았고, 이사벨라는 그 틈을 타 뒤로 물러났다. 그러고는 마치 질식할 뻔했다는 듯이 손으로 목을 쓰다듬었다.

"괜찮아, 릴리. 별일 아니야." 마야가 말했다.

이사벨라는 숨을 고르는 척하며 말했다. "엄마랑 게임하는 중이야, 릴리."

릴리는 두 사람을 빤히 바라보았다.

이사벨라는 오른손으로 계속 목을 감싸고 과장되게 문질러

댔다. 마야는 그녀에게 몸을 돌렸다. 그러자 이사벨라가 그만 하라는 듯이 마야를 향해 급히 왼손을 들어 올렸다.

"난 대답을 들어야겠어요." 마야가 말했다.

이사벨라는 간신히 고개를 끄덕였다. "알았어요. 하지만 먼저 물 좀 주세요."

마야는 머뭇거리다가 싱크대 쪽으로 몸을 돌려 수돗물을 틀고 찬장을 열어 컵 하나를 꺼냈다. 불현듯 내니 캠을 준 사람이 아이린이라는 사실이 떠올랐다. 그 생각을 하며 컵에 물을 반쯤 받아 이사벨라 쪽으로 몸을 돌렸을 때 이상한 치익 소리가 났다.

마야는 지독한 통증을 느끼며 비명을 질렀다.

마치 자잘한 유리 파편을 눈에 뿌린 듯했다. 마야는 다리가 풀려 바닥에 주저앉았다.

치익.

타는 듯이 얼얼한 통증 너머로, 뿌연 안개 속 어딘가에서 마야는 답을 찾았다.

이사벨라가 그녀의 얼굴에 뭔가를 뿌렸다.

호신용 스프레이.

호신용 스프레이는 눈뿐 아니라 코와 입, 폐의 점막까지 따끔거리게 한다. 마야는 최루 가스가 폐에 들어가지 않도록 숨을 참으며, 눈을 세게 깜빡거려 눈물로 가스를 씻어내려 했다. 하지만 지금으로서는 통증이 전혀 사그라들지 않았다.

마야는 움직일 수 없었다.

누군가 달려 나가는 소리, 그리고 문이 닫히는 소리가 들렸다.

이사벨라가 가버렸다.

“엄마?”

마야는 간신히 욕실에 도착했다.

“엄마는 괜찮아, 릴리. 엄마한테 그림 그려줄래? 금방 갈게.”

“이사벨라는?”

“이사벨라도 괜찮아. 곧 돌아올 거야.”

호신용 스프레이의 효과는 생각보다 오래갔다. 마야는 분노가 치밀었다. 처음 10분간은 완전히 무력한 상태여서 최소한의 방어마저 할 수 없었다. 마침내 통증과 헛구역질이 가라앉자 마야는 숨을 골랐다. 물로 눈을 씻어내고 설거지용 세척제로 얼굴을 씻었다. 다 씻고 나자 자책감이 밀려들었다.

적에게 등을 보이다니 아마추어 같은 짓이다.

어쩌면 그렇게 멍청할 수가.

그런 행동을 한 자신에게 화가 났다. 심지어 이사벨라가 정말 아무것도 모를 수 있다는 생각까지 했다. 그래서 잠시 방심했고, 그 결과 이 모양 이 꼴이다.

1초만 집중력이 흐트러져서 사소한 실수를 저질러도 얼마나 많은 사람이 죽는지 질리도록 보지 않았던가. 군대에서 배운 가장 큰 교훈이 아니던가.

또다시 그런 일이 일어나서는 안 된다.

좋아, 자책은 여기까지. 이제는 이 일을 기억하고, 배우고, 앞으로 나아가야 한다.

그럼 어떻게 해야 하지?

답은 뻔했다. 몇 분 더 쉬어서 체력을 완전히 회복한 다음, 이사벨라를 쫓아가서 대답을 들어야 한다.

초인종이 울렸다.

마야는 한 번 더 눈을 씻어내고 현관으로 향했다. 아까와 같은 일이 일어나지 않도록 미리 총을 가져다 둘까 했지만, 초인종을 누른 사람은 키어스 형사였다.

문을 열자 키어스 형사가 그녀를 빤히 바라봤다. "무슨 일 있었습니까?"

"호신용 스프레이에 당했어요."

"뭐라고요?"

"이사벨라. 우리 집 보모요."

"정말입니까?"

"아뇨. 제가 유머 감각이 워낙 뛰어나거든요. 호신용 스프레이를 뿌리는 보모만큼 분위기를 띄워주는 농담이 없죠."

로저 키어스는 집 안을 이리저리 살펴보다가 다시 마야를 바라봤다. "보모가 왜 그런 짓을 했죠?"

"제가 내니 캠에 찍힌 영상을 보여줬거든요."

"내니 캠이 있어요?"

"네." 이번에도 역시 그것을 준 사람이 아이린이며, 어디에 두라고 알려주기까지 한 일이 떠올랐다. "사진틀 속에 감춰져 있죠."

"맙소사. 혹시…… 그럼 이사벨라가…… 따님에게……?"

"네?" 경찰이라면 그런 생각을 하는 게 당연했다. "아뇨, 그런 건 아니에요."

"그럼 무슨 일인지 이해가 안 가는군요."

어떤 길을 택할까 잠시 고민했지만 마야는 결국 직진이 가장 안전하다는 사실을 잘 알았다. "직접 보시는 게 낫겠네요."

마야는 부엌 아일랜드에 놓인 노트북 쪽으로 갔다. 키어스는 어리둥절한 표정으로 그녀를 따라왔다. 그 영상을 보고 나면 한층 더 어리둥절할 거라고 마야는 생각했다.

마야는 그가 있는 쪽으로 모니터를 돌리고 화살표 커서를 움직여 재생 버튼을 눌렀다. 그리고 기다렸다.

하지만 영상은 나오지 않았다.

USB포트를 확인했다.

SD카드가 사라지고 없었다.

아일랜드와 주변의 바닥을 둘러봤지만, 그녀는 이미 알고 있었다.

"왜 그러시죠?" 키어스가 물었다.

마야는 고르게 심호흡했다. 진정해야 한다. 예전에 군대에서 임무를 수행할 때처럼 서너 수 앞을 내다봤다. 검은 SUV에 미사일을 퍼부을 생각만 해서는 안 된다. 자신이 무슨 짓을 하려는지 충분히 고려해야 한다. 갑자기 인생이 바뀌는 행동을 취하려면 머릿속에 최고의 정보가 입력되어 있어야 한다.

마야도 알고 있었다. 내니 캠에 녹화된 영상에서 뭘 봤는지 사실대로 말하면 키어스는 그녀가 미쳤다고 생각할 것이다. 젠장, 자기가 생각해도 미친 소리로 들렸다. 부엌에는 아직 호신용 스프레이를 뿌린 자국이 남아 있었다. 정확히 무슨 일이 있었던 걸까? 내가 정말 제대로 생각했을까?

천천히 하자.

"버켓 부인?"

"마야라고 부르라니까요."

그녀의 허무맹랑한 주장을 뒷받침해줄 증거인 SD카드가 사라졌다. 이사벨라가 가져간 것이다. 그녀 혼자 처리하는 게 가장 현명한 처사일 것이다. 하지만 정말로 그렇게 한다면, 그래서 지금 키어스 형사에게 사실대로 말하지 않았다가 또 이런 일이 생기면…….

"분명 이사벨라가 가져갔어요."

"뭘요?"

"SD카드요."

"그러니까, 음, 호신용 스프레이로 부인을 공격한 후에 말입니까?"

"네." 마야는 최대한 권위 있게 들리도록 안간힘을 썼다.

"그러니까 보모가 부인에게 호신용 스프레이를 뿌린 뒤에, SD카드를 빼앗아 달아났다고요?"

"맞아요."

키어스는 고개를 끄덕였다. "거기에 뭐가 녹화됐는데요?"

마야는 힐끗 거실 쪽을 쳐다봤다. 릴리는 행복한 표정으로 큼직한 네 조각짜리 동물원 퍼즐을 맞추고 있었다. "남자를 봤어요."

"남자?"

"네. 녹화 영상 속에서요. 릴리가 그의 무릎에 앉았고요."

"이런. 분명 낯선 사람이겠군요."

"아뇨."

"아는 사람인가요?"

마야는 고개를 끄덕였다.

"누군데요?"

"말해도 안 믿으실 거예요. 제가 헛것을 봤다고 생각하실 테니까요."

"들어나 봅시다."

"조였어요."

기특하게도 키어스는 얼굴을 찡그리거나, 헉 하고 숨을 들이쉬거나, 별 미친년을 다 보겠다는 눈빛으로 그녀를 바라보지 않았다.

"그렇군요." 평정심을 유지하려고 애쓰는 듯한 말투로 그가 말했다. "예전에 녹화한 건가요?"

"뭐라고요?"

"남편분이 살아 있을 때 녹화한 걸, 음, 새로 녹화했다고 착각했거나……."

"내니 캠은 남편이 죽기 전에는 없었어요." 마야가 그의 말을 잘랐다.

키어스는 우두커니 서 있었다.

"화면에 어제 날짜가 찍혀 있었다고요." 마야가 덧붙였다.

"하지만……."

정적이 흘렀다.

그러다 그가 입을 열었다. "그럴 리 없다는 거 아시죠?"

"알아요."

두 사람은 서로를 바라보았다. 그를 설득해봐야 소용없었다. 그래서 마야는 주제를 바꿨다. “근데 왜 오셨죠?”

“경찰서로 함께 가주셨으면 합니다.”

“왜요?”

“말씀드릴 순 없지만 아주 중요한 일입니다.”

# 7

그로잉 업에서 근무 중인 교사는 지난번에 본 젊고 방실방실 웃는 여자였다.

"아, 그때 오셨죠. 기억나요." 그녀는 그렇게 말하더니 릴리에게 허리를 숙였다. "너도 기억난다. 안녕, 릴리!"

릴리는 대답하지 않았다. 두 여자는 릴리를 블록과 함께 놀게 두고 사무실로 갔다.

"여기 등록하려고요." 마야가 말했다.

"잘됐네요! 언제부터 나오시겠어요?"

"지금부터요."

"아, 그건 좀 곤란한데요. 등록 신청이 처리되는 데 대략 2주 정도 걸리거든요."

"우리 집 보모가 갑자기 그만뒀어요."

"정말 유감이지만—"

"저기…… 죄송한데 성함을 잊어버렸네요."

"키티 셤이에요."

"맞다, 미스 키티, 미안해요. 밖에 저 초록색 차 보이죠, 키티?"

키티는 창밖을 내다보며 실눈을 떴다. "저 사람이 괴롭히나요? 경찰을 불러드려요?"

"아뇨, 저 차는 위장 경찰차예요(경찰을 상징하는 로고가 전혀 없는 차량으로 위급할 때만 지붕에 경광등을 올린다—옮긴이). 우리 남편이 최근에 살해됐거든요."

"기사 봤어요. 정말 유감이에요." 키티가 말했다.

"고마워요. 지금 저 형사님이 경찰서로 같이 가달라고 하세요. 이유는 잘 모르겠어요. 갑자기 오셨거든요. 그러니까 제 부탁을 거절하시면 전 릴리를 데리고 경찰서로 가서 아이 아빠의 죽음에 대해 말해야 해요."

"버켓 부인?"

"마야라고 부르세요."

"마야." 키티는 계속 키어스의 차를 보고 있었다. "저희 휴대전화 앱, 다운받는 법 아시죠?"

"알아요."

"가실 때는 그냥 무덤덤하게 인사하는 게 제일 좋아요."

"고마워요."

그들이 탄 차가 센트럴파크 안에 자리한 경찰서 앞에 멈추자 마야가 물었다. "대체 여긴 왜 온 거죠?"

오는 내내 키어스는 별 말이 없었고, 마야도 침묵이 싫지 않았다. 내니 캠이며 이사벨라, 포레스트그린 셔츠 등을 곰곰이 생각할 시간이 필요했기 때문이다.

"범인 좀 지목해주시죠."

"무슨 범인요?"

"사전 정보가 없는 상태에서 보셨으면 합니다."

"설마 남편을 죽인 범인은 아니겠죠? 말씀 드렸잖아요. 놈들은 스키 마스크를 쓰고 있었다고요."

"검은 스키 마스크라고 하셨죠? 눈과 입에만 구멍이 뚫렸고요?"

"네."

"그럼 됐습니다. 따라오세요."

"이해가 안 되네요."

"곧 알게 되실 겁니다."

걸어가는 동안 마야는 그로잉 업 어린이집 앱을 확인했다. 이 앱을 통해 회비를 내고, 아이를 몇 시간 맡길지 정하고, 아이가 참여한 커리큘럼을 보고, 모든 보육 교사의 약력을 확인할 수 있었다. 하지만 이 앱의 가장 큰 장점이자 애초에 그녀가 이 어린이집에 끌렸던 이유는 특정한 기능 때문이었다. 마야가 그 기능을 클릭했더니 셋 중 하나를 선택할 수 있었다. 빨간 방, 초록 방, 노란 방. 릴리 또래의 아이들은 노란 방을 이용했으므로 그녀는 노란색 아이콘을 클릭했다.

키어스가 차 문을 열어주었다. "가시죠."

"잠깐만요."

휴대전화에 화면이 뜨더니 노란 방을 실시간으로 보여주었다. 아까 겪은 일을 생각하면 감시 카메라가 질릴 법도 한데 마야는 전혀 그렇지 않았다. 화면이 확대되도록 전화기를 가로로 돌렸다. 거기 릴리가 있었다. 안전하게. 보육 교사(나중에 누군지 찾아서 약력을 확인할 수 있다)가 릴리와 릴리 또래의 다른 남자아이와 함께 블록을 쌓고 있었다.

마야는 한시름 놓았다. 절로 미소가 지어졌다. 진작 릴리를 이곳에 보내자고 우겼어야 했다. 보모에게 아이를 맡기면, 견제와 균형이 이뤄지지 않는 상태에서 자기 마음대로 할 수 있는 한 사람에게 전적으로 의지해야 한다. 반면 여기는 다른 사람들의 눈과 CCTV가 있고, 다른 아이들과 어울릴 수도 있다. 분명 더 안전할 것이다.

"마야?"

다시 키어스가 그녀를 불렀다. 그녀는 앱을 종료하고 휴대전화를 주머니에 넣은 다음, 키어스와 함께 경찰서로 들어갔다. 그들이 들어간 방에는 두 사람이 더 있었다. 이번 사건을 맡은 여자 검사와 남자 변호사였다. 마야는 집중하려고 했으나 내니캠과 이사벨라 일로 여전히 마음이 어지러웠다. 호신용 스프레이의 여파로 아직 폐와 콧속이 얼얼한 탓에 마약중독자처럼 연신 코를 킁킁거렸다.

"다시 한 번 공식적으로 이의를 제기하고 싶군요." 남자 변호사가 말했다. 뒤로 모아 묶은 그의 머리카락이 등 가운데까지 내려왔다. "이분은 이미 범인의 얼굴을 본 적이 없다고 인정했습니다."

"알고 있습니다. 우리도 동의했고요." 키어스가 말했다.

말총머리가 양손을 활짝 펴보였다. "그런데 왜 이걸 하는 거죠?"

마야도 궁금했다.

키어스가 끈을 잡아당겨 블라인드를 올리자 커다란 사각형 편면유리(한쪽에서만 상대방을 볼 수 있는 유리—옮긴이)가 나왔다. 키어스는 몸을 숙여 마이크에 대고 말했다. "첫 번째 그룹 데려와."

편면유리 너머로 여섯 명이 들어왔다. 모두 스키 마스크를 쓰고 있었다.

"이건 말도 안 됩니다." 말총머리가 계속 투덜댔다.

마야도 전혀 예상치 못한 일이었다.

"버켓 부인." 마치 지금 이 상황이 녹화되고 있다는 듯 키어스가 큰 소리로 말했다. 아마 녹화되고 있을 것이다. "저 여섯 명 중에 그날 밤 본 사람이 있습니까?"

키어스는 그녀를 바라보며 대답을 기다렸다.

"4번요." 마야가 말했다.

"진짜 돌겠네." 말총머리가 말했다.

"어떻게 알아봤죠?"

"알아봤다기보다 체격과 키가 남편을 쐈던 남자랑 비슷해요. 옷도 똑같고요."

"저런 옷을 입은 사람은 널리고 널렸습니다. 그러니 저 사람이라고 단정할 수 없죠." 말총머리가 말했다.

"아까 말했듯이 다른 사람은 체격과 키가 달라요."

"확실합니까?"

"네. 2번도 비슷하긴 한데 파란색 스니커즈를 신었거든요. 남편을 쏜 남자는 빨간색 컨버스를 신었어요."

"이거 하나는 짚고 넘어갑시다." 말총머리가 말했다. "4번이 당신 남편을 쐈다고 단언할 수는 없어요. 그저 당신 기억 속 범인이 4번과 비교적 체형이 비슷하고, 비슷한 옷을 입은—"

"비슷한 옷이 아니에요. 바로 저 옷이에요." 마야가 말을 가로챘다.

말총머리가 고개를 갸웃했다. "저 옷이라고요?"

"네."

"그렇게 단정할 수 없습니다, 버켓 부인. 이 세상에 빨간색 컨버스는 한 켤레가 아니니까요. 내 말 맞죠? 그러니까 만약 저 여섯 명 중에 네 명이 빨간색 컨버스를 신었다면, 그래도 누가 남편을 쐈는지 확실히 말할 수 있습니까?"

"아뇨."

"고맙습니다."

"하지만 저 옷은 그냥 비슷한 정도가 아니에요. 빨간 컨버스 대신 흰 컨버스를 신은 수준이 아니라고요. 4번 남자가 입은 옷은 범인이 입었던 바로 그 옷이에요."

"그렇다면 이렇게 말하고 싶군요. 당신은 저 사람이 범인인지 아닌지 모릅니다, 그렇죠? 범인과 똑같은 체형의 남자가 범인의 옷을 입고 스키 마스크를 썼을 수도 있으니까요. 맞습니까?"

마야는 고개를 끄덕였다. "맞아요."

"고맙습니다."

말총머리의 말이 다 끝나자 키어스는 다시 마이크로 몸을 숙였다. "이제 나가도 좋아. 두 번째 그룹 들여보내."

스키 마스크를 쓴 또 다른 여섯 남자가 들어왔다. 마야는 그들을 뚫어지게 바라봤다. "5번일 가능성이 커요."

"가능성이 크다고요?"

"2번도 범인과 같은 옷을 입었고, 키와 체격이 비슷해요. 하지만 내 기억으로는 5번 같아요. 장담은 못하겠지만."

"좋습니다." 키어스는 다시 마이크로 몸을 숙였다. "됐어. 나가봐."

마야는 키어스를 따라 방에서 나갔다.

"이게 대체 무슨 일이죠?"

"방금 당신이 두 명의 용의자를 지목한 겁니다."

"어떻게 찾아냈어요?"

"당신이 말해준 인상착의를 참고해서요."

"좀 자세히 알려주실래요?"

키어스는 머뭇거렸지만 이내 "좋아요, 갑시다"라고 말하더니 대형 모니터가 놓인 책상으로 데려갔다. 30인치 혹은 그 이상일 듯했다. 두 사람은 의자에 앉았고 키어스는 자판을 두드렸다. "살인 사건이 있던 날 밤, 현장 근처의 CCTV를 모두 뒤져 당신이 말한 인상착의에 맞는 사람이 있는지 살폈습니다. 짐작이 가겠지만 시간이 꽤 걸렸죠. 어쨌든 5번가와 74번가가 만나는 지점에 아파트가 있었습니다. 이걸 보세요."

CCTV 화면 아래쪽에 두 남자가 잡혔다.

"저들 맞습니까?" 키어스가 물었다.

"네. 아니면 체격과 옷이 일치한다는 식으로 말해야 하나요? 정식 법률 용어로요?"

"아뇨. 지금 대화는 녹음되지 않습니다. 보다시피 저들은 스키 마스크를 쓰지 않았습니다. 사람들의 이목을 끌 테니 거리에서 쓸 리가 없죠."

"그래도 어떻게 이 화면만 보고 저들의 신원을 알아냈죠?"

"네, CCTV가 더럽게 높이 있죠. 정말 짜증납니다. 이런 경우가 얼마나 많은지 몰라요. 카메라가 터무니없이 높게 설치된 탓에 범인은 고개를 숙이거나 모자만 써도 얼굴을 가릴 수 있습니다. 어쨌거나 이걸 보고 놈들이 이 지역에 있다는 걸 알았죠. 그래서 계속 뒤졌습니다."

"이들을 다시 찾아냈나요?"

키어스는 고개를 끄덕이고 다시 자판을 두드렸다. "네. 30분 뒤에 드러그스토어에서요."

새로운 화면이 떴는데 이번에는 컬러 영상이었고, 계산대 직원 옆쪽에서 찍혔다. 화면 속 두 남자의 얼굴이 또렷이 보였다. 한 명은 흑인이고, 다른 하나는 피부색이 좀 더 옅은 걸로 보아 라틴계 같았다. 두 사람은 현찰로 계산했다.

"빼도 박도 못할 증거죠." 키어스가 말했다.

"네?"

"아래 찍힌 시간을 보세요. 남편분이 총에 맞고 나서 15분 뒤죠. 그리고 이들은 살인 사건 현장에서 500미터 떨어진 곳에서 레드불스와 도리토스를 사고 있습니다."

마야는 말없이 화면만 바라봤다.

"아까 말했듯이 빼도 박도 못할 증거예요."

그녀는 키어스를 돌아봤다. "아니면 제가 틀렸거나요."

"그럴 리 없습니다." 키어스가 정지 버튼을 누르자, 두 남자가 동작을 멈췄다. 그렇다, 두 남자. 둘 다 의심의 여지없이 젊은 남자였다. 하지만 마야는 자신과 함께 싸운 그 나이 또래의 군인들을 소년이라고 불렀다. "이걸 보시죠."

그가 자판의 화살표 버튼을 누르자 카메라가 줌인하며 화면이 확대되었다. 키어스는 라틴계 남자에게 초점을 맞췄다. "또 다른 범인이 이 사람 맞죠? 총을 쏘지 않은 남자 말입니다."

"네."

"뭐 눈에 띄는 거 있나요?"

"글쎄요."

화면을 더 확대하자 남자의 허리에 초점이 맞춰졌다. "다시 보세요."

마야는 고개를 끄덕였다. "총을 가지고 있군요."

"네. 맞습니다. 더 확대하면 손잡이까지 보이죠."

"제법 눈에 띄네요."

"네. 그러고 보니 대놓고 총을 가지고 다니는 당신의 애국자 친구들이 저렇게 총을 넣어 가지고 거리를 활보하는 놈을 보면 뭐라고 할지 궁금하군요."

"합법적으로 구입한 총이 아니겠죠?" 마야가 물었다.

"맞습니다."

"총을 찾아냈나요?"

"네." 키어스가 한숨을 쉬며 자리에서 일어났다. "이 친구의 이름은 에밀리오 로드리고. 어린 나이에도 아주 화려한 전과 기록을 자랑하더군요. 둘 다요. 로드리고는 체포될 당시 베레타 M9를 소지하고 있었습니다. 불법 소지였고, 그 일로 감옥에 가게 될 겁니다."

그가 말을 멈췄다.

"무슨 문제가 있나 보군요." 마야가 물었다.

"수색 영장을 받아 두 놈의 집을 뒤졌습니다. 거기서 당신이 말한 인상착의에 들어맞는 옷을 찾아냈죠. 오늘 당신이 지목한 그 옷입니다."

"그게 법정에서 효력이 있을까요?"

"아마 없을 겁니다. 말총머리의 말대로 그건 빨간 컨버스나 마찬가집니다. 가진 사람이 한둘이 아니죠. 또 스키 마스크도 찾지 못했습니다. 이상한 일이죠. 범죄를 저지를 당시에 입은 옷은 있는데 왜 스키 마스크만 버렸을까요?"

"모르겠네요."

"아마 쓰레기통에 버렸을 겁니다. 범죄 직후에요. 총으로 쏜 다음, 도망치면서 마스크를 벗고 어딘가에 버린 거죠."

"말 되네요."

"네. 문제는 우리가 근처 쓰레기통을 전부 뒤졌는데도 나오지 않았다는 겁니다. 물론 놈들이 다른 곳에 버렸을 수도 있죠. 하수도 같은 데요."

키어스가 머뭇거렸다.

"왜 그러세요?" 마야가 물었다.

"그게…… 아까 말한 대로 베레타는 찾아냈습니다만 살인 도구는 나오지 않았습니다. 38구경 스미스앤드웨슨요."

마야는 의자에 등을 기댔다. "범인이 총을 가지고 있는 게 더 이상하지 않나요?"

"그렇죠. 다만……."

"다만 뭐요?"

"저런 불량한 놈들이 꼭 총을 버리는 건 아닙니다. 버리는 게 당연한데 버리지 않아요. 워낙 비싸니까요. 그래서 다시 사용하거나 아는 사람에게 팔죠."

"하지만 이건 워낙 유명한 사건이잖아요. 언론에 많이 알려지기도 했고요."

"맞습니다."

마야는 그를 바라보았다. "그런데도 뭔가 석연치 않다고 생각하시는군요. 짐작 가는 바라도 있나요?"

"있습니다." 키어스는 시선을 피했다. "하지만 도무지 말이 안 돼서요."

"뭐가요?"

그가 팔을 긁기 시작했다. 긴장해서 자기도 모르게 하는 행동이었다. "남편분 시신에서 나온 38구경 총알 말입니다. 탄도 검사했습니다. 같은 총알이 사용된 사건이 있는지 보려고요."

마야는 눈을 들어 그를 보았다. 키어스는 계속 긁적거렸다. "표정을 보니 찾으신 모양이네요."

"찾았습니다. 네."

"그럼 이 두 남자가 전에도 사람을 죽인 적이 있군요."

"아닐 겁니다."

"하지만 방금……."

"같은 총이라고 해서 같은 사람이 쐈다는 뜻은 아닙니다. 사실 당신이 남편에게 총을 쐈다고 지목한 프레드 케이튼은 첫 번째 살인 사건 당시 확실한 알리바이가 있습니다. 교도소에 수감 중이었으니까요. 따라서 살인을 저지를 수 없었죠."

"그게 언젠데요?"

"뭐가 말입니까?"

"첫 번째 살인 사건이 언제 일어났죠?"

"넉 달 전에요."

실내가 싸늘해졌다. 키어스는 부연할 필요가 없었다. 그도 알고, 마야도 알고 있었다. 키어스는 그녀의 눈을 피해 고개를 끄덕인 후, 입을 열었다. "당신 남편 조와 언니 클레어는 같은 총에 살해됐습니다."

# 8

"괜찮으세요?" 키어스가 물었다.

"괜찮아요."

"감당하기 힘든 일이라는 거 압니다."

"동정하지 마세요, 형사님."

"미안합니다. 내가 경솔했군요. 그럼 이 사건을 다시 한 번 짚어봐도 될까요?"

마야는 고개를 끄덕이며 정면을 응시했다.

"이제 두 사건을 완전히 새로운 시각에서 봐야 합니다. 아무 연관성 없이, 마구잡이로 벌어진 사건들 같지만 사실은 같은 총이 사용됐으니까요."

마야는 아무 말도 하지 않았다.

"언니가 죽었을 때 당신은 중동에 파병된 상태였죠? 맞습니까?"

"쿠웨이트 아리프잔 기지에 있었어요." 마야가 말했다.

"알고 있습니다."

"네?"

"이미 확인했습니다. 혹시 몰라서요."

"혹시 몰라서……?" 마야는 하마터면 웃을 뻔했다. "아하. 그러니까 혹시 내가 몰래 언니네 집으로 숨어들어 언니를 총으로 쏴서 죽이고 다시 쿠웨이트로 돌아갔다가, 뭐냐, 4개월 뒤에 남편도 쏴 죽이지 않았는지 확인하셨다는 거죠?"

키어스는 대답하지 않았다. 할 필요가 없었다. "모두 확인됐습니다. 당신에게는 확실한 알리바이가 있습니다."

"잘됐네요."

마야는 조의 전화를 받았던 때를 다시 회상했다. 눈물과 충격. 그 전화, 그 빌어먹을 전화로 마야의 삶은 송두리째 바뀌었다. 그 후로는 모든 게 전과 달랐다. 생각해보면 놀라운 일이었다. 그녀는 미치광이 적들과 싸우기 위해 지구 반 바퀴를 돌아 생지옥으로 갔다. 그곳이 악의 근원이며, 무장한 적군이 가장 위협적인 존재라고 생각했다. 삶이 산산조각 난다면 그것은 대전차 로켓이나 급조 폭발물, 돌격용 소총을 들고 다니는 정신병자 때문이라고 믿었다.

하지만 아니었다. 적은 종종 그렇듯 가장 예상치 못한 곳에서 나타났다. 그리운 고향 미국에서.

"마야?"

"듣고 있어요."

"언니분의 사건을 조사한 형사들은 외부인의 소행이라고 믿더군요. 당신 언니는…… 자세히 알고 계십니까?"

"알 만큼 알죠."

"정말 유감입니다."

"동정하지 말라고 했을 텐데요."

"동정이 아닙니다. 그냥 인간으로서 당연한 반응이죠. 언니분이 당한 일은……."

마야는 다시 휴대전화를 꺼냈다. 릴리의 얼굴이 보고 싶었다. 정신적으로 기댈 곳이 필요했다. 하지만 그녀는 동작을 멈췄다. 아니, 지금은 아니다. 이 일에 릴리를 끌어들이지 말자. 설사 그 애의 얼굴을 보는 게 릴리에게 아무 해가 없을지라도.

"사건 발생 당시, 경찰은 당신 형부를 조사했습니다. 이름이……." 그가 서류를 뒤적이기 시작했다.

"에디." 마야가 말했다.

"맞습니다. 에디 워커."

"형부가 한 짓이 아니에요. 형부는 언니를 사랑했어요."

"네. 그래서 용의선상에서 제외했습니다. 하지만 이젠 내부 사정을 더 자세히 들여다봐야 합니다. 모든 걸 새로운 시각으로 봐야 해요."

그제야 마야는 무언가를 깨닫고 미소 지었지만 즐겁거나 다정한 기색은 전혀 없었다. "얼마나 됐죠, 형사님?"

그는 고개를 들지 않고 말했다. "뭐가요?"

"그 사실을 안 지 얼마나 됐냐고요."

키어스는 계속 파일을 읽었다.

"언니와 조를 살해한 총이 같다는 사실을 안 지 꽤 됐죠?" 마야가 말했다.

"왜 그렇게 생각하시죠?"

"지난번 우리 집에 총을 보러 온 건 내가 가진 스미스앤드웨슨이 살인 도구가 아닌지 확인하기 위해서였군요. 그 총이 두 사건과 무관하다는 걸 확인하려고요."

"그건 그냥 의례적인 절차였습니다."

"그렇겠죠. 하지만 아까 더는 날 의심하지 않는다고 했잖아요. 기억나세요?"

그는 아무 말 하지 않았다.

"그건 내게 완벽한 알리바이가 있다는 걸 이미 알고 있었기 때문이죠. 조를 죽인 총이 언니도 죽였다는 걸 당신은 알고 있었어요. 언니가 총에 맞았을 때 내가 해외에 있었다는 것도요. 그전에는, 음, 스키 마스크를 쓴 남자를 찾아내지 못했으니 내가 범인일 수도 있다고 생각했겠죠. 하지만 탄도 검사 결과를 알게 된 후에는 군대에서의 내 행방을 다시 확인해야 했을 거예요. 나도 그 절차를 알아요. 전화 한 통으로 간단히 해결되진 않죠. 그러니까 말해봐요. 언제 탄도 검사 결과를 알았죠?"

그가 나직이 말했다. "장례식 이후에요."

"그렇군요. 에밀리오 로드리고와 프레드 케이튼을 찾아내고, 언니가 죽을 당시 내가 쿠웨이트에 있었다는 사실은 언제 확인됐나요?"

"어젯밤 늦게요."

마야는 고개를 끄덕였다. 예상대로였다.

"그렇게 순진한 척하지 말아요, 마야. 아까도 말했듯이 클레어가 죽었을 때 우린 에디를 샅샅이 조사했습니다. 수사에는 남녀 차별이 없어요. 생각해봐요. 당신은 피살자의 부인이고, 단둘이 공원에 있었습니다. 당신이 경찰이라면 누가 제일 의심스럽겠습니까?"

"특히나 부인이 전직 군인이고, 당신이 보기에는 총에 미치기까지 했으니까요." 마야가 말했다.

키어스는 더 이상 변명하지 않았다. 하지만 생각해보면 그럴 필요도 없었다. 그의 말이 맞다. 늘 배우자를 의심해야 한다.

"내가 결백하다는 게 밝혀졌으니 이제 어떻게 해야 하죠?" 마야가 물었다.

"조와 클레어의 연결 고리를 찾아야죠."

"가장 큰 연결 고리는 나고요."

"네. 하지만 그것 말고도 또 있습니다."

마야는 고개를 끄덕였다. "둘은 함께 일했어요."

"맞습니다. 조는 자신의 펀드 회사에 클레어를 고용했죠. 왜 그랬나요?"

"클레어는 똑똑하니까요." 언니 이름을 말하기만 해도 몸이 따끔거렸다. "성실하고 믿을 수 있는 사람이라는 걸 조도 알았거든요."

"또 가족이라는 이유도 있었겠죠?"

마야는 잠시 생각했다. "네. 하지만 족벌 경영 차원은 아니었어요."

"그럼요?"

"버켓가는 원래 가족끼리 뭉쳐서 일하는 걸 좋아해요. 고대 씨족 사회처럼요."

"외부인을 믿지 않나요?"

"믿고 싶어 하지 않죠."

"그렇군요. 알겠습니다." 키어스가 말했다. "하지만 만약 제가 매일 처형과 함께 일해야 한다면……. 으, 생각만 해도 소름이 끼치는군요. 무슨 뜻인지 아시죠?"

"알아요."

"물론 제 처형은 사람 신경을 긁는 데 올림픽 금메달감이죠. 언니분은 그러지 않으셨을 거라……." 키어스는 말끝을 흐리고 헛기침을 했다. "그러니까 조와 클레어가 함께 일했을 때 마찰은 없었습니까?"

"저도 그 점을 걱정했어요. 예전에 저희 큰아버지가 사업을 하셨는데 워낙 잘돼서 다른 가족도 끼어들었다가 쫄딱 망해버렸거든요. 가족끼리 돈으로 얽히면 절대 안 돼요. 누군가는 늘 이를 갈기 마련이죠."

"그런데 두 사람 사이에는 그런 일이 없었나요?"

"정반대였어요. 두 사람은 함께 일하는 걸 아주 즐거워했죠. 늘 사업 얘기만 했어요. 언니는 새로운 아이디어가 떠올랐다면서 전화했고, 조는 다음 날 처리해야 할 일을 기억해두었다가 언니에게 문자로 알렸고요." 마야는 어깨를 으쓱했다. "하지만 따지고 보면……."

"따지고 보면?"

마야는 그를 올려다봤다. "난 여기 없을 때가 많았으니까요."

"외국에 계셨죠."

"네."

"그래도 여전히 말이 안 됩니다. 대체 누가 무슨 이유로 클레어를 죽였다가 그 총을 4개월간 간직한 다음, 프레드 케이튼에게 주면서 조를 죽이라고 했을까요?"

"저, 형사님?"

제복을 입은 젊은 경관이 사무실 반대편에서 키어스에게 오라고 손짓했다.

"잠깐 실례합니다."

키어스가 경관에게 다가갔다. 젊은 경관은 그에게 몸을 내밀었고, 두 사람은 쑤군거리기 시작했다. 마야는 그들을 지켜보았다. 여전히 정신이 없었지만 아까 집에서 봤던 내니 캠 영상이 계속 떠올랐다.

키어스 형사는 그 일에 전혀 신경 쓰지 않는 듯했다. 당연한 일이라고 마야는 생각했다. 그는 사실에만 집중했고, 그녀의 말을 미치광이의 헛소리로 치부하지는 않았지만 과도한 상상력의 산물이나 그 비슷한 것으로 생각할 것이다. 솔직히 말해서 마야도 그럴 가능성을 따져봐야 했다.

키어스는 경관과 대화를 끝내고 다시 그녀에게 왔다.

"뭐가 잘못됐나요?"

그는 재킷을 집어 들더니 프랭크 시나트라처럼 어깨에 걸쳤다. "집까지 모셔다드리죠. 가는 길에 말씀드리겠습니다."

길을 나선 지 10분쯤 되었을 때 키어스가 입을 열었다. "아까 제가 경찰관과 얘기하는 거 봤죠?"

"네."

"당신의, 음, 상황에 관한 얘기였습니다." 그는 전방에서 눈을 떼지 않았다. "아까 말한 내니 캠과 호신용 스프레이 말입니다."

그러니까 그냥 흘려듣지는 않은 모양이다. "그게 왜요?"

"음, 거기에 뭐가 녹화됐는지는 잠시 무시하도록 하죠, 네? 내가 그 영상을 보고, 우리 수사 팀이 분석하기 전까지는 미리 불신하거나 확신해야 할 이유가 없으니까요……. 아까 그게 뭐라고 하셨죠? USB드라이브?"

"SD카드요."

"아, SD카드. 지금 수중에 없는 증거까지 조사할 필요는 없죠. 하지만 그렇다고 해서 우리가 할 수 있는 일이 전혀 없다는 뜻은 아닙니다."

"무슨 말씀인지 모르겠어요."

"당신은 공격을 받았어요. 그건 명백한 사실입니다. 아니, 정정하죠. 당신은 분명 호신용 스프레이나 그 비슷한 물질의 공격을 받았습니다. 아직도 빨갛게 충혈된 눈을 보면 그 공격의 여파에 시달린다는 걸 알 수 있죠. 그러니까 아무리 믿고 싶지 않다고 해도, 당신에게 무슨 일이 있었던 것만은 확실합니다."

키어스는 운전대를 오른쪽으로 돌리며 그녀를 힐끗 보았다.

"당신을 공격한 사람이 보모, 그러니까 이사벨라라고 했죠?"

"네."

"그래서 제가 이사벨라의 집에 경관을 보냈습니다. 당신 주장이 맞는지 확인하기 위해서요."

당신 주장이라. 멋진 표현이다. "그래서 이사벨라를 찾았나요?"

키어스는 도로에서 눈을 떼지 않았다. "그 전에 하나만 물어봅시다."

그녀는 그 대답이 마음에 들지 않았다. "물어보세요."

"두 분이 실랑이를 벌이는 동안," 이번에는 좀 더 조심스럽게 키어스가 얘기를 꺼냈다. "이사벨라 멘데스를 위협하거나 목을 조른 적이 있나요?"

"이사벨라가 그렇게 말하던가요?"

"대답부터 해주시죠."

"아뇨. 그런 적 없어요."

"이사벨라에게 손댄 적 없습니까?"

"손을 댔을 수는 있죠. 하지만—"

"댔을 수는 있다고요?"

"이봐요, 형사님. 다그치는 과정에서 손을 댔을 수도 있죠. 하지만 그래 봤자 여자들 싸움이에요."

"여자들?" 그가 미소를 지었다. "그러니까 지금 당신이 여자라는 점에 호소하는 겁니까?"

"난 이사벨라를 다치게 하지 않았어요."

"그럼 멱살만 잡았나요?"

마야는 이야기가 어떤 방향으로 흘러가는지 알 수 있었다. "이사벨라를 찾아냈나 보군요."

"네."

"내게 호신용 스프레이를 뿌린 건 정당방위라고 주장하던가요?"

"그와 비슷하게 말했습니다. 당신이 비이성적으로 행동했다고요."

"예를 들면요?"

"내니 캠에 찍힌 영상에서 조를 봤다며 고래고래 소리를 질러댔다고 했습니다."

마야는 어떻게 대응해야 할지 생각했다. "또 뭐라고 하던가요?"

"당신 때문에 무서웠다더군요. 당신이 협박하면서 멱살을 잡았다고 했습니다."

"그렇군요."

"사실입니까?"

"내가 내니 캠에 녹화된 영상을 보여줬다는 말은 했나요?"

"네."

"그런데요?"

"화면에는 아무것도 없었답니다."

"세상에."

"당신이 망상에 빠진 것 같아서 걱정됐다더군요. 당신은 전직 군인이고, 평소에도 종종 총을 소지했다고 했습니다. 그래서 그런 사정과 당신의 헛소리, 망상, 선제공격, 이 모두를 고려해……."

"선제공격요?"

"아까 당신도 인정했잖습니까. 그녀에게 손댔다고."

마야는 얼굴을 찡그렸지만 아무 말도 하지 않았다.

"이사벨라는 위협을 느꼈고, 그래서 당신에게 호신용 스프레이를 뿌리고 도망쳤다고 했습니다."

"사라진 SD카드에 대해 물어봤나요?"

"네."

"내가 맞혀보죠. 자기는 그걸 가져가지 않았고, 전혀 모른다고 했겠죠?"

"빙고." 키어스는 그렇게 말하며 깜빡이등을 켰다. "그래도 고소하시겠습니까?"

하지만 마야는 이번 일이 어떻게 돌아갈지 눈에 훤히 보였다. 과거 군대에서 문제를 일으킨 총 마니아가 내니 캠에 죽은 남편이 딸과 노는 모습이 녹화됐다고 고래고래 소리를 지르다가 보모의 멱살까지 잡았다. 그런데 이제 와서 보모를 고소한다고? 보모가 부당하게 호신용 스프레이를 뿌렸다는 이유로? 아, 거기다가 죽은 남편이 녹화된 영상까지 훔쳤고?

그래, 그렇게 될 것이다.

"아뇨. 나중에요." 마야가 말했다.

키어스는 마야를 집 앞에 내려주고는 새로운 사실이 밝혀지면 다시 연락하겠다고 약속했다. 마야는 고맙다고 인사했다. 어린이집에 가서 릴리를 데려올까 했지만 앱을 잠깐 확인한 후(지금은 동화책을 읽어주는 시간이고, 카메라의 각도가 이상한데도 릴리가 이야기에 푹 빠져 있는 게 보였다) 나중에 데리러 가기로 마음먹었다.

휴대전화에 수십 개의 문자와 음성 메시지가 남아 있었다. 모두 시댁 식구들이 남긴 것이었다. 이런 젠장. 오늘 조의 유언장을 공개하기로 했다는 사실을 깜박했다. 굳이 듣지 않아도 상관없었지만 분명 시댁 식구들은 노발대발했으리라. 마야는 곧바로 시어머니에게 전화했다.

첫 번째 신호음이 울리자마자 주디스가 전화를 받았다. "마야?"

"못 가서 정말 죄송해요."

"괜찮니? 별일 없는 거야?"

"괜찮아요."

"릴리는?"

"릴리도 잘 있어요. 일이 좀 생겼어요. 걱정 끼치려는 생각은 아니었는데……."

"남편 유언장을 공개하는 자리보다 중요한 일이—"

"경찰이 범인을 찾아냈어요." 마야가 그녀의 말을 잘랐다. "저한테 범인을 지목해달라고 했거든요."

주디스가 숨을 헉 들이쉬는 소리가 들렸다. "알아보겠든?"

"네."

"그럼 이제 놈들은 감옥에 가는 거니? 다 끝난 거야?"

"그렇게 간단하지 않아요. 지금으로서는 붙잡아둘 증거가 부족해요."

"이해가 안 가는구나."

"범인들이 스키 마스크를 쓰고 있었거든요. 그래서 전 그들의 얼굴을 본 적이 없어요. 체격과 옷을 알아보는 것만으로는 부족하대요."

"그래서…… 그래서 놈들을 그냥 풀어준 거야? 내 아들을 죽인 놈들이 자유롭게 거리를 활보한다고?"

"한 명은 불법 무기 소지로 체포할 수 있어요. 하지만 아까 말씀드렸듯이 간단치가 않아요."

"내일 아침에 우리 집에서 다시 얘기할 수 있겠니? 헤더 하월이 당사자가 모두 모인 자리에서 유언장을 공개하는 게 좋겠다고 하더구나."

헤더 하월은 버켓가 변호사다. 마야는 인사를 하고 전화를 끊은 다음, 부엌을 바라봤다. 모두 다 새것이고 반질반질했다. 맙소사, 브루클린 집에서 쓰던 낡은 포마이카 식탁이 그리워질 줄이야.

내가 지금 이 집에서 뭘 하는 거지? 그녀는 한 번도 이곳을 자기 집이라고 생각한 적이 없었다.

마야는 내니 캠 사진틀 앞으로 걸어갔다. 어쩌면 SD카드가 아직 들어 있을지도 모른다. 그게 어떻게 가능한지는 도저히 모르겠지만, 모든 가능성을 열어두고 싶었다. 내가 정말로 녹화 영상에서 조를 봤을까? 아니다. 그가 아직까지 살아 있을 가능성이 있을까? 아니다. 그렇다면 모든 게 내 상상일까?

아니다.

그녀의 아버지는 탐정 소설을 엄청나게 좋아해 포마이카 식탁에서 마야와 클레어에게 셜록 홈스를 읽어주곤 했다. 셜록 홈스가 뭐라고 했더라? "불가능한 가설을 모두 제거하고 남은 것은 아무리 비현실적으로 보일지라도 반드시 진실이다."

마야는 사진틀을 집어 들고 뒷면을 보았다.

SD카드는 없었다.

*"불가능한 가설을 모두 제거하고……."*

SD카드가 사라졌다. 따라서 이사벨라가 가져갔다. 따라서 그녀는 거짓말을 했다. 이사벨라는 SD카드를 가져가려고 마야가 움직일 수 없도록 호신용 스프레이를 뿌렸다. 이사벨라도 연루되어 있다.

무엇에 연루되어 있다는 거지?

한 번에 하나씩 하자.

사진틀을 다시 선반에 올려놓으려던 마야는 멈칫했다. 사진틀 안에서 아이린이 미리 저장해둔 디지털 사진이 하나씩 지나가고 있었다. 그러자 다시 그 생각이 떠올랐다.

왜 아이린은 내게 내니 캠을 줬을까?

아이린이 말하지 않았던가. 이제 마야는 혼자고, 릴리는 보모에게 맡겨야 한다고. 그러니 내니 캠을 두는 게 그리 이상한 일은 아니다. 미안하더라도 조심하는 게 낫다. 이 모두가 충분히 납득이 갔다.

마야는 계속 사진틀을 응시했다. 뚫어져라 보니 검은 사진틀 맨 위, 카메라가 설치된 곳에 바늘귀만 한 구멍이 있었다. 생각해보면 이상하다. 물론 내니 캠은 보안을 강화하는 장치다. 하지만 카메라를 집에 들이면……

다른 누군가도 집에 들이는 게 아닐까?

누군가가 우리를 지켜보는 게 아닐까?

잠깐, 진정하자. 이러다가 신경쇠약에 걸리겠어.

하지만 생각해보니 분명 저 카메라는 만든 사람이 있다. 저런 장치들은 대부분 어딘가에 연결해 실시간으로 영상을 보낼 수 있다. 꼭 그렇다는 것이 아니라 그럴 가능성이 있다는 뜻이다. 카메라를 만든 기술자들은 몰래 접속해 사용자의 일거수일투족을 관찰할 수 있다. 마야가 앱만 터치하면 어린이집에 있는 릴리를 볼 수 있듯이.

맙소사. 왜 저런 물건을 집에 들였을까?

아이린의 목소리가 들렸다.

"그래서 그 여자를 믿어?"

또 다른 목소리도 들렸다.

"넌 아무도 안 믿어, 마야……."

하지만 그건 사실이 아니다. 그녀는 셰인을 믿었다. 언니를 믿었다. 그리고 아이린도?

마야는 클레어를 통해 아이린을 알게 됐다. 그녀가 고등학교 3학년 때 한 살 위인 클레어는 배서대학에 입학했다. 아이린은 클레어를 차에 태우고 함께 대학으로 가서 짐 푸는 걸 도와주고, 언니의 룸메이트가 되었다. 마야는 당시 아이린이 정말 멋진 여자라고 생각했다. 귀엽고 재미있으며 뱃사람처럼 입이 걸었다. 시끄럽고 통통 튀고 사나웠다. 방학 때면 언니는 아이린을 브루클린의 집으로 데려왔고, 아이린은 아빠와 몇 시간씩 토론을 벌이며 가차 없는 공격을 퍼부었다.

마야는 아이린이 굉장한 여장부라고 생각했다. 하지만 세월은 사람을 변화시킨다. 그렇게 당돌하던 여자들의 목을 졸라 얌전하게 만든다. 당신이 알던 활기찬 여고생은 사라져버린다. 남자들은 그렇지 않다. 그런 남학생들은 종종 자라서 우주의 주인이 된다. 하지만 여자들은 엄청나게 큰 성공을 거둬도 이런 사회적 질식으로 서서히 죽어가는 듯했다.

그런데 왜 아이린은 내게 내니 캠을 주었을까?

고민해봐야 소용없다. 대체 무슨 염병할 일이 벌어지고 있는지 대면하고 알아내야 한다. 지하실로 향한 마야는 검지를 대고 금고 문을 열었다. 베레타 M9가 있었지만 글록26을 집어 들었다. 더 작고 감추기 쉬운 총이다.

정말로 총을 쓸 일이 있으리라고는 생각하지 않았다. 하지만 처음부터 그렇게 생각하는 사람은 아무도 없다.

# 9

마야가 차를 세웠을 때 아이린은 앞마당에서 장미를 손질하는 중이었다. 그녀를 본 아이린이 손을 흔들고, 마야도 손을 흔들고 주차했다.

마야는 평생 동성 친구가 많지 않았다.

어릴 때 브루클린 그린 포인트에 있는 연립주택 맨 아래 두 층에서 살았는데 아빠는 뉴욕대학교 교수였고, 엄마는 6년간 변호사로 일하다가 전업주부가 되어 두 딸을 키웠다. 부모님은 반전주의자도, 사회주의자도 아니었지만 확실히 진보 성향 쪽으로 기울긴 했다. 두 딸을 브랜다이스대학교 여름 캠프에 보내고, 관악기를 배우게 하고, 고전을 읽게 했다. 정식으로 종교 교육을 시켰지만 성경에 나오는 이야기는 모두 알레고리이고 신화이지 사실이 아니라는 당신들의 믿음을 강조했다. 권총은 소유하지 않았고, 사냥이나 낚시 혹은 야외에서 하는 어떤 활동도 하지 않았다.

마야는 어릴 때부터 비행기 조종에 끌렸다. 왜 혹은 어쩌다 그렇게 됐는지는 아무도 모른다. 그녀의 집안에 비행기를 몰거나 비행, 역학 혹은 그 비슷한 쪽에 관심을 가진 사람은 전혀 없었다. 부모님은 마야가 그러다 말 거라고 생각했지만 그들의 예상은 어긋났다. 마야가 육군 엘리트 파일럿 프로그램에 지원하겠다고 했을 때 그들은 마야를 비난하지도, 지지하지도 않았다. 그저 이해를 못하는 듯했다.

훈련소에 입소한 마야는 베레타 M9를 지급 받았다. 대부분의 사람들이 왜 자기가 총을 좋아하는지를 두고 온갖 종류의 복잡한 심리적 이유를 찾는 것과 달리, 마야는 그냥 총을 쏘는 게 좋았다. 물론 총으로 사람을 죽일 수 있고, 총에 파괴적인 성질이 있으며, 많은 사람들 특히 남자들이 자신의 무능함을 보상하려고 어리석고 위험한 방식으로 총을 사용한다는 사실은 알고 있었다. 또한 어떤 사람들은 총이 주는 느낌 때문에 총을 좋아하는데, 그 과정에서 자신을 총과 동일시하는 불건전한 전이가 이뤄져 종종 매우 나쁜 결과가 발생한다는 사실도 잘 알았다.

하지만 마야의 경우에는 그저 총을 쏘는 게 좋았다. 또한 잘 쏘았고, 쏘는 데 끌렸다. 왜냐고? 누가 알겠는가? 사람들이 야구나 수영, 골동품 수집, 스카이다이빙에 끌리는 것과 같은 이유일 거라고 마야는 생각했다.

아이린은 일어나서 무릎에 묻은 흙을 털었다. 그러고는 미소 지으며 마야를 향해 걸어왔다. 마야는 차에서 내렸다.

"어서 와!" 아이린이 말했다.

"왜 나한테 내니 캠을 줬어?"

다짜고짜 마야가 물었다.

다가오던 아이린이 걸음을 멈췄다. "왜? 무슨 일 있어?"

마야는 아이린에게서 매사에 거침없던 대학 1학년 때 모습을 찾아내려 했다. 가끔 그 모습이 나올 때도 있었다. 그녀는 회복되는 중이었다. 하지만 아무리 시간이 흘러도 상처는 완벽하게 치유되지 않는 법이다. 아주 똑똑하고 터프하고 기지가 넘치던(적어도 겉으로 보기에는) 아이린은 나쁜 남자를 만났다.

처음에는 로비도 아이린을 지극정성으로 대했다. 늘 그녀를 칭찬하고, 사람들에게 아이린이 얼마나 똑똑한지 모른다며 자랑하고 다녔다. 하지만 너무 자랑스러워한 나머지 사랑과 집착 사이를 오가게 되었다. 클레어는 아이린을 걱정했지만, 당시 늘 긴팔 옷을 입고 다닌 아이린에게서 멍 자국을 먼저 발견한 사람은 마야였다. 처음에는 마야도 클레어도 아무 조치를 취하지 않았다. 도저히 믿을 수가 없어서였다. 마야는 가정 폭력의 피해자들은 좀 더 뭐랄까…… 더 피해자다울 거라고 생각했다. 나약하거나 구제 불능이거나 가난하거나 못 배운 여자들이 이런 상황에 휘말린다고 치부했다. 배짱이 없는 여자들. 그런 여자들이나 남자에게 학대당한다고 여겼다.

아이린처럼 강한 여자는 절대 그럴 리가 없다.

"내 질문에 대답해. 왜 나한테 내니 캠을 준 거야?" 마야가 물었다.

"왜겠어? 넌 어린 딸을 둔 미망인이니까 그렇지." 아이린이 대꾸했다.

"아이를 보호하기 위해서?"

"당연한 걸 왜 물어?"

"어디서 샀어?"

"뭘?"

"카메라가 숨겨진 디지털 사진틀. 어디서 샀어?"

"인터넷에서."

"어떤 사이트?"

"지금 농담하는 거지?"

마야는 말없이 아이린을 바라보았다.

"맙소사. 알았어, 아마존에서 샀어. 무슨 일이야, 마야?"

"보여줘."

"진심이야?"

"인터넷에서 샀으면 주문 내역이 남아 있을 거 아냐. 보여줘."

"대체 왜 이러는 거야? 무슨 일 있었어?"

어릴 때 마야는 아이린이 정말 멋지다고 생각했다. 언니는 좀 착한 척하는 편이었지만 아이린은 제멋대로였다. 아이린을 보고 있으면 기분이 좋아졌다. 그녀는 아이린의 팬이었다.

하지만 오래전 일이다.

아이린은 화를 내며 원예용 장갑을 벗어 땅에 내던졌다. "알았어."

그러고는 현관을 향해 걷기 시작했다. 마야도 뒤따라갔다. 그녀를 따라잡자 잔뜩 굳은 얼굴이 보였다.

"아이린……."

"전에도 네가 옳았어."

"뭐가?"

아이린의 눈가가 붉게 물들었다. "로비. 덕분에 로비를 영원히 떨쳐낼 수 있었지."

"무슨 말인지 모르겠어."

1960년대에 지어진 아이린의 집은 1층과 2층이 섞여 있었다. 그들은 거실로 들어갔다. 한쪽 벽이 카일과 미시의 사진들로 도배되었는데 아이린이나 로비의 사진은 없었다. 하지만 마야의 시선을 끈 것은 반대쪽 벽에 걸린 포스터였다. 언니네 집 거실에도 똑같은 포스터가 걸려 있다. 포스터 속 네 장의 흑백 사진은 왼쪽에서부터 에펠탑의 건축 과정을 차례로 보여주었다. 아이린과 클레어, 마야가 프랑스로 함께 떠난 배낭여행에서 구입한 포스터였다. 아이린과 클레어는 스무 살, 마야는 열아홉 살이었다.

여행 첫 주에는 매일 밤 다른 프랑스 남자를 만났다. 그저 스킨십을 즐기고, 밤새 프랑수아나 로랑, 파스칼이 얼마나 귀여운지 이야기하며 킬킬거리는 정도였다. 그러다가 일주일 뒤에 클레어는 장 피에르를 만났고, 꿈같은 여름 로맨스가 시작되었다. 강렬하고 열정적이고 낭만적이며 공공장소에서 벌이는 애정 행각(마야와 아이린은 질색했다)으로 가득 찬 로맨스는 슬프게도 6주 후에 끝나야만 했다.

떠나기 직전, 클레어는 잠시 복학을 포기할까 고민했다. 그녀는 사랑에 빠졌고, 장 피에르도 마찬가지였다. 그는 클레어에게 떠나지 말라고 애걸했다. 자칭 '현실적 낭만주의자'였기에 자신도 쉽지 않은 일이라는 건 알지만 함께 극복할 수 있다고 설득했다. 그는 클레어를 사랑했다.

*"제발, 클레어, 우린 할 수 있어."*

하지만 클레어는 지나치리만큼 현실적이었다. 그의 마음을 아프게 하고, 자신의 마음도 아프게 하면서 미국으로 돌아와 울고불고하다가 이내 규칙적인 일상으로 되돌아갔다.

지금 장 피에르는 어디 있을까? 결혼했을까? 행복할까? 아이는 있을까? 여전히 언니를 생각할까? 인터넷으로든 무엇으로든 언니가 죽었다는 소식을 접했을까? 그 소식을 접하고 어떤 반응을 보였을까? 충격 받았을까? 화가 났을까? 그 사실을 부정했을까? 망연자실했을까? 아니면 그냥 어깨만 한 번 으쓱이고 말았을까?

만약 그때 언니가 프랑스에 남았다면 어떻게 됐을까? 아마 몇 주, 어쩌면 몇 달간 로맨스를 더 즐기다가 미국으로 돌아왔으리라. 대학에서 한 학기를 놓쳤겠지만 그래도 결국에는 졸업했으리라.

사는 데 아무 지장도 없었으리라.

언니는 남았어야 했다. 그렇게 지독하게 현실적으로 살지 말았어야 했다.

"네가 로비를 쫓아냈지. 고맙게 생각해. 넌 내 생명의 은인이야. 너도 알 거야."

한밤중에 아이린에게서 온 문자는 간단했다. 로비가 날 죽일 거야. 살려줘. 그때도 마야는 가방에 글록을 넣고 차를 몰아 이 집으로 왔다. 로비는 술에 취해 노발대발하면서 아이린에게 더러운 창녀라는 둥 심한 욕을 해댔다. 평소와 다름없이 아이린을 감시하다가 헬스장에서 그녀가 어떤 남자에게 미소 짓는 모습을 봤기 때문이었다. 마야가 도착했을 때 아이린은 지하실에 숨어 있었고, 로비는 물건을 집어 던지며 그녀를 찾고 있었다.

"그날 밤에 네가 로비를 혼내줬지."

어쩌면 그때 마야의 행동이 지나쳤을지 모르지만 때로는 그것만이 유일한 해결책이다.

"하지만 네가 다시 해외로 파병된 걸 알고 로비가 다시 찾아오기 시작했어."

"왜 경찰에 신고 안 했어?"

아이린은 어깨를 으쓱였다. "경찰은 내 말을 안 믿어. 그냥 훈계만 하지. 너도 로비가 어떤지 알잖아. 마음만 먹으면 경찰도 구워삶을 수 있지."

'그리고 넌 절대 고소하지 않고.' 마야가 속으로 덧붙였다. 가정 폭력의 악순환은 거짓된 낙천주의와 공포를 원료로 돌아간다.

"그래서 어떻게 됐어?"

"로비가 날 때렸고, 난 갈비뼈 두 대가 부러졌어."

마야는 눈을 감았다. "아이린."

"더는 벌벌 떨면서 살고 싶지 않았어. 총을 살까 생각도 했지. 정당방위가 될 테니까, 그렇지?"

마야는 아무 말도 하지 않았다.

"하지만 경찰은 왜 갑자기 내가 총을 샀는지 의아해할 거야. 결국 나는 기소됐을 테고. 설사 기소되지 않는다 해도 카일과 미시의 인생은 뭐가 되겠어? 엄마가 아빠를 죽이다니. 아이들이 이해나 할까?"

'응.' 마야는 그렇게 생각했지만 아무 말도 하지 않았다.

"마음 졸이면서 살고 싶지 않았어. 그래서 한 번 더 맞기로 계획을 세웠지. 그것만 견뎌내면 로비를 영원히 치워버릴 수 있을 테니까."

마야는 이야기가 어디로 흘러가는지 알 수 있었다. "내니 캠으로 로비에게 맞는 장면을 찍었구나."

아이린은 고개를 끄덕였다. "그 파일을 변호사에게 가져갔어. 변호사는 그걸 경찰에 넘기자고 했지만 난 그냥 끝내고 싶었어. 그래서 내 변호사가 로비의 변호사와 상의했고, 로비는 공동친권을 포기했어. 내 변호사에게 그 파일이 있다는 걸 아니까 아마 다시 날 찾아오진 않을 거야. 완벽한 해결책은 아니지만 그래도 이젠 나아졌어."

"왜 말 안 했어?"

"네가 할 수 있는 일이 없으니까. 넌 늘 모든 사람을 지켜줬잖아. 더는 널 힘들게 하고 싶지 않았어. 너도 잘 지내기를 바랐어."

"난 잘 지내."

"아니, 마야. 그렇지 않아."

아이린은 컴퓨터 위로 허리를 숙였다. "경찰이 과잉 진압을 하지 못하도록 늘 몸에 카메라를 부착하고 다녀야 한다고 생각하는 사람들이 얼마나 되는지 알아? 미국 국민의 92퍼센트야. 당연한 거 아닐까? 난 경찰뿐 아니라 모든 사람들이 늘 카메라를 부착하고 다녀야 한다고 생각해. 그럼 우리의 행동이 달라지지 않을까? 서로 상대에게 더 잘해줄 거야. 그래서 이 계획을 꾸미기 시작했지. 난 가능한 한 모든 것을 녹화해야 한다고 생각해. 그래서 이 내니 캠을 산 거고. 이해하겠어?"

"주문 내역 좀 보여줘, 제발."

"알았어." 아이린은 더 이상 거부하지 않았다. "여기 있어."

마야는 모니터를 바라봤다. 카메라가 숨겨진 사진틀 세 개를 주문한 내역이 있었다.

"한 달 전에 주문했네."

"내가 쓰려고 세 개를 주문했어. 그중 하나를 널 줬고."

한 달 전. 따라서 아이린이 이 일(그게 뭔지는 몰라도)에 연루되었을 가능성은 매우 낮다. 누구도 한 달 뒤의 일을 예측할 순 없으니까. 대체 난 아이린이 뭘 꾸몄다고 생각한 걸까?

이해할 수 없는 일투성이였다.

"마야?"

마야는 아이린을 돌아봤다.

"네가 날 모욕한 일은 그냥 넘어갈 테니까 말해봐. 무슨 일이야?"

"내니 캠에 녹화된 영상에서…… 무언가를 봤어."

"그래, 그럴 줄 알았어. 뭘 봤는데?"

마야는 그 말도 안 되는 이야기를 꺼낼 기분이 아니었다. 아이린이 그 이야기를 믿을 수도 있고, 아닐 수도 있지만 어느 쪽이든 마야는 설명해야 했다. 그리고 그런다고 해서 아이린이 딱히 도움을 줄 것 같지 않았다.

"경찰이 언니의 죽음에서 석연치 않은 점을 발견했어."

"단서를 찾은 거야?"

"아마도."

"이제 와서?" 아이린은 고개를 절레절레 저었다. "세상에."

"기억나는 대로 말해봐."

"클레어의 죽음에 대해서?"

"응."

아이린은 어깨를 으쓱였다. "외부인의 소행이잖아. 노숙자. 내가 아는 건 그뿐이야."

"외부인의 소행이 아니야. 노숙자가 한 짓도 아니고."

"그럼 누가 했는데?"

"언니를 죽인 총과 조를 죽인 총이 같아."

아이린의 눈이 휘둥그레졌다. "하지만…… 그럴 리가 없어."

"맞아."

"그걸 내니 캠으로 알아낸 거야?"

"뭐? 아니. 경찰이 조의 시신에서 나온 총알을 검사했어. 데이터베이스에서 그 총알과 같은 총알이 사용된 사건이 있는지 찾아봤지."

"그런데 클레어의 시신에서 나온 총알과 일치했다는 거야?" 아이린이 털썩 주저앉았다. "맙소사."

"그래서 네 도움이 필요해, 아이린."

아이린은 정신이 몽롱한 사람처럼 마야를 올려다봤다. "뭐든 말만 해."

"기억을 더듬어봐."

"알았어."

"살해당하기 전에 언니의 행동이 평소와 달랐어? 뭔가 이상한 점이 있다거나. 뭐든 좋아."

"난 그게 늘 우발적인 사건이라고 생각했어. 외부인의 소행이라고." 아이린은 아직도 충격을 받은 듯했다.

"아니야. 이제 그걸 알았으니까 집중해봐, 아이린. 언니가 죽었어. 조도 죽었어. 두 사람은 같은 총에 살해당했어. 아마 둘은 뭔가 같은 일에 연루되었을—"

"같은 일에 연루되었다고? 클레어가?"

"나쁜 일은 아니지만 무언가 있어. 두 사람이 연결될 만한 일. 생각해봐, 아이린. 넌 누구보다 언니를 잘 알잖아."

아이린이 고개를 숙였다.

"아이린?"

"그 일이 클레어의 죽음과 상관이 있을 것 같지는 않은데……."

마야는 가슴이 철렁했지만 동요하지 않으려고 노력했다. "말해봐."

"클레어가…… 막 이상하게 행동한 건 아니지만…… 그래도 뭔가 있었어."

마야는 더 말해보라는 뜻으로 고개를 끄덕였다.

"바움가르트에서 점심을 먹던 날이었어. 사건이 있기 1주, 아니 2주 전일 거야. 휴대전화가 울리니까 클레어의 안색이 창백해지더라고. 평소 클레어는 내 앞에서 전화를 받았어. 우리 사이에는 별로 비밀이 없으니까."

"그렇지."

"그런데 그날은 클레어가 전화기를 집어 들더니 서둘러 밖으로 나갔어. 내가 창밖을 지켜봤는데 완전히 흥분한 모습이었지. 그렇게 5분 정도 통화하고 다시 돌아왔어."

"누구랑 통화했는지 말했어?"

"아니."

"물어봤어?"

"응. 클레어는 별일 아니라고……."

"하지만 그렇지 않았다?"

"분명 중요한 전화였어." 아이린은 고개를 끄덕였다. "왜 내가 더 물어보지 않았을까? 왜 그냥……? 어쨌든 그 후로 클레어는 계속 대화에 집중을 못 했어. 내가 몇 번 더 물어봤지만 클레어가 말도 못 꺼내게 했지. 맙소사. 그때 더 물고 늘어졌어야 하는데."

"넌 할 만큼 했어." 마야는 잠시 생각했다. "어차피 경찰이 언니의 통화 내역을 모두 조사했을 거야. 그러니까 그 통화도 알고 있겠지."

"그게 문제야."

"뭐가?"

"휴대전화."

"그게 왜?"

"그건 클레어의 전화기가 아니었거든."

마야는 몸을 앞으로 내밀었다. "뭐라고?"

"클레어가 평소 쓰던 전화기, 아이들 사진이 들어간 케이스를 씌운 전화기는 계속 테이블에 놓여 있었어. 휴대전화가 두 대더라고."

# *10*

버켓가의 고용인들은 판우드 영지 뒤쪽, 배달 차량이 드나드는 출입문 바로 왼쪽에 있는 작은 주택 단지에 살았다. 전부 단층으로 된 집들을 보니 마야는 군대 막사가 떠올랐다. 이사벨라의 가족은 그중 가장 큰 집에서 살았다. 이사벨라의 엄마 로사는 아직 본가에서 일했다. 이젠 아이들이 다 자랐으니 무슨 일을 하는지는 알 수 없었지만.

마야는 이사벨라의 집 현관문을 두드렸다. 인기척이 없었다. 워낙 성실해서 밤이고 낮이고 일하는 사람들이니 없는 게 당연했다. 버켓가의 사람들은 이 나라가 능력주의라면서 걸핏하면 직원들과 고용인들이 게으르다고 푸념하지만, 정작 그들이 이렇게 막대한 재산을 물려받을 수 있던 이유는 단지 두 세대 전에 할아버지가 부동산 법을 부당하게 이용했기 때문이었다. 마야는 사회주의자와 거리가 멀지만 참으로 아이러니하다고 생각했다. 버켓가 사람들에게 만약 이 고용인들처럼 일하라고 한다면 일주일도 버티지 못할 것이다.

헥터의 픽업트럭이 그녀 뒤에 멈춰 섰다. 그는 마야에게서 멀찌감치 떨어진 곳에 주차하더니 트럭에서 내렸다.

"버켓 부인?" 겁먹은 표정으로 헥터가 말했다.
"이사벨라는 어디 있죠?"
"그냥 가시는 게 좋겠습니다."
마야는 고개를 저었다. "이사벨라와 얘기하기 전까지는 못 가요."
"동생은 여기 없습니다."
"그럼 어디 있죠?"
"떠났습니다."
"어디로요?"
헥터는 고개를 저었다.
"난 사과하러 왔어요. 모두 오해였다고요." 마야가 말했다.
"동생에게 전해드리죠." 그는 초조한 듯 양쪽 발에 번갈아가며 체중을 실었다. "지금은 가시는 게 좋겠습니다."
"이사벨라는 어디 있죠, 헥터?"
"말씀드릴 수 없습니다. 동생은 지금 겁에 질려 있다고요."
"이사벨라에게 할 말이 있어요. 정 걱정되면 당신이 옆에서 이사벨라가 안전한지 지켜보면 되잖아요."
뒤에서 목소리가 들렸다. "그럴 일 없어요."
마야는 뒤돌아 이사벨라의 엄마 로사를 보았다. 그녀가 마야를 무섭게 노려보며 말했다. "가세요."
"싫은데요."
로사의 눈이 아들에게로 획 돌아갔다. "들어오너라, 헥터."
헥터는 마야와 거리를 둔 채 집 안으로 들어갔다. 로사가 다시 한 번 노려보더니 현관문을 닫았고, 마야는 홀로 남았다.

이런 상황에 대비했어야 했다.

'일단 후퇴한 다음, 충분히 생각해보자.' 마야는 생각했다.

휴대전화가 울려서 확인해보니 셰인의 전화였다.

"응." 그녀가 말했다.

"네가 말한 번호판 조사했어." 셰인이 바로 용건을 말했다. "그 뷰익 베라노는 WTC 유한회사라는 데서 임대했어."

WTC. 전혀 들어본 적이 없었다. "그게 뭐의 약자인지 알아?"

"몰라. 지주회사 같아. 주소는 텍사스주 휴스턴의 사서함으로 돼 있어."

"자신의 정체를 숨기고 싶을 때 이용하는 거 말이야?"

"응. 더 알아내려면 영장이 필요해. 그리고 영장을 받으려면 조사 이유를 밝혀야 하고."

"그럴 필요까지는 없어."

"알았어."

"별일 아냐."

"거짓말하지 마, 마야. 딱 질색이야."

그녀는 대답하지 않았다.

"다 털어놓을 준비가 되면 전화해."

셰인은 전화를 끊었다.

언니네 집 현관문 잠금장치는 그대로였다.

코치의 바지를 끌어내린 이후로 언니네 집(아직도 이 집을 그렇게 생각했다)에 온 것은 처음이었다. 진입로에는 차가 없었고,

현관문을 두드려도 아무 대답이 없었다. 그래서 열쇠를 꺼내 집 안으로 들어갔다. 현관에 들어서자 에디가 했던 말이 또다시 생각났다.

"*죽음이 처제를 따라다녀……*."

그 말이 맞을지도 모른다. 만약 그렇다면 대니얼과 알렉사가 위험해지지 않을까?

그렇게 따지면 릴리는?

언니의 유품이 담긴 상자는 아직 그대로였다. 마야는 아이린이 봤다는 의문의 휴대전화가 어디에 있을지 생각했다. 남몰래 누군가와 통화하고 싶을 때 사용하는 전화기가 틀림없었다.

그래서 그 전화기는 어떻게 됐을까?

죽을 때 언니 수중에 있었다면 경찰이 조사했으리라. 물론 그랬을 가능성도 있다. 수사 과정에서 경찰이 그 전화기를 발견해 아무 의미 없다는 결론을 내렸을 수도 있다. 하지만 그럴 것 같지는 않았다. 사건이 터졌을 때 셰인이 경찰에 연락해 사건 조사 기록을 살펴봤는데, 또 다른 휴대전화가 발견되고 의문의 통화 내역이 있었다는 내용은 전혀 없었다.

그렇다면 아마도 그 전화기가 아직 발견되지 않았다는 뜻이리라.

상자에는 라벨이 붙어 있지 않았다. 에디가 슬픔에 잠겨 허둥지둥 물건을 집어넣은 듯했다. 그래서 옷은 화장품과, 보석은 서류와, 신발은 싸구려 장신구와 마구 뒤섞여 있었다. 클레어는 싸구려 기념품을 좋아했다. 골동품이나 정말로 수집할 가치가 있는 물건들은 너무 비싸기 때문에 새로운 도시나 관광지를 갈 때마다 늘 스노우볼을 샀다. 티후아나에서는 작은 유리잔을 샀다. 피사의 사탑 저금통과 다이애나 왕비 기념 접시, 대시보드 위에서 꿈틀꿈틀 훌라춤을 추는 하와이 소녀 인형과 라스베이거스 카지노에서 사용한 중고 주사위 두 개도 있었다.

한때 언니를 미소 짓게 했을 한심한 기념품을 뒤지는 동안 마야는 줄곧 무표정한 얼굴로, 지금 임무를 수행하는 중이라고 최면을 걸었다. 언니가 소중히 여기던 너절한 잡동사니를 뒤지는 일은 몹시도 고통스러웠고, 죄책감이 스멀스멀 올라왔다.

'형부 말이 옳아, 언니. 죽음이 날 따라다녀. 내가 여기 있었어야 해. 여기서 언니를 보호했어야 해…….'

하지만 다른 한편으로, 더 중요하고 높은 차원에서는 이 죄책감과 고통이 도움이 되었다. 덕분에 목표를 확실히 인식할 수 있었다. 중요한 것이 무엇인지, 임무의 진정한 목적이 무엇인지 깨달으면 확실한 동기가 생긴다. 목표에 집중할 수 있다. 잡념을 떨쳐낼 수 있다. 목표가 또렷해지고 추진력이 생긴다.

하지만 어느 상자에도 휴대전화는 없었다.

마지막 상자까지 뒤진 후, 마야는 바닥에 털썩 주저앉았다. '잘 생각해봐. 언니의 머릿속으로 들어가.' 마야는 생각했다. 언니에게는 남몰래 사용하는 휴대전화가 있었다. 그걸 어디에 숨겼을까……?

문득 옛 기억이 떠올랐다. 언니가 고등학교 3학년이고, 마야가 2학년이었을 때 갑자기 반항심에 사로잡힌 언니는 담배를 피우기 시작했다. 아버지는 워낙 후각이 예민한 터라 언니에게서 나는 담배 냄새를 알아차렸다.

원래 아버지는 자유분방한 사고방식의 소유자였다. 대학 교수로서 산전수전 다 겪다 보니 사람은 이것저것 다 해봐야 한다고 생각했다. 하지만 담배만은 용납하지 않았다. 할머니가 폐암으로 고생하다 돌아가셨기 때문이다. 암 말기에 할머니는 그녀의 집에서 지냈는데 마야는 할머니의 방에서 나던 끔찍한 소리를 아직도 잊지 못했다. 꺼억 하고 숨을 들이쉬었다가 끄르륵 내쉬는 소리. 할머니는 천천히 고통스럽게 죽음에 질식해 가며 그 방에서 삶의 마지막 날을 보냈다.

할머니가 돌아가신 뒤로는 그 방에 들어가지 않았다. 그곳에는 죽음이 감돌았다. 벽에 죽음의 냄새가 스며든 듯했다. 더 끔찍한 일은 그 꺼억 하고 숨을 들이쉬었다가 끄르륵 내쉬는 소리가 아직도 가끔씩 들린다는 것이다. 예전에 소리의 기억은 결코 완전히 사라지지 않는다는 글을 읽은 적이 있다. 그저 시간이 갈수록 희미해질 뿐이라고 한다.

헬리콥터 날개가 돌아가는 소리처럼. 총성처럼. 죽어가는 사람들의 비명처럼.

이제 와서 생각해보니 어쩌면 그 끔찍한 방……, 거기서 처음으로 죽음이 그녀를 따라다니기 시작했는지 모른다.

마야는 그대로 바닥에 앉아 눈을 감고 천천히 호흡하며 소리를 밀어냈다.

다시 기억이 떠올랐다.

아버지는 담배를 싫어했다. 그래, 맞아. 언니는 담배를 피우기 시작했고, 아버지는 질색했다. 밤에 언니의 방을 뒤졌는데 담배가 나오자 난리를 쳤다. 언니는 곧 담배를 끊었지만 피우는 동안은 아버지가 절대 찾지 못할 곳에 담배를 숨겨두었다.

마야는 눈을 반짝 떴다.

벌떡 일어나 서둘러 거실로 갔다. 낡은 트렁크, 아이러니하게도 할머니의 유품인 트렁크가 거기 있었다. 언니는 그 트렁크를 테이블로 썼고, 위에 가족사진도 올려놓았다. 마야는 사진을 전부 바닥에 내려놓았다. 대니얼과 알렉사의 사진이 대부분이었지만 언니와 형부의 결혼식 사진도 있었다. 마야는 동작을 멈추고 사진 속 두 사람을 바라보았다. 둘 다 지독히 젊고 행복해 보였으며, 미래에 대한 희망으로 가득 차서 아무런 근심 걱정이 없어 보였다. 어떤 미래가 자기들을 기다리는지 전혀 모르는 얼굴이었다. 하지만 누군들 알겠는가.

트렁크 안에는 테이블보와 침대 시트가 들어 있었다. 마야는 그걸 모두 꺼낸 다음, 트렁크 바닥을 더듬어갔다.

"증조할아버지가 키예프에서 가져오신 트렁크란다." 어릴 때 할머니는 그렇게 말씀하셨다. 암으로 질식해서 죽기 몇 년 전, 아직 기운이 넘치고 건강하던 때였다. 당시 할머니는 그들 자매를 수영 강습에 데려다주기도 하고, 테니스도 가르쳐주었다. "이걸 보렴."

두 자매는 허리를 숙였다.

"증조할아버지가 직접 만드셨다. 비밀 수납공간이지."

"왜 비밀이에요, 할머니?" 언니가 물었다.

"보석과 현금을 숨겨둘 수 있으니까. 낯선 사람은 누구든 도둑이 될 수 있단다. 명심하거라, 얘들아. 어른이 되면 너희들은 언제나 서로를 믿을 수 있어. 하지만 절대 다른 사람이 찾을 수 있는 곳에 귀중품을 두면 안 된다.”

마야의 손가락이 이음매를 찾아냈다. 안쪽으로 손을 넣었더니 딸칵 소리가 나면서 나무 판이 뒤로 밀려났다. 마야는 어릴 때처럼 허리를 숙여 안을 보았다.

그곳에 휴대전화가 있었다.

마야는 흡족한 미소를 지으며 전화기를 꺼냈다. 만약 그녀에게 신앙심이 있었다면 지금 언니와 할머니가 그녀를 내려다보고 있다고 맹세했으리라. 하지만 그녀에게는 신앙심이 없었다. 한번 죽으면 그걸로 끝이라고 생각했다. 그게 문제다.

휴대전화의 전원을 켜려고 했지만 배터리가 방전되어 있었다. 당연했다. 언니가 죽은 뒤로 이 안에 방치되어 있었을 테니까. 마야는 전화기를 뒤집어 맨 밑의 충전 단자를 확인했다. 단자 모양이 눈에 익었다. 아마 맞는 코드를 찾아 충전할 수 있을 것이다.

“여기서 뭐 하는 거야?”

느닷없이 들리는 목소리에 깜짝 놀란 마야는 본능적으로 벌떡 일어나 방어 자세를 취했다.

“깜짝이야. 놀랐잖아요, 형부.”

에디는 얼굴이 벌겠다. “여기서 뭐 하냐—”

“들었어요. 숨 좀 돌리고요.” 마야가 그의 말을 잘랐다.

목표를 또렷이 인식하고 집중하는 거 좋아하네. 마야는 전화기를 찾은 기쁨에 도취한 나머지 에디가 집 안에 들어와 몰래 다가오는 것도 알아차리지 못했다.

또 다른 실수였다.

"여기서 뭐 하냐고 물었—"

"언니 유품이 든 상자를 뒤지는 중이었어요."

에디가 약간 휘청거리듯이 한 걸음 다가왔다. "우리 집에 오지 말라고 했을 텐데."

"했죠."

에디는 지난번과 똑같은 빨간 체크무늬 셔츠를 입었는데 걷어 올린 소매 아래로 말랑말랑한 팔뚝이 보였다. 예전에는 웰터급 권투 선수처럼 말라도 탄탄한 근육질 몸매였고, 언니는 형부의 그런 몸매를 좋아했다.

에디가 팔을 뻗어 손바닥을 내밀었다. 술을 마시고 왔는지 눈가가 벌겠다.

"열쇠 내놔. 당장."

"싫어요."

"잠금장치를 바꿔버릴 거야."

"형부는 옷도 바꿔 입지 못하잖아요."

그는 바닥에 놓인 사진틀과 여기저기 흩어진 시트를 내려다보았다. "왜 트렁크 물건을 다 빼놓은 거야?"

마야는 대답하지 않았다.

"아까 뭐 가져가는 거 봤어. 내놔."

"싫어요."

이제 그는 양손으로 주먹을 쥔 채 마야를 바라봤다. "그냥 뺏을 수도—"

"아뇨, 뺏을 수 없을걸요. 언니가 바람을 피우고 있었나요?"

에디가 멈칫하더니 입을 딱 벌렸다. "지옥에나 떨어져."

"알고 있었어요?"

그의 눈가가 다시 붉어졌고 순간적으로 마야는 둘의 결혼사진, 행복하고 희망에 찬 에디의 얼굴을 바라봤다. 눈가가 붉은 건 술 때문만이 아닌지도 모른다. 에디도 그 사진을 보더니 표정이 누그러졌고, 소파에 털썩 앉아 양손에 얼굴을 묻었다.

"형부?"

그가 모기만 한 목소리로 물었다. "상대가 누구야?"

"나도 몰라요. 아이린 말이 언니에게 휴대전화가 하나 더 있었대요. 방금 이 트렁크에서 그걸 찾아냈고요."

에디가 여전히 손에 얼굴을 묻은 채 말했다. "도저히 믿을 수가 없군." 정말로 믿지 못하는 말투였다.

"무슨 일이 있었죠?" 마야가 물었다.

"아무 일도 없었어." 그가 고개를 들었다. "물론 사이가 그렇게 좋진 않았어. 하지만 원래 결혼 생활이 그렇잖아. 좋을 때도 있고, 나쁠 때도 있고. 처제도 알지?"

"지금 제 얘기를 하는 게 아니잖아요."

에디는 고개를 젓더니 다시 숙였다. "그럴 수도 있고, 아닐 수도 있지."

"무슨 소리예요?"

"클레어는 조와 함께 일했어." 그가 느릿느릿 말했다.

마야는 그 어조가 마음에 들지 않았다. "그래서요?"

"그래서 내가 어디냐고 물을 때마다 야근 중이라는 핑계를 대더군."

이제 에디는 그녀의 눈을 똑바로 바라봤고, 마야도 그를 바라봤다. 그녀는 돌려서 말하는 성격이 아니었다.

"그러니까 지금 형부 말은 언니와 조가……."

너무 터무니없는 소리라서 마야는 끝맺을 수조차 없었다.

"클레어가 바람을 피웠다고 말한 건 처제잖아." 에디는 어깨를 으쓱이며 다시 일어났다. "난 그저 클레어가 어디에 있었는지 말한 것뿐이야."

"그러니까 형부는 언니에게 다른 사람이 있다는 걸 눈치챘군요."

"그런 말 한 적 없어."

"아뇨, 그렇게 말했어요. 왜 그런 얘길 경찰에 안 했죠?"

이번에는 에디가 아무 말도 하지 않았다.

"아, 맞다. 형부는 남편이니까요. 경찰은 이미 형부를 조사하고 있고, 형부가 언니의 불륜을 의심하고 있었다는 사실이 밝혀지면 입장이 더 곤란해졌을 테니까요."

"마야?"

그녀는 기다렸다. 에디가 한 걸음 다가오자, 마야는 한 걸음 물러섰다.

"그 망할 놈의 전화기 내놔. 그리고 내 집에서 당장 꺼져." 그가 말했다.

"전화기는 내가 가져갈 거예요."

에디가 그녀를 가로막았다. "나 화나는 거 보고 싶어?"

마야는 가방에 든 총을 생각했다. 사실 한순간도 잊은 적이 없다. 총을 가지고 다니면 그 사실이 늘 뇌리에 남아 마음이 무겁거나, 사용하고 싶은 유혹을 느낀다. 좋든 싫든 늘 선택의 여지가 있다.

에디가 한 발짝 더 다가왔다.

마야는 전화기를 절대 포기할 수 없어 가방으로 손을 뻗었다. 그때 귀에 익은 목소리가 들렸다.

"마야 이모!"

"우아!"

대니얼과 알렉사는 그 또래 아이들이 그러듯 요란하게 현관문을 열어젖히며 집 안으로 들어와 마야를 힘껏 껴안았다. 마야도 가방이 눌리지 않도록 조심하며 조카들을 껴안았다. 둘에게 진한 키스를 해주고는 재빨리 핑계를 대며 집에서 빠져나왔다. 에디가 바보 같은 짓을 하기 전에.

5분 뒤 에디가 그녀의 휴대전화로 전화했다.

"아까는 미안했어. 난 클레어를 사랑해. 맙소사, 내가 어떻게……. 처제도 알 거야. 물론 우리 부부에게도 문제는 있었어. 하지만 언니도 날 사랑했어."

마야는 운전 중이었다. "알아요, 형부."

"부탁이 있어, 마야."

"뭔데요?"

"언니 전화기에서 뭐든 찾아내면 아무리 나쁜 소식일지라도 내게 알려줘. 난 진실을 알아야 해."

백미러에 다시 빨간 뷰익이 보였다.

"약속해줘, 마야."

"약속할게요."

그녀는 전화를 끊고 다시 백미러를 보았지만 뷰익은 사라진 후였다. 20분 뒤 마야는 어린이집에 도착해 미스 키티와 함께 나머지 서류를 작성하고 회비를 냈다. 집에 안 가고 떼를 부리는 릴리를 보며 마야는 좋은 현상이라고 생각했다.

집에 돌아와 거실에 릴리를 앉히고, 평소 코드 서랍이라 부르는 서랍을 열었다. 뱀이 든 깡통처럼 코드가 가득했는데 수십, 어쩌면 수백 개쯤(젠장, 옛날에 쓰던 비디오 플레이어 코드까지 있었다)되는 듯했다.

마침내 언니의 휴대전화에 맞는 코드를 찾아냈다. 플러그를 꽂고 전원을 킬 수 있을 정도로 충전되기를 기다리는 데 10분쯤 걸렸다. 아주 기본적인 기능만 있는 전화기였지만 그래도 통화 내역은 조회할 수 있었다. 그녀는 아이콘을 누른 다음, 스크롤을 내렸다.

모두 같은 번호였다.

스크롤을 계속 내려보니 열여섯 번의 통화 기록이 있었다. 처음 보는 번호였는데 지역번호가 201인 걸로 봐서 뉴저지주 북쪽이었다.

대체 누가 언니에게 전화했지?

날짜를 확인했더니 언니가 죽기 석 달 전부터 통화가 시작되었고, 마지막 통화는 죽기 나흘 전이었다. 이게 무슨 의미일까? 통화 패턴은 꽤나 불규칙했다. 초반과 막판에는 통화가 잦았지만 중간은 드문드문했다.

언니는 밀회를 계획한 걸까?

순간적으로 다시 장 피에르가 떠올랐고, 상상력이 날개를 펼쳤다. 오랜 세월이 흐른 후, 장 피에르가 언니와 연락이 닿았다고 가정해보자. 그런 일은 늘 일어난다. 특히 요즘 같은 인터넷 시대에는. 페이스북을 하는 한 옛 애인들은 결코 완전히 사라지지 않는다.

하지만 아니다. 장 피에르일 리가 없다. 그랬다면 언니가 말했으리라.

정말 그랬을까? 정말 그렇다고 확신할 수 있을까? 언니에게는 의심의 여지없이 비밀이 있었고, 그걸 내게 감춰야 한다고 생각했다. 마야는 자신과 언니 사이에는 비밀이 없고, 모든 것을 공유한다고 생각했다. 하지만 따지고 보면 이 일이 있었을 때 그녀는 지구 반대편에 있었다. 여기에서, 고국에서 언니를 보호하지 않고 황량한 사막에서 나라를 위해 싸우고 있었다.

'언니에게 내가 모르는 비밀이 있었구나.'

그럼 이제 어떻게 하지?

제일 쉬운 것부터 하자. 마야는 구글에서 전화번호를 검색해보기로 했다. 운이 좋으면 뭐가 나올 수도 있다. 검색창에 전화번호를 치고 엔터 키를 눌렀다.

빙고.

놀랍게도 바로 링크가 나왔다. 구글에서 전화번호를 검색하면 대개 정보를 사라거나, 전화번호 소유주를 뒷조사해주겠다는 광고가 뜬다. 언니가 전화한 곳은 일종의 사업장이었지만, 지난 몇 주간 계속 일어난 말도 안 되는 사건들처럼 대답을 주기보다는 궁금증만 더 키웠다. 그곳은 정말로 뉴저지주 북쪽에 있었고, 구글 지도가 정확하다면 조지 워싱턴 다리 근처에 있는 레더 앤드 레이스라는 성인 클럽이었다.

성인 클럽. 스트립 클럽을 완곡하게 표현한 말이다. 그래도 혹시 몰라 링크를 클릭했더니 옷을 거의 걸치지 않은 여자들이 화면을 가득 채웠다. 역시나 스트립 클럽이다. 그러니까 언니가 스트립 클럽에 전화하려고 휴대전화 한 대를 몰래 구입해 할머니의 낡은 트렁크에 숨겨놓았다고?

이게 말이 되나?

안 된다.

마야는 이 새로운 정보를 기존 사실과 섞어보았다. 언니, 조, 내니 캠, 휴대전화, 스트립 클럽, 그리고 나머지. 이 모두를 합쳤을 때 가능한 결과가 뭐가 있을지 생각해봤지만 그럴 듯한 대답이 전혀 떠오르지 않았다. 하나같이 말이 안 되었다. 마야는 지푸라기라도 잡는 심정으로 가설을 세워봤다. 언니는 바람을 피우고 있었고, 그 남자가 거기서 일한다. 어쩌면 장 피에르가 클럽 매니저일 수도 있다. 그 사이트에는 정말로 '프랑스식 핥기'라는 고급 서비스 항목도 있었다. 그게 무엇을 의미하는지는 알지도 못하고, 알고 싶지도 않지만. 어쩌면 언니가 이중생활을 하며 거기서 스트리퍼로 일했는지도 모른다. 가끔씩 신문이나 형편없는 케이블 영화에 그런 사연이 나오지 않던가. 낮에는 가정주부, 밤에는 스트리퍼.

잠깐.

그녀는 전화기를 집어 들고 에디에게 전화했다.

"뭐 알아냈어?" 그가 물었다.

"저기 형부, 자꾸 그렇게 독촉하면 나 조사하지 않을 거예요.”

“아, 알았어. 미안. 무슨 일이야?”

“혹시 스트립 클럽에 간 적 있어요? 한 번이라도?”

침묵이 흐르다 에디가 입을 열었다. “한 번이라도?”

“네.”

“작년에 직장 동료가 스트립 클럽에서 총각 파티를 열었어.”

“그거 말고는요?”

“그게 다야.”

“그 클럽이 어디에 있죠?”

“잠깐, 이게 언니 일과 무슨…….”

“대답해요, 형부.”

“필라델피아 외곽 체리힐 지역에 있어.”

“다른 클럽에는 간 적 없고요?”

“응.”

“레더 앤드 레이스라는 클럽, 들어본 적 있어요?”

“지금 농담하는 거지?”

“형부.”

“아니. 처음 들어봐.”

“알았어요, 고마워요.”

“무슨 일인지 말 안 해줄 거야?”

“아직은요. 끊어요.”

마야는 우두커니 웹사이트를 바라봤다. 왜 언니는 레더 앤드 레이스에 전화했을까?

근거 없는 가설만 세우느니 지금 당장 차를 몰아 이 클럽으로 가고 싶었다. 하지만 릴리를 봐줄 사람이 없었다. 그로잉 업은 저녁 8시에 문을 닫는다.

내일 가자. 그녀는 생각했다. 내일은 레더 앤드 레이스를 샅샅이 파헤치리라.

# 11

마야는 아주 이상한 꿈을 꿨다. 조의 유언장을 공개하는 자리였는데 한밤중에 수증기가 낀 샤워 부스를 통해서 보듯 무슨 말이 오갔는지, 정확히 어디에 있는지, 그 밖의 어떤 것도 기억나지 않는 초현실적인 꿈이었다. 기억나는 건 딱 하나였다.

그 자리에 조가 있었다.

그들이 처음 만난 날 입었던 턱시도 차림으로 화려한 버건디색 가죽 의자에 앉아 있었다. 어느 때보다 잘생겨 보였고, 서류를 낭독하는 뿌연 인물을 뚫어지게 바라보고 있었다. 마야는 낭독하는 내용을 한 마디도 알아들을 수 없었다. 마치 찰리 브라운의 선생님이 말하는 듯했기 때문이다(찰리 브라운 만화에는 어른들이 목소리로만 나오는데 뜻을 알아들을 수 없는 의성어로 말한다—옮긴이). 그래도 어쩐지 유언장을 읽고 있다는 느낌이 들었다. 마야는 신경 쓰지 않았다. 그녀는 오로지 조에게만 집중했다. 그의 주의를 끌기 위해 큰 소리로 불렀지만 조는 돌아보지 않았다.

이번에도 마야는 소리에 잠을 깼다. 비명 소리, 헬리콥터 날개 소리, 총성. 베개로 양쪽 귀를 막아 그 끔찍한 소음을 조금이라도 줄여보려 했다. 물론 소용없는 짓임을 잘 알고 있었다. 소리의 근원지는 머릿속이기 때문에 그렇게 해봐야 소리를 안에 가둬둘 뿐이다. 그래도 마야는 귀를 틀어막았다. 소리는 대개 금방 그치니까 눈을 감고(이 역시도 이상했다. 소리를 떨쳐내는 중인데 눈을 감아야 하다니) 조금만 참으면 된다.

소리가 잠잠해지자 마야는 침대에서 나와 욕실로 갔다. 거울을 바라보다가 거울이 부착되어 있는 수납장의 문을 열어버렸다. 이렇게 하면 적어도 자신의 수척한 얼굴을 보지 않아도 된다. 수납장 안에 작은 갈색 약병이 있었다. 한두 알 먹고 싶은 유혹을 느꼈지만 오늘은 조의 유언장을 낭독하는 날이고, 시댁 식구들도 만나야 하니 정신을 바짝 차려야 했다.

샤워를 하고 조가 사준 검은색 샤넬 바지 정장을 입기로 했다. 조는 그녀에게 옷을 사주는 걸 좋아했다. 매장에서 처음 이 옷을 입어봤을 때 감촉과 재단이 마음에 쏙 들었지만 터무니없는 가격 때문에 마음에 안 드는 척했다. 하지만 조는 속지 않았다. 이튿날 그는 다시 매장에 가서 옷을 사왔다. 마야가 집에 돌아오니 지금처럼 침대에 이 정장이 놓여 있었다.

그녀는 옷을 입고 릴리를 깨웠다.

30분 뒤, 마야는 릴리를 어린이집에 데려갔다. 미스 키티는 마야가 모르는 디즈니 공주 캐릭터 의상을 입고 있었다. “너도 공주가 되고 싶니, 릴리?” 릴리는 고개를 끄덕이더니 엄마에게 제대로 인사도 하지 않고 미스 키티를 따라갔다.

마야는 다시 차에 타 어린이집 앱을 실행했다. 실내 카메라를 확인했더니 릴리가 〈겨울 왕국〉에 나오는 엘사 의상으로 갈아입고 있었다.

"'Let it go.'" 마야는 시댁으로 차를 몰며 노래를 흥얼거렸다.

머릿속에 맴도는 자신의 노랫소리를 지우기 위해 라디오를 틀어 쓸데없는 방송이라도 듣기로 했다. 라디오 아침 방송 진행자들은 자기들이 얼마나 웃긴지 모를 것이다. AM으로 돌려(요즘도 AM을 듣는 사람이 있나?) 24시간 뉴스 채널에 맞추었다. 15분마다 스포츠 뉴스, 10분마다 교통 뉴스. 이렇게 거의 군대식으로 정확하고 예측 가능한 방송을 들으니 마음이 편해졌다. 마야가 다른 생각에 빠져 건성으로 라디오를 듣고 있을 때, 갑자기 관심을 끄는 뉴스가 나왔다.

"악명 높은 해커 코리 러진스키가 이번 주 새로운 비리를 폭로하겠다고 밝혔습니다. 그의 주장에 따르면 이번 폭로로 현직 정부 관료들이 큰 망신을 당할 뿐 아니라 옷을 벗고 고소까지……."

지난번 셰인과 대화하며 이제 자기는 코리 러진스키의 끔찍한 손아귀에서 벗어났다고 말했지만, 그래도 마야는 몸이 오싹해졌다. 셰인은 왜 코리가 전부 다 폭로하지 않았는지 의아해했고, 그녀에게 더 큰 폭탄(그렇다, 이 단어를 선택하다니 참 웃기면서 슬펐다)을 떨어뜨리기 위해 때를 기다리는 거라고 했다. 물론 그녀도 그 점이 의아했다. 이제 마야 스턴은 찬밥 신세지만 그래도 여전히 특종이 될 가능성은 있다. 엄청난 비밀은 오래가지 못하는 법이다. 전혀 예상치 못할 때 다시 찾아와 파문과 반향, 그리고 심각한 부수적 피해(collateral damage, 의도적 군사 행동으로 인한 민간인의 인적, 물적 피해를 일컬음—옮긴이)를 일으킨다(자신이 평소 군대 용어를 얼마나 자주 쓰는지 마야는 또 한 번 깨달았다).

판우드는 전형적인 거부의 저택이다. 조를 만나기 전에는 이런 집이 역사책이나 소설에만 나오는 줄 알았다. 그녀는 모리스가 지키는 정문 앞에 차를 세웠다. 모리스는 1980년대 초부터 이 문을 지켰고, 역시 이사벨라의 가족이 사는 주택 단지에 살았다.

“안녕하세요, 모리스.”

그는 늘 그렇듯이 마야를 노려보았다. 그녀가 어디까지나 객식구일 뿐 이 집안 혈통은 아니라는 사실을 상기시키는 자기만의 방식이었다. 오늘따라 유독 더 노려보는 듯했는데 여전히 조의 죽음이 슬퍼서거나, 이사벨라와 호신용 스프레이 공격에 관한 소문을 들어서일 것이다. 후자일 가능성이 높았다. 모리스가 마지못해 버튼을 누르자 대문이 육안으로는 잘 알아차릴 수 없을 정도로 느릿느릿 열렸다.

마야는 완만하게 경사진 언덕 위로 차를 몰았고, 잔디 깔린 테니스 코트와 정식 규격대로 지은 축구장을 지났다. 둘 다 한 번도 사용되는 걸 본 적이 없었다. 마침내 1960년대 텔레비전 시리즈 〈배트맨〉에 나왔던 브루스 웨인의 저택을 연상시키는 튜더 양식 대저택이 보였다. 여우 사냥에 나가려고 사냥복을 차려 입은 남자들이 우르르 나와 그녀를 맞이할 것만 같았다. 하지만 현실에서는 시어머니 주디스가 현관 옆에 홀로 서 있었다. 마야는 납작한 돌을 깔아 만든 길옆에 차를 세웠다.

주디스는 아름다운 여자였다. 크고 둥근 눈에 체구가 작아

마치 인형 같았다. 타고난 유전자 덕분인지 매일 하는 요가 덕분인지 몰라도 나이보다 젊어 보였다. 시술을 받기는 했지만(아마 눈가에 살짝 보톡스를 맞았으리라) 우아함을 잃지 않았으며, 여전히 사람들의 눈길을 끌 정도로 몸매도 좋았다. 남자들은 아름답고 지적이고 부유한 그녀에게 매력을 느꼈지만 마야는 시어머니가 남자를 만나는 걸 본 적이 없었다.

"아마 비밀 연애를 할 거야." 언젠가 조는 그렇게 말했다.

"왜 몰래 만나?"

조는 그저 어깨만 으쓱였다.

주디스가 소싯적에 캘리포니아에서 히피로 살았다는 소문도 있는데 마야는 그 소문을 믿었다. 자세히 보면 아직도 눈과 미소에서 길들여지지 않은 야생성이 엿보였다.

주디스는 계단을 내려오다가 마지막 한 계단을 남겨두고 멈춰 마야와 같은 키로 섰다. 둘은 볼 키스를 나눴고, 주디스는 계속 마야 너머를 힐끗거렸다.

"릴리는 어디 있니?"

"어린이집에요."

마야는 시어머니의 얼굴에 놀란 기색이 나타나기를 기다렸지만 그런 일은 없었다. "이사벨라와 빨리 해결하려무나."

"들으셨어요?"

주디스는 굳이 대답하지 않았다.

"그럼 저 좀 도와주세요. 이사벨라는 어디 있죠?" 마야가 물었다.

"지금 여행 중이라고 알고 있다."

"언제까지요?"

"모르겠다. 그동안 로사에게 맡기는 게 어떠니?"

"괜찮아요."

"너도 알다시피 로사가 조의 보모였잖니."

"알아요."

"그런데도 싫으니?"

"네, 괜찮아요."

"그럼 애를 계속 어린이집에 맡기겠다고?" 주디스는 못마땅하다는 듯이 고개를 저었다. "예전에 어린이집과 관련된 일을 한 적이 있다."

그녀는 자격증을 소지한 정신과 의사였고, 지금도 맨해튼 어퍼이스트사이드 사무실에서 일주일에 두 번씩 내담자를 만난다. "1980년대와 1990년대에 일어난 어린이집 성추행 사건들 기억하니?"

"그럼요. 그때 경찰에서 어머님께 전문가 소견을 부탁했잖아요."

"뭐 비슷했지."

"모두 아이들의 거짓말로 밝혀지지 않았나요? 집단 히스테리 같은 거였죠."

"그래. 보육 교사들은 무죄 판결을 받았어."

"그런데요?"

"보육 교사들은 무죄 판결을 받았어." 주디스가 다시 한 번 반복했다. "하지만 어린이집이라는 시스템은 무죄가 아닐 수도 있지."

"무슨 말씀이세요?"

"어린이집에 다니는 아이들은 조종하기가 아주 쉽단다. 왜겠니?"

마야는 어깨를 으쓱였다.

"생각해보렴. 그 애들은 성추행을 당했다는 끔찍한 거짓말을 지어냈어. 난 그 애들이 왜 그랬는지 생각해봤다. 왜 그토록 부모가 바라는 대답을 하려고 애썼을까? 어디까지나 가정이긴 하지만, 만약 평소 부모가 아이에게 조금이라도 더 관심을 보였다면……."

지나친 비약이라고 마야는 생각했다.

"난 이사벨라를 잘 안다. 아주 어릴 때부터 그 애를 봐왔지. 난 그 애를 믿어. 하지만 어린이집 직원들은 누군지도 모르고, 믿지도 못하겠다. 너도 그렇지 않니?"

"요즘은 신뢰보다 더 좋은 게 있어요." 마야가 말했다.

"뭐라고?"

"전 릴리를 지켜볼 수 있어요."

"그게 무슨 말이냐?"

"보는 눈이 많을수록 안전한 법이죠. 여긴 절 포함해서 목격자가 많아요." 그녀는 앱을 실행한 다음, 버튼을 눌렀다. 화면에 엘사 의상을 입은 릴리가 나왔다. 주디스는 전화기를 건네받더니 릴리를 보고 미소 지었다. "지금 릴리가 뭐 하는 거니?"

마야는 화면을 힐끗 봤다. "빙글빙글 도는 걸로 봐서 〈겨울왕국〉에 나오는 춤을 추는 거 같네요."

"사방이 카메라로구나. 신세계네." 주디스가 고개를 절레절레 흔들며 말하더니 다시 전화기를 마야에게 건넸다. "그래, 이사벨라와는 무슨 일이 있었던 거니?"

지금, 더군다나 조의 유언장을 공개하려고 모인 자리에서 그 이야기를 꺼내는 건 현명하지 않다. "별일 아니에요."

"솔직히 말해도 될까?"

"늘 그러셨잖아요."

주디스는 미소 지었다. "그런 면에서 우린 꽤 닮았지. 따지고 보면 여러모로. 둘 다 이 집안에 시집왔고, 미망인이고, 직설적이고."

"그러네요."

"상담은 계속 받고 있니?"

마야는 아무 말도 하지 않았다.

"이젠 상황이 달라졌다, 마야. 남편이 살해됐고, 넌 그걸 목격했어. 하마터면 너도 죽을 뻔했지. 그리고 이젠 혼자 아이를 키워야 해. 원래 네가 가지고 있던 증상에 현재의 이런 스트레스까지 더해지면……."

"이사벨라가 뭐라고 하던가요?"

"아무 말 없었다." 주디스는 마야의 어깨에 손을 올렸다. "내가 직접 널 상담할 수도 있지만……."

"그건 아닌 거 같아요."

"동감이다. 자칫 잘못될 수 있지. 난 손녀를 애지중지하고, 며느리를 지지하는 시어머니로 남아야 해. 내가 잘 아는 동료가 있다. 사실은 친구에 가깝지. 스탠퍼드에서 나와 함께 공부했어. 유능한 정신과 의사는 많지만, 그 친구는 이 분야에서 최고란다."

"어머니."

"왜?"

"전 괜찮아요."

뒤에서 목소리가 들렸다. "엄마."

주디스는 뒤를 돌아봤다. 그녀의 딸이자 조의 여동생인 캐럴라인이었다. 둘은 모녀라는 사실을 알 수 있을 정도로 많이 닮았지만, 늘 강하고 자신만만해 보이는 주디스에 반해 캐럴라인은 늘 자세가 구부정했다.

"어서 와요, 언니."

"잘 있었어요, 캐럴라인?"

두 사람은 볼에 키스했다.

"헤더가 서재에서 기다리고 있어요. 닐은 벌써 가 있고요." 캐럴라인이 말했다.

주디스의 표정이 근엄해졌다. "그럼 어서 가자꾸나."

캐럴라인과 마야는 주디스 양쪽에 서서 그녀의 팔을 잡았다. 세 사람은 말없이 웅장한 로비를 통과해 무도회장을 지났다. 벽난로 위에 조지프 T. 버켓 시니어의 초상화가 걸려 있었다. 주디스는 걸음을 멈추고 잠시 초상화를 바라봤다.

"조는 제 아빠를 빼닮았어." 주디스가 말했다.

"그러네요." 마야도 동의했다.

"우리의 또 다른 공통점이구나." 주디스가 슬쩍 웃으며 말했다. "남자 취향이 같아."

"네. 키 크고 검은 머리에 잘생긴 남자. 하지만 그런 남자를 싫어할 여자가 있을까 싶네요."

주디스가 웃었다. "맞는 말이야."

캐럴라인이 쌍여닫이문을 열었고, 세 사람은 서재로 들어갔다. 아까 어린이집에서 드레스 입은 아이들을 봤기 때문인지, 아니면 며칠 전에 릴리와 함께 〈미녀와 야수〉를 봤기 때문인지 몰라도 마야는 영화 속 야수의 서재가 떠올랐다. 2층으로 된 서재는 천장에서 바닥까지 진갈색 떡갈나무로 만든 책꽂이가 설치되었다. 바닥에는 동양적인 분위기를 풍기는 화려한 카펫이 깔려 있고, 천장에는 샹들리에가 걸려 있었다. 주철로 된 레일을 따라 이동하는 사다리 두 개도 있었다. 술을 보관해둘 수 있는 대형 골동품 지구본의 위쪽 절반이 열려 있어 코냑이 든 크리스털 디켄터가 보였다. 조의 하나 남은 동생 닐은 벌써 코냑을 마시는 중이었다.

"안녕하세요, 마야."

이번에도 두 사람은 서로의 볼에 키스했지만 닐의 키스는 축축했다. 닐은 매사에 칠칠치 못했다. 상체보다 하체가 큰 체형이라 아무리 딱 맞춘 옷을 입어도 칠칠치 못해 보였다.

"형수도 한잔할래요?"

닐이 코냑 쪽으로 고갯짓했다.

"아뇨, 됐어요."

"정말요?"

주디스가 입술을 꾹 다물었다가 말했다. "지금 아침 9시다, 닐."

"하지만 지구 어딘가는 오후 5시죠. 그런 말 많이 하잖아요."

그가 웃었지만 아무도 따라 웃지 않았다. "게다가 오늘은 형의 유언장을 공개하는 특별한 날이라고요."

주디스는 고개를 돌렸다. 닐은 버켓가의 자녀들 중 막내였다. 조가 장남이고, 1년 후에 동생 앤드루가 태어났으며(훗날 그는 이 집 식구들 표현대로라면 '바다에서 죽었다') 그다음이 캐럴라인, 마지막이 닐이다. 이상하게도 지금 이 집안을 책임지는 사람은 닐이었다. 조지프 시니어는 돈에 관해서라면 늘 냉정한 터라 닐을 형보다 더 높은 직책에 앉혔다.

조는 대수롭지 않게 생각하며 이렇게만 말했다. "닐은 피도 눈물도 없지. 아버지는 그런 사람을 좋아하고."

"모두 자리에 앉죠." 캐럴라인이 말했다.

화려한 버건디색 가죽 의자들을 둘러보던 마야는 간밤의 꿈이 떠올랐다. 순간적으로 소맷부리가 구깃구깃한 턱시도를 입고 다리를 꼰 채 다른 곳을 바라보던 조, 한없이 멀게 느껴지던 조가 보이는 듯했다.

"헤더는 어디 있니?" 주디스가 물었다.

"여기 있어요."

다들 목소리가 들리는 문간을 돌아보았다. 헤더 하월은 지난 10년간 버켓가의 변호사였다. 그전에는 그녀의 아버지 찰스 하월 3세가, 그보다 더 전에는 할아버지 찰스 하월 2세가 그 직책을 맡았다.

찰스 하월 1세에 대해서는 알려진 바가 없다.

"좋아. 자, 그럼 시작하지." 주디스가 말했다.

주디스가 인자한 어머니에서 유능한 정신과 의사로, 거기서 다시 지금처럼 살짝 영국식 억양을 구사하는 엄격한 가장으로 능숙하게 변하는 모습은 참으로 신기했다.

다들 자리에 앉기 시작했지만 헤더 하월은 계속 서 있었다. 주디스가 그녀를 돌아봤다. "무슨 문제라도 있나?"

"유감스럽게도 그렇습니다."

헤더는 자신감과 유능함이 흘러넘치는 변호사로 누구라도 곁에 두고 싶어 할만 했다. 마야가 헤더 하월을 처음 만난 것은 조에게 청혼 받은 직후였다. 헤더는 그녀를 지금 이 서재로 부르더니 혼전 계약서를 테이블에 탁 내려놓고는, 지극히 사무적이지만 그렇다고 불친절하지도 않은 어조로 이렇게 말했다. "혼전 계약서 서명에는 협상의 여지가 없습니다."

그런 헤더 하월이 지금 처음으로 약간 당황하거나 불편해 보였다.

"헤더?" 주디스가 불렀다.

헤더 하월은 주디스 쪽으로 몸을 돌렸다.

"무슨 문제가 있다는 거지?"

"유감스럽지만 유언장 공개는 미뤄야겠습니다."

주디스는 캐럴라인을 바라봤다. 캐럴라인의 얼굴에는 아무것도 없었다. 이번에는 마야를 바라봤다. 마야는 우두커니 서 있었다. 주디스는 다시 헤더를 바라봤다. "이유를 설명해주겠나?"

"저희는 규정을 따라야 합니다."

"무슨 규정?"

"걱정하실 거 없어요, 주디스."

주디스는 그 대답이 마음에 들지 않았다. "지금 누구더러 이래라저래라 하는 거야?"

"죄송합니다."

"그러니까 말해. 왜 조의 유언장을 공개할 수 없다는 거지?"

"유언장을 공개할 수 없다는 게 아닙니다." 헤더가 단어 하나하나를 신중히 고르며 말했다.

"그럼?"

"미룬다는 거죠."

"다시 한 번 묻지. 이유가 뭐야?"

"그냥 서류상 문제예요."

"서류상 문제?"

"그러니까, 음, 아직 정식 사망진단서를 받지 못했습니다."

정적이 흘렀다.

"죽은 지 2주나 지났어. 장례식도 했고." 주디스가 말했다.

불현듯 마야는 장례식에서 뚜껑이 닫혀 있던 조의 관이 떠올랐다.

관 뚜껑을 닫아두자는 건 마야의 결정이 아니었다. 장례식은 전적으로 시댁 식구들에게 맡긴 터였다. 그녀에게는 장례식이 아무 의미도 없었다. 죽음은 죽음일 뿐이다. 시댁 식구들의 아픔을 조금이라도 덜 수 있다면 어떤 의식을 치르든 상관없었다. 관 뚜껑을 닫아두기로 한 결정은 충분히 이해가 갔다. 조는 머리에 총을 맞았으니 제아무리 실력 좋은 장의사가 손을 본다 해도 조문객들에게 보일 수 있는 상태가 아닐 것이다.

다시 주디스의 목소리가 들렸다. "헤더?"

"네, 물론 저도 압니다. 저도 장례식에 갔는데 왜 모르겠어요. 하지만 이 유언장이 효력을 발휘하려면 사망진단서, 그러니까 일종의 증거가 필요합니다. 이건 특이한 경우라서요. 동료에게 판례법을 조사하라고 지시해뒀습니다. 왜냐하면 조는, 음, 살해됐기 때문에 경찰청 공식 관계자가 발행한 증명서가 있어야 합니다. 경찰은 증거를 확보하는 데 시간이 더 필요하다고 했고요."

"얼마나?" 주디스가 물었다.

"정확히 말씀드리기는 힘들지만, 저희 쪽에서 요청했으니 하루 이틀이면 될 겁니다."

처음으로 닐이 입을 열었다. "무슨 증거 말입니까? 형이 죽었다는 증거?"

헤더 하월은 결혼반지를 만지작거렸다. "아직 저도 상황을 정확히는 모르지만 유언장을 공개하는 데…… 약간의 착오가 생긴 걸로 해두죠. 이 문제가 반드시 해결돼야 합니다. 유능한 직원들에게 맡겨뒀으니 걱정 마세요. 곧 연락드리죠."

순간적으로 다들 어이가 없어서 말문이 막혔고, 헤더 하월은 그 틈에 재빨리 뒤돌아 서재를 빠져나갔다.

# 12

"별일 아닐 거다." 마야를 다시 현관으로 데려가며 주디스가 말했다.

마야는 대답하지 않았다.

"원래 변호사들은 매사에 저런 식이야. 우리를 보호하기 위해서라는 명분도 있지만 그보다는 비용 청구 시간을 늘리려고 저래." 이 대목에서 주디스는 억지로 미소 지었지만 오래 가지 못했다. "쓸데없는 절차를 따른답시고 그러는 게 틀림없어……." 그녀가 말끝을 흐렸다. 마치 이게 단순히 법적인 문제가 아니라 자기 아들과 관련된 일이라는 걸 깨달았다는 듯이.

"아들을 둘이나 보내다니." 주디스가 공허한 목소리로 말했다.

"정말 힘드시겠어요, 어머니."

"세상 어느 엄마도 겪어서는 안 될 일이지."

마야가 그녀의 손을 잡았다. "그럼요."

"남편과 언니를 둘 다 보내는 것도 세상 어느 여자든 겪어서는 안 될 일이고."

"*죽음이 처제를 따라다녀*……."

어쩌면 주디스도 그런지 모른다.

주디스는 마야가 잡은 손을 잠시 꼭 쥐었다가 놓았다. "또 연락 다오, 마야."

"물론이죠."

그들은 햇볕 속으로 나갔다. 주디스의 검은색 리무진이 대기 중이었고, 운전사가 미리 차 문을 열고 서 있었다.

"얼른 릴리를 데려오렴."

"그럴게요."

"그리고 제발 이사벨라와 잘 해결해라."

"이사벨라를 만나야 이 오해도 빨리 풀 수 있어요."

"내가 할 수 있는 일이 있는지 알아보마."

주디스가 뒷좌석에 올라타자 운전사가 차 문을 닫았다. 리무진이 진입로를 내려가 시야에서 사라질 때까지 마야는 그 자리에 서 있었다.

차를 세워둔 곳으로 갔더니 캐럴라인이 기다리고 있었다.

"잠깐 얘기 좀 할 수 있어요?" 캐럴라인이 물었다.

'안 되겠는데요.' 마야는 생각했다. 어서 빨리 길을 나서고 싶었다. 가야 할 곳이 있었다. 정확히는 두 군데였다. 먼저 고용인들이 거주하는 주택 단지에 들러 로사에게 이사벨라가 어디 있는지 물어볼 것이다. 작전이 실패할 경우를 대비해 다른 계획도 세워두었다. 그다음에는 레더 앤드 레이스에 가서 그 '성인 클럽'과 언니가 무슨 관계인지 알아볼 것이다.

캐럴라인이 마야의 팔을 잡았다. "부탁이에요, 언니. 시간 좀 내줘요."

"알았어요."

"하지만 여긴 안 돼요." 말하는 동안 캐럴라인이 좌우를 살폈다. "걸으면서 얘기해요."

마야는 한숨이 나오려는 걸 참았다. 캐럴라인은 돌이 깔린 진입로를 걸어 내려갔다. 그녀가 키우는 허배너스 종의 작은 개 라슬로도 따라왔다. 개는 목줄을 묶지 않았지만 이 넓은 땅이 다 자기 집이니 어딜 가든 위험하지 않을 것이다. 마야는 이렇게 풍요롭고 아름답고 평온하며 풀과 나무, 건물 등 눈에 보이는 모든 것이 자기 소유인 곳에서 어린 시절을 보내면 어떤 기분일지 궁금했다.

캐럴라인은 오른쪽으로 방향을 홱 틀었다. 라슬로는 계속 그들을 따라왔다.

"아버지가 오빠들을 위해 만들었죠." 캐럴라인이 축구장을 향해 미소 지었다. "테니스 코트는 내 몫이고요. 난 테니스를 좋아해서 늘 라켓을 쥐고 살았어요. 아버지는 포트 워싱턴 테니스 아카데미에서 최고의 선생님을 데려와 내게 개인 교습을 시켰죠. 하지만 테니스가 미친 듯이 좋아지지는 않더라고요. 열심히 연습했고, 어느 정도 재능도 있었어요. 고등학교 때 처음으로 여자 단식에 출전했죠. 하지만 그다음 단계로 넘어가려면 테니스에 푹 빠져야 되는데 그렇게까지는 안 되더라고요. 그런 건 가짜로 지어낼 수 없거든요."

마야는 달리 어떤 반응을 보여야 할지 알 수 없어 고개만 끄덕였다. 라슬로는 혀를 축 내민 채 걷고 있었다. 서론이 너무 길었지만 마야로서는 빨리 말하라고 다그칠 수도 없는 노릇이라 그저 참고 기다렸다.

"하지만 오빠들은…… 축구에 푹 빠졌죠. 축구를 사랑했어요. 실력도 뛰어났고요. 언니도 알겠지만 조 오빠는 스트라이커고, 앤드루 오빠는 골키퍼였어요. 두 사람은 허구한 날 저 경기장에서 축구 연습을 했죠. 조 오빠는 골을 차고, 앤드루 오빠는 그걸 막으면서요. 저 골대는, 음, 아마 저택에서 400미터쯤 떨어졌겠죠?"

"그쯤 될 거 같네요."

"그런데도 두 사람의 웃음소리가 언덕을 타고 올라와 집 안까지 들렸어요. 엄마는 거실에 앉아 흐뭇하게 미소 짓곤 했죠."

캐럴라인도 미소를 지었다. 자기 엄마와 똑같은 미소였지만 왠지 매력이나 카리스마가 전혀 느껴지지 않았다.

"앤드루 오빠에 대해 잘 아세요?" 캐럴라인이 물었다.

"아뇨."

"조 오빠가 말 안 하던가요?"

물론 했다. 앤드루의 죽음에 관한 엄청난 비밀도 말해주었지만 마야는 캐럴라인을 포함한 누구에게도 그걸 말할 생각이 없었다.

*"사람들은 앤드루가 배에서 떨어져 죽은 줄 알지……."*

그때 그녀와 조는 터크스 케이커스 제도에 있는 리조트에서 알몸으로 침대에 누워 천장을 올려다보고 있었다. 달빛에 조의 눈동자가 반짝거렸다. 열린 창문으로 들어오는 부드러운 바닷바람에 그녀의 살갗이 따끔거렸다. 마야는 그의 손을 잡고 있었다.

*"하지만 사실 앤드루는 배에서 뛰어내렸어……."*

"앤드루 얘기를 딱히 많이 하진 않았어요." 마야는 거짓말을 했다.

"너무 고통스러워서 그랬을 거예요. 두 사람은 아주 친했거든요." 캐럴라인이 걸음을 멈췄다. "내 말을 오해하진 말아요, 언니. 두 오빠는 날 아주 예뻐했어요. 짜증 나는 날의 행동도 다 받아줬고요. 하지만 사실은 서로가 제일 소중했죠. 앤드루 오빠가 죽었을 때 둘은 같은 고등학교에 다니고 있었어요. 알고 있었나요?"

마야는 고개를 끄덕였다.

"필라델피아 근처에 있는 프랭클린 비들 아카데미죠. 둘은 같은 기숙사에서 생활했고, 같은 축구부 선수였어요. 이렇게 큰 집에 사는데도 둘이 한방을 쓰겠다고 했죠."

"*앤드루는 자살한 거야, 마야. 자살할 정도로 고통스러웠는데 난 전혀 몰랐어……*."

"언니?"

마야는 캐럴라인을 돌아봤다.

"오늘 일 어떻게 생각해요? 유언장 공개가…… 늦춰진 거요."

"모르겠어요."

"짚이는 거 없어요?"

"변호사는 행정 착오인 것처럼 말하더군요."

"그 말을 믿어요?"

마야는 어깨를 으쓱였다. "난 군대에 있었어요. 행정 착오는 늘 있는 일이죠."

캐럴라인이 고개를 숙였다.

"왜요?"

"봤어요?"

"누굴요?"

"조 오빠."

마야의 몸이 뻣뻣하게 굳었다. "그게 무슨 말이에요?"

"오빠의 시신 말이에요." 캐럴라인이 부드럽게 말했다. "장례식 전에 오빠의 시신을 봤어요?"

마야는 천천히 고개를 저었다. "아뇨."

캐럴라인은 고개를 들었다. "이상하지 않아요?"

"관 뚜껑이 닫혀 있었으니까 못 보는 게 당연하죠."

"언니의 결정이었나요?"

"아뇨."

"그럼 누가 결정한 거죠?"

"아마 어머니일 거예요."

캐럴라인은 이해가 된다는 듯이 고개를 끄덕였다. "난 오빠의 시신을 보여달라고 했어요."

조금 전까지만 해도 평온하게 느껴지던 주위 정적에 갑자기 숨이 막힐 듯했다. 마야는 깊고 고르게 호흡을 가다듬었다. 정적에는, 어떤 정적이든 어딘가 좋으면서도 두려운 구석이 있다.

"언니는 죽은 사람을 많이 봤죠?"

"무슨 말을 하려는 거예요?"

"왜 군인이 죽으면 꼭 시신을 집으로 보낼까요?"

마야는 슬슬 짜증이 나기 시작했다. "우린 절대 누구도 뒤에 남겨두지 않으니까요."

"네. 그렇다고 들었어요. 하지만 왜요? 죽은 사람에 대한 예우다 뭐다 하지만 난 그 이상의 의미가 있다고 생각해요. 죽은 사람은 이미 죽었어요. 그를 위해 아무것도 해줄 수 없죠. 혹은 그녀를 위해서도요. 남녀 차별의 의도는 없었어요. 어쨌든 시신을 집으로 보내는 건 죽은 이를 위해서가 아니라 유가족을 위해서 아닐까요? 죽은 이를 사랑하는 유가족들, 그들은 죽은 이를 봐야 해요. 시신을 봐야 해요. 제대로 된 끝맺음이 필요하다고요."

마야는 이 주제로 토론할 기분이 아니었다. "요점이 뭔가요?"

"내가 조 오빠의 시신을 보고 싶어 한 데는 이유가 있어요. 오빠의 죽음을 현실로 받아들이기 위해서였죠. 시신을 보지 않으면 실감 나지 않거든요. 마치……."

"마치 뭐요?"

"마치 오빠가 죽지 않은 것처럼요. 어딘가에 살아 있을 것만 같죠. 꿈에도 나오고요."

"죽은 사람도 꿈에 나와요."

"알아요. 하지만 제대로 끝맺지 않은 경우엔 달라요. 앤드루 오빠가 바다에서 죽었을 때……."

또 저렇게 바보같이 돌려 말한다.

"……그때도 난 오빠의 시신을 보지 못했어요."

마야는 깜짝 놀랐다. "잠깐만요, 왜죠? 시신을 회수한 걸로 아는데요."

"나도 그렇게 들었어요."

"그게 거짓말이라는 건가요?"

캐럴라인은 어깨를 으쓱였다. "내가 어려서 그랬는지 오빠의 시신을 절대 보여주지 않더라고요. 그때도 장례식에서 관 뚜껑이 닫혀 있었어요. 난 앤드루 오빠의 환영이 보여요. 백일몽을 꾸기도 하고요. 요즘도 그래요. 꿈에서 오빠는 멀쩡히 살아 있죠. 깨어나 보면 저기 골대 앞에 오빠가 서서 빙글빙글 웃으며 공을 막아내고 있어요. 오빠가 이 세상 사람이 아니라는 건 알아요. 사고로 죽었다는 것도 알고요. 하지만 한편으로는 모르겠어요. 내 말 이해해요? 난 앤드루 오빠의 죽음을 받아들일 수가 없어요. 가끔씩 배에서 떨어진 오빠가 살아남아 어딘가의 섬으로 헤엄쳐 갔고, 언젠가 난 오빠를 다시 만나는 게 아닐까 하는 생각도 들어요. 만약 내가 오빠의 시신을 봤다면……."

마야는 미동도 하지 않았다.

"조 오빠가 죽었을 때, 다시는 같은 실수를 되풀이하지 않으리라 다짐했어요. 그래서 오빠의 시신을 보여달라고 한 거예요. 사실은 애원했죠. 시신이 얼마나 훼손됐든 상관없었어요. 어떤 면에서는 그게 더 도움이 될 수도 있으니까요. 오빠가 정말로 죽었다는 사실을 받아들이기 위해서는 시신을 봐야 했어요."

"그런데 못 봤나요?"

캐럴라인은 고개를 끄덕였다. "보여주지 않았어요."

"누가 그랬죠?"

캐럴라인은 다시 골대 쪽을 바라봤다. "오빠들은 너무 젊은 나이에 죽었어요. 그냥 운이 나빠서일 수도 있죠. 세상에는 그런 일도 있으니까요. 하지만 난 오빠들의 시신을 보지 못했어요. 헤더가 한 말 들었죠? 아무도 조 오빠의 죽음을 공식적으로 선언하지 않았어요. 오빠 둘 다 이렇게 되다니. 이건 마치…….” 캐럴라인은 몸을 돌려 마야의 눈을 똑바로 봤다. “마치 두 사람이 아직도 살아 있는 거 같아요.”

마야는 움직이지 않았다. “하지만 그렇지 않아요.”

“미친 소리라는 건 아는데…….”

“미친 소리예요.”

“이사벨라와 다퉜죠? 이사벨라에게 들었어요. 언니가 조 오빠를 봤다고 고래고래 소리를 질렀다더군요. 언니는 왜 그랬어요? 오빠를 봤다는 게 무슨 뜻이죠?”

“캐럴라인, 내 말 들어요. 조는 죽었어요.”

“그걸 어떻게 확신해요?”

“내가 그 자리에 있었으니까요.”

“하지만 오빠가 죽는 걸 보진 않았잖아요. 맞죠? 세 번째 총알이 발사될 때 언니는 달아나는 중이었어요.”

“내 말 들어요, 캐럴라인. 경찰이 왔고 사건을 수사했어요. 난 오빠가 두 번이나 총에 맞는 걸 봤어요. 그렇게 총을 맞은 사람이 유유히 걸어 나갈 순 없어요. 경찰이 용의자 두 명도 체포했고요. 이걸 다 어떻게 설명할 거죠?”

캐럴라인은 고개를 저었다.

“왜요?”

“언니는 내 말을 안 믿을 거예요.”

"말해봐요."

"오빠 사건을 담당한 형사의 이름이 로저 키어스죠?"

"맞아요."

침묵이 흘렀다.

"캐럴라인, 뭐예요?"

"미친 소리라는 거 알지만……."

마야는 빨리 말하라고 캐럴라인을 마구 흔들고 싶었다.

"우리 집에서 사용하는 비밀 계좌가 있어요. 자세한 설명은 생략할게요. 그건 중요하지 않으니까요. 어쨌거나 그 계좌의 주인이 우리 집안이라는 걸 알아낼 수 없다고만 해두죠. 내 말 이해해요?"

"대충은요. 잠깐, 혹시 그 은행이 WTC인가요?"

"아뇨."

"휴스턴에 있지도 않고요?"

"아뇨. 조세 피난처에 있어요. 그건 왜 묻죠?"

"아무것도 아니에요. 계속해요. 해외에 비밀 계좌가 있는데요?"

캐럴라인이 잠시 그녀를 응시했다. "그래서 인터넷으로 최근 그 계좌의 거래 내역을 확인해봤어요."

마야는 계속 말하라는 뜻으로 고개를 끄덕였다.

"주로 무기명 계좌나 조세 피난처에 지은 회사로 송금했더군요. 돈이 추적당하지 않도록 여러 곳에 분산한 거죠. 역시 자세한 설명은 생략할게요. 근데 개인에게 송금한 내역도 있더라고요. 로저 키어스에게 여러 차례요."

마야는 눈 하나 깜짝하지 않았다. "확실해요?"

"내 눈으로 똑똑히 봤어요."

"보여줘요."

"뭘요?"

"인터넷으로 계좌 거래 내역을 살펴볼 수 있다면서요. 나한테 보여줘요." 마야가 말했다.

캐럴라인이 암호를 입력하자 세 번째로 같은 메시지가 떴다.

오류: 허용되지 않은 접근.

"이해가 안 되네요." 서재 컴퓨터 앞에 앉아 있던 캐럴라인이 말했다. "어떻게 하죠?"

마야는 그녀 뒤에 서서 모니터를 응시했다. '서두르지 말고 차분히 생각해보자.' 마야는 스스로에게 그렇게 말했지만 사실 생각할 거리도 별로 없었다. 재빨리 가능성을 줄여나가다 보니 둘 중 하나였다. 캐럴라인이 장난을 쳤거나, 누가 암호를 바꾸었거나. 캐럴라인이 계좌 송금 내역을 보지 못하도록.

"정확히 뭘 봤죠?" 마야가 물었다.

"말했잖아요. 로저 키어스에게 송금한 내역을 봤다고요."

"몇 번이나 송금했던가요?"

"잘 모르겠어요. 세 번 정도?"

"금액은요?"

"매번 9000달러씩이었어요."

9000달러. 말이 된다. 1만 달러 이하의 금액은 신고할 필요가 없으니까.

"그거 말고는요?" 마야가 물었다.

"그거 말고 뭐요?"

"제일 처음 돈을 보낸 게 언제였죠?"

"모르겠어요."

"조가 죽기 전이에요, 후예요?"

캐럴라인이 입술에 검지를 댄 채 곰곰이 생각했다. "장담은 못하겠지만……."

마야는 기다렸다.

"아무래도 오빠가 죽기 전에 보낸 거 같아요."

마야는 두 가지 방법으로 이 일에 대처할 수 있었다.

하나는 뻔했다. 주디스에게 따지는 것이다. 닐에게 따지는 것이다. 그들에게 직접 묻고 대답을 요구할 수 있다. 하지만 이렇게 직접적인 접근에는 몇 가지 문제가 있다. 우선 지금은 두 사람 다 집에 없는 데다, 더 중요한 문제는 그들에게서 뭘 알아내야 할지조차 모른다는 것이다. 설사 그들이 정말로 뭔가를 숨기고 있다 해도, 그 사실을 순순히 인정할지 의문이었다. 어찌어찌해서 그들이 마야의 강요에 못 이겨 계좌를 보여준다 해도, 지금쯤은 이미 증거를 다 소멸하거나 은폐하지 않았을까?

대체 무엇을 은폐한다는 거지?

나는 무슨 일이 벌어지고 있다고 생각하는 걸까? 왜 버켓가는 아들의 죽음을 수사 중인 형사에게 뇌물을 줬을까? 이게 도대체 말이 되나? 캐럴라인의 말이 사실이라고 가정해보자. 정말로 살인 사건이 일어나기 전부터 뇌물을 줬다면 대체 로저 키어스가 조의 사건을 맡게 되리라는 걸 어떻게 미리 알았을까? 말이 안 된다. 어차피 캐럴라인은 처음 돈을 보낸 시점을 정확히 모른다고 했다. 살인 사건이 일어난 후에 송금했다고 보는 게 그나마 말이 된다(여기서 '그나마 말이 된다'는 건 '전혀 말이 되지 않는다'와 종이 한 장 차이지만).

하지만 대체 무슨 목적으로?

몇 수 앞을 예측해보자. 그게 중요하다. 닐 혹은 주디스가 뇌물을 준 장본인이라고 추정하고 그들에게 직접 따졌을 때의 결과를 예측해보니 득 될 게 하나도 없었다. 중요한 정보는 알아내지 못한 채 이쪽 패만 내보이게 될 것이다.

'조급하게 굴지 말자. 먼저 알아낼 수 있는 것부터 알아내고, 필요하면 그다음에 따지자.' 변호사는 절대 답을 모르는 질문을 하지 않는다고 한다. 같은 맥락에서 훌륭한 군인은 일어날 확률이 가장 높은 결과를 추정하고, 그에 대응할 수 있기 전에는 절대 공격하지 않는다.

그 전에 해야 할 일이 있다. 이사벨라를 만나 대답을 들어야 한다. 왜 언니가 남몰래 레더 앤드 레이스에 전화했는지 알아내야 한다.

원래 계획대로 이사벨라의 집에 가는 것부터 시작하자.

헥터가 문을 열었다.

"이사벨라는 여기 없습니다."

"어머님이 이사벨라와 빨리 얘기를 나눠보라고 하셨어요."

"지금 미국에 없어요."

개소리하고 있네. "언제 오는데요?"

"이사벨라가 부인에게 전화할 겁니다. 제발 오지 마세요."

헥터는 문을 닫았다. 마야도 예상한 바였다. 돌아가는 길에 헥터의 트럭 옆으로 지나가며 걸음을 멈추지 않고서 범퍼 밑에 실시간 위치 추적기를 붙였다.

'미국에 없는 거 좋아하시네.'

위치 추적기의 사용법은 간단했다. 앱을 다운로드해서 실행하기만 하면 지금 추적기를 부착한 차량이 어디에 있고, 그 전에는 어디에 갔는지 정확히 알 수 있다. 구하기도 어렵지 않아 쇼핑몰 안에서도 판매처가 두 군데나 있었다. 마야는 이사벨라가 미국을 떠났을 리 없다고 굳게 믿었다.

어쨌든 결국 헥터가 그녀를 이사벨라에게로 안내할 것이다.

# 13

레더 앤드 레이스가 자정이나 돼야 문을 열 거라고 생각한다면 오산이다. 뉴욕 자이언츠와 뉴욕 제츠의 홈구장인 메트라이프 스타디움 그늘에 자리한 레더 앤드 레이스는 아침 11시에 영업을 시작해 '호화로운 고급 런치 뷔페'를 제공한다. 마야는 휴가 때 스트레스를 풀려는 남자 동료들을 따라 스트립 클럽에 한두 번 가본 적이 있었다. 분명 여자를 위한 클럽은 아닌데도 여자 손님은 인기 폭발인지라 무대에서 춤추는 댄서들마다 그녀에게 맹렬히 추파를 보냈다. 댄서들이 동성애자라기보다는 남자를 혐오해서일 거라고 마야는 생각했지만 동료들에게는 아무 말도 하지 않았다.

레더 앤드 레이스 역시 다른 스트립 클럽과 마찬가지로 덩치 큰 문지기가 출입문을 지키고 있었다. 195센티미터에 140킬로그램쯤 되는 듯했고, 목이 없는 데다 머리는 빡빡 밀었다. 검은 셔츠가 어찌나 꽉 끼는지 이두박근을 지혈대처럼 압박하고 있었다.

"어이, 좋은 아침." 공짜 애피타이저가 저절로 굴러들어 왔다는 듯한 표정으로 문지기가 말했다. "뭘 도와줄까, 예쁜 아가씨?"

아이고야. "여기 매니저와 얘기하고 싶어요."

그가 실눈을 뜨더니 마야를 위아래로 훑어보며 몸매를 검사하고는 고개를 끄덕였다. "추천장은 가져왔어?"

"매니저와 얘기하고 싶다고요."

문지기가 적어도 세 번은 더 그녀의 몸을 훑어본 후에 말했다. "이쪽 일을 하기에는 좀 나이가 있군." 그러더니 다시 고개를 끄덕이고는 나름 환한 미소를 선사했다. "하지만 내가 보기엔 아주 섹시해."

"다른 사람도 아닌 당신이 그렇게 말해주니 마음이 놓이네요."

"진짜야. 당신 섹시하다고. 몸매가 아주 탄탄해."

"너무 좋아서 기절하겠어요. 매니저 좀 볼 수 있을까요?"

몇 분 뒤, 마야는 놀랄 만큼 거창하게 펼쳐진 뷔페 테이블을 지났다. 아직 손님은 많지 않았는데 대부분 고개를 숙이고 있었다. 무대에서는 두 여자가 수학 시험이 있는 날 아침에 눈을 뜬 중학생처럼 심드렁하게 춤추고 있었다. 진정제라도 맞지 않는 한 저보다 더 지루한 표정을 지을 수는 없으리라. 도덕적이고 아니고를 떠나서 마야가 이런 클럽을 좋아하지 않는 진짜 이유가 바로 저것이었다. 여기 댄서들은 검사용 대변만큼이나 관능미와 거리가 멀었다.

요가 팬츠에 민소매 탑을 입은 남자 매니저는 자신을 빌리라고 소개했다. 키가 작고 지나치게 근육질이었으며 손가락은 가늘었다. 사무실 벽은 밝은 아보카도색이었다. 컴퓨터 모니터에는 탈의실과 무대를 보여주는 CCTV 화면이 띄워져 있었다. 카메라 각도를 보니 그로잉 업 앱에서 릴리를 비춰주던 카메라가 생각났다.

"우선 이 말부터 하죠. 당신은 섹시해요. 오케이? 섹시하다고요."

"그런 말 많이 들었어요."

"게다가 몸 전체가 탄탄하고 운동선수 같군요. 요즘에는 그런 몸이 인기죠. 〈헝거 게임〉에 나온 그 새끈한 여자애처럼. 걔 이름이 뭐였죠?"

"제니퍼 로렌스."

"아니, 아니, 배우 말고 배역 말입니다. 우린 여기서 남자들의 온갖 판타지를 다 충족시켜주죠. 그러니까 당신은……." 빌리가 가느다란 손가락을 튕겨 딱 소리를 냈다. "캣니스가 되는 겁니다. 그게 그 배역 이름이죠? 가죽옷에 활인지 화살인지를 들고 다니는 새끈한 여자애요. 캣니스 에버 뭐였는데. 어쨌든……." 그의 눈이 커졌다. "이야, 완전히 천재적인 아이디어가 떠올랐어요. 이제부터 당신은 캣니스(Katniss)가 아니라 캣닢(Katnip, 고양이가 좋아하는 풀인 catnip의 첫 자만 K로 바꾼 것—옮긴이)이 되는 겁니다. 알았죠?"

그때 뒤에서 여자 목소리가 들렸다. "저 여자는 일자리를 구하러 온 게 아니에요, 빌리."

마야가 뒤돌아보니 안경을 쓴 30대 중반 여자가 서 있었다. 그녀가 입은 세련된 맞춤 정장은 헬스장의 담배만큼이나 이곳에서 튀어 보였다.

"무슨 소리야?" 빌리가 물었다.

"스트리퍼 타입이 아니라고."

"에이, 룰루, 그러지 마. 그건 편견이야. 불공평하다고." 빌리가 말했다.

룰루는 마야에게 반쯤 미소를 지으며 말했다. "이상한 곳에서 환영 받는군요." 그러더니 빌리에게 말했다. "내가 처리할게요."

빌리는 사무실을 나갔다. 룰루는 책상으로 가 컴퓨터 앞에 앉아, 마우스를 클릭하며 여러 대의 CCTV를 한 번씩 훑어봤다.

"뭘 도와드릴까요?" 룰루가 말했다.

돌려 말할 이유가 없었다. "우리 언니가 이곳에 여러 차례 전화를 했더군요. 그 이유를 알아내려는 중이에요."

"우린 예약 손님도 받아요. 그래서 전화했을 거예요."

"아닐걸요."

룰루는 어깨를 으쓱였다. "뭐라고 말해야 할지 모르겠네요. 여기로 전화하는 사람이 한둘이 아니라서요."

"언니 이름은 클레어 워커예요. 들어본 적 있나요?"

"이름이 뭐든 상관없어요. 설사 아는 이름이라고 해도, 안다고 말하지 않을 거니까요. 당신도 우리 사업의 특성을 알 거예요. 우리는 비밀 엄수가 철저하다고 자부하죠."

"자부하는 게 하나라도 있다니 다행이네요."

"우리가 이런 일을 한다고 무시하지 마세요. 이름이……?"

"마야. 마야 스턴. 우리 언니는 살해됐어요."

정적이 흘렀다.

"언니에게는 숨겨둔 휴대전화가 있었어요." 마야는 전화기를 꺼내 통화 내역으로 들어갔다. "언니가 이 전화기로 유일하게 통화한 곳이 바로 여기예요."

룰루는 통화 내역을 보지도 않았다. "언니가 죽었다니 유감이네요."

"고마워요."

"하지만 내가 말해줄 수 있는 건 없어요."

"이 전화기를 경찰에 넘길 수도 있어요. 언니는 이 전화기가 있다는 사실을 숨겼고, 여기로만 전화했어요. 그러다 살해됐고요. 그 사실을 알면 경찰이 여기를 뒤지지 않겠어요?"

"아뇨, 안 그럴걸요. 하지만 설사 그런다 해도 우린 숨길 게 없어요. 그 전화기 주인이 언니라는 걸 어떻게 알죠?"

"뭐라고요?"

"그 전화기를 어디서 찾았죠? 언니네 집에서? 그 집에 언니와 함께 사는 사람이 있나요? 언니가 아니라 그 사람들 전화기일 수도 있어요. 언니가 결혼했나요? 남자 친구가 있어요? 그 남자 전화기일 수도 있고요."

"그렇지 않아요."

"확실해요? 100퍼센트 장담할 수 있어요? 왜냐하면, 이런 말하면 놀라겠지만 남자들은 여기 오는 걸 비밀로 한답니다. 어쩌다 그 전화기의 주인이 정말 당신 언니로 밝혀진다 해도 여기서는 수십 명이 전화기를 사용해요. 댄서, 바텐더, 웨이터, 웨이트리스, 요리사, 관리인, 설거지하는 사람, 심지어 손님들도요. 언니가 죽은 지 얼마나 됐죠?"

"넉 달요."

"우리는 2주마다 CCTV 녹화 영상을 삭제해요. 역시 비밀 엄수를 위해서죠. 혹여 누가 자기 남편이 여기 왔는지 확인하기 위해 영장을 들고 올 수도 있으니까요. 그러니까 설사 당신이 CCTV 녹화 영상을 보고 싶다 해도……."

"알아들었어요." 마야가 그녀의 말을 잘랐다.

룰루는 거만한 미소를 지으며 말했다. "도움이 못 돼서 미안해요."

"네. 워낙 단호하시니."

"이해해주세요."

마야는 한 발짝 다가갔다. "법적인 문제는 잠시 잊어주세요. 당신도 알다시피 난 누구의 약점을 잡으려고 온 게 아니에요. 당신의 인정에 호소하는 거라고요. 우리 언니는 살해됐고, 경찰은 이미 사건 해결을 포기했어요. 새로운 단서는 이 전화기뿐이고요. 그러니까 인간적으로 부탁할게요. 제발 도와줘요."

룰루는 이미 문 쪽으로 걸어가고 있었다. "언니가 죽은 건 정말 유감이에요. 하지만 당신을 도와줄 순 없어요."

밖으로 나오자 강렬한 햇살이 부서져 내렸다. 이런 클럽 내부는 늘 밤이지만 현실은 이제 겨우 정오였다. 태양이 두 주먹으로 그녀를 난타했다. 마야는 실눈을 뜨고 손을 들어 눈가에 그늘을 만든 채 백주에 끌려 나온 흡혈귀처럼 비틀거렸다.

"떨어졌어?" 문지기가 물었다.

"망했어요."

"안됐군."

"네."

그럼 이제 어쩐다.

아까 협박한 대로 이 전화기를 경찰서에 가져갈 수도 있다. 물론 키어스 형사에게. 그를 믿을 수 있을까? 좋은 질문이다. 그가 정말로 뇌물을 받았거나 아니면 캐럴라인이 거짓말을 하고 있다. 아니면 캐럴라인이 잘못 봤거나. 아니면…… 상관없다. 그녀는 캐럴라인도, 키어스도 믿지 않았다.

그럼 누구를 믿을까?

지금은 누구든 믿어서 좋을 게 없지만, 그래도 진실만 말한다고 믿을 수 있는 단 한 사람이 있다면 그건 셰인이다. 물론 조심은 해야 한다. 셰인이 친구기는 해도 고지식한 성격이니까. 마야는 이미 그에게 싫다는 일을 억지로 시킨 적이 있다. 오늘 저녁 사격장에서 만나기로 했는데 그때 다 털어놓을 수도 있다. 아니, 다시 생각해보니 안 되겠다. 셰인은 이미 너무 많이 묻기 시작했다…….

잠깐만.

마야가 햇빛의 맹공격 속에서 여전히 눈을 깜빡거리며 주차장을 가로지르고 있을 때, 그것이 보였다. 처음에는 대수롭지 않게 생각했다. 멀리 떨어진 데다 워낙 흔한 차였으니까.

빨간색 뷰익 베라노.

그 베라노는 주차장에서도 제일 멀리 떨어진 구석에 있었는데 철책과 대형 SUV인 캐딜락 에스컬레이드 사이에 반쯤 숨어 있었다. 마야는 클럽을 돌아봤다. 문지기가 그녀의 엉덩이를 보고 있었다. 어련하실까. 그녀는 문지기에게 손을 흔들고 빨간 베라노 쪽으로 갔다.

그녀를 미행하던 차량과 번호판이 같은지 확인해야 했다.

철책을 따라 CCTV가 설치되어 있지만 상관없었다. 지금 그녀를 지켜보는 사람도 없을 뿐더러, 설사 있다 한들 어쩌겠는가? 그녀에게는 나름 계획이 있었다. 다시는 무방비 상태로 당하고 싶지 않아 최근 드물게 똑똑한 짓을 했는데, 쇼핑몰에서 위치 추적기를 여러 개 구입한 것이다. 하나는 당연히 헥터의 트럭에 붙였다.

또 하나는 가방 속에서 언제든 출격할 준비가 되어 있었다.

계획은 뻔하고 간단했다. 먼저 번호판을 보고 같은 차가 맞는지 확인한다. 그런 다음, 뷰익 베라노 옆으로 지나가면서 위치 추적기를 범퍼 밑에 붙인다.

두 번째 대목은 약간 문제를 일으킬 소지가 있다. 뷰익 베라노가 구석에, 철책에 바짝 붙어 주차되어 있으므로 거기까지 한가롭게 걸어가는 게 눈에 띄면 누구라도 이상하게 생각할 것이다. 하지만 주차장은 고요했다. 워낙 인적이 드물 뿐더러 대부분 반대편에 주차했다. 여기 오는 걸 부끄러워하지는 않을지라도 당당하게 가슴을 펴고 다니지도 않을 것이다.

번호판이 눈에 들어오기 시작했다. 역시나 동일한 차였다.

WTC 유한 회사. 혹시 그 회사가 레더 앤드 레이스일까?

"방향이 틀렸어."

문지기 목소리였다. 마야가 돌아보자 문지기가 그녀 옆으로 다가왔다. 마야는 억지로 미소를 지었다.

"뭐라고요?"

"여기는 직원 전용 주차장이야."

"아, 그래요? 미안해요. 가끔씩 내가 얼이 빠져서 말이죠." 마야는 '하하, 내가 이렇다니까요'라는 의미의 웃음을 터뜨렸다. "실수로 직원 전용 주차장에 차를 댔나 봐요. 아니면 여기서 너무 일하고 싶은 나머지……."

"아니." 문지기가 그녀의 말을 잘랐다.

"아니라고요?"

그는 토실토실한 손가락으로 반대편을 가리켰다. "당신 차는 저쪽에 주차돼 있어. 반대편에."

"아, 그랬나요? 이렇게 정신이 없다니까요."

그녀는 우두커니 서 있었다. 그도 우두커니 서 있었다.

"외부인은 직원 전용 주차장에 들어갈 수 없어." 문지기가 말했다. "클럽 방침이야. 가끔씩 남자 손님들이 댄서들 차 옆에서 기다리거든. 무슨 말인지 알지? 아니면 차 번호를 알아내서 나중에 댄서들에게 전화를 하기도 하고. 그래서 수상한 놈들이 접근하지 못하게 가끔씩 우리가 댄서들을 차까지 데려다줘야 해. 알아들어?"

"네. 하지만 난 수상한 남자가 아니잖아요."

"아니지. 단연코."

그녀는 우두커니 서 있었다. 그도 우두커니 서 있었다.

"가자고. 차까지 바래다드릴게." 문지기가 말했다.

길 건너편 100미터쯤 아래에 대형 창고가 있었다. 마야는 창고 주차장으로 들어가 레더 앤드 레이스의 직원 전용 주차장을 훔쳐볼 수 있는 곳에 차를 세웠다. 누군가 클럽에서 나와 빨간 뷰익에 타면 미행할 계획이었다.

그다음에는?

한 번에 하나씩만 생각하자.

하지만 계획을 세울 때는 몇 수 앞을 내다보라며?

모르겠다. 철저히 준비하는 것도 좋지만 가끔은 즉흥적으로 움직여야 한다. 그녀의 다음 수는 빨간 뷰익이 어디로 가느냐에 달려 있다. 예를 들어, 뷰익이 어떤 집에 들어간다면 그 집의 거주자가 누구인지 알아내는 게 다음 수가 되리라.

스트립 클럽의 손님은, 성별은 다양하지 않을지라도 옷차림은 가지각색이었다. 작업용 부츠에 청바지 차림의 노동직 근로자가 있는가 하면 양복 차림의 샐러리맨도 있고, 카고 반바지에 티셔츠를 입은 남자들도 있었다. 골프복을 입은 한 무리의 남자들도 있었는데 방금 전까지 골프를 치다 온 듯했다. 어쩌면 뷔페가 맛있어서 왔을 수도 있겠지.

한 시간이 지났다. 직원 전용 주차장에서 네 대의 차가 나가고 세 대가 들어왔다. 하지만 철책 옆에 주차된 빨간색 뷰익 베라노는 그대로였다.

기다리는 동안 마야는 최근에 일어난 일들을 곰곰이 생각해 보았지만 아무 도움도 되지 않았다. 지금 필요한 것은 시간이 아니라 더 많은 정보였다.

빨간색 뷰익은 WTC 유한 회사가 임대했다. 혹시 WTC가 버켓가 소유일까? 아까 캐럴라인은 조세 피난처에 은행 계좌가 있고, 익명의 회사에 송금한 내역도 있다고 말했다. WTC도 그런 회사일까? 저 빨간 뷰익의 운전자는 클레어를 알고 있을까? 조를 알고 있을까?

마야와 조에게는 여러 개의 공동 계좌가 있다. 그녀는 휴대전화 앱을 실행해 신용카드 청구 내역으로 들어갔다. 조가 레더 앤드 레이스에 온 적이 있을까? 만약 그렇다면 청구 내역이 있을 것이다. 하지만 다시 생각해보니 조는 그렇게 멍청하지 않다. 그리고 레더 앤드 레이스 같은 클럽은 부인들이 남편의 신용카드 청구 내역을 몰래 훔쳐본다는 사실을 알고 있으며, 또 아까 룰루의 말처럼 비밀 유지에 각별히 신경 쓰기 때문에 아마 다른 상호를 쓸 것이다.

어쩌면 그 상호가 WTC 유한회사?

마야는 새로운 희망에 들떠 WTC 유한 회사에서 청구한 내역이 있는지 찾아봤지만 그런 내역은 없었다. 클럽의 주소가 뉴저지주 칼스타트라서 혹시 그 주소로 된 청구 내역이 있는지 살펴봤지만 역시 없었다.

누군가 빨간 뷰익에서 두 자리 떨어진 곳에 주차했다. 차 문이 열리고 스트리퍼가 내렸다. 보기만 해도 이 클럽의 스트리퍼라는 걸 알 수 있었다. 긴 금발에 엉덩이 절반만 가까스로 가린 반바지, 성형수술을 한 가슴은 귀걸이로 써도 될 만큼 높이 출렁거렸다. 스트리퍼를 찾아내는 레이더가 없어도 마야는 이 여자가 스트리퍼인지 아니면 열여섯 살 소년의 판타지가 실현된 것인지 알 수 있었다.

풍만한 몸매의 스트리퍼가 직원 전용 문으로 들어가자 한 남자가 나왔다. 양키스 야구 모자를 푹 눌러쓰고 선글라스를 낀 남자였다. 사람들 속에 숨거나 눈에 띄고 싶지 않을 때처럼 고개를 숙인 채 어깨는 웅크리고 있었다. 마야는 등을 곧추 세웠다. 남자의 얼굴은 미신을 믿는 야구 선수들이 플레이오프 시즌에 기를 법한 덥수룩한 수염으로 뒤덮여 있었다.

얼굴을 제대로 볼 수는 없었지만 어쩐지 눈에 익었다.

마야는 차 시동을 걸었다. 남자는 계속 고개를 숙인 채 발걸음을 재촉하더니 빨간색 뷰익 베라노에 올라탔다.

그러니까 저 남자가 바로 마야가 찾던 사람이다.

저자를 미행하는 일은 위험할 수 있다. 어쩌면 지금 당장 대면하는 게 최선일지 모른다. 미행하다 들킬 수도 있고, 도중에 놓쳐버릴 수도 있다. 그러니 이렇게 숨어 있지 말고 다시 레더 앤드 레이스의 주차장으로 돌아가 뷰익을 가로막고 남자에게 대답을 요구해야 할지 모른다. 하지만 그 방법에도 문제가 있다. 저곳은 경비가 삼엄하다. 아마 인력이 꽤 많을 테니 아까 본 그 문지기를 포함해 다른 사람들도 끼어들 것이다. 스트립 클럽은 사고를 처리하는 데 능숙하다. 헌병대에서 일하는 셰인에게도 아까 문지기가 했던 말과 비슷한 소리를 들은 적이 있다. 남자들은 종종 클럽이 문을 닫은 뒤에 근처를 어슬렁거리며 자기에게 돈 이상의 관심이 있다고 믿는 스트리퍼에게 접근하려 한다고. 스트리퍼가 정말로 그런 경우는 죽었다 깨어나도 없는데 말이다. 여러모로 자신감 없는 남자들마저도 자기는 모든 여자가 거부할 수 없을 만큼 매력적인 존재라는 착각에 빠지곤 한다.

한마디로 저곳은 경비가 삼엄하다. 그러니 야구 모자가 혼자 있을 때 덮치는 편이 낫지 않을까?

빨간 뷰익은 자리에서 빠져나와 출구로 나갔다. 마야도 뒤따랐다. 그런데 패터슨 플랭크 도로에 들어서자마자 불안감이 엄습했다. 왜지? 그녀의 착각인지는 몰라도 빨간 뷰익이 마치 미행을 눈치챈 듯이 머뭇거렸다. 정말로 눈치챘는지는 알 수 없었다. 그녀는 앞에 자동차를 세 대나 두고 뒤따라갔다.

다시 2분쯤 운전하던 마야는 이 미행이 성공할 수 없음을 깨달았다.

아까는 미처 몰랐는데 막상 미행을 시작하니 더 많은 문제점이 떠올랐다. 첫째로 야구 모자는 분명 마야의 차를 알고 있다. 지금까지 그녀의 차를 미행한 적이 한두 번이 아니기 때문이다. 백미러로 그녀의 차를 한 번 보기만 하면 알아차릴 것이다.

둘째로 룰루나 빌리 혹은 문지기, 혹은 클럽의 다른 누군가가 야구 모자에게 마야가 다녀갔다고 경고했을 수 있다. 아마 그랬을 것이다. 따라서 지금 야구 모자는 방어 태세일 테고 이미 그녀의 미행을 알아차렸으리라.

셋째로 그녀를 얼마나 오랫동안 미행했는지에 따라 야구 모자는 마야가 헥터의 트럭에 했던 것과 똑같은 짓을 했을 수 있다. 즉 그녀의 차에 위치 추적기를 붙였을 수 있다. 그렇다면 그녀가 클럽 앞에 주차한 순간부터 야구 모자는 그 사실을 알고 있었을 것이다.

이 모두가 함정일 수 있다. 덫일 수 있다.

후퇴해서 더 나은 방법을 생각한 다음, 다른 작전을 세워 레더 앤드 레이스를 다시 찾아갈 수도 있다. 하지만 안 될 말씀. 수동적인 접근은 집어치우자. 마야는 답을 원했다. 그러기 위해서 신중함은 버리고 무모하다 싶을 정도로 과감해야 한다면 기꺼이 그렇게 할 것이다.

그들은 아직 공업 단지에 있고, 조금만 더 가면 주요 고속도로가 나온다. 뷰익이 고속도로에 진입하면 기회가 없다. 마야는 가방에 손을 넣었다. 권총은 쉽게 꺼낼 수 있는 곳에 있었다. 신호등이 빨간불로 바뀌었다. 뷰익이 미끄러지듯 멈추며 오른쪽 차선 맨 앞에 섰다. 마야는 액셀러레이터를 밟아 처음에는 왼쪽으로 튼 다음, 다시 오른쪽으로 틀었다. 빨리 움직여야 했다. 뷰익 왼쪽으로 지난 다음, 차의 방향을 틀어 뷰익 앞을 막아섰다.

마야는 눈에 띄지 않도록 총을 아래로 내린 채 차에서 내렸다. 어리석고 위험한 짓이지만 다 계산해두었다. 만약 뷰익이 후진하거나 도망치려 하면 타이어를 쏠 것이다. 누군가 경찰에 신고할까? 아마 그럴 것이다. 하지만 기꺼이 위험을 감수할 작정이었다. 최악의 시나리오는 경찰에 체포되는 것이다. 그럴 경우에는 최근 남편이 살해됐는데 저자가 자신을 미행하기 시작했다고 말할 것이다. 좀 히스테릭한 미망인 취급을 받겠지만 심각한 죄목으로 처벌 받지는 않을 것이다.

마야는 순식간에 빨간 뷰익 앞에 섰다. 전면 유리창이 번쩍거려 운전자를 볼 수 없었지만 그의 얼굴을 보는 건 시간문제였다. 운전석 창문에 총을 대고 위협할까 생각했지만 결국에는 조수석 쪽으로 갔다. 문이 잠겨 있지 않을 테니 조수석에 탈 수 있을 것이다. 잠겨 있다면 그쪽 창문에 대고 위협할 것이다.

마야는 손을 뻗어 조수석 문손잡이를 잡아당겼다.

문이 열렸다.

마야는 조수석에 올라탄 다음, 총을 들어 양키스 야구 모자를 겨눴다.

남자가 그녀를 돌아보며 미소 지었다. "안녕, 마야."

그녀는 너무 놀라 멍하니 바라만 보았다.

그는 야구 모자를 벗고 말했다. "마침내 직접 만나니 반갑군요."

마야는 방아쇠를 당기고 싶었다. 이 순간, 다시 말해 그의 낯짝을 보고 방아쇠를 당겨 쏴 죽이는 순간을 꿈꿨다 해도 과언이 아니었다. 단순하고 본능적이고 원초적인 생각이 제일 먼저 들었다. 적을 죽여라.

하지만 잠시 법적, 도덕적 결과를 잊고 정말로 총을 쏴버린다면 대답을 영영 듣지 못하게 될 것이다. 그녀는 어느 때보다 진실을 알아야 했다. 왜냐하면 빨간 뷰익을 타고 그녀를 미행한 남자, 언니가 살해되기 전 몇 주 동안 몰래 통화한 남자는 다름 아닌 코리 러진스키였기 때문이다.

# 14

"왜 날 미행했지?"

코리는 여전히 미소 짓고 있었다. "총 치워요, 마야."

각종 언론에 소개된 코리 러진스키는 늘 말쑥한 옷차림이었고, 나이보다 어려 보이는 얼굴을 깔끔하게 면도하고 다녔다. 따라서 지저분한 수염과 야구 모자, 헐렁한 청바지는 훌륭한 변장이었다. 마야는 계속 총을 겨눈 채 그를 뚫어지게 바라봤다. 뒤에서 경적이 울려대기 시작했다.

"지금 우리가 길을 막고 있어요. 일단 당신 차를 뺀 다음에 얘기합시다." 코리가 말했다.

"난 알고 싶은 게……."

"알게 될 겁니다. 하지만 먼저 당신 차를 갓길로 빼요."

더 많은 차가 경적을 울렸다.

마야는 손을 뻗어 자동차 열쇠를 빼냈다. 그가 그냥 사라지게 둘 생각은 추호도 없었다. "여기 꼼짝 말고 있어요."

"가라고 해도 안 갈 겁니다."

마야는 차를 빼서 갓길에 주차한 다음, 다시 뷰익 조수석에 타 그에게 열쇠를 건넸다.

"혼란스러운 게 당연합니다." 코리가 말했다.

고작 '혼란'이라고? 마야는 넋이 나간 상태였다. 궁지에 몰린 권투 선수처럼 심판이 카운트하는 틈에 정신을 차리고 다시 싸울 채비를 해야 했다. 지금 이 상황을 설명할 수 있는 답이 몇 가지 떠올랐지만 하나같이 쉽게 격추할 수 있었다.

어느 것도 말이 되지 않았다.

그녀는 뻔한 질문부터 시작했다. "우리 언니를 어떻게 알죠?"

그의 얼굴에서 미소가 사라지더니 진심으로 슬퍼하는 기색이 떠올랐고, 마야는 그 이유를 깨달았다. 이제 언니는 죽고 없기 때문이다. 코리 러진스키는 정말로 언니를 알았고, 언니를 좋아했다.

코리는 전방을 보며 말했다. "드라이브 좀 합시다."

"그보다 대답부터 해요."

"계속 이렇게 있을 순 없어요. 내 정체가 노출된단 말입니다. 그들도 용납하지 않을 겁니다."

"그들?"

코리는 대답하지 않았고, 차를 몰아 다시 레더 앤드 레이스 주차장의 같은 자리로 돌아왔다. 차 두 대가 그들을 뒤따라 주차장에 들어왔다. 아까 도로에도 저 차들이 있었던가? 아마 그럴 거라고 마야는 생각했다.

직원 전용 출입문에는 키패드가 달려 있었다. 코리는 키패드의 숫자를 눌렀다. 마야는 혹시 몰라 비밀번호를 외워두었다.

"외울 필요 없습니다. 안에서 버튼을 눌러줘야 문이 열리니까요." 그가 말했다.

"비밀번호를 누르는 데도 안에서 경비가 또 확인을 한다고요?"

"네."

"도가 지나치네요. 아니면 편집증이거나."

"네. 분명 그럴 겁니다."

어두운 복도에서는 양말 구린내 같은 악취가 풍겼다. 두 사람은 클럽을 가로질렀다. 디즈니 애니메이션 〈알라딘〉의 〈아름다운 세상(A Whole New World)〉이 흘러나왔고, 재스민 공주 의상을 입은 여자가 폴 댄스를 추고 있었다. 마야는 눈살을 찌푸렸다. 공주 의상은 어린이집 아이들만 입는 게 아닌 모양이다.

코리는 구슬 커튼을 젖히고 밀실 안으로 들어갔다. 실내는 중서부 치어리더들의 의상에서 영감을 받았는지 황금색과 초록색으로 꾸며져 있었다.

"내가 여기 다녀간 거 알고 있었죠? 룰루와 이야기한 것도요." 마야가 말했다.

"네."

그녀는 조각들을 맞춰보았다. "아마 내가 떠나는 걸 지켜봤겠죠. 내가 당신 차로 다가가는 것도 봤고요. 그러니 내가 미행하는 것도 알았겠네요."

그는 대답하지 않았다.

"우리를 뒤따라온 차 두 대, 그들도 당신과 한패인가요?"

"도가 지나치네요, 마야. 그 정도면 편집증이에요. 자리에 앉아요."

"여기에 앉으라고요?" 마야는 눈살을 찌푸렸다. "닦기는 하나요?"

"자주 닦으니까 걱정 말고 앉아요."

그들은 자리에 앉았다.

"내가 하는 일을 이해해줬으면 해요." 그가 말문을 열었다.

"이해해요."

"그래요?"

"당신은 비밀이 나쁘다고 생각하잖아요. 그래서 다 까발리고 그로 인한 결과는 나 몰라라 하죠."

"아주 틀린 말은 아니군요."

"그러니까 설교는 집어치워요. 우리 언니는 어떻게 알죠?"

"언니가 내게 연락했습니다."

"언제요?"

코리는 머뭇거렸다. "난 급진주의자가 아닙니다. 무정부주의자도 아니고요. 그런 것과는 거리가 멉니다."

그러거나 말거나 마야는 눈곱만큼도 관심이 없었다. 언니를 어떻게 아는지, 그리고 왜 자기를 미행했는지 알고 싶을 뿐이었다. 하지만 괜히 그에게 적대감을 불러일으키거나 분위기를 냉랭하게 만들고 싶지도 않았다. 그래서 잠자코 있었다.

"당신 말대로 난 비밀이 나쁘다고 생각합니다. 처음에는 재미 삼아 여기저기 해킹을 하다가 대기업과 정부 기관까지 접근하게 됐습니다. 마치 게임하듯 말이죠. 어느새 모든 비밀을 알게 됐고, 권력을 가진 자들이 평범한 시민들을 얼마나 이용하는지 깨달았습니다." 그는 갑자기 말을 멈췄다. "이런 설교는 듣고 싶지 않겠죠?"

"잘 아시네요."

"어쨌든 요점은 우리가 더는 해킹을 하지 않는다는 겁니다. 내부 고발자들에게 진실을 말할 자유만 줄 뿐입니다. 왜냐하면 돈과 권력 앞에서는 누구나 불법적인 짓을 저지르니까요. 인간의 본성입니다. 우리는 자신의 이익을 위해 진실을 왜곡하죠. 그러니까 담배 회사 직원들은 사악하고 끔찍한 인간이 아니에요. 그저 스스로 옳은 일을 하지 못할 뿐입니다. 인간은 자기합리화의 달인이니까요."

설교 안 하는 거 좋아하시네.

그때 아슬아슬하게 가슴만 가린 튜브탑 차림의 웨이트리스가 들어왔다. "뭐 마실래요?" 그녀가 물었다.

"마야?" 코리가 말했다.

"난 됐어요."

"난 라임 넣은 클럽소다 부탁해."

웨이트리스가 나갔고, 코리는 마야에게 몸을 돌렸다.

"사람들은 내가 정부나 기업을 약화한다고 생각합니다. 하지만 사실은 그 반대죠. 난 그들에게 올바른 일, 공정한 일을 하도록 강요해서 오히려 그들을 강화합니다. 만약 정부나 기업이 거짓말을 바탕으로 세워졌다면 진실 위에 다시 세워야 합니다. 그러니까 비밀은 용납할 수 없습니다. 어떤 분야에서든지요. 만약 억만장자가 유전을 얻기 위해 정부 관료에게 뇌물을 줬다면 국민은 그 사실을 알아야 합니다. 당신의 경우는, 만약 정부가 전쟁에서 민간인을 죽였다면……."

"그건 사고였어요." 마야가 그의 말을 잘랐다.

"압니다, 알아요, 부수적 피해. 참 모호한 용어 아닙니까? 당신이 그걸 사고라고 믿든 고의라고 믿든, 우리 같은 국민은 진실을 알아야 합니다. 진실을 알고도 국민들이 전쟁에 계속 찬성할지 모르지만 일단은 알아야 합니다. 사업가들은 거짓말을 하고 국민을 속이죠. 스포츠 스타도 거짓말을 하고 우리를 속입니다. 정부도 거짓말을 하고 국민을 속여요. 우리는 그냥 어쩔 수 없다고 생각합니다. 하지만 그렇지 않은 세상을 상상해봐요. 부당한 정부가 아닌 국민들이 완벽히 책임지는 세상. 착취나 비밀이 없는 세상을요."

"그 세상에 유니콘과 요정도 있나요?"

그가 미소 지었다. "내가 순진하다고 생각하는군요."

"코리, 코리라고 불러도 될까요?"

"물론이죠."

"우리 언니를 어떻게 알았죠?"

"말했잖아요. 언니가 연락했다고."

"언제요?"

"죽기 몇 달 전에요. 내 웹사이트로 이메일을 보냈고, 결국 내가 보게 됐죠."

"뭐라고 하던가요?"

"이메일로요? 나와 얘기하고 싶다고 했습니다."

"무슨 얘기요?"

"뭐겠어요, 마야? 당신 얘기죠."

웨이트리스가 돌아왔다. "라임 넣은 클럽소다 두 개요." 그녀가 마야를 향해 다정하게 윙크했다. "자기는 필요 없다고 했지만 그래도 목마를 거 같아서."

웨이트리스는 잔을 내려놓고 마야에게 활짝 웃어 보인 다음, 걸어 나갔다.

"설마 지금 그 테이프를 유출한 사람이 언니라는……."

"아뇨."

"왜냐하면 언니는 그 테이프에 접근조차……."

"아뇨, 마야. 그 말이 아니에요. 언니는 내가 그 테이프를 공개한 후에 연락했어요."

그 편이 더 말이 되기는 했지만 여전히 의문투성이였다. "언니가 뭐라고 했나요?"

"그래서 내가 우리 철학을 설명한 겁니다. 내부 고발, 그리고 책임과 자유에 관한 우리 철학을요."

"무슨 말인지 모르겠어요."

"클레어는 내가 테이프의 음성을 공개할까 두려워서 연락했더군요."

침묵이 흘렀다.

"무슨 말인지 알죠, 마야?"

"알아요."

"클레어에게 그 테이프에 어떤 말이 녹음됐는지 얘기했나요?"

"난 언니에게 감추는 게 없었어요. 우리 사이에는 비밀이 없었죠. 적어도 난 그런 줄 알았어요."

코리가 미소를 지었다. "언니는 당신을 보호하고 싶어 했어요. 내게 음성을 공개하지 말라고 부탁하더군요."

"그래서 안 했군요."

"네."

"그저 언니의 부탁 때문에요."

코리는 소다를 한 모금 마셨다. "아는 남자가 하나 있습니다. 사실은 집단이죠. 그들은 자기들이 나와 같은 일을 한다고 생각해요. 하지만 아닙니다. 그들도 비밀을 폭로하지만 어디까지나 개인적 차원의 비밀이죠. 바람피우는 남편, 스테로이드를 쓰는 운동선수, 리벤지 포르노(헤어진 애인에게 복수하기 위해 촬영한 성관계 동영상—옮긴이) 같은 거요. 개인이 저지른 사기 행각입니다. 만약 누군가 인터넷에서 익명으로 부도덕한 짓을 했다면, 이들이 찾아낼 겁니다. 작년에 불륜 웹사이트를 해킹한 자들처럼요."

"그리고 당신은 이들을 지지하지 않는군요."

"맞습니다."

"왜죠? 이들도 비밀이 있는 세상을 타파하고 있잖아요."

"재미있네요."

"뭐가요?"

"당신 언니도 똑같은 얘기를 했거든요. 위선적인 건 알지만 우린 적당한 때를 기다려서 터뜨립니다. 어쩔 수가 없어요. 내가 당신 테이프의 음성을 공개하지 않은 건, 네, 이기적인 이유에서였습니다. 나중에 터뜨릴 생각이었어요. 폭로 효과를 극대화하고, 우리 사이트의 조회 수도 올리고, 내 명분을 더 많은 사람에게 알리기 위해서요."

"그런데 왜 공개하지 않았나요?"

"당신 언니가 부탁했으니까요."

"단지 그 이유 때문에요?"

"언니가 날 설득했습니다. 당신은 그저 장기판의 졸이고, 부패한 시스템 때문에 그럴 수밖에 없었다고요. 음성을 공개하고 싶은 마음이 아주 없는 건 아닙니다. 왜냐하면 역시나 진실이 우리를 자유롭게 할 테니까요. 하지만 당신은 돌이킬 수 없을 정도로 피해를 입을 겁니다. 클레어는 만약 내가 음성을 공개한다면, 잔챙이나 낚는 그자들과 다를 바가 없다고 설득했죠."

마야는 돌려서 말하는 게 슬슬 피곤해졌다. "당신은 날 공격하는 것보다 전쟁의 명분을 공격하는 데 관심이 있으니까요."

"맞습니다."

"그래서 사람들에게 당신이 만들어낸 이야기를 들려주고, 정부를 미워하게 했군요. 음성을 들으면 사람들은 정부 대신 날 미워할 테니까요."

"그럴 겁니다."

진실을 자기가 만들어낸 이야기로 대체했군. 마야는 생각했다. 조금만 들여다보면 사람은 다 똑같다. 하지만 지금은 그걸 생각할 시간이나 이유가 없다.

"그래서 언니가 날 보호하려고 당신에게 연락했군요." 마야가 말했다.

"네."

마야는 고개를 끄덕였다. 납득이 갔다. 슬프고 마음이 아프기는 했지만. 다시 죄책감이 밀려왔다. "그래서 어떻게 됐죠?"

"난 클레어가 하는 말의 정당성에 설득됐습니다." 그의 입술에 미소가 스쳤다. "그리고 클레어는 내가 하는 말의 정당성에 설득됐고요."

"무슨 말인지 모르겠네요."

"클레어는 타락한 대기업에서 일했습니다. 회사 기밀에 접근할 수 있죠."

그제야 아귀가 맞아떨어졌다. "언니에게 정보를 빼오라고 했나요?"

"언니는 그게 옳은 일이라고 생각했습니다."

마야는 잠시 생각했다.

"뭡니까?" 코리가 물었다.

"대가성이었나요? 당신이 음성을 공개하지 않는 대가로 언니가 버켓가를 무너뜨리는 일을 돕겠다고 했어요?"

"그렇게 대놓고 말하지는 않았습니다."

저게 대놓고 말한 게 아니라고?

"그러니까," 이제야 슬슬 실마리가 잡힌다고 생각하며 마야가 말했다. "언니는 당신 대신 손을 더럽히다가 죽은 거네요."

그의 안색이 어두워졌다. "클레어만이 아닙니다."

"무슨 말이죠?"

"클레어는 조와 함께 일했어요."

마야는 잠시 그 말을 생각하다가 고개를 저었다. "조가 자기 가족을 고발할 리 없어요."

"당신 언니는 그렇게 생각하지 않았습니다."

마야는 눈을 감았다.

"생각해봐요. 처음에는 클레어가 그 일을 조사하다가 시체로 발견됐습니다. 그다음에는 조가 조사하다……."

연결 고리. 마야는 생각했다. 다들 연결 고리를 찾고 있다.

그리고 코리는 그게 연결 고리라고 생각하는 듯했다.

하지만 틀렸다.

"당신 언니가 죽은 뒤에 조가 내게 연락했습니다."

"남편이 뭐라고 했죠?"

"만나고 싶다고요."

"그래서요?"

"하지만 만날 수 없었습니다. 난 사람들의 눈을 피해 다녀야 했어요. 당신도 읽었을 겁니다. 덴마크 정부가 무고죄로 날 체포하려고 하죠. 안전하게 연락을 주고받을 수 있는 방법을 찾아내겠다고 했지만 조는 직접 만나고 싶다고 했습니다. 날 돕고 싶었던 것 같아요. 아마 조도 회사 기밀을 알아내는 바람에 죽었을 겁니다."

"클레어와 조는 뭘 조사하고 있었나요?"

"금융 범죄요."

"좀 더 구체적으로 말해봐요."

"막대한 부 뒤에는 반드시 범죄가 있다는 말, 알죠? 사실입니다. 분명 예외가 있을 거라고 생각하겠지만 조금만 살펴봐도 모든 대기업은 뇌물을 주거나 경쟁 상대를 위협한 사례를 가지고 있죠."

"그럼 버켓가는요?"

"버켓가는 오랫동안 미국과 해외 지도자들에게 뇌물을 줬습니다. 란박시 제약 회사 사건, 기억나요?"

"어렴풋이요. 가짜 약을 제조했든가 그랬죠."

"맞아요. 버켓가도 아시아에 EAC라는 제약 회사를 세워 비슷한 짓을 하고 있습니다. 거기서 제조된 약이 약효가 없어서 사람들이 죽어가고 있는데도 버켓가는 현지 직원들이 무능력해서라고 주장하며 지금까지 용케 책임을 면해왔습니다. 한마디로 자기들은 아무것도 모른다, 실험 결과는 아무 이상이 없었다고 주장하지만 전부 거짓말이에요. 분명 데이터를 조작했습니다."

"하지만 증거가 없군요." 마야가 말했다.

"맞아요. 우리에겐 회사 데이터에 접근할 수 있는 내부자가 필요했습니다."

"그래서 언니를 보냈고요."

"아무도 강요하지 않았어요, 마야."

"그랬죠. 하지만 당신이 언니를 홀렸어요."

"클레어의 지성을 모욕하지 말아요. 클레어도 위험한 일이라는 걸 알고 있었습니다. 하지만 용감했죠. 우리가 시킨 게 아닙니다. 그녀는 옳은 일을 하고 싶어 했어요. 다른 사람은 몰라도 군인인 당신은 알아야 합니다. 언니가 부당 행위를 폭로하려다 죽었다는 사실을."

"그만둬요." 마야가 말했다.

"뭘요?"

마야는 사람들이 군인과 전쟁에 비유해서 이야기하는 걸 싫어했다. 그런 비유는 늘 군인을 비하하는 동시에 적합하지도 않았다. 하지만 역시 지금은 그런 이야기를 할 때가 아니다.

"그러니까 조의 가족 중 누군가가 그 사실이 폭로되는 걸 막기 위해 언니를 죽이고, 그다음에 조까지 죽였다는 말인가요?"

"왜요? 그자들이 그렇게 못할 것 같습니까?"

마야는 생각해봤다. "언니는 죽였을 수 있지만 절대 같은 핏줄을 죽이진 않았을 거예요."

"그럴지도 모르겠네요." 코리는 손으로 얼굴을 문지르더니 먼 곳을 바라봤다. 다른 방에서 〈미녀와 야수〉의 〈손님이 되어주세요(Be Our Guest)〉가 흘러나왔다. 여기서 들으니 'put our service to the test(시험 삼아 우리의 서비스를 받아보세요)'가 새로운 의미로 다가왔다.

"그런데," 그가 말을 이었다. "클레어가 다른 기밀을 알아낸 것 같습니다. 약물 실험 결과를 조작한 것보다 더 엄청난 기밀을요."

"그게 뭐죠?"

그는 어깨를 으쓱였다. "모르겠습니다. 클레어가 몰래 쓰던 전화기를 찾아냈다면서요?"

"네."

"우리가 어떤 식으로 연락을 주고받았고, 여기로 전화를 하면 그게 어떻게 다크웹(일반적인 검색 엔진으로는 찾을 수 없는, 주로 불법적인 일에 이용되는 온라인 공간—옮긴이)을 통해 재전송되어 내게 오는지는 설명하지 않겠습니다. 어쨌든 우리는 당분간 연락하지 않기로 했습니다. 클레어가 내게 마지막 정보를 넘길 준비가 되었거나 위급 상황일 때만 연락하기로 했죠."

마야는 몸을 앞으로 내밀었다. "그런데 언니가 연락을 했군요."

"네. 죽기 며칠 전에요."

"뭐라고 했나요?"

"뭔가를 알아냈다고 했습니다."

"약물 조작 말고요?"

코리는 고개를 끄덕였다. "그보다 더 큰 거요. 아직 조사 중이라고 했지만 내게 첫 번째 증거를 보내고 싶다고 했습니다." 그는 말을 멈추고 연푸른색 눈동자로 앞을 응시했다. "그게 마지막 통화였어요."

"언니가 첫 번째 증거를 보냈나요?"

코리가 고개를 끄덕였다. "그래서 당신을 여기로 데려온 겁니다."

"뭐라고요?"

말은 그렇게 했어도 마야는 당연히 그럴 거라고 생각했다. 그녀가 클럽에 찾아오고, 룰루와 이야기하고, 그를 미행한 행적을 코리는 다 알고 있었다. 코리 러진스키는 아무 생각 없이 덫을 놓을 사람이 아니다. 이 모든 일에는 목적이 있었다.

"클레어가 뭘 발견했는지 보여주려고 당신을 여기로 데려온 겁니다." 코리가 말했다.

"톰 더글러스."

코리는 그녀에게 출력물을 건넸다. 그들은 아직 스트립 클럽의 밀실에 있었다. 비밀리에 누군가를 만나기에 안성맞춤인 장소였다. 아무도 그들에게 관심이 없었고, 그들의 관심을 원하지도 않았다.

"혹시 아는 사람인가요?" 코리가 물었다.

"알아야 하나요?"

코리는 어깨를 으쓱였다. "그냥 물어본 겁니다."

"들어본 적 없어요. 그 사람이 누군데요?"

출력물에는 '톰 더글러스 보안 업체'에 매달 9000달러씩 송금한 내역이 있었다. 로저 키어스에게 송금되었다는 돈과 같은 금액이었다.

우연의 일치일까?

"톰 더글러스는 뉴저지주 리빙스턴에서 일하는 사립 탐정입니다. 혼자서 소규모 탐정 회사를 운영하고 있죠. 주로 배우자의 불륜을 조사하거나 누군가의 뒷조사를 합니다. 3년 전에 은퇴했는데도 돈은 계속 송금되고 있어요."

"합법적인 송금일 수도 있어요. 이 사람은 수수료를 받는 사립 탐정이잖아요. 은퇴했어도 제일 중요한 고객과는 계속 일할 수 있죠."

"동감입니다. 하지만 당신 언니는 그 이상의 무언가가 있다고 생각했어요."

"그게 뭔데요?"

코리는 어깨를 으쓱였다.

"그걸 안 물어봤단 말이에요?"

"당신은 우리가 일하는 방식을 몰라서 그럽니다."

"아뇨, 알 거 같은데요. 그래서 언니가 이 일로 살해됐을 때 경찰에 연락했나요?"

"아뇨."

"그럼 언니가 뭘 조사 중이었는지는 말했나요?"

"말했잖아요. 클레어가 죽었을 때 난 도망 다니는 중이었습니다."

"언니는 죽은 게 아니에요. 잔인하게 살해됐다고요."

"알아요. 너무 잘 압니다."

"하지만 언니의 살인범을 잡도록 도와줄 정도는 아니었군요."

"우리는 소식통의 신원을 보호할 의무가 있습니다."

"하지만 그 소식통이 살해됐어요."

"그렇다고 해서 클레어와 한 약속을 저버릴 순 없습니다."

"아이러니하네요." 마야가 말했다.

"뭐가요?"

"당신은 비밀 없는 세상을 찬양하지만, 정작 자신은 아무 거리낌 없이 비밀을 만들고 있잖아요. 아까 모든 게 공개되는 유토피아를 만들고 싶다고 하지 않았나요?"

"그건 부당한 지적이에요, 마야. 우린 클레어의 죽음이 우리와 연관된 줄도 몰랐습니다."

"그러셨겠죠. 당신이 언니의 죽음에 침묵한 건 자기 명성에 누가 될까 두려워서였어요. 누군가 언니의 이름을 누설했고, 그 때문에 언니가 죽었을까 봐요. 그리고 그 누군가가 당신 조직 사람일까 두려웠겠죠. 아마 지금도 두려울 거고요."

"우리 쪽에서 누설된 게 아닙니다." 코리가 말했다.

"그걸 어떻게 알죠?"

"아까 당신 입으로 우리에게 편집증이 있다고 그랬잖아요. 도가 지나치다고. 클레어를 아는 사람은 나뿐입니다. 그게 안전장치죠. 우리 조직에서 클레어의 이름이 새어 나갔을 리 없습니다."

"하지만 대중은 그렇게 생각하지 않으리라는 걸 당신은 알았어요."

코리가 손으로 이마를 짚었다. "아마 날 오해했겠죠. 맞습니다."

"사람들은 당신을 비난했을 거예요."

"적들은 그걸로 우리를 공격했겠죠. 다른 내부 고발자들은 위협을 느꼈을 거고요."

마야는 고개를 저었다. "정말 모르는군요."

"뭘 말입니까?"

"지금 비밀을 지키는 걸 정당화하고 있잖아요. 당신이 그토록 비난하는 정부나 기업과 똑같은 짓을 하고 있다고요."

"그렇지 않습니다."

"아뇨, 맞아요. 당신은 어떤 대가를 치러서라도 조직을 보호하려고 해요. 그래서 우리 언니도 죽게 했고, 살인범이 빠져나가도록 방치했죠."

그의 눈에서 무언가가 번쩍했다. "마야?"

"왜요?"

"당신에게 도덕 강의는 듣고 싶지 않아요."

좋다. 마야가 그의 심기를 거스른 모양이었다. 어쩌면 지나칠 정도로. 실수였다. 그녀는 코리의 신뢰를 얻어야 했다. "그런데 왜 버켓가에서 톰 더글러스에게 돈을 준 거죠?"

"모릅니다. 몇 달 전에 우린 더글러스의 컴퓨터를 해킹해서 브라우징 히스토리를 살펴보고, 그가 검색한 단어들의 명단까지 만들었어요. 하지만 아무 힌트도 얻을 수 없었습니다. 그가 버켓가를 위해 하는 일이 뭔지는 몰라도 비공식적인 겁니다. 기록이 전혀 남지 않을 정도로요."

"본인에게 직접 물어봤나요?"

"물어본들 말해줄 리가 없죠. 설사 경찰이 신문한다 해도, 고객의 비밀 유지 특권을 주장할 겁니다. 그가 한 모든 수사는 하월 앤드 래미 법무법인을 거치게 되어 있더군요."

헤더 하월의 회사였다.

"그럼 어떻게 알아내죠?"

"우리의 공격은 아무 성과도 없었습니다. 그러니 이제 당신이 해보면 어떨까 싶은데요." 코리가 말했다.

# 15

영화와 달리 톰 더글러스 탐정 사무소는 문에 끼워진 불투명한 유리에 탐정의 이름이 찍혀 있지 않았다. 사무소는 뉴저지주 리빙스턴 노스필드 대로의 별 특징 없는 벽돌 건물 안에 있었다. 복도에서 치과 진료실 냄새가 났는데 건물 입구 옆에 치과 의사 면허증과 함께 의사들 명단이 걸린 것으로 보아 맞는 듯했다. 마야는 단단한 나무 문을 두드렸다. 대답이 없었다. 손잡이를 돌려봤지만 잠겨 있었다.

복도 건너편 안내 데스크 옆에 병원 유니폼을 입은 남자가 서 있었다. 그는 대놓고 마야를 지켜보고 있었다. 마야가 그에게 미소를 지어 보이며 문을 가리킨 다음, 어깨를 으쓱였다.

병원 유니폼이 그녀에게 다가와 말했다. "치아가 정말 예쁘시네요."

"어머, 고맙습니다." 마야는 감격한 척하며 계속 미소 지었다. "더글러스 씨가 언제 돌아오실지 아세요?"

"의뢰할 일이 있으신가 보군요."

"그런 셈이죠. 기밀 사항이에요." 마야는 정말 심각한 일이라는 듯이 아랫입술을 깨물었다. 솔직히 약간 끼를 부리는 행동이기도 했다. "오늘 더글러스 씨 보셨나요?"

"몇 주째 못 봤습니다. 분명 휴가를 떠났을 겁니다. 그렇게 오랫동안 사무실을 비울 수 있다니 부럽더군요."

마야는 그에게 고맙다고 말하고 출구로 걸어갔다. 병원 유니폼이 그녀를 부르며 따라왔지만 마야는 무시하고 걸음을 재촉했다. 코리가 톰 더글러스의 집 주소도 알려줬는데 여기서 차로 5분 거리였다. 그곳에도 가볼 생각이었다.

더글러스의 집은 사람들이 선호하는 케이프 코드 양식(높이가 낮고 면적이 넓은 단층집—옮긴이)으로 지어졌다. 가장자리는 자주색, 집 자체는 푸른색으로 칠해졌고, 화단은 색색의 꽃들로 가득했다. 창에 달린 덧문은 장식이 지나치게 화려했다. 모든 것이 과했지만 그래도 잘 어울렸다. 마야는 거리에 차를 세우고 진입로로 걸어갔다. 차고 한쪽에 놓인 바퀴 달린 발판에 어선이 놓여 있었다.

마야는 현관문을 두드렸다. 검은 운동복을 입은 50대 중반의 여자가 문을 열었다.

여자가 실눈을 떴다. "무슨 일이죠?"

"안녕하세요. 톰 더글러스 씨를 찾아왔는데요." 마야가 일부러 쾌활한 목소리로 말했다.

더글러스 부인으로 추정되는 여자는 마야의 얼굴을 빤히 바라보았다. "남편은 여기 없어요."

"언제쯤 돌아오실까요?"

"한동안 안 올 거예요."

"전 마야 스턴이라고 합니다."

"알아요. 뉴스에서 봤어요. 우리 남편은 왜 찾아왔죠?"

좋은 질문이다. "들어가도 될까요?"

더글러스 부인은 마야가 들어올 수 있도록 뒤로 물러섰다. 원래 마야는 집에 들어갈 생각은 없었지만 어떤 식으로 말하는 게 좋을지 생각할 시간을 벌어야 했다.

더글러스 부인은 현관을 지나 거실로 그녀를 안내했다. 거실은 항해를 주제로 꾸며져 있었다. 역시나 요란하게. 철사에 매달린 물고기 박제가 천장에 걸려 있고, 나무 패널을 붙인 벽에는 골동품 낚싯대와 그물, 낡은 키, 둥근 구명 튜브가 걸려 있었다. 바다를 배경으로 찍은 가족사진도 있었다. 아들이 둘이었는데 분명 지금쯤은 장성했으리라. 마야는 낚시를 좋아하지 않았지만 이 가족은 아주 좋아하는 듯했다. 그러나 세월이 흐를수록 물고기를 잡았을 때처럼 진심으로 환하게 웃으며 찍은 사진은 거의 없었다.

더글러스 부인은 팔짱을 낀 채 기다렸다.

정공법이 제일 좋겠다고 마야는 결론을 내렸다.

"남편분께서는 오랫동안 버켓가를 위해 일하셨더군요."

더글러스 부인의 얼굴은 무표정했다.

"무슨 일을 하셨는지 알고 싶어서 왔어요."

"그렇군요." 더글러스 부인이 말했다.

"혹시 아시나요?"

"당신도 버켓가 사람 아닌가요?"

마야는 살짝 동요했다. "전 그냥 버켓가의 남자와 결혼했을 뿐이에요."

"역시 그렇군요. 남편이 살해된 걸로 아는데요."

"맞아요."

"유감이네요. 당신 남편의 살인과 관련해서 톰이 뭔가를 안다고 생각하나요?"

이번에도 직설적인 질문이 날아왔다. "모르겠어요."

"하지만 그 일 때문에 온 거 아닌가요?"

"그렇기도 하죠."

더글러스 부인은 고개를 끄덕였다. "미안하지만 난 정말 아무것도 몰라요."

"더글러스 씨와 얘기하고 싶어요."

"그이는 여기 없어요."

"그럼 어디 있죠?"

"멀리 떠났어요."

더글러스 부인은 다시 현관 쪽으로 걸어갔다.

"저희 언니도 살해됐어요." 마야가 말했다.

더글러스 부인이 걸음을 늦췄다.

"언니 이름이 클레어 워커인데 혹시 들어본 적 있나요?"

"있어야 하나요?"

"언니는 살해되기 직전, 버켓가에서 남편분에게 몰래 송금하고 있다는 사실을 알아냈어요."

"몰래? 무슨 말을 하고 싶어서 그러는지 모르겠지만 그만 가는 게 좋겠네요."

"남편분이 버켓가를 위해 하는 일이 뭐였죠?"

"그걸 내가 어떻게 알겠어요?"

"지난 5년간 더글러스 씨의 소득 신고서를 입수했어요."

이번에는 더글러스 부인이 놀랄 차례였다. "지금…… 뭐라고요?"

"연간 수입의 절반 이상이 버켓가에서 지급되었더군요. 액수가 상당했어요."

"그래서요? 톰은 열심히 일했어요."

"뭘 했는데요?"

"모른다니까요. 설사 안다고 해도 말하지 않을 테지만."

"우리 언니는 그 돈에 문제가 있다고 생각한 모양이에요, 더글러스 부인. 그 사실을 알아내고 며칠 후에 누군가에게 잔인하게 고문당한 뒤, 머리에 총을 맞아 죽었죠."

더글러스 부인의 입이 완벽하게 알파벳 'O' 모양이 되었다. "그럼 당신은, 뭐야, 톰이 그 일과 연관이 있다고 생각하는 거예요?"

"그런 말은 안 했어요."

"우리 남편은 좋은 사람이에요. 당신처럼 군인이었다고요." 그녀는 뒤쪽 벽으로 고갯짓을 했다. '셈페르 파라투스(Semper Paratus)'라고 적힌 명판 아래 두 개의 은색 닻이 교차되어 있었다. 뛰어난 갑판병에게 주는 배지다. 마야도 해군에서 저 배지를 받은 사람을 몇 명 아는데 아무나 받을 수 있는 게 아니었다. "톰은 20년 가까이 경찰로 일했어요. 근무 중에 부상을 입어서 일찍 은퇴한 뒤에는 탐정 사무소를 개업해서 열심히 일했고요."

"그러니까 버켓가를 위해 무슨 일을 했죠?"

"모른다고 했잖아요."

"혹은 알아도 말 안 하거나요."

"네."

"더글러스 씨가 한 일이 뭔지는 몰라도 매달 9000달러 혹은 1만 달러를 받을 가치가 있었어요. 버켓가와 얼마나 오랫동안 일했죠?"

"나야 모르죠."

"언제부터 버켓가와 일했는지 모르세요?"

"남편의 업무는 모두 기밀이에요."

"더글러스 씨가 버켓가 이야기를 한 적이 없군요."

"네. 한 번도." 더글러스 부인이 부드럽게 말했고, 마야는 처음으로 단단한 그녀의 갑옷에 금이 가는 것을 보았다.

"더글러스 씨는 어디 있죠?"

"그이는 떠났어요. 어디 있는지는 나도 모르고요." 그녀는 현관문을 활짝 열었다. "당신이 왔었다고 전하죠."

# 16

대다수 사람들이 떠올리는 사격장의 이미지는 꽤나 고루하다. 벽에는 퀴퀴한 냄새가 나는 동물 박제와 곰 가죽이 걸려 있고, 먼지 쌓인 라이플이 아무렇게나 정렬되어 있으며, 카운터 뒤에 서 있는 주인은 엘머 퍼드(애니메이션 〈루니 툰〉에 나오는, 벅스 버니를 쫓아다니는 사냥꾼—옮긴이)가 그려진 티셔츠나 흰색 민소매 티셔츠를 입고, 한 손이 갈고리로 되어 있으며 인상이 고약하다.

모두 옛날 말이다.

마야는 RTSP라는 최신식 사격장에서 셰인을 비롯한 전우들을 만났다. RTSP는 자기를 방어할 권리(Right To Self-Protect), 혹은 누군가의 농담대로 하자면 사람을 쏠 권리(Right To Shoot People)의 줄임말이었다. 이곳은 먼지 따위는 찾아볼 수 없고, 모든 물건이 새것처럼 반짝거렸다. 언제나 손님을 살뜰히 챙기는 직원들은 검은 폴로셔츠를 카키 바지 안에 단정히 넣어 입었다. 총은 고급 장신구처럼 유리 진열장 안에 정렬되어 있었다. 모두 스무 군데의 사로(총을 쏠 수 있도록 구획된 각각의 장소—옮긴이)가 있는데 열 곳은 20미터, 열 곳은 15미터 사격이었다. 디지털 시뮬레이터는 실물 크기의 적들이 등장하는 비디오 게임과 비슷했다. 폭력배들이 단체로 달려들거나, 인질극이 벌어지거나, 서부 시대 총잡이들이 등장하거나, 좀비들이 쳐들어오는 등의 위험 상황이 눈앞에 펼쳐지고 표적 마크가 그려진 적들이 달려온다고 상상해보라. 그럴 때 실물과 같은 무게의 총으로 레이저를 '발사'할 수 있다.

마야는 진짜 총으로 종이 표적을 쏘고, 대부분 전직 군인인 친구들을 만나서 놀기 위해 이곳에 왔다. 이 사격장은 자기들 광고 문구처럼 '편안하면서도 세련된' 분위기에서 그 두 가지를 할 수 있었다. 골프나 테니스를 치고, 브리지 게임을 해보려고 클럽에 가입하는 것과 마찬가지였다. 마야는 이 '건트리 클럽(gun과 country club의 합성어—옮긴이)'의 VIP 회원이었다. 그녀와 친구들은 전직 군인이기 때문에 50퍼센트 할인 혜택도 받았다.

10번 도로에 자리한 이 건트리 클럽은 진갈색 나무 벽과 카펫이 깔린 바닥 때문에 버켓가 서재의 짝퉁 버전, 혹은 고급 스테이크 체인점 같았다. 실내 중앙에 탁구대가 놓여 있고, 가죽 의자도 여러 개 있었다. 벽 삼면에는 평면 텔레비전이 걸려 있고, 나머지 하나에는 페인트로 쓴 큼직한 필기체의 글귀가 있었는데 수정 헌법 제2조였다. 흡연실도 따로 마련되어 있고, 카드 게임용 탁자도 있으며, 무선 인터넷 서비스도 공짜로 이용할 수 있었다.

사격장 주인인 릭 역시 검은 폴로셔츠에 카키 바지를 입었고, 늘 허리춤에 권총을 찔러 넣고 다녔다. 그는 마야에게 슬픈 미소를 지어 보인 다음, 마야와 주먹을 부딪쳐 인사했다. "다시 봐서 정말 반가워요, 마야. 나와 우리 직원들은 그 소식을 듣고……."

그녀는 고개를 끄덕였다. "조화 보내줘서 고마웠어요."

"뭐라도 하고 싶었어요."

"신경 써줘서 고마워요."

릭은 주먹을 쥐어 입에 대고 헛기침을 했다. "지금 이런 얘기를 꺼내도 될지 모르겠지만 자유롭게 근무할 수 있는 일자리가 필요하다면……."

릭은 그녀에게 사격 강사 자리를 계속 제안하는 중이었다. 요즘은 총을 구입하거나 사격장을 이용하는 여자들의 수가 빠르게 증가하고 있다. 또한 그들은 여자 강사를 선호했지만 그 인력이 매우 적었다.

"생각해볼게요." 마야가 말했다.

"그래요. 친구들은 위층에 있어요."

그날 저녁은 셰인과 마야를 포함해 다섯 명이 모였다. 다른 세 명이 시뮬레이터 사격을 하는 동안, 마야와 셰인은 20미터 사격을 했다. 마야는 사격할 때 평온함을 느꼈다. 숨을 내쉬며 방아쇠를 당기고, 잠깐의 고요와 정적 후에 찾아오는 반가울 정도의 반동, 이 과정에는 마음을 달래고 편안하게 해주는 무언가가 있었다.

사격이 끝난 후에는 다시 VIP실로 갔다. 여자는 마야뿐이었다. 이런 곳에서는 남녀 차별이 심할 것 같지만 오히려 실력만이 중요했다. 전쟁터에서 쌓은 명성 혹은 악명 덕분에 마야는 이 동네의 유명인이었다. 그녀를 경외하는 남자들도 있고, 가벼운 호감을 품은 남자들도 있었다. 어느 쪽이든 마야는 신경 쓰지 않았다. 가끔씩 언론에 실리는 뉴스와 달리 대부분의 군인들은 여자를 지극히 존중했다. 그들은 마야에게 느끼는 매력을 오누이 사이의 정 같은, 보다 순수한 감정으로 전환하는 듯했다.

마야는 벽에 적힌 수정 헌법 제2조를 빠르게 훑어봤다.

**제대로 통제되는 민병대는 자유로운 주(州)의 안보를 확립하는 데 필수적이므로 무기를 소유하고 소지하는 국민의 권리는 침해될 수 없다.**

아무리 봐도 이상한 문장이다. 마야는 이 구절에 찬성하는 사람과도, 반대하는 사람과도 절대 이에 대해 토론하거나 실랑이를 벌여서는 안 된다는 사실을 배웠다. 총기 소지를 결사적으로 반대하는 아버지는 늘 이렇게 쏘아붙이곤 했다 "네 공격용 돌격 소총을 가져다줄까? 그나저나 네가 속한 '제대로 통제되는 민병대'가 어디냐?" 반면 총기 소지에 찬성하는 친구들은 늘 이렇게 반박했다. "대체 '침해될 수 없다'라는 말의 어디가 헷갈린다는 거야?" 사실 이 구절은 귀에 걸면 귀걸이, 코에 걸면 코걸이라서 사람들은 늘 자기가 보고 싶은 것만 본다는 격언이 맞다는 걸 증명해준다. 총을 좋아하는 사람이라면 이 구절의 뜻이 뻔하다고 생각할 것이다. 총을 싫어하는 사람이라면 다른 뜻이라고 생각할 테고.

셰인은 마야에게 콜라를 건넸다. 이곳은 음주 금지였는데, 아무리 비이성적인 사람이라도 총과 술이 섞일 수 없다는 걸 알기 때문이다. 그들은 둘러앉아 수다를 떨기 시작했다. 수다는 늘 그들이 응원하는 팀에 관한 이야기로 시작하지만 재빨리 속 깊은 이야기로 들어갔다. 마야는 그런 이야기를 나누는 게 좋았다. 그녀는 이 무리의 일원이었으나 동시에 어쩌면 조금 더 특별한 존재일 수 있었다. 전쟁을 겪은 남자 동료들은 당연히 여자 친구나 아내와의 관계가 엉망이어서 종종 여자의 시각에서 조언을 구하기 때문이다. 민간인은 그들이 겪는 일을 절대 이해하지 못한다는 군인들의 말은 싸구려 변명이지만 또한 더럽게 적절했다. 지옥에서 한바탕 싸우고 나면 세상이 다르게 보인다. 때로는 명확하게 보이기도 하지만 대부분은 질감과 색채와 냄새만 보인다. 전에는 중요했던 일이 더는 중요치 않게 되고, 그 반대가 되기도 한다. 원래부터 힘든 연애와 결혼에 전쟁까지 더해지면 작은 틈도 벌어진 상처가 된다. 동료 전우를 제외하고는 아무도 그들처럼 명확하면서도 공정하게 보지 못한다. 오직 주인공에게만 귀신이 보이고, 다른 사람들은 다 주인공이 미쳤다고 생각하는 영화와 비슷하다.

여기 모인 다섯 명은 모두 귀신을 봤다.

싱글이면서 자기감정을 털어놓는 데 서투른 셰인은 좀처럼 속내를 털어놓지 않았다. 그래서 구석 의자에 앉아 애너 퀸들런의 신작 소설을 꺼내 읽기 시작했다. 셰인은 책벌레였고 (지난번처럼 아이들에게 큰 소리로 책을 읽어주는 것은 제외하고) 어디서든 읽을 수 있었다. 심지어 날개 돌아가는 소리가 너무 요란해 그 소리가 마치 자신의 머릿속에서 나는 것만 같은 헬리콥터 안에서도.

잠시 후 마야는 셰인에게 갔다. 머리 위쪽의 텔레비전에서는 뉴욕 닉스와 브루클린 네츠의 경기 3쿼터가 중계되고 있었다. 마야가 다가가자 셰인은 책을 내려놓고 긴 다리를 들어 가죽으로 된 발 받침대에 올렸다. "좋아."

"뭐가?"

"표정을 보아하니 내게 다 털어놓을 준비가 된 거 같아서."

그렇지 않았다. 그녀는 셰인을 보호하고 싶었다. 늘 그랬던 것처럼.

하지만 셰인은 순순히 물러나지 않을 테고, 그에게 아무것도 말해주지 않는 것은 불공평했다. 어쩌면 그가 피해를 입을 수도 있다. 코리 러진스키를 직접 만났다고 말할까 고민했지만 셰인이 어떻게 나올지 알 수 없었다. 아마 화를 낼 것이다. 게다가 헤어지기 직전에 코리는 분명히 말했다.

"*비밀 휴대전화는 만들지 마세요. 서로 위급한 상황일 때만 연락하기로 합시다. 내게 연락하려면 클럽으로 전화해서 룰루를 바꿔달라고 하세요. 내가 당신에게 연락할 때는 클럽 전화로 전화했다가 바로 끊을 겁니다. 그게 클럽으로 오라는 신호예요. 하지만 마야, 조금이라도 수상한 낌새가 느껴지면 난 사라질 겁니다. 어쩌면 영원히요. 그러니까 누구에게도 이 일을 알리지 마세요.*"

누구에게도 알리지 마라. 지금은 그 말을 따르는 게 옳을 듯했다. 만약 그녀가 코리를 만났다는 사실이 알려지면 코리는 자취를 감출 것이다. 그런 위험을 감수할 수는 없다.

하지만 그녀가 택할 수 있는 길이 하나 더 있었다.

셰인은 그녀를 빤히 바라보며 기다렸다. 내버려두면 밤새 저럴 것이다.

"키어스 형사에 대해 아는 거 있어?" 마야가 물었다.

"조 사건을 담당한 강력반 형사?"

마야는 고개를 끄덕였다.

"잘은 몰라. 명성이 대단하더라고. 하지만 나랑 친한 사이는 아니니까. 왜?"

"조 동생 캐럴라인 기억나?"

"응."

"캐럴라인이 그러는데 버켓가에서 키어스에게 돈을 줬대."

셰인은 인상을 썼다. "무슨 말이야? 돈을 줬다니?"

"1만 달러 이하로 세 번에 걸쳐서."

"왜?"

마야는 어깨를 으쓱였다. "자기도 모른대."

마야는 캐럴라인이 했던 말과 비밀번호가 일치하지 않은 일, 시어머니나 닐에게 따져 묻기 전에 잠시 기다리기로 한 일을 말했다.

"말이 안 돼. 왜 버켓가에서 키어스 형사에게 뇌물을 줘?" 셰인이 말했다.

"모르겠어."

셰인은 잠시 생각했다. "원래 부자들이 좀 괴상하지."

"그렇긴 해."

"키어스 형사가, 뭐랄까, 수사에 좀 더 신경 써주기를 바라고 뇌물을 준 걸까? 조의 사건을 우선적으로 수사하도록? 하지만 이미 그러고 있잖아. 아니면 버켓가에서는 형사에게 수고비를 줘야 한다고 생각하나?"

"모르겠어. 하지만 그게 다가 아냐."

"또 뭐가 있는데?"

"조가 죽기 전부터 키어스에게 돈을 보냈다고 캐럴라인이 그랬어."

"웬 개소리야."

"캐럴라인이 그렇게 말했다니까."

"잘못 봤겠지. 가당키나 해? 왜 살인 사건이 나기도 전에 키어스에게 돈을 주겠어?"

"모르겠어." 마야는 이번에도 그렇게 대답했다.

"그러니까 뭐야, 버켓가에서 조가 살해되고 그 사건을 담당할 사람이 누군지 미리 알았다는 거야? 그건 불가능해." 셰인은 고개를 절레절레 흔들었다. "가장 그럴 듯한 답이 뭔지 알지?"

"아니."

"캐럴라인이 거짓말한 거야."

마야도 그 가능성을 생각해봤다.

"네가 보는 앞에서 인터넷에 접속하더니 갑자기 숨을 헉 들이쉬며 비밀번호가 변경됐다고 했다면서. 핑계도 좋네, 안 그래?"

"맞아." 마야도 동의했다.

"그러니까 거짓말한 거라고. 잠깐만, 그 말 취소."

"왜?"

셰인이 그녀에게 몸을 돌렸다. "캐럴라인은 원래 좀 사차원 아냐?"

"둘째가라면 서럽지."

"그럼 거짓말이 아닐 수도 있어." 셰인은 새로운 가설을 세웠다. "어쩌면 모든 게 캐럴라인의 망상일지도 몰라. 잘 생각해 봐. 이 아가씨는 우주 최강 사차원이야. 그런데 오빠가 살해됐어. 유언장을 공개하려고 모두 모였는데 갑자기 취소됐고. 행정 착오 때문이랬나?"

"단순한 행정 착오가 아냐. 조의 사망진단서에 문제가 있다고 했어."

"그건 더 좋지. 그러니까 캐럴라인은 지금 스트레스를 받는 상태야."

마야는 눈살을 찌푸렸다. "스트레스를 받아서 강력반 형사에게 뇌물을 주는 망상에 빠졌단 말이야?"

"지금으로서는 다른 가설도 말이 안 되기는 마찬가지야." 셰인은 의자에 등을 기댔다. "마야?"

마야는 그가 무슨 말을 할지 알고 있었다.

"제발 좀 그만할래?" 셰인이 말했다.

"뭘?"

그는 얼굴을 찡그렸다. "네가 거짓말을 하면 난 배가 아파."

"거짓말 안 했어."

"오십보백보야. 내게 아직 말 안 한 게 뭐야?"

한둘이 아니었다. 마야는 좀 더 털어놓을까 다시 한 번 고민했지만 역시나 반사적으로 그를 보호해야 한다는 생각이 들었다. 언니의 비밀 전화기를 찾았다고 말할까 했으나 그러면 코리 이야기를 해야 한다. 아직은 거기까지 말하고 싶지 않았다. 내니 캠에 조가 찍힌 일도 말하지 않았지만 그 얘기는 나중에 해도 늦지 않다. 늘 신중한 게 더 낫다. 말하는 걸 나중으로 미룰 수는 있어도, 한번 내뱉은 말을 다시 주워 담을 수는 없다.

셰인은 몸을 내밀더니 듣는 사람이 아무도 없는 걸 확인하고 이렇게 속삭였다. "그 총알은 어디서 났어?"

"알려고 하지 마."

"내가 네 부탁을 들어줬잖아."

"그래서 그 대가를 바라는 거야?"

마야의 예상대로 그 말에 셰인은 입을 다물었다. 그녀는 다시 캐럴라인 이야기로 돌아갔다.

"아까 캐럴라인이 스트레스를 받고 있다는 네 말이 의미심장해."

셰인은 말없이 기다렸다.

"캐럴라인은 조 얘기만 한 게 아니거든. 다른 가족 얘기도 했어."

"닐?"

마야는 고개를 저었다. "앤드루."

셰인은 얼굴을 찡그렸다. "잠깐만, 그 배에서 떨어져 죽은 동생?"

"떨어진 게 아냐."

"아니면?"

마침내 그에게 털어놓아도 될 만한 이야기가 등장했다. "그 자리에 조도 있었어. 함께 배에 타고 있었지."

"그런데?"

"조 말로는 사고가 아니래. 앤드루가 자살한 거라고 했어."

셰인은 의자에 등을 기댔다. "맙소사."

"응."

"가족들도 알아?"

마야는 어깨를 으쓱였다. "아마 모를 거야. 다들 사고라고 주장하니까."

"캐럴라인이 어제 그 얘기를 꺼냈어?"

"응."

"왜지? 앤드루 버켓은 죽은 지 뭐야, 거의 20년쯤 되지 않아?"

"난 한편으로는 이해가 가." 마야가 말했다.

"어떤 면에서?"

"늘 붙어 다니던 오빠들이 있었고, 둘 다 비극적으로 요절했잖아."

셰인은 고개를 끄덕였다. "캐럴라인의 망상이 왜 더 심해졌는지 알겠네."

"게다가 조의 시신도 못 봤고."

"뭐?"

"캐럴라인 말이야. 캐럴라인은 조의 시신을 보지 못했어. 앤드루의 시신도. 오빠들의 죽음을 받아들이기 위해 시신을 보고 싶었대. 하지만 앤드루가 바다에서 죽었을 때도, 조가 살해됐을 때도 시신을 못 봤대."

"이해가 안 돼. 왜 조의 시신을 못 본 거지?"

"가족들이 허락하지 않았거나 그랬을 거야. 나도 잘은 몰라. 하지만 이 일을 캐럴라인 입장에서 생각해봐. 오빠가 둘이나 죽었는데 시신은 한 번도 못 봤어. 관 속에 누워 있는 오빠를 본 적이 없다고."

둘은 침묵했지만 셰인은 그제야 이해가 갔다. 시신을 봐야 한다는 캐럴라인의 말은 정곡을 찔렀다. 마야와 셰인은 외국에서 싸우는 동안 시신을 보고 또 봤다. 전쟁 중에 병사가 죽으면 유가족은 종종 그 사실을 받아들이지 못한다. 결정적 증거인 시신을 보기 전까지.

캐럴라인의 말이 맞을지도 모른다. 사망자까지 포함해 모든 병사를 반드시 집으로 돌려보내는 진짜 이유는 유가족 때문일 수도 있다.

셰인이 침묵을 깼다. "그러니까 캐럴라인은 조의 죽음을 받아들이지 못하는 거로군."

"조뿐 아니라 앤드루의 죽음도 마찬가지야."

"그리고 조의 사건을 담당한 형사가 버켓가로부터 뇌물을 받았다고 생각하고."

갑자기 어떤 생각이 너무 강렬히 떠오르는 바람에 마야는 하마터면 의자에서 떨어질 뻔했다. "설마……."

"왜?"

마야는 침을 삼켰다. 하나씩 짚어보며 생각을 정리하려 애썼다. 보트, 키, 낚시 트로피…….

"셈페르 파라투스." 그녀가 말했다.

"뭐?"

마야는 셰인과 눈을 마주쳤다. "셈페르 파라투스."

"그건 라틴어잖아. '언제든 준비된'이라는 뜻이지."

"그 말 알아?"

보트. 낚시 트로피. 키와 구명 튜브. 하지만 무엇보다도 교차한 두 개의 닻. 마야는 그 배지가 해군에서 받은 것이라 생각했다. 종종 해군에서 수여하지만 그 배지를 쓰는 곳이 한 군데 더 있다.

셰인이 고개를 끄덕였다. "해안경비대 표어잖아."

해안경비대.

국토안보부에 소속된 또 하나의 군대로 국내외 해역이 이들의 관할이다. 해안경비대라면 공해(公海)에서 발생한 어떤 사망 사건이든 자기들 관할이라고 주장할 수 있다…….

"마야?"

그녀는 셰인에게 몸을 돌렸다. "부탁할 게 하나 더 있어."

그는 아무 말도 하지 않았다.

"앤드루 버켓이 바다에서 죽은 사건을 누가 담당했는지 알아봐줘. 혹시 그 사람이 톰 더글러스라는 해안경비대 장교인지 확인해봐."

# 17

평소 릴리를 재우는 일은 간단한 일과였다. 밤에 악몽을 꾸는 아이들도 많다고 들었지만 릴리는 아니었다. 마치 이 정도면 충분히 놀았고, 오늘 하루를 마감할 준비가 되었다는 듯이 순순히 베개에 머리를 뉘이고 그대로 잠들었다. 하지만 오늘 밤에는 침대에 눕더니 마야에게 책을 읽어달라고 했다.

마야는 기진맥진했지만 아이를 키우는 즐거움을 놓치고 싶지 않았다. "알았어, 릴리, 뭘 읽어줄까?"

릴리는 데비 글리오리의 책을 가리켰다. 마야는 이 책이 최면 효과가 있거나 지루한 친구 역할을 해 릴리의 눈꺼풀을 점차 무겁게 하다가 잠으로 이끌기를 바랐다. 하지만 책은 정반대 효과를 나타내 마야는 졸음이 쏟아지는 반면 릴리는 눈이 말똥말똥해졌다. 마야가 책을 간신히 다 읽고 자리에서 일어나려는데 릴리가 "다시, 다시"라고 말했다.

"이제 그만 자야 해, 릴리."

릴리가 울기 시작했다. "무서워."

이럴 때 아이와 함께 자주면 안 된다는 걸 마야도 알고 있었다. 하지만 시중의 자녀양육서들이 간과한 사실이 있으니, 심지어 부모마저도 지쳤을 때는 더 쉬운 길을 택한다는 것이다. 이 아이는 아빠를 잃었다. 물론 너무 어려서 아직 그 사실을 인지하지 못할 테지만 그래도 무의식적인 고통, 모든 게 잘못되었다는 원초적인 깨달음이 있을 것이다.

마야는 릴리를 안아 올렸다. "가자. 오늘은 엄마랑 자는 거야."

릴리를 침실로 데려가 침대에서 조가 눕던 쪽에 내려놓았다. 침대 가장자리에 베개를 쌓아 임시로 난간을 만든 다음, 혹시라도 릴리가 이 약한 난간을 무너뜨릴 경우를 대비해 바닥에 더 많은 베개를 쌓았다. 릴리의 턱 밑까지 이불을 끌어 올리던 마야는 갑자기 모든 부모에게 찌릿 하고 찾아오는 순간을 경험했다. 자식을 향한 사랑에 완전히 압도당하면서 경외감이 들고 안에서 무언가 솟아올라 그것을 붙잡고 싶지만, 동시에 그 사랑과 이 아이를 잃으면 어쩌나 하는 두려움에 몸이 거의 마비될 정도로 겁이 난다. 세상이 이토록 위험한데 어찌 두 발 뻗고 잘 수 있으랴.

릴리는 눈을 감고 잠이 들었다. 마야는 우두커니 서서 잠든 딸의 얼굴을 바라보며, 릴리가 깊고 고르게 숨 쉬는지 확인했다. 한동안 그렇게 서 있는데 고맙게도 휴대전화가 울리면서 마법이 깨졌다.

셰인은 내일 아침이 되어야 톰 더글러스의 해안경비대 기록을 찾아볼 수 있다고 했지만 그래도 마야는 셰인이 무언가를 알아내 전화했기를 바랐다. 휴대전화를 집어 드니 액정에 알렉사의 이름이 떠 있었다. 알렉사 역시 그녀가 절대 잃을 수 없는 소중한 존재였기에 마야는 약간의 공황 상태에서 황급히 초록색 버튼을 눌렀다.

"아무 일 없니?"

"음, 네. 무슨 일이 있어야 해요?" 알렉사가 말했다.

"아니." 맙소사, 제발 진정하자. "웬일이야? 숙제 도와줄 사람이 필요해?"

"그렇긴 한데 설마 그래서 이모한테 전화했겠어요?"

마야는 웃었다. "그러네."

"내일이 축구의 날이에요."

"축구의 날?"

"우리 마을에서 하는 허접한 행사예요. 전 학년이 축구 경기를 하고, 축구부 기금 마련을 위해 물건도 팔고, 풍선 놀이터도 만들어놓고, 놀이 기구도 들어오죠. 그러니까 꼬맹이들에겐 재미있을 거예요."

"그렇구나."

"바쁘겠지만 이모도 릴리랑 함께 와줬으면 해서요."

"아."

"아빠랑 대니얼 오빠도 올 거예요. 오빠 경기는 10시고, 전 11시예요. 우리 학교 영어 선생님이 아이들에게 풍선으로 동물을 만들어주겠다고 했거든요. 그러니까 우리가 릴리를 데리고 다니면서 풍선도 얻어 오고 놀이 기구도 태워줄 수 있어요. 재미있을 거예요. 릴리도 보고 싶고요."

마야는 옆에서 잠든 릴리를 살펴봤다. 조금 전의 압도적인 느낌이 다시 밀려들었다.

"마야 이모?"

릴리는 사촌인 대니얼과 알렉사를 무척 따랐다. 마야는 두 조카가 릴리의 인생에서 중요한 사람이 되기를 바랐고, 그래야 마땅했다. "릴리가 잠들어서 다행이다." 마야가 알렉사에게 말했다.

"네?"

"내일 너희들 보러 가는 거 알았으면 오늘 밤에 릴리는 한숨도 못 잤을 거야."

알렉사가 웃었다. "잘됐다. 그럼 내일 아침에 봐요. 마을 광장에서 열려요."

"그래."

"아, 그리고 참고로 말씀드리면 우리 멍청한 코치 선생님도 올 거예요."

"걱정 마. 이젠 사이좋게 지낼 수 있을 거야."

"안녕히 주무세요, 마야 이모."

"너도 잘 자라, 알렉사."

그날 밤은 유달리 증상이 심했다.

마야가 꿈과 의식 사이의 부드러운 경계에 있을 때 소리가 공격을 시작했다. 아우성, 비명, 헬리콥터 날개 소리, 총성이 끈질기게 들렸다. 멈추지도, 줄어들지도 않고 점점 더 커지며 계속되었다. 마야가 있는 곳은 침대 위가 아니었다. 그렇다고 전쟁터도 아니었다. 그 중간에 유예되어 방황했다. 사방이 칠흑처럼 어두운 가운데 소리가, 쉬지 않고 끝없이 소리가 들려왔다. 마치 작은 벌레가 머릿속으로 들어와 여기저기 끽끽 긁어대는 듯이 그녀 안에서 들리는 소리였다.

출구도 없고, 이성적인 생각도 할 수 없었다. 지금도 여기도 없고, 어제도 내일도 없었다. 그건 모두 나중 문제다. 지금은 오로지 저승사자의 낫으로 뇌를 난도질하는 듯한 소리가 주는 고통뿐이었다. 마야는 마치 두개골을 으스러뜨리고 싶은 사람처럼 양손으로 머리를 세게 눌렀다.

그만큼 심했다.

이 소리를 멈출 수만 있다면 (하느님 제발) 무슨 짓이라도 할 수 있겠다는 생각이 들 정도였다. 총을 집어 들어 소리를 잠재우고 싶다는 생각마저 들었다. 지금 자신이 어디에 있고, 총을 넣어둔 머리맡 테이블과 얼마나 떨어져 있는지 알 수만 있다면…….

소리가 몇 분, 혹은 몇 시간 지속됐는지는 알 수 없었다. 그저 끝없이 들리는 듯했다. 소리가 목을 죄어올 때는 시간이 무의미하다. 그저 참아내며 어떻게든 제정신을 유지해야 한다.

하지만 어느 순간부터 새로운 소리, 좀 더 '규칙적인' 소리가 이 지옥을 뚫고 들어왔다. 아득히 멀리서 나는 듯했고, 그녀에게 도달해 머릿속에 인식될 때까지 시간이 꽤 걸렸다. 또한 그 소리는 귀가 먹을 듯한 다른 소리들과도 싸워야 했는데, 점점 정신이 들기 시작한 마야는 그중에 자신의 비명 소리도 있음을 깨달았다.

초인종 소리, 그리고 목소리가 들렸다.

"마야? 마야?"

셰인이었다. 그가 현관문을 두드리기 시작했다.

"마야?"

그녀는 눈을 떴다. 소리는 달아난다기보다 그녀를 조롱하듯 차츰 희미해졌다. 마치 조용해질지라도 늘 거기에, 늘 그녀와 함께 있음을 상기시키듯이. 마야는 소리가 절대 사라지지 않는다는 이론, 숲에서 소리를 지르면 그 메아리가 들리고, 메아리는 점차 희미해질 뿐 완전히 사라지지는 않는다는 이야기를 다시 한 번 떠올렸다. 그녀를 괴롭히는 소리도 마찬가지였다.

절대 깨끗이 사라지지 않았다.

마야는 오른쪽을, 릴리가 누워 있던 자리를 보았다.

하지만 릴리가 없었다.

마야는 가슴이 철렁 내려앉았다. "릴리?"

문을 두드리는 소리와 초인종 소리가 멈췄다. 마야는 벌떡 일어나 두 다리를 침대에서 내렸다. 두 발로 바닥을 디뎠다가 현기증이 일어나 다시 침대에 주저앉았다.

"릴리?" 그녀가 다시 외쳤다.

아래층에서 현관문 닫히는 소리가 들렸다.

"마야?"

집 안으로 들어온 셰인이 그녀를 불렀다. 그에게는 비상시를 대비해 마야에게 받은 열쇠가 있었다.

"2층에 있어." 마야는 다시 침대에서 일어났고 이번에는 성공했다. "릴리! 릴리가 없어졌어!"

셰인이 한 번에 두 계단씩 올라오자 집이 흔들렸다.

"릴리!"

“찾았어.” 셰인이 말했다.

그는 울고 있는 릴리를 오른팔로 안은 채 침실 문간에 나타났다. 안도감이 마야의 온몸을 감쌌다.

“계단 꼭대기에 있더라고.” 셰인이 말했다.

릴리의 얼굴에는 눈물 자국이 있었다. 마야가 서둘러 다가가자 릴리가 움찔했다. 엄마의 비명을 듣고 잠에서 깨어난 게 분명했다.

마야는 미소를 지으며 말했다. “괜찮아, 우리 아가.”

릴리는 셰인의 어깨에 얼굴을 묻었다.

“미안하다, 릴리. 엄마가 악몽을 꿨어.”

릴리는 두 팔로 셰인의 목을 감았다. 셰인은 걱정과 연민이 역력한 표정으로 마야를 바라보았다. 마야는 가슴이 무너져 내렸다.

“전화했는데 안 받길래…….” 그가 말했다.

마야는 고개를 끄덕였다.

“저기,” 셰인이 지나치게 활기찬 어조로 말했다. 그는 활기와는 거리가 먼 사람이다. 릴리마저도 그의 말투가 달라졌다는 걸 눈치챌 정도였다. “우리 다 함께 내려가서 아침을 먹는 게 어때?”

릴리는 경계하는 표정이었지만 또한 빠르게 회복되는 중이었다. 원래 아이들은 어이없을 정도로 회복력이 뛰어나다. 훌륭한 군인들의 대처 능력을 가졌다고 마야는 생각했다.

“맞다, 그거 아니, 릴리?”

릴리는 여전히 경계를 풀지 않은 채 엄마를 바라봤다.

"오늘 축제에 가서 대니얼 오빠랑 알렉사 언니를 만날 거야."

아이의 눈이 휘둥그레졌다.

"거기 가면 놀이 기구도 있고, 풍선도 있고……."

마야가 축구의 날 구경거리를 계속 이야기하자 간밤의 폭풍우는 빛나는 오늘 앞에서 순식간에 사라져버렸다. 적어도 릴리에게는 그랬다. 하지만 마야는 자신이 릴리에게 좋지 않은 영향을 주었다는 생각에 쉽사리 두려움을 떨쳐낼 수 없었다.

대체 아이에게 무슨 짓을 한 걸까?

셰인은 괜찮으냐고 묻지 않았다. 괜찮지 않다는 걸 알기 때문이다. 릴리를 식탁에 앉히고 아침 식사를 차려준 후, 두 사람은 릴리가 듣지 못할 곳으로 자리를 옮겼다. "심각해?" 셰인이 물었다.

"괜찮아."

셰인은 고개를 돌렸다.

"왜?" 마야가 물었다.

"이젠 입만 열면 거짓말이네."

맞는 말이다.

"아주 심각해. 이제 됐어?"

셰인은 다시 고개를 돌려 그녀를 바라봤다. 그녀를 안아주고 싶어 하는 표정이었지만(마야도 알 수 있었다) 그들은 그런 사이가 아니었다. 마야로서는 유감이었다. 도움이 됐을 텐데.

"상담 좀 받아봐. 닥터 우는 어때?" 셰인이 말했다.

닥터 우는 재향군인회에 소속된 정신과 의사다. "나중에."

"나중에 언제?"

"이 일이 끝나면."

"무슨 일?"

그녀는 대답하지 않았다.

"이젠 너만의 문제가 아냐, 마야."

"무슨 뜻이야?"

그는 릴리가 있는 쪽을 봤다.

"가족은 끌어들이지 마, 셰인. 반칙이야."

"어쩔 수 없어. 넌 이제 혼자 딸을 키워야 하는 처지라고."

"알아서 할게."

마야는 시계를 봤다. 9시 15분. 이런 적이 또 있었는지, 다시 말해 새벽 4시 58분을 넘기고 계속 잔 적이 있는지 생각해봤지만 처음이었다. 릴리는 어떻게 된 걸까? 깨어 있다가 엄마의 비명을 들은 걸까? 엄마를 깨우려고 했을까? 아니면 그냥 무서워서 웅크리고 있었을까?

대체 나에게 엄마 자격이 있는 걸까?

"*죽음이 처제를 따라다녀.*"

"알아서 할게." 그녀가 다시 한 번 말했다. "먼저 이 일의 진상을 알아내야 해."

"'진상을 알아내겠다'는 건 누가 조를 죽였는지 알아내겠다는 뜻이겠지?"

그녀는 대답하지 않았다.

"그나저나 네 말이 맞았어." 셰인이 말했다.

"뭐가?"

"그 일 때문에 온 거야. 톰 더글러스가 해안경비대에서 복무한 기록을 찾아달라고 했지?"

"응."

"14년을 복무했더라. 거기서 처음으로 법 집행하는 일을 하게 됐지. 그리고 네 말대로 앤드루 버켓 사건 담당 장교였어."

역시. 납득이 갔다. 동시에 납득이 전혀 가지 않았다.

"수사 결론은 어떻게 났어?"

"사고사. 보고서에 따르면 앤드루 버켓은 한밤중에 배에서 떨어져 익사했어. 아마 술에 취했겠지."

그들은 그 사실을 충분히 받아들일 수 있을 때까지 잠시 그렇게 서 있었다.

"대체 무슨 일이야, 마야?"

"모르겠어. 하지만 알아낼 거야."

"어떻게?"

마야는 재빨리 휴대전화를 꺼내 더글러스의 집으로 전화했다. 아무도 받지 않자 음성 메시지를 남겼다. "버켓가에서 왜 당신 남편에게 돈을 줬는지 알았어요. 연락주세요."

그녀는 자신의 휴대전화 번호를 남긴 다음, 전화를 끊었다.

"이 더글러스라는 사람은 어떻게 알아냈어?" 셰인이 물었다.

"그건 중요하지 않아."

"아, 그러셔?"

셰인은 벌떡 일어나 앞뒤로 서성였다. 마야처럼 그를 잘 아는 사람이 아니라 해도 뭔가 문제가 생겼음을 알 수 있었다.

"무슨 일이야?" 그녀가 물었다.

"오늘 아침에 키어스 형사에게 전화했어."

마야는 눈을 질끈 감았다. "왜 그런 짓을 했어?"

"모르겠어. 아마 어젯밤에 네가 그 남자를 의심해서 그랬겠지."

"내가 아니라 캐럴라인이 의심한 거야."

"어쨌거나. 그래서 그 남자를 좀 알아보고 싶더라고."

"그런데?"

"맘에 들더라. 고지식한 사람 같아. 캐럴라인이 한 말은 다 헛소리야."

"알았어. 못 들은 걸로 해."

"땡." 셰인은 퀴즈 쇼에서 틀린 답이 나왔을 때 틀어주는 짜증나는 효과음을 흉내 냈다.

"뭐야?"

"미안하지만 틀렸어, 마야."

"무슨 말을 하는 거야?"

"키어스는 수사 중인 사건에 대해 내게 어떤 정보도 말해주지 않았어. 좋은 경찰, 그러니까 원칙대로 하고 뇌물을 받지 않는 경찰이 그러거든."

마야는 이야기가 흘러가는 방향이 마음에 들지 않았다.

"하지만," 셰인이 허공에 검지를 들어 올렸다. "최근 네 집에서 일어난 어떤 사건은 말해줘도 괜찮겠다고 생각한 모양이야."

마야는 릴리를 힐끗 바라봤다. "키어스 형사가 내니 캠 얘기를 했구나."

"빙고."

셰인은 그녀의 설명을 기다렸지만 마야는 아무 말도 하지 않았다. 둘은 그렇게 서서 오랫동안 서로를 바라봤다. 셰인이 먼저 침묵을 깼다.

"그런 일이 있었는데 왜 나한테 말하지 않은 거야?"

"말하려고 했어."

"그런데?"

"그런데 넌 이미 내가 불안정한 상태라고 생각하잖아."

"땡." 셰인이 다시 짜증나는 효과음을 흉내 냈다. "틀렸어. 난 그냥 네가 도움이 필요하다고……."

"바로 그거야. 넌 상담을 받으라고 난리를 쳤겠지. 만약 내가 내니 캠에 죽은 남편이 찍혔다고 말하면 넌 무슨 생각을 했을까?"

"일단 네 말을 들어줬을 거야. 그런 다음에 사건의 진상을 알아내려고 했겠지."

그 말이 진심이라는 건 마야도 알고 있었다. 셰인은 의자를 들고 그녀 곁으로 다가와 앉았다.

"무슨 일이 있었는지 정확히 말해봐."

이제 와서 숨겨봐야 소용없었다. 그래서 마야는 내니 캠과 이사벨라가 호신용 스프레이를 뿌린 일, 조의 옷이 사라진 일, 이사벨라의 집을 찾아간 일을 말했다. 이야기가 끝나자 셰인이 말했다. "그 셔츠, 나도 기억나. 이 모두가 네 상상이라면 셔츠가 왜 없어졌겠어?"

"모르지."

셰인은 일어나 계단 쪽으로 걸어갔다.

"어디 가?"

"옷장 좀 보려고. 셔츠가 있는지."

마야는 만류하려고 했지만 원래 셰인은 철저히 파헤쳐야 직성이 풀리는 성격이었다. 마야는 기다렸고, 그는 5분 뒤에 돌아왔다.

"셔츠가 없네." 그가 말했다.

"그건 아무 의미도 없어. 셔츠가 사라진 데는 백만 가지 이유가 있을 수 있다고." 마야가 말했다.

셰인은 그녀 맞은편에 앉아 아랫입술을 잡아 뜯었다. 5초, 다시 10초가 지났다. "한번 생각해보자."

마야는 기다렸다.

"뎀프시 장군이 우리 기지를 방문했을 때 했던 말 기억나? 전쟁이 얼마나 예측 불가능하다고 했는지?" 셰인이 물었다.

그녀는 고개를 끄덕였다. 합동참모본부 의장 마틴 뎀프시 장군은 인간이 노력하는 일 중에서 가장 예측할 수 없는 것이 전쟁이라고 했다. 전투에 유일한 규칙이 있다면 무슨 일이 벌어질지 전혀 예측할 수 없다는 것뿐이다. 그러니 불가능해 보이는 일에도 대비해야 한다.

"그러니까 한번 따져보자고. 네가 정말 내니 캠에 찍힌 영상에서 조를 봤다고 가정해보자." 셰인이 말했다.

"조는 죽었어, 셰인."

"알아. 하지만…… 그냥 하나씩 해보자고. 연습 삼아서."

마야는 빨리 끝내라는 뜻으로 눈을 치떴다.

"좋아. 그러니까 그 내니 캠에 찍힌 영상을 뭐냐, 텔레비전으로 본 거야?"

"노트북. SD카드를 노트북에 꽂아서 보는 거야."

"그렇군. SD카드. 이사벨라가 너한테 스프레이를 뿌린 후에 가져갔다는 게 그거지?"

"응."

"좋아. 그러니까 넌 이 SD카드를 노트북에 꽂았고, 조가 소파에 앉아 릴리와 노는 걸 봤어. 일단 확실한 것부터 지우자. 그게 예전에 녹화된 영상일 가능성은 없어?"

"응."

"확실해? 장례식 후에 아이린이 내니 캠을 줬다고 했지만, 옛날에 녹화된 영상이 미리 들어 있었던 건 아닐까? 조가 죽기 전에 누가 찍어둔 게 아니냐고."

"아니. 화면 속 릴리는 그날 입은 옷을 입고 있었어. 각도도 똑같았고. 책꽂이 위에서 소파 쪽으로 찍혔어. 당연히 무슨 속임수가 있겠지. 있어야만 하고. 나도 잘은 모르겠지만 조를 포토샵으로 합성했다거나 그랬을 거야. 하지만 옛날에 찍은 영상은 아니야."

"좋아. 그럼 그 가능성은 배제하자."

점점 우스꽝스러워지고 있었다. "무슨 가능성?"

"그게 옛날에 찍은 영상일 가능성. 이번에는 다른 가설을 세워보자." 셰인은 다시 입술을 뜯기 시작했다. "어디까지나 토론을 위해 네가 본 게 진짜 조라고 가정해보자. 조가 아직 살아 있다고." 마야가 아무 말 안 했는데도 셰인은 양손을 들어 올렸다. "알아, 알아, 좀 참고 들어봐, 알았지?"

마야는 한숨을 쉬려다 말고 "맘대로 해"라고 말하듯 어깨를 으쓱였다.

"너라면 어떻게 했겠어? 네가 조 버켓이고, 죽은 것처럼 속이고 싶다면?" 그가 물었다.

"기껏 죽은 것처럼 속였는데 집에 몰래 들어와 아이와 논다고? 모르겠어, 셰인. 그냥 말해줘. 넌 짚이는 데가 있는 모양이니까."

"꼭 짚이는 데가 있다기보다……."

"혹시 좀비하고도 연관이 있어?"

"마야."

"왜?"

"넌 방어적일 때 꼭 빈정대더라."

그녀가 인상을 찌푸렸다. "네가 들은 그 심리학 수업 말이야. 돈값을 하네."

"그 가설이 뭐가 그렇게 두려워?"

"시간을 낭비할까 두려워. 하지만 좋아, 셰인. 좀비는 그만두고 네 의견을 들려줘. 네가 조라면 어떻게 죽은 척할 거야?"

셰인은 계속 입술을 뜯었다. 마야는 저러다가 피가 나지 않을까 걱정되었다.

"나라면 이렇게 하겠어. 건달 둘을 고용해서 공포탄이 든 총을 주는 거야." 셰인이 말했다.

"세상에. 그렇게 기발할 수가."

"끝까지 들어봐. 조는, 나는 계획을 세울 거야. 피가 든 캡슐이나 뭐 그런 걸 몸에 지니고 있었을 거라고. 진짜로 피를 흘리는 것처럼 보이게 하려고 말이야. 사건이 일어난 현장이 원래 조가 좋아하는 곳이라고 했지? 그러니까 그곳의 조명 상태를 알았을 거야. 다시 말해 그곳이 그다지 밝지 않아서 정확히 무슨 일이 벌어지는지 네가 볼 수 없다는 걸 알았을 거라고. 생각해봐. 그 강도가 그냥 우연히 거기 나타났다는 게 믿겨져? 좀 이상하지 않아?"

"잠깐만, 지금 그 부분만 이상하다는 거야?"

"단순 강도 사건이라는 게 말이야……." 셰인은 고개를 절레절레 흔들었다. "처음부터 말이 안 된다고 생각했어."

마야는 잠자코 있었다. 탄도 검사 결과, 조와 클레어가 같은 총에 살해되었다는 사실이 밝혀졌을 때부터 이 일은 단순 강도 사건이 아니었다. 물론 셰인은 그 사실을 모르고 있지만.

"모든 게 계획되었다고 가정해보자." 셰인이 기이한 음모론을 펼치기 시작했다. "두 강도가 공포탄을 쏴서 조가 죽은 것처럼 꾸몄다고 가정해보자고."

"셰인?"

"왜?"

"이게 얼마나 미친 소리인지 알지?"

그는 아랫입술을 계속 잡아 뜯었다.

"현장에 경찰도 출동했어, 셰인. 기억나? 사람들이 조의 시신을 봤다고."

"알았어. 한 번에 하나씩만 하자. 우선 사람들이 시신을 봤어. 당연히 그렇겠지. 너만으로는 증인이 충분하지 않을 테니까. 그래서 조는 가짜 피인지 뭔지를 흘리며 거기 누워 있었어. 어둠 속에서. 서너 명의 사람이 그걸 봤지. 그렇다고 해서 그 사람들이 조의 맥박을 확인했다거나 그런 건 아니잖아."

마야는 고개를 저었다. "지금 농담해?"

"내 가설에 문제라도 있어?"

"한둘이 아니지. 경찰은 어쩔 거야?"

셰인이 양손을 폈다. "경찰이 뇌물을 받았다고 말한 사람은 너 아냐?"

"키어스 형사? 고지식한 사람 같아서 마음에 든다며?"

"내가 사람을 잘못 봤을 수도 있지. 그게 처음 있는 일도 아니고. 어쩌면 사건이 일어날 때 자기가 근무 중이도록 키어스 형사가 손썼을 수도 있어. 아니면, 모르겠어, 버켓가에서 경찰서장이나 경찰청장이나 뭐 다른 사람들에게도 뇌물을 줘서 키어스 형사가 제일 먼저 현장에 가게 했을 수도 있고."

"너도 음모론 영상 하나 찍어서 유튜브에 올려야겠다, 셰인. 9·11도 내부자 소행이야?"

"그럴 가능성도 있다는 얘기야, 마야."

"그러니까 정리하자면 다들 한패라는 거네. 키어스 형사가 체포한 강도 둘, 현장에 출동한 경찰, 검시관까지. 조가 죽은 걸로 처리되었다면 검시 보고서가 있을 테니까. 안 그래?"

"잠깐만." 셰인이 말했다.

"왜?"

"조의 사망진단서에 문제가 있다고 하지 않았어?"

"행정 착오일 뿐이야. 입술 좀 그만 뜯어."

셰인이 미소를 지었다. “내 가설에 구멍이 있다는 거 나도 인정해. 키어스 형사에게 부검 사진 좀 보자고…….”

“해봐야 보여주지 않을 거야.” 마야가 그의 말을 잘랐다.

“무슨 수를 써야지.”

“그럴 거 없어. 그리고 만약 그들이 이렇게까지 손을 썼다면 부검 사진을 조작하는 것 정도는 식은 죽 먹기 아니겠어?”

“일리 있네.”

“난 비꼬려고 한 말이야.” 마야가 고개를 저었다. “조는 죽었어, 셰인. 죽었다고.”

“아니면 조가 우리를 가지고 놀거나.”

마야는 잠시 그 말을 생각하다가 이렇게 말했다. “아니면 다른 사람이 그러거나.”

# 18

축구의 날은 향수를 불러일으키는 미국 영화에서 튀어나온 듯했다. 약간 너무 완벽하고, 너무 노먼 록웰 그림 같아서 비현실적으로 느껴질 정도였다. 텐트와 부스가 세워지고, 게임기와 놀이 기구도 있었다. 웃음소리와 환호, 심판의 호루라기 소리와 음악이 들렸다. 햄버거, 소시지, 아이스크림, 타코를 파는 푸드 트럭도 있었다. 여기서는 이 마을의 공식 색상인 초록색과 흰색으로 된 거의 모든 물건을 살 수 있었다. 티셔츠, 야구 모자, 후드 티, 폴로셔츠, 스티커, 물병, 머그잔, 열쇠고리, 접이식 의자까지. 심지어 풍선 놀이터와 풍선 미끄럼틀도 초록색과 흰색으로 꾸며졌다.

각 학년마다 특별 활동 부스를 운영했다. 중학교 1학년 여학생들은 일회용 문신을 그려줬고, 중학교 2학년 남학생들은 속도 측정기와 골대를 마련해 자기가 차는 공의 속도를 볼 수 있게 했다. 초등학교 6학년 여자아이들은 페이스페인팅 부스를 차렸다.

마야는 그 부스에서 알렉사를 발견했다.

알렉사는 마야와 릴리를 보더니 붓을 내려놓고 "릴리! 안

넝!"이라고 외치며 그들을 향해 달려왔다.

릴리는 잡고 있던 엄마의 손을 놓고 킥킥 웃으며 고사리 같은 손으로 입을 가렸다. 그러고는 오로지 어린아이들만 느낄 수 있는 강렬한 기대감과 기쁨으로 몸을 흔들었다. 알렉사가 가까이 다가올수록 릴리는 몸을 더욱 크게 흔들며 킥킥거리더니 마침내 알렉사가 릴리를 번쩍 들어 올리자 자지러질 듯이 웃었다.

이 만남에서 관객에 불과한 마야는 그저 가만히 서서 미소 지었다.

"릴리! 마야 이모!"

이번에는 대니얼이 그들을 향해 달려왔다. 대니얼 뒤를 따라오는 에디 역시 미소를 짓고 있었다. 마야에게는 이 장면이 너무도 비현실적이었다. 지금 겪고 있는 극도의 혼란스러운 상황과 비교하면 어이없게 느껴질 정도였지만 그래도 좋았다. 여러 개의 선과 울타리로 나뉘어 있는 세상에서, 마야는 무엇보다도 이 아이들을 안전한 쪽에 두고 싶었다.

마야의 볼에 재빨리 키스하고 릴리에게 간 대니얼은 알렉사에게서 릴리를 데려가 더 높이 들어 올렸다. 릴리의 웃음소리, 희석되지 않은 순수한 웃음소리에 마야는 멈칫했다. 릴리가 마지막으로 저렇게 웃은 때가 언제던가.

"릴리랑 놀이 기구 타도 돼요, 이모?" 알렉사가 물었다.

"조심할게요." 대니얼이 덧붙였다.

에디는 마야 옆으로 다가왔다.

"물론이지. 돈 줄까?" 마야가 말했다.

"있어요." 대니얼은 그렇게 대답했고, 아이들은 놀이 기구 쪽으로 걸어갔다.

마야는 에디에게 짧게 웃어 보였다. 에디는 한결 나아 보였다. 면도도 말끔히 했고, 눈에도 초점이 잡혀 있었다. 그는 마야의 볼에 키스했다. 술 냄새는 나지 않았다. 마야는 다시 눈을 돌려 멀어지는 세 아이들을 바라보았다. 대니얼이 알렉사 옆에 릴리를 내려놓은 터라 릴리는 오른손으로 대니얼을, 왼손으로 알렉사를 잡고 있었다.

"날씨 정말 좋네." 에디가 말했다.

마야는 고개를 끄덕였다. 정말로 그랬다. 태양이 때마침 환하게 빛났다. 그녀 앞에 아메리칸 드림이 따뜻한 담요처럼 펼쳐져 있었지만 마야는 자신이 여기에 어울리지 않고, 오히려 저 빛나는 태양을 가로막는 먹구름 같은 존재라는 기분이 강하게 들었다.

"형부?"

눈이 부시지 않도록 손으로 눈가에 그늘을 드리우고 있던 에디가 그녀를 돌아봤다.

"언니는 바람을 피우지 않았어요."

갑자기 눈물이 글썽해지는 바람에 에디는 고개를 돌려야 했다. 그가 어깨를 웅크리자, 마야는 순간적으로 혹시 에디가 정말로 우는 건 아닌지 걱정스러웠다. 그의 어깨를 잡으려고 손을 뻗었다가 그냥 내렸다.

"확실해?" 에디가 물었다.

"네."

"그럼 그 전화기는?"

"제 전투 영상이 유출되는 바람에 곤혹을 치른 일, 기억해요?"

"그럼. 물론이지."

"그게 전부가 아니었어요."

"무슨 말이야?"

"그 영상을 유출한 사람이……."

"코리 러진스키 말이야?"

"네. 그 사람이 음성은 공개하지 않았거든요."

에디는 혼란스런 표정이었다.

"언니가 코리에게 음성을 공개하지 말라고 설득한 거 같아요." 마야가 말했다.

"음성을 공개하면 처제가 더 곤란해지는 거야?"

"네."

에디는 고개를 끄덕일 뿐 그 음성이 무슨 내용인지는 묻지 않았다. "그 사건이 터졌을 때 언니가 얼마나 속상해했는지 몰라. 우리 모두 그랬지. 다들 처제를 걱정했어."

"언니는 걱정하는 데 그치지 않았어요."

"그럼?"

"코리에게 연락했어요. 나중에는 코리를 도왔고요."

언니가 코리를 돕게 된 동기를 형부에게 설명할 필요는 없다. 마야의 음성을 공개하지 않는 대가로 한 일일 수도 있고, 말발이 세고 매력적인 코리가 자기를 도와 버켓가를 무너뜨리는 일이 도덕적이고 정당하다고 설득했을 수도 있다. 어느 쪽이든 상관없다.

“언니는 버켓가의 비리를 조사했어요. 코리를 도와 그들을 쓰러뜨리려고요.” 마야가 말했다.

“클레어가 그 일 때문에 살해됐을까?”

마야는 릴리가 있는 쪽을 바라봤다. 알렉사와 같은 부스에 있던 여자아이들이 릴리를 에워싸고 감탄사를 연발하더니 한 명씩 돌아가며 릴리의 얼굴에 초록색과 흰색 페이스페인팅 물감을 칠했다. 이렇게 멀리 떨어져 있는데도 마야는 딸이 기뻐하는 걸 느낄 수 있었다.

“네.”

“이해가 안 되는군. 왜 클레어는 내게 말하지 않았지?” 에디가 말했다.

마야는 아이들에게서 눈을 떼지 않고 말없는 감시병의 역할을 계속했다. 자신을 바라보는 형부의 시선을 느꼈지만 아무 말도 하지 않았다. 언니가 형부에게 말하지 않은 이유는 그를 보호하고 싶었기 때문이다. 덕분에 아무것도 모르는 형부는 목숨을 구할 수 있었다. 언니는 형부를 사랑했다. 아주 많이. 현실의 햇살 앞에서 장 피에르는 우유처럼 상해버리는 바보 같은 판타지였다. 다정한 실용주의자인 언니는 그 사실을 알았던 것이다. 비록 사랑에 있어서 충동적이기 그지없는 마야는 그걸 몰랐지만. 언니는 형부를 사랑했다. 대니얼과 알렉사를 사랑했다. 축구의 날이 있고, 환한 햇살 아래서 페이스페인팅을 해주는 일상을 사랑했다.

“언니가 평소와 조금이라도 달랐던 적 있어요, 형부? 이 사실을 알고 나니 달리 보이는 게 있나요?"

"전에도 말했듯이 퇴근이 늦어졌어. 늘 다른 데 정신이 팔려 있었지. 무슨 일이 있냐고 물어도 묵묵부답이었어." 에디의 목소리가 부드러워졌다. "그냥 걱정하지 말라고만 했지."

아이들은 페이스페인팅을 끝내고 회전목마 쪽으로 갔다.

"혹시 톰 더글러스라는 남자에 대해 말한 적 있어요?"

에디는 잠시 생각했다. "아니. 그게 누군데?"

"사립 탐정요."

"왜 언니가 그 사람을 만났지?"

"버켓가에서 그에게 돈을 주고 있었으니까요. 그럼 앤드루 버켓 얘기는 한 적 있나요?"

에디는 눈살을 찌푸렸다. "바다에서 죽은 조의 동생?"

"네."

"아니. 그게 이 일과 무슨 상관이지?"

"아직 모르겠어요. 형부가 해줘야 할 일이 있어요."

"뭐든 말만 해."

"지금까지 있었던 일을 전부 새로운 시각에서 봐주세요. 언니가 어딜 다녀왔고, 어떤 자료를 가지고 있고, 언니가 물건을 숨겨둘 만한 곳이 있는지요. 뭐든 좋아요. 언니는 버켓가를 쓰러뜨리려고 했어요. 그들이 톰 더글러스에게 돈을 주는 걸 알아냈고, 내 생각에는 그 배후에 뭔가 더 큰 사건이 있는 것 같아요."

에디는 고개를 끄덕였다. "알았어."

두 사람은 그렇게 서서 대니얼이 릴리를 들어 올려 회전목마에 태우는 모습을 지켜봤다. 말 한쪽에 대니얼이, 다른 쪽에 알렉사가 섰고 릴리는 환하게 웃었다.

"저 애들 좀 봐. 정말……." 에디가 말했다.

마야는 고개를 끄덕였다. 말하기가 두려웠다. 에디는 죽음이 그녀를 따라다닌다고 했지만, 어쩌면 그렇게 간단한 문제가 아닐 수도 있다. 주위 사람들은 남녀노소 할 것 없이 평범해 보이는 일상 속에서 신나게 놀고 웃고 떠들어댔다. 그렇게 아무 근심 걱정 없이 놀 수 있는 것은 무지하기 때문이다. 다들 신나게 놀고, 신나게 웃으며 자기들이 지극히 안전하다고 생각한다. 이것이 얼마나 깨지기 쉬운 행복인지 모른다. 그들에게 전쟁은 먼 나라 일이다. 단지 다른 대륙이 아니라 다른 차원, 자기들에게 아무 영향도 미치지 않는 일이다.

하지만 틀렸다.

그 일은 벌써 누군가에게, 더 정확히 말하면 클레어에게 영향을 미쳤다. 마야의 탓이었다. 그녀가 알카임 상공 전투 헬기에서 한 일은 메아리가 되어 울려 퍼졌고 마침내 언니에게까지 갔다.

너무도 명백하면서 가슴 아픈 진실이었다. 만약 마야가 헬기에서 그런 실수를 저지르지 않았다면 클레어는 아직 살아 있을 것이다. 여기 서서 일상의 아름다움과 자식들의 웃음소리에 가슴이 벅찼을 것이다. 그렇게 되지 못한 것은 마야의 탓이다. 언니는 여기 없고, 대니얼과 알렉사의 행복한 미소 뒤에는 영원히 슬픔이 그들을 따라다닐 것이다.

릴리는 고개를 좌우로 돌려 주위를 둘러보더니 엄마를 발견하고 손을 흔들었다. 마야는 침을 삼키고 릴리에게 손을 흔들었다. 대니얼과 알렉사도 손을 흔들며 마야에게 이리로 오라고 손짓했다.

"마야?" 에디가 말했다.

그녀는 아무 말도 하지 않았다.

"애들에게 가봐."

마야는 고개를 저었다.

"지금 보초 근무를 서는 것도 아니잖아." 그녀의 마음을 읽기라도 한 듯이 에디가 말했다. "가서 릴리와 즐거운 시간 보내."

하지만 그는 이해하지 못했다. 여기는 마야가 있을 곳이 아니다. 그녀는 어디까지나 아웃사이더고, 이곳이 불편했다. 아이러니하게도 그녀가 모든 위험을 감수하며 싸운 이유가 바로 이런 일상을 지키기 위해서였는데도. 그렇다. 바로 지금 여기, 이 순간을 위해서였다. 그런데도 그녀는 선을 넘어 동참할 수 없었다. 어쩌면 그게 세상 이치인지도 모른다. 동참하거나 지키거나. 둘 중 하나는 할 수 있어도 둘 다는 불가능하다. 전우들은 이해할 것이다. 누군가는 억지로 그 선을 넘기도 할 것이다. 미소를 지으며 회전목마를 타고 티셔츠도 사지만 눈빛에는 무언가, 쉽사리 놓아버릴 수 없는 무언가가 있어 계속 주위를 둘러보며 위험이 다가오지 않는지 살필 것이다.

언젠가는 그 습관이 사라질까?

아마도. 하지만 아직은 아니다. 그리하여 마야는 그대로 서서 아이들을 지켜보며 말없는 감시병이 되었다.

"형부가 가세요." 마야가 말했다.

에디는 잠시 생각했다. "아니, 난 그냥 여기 처제랑 있을래."

그들은 그렇게 서서 아이들을 지켜보았다.

"마야?"

그녀는 대답하지 않았다.

"누가 클레어를 죽였는지 알아내면 내게도 알려줘."

직접 복수하고 싶은 것이다. 있어서는 안 될 일이다.

"알았어요." 마야가 대답했다.

"약속해줘."

한 번 더 거짓말한다고 뭐가 달라지겠는가. "약속해요."

마야의 휴대전화가 진동했다. 번호를 보니 톰 더글러스의 집 전화였다. 마야는 옆으로 비켜서서 전화를 받았다.

"여보세요?"

"당신 메시지 들었어요. 지금 당장 우리 집으로 와주세요." 더글러스 부인이 말했다.

"릴리는 우리 집으로 데려갈게. 아이들이 좋아할 거야."

그편이 훨씬 나을 것이다. 지금 가자고 하면 릴리는 두 살짜리가 부릴 수 있는 온갖 떼를 다 부리겠지.

"아까 말한 톰 더글러스 일이에요." 에디가 묻지도 않았는데 마야가 말했다. "더글러스는 리빙스턴에 살아요. 한두 시간이면 끝날 거예요."

에디는 눈살을 찌푸렸다.

"왜요?"

"리빙스턴이라면 고속도로에서 15W 출구로 빠지지 않아?"

"맞아요. 왜요?"

"클레어가 죽기 일주일 전쯤 이지패스(고속도로 톨게이트를 통과할 때 요금이 자동으로 결제되는 시스템—옮긴이)에 그쪽 톨게이트를 지난 내역이 있더라고."

"전에는 그런 적 없었나요?"

"언니의 이지패스를 일일이 확인해본 적이 없어서 잘은 모르지만 그런 셈이지. 우리가 그렇게 멀리까지 갈 일이 뭐가 있겠어."

"그때는 어떻게 생각했어요?"

"그쪽 동네에 쇼핑몰이 있거든. 그래서 거기에 다녀왔나 보다 했지."

아니면 자세히 알아보고 싶지 않았거나. 충분히 이해가 갔다. 어느 쪽이든 상관없다. 마야는 서둘러 차로 돌아갔다. 언니는 비밀을 너무 깊이 파헤치다가 살해된 것이 분명하다. 그리고 그 비밀은 톰 더글러스, 나아가 앤드루 버켓과 연관이 있다. 이미 죽은 지 20년 가까이 된 앤드루 버켓이 어떻게 언니를 죽음으로 몰고 갔는지는 아직 수수께끼지만.

마야는 고속도로 쪽으로 차를 몰며 라디오 채널을 이리저리 돌렸다. 마음에 드는 방송이 없었다. 지금은 시시콜콜 분석할 때가 아니다. 릴리는 언니의 가족들과 안전하게 있다.

휴대전화의 플레이리스트를 블루투스에 연결해 음악을 들으며 머리를 비우려 했다. 리케 리가 〈사악한 자들에게 안식은 없다(No Rest for the Wicked)〉를 노래하기 시작했다. 자신이 "좋은 사람"을 실망시켰다고 노래하더니 그다음에 죽여주는 가사가 나왔다. "난 진실한 사랑을 죽게 했어."

마야는 노래를 따라 부르며 잠시 무아지경에 빠졌다가 노래가 끝나자 되감기 버튼을 눌러 다시 재생하고 따라 불렀다. 역시나 죽여주는 마지막 가사까지. "나는 그의 마음을 얻었지만 매번 상처를 줬지."

플레이리스트에 이 노래를 넣어준 사람은 조였다. 그들의 관계는 미친 듯이 불어대는 회오리바람 같았으나 원래 마야의 처참한 연애가 다 그랬다. 자선 행사에서 처음 만난 지 48시간이 지났을 때 조는 버켓가의 전용기를 타고 터크스 케이커스 제도에 가자고 했다. 마야는 너무 좋아서 못 이기는 척 따라갔고, 아만야라 리조트 빌라에서 주말을 보냈다.

그녀는 이 새로운 관계도 예전의 성급한 연애 패턴을 따라갈 것이라고 생각했다. 격정적이고, 뜨겁게 불타오르고, 도를 넘고, 미친 듯이 낭만적이었다가 금세 끝날 거라고. 지글지글 타오르다가 치지직 식어버리고, 작별을 고하고 싶어질 거라고. 마야에게는 모든 남자가 장 피에르였고, 연애는 길어야 3주였다.

따라서 사귀고 일주일 후 조가 플레이리스트를 만들어 줬을 때, 마야는 여고생들처럼 침대에 누워 멍하니 천장을 바라보며 노래를 열심히 듣고 가사의 숨은 뜻을 해독하려 했다. 조의 음악 취향이 마음에 들었다. 모든 노래가 단지 그녀에게 가사를 전달하는 데 그치지 않고 방어막을 뚫고 들어와 마음을 약하게 했고, 심지어 (남성 우월적인 발언이기는 하지만) 그의 가르침을 받아들이게 했다.

하지만 손바닥도 마주쳐야 소리가 나는 법이다. 그녀는 조의 소용돌이(술, 노래, 여행, 섹스) 속으로 무력하게 빠져들었지만 이전의 모든 연애가 그랬듯이 처음부터 끝이 보였다. 그래도 상관없었다. 그녀에게는 군대가 있었다. 결혼, 아이들, 축구의 날, 이런 것은 그녀의 계획에 없었다. 원칙적으로는 조 역시 또 하나의 좋은 추억으로 남아야 했다.

모든 연애가 나쁘게 끝났을지라도 추억은 그렇지 않았다.

하지만 마야는 임신을 했고, 어떻게 해야 할지 몰라 혼란스러운 상태일 때 조가 큰 결심을 했다. 바이올린 연주가 울려 퍼지는 가운데 한쪽 무릎을 꿇고 청혼한 것이다. 그는 행복하게 해주겠다고 약속했다. 평생 사랑하겠다고 약속했다. 그녀가 군인이라는 게 자랑스럽고, 앞으로 군대에서 더욱 승승장구할 수 있도록 모든 지원을 하겠노라고 맹세했다. 그들은 다를 거라고, 각자의 원칙에 따라 살 수 있을 거라고 말했다. 조의 열정이 너무 강렬해 마야도 거기에 휘말려버렸다. 정신을 차려보니 이미 마야 스턴 대위에서 마야 버켓 부인이 되어 있었다

리케 리의 노래가 희미해지면서 오 원더의 〈하얀 피(White Blood)〉가 흘러나왔다. 대체 왜 조가 준 노래를 듣고 있지? 그녀는 자문했고, 답은 간단했다. 노래가 좋으니까. 외부와 단절된 진공 상태에서 그들의 관계가 어디로 가버렸는지 잊은 채 노래가 그녀 안으로 들어와 내면을 건드렸다. 심지어 거북한 가사로 시작되는 이 노래마저도.

"난 떠날 준비가 됐어요, 떠날 준비가 됐어요,

혼자서는 할 수 없어요……."

차고 옆에 세워진 톰 더글러스의 보트를 보며 마야는 아름답지만 엉터리 가사라고 생각했다. 그녀는 혼자 할 준비가 되어 있었다.

초인종을 누르기도 전에 현관문이 열렸다. 문간에 더글러스 부인이 서 있었다. 그녀는 핼쑥하고 굳은 얼굴로 좌우를 살피더니 망사문을 열며 말했다. "들어오세요."

마야는 집 안으로 들어갔고, 더글러스 부인은 문을 닫았다.

"우릴 감시하는 사람이 있나요?" 마야가 물었다.

"모르겠어요."

"더글러스 씨는 집에 있나요?"

"아뇨."

마야는 아무 말도 하지 않았다. 뭔가 할 말이 있어서 연락했을 테니 그 말을 하게 두기로 했다.

"당신이 남긴 메시지 들었어요." 더글러스 부인이 말했다.

마야는 보일 듯 말 듯 고개를 끄덕였다.

"남편이 버켓가를 위해 무슨 일을 하는지 안다고 했죠?"

이번에는 더글러스 부인이 마야의 대답을 기다렸다. 마야는 간단히 대답했다.

"그렇게 말한 적 없는데요."

"네?"

"버켓가에서 왜 남편분에게 돈을 줬는지 알아냈다고 했죠."

"그게 무슨 차이죠?"

"남편께서 버켓가를 위해 무슨 일을 했다고는 생각하지 않아요. 뇌물을 받는 걸 일이라고 하면 몰라도요."

"무슨 말이에요?"

"더글러스 부인, 제발 모른 척하지 마세요."

그녀의 눈이 휘둥그레졌다. "모른 척하는 게 아니에요. 제발 아는 대로 말해주세요."

더글러스 부인의 목소리에서 절박함이 느껴졌다. 만약 거짓말을 하는 거라면 꽤 잘하는 셈이다.

"그럼 부인은 남편께서 버킷가를 위해 무슨 일을 한다고 생각하셨나요?" 마야가 물었다.

"톰은 사립 탐정이었어요. 그러니 권력 있는 가문을 위해 비밀 수사를 한다고 생각했죠."

"하지만 정확히 어떤 일을 하는지는 전혀 못 들었고요?"

"말했잖아요. 비밀 수사였다고요."

"그만하세요, 더글러스 부인. 매일 퇴근하고 집에 돌아온 남편이 회사에서 무슨 일이 있었는지 한마디도 안 했다고요?"

눈물이 그녀의 볼을 타고 흘러내렸다. "톰이 무슨 일을 했나요? 제발 말해주세요." 더글러스 부인이 속삭였다.

마야는 다시 한 번 어느 길로 갈지 고민하다가 직진을 택했다. "남편께서는 해안경비대에서 일하셨어요. 복무 당시 앤드루 버킷이라는 소년의 죽음을 수사했고요."

"네, 알아요. 그 일로 남편이 버킷가 사람들을 알게 됐죠. 버킷가에서는 남편의 수사 방식을 마음에 들어했고, 그래서 남편이 개업했을 때 더 많은 일을 맡겼어요."

"아닐걸요. 버킷가에서는 남편분께 앤드루 버킷의 죽음을 사고사로 발표해달라고 부탁했을 거예요."

"왜요?"

"저도 그걸 더글러스 씨에게 묻고 싶어요."

더글러스 부인은 다리의 힘이 빠졌는지 소파에 앉았다. "그렇게 오랫동안, 그 많은 돈을……."

"버켓가에게 돈은 문제가 아니니까요."

"하지만 한두 푼이 아니잖아요. 그것도 그렇게 오랜 세월을." 그녀는 떨리는 손으로 입을 가렸다. "만약 당신 주장이 사실이라면, 그게 사실이라는 말은 아니에요, 어디까지나 사실이라고 가정한다면 분명 대단히 중요한 이유겠네요."

마야는 그녀 앞에 한쪽 무릎을 꿇고 앉았다. "남편께서는 어디 있죠, 더글러스 부인?"

"몰라요."

마야는 기다렸다.

"그래서 당신에게 연락한 거예요. 톰이 3주째 행방불명이에요."

# 19

더글러스 부인은 이미 경찰에 남편의 실종 신고를 한 상태였지만, 딱히 범죄를 저지르지도 않은 57세 남자가 사라졌는데 경찰이 뭘 할 수 있겠는가.

"톰은 낚시를 좋아했어요. 몇 주씩 낚시하러 가곤 했죠. 경찰도 그걸 알고 있어요. 나한테 말도 없이 떠날 리 없다고 경찰에 말했지만……." 더글러스 부인은 어깨를 으쓱였다. "경찰은 남편 이름을 시스템에 올려놓겠다고 했어요. 그게 무슨 말인지는 몰라도요. 정식으로 실종 수사를 할 수도 있지만, 법원 명령 없이는 남편의 서류를 볼 수 없다고 하더군요."

몇 분 뒤 마야는 더글러스의 집을 나왔다. 기다리는 건 충분히 했다. 주디스에게 전화했더니 신호음이 세 번 울린 뒤에 그녀가 전화를 받았다. "지금 상담 중이다. 무슨 일이니?" 주디스가 나직이 말했다.

"드릴 말씀이 있어요."

이상한 정적이 흘렀다. 아무래도 주디스가 내담자에게 양해를 구하고 상담실에서 나오는 듯했다. "내 사무실에서 만나자꾸나. 5시 괜찮니?"

"네."

마야는 전화를 끊은 다음, 에디에게 전화해 릴리를 데리러 가겠다고 했다.

"천천히 와도 돼. 지금 알렉사랑 신나게 놀고 있어." 에디가 말했다.

"정말 그래도 되겠어요?"

"릴리 좀 자주 데려와. 아니면 다른 두 살짜리 꼬마에게 돈이라도 주고 우리 집에 놀러 오라고 해야 할 판이야."

마야는 미소를 지었다. "고마워요."

"처제는 괜찮아?"

"괜찮아요. 고마워요."

"클레어처럼 그러지 마, 마야."

"뭘요?"

"날 보호하려고 거짓말하는 거."

일리 있는 말이었다. 하지만 만약 언니가 다 털어놓았다면 지금 에디는 어떻게 됐을지 모른다.

집 앞 진입로에 차 한 대가 주차되어 있었다. 뒷문 옆 벤치에 낯익은 남자가 앉아서 노란 노트에 메모를 하고 있었다. 언제부터 기다리고 있었지? 그보다 왜 하필 지금 찾아온 거지?

셰인이 연락했을까? 아니면 또 다른 우연의 일치?

마야는 차고에 차를 세웠다. 그녀가 차에서 내린 후에야 리키 우는 고개를 들었다. 그는 딸칵 소리를 내며 볼펜 심을 넣고 마야에게 미소 지었다. 마야는 미소 짓지 않았다.

"안녕, 마야."

"안녕하세요, 닥터 우."

그는 닥터라고 불리는 걸 싫어했다. 환자와 서로 이름을 부르며 허물없이 지내고 싶어 하는 성향의 정신과 의사였다. 마야의 아버지는 1970년대에 스틸리 댄이 부른 〈닥터 우(Doctor Wu)〉를 즐겨 듣곤 했다. 마야는 자신이 닥터 우라고 부를 때마다 그가 움찔하는 이유가 그 노래 때문인지 늘 궁금했다.

"내가 전화에 메시지를 남겼는데." 우가 말했다.

"네, 알아요."

"그냥 들르는 게 나을 것 같아서 왔네."

"그런가요?" 마야는 열쇠로 문을 열고 들어갔다. 우도 그녀를 뒤따랐다.

"아무래도 조의를 표해야 할 것 같아서." 그가 말했다.

마야는 혀를 끌끌 찼다. "놀랍네요."

"뭐가?"

"거짓말로 환자와의 관계를 다시 시작하려 하다니요."

그의 미소만 봐서는 화가 났는지 아닌지 알 수 없었다. "잠깐 좀 앉을까?"

"그냥 서 있을게요."

"기분은 어떤가, 마야?"

"괜찮아요."

그는 고개를 끄덕였다. "최근에 발병한 적은 없고?"

셰인이 연락했군. 마야는 생각했다.

설사 그녀가 증상이 완전히 사라졌다고 주장해도 우는 믿지 않을 것이다. "없지는 않죠." 마야가 말했다.

"말해보겠나?"

"잘 다스렸어요."

"놀랍군."

"뭐가요?"

우는 한쪽 눈썹을 아치 모양으로 들어 올렸다. "거짓말로 의사와의 관계를 다시 시작하려 하다니."

한 방 먹었네. 마야는 생각했다.

우는 다정한 미소를 지어 보였다. 마야가 그만 돌아가라고 말하려는 찰나, 갑자기 오늘 아침에 봤던 릴리의 겁에 질린 얼굴이 떠올랐다. 눈물이 핑 돌며 눈이 콕콕 쑤셨다. 마야는 몸을 돌리고 눈을 깜빡거렸다.

"마야?"

그녀는 침을 삼켰다. "저 좀 낫게 해주세요."

우가 좀 더 다가왔다. "무슨 일인가?"

"아이를 놀라게 했어요."

마야는 간밤의 일을 설명했다. 우는 끼어들지 않고 끝까지 들은 후에야 말했다. "약을 바꿔봐야겠군. 자네와 비슷한 증상에 시달리는 환자들에게 최근 설존(항우울제의 일종—옮긴이)을 처방했는데 경과가 좋았어."

이제 더는 자신의 목소리를 믿지 않았기에 마야는 고개를 끄덕였다.

"내 차에 좀 있는데 원하면 지금 주겠네."

"고맙습니다."

"천만에." 그가 다가왔다. "내 소견을 말해도 되겠나?"

마야는 얼굴을 찡그렸다. "그냥 약만 주실 순 없나요?"

"미안하지만 그렇게는 안 되겠네, 마야. 세상에 공짜는 없는 법이야."

"그렇겠죠. 좋아요. 선생님 소견은 뭔가요?"

"지금까지 자넨 한 번도 도움이 필요하다고 인정한 적이 없어."

"맞아요. 좋은 소견이네요."

"그건 소견이 아니야."

"그래요?"

"마침내 자넨 그 사실을 인정했어. 자신을 위해서가 아니라 아이를 위해서. 릴리를 위해서."

"네. 역시 좋은 소견이네요."

"자넨 낫고 싶은 게 아냐. 아이를 보호하려는 거지." 우는 정신과 의사들 특유의 방식으로 고개를 갸웃했다. "대체 언제 그런 생각을 버릴 건가?"

"언제 아이를 보호하려는 생각을 버릴 거냐고요?" 마야는 어깨를 으쓱였다. "세상에 그런 부모가 있나요?"

"내가 졌군." 우는 양손을 조리대에 올렸다. "구렁이 담 넘어가는 답변이긴 하지만 내가 졌어. 하지만 내 말을 듣게. 자넨 외상 후 스트레스 장애야. 장애는 그냥 참는다고 해결되지 않아. 아이를 안전하게 보호하고 싶나? 그럼 이 병부터 고쳐야 해."

"동감이에요." 그녀가 말했다.

우가 미소 지었다. "잘됐군."

"병원에 전화해서 예약할게요."

"지금 당장 시작하면 어떻겠나?"

"지금은 시간이 없어요."

"걱정 말게. 첫 상담은 금방 끝나니까."

그 제안을 생각해본 마야는 안 될 게 없다는 결론을 내렸다. "전에 겪은 증상이랑 비슷했어요."

"더 강렬했나?"

"네."

"얼마나 자주 발병했지?"

"계속 '발병'이라는 단어를 쓰시네요. 그건 돌려서 말하는 거 아닌가요? 사실은 환각이잖아요."

"그 단어가 싫어서 그래. 그 단어에 함축된 의미가 별로……."

마야는 그의 말을 잘랐다. "뭐 좀 물어봐도 돼요?"

"물론이지, 마야."

충동적인 결정이긴 했지만 마야는 밀고 나가기로 했다. 이렇게라도 닥터 우를 써먹는 게 낫다. "좀 이상한 일이 있었어요. 이 증상과 관계있는 일이요."

우는 그녀를 바라보며 고개를 끄덕였다. "말해보게."

"친구가 내니 캠을 줬어요." 마야는 이야기를 시작했다.

이번에도 우는 끼어들지 않고 그녀의 이야기를 경청했다. 마야는 노트북에서 조를 본 이야기를 했다. 우의 얼굴에는 별다른 감정이 드러나지 않았다.

"재미있군." 마야의 말이 끝나자 그가 말했다. "낮에 있었던 일이지?"

"네."

"그러니까 밤이 아니다." 그는 혼잣말하듯 중얼거리고 또다시 말했다. "재미있군."

재미 타령은 그만 좀 하시지. "제가 환영을 본 걸까요? 아니면 짓궂은 장난이었을까요?"

"좋은 질문이군." 리키 우는 의자에 앉아 다리를 꼬고 턱까지 쓰다듬었다. "당연한 말이지만 뇌는 참 까다로운 기관일세. 자네 같은 상황, 그러니까 외상 후 스트레스 장애에 언니가 살해되고, 또 눈앞에서 남편이 살해되고, 혼자서 아이를 키우는 부담스러운 상황에서 정신과 치료를 전혀 받지 않는다면 가장 논리적인 대답은……. 음, 다시 한 번 말하지만 난 이 단어에 내포된 의미가 마음에 안 들어. 어쨌거나 대부분의 전문가들은 자네가 컴퓨터 화면에서 본 조는 환영이나 상상일 거라고 결론을 내릴 걸세. 자네가 조를 너무 보고 싶어 한 나머지 헛것을 봤다는 게 가장 간단한 진단이야. 가장 간단한 진단이 종종 제일 좋은 진단이지."

"대부분의 전문가들이라면서요." 마야가 말했다.

"뭐라고?"

"'대부분의 전문가들은' 그렇게 결론을 내릴 거라고 하셨잖아요. 전 그 사람들에게 관심 없어요. 선생님 의견을 듣고 싶지."

우는 미소를 지었다. "이거 영광이군."

그녀는 아무 말도 하지 않았다.

"자넨 나도 그 진단에 동의할 거라고 생각하겠지? 그동안 날

피해 다녔으니 그런 일을 겪을 수밖에. 자네는 예정보다 일찍 상담을 중단했고, 그 후로 힘든 일을 겪었어. 자신의 정체성을 정의해주던 직업도 잃고, 이젠 혼자 아이까지 키워야 해."

"선생님?"

"왜?"

"서론이 너무 길어요."

"알았네. 하지만 자넨 환각에 시달리는 게 아니야. 그저 과거의 기억이 생생히 떠오를 뿐이지. 외상 후 스트레스 장애의 흔한 증상이네. 그렇게 생생한 기억이 환각과 비슷하다거나 심지어 같다고 주장하는 사람도 있어. 그럴 경우, 문제는 그런 환각이 정신병의 전조가 될 수 있다는 거야. 하지만 그게 생생한 기억이든 환각이든 자네에게는 늘 청각적인 증상만 나타나. 밤에 발병했을 때 죽은 사람을 본 적은 없지?"

"네."

"죽은 사람들 얼굴이 보여서 괴롭진 않단 말이야. 세 남자와 엄마." 그는 침을 삼켰다. "그리고 아이의 얼굴."

그녀는 아무 말도 하지 않았다.

"비명은 들리지만 얼굴은 보이지 않아."

"그래서요?"

"그것도 흔한 증상일세. 외상 후 스트레스 장애에 시달리는 참전 용사들 가운데 30~40퍼센트가 환청에 시달린다는 보고가 있어. 자네는 오로지 환청만 겪는 경우고. 그렇다고 자네가 조를 보지 않았다는 뜻은 아니야. 봤을 수도 있어. 하지만 그건 자네의 증상 혹은 장애와 일치하지 않네. 따라서 자네가 외상 후 스트레스 장애 때문에 아무 소리도 나지 않는 영상에서 남편을 봤다고 착각한다는 가설은 인정할 수 없네."

"한마디로 착각이 아니라는 거네요."

"자네가 환각이라고 부르는 건 사실 생생한 기억이야, 마야. 실제로 일어난 일이라고. 자넨 절대 일어나지 않은 일을 보거나 듣지는 않아."

마야는 의자에 등을 기댔다.

"이제 기분이 어떤가?" 그가 물었다.

"안심이 되네요."

"물론 내 말이 정답이라고 할 수는 없어. 밤에 증상이 시작되면 여전히 헬리콥터에 타고 있나?"

"네."

"기억나는 대로 말해보게."

"전과 똑같아요."

"자넨 구조 요청을 받지. 병사들은 죽을 위기에 처했고."

"전 헬기를 타고 가서 미사일을 발사하죠." 마야는 얼른 넘어가고 싶었다. "이미 다 했던 얘기잖아요."

"그랬지. 그다음엔?"

"무슨 말을 듣고 싶으세요?"

"자넨 늘 여기서 멈춰. 다섯 명의 민간인이 죽었네. 한 명은 두 아이의 엄마……."

"정말 짜증나요."

"뭐가?"

"늘 그렇게 말하죠. '한 명은 여자이자 엄마였다.' 정말 남녀 차별적인 헛소리 아닌가요? 민간인은 다 같은 민간인이에요. 남자들은 아빠라고요. 하지만 아무도 그렇게 말하지 않죠. '여자이자 엄마였다'라니. 마치 남자이자 아빠를 죽인 것보다 더 나쁘다는 소리로 들리잖아요."

"괜한 시비로군" 그가 말했다.

"네?"

"진실을 피하고 싶으니까 괜히 그런 데 화를 내는 거야."

"맙소사, 그런 말 정말 거슬려요. 대체 제가 무슨 진실을 피하고 싶어 한다는 거죠?"

그가 동정 어린 눈길로 마야를 바라봤다. 그녀는 저 눈길이 싫었다. "그건 실수였어, 마야. 그뿐이야. 자넨 스스로를 용서해야 해. 죄책감이 따라다닐 거고 가끔은, 그래, 그때의 소리가 생생히 들리기도 할 거야."

마야는 팔짱을 꼈다. "정말 실망이네요, 선생님."

"왜?"

"너무 진부하잖아요. 당신은 민간인을 죽인 일에 죄책감을 느낀다. 따라서 자책을 멈추면 다 좋아진다."

"아니, 그게 해결책은 아닐세. 다만 밤에 덜 힘들겠지."

그는 모른다. 하지만 그 영상의 음성을 듣지 않았으니 모르는 게 당연하다. 그걸 들으면 마음이 바뀔까? 아마도. 아닐 수도 있고.

그녀의 휴대전화가 진동하더니 딱 한 번 울리고 끊겼다. 마야는 발신자를 확인했다.

"선생님?"

"응."

"아이를 데리러 가야겠어요. 새로 처방한다는 약 좀 주실래요?"

# 20

전화가 걸려온 곳은 레더 앤드 레이스였다.

일전에 코리는 분명히 말했다. 레더 앤드 레이스의 번호로 전화가 걸려왔다가 끊기면 자기를 만나러 오라는 뜻이라고.

마야가 주차장에 들어서자 문지기가 차창으로 몸을 숙이며 말했다. "취직해서 다행이야."

젠장. 마야는 저 문지기도 한통속이기를, 그래서 그녀가 정말 스트리퍼로 일한다고 생각하지 않기를 바랐다.

"직원 전용 주차장에 주차하고, 직원용 출입문으로 들어가쇼."

마야는 그의 말대로 했다. 차에서 내리자 두 명의 '동료'가 그녀에게 미소를 지으며 손을 흔들었다. 자신의 역할에 충실하기 위해 마야는 미소를 지으며 역시 그들에게 손을 흔들었다. 직원용 출입문은 잠겨 있어서 마야는 카메라를 들여다보며 기다렸다. 웅 소리가 요란하게 나면서 문이 열렸다. 문간에 서 있던 또 다른 남자가 차가운 눈으로 그녀를 바라봤다.

"총 있소?" 그가 물었다.

"있다면요?"

"여기 두고 가쇼."

"싫은데요." 마야가 말했다.

그녀의 대답이 마음에 안 든 남자가 뭐라고 말하려는 찰나, 뒤에서 목소리가 들렸다. "괜찮아. 그냥 보내."

룰루였다.

"지난번 그 방에서 기다리고 있어요." 룰루가 마야에게 말했다.

"그럼 바로 일 시작할게요." 마야가 반쯤 농담 삼아 말했다.

룰루는 미소를 지으며 어깨를 으쓱였다.

모퉁이를 돌기도 전에 대마초 냄새가 났다. 코리는 서서 불 붙은 대마초를 깊이 빨아들이더니 그녀에게도 한 대 권했다.

"사양할게요. 무슨 일이죠?"

코리는 입에 연기를 살짝 머금은 채 고개를 끄덕이더니 내뱉으며 말했다. "앉아요."

이번에도 마야는 소파를 보며 얼굴을 찡그렸다.

"이 방을 쓰는 사람은 나뿐입니다."

"그런다고 달라지나요?"

마야는 그가 최소한 미소라도 지을 줄 알았다. 하지만 코리는 서성이며 안절부절못했다. 마야는 그를 조금이라도 진정시키기 위해 자리에 앉았다.

"톰 더글러스를 만났습니까?" 그가 물었다.

"비슷해요."

"비슷하다뇨?"

"부인을 만났어요. 톰 더글러스는 3주째 행방불명이래요."

그가 멈칫했다. "더글러스는 어디 있죠?"

"행방불명이라는 말이 어려워요?"

"맙소사." 그는 다시 한 모금 빨았다. "버켓가에서 왜 그에게 돈을 줬는지 알아냈습니까?"

"약간은요." 마야는 그를 믿어도 될지 아직 확신이 안 섰지만 지금은 선택의 여지가 없었다. "톰 더글러스는 해안경비대에서 복무했어요."

"그래서요?"

"그래서 앤드루 버켓의 사고사를 수사했죠."

"지금 무슨 말을 하는 겁니까?"

마야는 자신이 알게 된 사실과 조에게 앤드루의 죽음이 자살이라고 들은 이야기를 해주었다. 코리는 계속 고개를 끄덕였는데 아직도 약간 흥분한 상태인 듯했다. 대체 언제쯤 진정될지 의문이었다.

"그러니까 종합하면," 코리가 여전히 서성이며 말했다. "클레어는 조사를 하다가 우연히 버켓가에서 톰 더글러스에게 돈을 보내고 있다는 사실을 알아냈군요. 그러다 쾅, 그녀는 고문당하고 살해됐어요. 쾅, 당신 남편이 살해됐고요. 쾅, 톰 더글러스가 실종됐네요. 맞나요?"

순서가 약간 틀렸다. 클레어, 조, 톰의 순서가 아니라 클레어, 톰, 조의 순서였다. 하지만 마야는 굳이 정정하지 않았다.

"고려해야 할 사항이 하나 더 있어요." 마야가 말했다.

"뭡니까?"

"아들의 자살을 감추기 위해 사람을 죽이진 않아요. 돈을 줄 수는 있죠. 하지만 죽이진 않아요."

코리는 고개를 끄덕였다. "그리고 돈을 준 사람이 버켓가라고 추정할 때," 여전히 아주 열심히 고개를 끄덕이며 그가 덧붙였다. "그쪽에서 자기 자식을 죽일 리가 없죠."

마야는 그의 눈이 충혈되었다는 사실을 그제야 깨달았다. 대마초를 피워서인지 울어서인지 알 수 없었다.

"코리?"

"네."

"당신에게는 정보원들이 있잖아요. 그것도 훌륭한 정보원들. 톰 더글러스의 사생활을 해킹해봐요."

"이미 했습니다."

"그때는 그 사람이 하는 일의 단서를 찾으려고 했겠죠. 이젠 그와 관련된 모든 정보가 필요해요. 신용카드 청구서, 현금인출기 이용 내역, 마지막으로 돈을 인출한 게 언제인지, 취미는 뭔지, 그가 갈 만한 곳은 어디인지. 우린 그를 찾아야 해요. 할 수 있겠어요?"

"네. 할 수 있습니다."

코리는 그렇게 말하더니 다시 서성이기 시작했다.

"또 뭐가 문제예요?" 마야가 물었다.

"아무래도 다시 사라져야 할 것 같아요. 아주 오랫동안."

"왜요?"

코리는 속삭임에 가깝게 목소리를 낮췄다. "지난번에 당신이 여기서 한 말 때문에요."

"내가 뭐라고 했는데요?"

그가 좌우를 둘러봤다. "난 비밀 통로로 이곳을 빠져나갈 수 있습니다."

마야는 저 말을 어떻게 받아들여야 할지 알 수 없었다. "그래요?"

"심지어 저쪽 벽 뒤에도 비밀 문이 있죠. 거기 숨을 수도 있고, 그곳의 터널을 따라 강으로 갈 수도 있습니다. 경찰이 이곳을 포위하면, 설사 아무리 조용하게 포위한다 해도 난 빠져나갈 수 있어요. 내가 얼마나 철저히 대비해뒀는지 당신은 모를 겁니다."

"알아들었어요. 근데 왜 사라져야 한다는 거죠?"

"정보가 새고 있으니까요!" 코리는 마치 그 말 자체가 역겹다는 투로 내뱉었다. 아마 정말로 역겨워서 그랬을 것이다. "애초에 그 얘기를 꺼낸 사람은 당신이잖아요. 우리 조직 안의 누군가가 클레어의 이름을 누설했을 가능성이 있다고. 그 말을 곰곰이 생각해봤습니다. 우리 작전이…… 그러니까 우리 조직이 생각만큼 기밀 유지가 잘되지 않는다고 가정해봅시다. 그럴 경우에 얼마나 많은 사람의 신분이 노출되는지 알아요? 그로 인해 얼마나 많은 사람이 심각한 위험에 처하고, 심지어는 목숨을 잃기도 하는지 압니까?"

맙소사, 마야는 코리를 진정시켜야 했다. "당신 조직에서 정보가 샜다고 생각하지 않아요, 코리."

"왜죠?"

"조 때문에요."

"무슨 말인지 모르겠군요."

"언니가 살해되고, 조가 살해됐어요. 당신이 전에 그랬죠. 아마 조가 언니를 도왔을 거라고. 그러니까 거기서 샌 거예요. 언니가 조에게 말했으니 다른 사람에게도 말했을 수 있어요. 조가 말했을 수도 있고요. 아니면 그냥 두 사람이 조사하다가 뭔가 실수를 해서 죽었을 수도 있고요."

이 말이 사실이든 아니든 마야는 상관없었다. 그저 코리가 그냥 사라지게 둘 수 없었다.

"모르겠어요. 위험하다는 느낌이 들어요." 코리가 말했다.

마야는 일어나서 양손으로 그의 어깨를 잡았다. "당신의 도움이 필요해요, 코리."

그는 마야의 눈을 피했다. "당신 말이 맞을지도 모릅니다. 당신 말대로 그냥 경찰을 찾아가는 게 나을지도 몰라요. 내가 가진 자료를 경찰에 다 넘기는 겁니다. 익명으로. 나머지는 그들에게 맡기는 거죠."

"안 돼요." 마야가 말했다.

"당신은 그걸 원하는 줄 알았는데요."

"이젠 아니에요."

"왜죠?"

"그러려면 당신과 당신 조직을 밝혀야만 하니까요."

코리가 인상을 쓰며 다시 그녀의 눈을 봤다. "지금 내 조직을 걱정하는 겁니까?"

"그럴 리가요. 다만 그렇게 되면 기회가 날아가잖아요. 당신은 도망가겠죠. 난 당신이 필요해요, 코리. 우리가 경찰보다 더 잘할 수 있어요."

마야는 말을 멈췄다.

"다른 이유가 있군요. 뭐죠?" 코리가 물었다.

"못 믿겠어요."

"경찰을?"

그녀는 고개를 끄덕였다.

"그럼 난 믿고요?"

"언니가 믿었으니까요."

"그러다 언니는 죽었죠."

"네. 하지만 그렇게 따지면 끝이 없어요. 만약 언니가 당신을 만나 내부 고발자가 되지 않았다면, 네, 아마 지금 살아 있을 거예요. 하지만 내가 민간인을 죽이지 않았다면 당신이 그 영상을 공개하지 않았을 테고, 그럼 언니가 당신을 만나지도 않았겠죠. 더 거슬러 올라가 만약 내가 아예 군인이 되지 않았다면, 언니는 지금 차가운 땅속에서 썩지 않고 두 아이와 놀고 있었을 거예요. 선택의 갈림길은 수없이 많았어요, 코리. 이런 식으로 생각하는 건 시간 낭비라고요."

코리는 뒤로 물러서서 다시 대마초를 길게 한 모금 빨았다. 그러고는 이렇게 말했다. "어떻게 해야 할지 모르겠군요."

"여기 남아서 톰 더글러스를 조사해요. 내가 이 일을 끝낼 수 있게 도와줘요."

"나더러 그냥 당신을 믿으라고요?"

"그냥 믿을 필요 없어요. 당신이 뭘 가졌는지 잊었어요?"

그제야 코리는 깨달았다. "내가 당신의 약점을 잡고 있다 이건가요?"

마야는 대답하지 않았다. 코리는 그녀를 바라보았다. 그녀의 영상 속 음성과 관련해 묻고 싶은 눈치였다. 하지만 마야도 그에게 묻고 싶은 게 있었다.

"왜 음성을 공개하지 않았죠?" 그녀가 물었다.

"말했잖아요."

"언니가 설득했다고요?"

"그래요."

"하지만 난 못 믿겠어요. 언니의 메일이 당신에게 전달될 때까지는 시간이 꽤 걸렸어요. 당신의 폭로는 세상을 깜짝 놀라게 했고, 그때쯤에 한풀 꺾이기 시작했죠. 그때 음성을 공개했다면 다시 신문 헤드라인을 장식할 수 있었을 텐데요."

"내가 헤드라인에 실릴 궁리만 하는 사람 같습니까?"

이번에도 마야는 대답하지 않았다.

"헤드라인에 실리지 않으면 진실은 알려지지 않습니다. 헤드라인에 실리지 않으면 더 많은 내부 고발자를 끌어모을 수 없다고요."

설교를 또 들을 필요는 없었다. "그러니까 더더욱 음성을 공개했어야죠. 근데 왜 안 한 거죠?"

그는 소파로 다가와 앉았다. "나도 인간이니까요."

마야도 자리에 앉았다.

코리는 한동안 양손에 얼굴을 묻더니 서너 번 숨을 깊이 들이쉬었다. 고개를 들었을 때는 아까보다 눈빛이 맑고 차분했으며 겁에 질린 기색이 덜했다. "당신 스스로 감당해야 한다고 생각했습니다. 당신이 한 짓의 대가를. 때로는 그것만으로 충분한 벌이 되죠.”

그녀는 아무 말도 하지 않았다.

“그래, 잘 감당하고 있나요, 마야?”

만약 코리가 진실한 답을 기대했다면 아주 오랫동안 들어야 했을 것이다.

두 사람은 몇 분간 말없이 앉아 있었다. 클럽의 소음이 아득히 멀게 느껴졌다. 여기서는 더 알아낼 게 없다고 마야는 생각했다. 그리고 이제는 시어머니를 만나러 갈 시간이다.

마야는 자리에서 일어나 문으로 걸어갔다. “톰 더글러스를 조사하세요.”

# 21

주디스의 사무실은 센트럴파크에서 한 블록 떨어진 어퍼이스트사이드 건물 1층에 있었다. 마야는 요즘 시어머니가 어떤 사람들을 상담하는지 전혀 알지 못했다. 주디스는 스탠퍼드대학을 졸업한 의학 박사로, 지금은 와일코넬의과대학의 임상 교수로 재직 중이다. 비록 대학에서 수업은 전혀 하지 않지만. 버켓가의 명성과 그들의 기부액을 아는 사람이라면 주디스가 파트타임 상담만으로 어떻게 교수직을 유지할 수 있는지 놀라지 않을 것이다.

충격 받지 마시길. 돈은 권력인 동시에 원하는 것을 얻을 수 있게 해준다.

주디스는 일할 때는 처녀 적 성인 벨을 썼다. 버켓이라는 성이 불러올 갈등을 감추기 위해서인지, 아니면 직장에서 일하는 여성들의 관례인지는 아무도 모른다. 마야는 도어맨을 지나 주디스의 사무실 문 앞에 섰다. 주디스는 다른 두 명의 파트타임 상담가와 사무실을 함께 썼다. 주디스 벨, 앤절라 워너, 메리 매클라우드, 이 세 사람의 이름이 기나긴 박사 학위와 함께 문에 붙어 있었다.

마야는 손잡이를 돌리고 문을 밀었다. 2인용 소파와 대형 소파 하나만 있는 작은 대기실에는 아무도 없었다. 벽에 걸린 그림은 도로변 체인 모텔에 걸어둬도 될 만큼 평범했다. 벽과 카펫은 베이지색이고, 멀리 떨어진 문에는 팻말이 붙어 있었다.

'상담 중입니다. 자리에 앉아서 기다려주세요.'

접수원은 없었다. 아마 주로 유명인들이 찾아올 테니 보는 눈이 적을수록 좋을 것이다. 내담자는 상담이 끝나면 상담실 안에 있는 문을 통해 복도로 나가고, 기다리던 사람은 그 후에야 상담실로 들어간다. 환자들은 서로 얼굴을 볼 일이 없다.

내담자의 사생활을 보호하고 비밀을 지켜주려는 마음은 충분히 이해가 갔다. 마야도 자신의 '장애'를 남에게 알리고 싶지 않았으니까. 하지만 이런 방식은 환자들에게 해가 될 것이다. 의사들은 정신 질환도 신체 질환과 똑같다는 사실을 계속 강조한다. 예를 들어, 우울증에 빠진 누군가에게 털고 일어나 집 밖으로 나가라고 하는 것은 두 다리가 부러진 사람에게 방을 가로질러 달리라고 하는 것과 같다. 이론적으로는 맞는 말이지만 현실에서 우울증은 오명을 벗지 못한다.

좀 더 너그럽게 이해하자면 아마도 정신 질환은 숨길 수 있기 때문이리라. 만약 두 다리가 부러졌는데도 그럭저럭 걸을 수 있다면 마야도 다리가 부러진 사실을 숨길 것이다. 누가 알겠는가. 어쨌든 지금은 이 일을 해결하는 것이 먼저고, 치료 걱정은 그다음이다. 진실을 알아내 범인을 감옥에 처넣기 전까지는 누구도 안전하지 않다.

부러진 다리로는 범인을 잡을 수 없을지 몰라도 외상 후 스트레스 장애는 범인을 잡는 데 아무 지장을 주지 않는다.

마야는 손목시계를 보았다. 약속 시간 5분 전이었다. 대기실에 비치된 한심한 잡지들을 읽어보려 했지만 단어가 눈에 들어오지 않았다. 휴대전화를 들여다보며 알파벳 네 개로 단어 만드는 게임을 해봐도 도무지 집중이 되지 않았다. 그녀는 상담실 문가로 다가갔다. 문에 귀를 대고 엿듣지 않아도 낮게 웅얼대는 두 여자의 목소리가 똑똑히 들렸다. 기다리는 시간은 한없이 길게 느껴졌고, 마침내 상담실 안에서 복도 쪽으로 연결된 문이 열리는 소리가 났다. 아마 내담자가 나가고 있을 것이다.

마야는 서둘러 자리로 돌아가 잡지를 집어 들고 다리를 꼬고 앉아 태평하게 기다리는 척했다. 문이 열리더니 관리를 잘한 60대로 보이는 여자가 그녀에게 미소를 지었다.

"마야 스턴 씨?"

"네."

"이쪽으로 오세요."

그러니까 접수원이 있었군. 마야는 생각했다. 다만 사무실 안쪽에서 일하는 모양이다. 마야는 여자를 따라 안으로 들어가며 주디스가 다른 정신과 의사들처럼 책상 앞이나 소파 옆 의자에 앉아서 자신을 기다리고 있을 거라고 생각했다. 하지만 주디스는 없었다. 마야는 접수원을 돌아봤다. 접수원이 한 손을 내밀었다.

"난 메리라고 해요."

그제야 마야는 상황이 어떻게 돌아가는지 깨닫고 벽에 걸린 졸업장과 수료증을 힐끗 바라봤다. "메리 매클라우드 선생님?"

"맞아요. 주디스의 동료죠. 주디스가 당신과 이야기를 해보라고 하더군요."

졸업증을 보니 두 사람은 스탠퍼드의과대학 동문이었다. 주디스는 USC에서 학부를 다녔고, 메리는 라이스대학에서 학사 학위를 딴 후 UCLA에서 레지던트로 근무했다.

"저희 어머니는 어디 계시죠?"

"모르겠네요. 우린 파트타임으로만 일하거든요. 이 사무실을 함께 쓰고 있죠."

마야는 노골적으로 짜증을 내며 말했다. "알아요. 아까 문에서 이름을 봤어요."

"좀 앉지그래요, 마야?"

"당신은 그냥 꺼지시죠."

얼굴만 봐서는 매리 매클라우드가 마야의 호전적인 태도에 당황했는지 아닌지 알 수 없었다. "내가 도움이 될 거예요."

"그럼 어머니가 어디 계신지 말해주세요."

"아까 말했잖아요. 모른다고."

"안녕히 계세요."

"우리 아들도 두 번이나 파병됐죠. 한 번은 이라크, 한 번은 아프가니스탄에."

마야는 자기도 모르게 머뭇거렸다.

"잭은 그때를 그리워해요. 군인들이 절대 입 밖에 내지 않는 얘기죠, 안 그래요? 거기에 다녀온 후로 잭은 변했어요. 그곳을 싫어하면서도 돌아가고 싶어 하죠. 죄책감 때문이기도 하고요. 친구들을 거기 두고 온 기분이 드나 봐요. 하지만 다른 이유도 있죠. 입에 올리기 힘든 이유."

"선생님?"

"네?"

"지금 아들까지 팔아서 거짓말을 하시는 건가요?"

"그럴 리가요."

"아뇨, 그러고도 남죠. 선생님은 교활해요. 저희 어머니와 공모해서 절 이 사무실로 끌어들였어요. 그러니 제 입을 열게 하려고 무슨 술수를 쓸지 모르죠."

매리 매클라우드는 등을 꼿꼿이 폈다. "우리 아들 얘기는 거짓말이 아니에요."

"그럴지도 모르죠. 하지만 그게 거짓말이든 아니든, 신뢰 없이는 환자와 의사의 관계가 성립될 수 없다는 걸 당신과 어머님은 아셔야 해요. 절 여기로 끌어들이려고 잔꾀를 쓰는 바람에 그 신뢰가 깨졌다고요." 마야가 말했다.

"말도 안 되는 소리."

"뭐가요?"

"신뢰 없이는 환자와 의사의 관계가 성립될 수 없다는 말이요."

"진심이세요?"

"사랑하는 가족이, 예를 들어 당신 언니가 암에 걸렸는데……."

"그만하시죠." 마야가 그녀의 말을 잘랐다.

"왜요, 마야? 뭐가 두렵죠? 언니가 암에 걸렸고, 병원 치료만 받으면 낫는다고 가정해봐요. 당신이 의사와 공모해서 언니를 병원으로 데려간다면…….”

“그건 달라요.”

“아뇨, 마야. 똑같아요. 하나도 다르지 않아요. 당신은 이해가 안 되겠지만 같은 얘기예요. 당신도 암 환자처럼 도움이 필요해요.”

시간 낭비였다. 마야는 메리 매클라우드도 작정하고 그녀를 속였는지, 아니면 진심으로 저러는지, 그러니까 시어머니가 메리까지 속였는지는 알 수 없었다. 어느 쪽이든 상관없다.

“어머니를 만나야겠어요.” 마야가 말했다.

“미안하지만 마야, 그건 내가 도울 수 없어요.”

마야는 문으로 걸어갔다. “그럼 당신은 내게 아무 쓸모도 없어요.”

젠장.

마야는 다시 차로 걸어가며 휴대전화로 전화를 걸었다. 두 번째 신호음이 울렸을 때 주디스가 받았다.

“내 동료와 잘 안 됐다고 들었다.”

“지금 어디 계세요?”

“판우드.”

“거기 그대로 계세요.”

“기다리고 있으마.”

이번에도 마야는 배달 차량이 드나드는 출입문으로 들어갔다. 혹시라도 밖에서 서성이는 이사벨라가 눈에 띄지 않을까 기대했지만 주택 단지 전체가 텅 빈 듯했다. 어쩌면 이사벨라의 집에 무단으로 들어가 그녀의 행방을 알려주는 단서를 찾아봐야 할지도 모른다. 하지만 위험한 일인 데다 지금은 시간도 없었다. 주디스는 맨해튼에서 판우드까지 자동차로 몇 분쯤 걸리는지 알고 있을 것이다.

집사가 문을 열어주었다. 마야는 늘 그의 이름을 잊어버렸다. 지브스나 카슨 같은 이름이 아니라 바비나 팀처럼 평범한 이름이었다. 어쨌거나 하인이라는 지위에 걸맞게 바비인지 팀인지는 마야를 무시했다.

마야가 단도직입적으로 말했다. "어머니를 뵈러 왔어요."

"객실에서 기다리고 계십니다." 영국 사립학교 출신들의 억양을 흉내 내며 그가 말했다.

'객실'이란 부자들이 거실을 부르는 말이다. 주디스는 검은색 바지 정장을 입고, 허리까지 내려오는 한 줄짜리 진주 목걸이를 걸고 있었다. 은색 링 귀걸이에 뒤로 빗어 넘긴 머리, 한 손에 크리스털 잔을 든 그녀는 마치 잡지 표지라도 촬영하는 듯한 포즈를 취했다.

"어서 와라, 마야."

인사는 필요 없었다. "톰 더글러스에 대해 말해주세요."

그녀가 실눈을 떴다. "누구?"

"톰 더글러스요."

"모르는 이름이구나."

"잘 생각해보세요."

주디스는 그 말대로 했다. 혹은 그런 척하거나. 그러더니 몇 초 후에 어깨를 으쓱였다.

"해안경비대 장교예요. 앤드루 도련님 익사 사건을 수사했고요."

주디스의 손에서 크리스털 잔이 떨어져 바닥에서 산산조각 났다. 마야는 눈 하나 깜짝하지 않았다. 주디스도 마찬가지였다. 둘은 잠시 그렇게 서 있었고, 깨진 잔이 데구루루 구르다 멈췄다.

주디스가 분노 어린 어조로 나직이 말했다. "지금 무슨 말을 하는 거니?"

만약 이게 연기라면…….

"톰 더글러스는 현재 사립 탐정으로 일해요. 버켓가에서는 오랫동안 그에게 매달 1만 달러에 가까운 돈을 보냈죠. 이유를 알고 싶어요."

주디스는 심판이 카운트하는 틈을 타서 정신을 차리려는 권투 선수처럼 살짝 비틀거렸다. 마야의 질문에 충격 받은 게 틀림없었다. 더글러스에게 돈을 보냈다는 사실이 충격인지, 마야가 그걸 알아냈다는 사실이 충격인지는 몰라도.

"내가 왜 그 남자에게 돈을 보내겠니? 이름이 톰…… 뭐라고 했지?"

"더글러스요. 어머님이 말씀해주셔야죠."

"난 모른다. 앤드루는 비극적인 사고로 죽었어."

"아뇨. 사고로 죽지 않았어요. 하지만 이미 알고 계시지 않나요?"

주디스의 얼굴에서 핏기가 사라졌다. 그녀의 고통이 너무 또렷하고 분명하게 느껴져서 마야는 하마터면 시선을 피할 뻔했다. 공격적으로 나가는 것은 좋지만, 진실이 무엇이든 간에 지금 그들이 이야기하는 대상은 이 여인의 죽은 아들이다. 주디스는 정말로 고통스러워하고 있었다.

"무슨 말인지 모르겠구나." 주디스가 말했다.

"그럼 어떻게 죽었죠?"

"뭐라고?"

"도련님이 정확히 어떻게 배에서 떨어졌냐고요."

"정말 진지하게 묻는 거니? 왜 20년이나 지난 일을 이제 와서 꺼내지? 넌 그 애를 만난 적도 없잖아."

"중요한 일이에요." 마야는 시어머니에게 한 발짝 다가갔다. "도련님이 어떻게 죽었죠, 어머니?"

주디스는 고개를 들려고 했지만 너무 충격을 받은 탓에 그럴 수가 없었다. "앤드루는 너무 어렸어." 평정심을 유지하려고 안간힘을 쓰며 그녀가 말했다. "배에서 파티가 열렸고, 앤드루는 술을 너무 많이 마셨지. 그날은 파도가 험했어. 앤드루는 혼자 갑판에 올라갔다가 떨어졌다."

"아뇨."

주디스가 매섭게 쏘아붙였다. "뭐?"

순간적으로 마야는 주디스가 방을 가로질러 와 자신을 공격할 것만 같았다. 하지만 그런 느낌은 곧 사라졌다. 주디스는 시선을 떨어뜨렸고, 다시 입을 열었을 때는 부드러운 목소리로 간청하듯이 말했다.

"마야?"

"네."

"앤드루의 죽음에 대해 말해다오."

지금 주디스가 그녀를 가지고 노는 걸까? 파악하기 힘들었다. 주디스는 아주 지치고 망연자실해 보였다. 정말로 이 일을 전혀 몰랐을까?

"도련님은 자살했어요." 마야가 말했다.

주디스는 놀란 기색을 비치지 않으려고 애썼다. 그러고는 딱 한 번, 뻣뻣하게 고개를 저었다. "그럴 리 없다."

마야는 주디스가 부인하는 단계를 지나 이 사실을 받아들일 때까지 잠자코 기다렸다.

주디스가 다시 입을 열어 이렇게 물었다. "누가 그러던?"

"조가요."

주디스는 다시 고개를 저었다.

"왜 톰 더글러스에게 돈을 주셨죠?" 마야가 다시 물었다.

전쟁터에서 너무 큰 충격을 받아 텅 비고 공허하고 초점이 잡혀 있지 않은 군인의 눈을 표현할 때 '1천 야드 앞을 내다보는 듯한 눈'이라고 한다. 지금 주디스의 눈동자가 그랬다.

"당시 앤드루는 어렸어." 주디스가 중얼거렸다. 방 안에 있는 사람은 마야뿐이었는데도 그녀에게 하는 말이 아니었다. "채 열여덟도 안 됐지……."

마야는 다시 한 발짝 다가갔다. "정말로 모르셨어요?"

주디스가 움찔하며 고개를 들었다. "무슨 말이 듣고 싶은 거니?"

"진실요."

"무슨 진실? 그나저나 이 일이 너랑 무슨 상관이지? 왜 이 일을 파헤치는 거냐?"

"파헤치지 않았어요. 조가 말해줬죠."

"앤드루가 자살을 했다고 조가 말했어?"

"네."

"그러니까 네게 비밀을 털어놓았구나."

"네."

"그런데 넌 이제 와서 조의 바람을 무시하고 내게 그 얘기를 했구나." 주디스가 눈을 감았다.

"상처를 드릴 생각은 아니었어요."

"그래." 주디스가 슬픈 미소를 지었다. "그런 것 같구나."

"하지만 왜 도련님 사건을 수사한 해안경비대 장교에게 돈을 주셨는지 알아야겠어요."

"그걸 왜 알아야 하지?"

"말하자면 길어요."

주디스의 미소는 어떤 흐느낌보다 더 슬퍼 보였다. "시간이라면 충분하단다, 마야."

"언니가 그 사실을 알아냈어요."

주디스는 얼굴을 찡그렸다. "네 주장대로 하자면 뇌물을 줬다는 사실을 말이냐?"

"네."

정적이 흘렀다.

"그리고 언니는 살해됐어요. 그다음에는 조도 살해됐고요."

주디스는 한쪽 눈썹을 치켜세웠다. "지금 그 두 사람이 연결됐다는 거냐? 클레어와 조가?"

그러니까 키어스 형사가 아직 말하지 않은 모양이다. "두 사람은 같은 총으로 살해됐어요."

주디스는 다시 불의의 일격이라도 당한 듯이 뒤로 비틀거렸다. "그럴 리 없다."

"왜 그럴 리 없죠?"

주디스는 다시 눈을 감고 마음의 힘을 끌어모은 뒤 눈을 떴다. "좀 천천히 말해다오. 이게 다 무슨 일인지."

"간단해요. 어머님은 톰 더글러스에게 돈을 줬어요. 전 그 이유를 알고 싶고요."

"내가 보기에 넌 이미 그 이유를 아는 것 같은데." 주디스의 태도가 돌변했다.

"자살이라서요?"

주디스는 힘겹게 미소를 지었다.

"자살을 은폐하고 싶으셨어요?"

주디스는 계속 침묵을 지켰다.

"왜요?" 마야가 물었다.

"버켓가의 사람은 자살하지 않는다, 마야."

이게 말이 되나? 물론 되지 않는다. 내가 대체 뭘 놓쳤지? 방향을 바꿔서 다시 주디스에게 일격을 가해야 한다. "그럼 로저 키어스에게는 왜 돈을 주셨어요?"

"누구?" 주디스가 인상을 썼다. "그 형사?"

"네."

"대체 우리가 왜 그 형사에게 돈을 주겠니?"

우리. "저야 모르죠."

"난 전혀 모르는 일이다. 네 언니가 그것도 알아냈니?"

"아뇨. 캐럴라인이 말해줬어요."

주디스의 입술에 다시 슬쩍 미소가 비쳤다. "넌 그 애를 믿니?"

"아가씨가 왜 거짓말을 하겠어요?"

"캐럴라인이 거짓말을 한다는 게 아냐. 단지…… 그 애가 혼동할 수 있다는 거지."

"재미있네요, 어머니."

"뭐가 말이냐?"

"어머님은 두 사람에게 뇌물을 줬어요. 둘 다 아드님의 죽음을 수사 중이었고요."

주디스는 고개를 저었다. "말도 안 되는 소리."

"다행히 이 문제를 쉽게 해결할 수 있어요. 아가씨에게 물어보죠."

"캐럴라인은 지금 여기 없다."

"그럼 전화를 하죠. 지금은 21세기예요. 다들 휴대전화를 가지고 다닌다고요." 마야는 휴대전화를 꺼냈다. "여기 아가씨 번호가 저장되어 있어요."

"소용없다."

"왜요?"

"캐럴라인은 방해받을 수 없는 상태라고 해두자." 주디스의 말이 점점 더 느리게 흘러나왔다.

마야는 전화기를 쥔 손을 내렸다.

"그 애는…… 캐럴라인은 지금 몸이 좋지 않아. 휴식이 필요해."

"설마 아가씨를 정신병원에 처넣으신 거예요?"

마야는 주디스를 자극하기 위해 일부러 강한 표현을 썼고, 그 방법은 효과가 있었다. 주디스가 움찔했다.

"그거 참 끔직한 표현이구나. 다른 사람은 몰라도 너만은 이해해야 하지 않니?"

"왜 저만은 이해해야 한다는 거죠……? 아, 제게 외상 후 스트레스 장애가 있어서요?"

주디스는 대답하지 않았다.

"그럼 아가씨에게 무슨 외상이 있죠?"

"외상은 전쟁터에서만 생기는 게 아니다, 마야."

"알아요. 두 오빠가 젊은 나이에 비극적 죽음을 맞이하는 일도 정신적 외상이 될 수 있죠."

"잘 아는구나. 그런 외상이 문제를 일으킨 거야."

"문제를 일으켰다." 마야가 그 말을 반복했다. "예를 들면, 두 오빠가 아직 살아 있다고 믿는 거요?"

마야는 주디스가 또 충격을 받을 거라고 예상했지만 이번에는 그녀도 마음의 준비를 한 듯했다. "인간의 마음은 말이다," 주디스가 말했다. "무언가를 아주 간절히 원하면 망상에 빠질 수 있어. 음모 이론, 편집증, 환각. 절박할수록 그렇게 될 확률이 더 높단다. 캐럴라인은 미숙한 아이야. 네 아버님이 그 애를 과잉보호한 탓이지. 캐럴라인은 한 번도 역경을 이겨내거나 혼자 힘으로 문제를 해결한 적이 없어. 그러니 자신을 보호해주던 주변의 강한 남자들이 죽어나가니까 그 사실을 받아들이지 못한 거야."

"그럼 왜 아가씨에게 조의 시신을 못 보게 하셨죠?"

"그 애가 그렇게 말하던?" 주디스는 고개를 저었다. "조의 시신을 못 본 건 그 애만이 아니다. 우리 가족 다 마찬가지야."

"왜요?"

"네가 어떻게 그런 말을 할 수 있니? 조는 얼굴에 총을 맞고 죽었어. 누가 그 얼굴을 보고 싶어 하겠니?"

마야는 잠시 그 말을 생각했지만 이번에도 역시 완전히 납득이 가는 해명은 아니었다. "그럼 도련님의 시신은요?"

"무슨 말이니?"

"앤드루 도련님의 시신은 보셨어요?"

"왜 그런 걸 묻지? 맙소사, 너 정말……."

"봤는지 안 봤는지만 말해주세요."

주디스는 침을 삼켰다. "앤드루의 시신은 24시간 넘게 바닷속에 있었다. 네 아버님이 신원 확인을 했지만…… 쉽지 않았어. 물고기에게 뜯어 먹혀서 말이야. 내가 그런 시신을 왜 보려고……." 그녀는 말을 멈추고 실눈을 떴다. 그러고는 속삭이듯 말했다. "대체 뭘 알고 싶니, 마야?"

마야는 주디스를 빤히 바라봤다. "왜 톰 더글러스에게 돈을 주셨죠?"

잠시 후에 주디스가 대답했다. "조의 말이 사실이라고 치자."

마야는 기다렸다.

"조의 말대로 앤드루가 정말로 자살했다고 치자. 난 그 애 엄마고, 그 사실을 이해할 수 없었다. 현실에서는 앤드루를 구할 수 없었지만 사후에는 그 애를 보호할 수 있지. 이해하겠니?"

마야는 그녀의 얼굴을 유심히 바라봤다. "물론이죠."

말은 그렇게 했지만 사실은 이해할 수 없었다.

"앤드루에게 무슨 일이 있었든, 그 애가 옛날에 무슨 일을 겪었든 지금은 아무 상관 없다. 그 일은 조나 네 언니와 아무 관계도 없어."

마야는 그 말을 눈곱만큼도 믿지 않았다. "그럼 로저 키어스 형사에게 돈을 준 건요?"

"말했잖니. 그건 사실이 아니라고. 캐럴라인이 착각한 거야."

여기서는 더 이상 알아낼 게 없다. 어쨌든 지금은 그렇다. 마야는 더 파내고, 더 많은 정보를 수집해야 했다. 아직도 빠진 퍼즐 조각이 너무 많았다.

"그만 갈게요."

"마야?"

그녀는 기다렸다.

"휴식이 필요한 사람은 캐럴라인만이 아니다. 너무 간절히 원한 나머지 있지도 않은 것을 보는 사람은 캐럴라인만이 아냐."

마야는 고개를 끄덕였다. "교묘하시네요, 어머니."

"네가 메리나 내게 도움을 받았으면 좋겠구나."

"전 괜찮아요."

"아니, 그렇지 않아. 우리 둘 다 그걸 알고 있어. 우리 둘 다 진실을 알고 있어, 안 그러니?"

"무슨 진실요, 어머니?"

"조와 앤드루는 충분히 고통받았다. 그 애들을 더 고통스럽게 하는 실수는 하지 마라." 주디스가 날 선 목소리로 말했다.

# 22

마야가 모퉁이를 돌았을 때 릴리는 앞마당에서 이모부와 술래잡기 비슷한 놀이를 하고 있었다. 마야는 차의 속도를 늦추며 연석 옆에 차를 댔다. 그렇게 몇 분간 차 안에서 두 사람을 지켜봤다. 현관문이 열리고 알렉사가 나와 술래잡기에 합류했다. 술래가 된 알렉사와 에디는 릴리를 따라잡을 때마다 요란하게 넘어지면서 좀처럼 잡을 수 없는 척했다. 이렇게 떨어진 곳에서 차창을 닫고 있는데도 자지러지게 웃는 릴리의 웃음소리가 들렸다.

간지러운 말이지만, 희석되지 않은 아이의 웃음처럼 행복한 소리가 또 있을까? 이렇게 행복한 소리는 좀처럼 듣지 못하고, 인정사정없이 자신을 괴롭히는 소리는 매일 밤마다 듣는다는 사실이 아이러니했다. 하지만 그런 생각을 해봐야 무슨 소용인가. 마야는 억지로 미소 지으며 다시 차를 언니네 집 앞으로 몰았다.

짧게 경적을 누르고 손을 흔들었다. 에디가 행복으로 붉게 달아오른 얼굴을 돌려 그녀를 바라보더니 손을 흔들었다. 마야는 차에서 내렸다. 알렉사가 굽혔던 허리를 폈다. 릴리는 술래잡기가 이대로 끝나는 게 마음에 들지 않았는지 계속 알렉사와 에디의 다리를 톡톡 치며 다시 잡아보라고 부추겼다.

알렉사가 다가와 마야를 꼭 껴안았다. 에디는 그녀의 볼에 키스했다. 릴리는 팔짱을 낀 채 입을 뿌루퉁하게 내밀었다.

"안 갈 거야!" 릴리가 외쳤다.

"술래잡기는 집에 가서 하자." 마야가 달랬다.

당연히 이 말은 릴리의 마음을 움직일 수 없었다.

에디가 마야의 팔에 한 손을 올렸다. "시간 좀 있어? 보여줄 게 있어." 그러더니 알렉사를 돌아보며 말했다. "알렉사, 잠깐 릴리 좀 봐줄래?"

"네."

그 말을 들은 릴리가 다시 미소 지었다. 에디와 함께 집으로 들어가는 마야에게 다시 릴리의 웃음소리가 들렸다.

"클레어의 이지패스 내역을 확인해봤어. 더글러스라는 남자를 일주일에 두 번이나 찾아갔더라고."

"그랬을 거예요."

"역시 이미 알고 있었군. 하지만 언니가 두 번째 방문 후에 어디를 갔는지 알면 아마 놀랄걸." 에디는 출력한 종이를 건네 형광펜으로 칠한 부분을 가리켰다.

"클레어는 살해되기 일주일 전에 리빙스턴에 갔어. 여기 찍힌 시간 보여?" 에디가 말했다.

마야는 고개를 끄덕였다. 8:46 A.M.

"그 아래를 보면 9시 33분에 공원도로가 아니라 고속도로로 들어갔어. 그 밑에 줄 보이지?"

"네."

"클레어는 집으로 오는 대신 남쪽으로 갔어. 공원도로에서 129번 출구로 나가 뉴저지주 고속도로로 들어간 다음, 6번 출구로 빠졌지."

종이 맨 아래에 적혀 있었다. 6번 출구라면 펜실베이니아주 고속도로다.

"그다음에는요?"

"거기서 476번 주간도로를 타고 남쪽으로 갔어."

"필라델피아네요." 마야가 말했다.

"적어도 필라델피아 근처지."

마야는 그에게 다시 종이를 건넸다. "언니가 그날 필라델피아에 갈 만한 이유가 있었나요?"

"없어."

마야는 언니에게 거기 사는 친구가 있는지, 거기에 들를 만한 쇼핑몰이 있는지, 심지어 언니가 갑자기 미국 독립기념관에 놀러 갔을 가능성이 있는지 묻지 않았다. 언니는 그중 어느 것도 하지 않았다. 톰 더글러스와 이야기한 후 무언가를 알아냈고, 그 때문에 필라델피아로 간 것이다.

마야는 눈을 감았다.

"뭐 짚이는 거 있어?" 에디가 물었다.

달리 선택의 여지가 없었기에 마야는 또다시 거짓말을 했다. "아뇨. 전혀 모르겠어요."

사실은 짚이는 것이 있었다. 비록 확실하지는 않았지만.

캐럴라인의 말대로 앤드루는 사망 당시 조와 함께 고등학교에, 더 정확히 말하면 기숙학교에 재학 중이었다. 대대로 부유한 상류층 자제들만 다닐 수 있는 사립 고등학교인 프랭클린 비들 아카데미.

그 학교가 필라델피아 외곽에 있다.

마야가 차를 몰고 집으로 가는 길에 아이린에게서 전화가 왔다. "우리가 수요일 저녁마다 중국 음식 먹으면서 놀았던 거 기억 나?"

"물론이지."

"그 전통을 다시 이어가면 어떨까 하는데. 집이야?"

"곧 도착해."

"잘됐다." 아이린이 지나치게 열성적으로 말했다. "맛있는 거 사 가지고 갈게."

"무슨 일 있어?"

"20분 뒤에 도착해."

머릿속에 너무 많은 가능성들이 빙글빙글 돌아갔다. 마야는 처음으로 생각을 멈추려 했다. 단 몇 분이라도. 기본적인 사실로 돌아가자. 내가 알고 있는 사실이 무엇인지 분명히 하자. 대부분의 사람들은 오컴의 면도날 법칙을 지나치게 단순화해서 가장 단순한 답이 진실일 가능성이 높다는 의미라고 생각한다. 하지만 프란시스코 수도사 윌리엄 오컴이 정말로 강조하고 싶었던 것은 복잡하게 생각하지 마라, 더 단순한 설명을 외면하고 가설을 '쌓아두지' 말라는 것이다. 차츰 줄여나가라. 과도한 것은 잘라내라.

앤드루는 죽었다. 언니도 죽었다. 조도 죽었다.

하지만 이 세 가지가 아무리 진실이라 해도 그 외에 그녀가 알게 된 사실을 그냥 무시할 수는 없다. 두 눈으로 똑똑히 본 것을 그냥 무시할 수 있을까? 혹은 가장 단순한 답을 그냥 진실이라고 받아들여야 할까? 그렇다면 가장 단순한 답은 무엇일까?

음, 그다지 유쾌한 답은 아니었다.

하지만 연습하는 셈치고 하나씩 따져보자. 최대한 객관적으로 자문해보자. 내니 캠에서 조를 봤다고 주장하는 사람은 믿을 만한가? 아니면 과도한 스트레스와 압박감과 명백한 트라우마에 시달려 판단력이 의심되는가?

'객관적으로 생각해, 마야.'

자기가 본 것을 믿기란 쉽다. 누구나 마찬가지다. 나는 미치지 않았다. 미친 건 다른 사람이다. 그렇게 믿는 것이 인간의 속성이다. 우리는 자신의 관점만 생각한다.

그러니 거기서 나오자.

전쟁. 아무도 이해하지 못한다. 아무도 그녀의 진실을 알지 못한다. 다들 마야가 민간인을 죽인 일로 죄책감에 시달릴 거라고 생각한다. 그 편이 말이 되기 때문이다. 그들은 자기 관점으로밖에 볼 줄 모른다. 이론상으로 마야는 죄책감을 느끼기 때문에 밤마다 고통스런 기억이 생생히 떠오른다. 상담도 받고 약도 먹는다. 죽음이 당신을 에워싼다. 아니, 그 말 취소다. 에워싸는 것 이상이다.

"*죽음이 처제를 따라다녀…….*"

죽음에 에워싸여 있고, 가장 가까운 사람들마저도 그녀가 죄책감에 시달려서 그런다고 믿도록 속이는 사람, 그런 사람의 판단을 믿을 수 있을까? 불필요하고 복잡한 것들은 없애버리자. 그런 사람이 이성적으로 사실을 보고, 진실을 배운다고 믿을 수 있을까?

객관적으로 말해서 아니다.

하지만 객관성 따위 알 게 뭐냐.

결론: 누군가 그녀를 아주 제대로 엿 먹이고 있다.

주디스는 캐럴라인이 어디 있는지 절대 밝히지 않으려고 했다. 마야가 휴대전화를 꺼내 캐럴라인에게 전화했더니 음성 사서함으로 넘어갔다. 예상대로였다. 삐 소리가 나자 마야는 메시지를 남겼다. "캐럴라인, 잘 지내는지 확인하려고 전화했어요. 이거 듣는 대로 전화 줘요."

집에 도착하니 진입로에 아이린의 차가 있었다. 마야는 차를 세웠다. 릴리는 뒷좌석에서 자고 있었다. 차에서 내려 뒷문을 열려는데 아이린이 그녀를 막았다. "릴리는 그냥 자게 두고 얘기 좀 해."

마야는 몸을 돌려 친구를 바라봤다. 울다 온 얼굴이었다.

"무슨 일이야?"

"내가 큰 실수를 한 거 같아. 그 내니 캠."

아이린이 몸을 떨었다.

"괜찮아. 먼저 릴리를 방에 눕히고—"

"안 돼. 여기서 얘기해야 해."

마야는 왜 그러냐고 묻는 표정으로 아이린을 보았다.

"집 안에서 얘기하는 게 안전하지 않을 수도 있어." 아이린이 목소리를 낮춰 속삭였다. "누가 들을 수도 있다고."

마야는 차창 너머로 릴리를 힐끗 바라봤다. 릴리는 여전히 자고 있었다.

"무슨 일인데 그래?" 마야가 물었다.

"로비." 가정 폭력을 일삼던 아이린의 전남편.

"로비가 왜?"

"지난번에 네가 내니 캠 때문에 날 찾아왔던 일 기억해?"

"응, 근데?"

"그때 화를 내면서 날 의심하기까지 했잖아. 내가 내니 캠을 샀다는 걸 증명해보라면서."

"기억나. 그게 로비와 무슨 상관이야?"

"로비가 돌아왔어." 아이린이 눈물을 쏟으며 말했다. "우릴 지켜보고 있었어."

"잠깐만, 아이린. 진정하고 천천히 말해봐."

"이런 이메일을 받았어." 아이린이 가방에서 사진을 한 무더기 꺼내 마야에게 내밀었다. "물론 익명의 이메일 주소로 왔어. 추적할 수 없도록. 하지만 난 알아. 로비가 보낸 거야."

마야는 사진을 훑어봤다. 아이린의 집 안에서 찍힌 사진들이었다. 처음 세 장은 거실에서 찍혔는데 그중 두 장은 소파에서 노는 카일과 미시의 사진이었고, 마지막 한 장은 땀에 젖은 채 한 손에 얼음물이 담긴 잔을 들고 스포츠 브라 차림으로 서 있는 아이린이었다.

"헬스장에 다녀온 직후였어." 아이린이 설명했다. "집 안에 아무도 없었지. 그래서 셔츠를 벗어서 빨래 바구니에 던졌고."

극심한 공포가 밀려들었지만 마야는 사진을 뒤적이며 차분한 어조로 물었다. "각도를 보아하니 내니 캠에 찍힌 것 같은데?"

"맞아."

마야는 가슴이 철렁 내려앉았다.

"이 마지막 사진을 좀 봐."

아이린이 웬 남자와 함께 소파에 앉아 있는 사진이었는데 둘은 키스를 하고 있었다.

"이 남자는 벤저민 버루쉬야. 매치닷컴에서 만났어. 세 번째 데이트였지. 벤저민이 집까지 바래다줬고, 아이들은 2층에서 자고 있었어. 난 아무 고민 없이 벤저민을 집 안으로 들였지. 근데 오늘 오후에 이메일로 이 사진을 받은 거야."

왜 진작 생각하지 못했을까?

"그러니까 누군가가 내니 캠을 해킹—"

"누군가가 아냐. 로비지. 로비가 틀림없어." 아이린이 마야의 말을 자르며 단언했다.

"알았어. 그러니까 로비가 내니 캠을 해킹했다는 거야?"

아이린은 울기 시작했다. "내니 캠이 인터넷에 연결된 줄 미처 몰랐어. SD카드를 쓰니까 당연히 아닐 거라고 생각했거든. 감시 카메라 해킹이 흔한 일도 아니잖아. 페이스타임이나 스카이프라면 모를까……. 내니 캠의 보안을 더 강화했어야 했는데 몰랐어." 그녀는 말을 멈추고 눈물을 닦았다.

"정말 미안해, 마야."

"괜찮아."

"너한테 무슨 일이 있었는지 모르지만, 말하고 싶지 않다고 해도 괜찮아. 어쨌든 이걸로 설명이 될 거야. 아마 누군가 해킹해서 너와 릴리를 지켜봤을 거야."

마야는 이 새로운 정보를 곰곰이 생각했다. 지금으로서는 이 사실이 어떤 의미가 있는지, 현재 상황과 어떤 연관이 있는지 정확히 알 수 없었다. 누가 다른 곳에서 조를 찍어 그녀의 내니캠에 업로드했을까? 만약 그렇다면 무슨 목적으로? 하지만 그 영상의 배경은 분명 그녀의 집 거실과 소파였다.

혹시 그녀도 감시당하고 있는 걸까?

"마야?"

"난 이런 메일은 받지 않았어. 내게 사진을 보낸 사람은 없어."

아이린은 그녀를 바라봤다. "그럼 나한테 왜 그런 거야? 내니 캠이 어땠기에?"

"조를 봤어." 마야가 말했다.

# 23

마야는 릴리를 위층으로 데려가 침대에 눕혔다. 내니 캠 뒷면의 무선 인터넷 연결 기능이 켜 있는지 확인할까 하다가 지금으로서는 그녀를 감시할지도 모를 누군가가 전혀 눈치채지 못하게 하고 싶었다.

감시할지도 모를 누군가라니. 맙소사. 꼭 편집증 환자가 된 기분이었다.

그녀와 아이린은 내니 캠에서 멀리 떨어진 손님 접대용 식탁으로 가서 중국 음식을 먹었다. 마야는 아이린에게 내니 캠 녹화 영상에서 조를 본 일, 이사벨라에 관한 일을 들려주다가 자신이 어리석게 굴고 있다는 생각에 말을 멈췄다.

아이린이 그녀의 집에 내니 캠을 가져왔다는 것은 명백한 사실이다.

마야는 그 사실을 무시하려 했지만 귓속에서 의심이 웅웅거렸다. 그 소리를 잠재울 수는 있어도 완전히 사라지게 할 수는 없으리라.

"로비는 어떻게 할 거야?" 마야가 물었다.

"사진 복사본을 변호사에게 줬는데 증거 없이는 아무것도 할 수 없대. 무선 인터넷 연결 기능이 완전히 꺼졌는지 확인했고, 집 네트워크가 안전한지 알아봐주는 회사에 연락하려고."

꽤 좋은 해결책 같았다.

30분 뒤, 마야는 아이린을 차까지 배웅하고 셰인에게 전화했다. "부탁할 게 하나 더 있어."

"너한테는 안 보이겠지만 난 지금 땅이 꺼지게 한숨을 쉬는 중이야." 셰인이 말했다.

"우리 집에 와서 도청 장치나 몰래카메라가 있는지 찾아봐줄 사람이 필요해."

마야는 아이린의 내니 캠이 해킹 당한 일을 설명했다.

"네 것도 해킹 당했어?" 그가 물었다.

"모르겠어. 믿고 맡길 만한 사람 있을까?"

"있지. 하지만 솔직히 말해서 이 모든 게 좀……."

"편집증 환자 같다?" 마야가 그의 문장을 대신 끝내주었다.

"응, 아마도."

"네가 닥터 우에게 연락했지?"

"마야?"

"왜?"

"넌 괜찮지 않아."

그녀는 아무 말도 하지 않았다.

"마야?"

"나도 알아."

"도움이 필요하다고 해서 잘못된 건 아냐."

"이 일부터 해결하고."

"그 일이 정확히 뭔데?"

"제발, 셰인."

잠시 침묵이 흐르더니 그가 말했다. "다시 한숨 쉬는 중이야."

"땅이 꺼지게?"

"할 수 없지. 내일 아침에 애들을 데리고 가서 살펴볼게." 그가 헛기침을 했다. "총은 가지고 있지, 마야?"

"몰라서 물어?"

"확인한 거야. 아침에 봐."

셰인은 전화를 끊었다. 마야는 또다시 공포로 가득 찬 밤을 보낼 준비가 되어 있지 않았다. 그래서 언니가 왜 필라델피아에 다녀왔는지 좀 더 알아보기로 했다.

릴리는 여전히 자고 있었다. 아이를 깨워 하루 종일 입고 있었던 옷을 갈아입히고, 목욕을 시키고, 깨끗한 잠옷으로 갈아입혀야 한다는 건 알고 있었다. '좋은' 엄마들은 당연히 그래야 한다고 주장할 것이다. 순간적으로 자신에게 쏟아질 그들의 못마땅한 눈초리까지 떠올랐다. 하지만 다른 엄마들은 총을 들고 다니면서 살인 사건을 조사하지 않는다. 피로 물든 마야의 세상이 그들의 세상과 나란히, 바로 옆에 존재한다는 사실을 모른다. 그들이 미술 숙제와 방과 후 활동, 가라테 수업, 심화 학습 프로그램으로 고민하는 동안 옆집에서는 죽음과 공포를 대면하고 있다는 사실을 모른다.

누군가 나를 감시하고 있을까?

그렇다 해도 지금으로서는 할 수 있는 일이 별로 없다. 다른 일, 더 중요한 일을 처리하는 게 먼저다. 그래서 마야는 편집증을 잠시 밀쳐두고 노트북을 꺼냈다. 만약 정말로 이 집이 감시당하고 있다면(아무리 생각해도 지나친 걱정 같았지만) 무선 네트워크도 해킹할 수 있을 것이다. 그래서 만약을 대비해 네트워크의 이름과 비밀번호를 바꾸고, VPN(가상사설망)으로 인터넷에 접속했다.

이 정도면 충분하겠지만 또 누가 알겠는가?

마야는 '앤드루 버켓'이라는 이름을 검색했다. 예상대로 예닐곱 명의 동명이인이 있었다. 대학 교수, 자동차 세일즈맨, 대학원생. 다른 키워드를 넣어 다시 검색했다. 앤드루의 사망 관련 기사가 서너 개 떴다. 대형 지역 신문은 기사에 이런 제목을 붙였다.

**버켓가의 젊은 영식(令息) 요트에서 떨어져 사망하다**

언론에서 즐겨 쓰는 단어들이다. '배'가 아닌 '요트', 그리고 물론 '영식'도. 언론은 조에게도 그 단어를 썼다. '영식'. 부자들에게는 자식에게 붙는 명칭도 따로 있다. 마야는 스크롤을 내렸다. 앤드루가 정확히 대서양 어느 지점에 빠졌는지 아는 사람은 아무도 없지만, 그날 밤 버켓가의 요트 '럭키 걸'은 승선지인 조지아주 사바나와 목적지인 버뮤다섬 해밀턴항의 중간 지점에 있었다. 그러니 범위가 꽤 넓은 셈이다.

기사에 따르면 앤드루 버켓은 밤새 '가족 및 친구들'과 파티를 즐긴 후 10월 24일 새벽 1시에 갑판으로 나가는 모습이 마지막으로 목격되었고, 새벽 6시에 실종 신고되었다. 프랭클린 비들 아카데미 축구부에 소속된 친구 세 명과 조, 캐럴라인도 배에 타고 있었다. 버켓 부부는 승선하지 않고, 막내아들 닐과 함께 버뮤다의 고급 호텔에서 아이들이 도착하기를 기다리고 있었다. 배에는 그들의 시중을 들기 위해 일꾼들도 꽤 많이 타고 있었는데 그중 한 사람이 놀랍게도 이사벨라의 엄마인 로사 멘데스였다. '캐럴라인을 돌보는 것'이 주 업무였다고 한다.

마야는 기사를 다시 읽으며 몇 분간 곰곰이 생각한 후, 다음 기사로 넘어갔다.

앤드루의 시신은 실종 신고 다음 날 발견되었다. 후에 나온 기사들을 보면 사인은 익사였다. 살인이나 자살이라는 말은 어디에도 없었다.

좋아. 이제 어떻게 하지?

마야는 앤드루의 이름과 '프랭클린 비들 아카데미'를 함께 검색했다. 학교 홈페이지와 함께 온라인 졸업생 커뮤니티 링크가 떴다. 링크를 클릭해보니 각 연도별로 나눠져 있었다. 마야는 앤드루가 살아 있었다면 언제 졸업했을지 머릿속으로 계산해 그 연도를 클릭했다. 다양한 행사와 곧 다가올 동문회 안내, 그리고 물론 학교 재단에 기부할 수 있는 링크도 있었다.

맨 밑에 '고인을 추모하며'라고 적힌 버튼이 있었다.

그 버튼을 클릭하자 두 학생의 사진이 나왔다. 둘 다 너무 어렸다. 하지만 군대에서 그녀와 함께 싸운 군인들도 마찬가지였다. 전혀 다른 이 두 세계가 종이 한 장 차이로 나란히 존재한다고 마야는 다시 한 번 생각했다. 오른쪽 사진의 어린 학생이 앤드루 버켓이었다. 지금까지 마야는 죽은 시동생을 제대로 본 적이 없었다. 조는 옛날 가족사진을 집에 두는 사람이 아니었고, 버켓가의 여러 거실 중 한 곳에 앤드루의 초상화가 있기는 했지만 한 번도 유심히 본 적이 없었다. 사진 속 앤드루는 조와 별로 닮은 구석이 없어서 형처럼 잘생긴 얼굴이 아니었다. 오히려 주디스를 닮았다. 마야는 앤드루의 얼굴을 뚫어지게 바라보았다. 마치 그 안에 단서가 있다는 듯이. 마치 지금이라도 이 옛날 사진에서 앤드루 버켓이 튀어나와 진실을 알려야 한다고 요구할지 모른다는 듯이.

물론 그런 일은 없었다.

'내가 알아낼게요, 앤드루. 당신 대신 복수해줄게요.'

마야는 또 다른 사망자의 사진으로 시선을 돌렸다. 사진 밑에는 시오 모라라는 이름이 적혀 있었다. 시오는 라틴계 같았다. 아니면 그냥 피부색이 조금 어두운 것일 수도 있고. 졸업사진을 찍는 고등학교 남학생 특유의 어색하고 억지스런 미소를 짓고 있었다. 머리는 기름을 발라 잘 넘긴 머리카락이 다시 제멋대로 뻗친 듯했다. 앤드루와 마찬가지로 시오 역시 재킷을 입고 학생용 넥타이를 맸지만, 매듭을 완벽하게 맨 앤드루와 달리 시오의 넥타이는 막차를 타고 귀가하는 회사원처럼 매듭이 비뚤어져 있었다.

페이지 맨 위에는 이렇게 적혀 있었다. "너무 빨리 떠났지만 늘 우리 마음속에 남아 있으리라." 다른 정보는 없었다. 마야는 시오 모라를 검색했다. 오랜 시간이 걸린 끝에 마침내 필라델피아 신문에서 부고 기사를 찾아냈다. 다른 기사는 없었다.

부고 기사에도 그저 장례식 일정만 나와 있었다. 사망일이 9월 12일이었는데 그렇다면 앤드루가 배에서 떨어지기 6주 전이다. 시오 역시 앤드루와 같은 나이인 열일곱 살에 죽었다.

우연의 일치일까?

마야는 부고 기사를 다시 읽었다. 사망 원인은 나와 있지 않았다. 이번에는 '앤드루 버켓'과 '시오 모라'를 함께 검색해봤다. 프랭클린 비들 아카데미의 링크 두 개가 떴다. 하나는 이미 봤던 '고인을 추모하며' 링크였다. 다른 하나를 클릭했더니 '학교 운동부 후원' 페이지가 나왔다. 운동부에 소속된 학생들 명단이 연도별로 정리되어 있어서 마야는 그해 축구부 명단으로 들어갔다.

짜잔. 앤드루와 시오 모라는 같은 축구부 소속이었다.

같은 고등학교 축구부 소속의 두 학생이 두 달도 안 되는 간격을 두고 죽은 것이 우연의 일치일 수 있을까?

물론이다.

하지만 톰 더글러스가 버켓가로부터 돈을 받은 일, 언니가 필라델피아를 방문한 일, 현재 톰 더글러스가 실종되고 언니는 고문당하다 죽은 일을 감안한다면…….

절대 우연일 리 없다.

마야는 축구부 명단 속 다른 이름도 살펴봤다. 그해 고등학교를 졸업한 조도 축구부에 속해 있었는데, 놀랄 일도 아니지만 공동 주장이었다. 하지만 세상에나, 한 고등학교 축구부에서 벌써 세 명이 죽다니.

다른 링크를 클릭했더니 축구부 단체 사진이 나왔다. 절반은 서 있고, 나머지 절반은 한쪽 무릎을 꿇은 채 앉아 있었다. 다들 자부심이 넘치고 젊고 건강했다. 마야의 눈은 재빨리 조를 찾아냈다. 역시 놀랄 일도 아니게 정중앙에 서 있었다. 심지어 이때도 바람둥이 같은 미소를 지으며. 마야는 잠시 그를 바라봤다. 너무 잘생기고 자신만만했으며 자기가 늘 성공하리라는 확신 속에서 세상을 접수할 준비가 되어 있었다. 그런 그가 어떤 결말을 맞았는지 생각하지 않을 수 없었다.

단체 사진에서 앤드루는 형 옆에, 말 그대로 형의 그늘에 서 있었다. 시오 모라는 앞줄 오른쪽에서 두 번째에 앉아, 여전히 그 어색한 억지 미소를 짓고 있었다. 마야는 다른 사람들도 훑어보며 아는 얼굴이 있기를 바랐지만 전혀 없었다. 이들 중 세 명이 그날 밤 앤드루와 같은 배에 타고 있었다고 했다. 그 셋 중에 마야가 만난 사람이 있을까? 아마 없을 것이다.

그녀는 다시 앞 페이지로 돌아가 명단을 출력했다. 내일 아침에 이들의 연락처를 알아내서…….

그다음에는?

전화를 하거나 이메일을 보내 그날 밤 배에 타고 있었는지 물어볼 것이다. 앤드루에게 무슨 일이 있었는지, 혹은 시오 모라가 왜 죽었는지 알아볼 것이다.

계속 검색해봤지만 더는 새로운 정보가 없었다. 언니도 이렇게 검색했을까? 그럴 것 같지 않았다. 아마 톰 더글러스에게서 무언가를, 그 빌어먹을 학교에 관한 무언가를 알아냈고, 곧장 제일 윗선을 찾아가라는 평소 신조에 따라 프랭클린 비들 아카데미로 찾아가 캐물었을 것이다.

언니는 그래서 살해된 걸까?

알아낼 수 있는 방법은 하나뿐이다. 내일 필라델피아에 다녀올 것이다.

# 24

또다시 소리가 쉴 새 없이 들리는 끔찍한 밤이었다. 그러는 와중에도, 심지어 소리가 뜨거운 유산탄처럼 머릿속을 헤집고 다니는 동안에도 마야는 소리의 속도를 늦추며 닥터 우의 말이 맞는지 살폈다. 다시 말해 이 소리가 정말로 과거의 회상인지, 아니면 한 번도 들은 적이 없는 소리 즉 환청인지 생각했다. 하지만 답에 가까이 다가갈 때마다 답은 흐릿해지며 손아귀를 빠져나갔다. 아침에 일어나면 간밤의 꿈이 그렇듯이. 소리로 인한 고통은 점점 더 커지고, 그저 아침이 올 때까지 참을 수밖에 없다.

마야는 기진맥진한 상태로 일어났다. 그제야 오늘이 일요일이라는 사실을 깨달았다. 프랭클린 비들 아카데미에 가봐야 그녀의 질문에 답해줄 사람은 없다. 어린이집도 일요일은 문을 닫는다. 어쩌면 잘된 일인지도 모른다. 군인은 휴식 시간을 잘 활용하는 법이다. 쉴 기회가 생길 때마다 놓치지 않고 심신을 치유한다.

이 끔찍한 일도 하루는 미룰 수 있지 않을까?

하루쯤은 감사한 마음으로 죽음과 파멸을 멀리하고, 릴리와 평범한 하루를 보낼 수 있다.

그게 바로 최상의 행복이겠지?

하지만 아침 8시에 셰인이 두 남자를 데리고 찾아왔다. 그들은 가볍게 목례를 하고는 도청 장치와 몰래카메라가 있는지 집 안을 뒤지기 시작했다. 그들이 계단을 올라가자 셰인은 거실에서 내니 캠을 가져와 뒷면을 확인했다.

"무선 인터넷이 꺼져 있네." 그가 말했다.

"그럼 어떻게 되는 거야?"

"이걸로 널 염탐할 순 없지. 설사 그런 기술이 있다고 해도."

"그래?"

"물론 또 다른 비책이 있을 수도 있지만 그럴 가능성은 없다고 봐. 아니면 우리가 조사하는 걸 알고 누군가 집에 미리 들어와서 무선 인터넷을 껐을 수도 있고."

"그랬을 것 같진 않아." 마야가 말했다.

셰인은 어깨를 으쓱였다. "몰래카메라를 찾아달라고 부탁한 사람은 너잖아. 그러니까 하나씩 따져볼까?"

"좋아."

"첫 번째 질문. 너 말고 이 집의 열쇠를 가진 사람이 또 누가 있지?"

"너."

"맞아. 그래서 나한테 물어봤더니 난 결백하더라고."

"재미있네."

"고마워. 또 누가 있지?"

"없어." 그제야 마야는 기억이 났다. "젠장."

"왜?"

그녀는 셰인을 올려다봤다. "이사벨라가 가지고 있어."

"그리고 우린 이사벨라를 믿을 수 없고."

"손톱만큼도."

"정말로 이사벨라가 다시 이 집에 들어와 무선 인터넷 스위치를 껐을 가능성이 있다고 생각해?"

"아니."

"일단 보안업체에 연락해서 서비스 신청하고 CCTV 달아야겠다. 최소한 현관문 잠금장치라도 바꿔."

"알았어."

"그러니까 열쇠를 가진 사람은 너와 나, 그리고 이사벨라네." 셰인은 양손을 허리에 올린 채 긴 한숨을 내쉬었다. "성질 내지 말고 대답해봐."

"뭘?"

"조가 가진 열쇠는 어떻게 됐어?"

"모르겠어."

"그러니까 조가 음……."

"살해됐을 때 열쇠를 가지고 있었냐고?" 마야가 그의 질문을 대신했다. "응. 그때 열쇠를 가지고 있었어. 적어도 내가 짐작하기로는 그래. 평소에 집 열쇠를 가지고 다녔거든. 다른 사람들처럼."

"경찰에서 조의 소지품을 돌려줬어?"

"아니. 아직 가지고 있을 거야."

셰인은 고개를 끄덕였다. "그럼 됐어."

"뭐가 됐다는 거야?"

"뭐든. 내가 달리 무슨 말을 하겠어, 마야. 이 모든 게 너무 기괴하잖아. 난 하나도 이해가 안 돼. 그래서 뭔가 확실해질 때까지 질문하는 거야. 나 믿지?"

"내 목숨을 걸고."

"그런데도 무슨 일이 있는지 내게 말하지 않는군."

"말하고 있잖아."

셰인은 몸을 돌려 거울에 비친 자신을 보더니 실눈을 떴다.

"뭐 하는 거야?" 마야가 물었다.

"내가 그렇게 만만해 보이는지 확인했어." 셰인은 다시 그녀에게 몸을 돌렸다. "그럼 해안경비대 남자에 대해 왜 물었지? 고등학교 때 죽은 앤드루 버켓이 이 일과 무슨 상관이야?"

그녀는 머뭇거렸다.

"마야?"

"아직 몰라. 하지만 연관됐을 수 있어."

"뭐와 뭐가? 배에서 떨어진 앤드루의 죽음과 센트럴파크에서 살해된 조의 죽음이 연관돼 있다는 거야?"

"아직 모른다고 했잖아."

"그럼 다음 계획은 뭐야?" 셰인이 물었다.

"오늘?"

"응."

마야는 쏟아지려는 눈물을 꾹 참았다. "아무 계획 없어, 셰인. 됐어? 아무 계획도 없다고. 오늘은 일요일이야. 이렇게 와준 건 고마운데 어서 일을 끝내고 가주면 좋겠어. 그래야 이 화창한 일요일에 릴리를 데리고 가을 나들이를 가서 다른 모녀들처럼 뻔한 일을 하면서 평범하고 즐거운 하루를 보낼 수 있으니까."

"정말이야?"

"응, 셰인. 정말이야."

셰인은 미소를 지었다. "그거 좋은 생각인데."

"응."

"어디 갈 거야?"

"체스터."

"사과 따러?"

마야는 고개를 끄덕였다.

"나도 어릴 때 부모님이랑 거기 놀러 갔는데." 셰인이 향수에 젖은 목소리로 말했다.

"같이 갈래?"

"아니." 한 번도 들어본 적 없는 다정한 목소리로 셰인이 말했다. "네 말이 맞아. 오늘은 일요일이야. 서둘러서 일을 마치도록 할게. 넌 외출 준비나 해."

그들은 수색을 마쳤고, 도청 장치나 몰래카메라는 나오지 않았으며, 셰인은 볼에 키스를 한 뒤 떠났다. 마야는 릴리를 카시트에 앉히고 길을 나섰다. 농장에 도착해 트랙터를 타고, 동물원에 가서 동물도 만져보고, 염소에게 먹이도 줬다. 사과를 따고 아이스크림을 먹고 릴리에게 풍선으로 동물을 만들어주는 광대도 만났다. 주위에서는 다들 웃고, 만지고, 투덜대고, 옥신각신하고, 미소를 지으며 열심히 일한 뒤의 귀중한 휴일을 보내고 있었다. 마야는 그들을 유심히 바라보았다. 이 순간에 머물며 딸과 함께 보내는 가을날의 즐거움 속으로 빠져들려고 했지만 역시나 이 모두가 모호하고 멀게만 느껴졌다. 마치 이 장면을 지켜볼 뿐 자신이 직접 경험하지는 않는 듯이. 그녀는 이런 순간에 동참하기보다 이런 순간을 지키는 쪽이 더 편했다. 시간이 흐르고 그날 하루가 저물어도 마야는 자신이 어떤 기분인지 잘 알 수 없었다.

그날 밤도 나을 게 전혀 없었다. 새로 받은 약을 먹어봤지만 유령을 잠재우지 못했다. 오히려 무슨 약을 먹든 소리의 먹이가 되어 음량이 더욱 커지는 듯했다.

헉 하고 숨을 들이쉬며 잠에서 깬 마야는 황급히 휴대전화로 손을 뻗어 닥터 우에게 전화하려고 했다. 하지만 통화 버튼을 누르기 직전에 멈췄다. 순간적으로 메리 매클라우드에게 전화할까도 생각했지만 역시 하지 않았다.

'조금만 참아, 마야. 이제 얼마 남지 않았어.'

그녀는 옷을 입고 릴리를 그로잉 업에 데려다준 후, 직장에 전화해 오늘 출근할 수 없다고 말했다.

"정말 어이가 없네." 그녀의 상사이자 군대에서 조종사 동료였던 커리나 심프슨이 말했다. "이건 엄연히 사업이야. 이렇게 막판에 수업을 취소하는 법이 어디 있어?"

"미안해."

"힘든 건 아는데……."

"맞아, 커리나." 마야는 그녀의 말을 잘랐다. "아무래도 너무 빨리 복직한 거 같아. 이렇게 갑자기 그만둬서 미안한데 시간이 좀 더 필요해.”

반은 거짓이고, 반은 진실이었다. 마야는 약해 보이는 걸 싫어했지만 때로는 이럴 필요도 있었다. 어차피 더는 그 일을 하지 않을 것이다. 다시는.

두 시간 후, 그녀는 펜실베이니아주 브린 모어에 도착해 잘 손질된 산울타리와 ‘프랭클린 비들 아카데미’라고 새겨진 돌판을 지났다. 돌 표지판은 작고 멋스러웠는데 이렇게 단풍이 울긋불긋한 가을날에는 그리 눈에 띄지 않았다. 물론 일부러 그렇게 만들었겠지만. 잔디가 깔린 안뜰을 지나 방문객 전용 주차장에 차를 세우자 주위의 모든 것이 상류층, 특혜, 권력이라고 외쳐대는 듯했다. 심지어 캠퍼스마저도 당당해 보였다. 이곳은 낙엽보다 빳빳한 지폐 냄새가 더 강렬했다.

돈이 있으면 울타리를 세우고, 다양한 강도로 외부인의 침입을 막아 자신들만의 세상에서 살 수 있다. 어느 정도 돈이 있으면 도시에서 살 수 있고, 또 교외의 좋은 동네에서 살 수 있다. 그리고 아주 막대한 돈이 있으면 이런 학교에 자녀를 보낼 수 있다. 다들 자신의 보호막 속으로 더 깊이 들어가려 할 뿐이다.

교장실은 윈저 하우스라는 석조 건물 안에 있었다. 어제 인터넷으로 교장이 누군지 찾아본 마야는 그냥 무턱대고 만나러 가기로 작정한 터였다. 만약 교장이 자리에 없으면 다른 사람을 만나 물어볼 것이다. 만약 있다면 분명 그녀를 만나줄 것이다. 대통령이 아니라 교장일 뿐이니까. 게다가 이 학교에는 버켓가의 이름을 딴 기숙사까지 있다. 그러니 마야에게 붙은 버켓이라는 성이 굳게 닫힌 문을 열어주리라.

안내 데스크에 앉은 여자가 조용히 물었다. "무슨 일로 오셨나요?"

"전 마야 버켓이라고 하는데 교장 선생님을 만나러 왔어요. 미안하지만 약속은 미리 잡지 않았어요."

"앉아서 기다려주세요."

하지만 오래 걸리지 않았다. 마야는 어제 인터넷을 검색하며 지난 23년간 이 학교에서 교장으로 재직한 사람은 이 학교를 졸업하고 여기서 교편을 잡았던 네빌 록우드 4세라는 사실을 알게 되었다. 저런 이름과 집안 출신이라면 불그레한 얼굴에 귀태 나는 이목구비, 조금씩 탈모가 진행 중인 금발 남자일 거라고 예상했다. 지금 그녀를 맞아주는 남자는 그런 외모일 뿐 아니라 금테 안경을 쓰고 트위드 재킷을 입고 아가일 무늬 나비넥타이를 맸다.

그는 두 손으로 마야의 손을 잡으며 말했다.

"아, 버켓 부인." 역시 고향보다는 그가 속한 계층을 말해주는 억양이었다. "저희 프랭클린 비들 임직원 일동은 남편분의 죽음을 진심으로 유감스럽게 생각합니다."

"고맙습니다."

그는 마야를 사무실로 안내했다. "남편분은 우리 학교가 정말로 자랑스러워하는 동문이었습니다."

"그렇게 말씀해주시니 감사하네요."

교장실 안에는 회색 장작이 잔뜩 쌓인 대형 벽난로가 있고, 옆에는 대형 괘종시계가 있었다. 록우드는 체리목 책상 뒤로 돌아가 앉으며 마야에게 책상 앞에 놓인 의자를 권했다. 천을 씌운 그 의자는 록우드가 앉은 의자보다 살짝 낮았는데 우연이 아닐 거라고 마야는 생각했다.

"윈저 스포츠홀에 전시된 트로피 중 절반은 조가 얻어낸 겁니다. 지금까지도 축구부에서 가장 높은 득점 기록을 보유한 선수고요. 그래서 저희는…… 조를 기리는 무언가를 체육관에 만들려고 합니다. 그 친구는 체육관에 있기를 정말 좋아했죠."

네빌 록우드는 다소 거만한 미소를 지어 보였다. 마야도 미소를 지었다. 이렇게 옛날 일을 꺼내는 것이 기부를 유도하는 방법인지는 몰라도(마야는 그런 의도를 알아차리는 데 둔했다) 어쨌든 계획대로 밀고 나가자 마음먹었다.

"혹시 저희 언니를 아시나요?"

록우드는 뜻밖의 질문에 깜짝 놀랐다. "언니분을요?"

"네. 클레어 워커요."

그는 잠시 생각했다. "들어본 이름 같긴 한데……."

마야는 대략 4, 5개월 전에 언니가 이 학교를 찾아왔고 그 후로 얼마 지나지 않아 살해됐다고 말하려다 그만두었다. 그렇게 심각한 이야기를 꺼내면 교장이 충격을 받아 입을 다물 수도 있다. "신경 쓰지 마세요. 별일 아니에요. 남편이 재학 중에 있었던 일을 몇 가지 여쭤보려고 왔어요."

그는 두 손을 깍지 낀 채 기다렸다.

마야는 조심스럽게 이야기를 꺼냈다. "교장 선생님도 잘 아시겠지만—"

"네빌이라고 부르세요."

"네빌." 마야는 미소 지었다. "잘 아시다시피 이 학교는 버켓가에게 대단히 자랑스러운 곳이자…… 또한 대단히 비극적인 곳이에요."

록우드는 적당히 엄숙한 표정을 지었다. "조의 동생 얘기인가 보군요."

"네."

네빌은 고개를 저었다. "정말 비극적인 사건이었습니다. 시아버님은 몇 년 전에 돌아가신 걸로 압니다만, 시어머님은 정말 가엾게 됐죠. 아들을 또 하나 잃었으니 말입니다."

"네." 마야는 천천히 입을 열었다. "그리고 이 얘기를 정확히 어떻게 꺼내야 할지 모르겠지만, 조의 죽음으로 이 학교 입장에서는 같은 축구부에서 세 명이나 죽는 결과가 됐죠."

네빌 록우드의 얼굴에서 핏기가 사라졌다.

"시오 모라가 죽은 사건요. 기억하시나요?" 마야가 물었다.

네빌 록우드가 입을 열었다. "언니분."

"네?"

"언니분이 저희 학교에 찾아와서 시오에 대해 물었습니다. 그래서 그 이름이 귀에 익었네요. 당시 전 학교에 없었습니다만 나중에 전해 들었죠."

역시. 마야가 제대로 따라가고 있었다.

"시오는 어떻게 죽었죠?" 그녀가 물었다.

네빌 록우드는 먼 곳을 보았다. "지금 당장 부인을 여기서 내보낼 수도 있습니다. 우리 학교에는 엄격한 개인 정보 보호 규칙이 있고, 시오의 죽음에 대해 조금이라도 말하는 것은 그 규칙에 위배됩니다."

마야는 고개를 저었다. "현명하지 못한 대응이네요."

"왜죠?"

"만약 제 질문에 답하지 않으시면 전 공권력을 가진 기관을 끌어들일 수밖에 없으니까요."

"그렇습니까?" 그의 입술에 살짝 미소가 스쳤다. "그럼 전 겁을 먹어야 하나요? 말해보세요, 이쯤에서 사악한 교장이 학교의 명성을 지키기 위해 거짓말을 해야 합니까?"

마야는 잠자코 기다렸다.

"전 그런 사람이 아닙니다, 스턴 대위님. 네, 전 부인의 처녀적 이름을 압니다. 부인에 관해 전부 알고 있죠. 군대와 마찬가지로 우리 학교에도 신성한 명예 서약이 있습니다. 조에게 그 얘기를 못 들으셨다니 놀랍군요. 우리 학교의 뿌리인 퀘이커교는 합의와 개방성을 중요시합니다. 우린 어떤 것도 숨기지 않습니다. 더 많이 알수록 진실의 보호를 받는다고 믿죠."

"잘됐네요. 그럼 시오가 어떻게 죽었는지 말해주세요."

"하지만 유가족의 프라이버시를 존중해달라고 당부해야겠군요."

"그럴게요."

네빌은 한숨을 쉬었다. "시오 모라는 급성 알코올중독으로 죽었습니다."

"술을 너무 많이 마셔서 죽었다고요?"

"그렇습니다, 슬프게도. 자주 있는 일은 아니죠. 사실 저희 학교 역사상 유일합니다. 어느 날 밤, 시오는 폭음을 했습니다. 원래 술꾼은 아니었습니다. 하지만 그런 사람이 알코올중독으로 죽는 경우가 더 많다고 하더군요. 평소 술을 잘 마시지 않으니 자기가 많이 먹는 줄도 몰랐던 거죠. 제때 발견되어 치료를 받았더라면 목숨을 건졌을 겁니다. 하지만 시오는 발을 헛디뎌 지하실에 떨어져 있었습니다. 이튿날 아침에 관리인이 발견했을 때는 이미 사망한 뒤였고요."

마야는 이 일을 어떻게 받아들여야 할지 몰랐다.

네빌 록우드는 두 손을 책상에 올리고 몸을 앞으로 내밀었다. "그런데 왜 이제 와서 부인과 언니분이 이 일을 묻는 겁니까?"

마야는 그 질문을 무시했다. "같은 학교, 같은 축구부에 소속된 두 학생이 비슷한 시기에 죽었다는 걸 한 번이라도 이상하게 생각하신 적 없나요?"

"있습니다. 아주 이상하게 생각했죠." 네빌 록우드가 말했다.

"혹시 시오와 앤드루의 죽음이 연관됐을 가능성은 생각해보셨나요?"

그는 의자에 등을 기댄 채 양쪽 손끝을 맞대어 뾰족하게 세웠다. "연관이 없다면 오히려 이상하겠죠."

마야가 예상한 대답은 아니었다.

"좀 더 자세히 설명해주시겠어요?" 마야가 물었다.

"전 수학 교사였습니다. 통계학과 확률에 관한 모든 것을 가르쳤죠. 이변량 데이터, 직선 회귀, 표준 편차 등등. 그래서 전 모든 사물을 방정식과 공식으로 봅니다. 그게 제가 세상을 보는 방식이죠. 이 소수 정예 사립 고등학교에서 6개월 간격으로 두 학생이 우연히 죽을 확률은 매우 낮습니다. 두 학생이 같은 학년이라면 그 확률은 훨씬 줄어들죠. 게다가 둘 다 같은 축구부 소속이라면 그게 우연일 확률은 배제되기 시작합니다." 네빌은 미소를 지으며 손가락 하나를 들어 올렸다. 마치 예전에 교실에서 가르치던 때로 돌아간 듯했다. "그러다가 이 방정식에 마지막 변수 하나를 넣으면 이게 우연일 확률은 거의 0이 됩니다."

"마지막 변수가 뭔데요?" 마야가 물었다.

"시오와 앤드루는 룸메이트였습니다."

실내가 조용해졌다.

"소수 정예 사립 고등학교에서 열일곱 살의 두 룸메이트가 아무 관계 없이 죽을 확률은…… 고백컨대 매우 낮을 것 같군요."

멀리서 교회 종이 울리는 듯한 소리가 나더니 교실 문이 열리고, 어린 학생들의 웃음소리가 터져 나왔다.

"앤드루 버켓이 죽었을 때," 네빌 록우드는 말을 이었다. "수사관이 찾아왔습니다. 해안경비대 소속이었는데 바다에서 발생한 모든 사고를 다루는 사람이었죠."

"혹시 그 사람 이름이 톰 더글러스였나요?"

"그럴 수도 있겠네요. 지금은 기억이 안 납니다. 어쨌든 그 사람도 이 교장실로 찾아와 지금 부인과 같은 의자에 앉아 두 죽음이 연관됐을 가능성을 알고 싶어 했죠."

마야는 침을 삼켰다. "그래서 관계가 있다고 말씀하셨군요."

"네."

"어떤 관계인지 말해주시겠어요?"

"시오의 죽음은 우리 학교에 엄청난 충격을 줬습니다. 사망

원인은 절대 언론에 알리지 않았죠. 유가족의 바람이었습니다. 하지만 우리가 아무리 충격을 받았다 해도 앤드루에게 비할 바는 아니었을 겁니다. 앤드루는 시오의 단짝이었으니까요. 상심이 이루 말할 수 없었죠. 부인께서는 앤드루가 죽고 나서 한참 후에 조를 만났을 테니 앤드루를 모르시겠군요."

"네. 몰라요."

"두 사람은 아주 다릅니다. 앤드루가 훨씬 예민했죠. 아주 다정한 아이였습니다. 축구 코치는 종종 그 다정한 성격이 축구장에서 앤드루의 발목을 잡는다고 말했습니다. 앤드루는 형처럼 전투에서 꼭 이겨야 한다는 마음이 없었습니다. 공격성이나 경쟁심, 전쟁터에서 필요한 살인 본능도 부족했고요."

역시나 운동선수를 부적절하게 군인에 비유한다고 마야는 생각했다.

"어쩌면 앤드루에게 심리적인 문제가 있었는지도 모릅니다." 네빌 록우드가 덧붙였다. "더 자세히 말할 수는 없지만, 지금 이 일을 논하는 데 있어서 중요한 점은 앤드루가 시오의 죽음으로 매우 힘들어했다는 겁니다. 시오가 죽고 우리는 일주일간 휴교했습니다. 학교에 상담가들도 상주했지만 학생 대부분은 집으로 돌아갔습니다. 회복하기 위해서라고 할까요."

"앤드루와 조는요?" 마야가 물었다.

"두 사람도 집으로 돌아갔습니다. 어머님께서 앤드루의 어린 시절 보모를 데리고 서둘러 학교로 왔던 기억이 나네요. 어쨌든 일주일 뒤에는 남편분을 포함해 모두가 학교로 돌아왔습니다. 한 사람만 제외하고요."

"앤드루군요."

"네."

"그럼 앤드루는 언제 돌아왔나요?"

네빌 록우드는 고개를 저었다. "앤드루 버켓은 영영 돌아오지 않았습니다. 어머님께서는 앤드루가 한 학기를 쉬는 게 최선이라고 생각하셨죠. 학교는 다시 정상으로 돌아갔습니다. 원래 그런 법이죠. 그해에 조가 속한 축구부는 훌륭한 성적을 냈습니다. 지역 리그에서 이기고, 전국 사립 고등학교 시합에서도 1위를 했죠. 경기가 끝나고 조는 승리를 기념해 축구부 친구 몇 명과 함께 가족 소유의 배에서 파티를 벌였습니다……."

"그 친구들이 누구인지 아시나요?"

"잘은 모르지만 크리스토퍼 스웨인이 그중 한 명인 건 확실합니다. 조와 함께 축구부 공동 주장이었으니까요. 다른 사람은 기억이 안 나는군요. 어쨌든 부인은 앤드루의 죽음과 시오의 죽음이 어떻게 연결되었는지 알고 싶다고 하셨죠? 이젠 분명히 아셨겠지만 제 가설은 이렇습니다. 감수성이 예민한 학생이 있었고, 그 애의 단짝이 비극적으로 죽었습니다. 그 학생은 학교를 떠나야 했고 아마도, 어디까지나 가정이지만, 우울증에 시달렸을 겁니다. 그리고 역시나 가정이지만, 항우울제나 기분에 영향을 주는 약을 먹었겠죠. 그러고는 자신의 비극과 그리운 학교생활을 동시에 상기시키는 사람들과 항해를 했습니다. 배에서는 요란한 파티가 벌어졌죠. 학생은 술을 너무 많이 마셨고, 평소 복용하던 약물이 알코올과 섞였을 겁니다. 배는 바다 한가운데에 있었고요. 소년은 갑판으로 올라가 난간 너머로 몸을 내밀었습니다. 지독한 고통을 끝내고 싶었을 겁니다."

네빌 록우드는 거기서 멈췄다.

"앤드루가 자살했다고 생각하시는군요." 마야가 말했다.

"아마도요. 어디까지나 가설입니다. 아니면 알코올과 약물이 섞이는 바람에 평형 감각을 잃고 떨어졌을 수도 있고요. 어느 쪽이든, 말하자면 논리는 같습니다. 시오의 죽음이 앤드루의 죽음으로 이어진 것이죠. 두 죽음이 그렇게 연관되었다고 보는 것이 가장 그럴 듯한 가설일 겁니다."

마야는 가만히 앉아 있었다.

"자, 제 가설을 말씀드렸으니 이제 와서 이 일을 알아보는 이유를 말해주시죠." 그가 말했다.

"하나만 더 물어볼게요."

그는 그러라는 뜻으로 고개를 끄덕였다.

"한 축구부에서 두 명이 죽은 게 우연이 아니라면 세 명이 죽은 건 어떻게 보시나요?"

"세 명요? 무슨 말씀인지 모르겠군요."

"조 말이에요."

그는 눈살을 찌푸렸다. "조는 그로부터, 음, 17년 후에 죽었잖습니까?"

"그래도요. 선생님은 확률에 정통하시잖아요. 조의 죽음이 어떻게든 그 사건과 연관됐을 확률이 얼마나 될까요?"

"지금 남편분의 죽음이 시오와 앤드루의 죽음과 연관이 있다는 말씀입니까?"

"제가 보기엔 그런 것 같아요." 마야가 말했다.

# 25

더는 알아낼 것이 없었다. 몇 분 뒤 네빌 록우드는 마야를 배웅해주었다. 그녀는 잠시 차에 앉아 있었다. 전방에 프랭클린 비들의 유명한 랜드마크인 8층짜리 종루가 보였다. 사화음으로 이뤄진 웨스트민스터 차임벨이 다시 울렸다. 마야는 손목시계를 보았다. 교장과 15분 정도 대화를 나눈 듯했다.

휴대전화를 꺼내 구글 검색을 시작했다. 시오 모라의 부모는 하비에르와 라이사라는 사람들이었다. 그들이 이 지역에 사는지 알아보려고 이름으로 전화번호를 찾을 수 있는 사이트에 들어갔다. 거기서 라이사 모라의 전화번호를 찾았는데 지번이 필라델피아시로 되어 있었다. 그렇다면 한번 찾아가볼 만했다.

그때 휴대전화가 울리며 레더 앤드 레이스의 번호가 떴다. 전화를 받았지만 물론 이미 끊긴 뒤였다. 만나고 싶다는 코리의 신호였다. 글쎄, 지금은 차로 족히 두 시간이나 걸리는 곳에 와 있고 라이사 모라의 집에도 들러야 하니 코리는 기다리게 둬야 했다.

라이사 모라의 집은 낡은 연립주택이 즐비한 거리에 있었다. 마야는 주소에 해당되는 집을 찾아내 금이 간 콘크리트 계단을 올라갔다. 초인종을 누르고 집 안에서 발소리가 들리는지 귀 기울였지만 아무 소리도 들리지 않았다. 거리를 따라 깨진 병 조각이 흩어져 있고, 두 집 아래에서는 흰색 민소매 티에 체크무늬 셔츠를 걸쳐 입은 남자가 그녀에게 미소를 지으며 이가 빠진 잇몸을 드러냈다.

여기는 웨스트민스터 차임벨과 거리가 먼 동네였다.

마야는 망사문을 열었다. 녹이 슬었는지 문에서 삐익 소리가 났다. 현관문을 세게 두드렸다.

"누구세요?" 집 안에서 여자 목소리가 들렸다.

"마야 스턴이라고 합니다."

"무슨 일이죠?"

"라이사 모라 씨?"

"무슨 일이냐고요?"

"아드님 시오에 대해 여쭤볼 게 있어요."

문이 활짝 열렸다. 라이사 모라는 희미한 겨자 얼룩이 있는 식당 종업원 유니폼을 입었고, 마스카라는 번져 있었으며, 틀어 올린 머리카락은 희끗희끗했다. 양말만 신은 걸 보니 오랜 교대 근무를 마치고 이제 막 집에 돌아와 신발을 벗어 던진 듯했다.

"누구라고요?"

"마야 스턴요." 마야는 생각을 고쳐먹고 이렇게 덧붙였다. "지금은 버켓이고요."

역시 버켓이라는 성이 라이사의 관심을 끌었다. "조의 아내군요."

"네."

"당신, 군인이죠?"

"지금은 아니에요. 좀 들어가도 될까요?"

라이사는 가슴 밑으로 팔짱을 끼더니 문틀에 몸을 기댔다. "용건이 뭔가요?"

"아드님의 죽음에 대해 알고 싶어요."

"왜 그걸 알고 싶죠?"

"부탁드려요, 모라 부인. 그렇게 물어보시는 게 당연하지만 지금은 설명할 시간이 없어요. 아드님의 죽음에 의문이 있다고만 해둘게요."

라이사는 몇 초간 그녀를 바라봤다. "당신 남편이 최근에 살해됐죠? 신문에서 봤어요."

"네."

"용의자 두 명을 잡았더군요. 그것도 봤어요."

"그 사람들은 결백해요."

"이해가 안 되네요." 별다른 동요가 없던 그녀의 얼굴에 한 줄기 눈물이 흘러내렸다. "그러니까 당신은 뭐냐, 조의 살인이 우리 아들과 연관돼 있다고 생각하는 거예요?"

"모르겠어요." 마야는 최대한 부드럽게 대답했다. "그냥 제 질문에 답해주시면 안 될까요?"

라이사는 계속 팔짱을 낀 채 서 있었다. "뭘 알고 싶은데요?"

"전부 다요."

"그럼 들어오세요. 앉아서 얘기하죠."

두 여자는 너무 낡아서 표면이 하얗게 마모된 소파에 앉았다. 소파뿐 아니라 집 안의 모든 가구가 낡아 있었다. 라이사는 가족사진이 든 사진틀을 건넸다. 햇빛을 받아서인지 세월이 흘러서인지, 아니면 둘 다인지 사진은 빛이 바래 있었다. 사진 속에는 다섯 사람이 있었는데 마야는 어린 동생 둘과 나란히 선 시오를 알아볼 수 있었다. 세 아이들 뒤로 지금보다 별로 젊어 보이지는 않아도 훨씬 더 행복해 보이는 라이사와 다부진 체격에 무성한 콧수염이 나고 활짝 웃는 남자가 보였다.

"이 사람이 하비에르랍니다." 라이사가 남자를 가리켰다. "시오 아빠죠. 시오가 죽고 나서 2년 후에 죽었어요. 의사들 말로는 암이라지만……."

하비에르는 미소가 멋진 남자였다. 사진으로도 매력이 느껴질 정도의 미소, 웃음소리가 궁금해지는 미소였다. 라이사는 사진을 가져가 다시 조심스럽게 선반에 올려놓았다.

"하비에르는 멕시코에서 왔어요. 난 샌안토니오에 사는 가난한 소녀였고요. 우린…… 이런 얘기는 들을 필요 없겠죠?"

"아뇨, 말씀하세요."

"별거 없어요. 어쨌거나 우린 필라델피아에 정착했죠. 하비에르의 사촌이 정원사 일을 소개해줬거든요. 부잣집 잔디를 깎아주는 일이었죠. 하지만 하비에르는……." 그녀는 말을 멈추고 옛 추억에 미소 지었다. "그이는 똑똑하고 야심만만했어요. 정말 매력적이기도 했고요. 다들 하비에르를 좋아했죠. 그이가 그렇게 만들었어요. 무슨 말인지 알죠? 그냥…… 마법 같은 사람들 있잖아요. 타인을 끌어당기는 사람. 우리 남편이 그랬죠."

마야는 사진을 향해 고개를 끄덕였다. "알 것 같아요."

"그렇죠?" 그녀의 미소가 옅어졌다. "어쨌든 하비에르는 메인 라인에 사는 부자들을 위해 열심히 일했어요. 그중에 록우드 씨 댁도 있었죠."

"교장요?"

"그분 사촌이죠. 금융 업계에서 일하는 재벌이었어요. 주로 뉴욕에 거주했지만 이곳에도 집이 있었죠. 금발에 주걱턱이고 거만해 보이기가 이루 말할 수 없지만, 그래도 친절했어요. 록우드 씨는 하비에르를 좋아했고, 두 사람은 대화를 많이 나눴죠. 하루는 하비에르가 시오 얘기를 했나 봐요." 갑자기 그녀의 얼굴에 다시 고통스러운 기색이 비쳤다. "우리 시오는 정말 특별한 아이였어요. 아주 똑똑하고 운동도 잘했죠. 다들 무엇 하나 빠지는 구석이 없다고 했어요. 부모가 다 그렇듯이 우리도 시오가 더 나은 삶을 살기를 바랐어요. 하비에르는 시오를 좋은 학교에 보내고 싶어 했죠. 알고 보니 프랭클린 비들 아카데미에서 가정 형편이 어려운 몇몇 학생에게 장학금을 주고 있더군요. 소위 '다양성'을 추구한답시고요. 그래서 록우드 씨는 우리를 돕기 위해 사촌인 교장에게 말했고 그 후에는……. 그 학교에 가보셨나요?"

"네."

"정말 우리 형편에는 어울리지 않죠?"

"아마도요."

"하지만 시오가 그 학교에 입학하자 하비에르는 너무 행복해했어요. 난 시오가 걱정스러웠죠. 이런 동네에서 자란 아이가 어떻게 그런 학교에 적응하겠어요? 그건 마치, 뭐랄까, 스쿠버다이빙을 할 때 갑자기 물에서 너무 빨리 나오면 생기는 병을 뭐라고 하죠? 맞아요, 감압병. 난 시오가 그 병에 걸릴 것 같았어요. 그래도 겉으로는 내색하지 않았죠. 난 멍청하지 않아요. 그게 시오에게 어떤 기회인지 알고 있었어요. 무슨 말인지 알죠?"

"네, 물론이죠."

"그러던 어느 날 아침, 하비에르가 출근한 뒤였어요." 라이사 모라는 간절히 기도하듯 두 손을 깍지 꼈다. 이제 그날의 이야기를 하려는 듯했다. "난 야간 근무라서 낮에 집에 있었어요. 근데 초인종이 울렸죠." 그녀의 눈이 현관 쪽으로 움직였다. "그 사람들은 전화하지 않고 집으로 직접 찾아왔어요. 시오가 군인이라도 되는 것처럼요. 문을 열어보니 록우드 교장 선생님과 교직원 한 명이 서 있더군요. 그 사람 이름은 기억이 안 나요. 두 사람은 그냥 거기 서 있었고, 난 그들의 얼굴을 바라봤어요. 내가 곧바로 눈치챘을 것 같죠? 시선을 떨어뜨린 채 슬픈 표정으로 서 있는 그들을 보고 내가 곧바로 알아차려서 바닥에 주저앉아 '안 돼! 안 돼!'라고 울부짖었을 거 같죠? 하지만 전혀 그렇지 않았답니다. 난 그들에게 미소를 지으며 '어머나, 어쩐 일이세요?'라고 했어요. 그들을 집 안으로 들이고 커피를 마시겠냐고 물었죠. 그랬더니……." 라이사는 미소를 지었다. "정말 끔찍한 게 뭔지 알아요?"

마야는 지금까지 들은 이야기도 정말 끔찍하다고 생각했지만(뭔들 이보다 더 끔찍할까?) 고개를 저었다.

"알고 봤더니 자기들이 내게 한 말을 전부 녹음했더라고요. 변호사의 충고인지 뭔지를요. 우리 아들이 지하실에서 관리인에게 어떻게 발견되었는지 이야기하는 내내 녹음기를 돌리고 있었던 거예요. 처음엔 이해를 못 해서 '관리인요?' 하고 물었죠. 그랬더니 관리인의 이름을 말해주더군요. 마치 그게 중요하다는 듯이요. 시오가 술을 너무 많이 마셨다고 했어요. 알코올 과다 섭취 같은 거라고요. 내가 '시오는 술을 안 마셔요'라고 했더니 납득이 간다는 듯이 고개를 끄덕이더군요. 평소 술을 안 마시던 학생이 종종 술을 너무 많이 마셔서 죽는 경우가 있다고 했어요. 제때 발견했더라면 구할 수 있었을 텐데 시오는 발을 헛디뎌 지하실 구석에 처박혀 있었대요. 이튿날에야 발견됐는데 그땐 너무 늦었고요."

네빌 록우드가 했던 말과 똑같았다. 사용한 단어까지 거의 같을 정도로.

아무래도 록우드가 라이사 모라에게 할 말을 미리 연습해둔 것 같았다.

"부검은 했나요?" 마야가 물었다.

"네. 하비에르와 난, 우리는 함께 검시관을 만났어요. 친절한 여자였죠. 검시관 사무실에 우리를 앉히고 사인이 알코올중독이라고 설명하더군요. 그날 밤에 여럿이서 술을 마신 모양이에요. 흥청망청 노는 파티 같은 거요. 하지만 하비에르는 그렇게 생각하지 않았어요."

"그럼요?"

"그이도 정확히는 몰랐어요. 다만 누군가 시오에게 억지로 술을 먹였을 거라고 생각했죠. 시오는 신입생인 데다 가난하니까 부잣집 아이들이 강요하는 바람에 술을 너무 많이 마셨을 거라고요. 이 일을 그냥 넘어가지 않으려고 했죠."

"부인은요?"

"난 부질없는 짓이라고 생각했어요." 그녀가 지친 표정으로 어깨를 으쓱였다. "설사 그이 말이 맞다 해도 시오가 다시 살아나는 건 아니잖아요. 그리고 그런 일은 어디에나 있어요. 이 동네 아이들도 어딘가에서 강요를 당해요. 그러니 그걸 알아낸들 무슨 소용인가요? 게다가…… 잘못된 일인 줄 알지만 돈 문제도 있었고요."

마야는 그 말이 무슨 뜻인지 눈치챘다. "학교에서 보상금을 제안했나요?"

"사진 속에 시오 말고 두 아이들 보이죠?" 그녀는 눈물을 닦고 어깨를 폈다. "멜빈은 지금 스탠퍼드대학 교수랍니다. 아직 서른도 안 됐는데요. 그리고 조니는 존스 홉킨스 의과 대학에 다니고요. 프랭클린 비들에서 아이들 등록금을 다 대주겠다고 했거든요. 우리 부부에게도 보상금을 좀 주고요. 하지만 우리가 받은 돈은 전부 아이들을 위해 저축해뒀어요."

"모라 부인, 시오의 룸메이트가 누구였는지 기억하시나요?"

"앤드루 버켓 말인가요?"

"네."

"당신에겐 시동생이 되겠네요. 가여운 아이죠."

"기억하세요?"

"물론이죠. 다들 시오의 장례식에 왔는걸요. 잘생기고 부티

나는 도련님들이 푸른색 재킷에 넥타이 차림으로 왔죠. 똑같은 옷을 입고 일렬로 서서 로봇처럼 '조의를 표합니다'라고 하더군요. 하지만 앤드루는 달랐어요."

"어떻게요?"

"슬퍼했죠. 정말로, 진심으로 슬퍼했어요. 그냥, 뭐라고 해야 할까, 기계적으로 하는 말이 아니었어요."

"둘이 가까웠나요? 앤드루와 시오요."

"그랬을 거예요. 네. 시오는 앤드루와 제일 친하다고 했거든요. 시오가 죽고 얼마 되지 않아 앤드루가 죽었을 때 신문에서는 사고사라고 하더군요. 하지만 난 도무지 납득이 가지 않았어요. 앤드루는 단짝을 잃고 상심에 빠졌는데 그러다 배에서 떨어졌다고요?" 라이사는 한쪽 눈썹을 치켜세운 채 마야를 올려다봤다. "사고가 아니죠?"

"그런 거 같아요. 네."

"하비에르도 그렇게 생각했어요. 우린 앤드루의 장례식에 갔죠. 알고 있었나요?"

"아뇨."

"내가 하비에르에게 이런 말을 했어요. 앤드루는 시오 일로 너무 슬퍼 보였다고, 너무 슬퍼서 죽은 건지도 모른다고요. 무슨 말인지 알죠? 너무 슬퍼서 자살했을지도 모른다는 뜻이었어요."

마야는 고개를 끄덕였다.

"하지만 하비에르는 그렇게 생각하지 않더군요."

"그럼요?"

라이사는 깍지 낀 손을 내려다봤다. "하비에르는 이렇게 말했어요. '슬퍼서 자살하는 사람은 없어. 죄책감 때문이면 몰라도.'"

정적이 흘렀다.

"하비에르는 그 일을 받아들일 수 없었던 거예요. 그는 합의금을 피 묻은 돈이라고 했죠. 난 그렇게 생각하지 않았어요. 아까도 말했듯이, 부잣집 아이들이 우리 시오에게 억지로 술을 먹였을 수도 있지만 결국에는, 그러니까 하비에르가 그렇게 화를 낸 이유는 자책했기 때문이라고 생각해요. 시오를 분수에 맞지 않는 학교에 보낸 장본인이니까요. 그리고 사실 나도 그이를 원망했어요. 내색하지 않으려고 했지만 아마 내 얼굴을 볼 때마다 그이도 느꼈을 거예요. 암으로 아팠을 때도, 내게 간호를 받을 때도, 심지어 침대에 누워 내 손을 잡고 죽어갈 때도요. 하비에르는 내 얼굴에서 그 원망하는 마음을 봤어요. 어쩌면 죽기 전에 마지막으로 본 게 그것일지도 모르죠."

라이사는 고개를 들어 검지로 눈물을 훔쳤다.

"그러니까 하비에르 말이 맞을지도 몰라요. 어쩌면 앤드루 버켓은 슬픔이 아니라 죄책감 때문에 죽었을 수 있어요."

두 사람은 몇 분 동안 말없이 앉아 있었다. 마야는 손을 뻗어 라이사의 손을 잡았다. 그녀답지 않은 일이었다. 좀처럼 하지 않는 행동이었으나 그래야 마땅하다는 생각이 들었다.

어느 정도 시간이 흐른 후, 라이사가 말했다. "당신 남편이 얼마 전에 살해됐죠?"

"네."

"그리고 당신은 지금 여기 있고요."

마야는 고개를 끄덕였다.

"우연이 아니죠?"

"네. 아니에요."

"누가 내 아들을 죽였나요, 버켓 부인? 누가 시오를 살해했죠?"

마야는 자기도 모른다고 말했다.

하지만 알 것도 같다는 생각이 들었다.

# 26

다시 차에 탄 마야는 잠시 앞 유리창 너머를 바라봤다. 머리를 숙이고 울고 싶었다. 하지만 시간이 없었다. 휴대전화를 확인했더니 레더 앤드 레이스에서 부재중 전화 두 통이 더 와 있었다. 다급한 모양이었다. 마야는 규정을 어기고 레더 앤드 레이스로 전화해 룰루를 바꿔달라고 했다.

"무슨 일이죠?" 룰루가 물었다.

"스파이 흉내는 그만 내요. 난 지금 필라델피아에 있어요."

"우리 댄서 하나가 아파서 오늘 밤에 대타가 필요해요. 하고 싶으면 당장 오세요."

마야는 콧방귀를 뀌고 싶은 걸 참았다. "곧 갈게요."

전화를 끊고 구글에서 크리스토퍼 스웨인을 검색했다. 축구부 공동 주장이자 그날 밤 배에 타고 있었던 사람이다. 맨해튼에 있는 스웨인 부동산 투자회사에서 근무했고, 그의 집안은 뉴욕시 전체에 많은 땅을 가지고 있었다. 대단하군. 또 재벌을 상대해야 하다니. 마야는 프랭클린 비들 동문 페이지에서 그의 이메일 주소를 찾아내 짤막한 메일을 보냈다.

전 마야 버켓이라고 합니다. 제 남편은 조 버켓이고요. 빨리 만나서 얘기를 나눴으면 합니다. 메일 확인하시는 대로 연락주세요.

마야는 자신의 모든 연락처를 다 적었다.

두 시간 뒤, 레더 앤드 레이스로 들어가 직원 전용 주차장에 차를 세웠다. 막 차에서 내리는데 조수석 문이 열리더니 코리가 차에 올라타 몸을 숙였다.

"출발해요." 그가 속삭였다.

마야는 얼른 다시 차에 타 후진으로 순식간에 주차장을 빠져나왔다.

"무슨 일이에요?" 도로로 나왔을 때 그녀가 물었다.

"갈 데가 있어요."

"어디요?"

코리가 주소를 건네주었다. 리빙스턴, 10번 도로 옆이라고 되어 있었다.

"리빙스턴이면 톰 더글러스와 관련된 일이겠네요." 마야가 말했다.

코리는 계속 뒤를 힐끗거렸다.

"우릴 미행하는 차량은 없어요." 그녀가 말했다.

"확실해요?"

"네."

"저기서 나와야 합니다. 저들에게 알리고 싶지 않아요."

마야는 이유를 묻지 않았다. 그녀가 알 바 아니었다. "그래서 그 주소에 뭐가 있는데요?"

"톰 더글러스의 이메일을 해킹했습니다."

"당신이 직접?"

시야 한쪽 끄트머리로 그의 미소가 보였다. "내가 수많은 직원이라도 거느리고 있는 줄 아는군요."

"당신에게는 많은…… '추종자'라는 말은 너무 약하고, 숭배하는 사람들이 있잖아요."

"다 한때죠. 난 그런 사람들은 믿지 않습니다. 그들에게 난 그저 새로운 유행일 뿐이에요. 사람들은 다른 일에 쉽게 정신이 팔립니다. 네, 내가 직접 해킹했어요."

마야는 다시 본론으로 돌아갔다. "그래서 톰 더글러스의 이메일을 해킹했는데 뭐가 나왔죠?"

"믿기지 않겠지만 더글러스는 아직도 AOL(아메리칸 온라인 사가 제공하는 PC 통신 서비스—옮긴이)을 쓰더군요. 뒤떨어져도 한참 뒤떨어졌죠. 이메일은 잘 쓰지 않고요. 거의 한 달간 메일을 보내지도, 읽지도 않았습니다."

마야는 우회전해 고속도로로 들어갔다. "한 달 전이면 더글러스가 실종된 시점이네요."

"맞아요. 그런데 오늘 아침 더글러스에게 이메일이 한 통 왔습니다. 줄리언 루빈스타인이라는 남자가 보냈는데, 지난달 사용료를 내라더군요. 메일을 읽어보니 루빈스타인이라는 남자가 자신의 자동차 정비소 뒤에 있는 창고를 더글러스에게 빌려준 것 같았습니다."

"정비소요?"

"네."

"창고가 있는 곳 치고는 이상하네요." 마야가 말했다.

"신용카드 내역에도, 어떤 서류에도 창고 사용료가 자동 이체된 적이 없더군요. 늘 현찰로 냈다는 뜻입니다."

어떤 기록도 남기지 않기 위해서일 거라고 마야는 생각했다.

"그러니까 내 생각에 더글러스는 지난달 창고 사용료를 내지 않았습니다." 코리가 말했다. "그래서 줄리안 루빈스타인이 메일로 알렸고요. 아주 친절한 말투였습니다. '안녕, 톰. 오랜만이야. 지난달 사용료가 밀렸어.' 이런 식이었죠."

마야는 운전대를 꽉 쥐었다. 중요한 단서인 듯했다. "그래서 어떻게 할 작정이에요?"

코리는 스포츠백을 들어 올렸다. "스키 마스크 두 개랑 손전등 두 개, 절삭기를 가져왔습니다."

"더글러스 부인에게 열어달라고 할 수도 있어요."

"부인에게 그럴 권리가 있을까요? 싫다고 하면요?"

맞는 말이었다.

"또 다른 문제가 있어요, 마야."

그녀는 그의 심각한 말투가 마음에 들지 않았다.

"당신에게 거짓말을 하지는 않았어요. 하지만 이해해줘요. 당신을 믿어도 될지 확실하지 않았어요." 코리가 말했다.

"그러셨겠죠."

그들은 빨간불 앞에서 멈췄다. 마야는 코리를 돌아보며 그의 말을 기다렸다.

"당신에게 말하지 않은 게 있습니다."

"그러니까 지금 말해요." 그녀가 말했다.

"클레어."

"언니가 왜요?"

"클레어가 EAC 제약 회사와 관련해서 보낸 자료가 더 있었어요."

마야는 고개를 끄덕였다. "네. 그럴 줄 알았어요."

"어떻게 알았죠?"

마야 역시 그에게 모든 걸 말해야 할 이유는 없었다. "당신은 버켓가에서 뭔가 불법적인 일을 한다는 걸 알고 있지만 구체적인 증거는 하나도 없다고 했어요. 그러더니 갑자기 EAC 제약 회사 얘기를 꺼냈죠. 분명 언니가 뭔가를 줬을 거라고 생각했어요."

"맞아요. 하지만 클레어가 준 자료만으로는 부족했습니다. 그걸 폭로할 수도 있었지만 그렇게 되면, 음, 그쪽에서 더 결정적인 증거를 숨겨버릴 수 있죠. 아직 조사 초기 단계라서 터뜨릴 수가 없었습니다. 증거가 더 필요했어요."

"그래서 언니가 계속 조사했군요."

"네."

"그러다 톰 더글러스를 알게 됐고요."

"맞습니다. 다만 클레어는 톰 더글러스가 EAC 제약 회사와 아무 상관이 없다고 했어요. 다른 일, 더 큰 일과 연관되었다고 했죠."

신호등이 파란불로 바뀌자 마야는 액셀러레이터를 살짝 밟았다. "언니가 죽은 걸 알았을 때 가지고 있던 자료만이라도 폭로하지 그랬어요?"

"아까 말했듯이 그것만으로는 턱없이 부족했습니다. 그리고 톰 더글러스에 대해 알아내고 싶은 마음이 더 컸고요. 솔직히 클레어는 제약 회사보다 그쪽에 더 큰 관심을 보였어요. 그러니 괜히 폭로했다가 버켓가에서 그 일을 다 덮어버릴까 봐 걱정되더군요. 더 알아내고 싶었죠."

"그래서 언니가 죽고 나자, 이번에는 내가 조사하게 만들었군요."

코리는 반박하지 않았다.

"참 대단하시네요, 코리."

"영악한 거 인정합니다."

"그건 너무 점잖은 표현인데요."

"대의를 위해서였습니다."

"그랬겠죠. 근데 왜 이제 와서 나한테 그 얘기를 하는 거죠?"

"왜냐하면 그 가짜 약 때문에 사람이 죽었으니까요. 인도에 사는 세 살짜리 꼬마요. 그 애는 균에 감염되어 고열에 시달렸습니다. 병원에서는 EAC 제약 회사에서 생산한 항생제를 처방했죠. 하지만 아무 효과도 없었습니다. 의사가 다른 항생제로 바꿨을 때는 너무 늦었고요. 아이는 뇌사 상태에 빠졌다가 죽었습니다."

"끔찍하네요. 그걸 어떻게 알았죠?"

"그 병원에 있던 의사가 말해줬어요. 그 사람은 내부 고발자가 되고 싶어 합니다. 세부 사항이 적힌 차트를 보관해두고, 녹음과 녹화 자료도 만들고, 조직 검사 샘플까지 빼돌렸죠. 거기에 클레어가 알려준 정보도 있고요……. 하지만 그걸로는 여전히 부족해요, 마야. 버켓가는 현지에서 제약 회사를 운영하는 인도인들에게 책임을 돌릴 겁니다. 물 흐리기가 특기인 거물급 변호사들 뒤에 숨을 거예요. 약간의 타격은 입겠죠. 수백만, 어쩌면 수십억 달러를 보상해야 할지 몰라요. 하지만……."

"당신은 톰 더글러스가 더 큰 약점이라고 생각하는군요."

"네, 맞아요." 이제 그의 목소리가 경쾌해졌다. "클레어도 그렇게 생각했고요."

"이 일을 즐기고 있네요." 마야가 말했다.

"당신도 전투를 즐길 때가 있지 않나요?"

그녀는 대답하지 않았다.

"그렇다고 해서 내가 이 일을 가볍게 생각한다는 뜻은 아닙니다. 하지만 신나는 건 맞아요."

마야는 오른쪽 깜빡이를 켜고 방향을 틀었다. "내 영상을 입수했을 때도 그렇게 신났나요?"

"진실을 듣고 싶어요? 네. 그랬습니다." 정적이 흘렀고, 마야는 계속 운전했다. 코리는 차내 라디오를 만지작거렸다. 30분쯤 뒤, 그들은 아이젠하워 파크웨이로 빠져나갔다. GPS에서 목적지까지 1.5킬로미터가 남았다고 말했다.

"마야?"

"네."

"당신은 여전히 많은 군인들과 친구로 지내더군요. 셰인 테시에도 그중 한 명이고요."

"날 감시했어요?"

"조금요."

"하고 싶은 말이 뭐죠?"

"그 친구들 중에서 그날의 진실을 아는 사람이 있나요? 그러니까 당신이 미사일을 발사하기 전에……."

"알아들었어요." 마야가 그의 말을 잘랐다. 그러고는 대답했다. "아뇨."

코리가 다음 질문을 하려는 찰나, 마야가 다 왔다고 말했다.

왼쪽으로 돌아 비포장도로에 접어들자 그녀는 주변을 훑으며 CCTV가 있는지 살폈다. 한 대도 보이지 않았다. 마야는 JR 정비소에서 한 블록 떨어진 곳에 차를 세웠다.

코리가 스키 마스크를 건넸지만 그녀는 고개를 저었다. "그걸 쓰면 더 눈에 띌 거예요. 이미 충분히 어두워요. 그냥 차를 어디에 주차해뒀는지 몰라서 헤매는 사람들 행세를 하면 돼요."

"난 각별히 조심해야 합니다." 코리가 말했다.

"알아요."

"발각되면 안 된다고요."

"수염도 길렀고 야구 모자도 썼으니 괜찮을 거예요. 절삭기 들고 고개만 숙여요."

그는 미심쩍은 표정을 지었다.

"아니면 여기서 기다려요. 나 혼자 할 테니까."

마야가 차 문을 열고 밖으로 나갔다. 코리는 마지못해 절삭기를 들고 따라 나왔다. 그들은 말없이 걸었다. 어두웠지만 마야는 손전등을 켜지 않았다. 계속 주위를 둘러봤다. CCTV도, 경비도, 다른 집도 없었다.

"재미있네요." 마야가 말했다.

"뭐가요?"

"톰 더글러스가 이런 곳에 있는 창고를 빌렸다는 게."

"무슨 뜻입니까?"

"길 바로 아래쪽에 정식 창고 대여 업체인 큐브 스마트와 퍼블릭 스토리지가 있어요. 접근하기도 쉽고, CCTV도 갖춰져 있죠. 하지만 톰 더글러스는 여길 선택했어요."

"워낙 시대에 뒤떨어진 사람이니까요."

"그럴 수도 있죠. 아니면 누구에게도 이 창고의 존재를 알리고 싶지 않았거나요. 생각해봐요. 당신은 그의 신용카드 내역을 해킹했어요. 만약 더글러스가 평범한 창고 대여 업체에 가서 신용카드나 수표로 사용료를 냈다면 당신이 찾아냈을 거예요. 더글러스는 분명 그렇게 되는 걸 원치 않았어요."

JR 정비소는 딕슨 연필과 똑같은 노란색으로 칠해진 콘크리트 건물이었다. 두 차고의 문은 닫혀 있었는데, 멀리서도 거기 채워진 맹꽁이자물쇠가 보였다. 잔디는 오랫동안 손질하지 않은 듯했다. 한 번이라도 깎은 적이 있는지 의문이었지만. 마당에는 녹슨 자동차 부품이 여기저기 흩어져 있었다. 마야와 코리가 뒤쪽으로 돌아갔더니 자동차 폐차장이 앞을 가로막았다. 1990년대 중반에 생산된 올즈모빌 커트라스 시에라가 눈에 띄었다. 한때 하얀색이었던 차는 완전히 부서져 있었다. 옛날에 아버지도 저 차를 몰았던 터라 마야는 잠시 그때를 떠올렸다. 가족들이 집 앞에서 기다리고 있으면 아버지는 차를 몰고 모퉁이를 돌아 나와 한쪽 입꼬리를 올린 채 미소를 지으며 경적을 울렸다. 어머니는 앞자리에 폴짝 올라타고, 클레어와 마야는 뒷좌석으로 들어갔다. 고급 차와는 거리가 멀지만 그래도 아버지는 그 차를 좋아했다. 바보 같다는 걸 알면서도 마야는 혹시 이 올즈모빌이 그날 아버지를 그렇게 행복하게 해준 바로 그 차인지 궁금했다. 이 폐차장에 쌓인 차들은 모두 한때 번쩍번쩍한 새 차로 기대와 희망 속에서 쌩쌩 달렸을 텐데, 지금은 10번 도로 옆에 있는 낡은 정비소의 뒷마당에 누워 낱낱이 분해된 채 죽어가고 있었다.

"괜찮아요?" 코리가 물었다.

마야는 말없이 앞으로 걸어가며 손전등을 켰다. 마당은 서너 평쯤 되는 듯했는데 뒤편 오른쪽 구석, 낡은 쉐보레 밴에 가려 잘 보이지 않는 곳에 야외 창고 두 개가 있었다. 홈데포나 로우스에서 삽이나 갈퀴, 원예용 도구 등을 보관해두는 용도로 파는 조립형 창고였다.

마야는 손전등 불빛으로 창고를 가리켰다. 코리가 실눈을 뜨더니 고개를 끄덕였다. 그들은 앞에 흩어진 타이어와 엔진 부품, 자동차 문짝 등을 넘어 말없이 그쪽으로 다가갔다.

창고는 작아서 가로세로 120센티미터쯤 되어 보였다. 합성수지 혹은 내구성이 좋고 튼튼한 플라스틱으로 만들어졌을 것이다. 한 시간 정도면 쉽게 조립할 수 있는 제품이었는데 둘 다 맹꽁이자물쇠로 잠겨 있었다.

계속 걸어가던 두 사람은 10미터쯤 남았을 때 냄새를 맡고 동시에 걸음을 멈췄다.

코리가 겁에 질린 얼굴로 마야를 바라봤다. 마야는 고개를 끄덕였다.

"맙소사." 코리가 말했다.

코리는 그 자리에서 바로 달아나려 했다.

"안 돼요." 마야가 말했다.

코리는 멈칫했다.

"달아나면 상황만 악화될 뿐이에요." 그녀가 말했다.

"우린 아직 이 냄새의 정체가 뭔지 모릅니다. 동물일 수도 있어요."

"그렇죠."

"그러니까 지금 갑시다."

"가려면 혼자 가세요, 코리."

"네?"

"난 남아서 창고를 열어볼게요. 뭐가 나오든 난 감당할 수 있어요. 하지만 당신은 달라요. 이미 수배 중이잖아요. 그러니까 가세요. 당신이 여기 있었다는 말은 아무에게도 하지 않을 게요."

"경찰에게 뭐라고 하려고요?"

"걱정 말고 가세요."

"하지만 나도 뭐가 나올지 알고 싶단 말입니다."

마야는 그의 우유부단함이 지겨웠다. "그럼 그냥 있든지요."

버터를 가르는 뜨거운 칼처럼 절삭기가 자물쇠를 단숨에 갈랐다. 문이 벌컥 열리며 사람 팔 하나가 툭 튀어나왔다.

"맙소사." 코리가 말했다.

지독한 악취에 속이 울렁거린 코리는 뒤로 물러나 헛구역질을 했다. 마야는 그대로 서 있었다.

시신의 나머지 부분도 문 밖으로 미끄러져 나왔다. 시신은 심하게 부패되어 있었다. 얼굴을 알아보기 힘들었지만 그녀가 봤던 사진들, 거기다 체격과 희끗한 머리칼을 근거로 할 때 톰 더글러스가 틀림없었다. 마야는 시신 쪽으로 다가갔다.

"뭐 하는 겁니까?"

그녀는 대답하지 않았다. 시체를 너무 많이 봐서 익숙해진 건 아니었다. 다만 충격을 받지 않을 뿐이다. 시신 너머로 창고 안을 들여다봤지만 아무것도 없었다.

코리는 다시 헛구역질을 했다.

"가세요." 그녀가 말했다.

"네?"

"여기에 토하면 경찰이 알게 될 테니까 빨리 가라고요. 당장. 고속도로로 나가서 식당을 찾아가요. 룰루나 다른 사람에게 전화해 데리러 오라고 해요."

"당신 혼자 두고 갈 수는 없어요."

"난 위험에 처하지 않았어요. 당신이 그렇지."

그는 왼쪽을 봤다. 오른쪽을 봤다. "정말 괜찮겠어요?"

"가세요."

마야는 다른 창고로 가서 자물쇠를 자르고 안을 들여다봤다.

역시 비어 있었다.

뒤를 돌아봤더니 저 멀리 자동차 부품을 지나 출구로 비틀비틀 걸어 나가는 코리가 보였다. 마야는 그가 시야에서 사라질 때까지 기다렸다. 손목시계를 보았다. 절삭기에 묻은 지문을 닦아낸 뒤, 올즈모빌 안에 절삭기를 감춰두었다. 설사 경찰이 찾아낸다 해도 아무것도 밝힐 수 없으리라. 만약을 대비해 20분을 더 기다렸다.

그런 다음 911에 전화했다.

# 27

마야는 뭐라고 진술할지 미리 준비해두었고 경찰에게 그대로 말했다. "거기 가보라는 제보를 받았어요. 가봤더니 자물쇠가 부서져 있고 팔 하나가 나와 있더군요. 그래서 문을 좀 더 열어본 다음 911에 전화했죠."

경찰이 어떤 '제보'였는지 묻자, 마야는 익명의 제보라고 말했다. 경찰은 왜 누가 그녀에게 그런 제보를 했는지 물었다. 이 대목에서 마야는 사실대로 말했다. 어차피 경찰이 톰 더글러스의 아내를 찾아가면 알게 될 터였다. "언니 클레어가 살해당하기 며칠 전에 톰 더글러스를 만나 얘기했다는 걸 알게 됐어요. 언니가 왜 더글러스를 만났는지 알고 싶었죠."

경찰은 말만 바꿔가며 계속 질문을 던졌다. 마야는 자기 대신 어린이집에서 딸을 데려올 사람이 필요하니 전화를 해야 한다고 말했고, 경찰은 허락했다. 그녀는 에디에게 전화해 재빨리 상황을 설명했다.

"처제는 괜찮아?" 에디가 물었다.

"괜찮아요."

"클레어와 관련된 일이지?"

"당연하죠."

"지금 릴리를 데리러 갈게."

마야는 경찰에 둘러싸인 상태에서 스카이프로 그로잉 업에 전화해 오늘 릴리의 이모부 에디가 자기 대신 릴리를 데리러 갈 거라고 했다. 미스 키티는 선뜻 허락하지 않았다. 마야에게 꼬치꼬치 캐묻더니 확실히 하기 위해 등록해둬야 한다고 주장했다. 마야는 지나칠 정도로 철저한 보안이 마음에 들었다.

몇 시간 뒤 마침내 인내심이 바닥난 마야가 말했다. "절 체포하실 건가요?"

지금까지 신문을 주도한, 아름다운 곱슬머리에 속눈썹이 짙은 에식스 카운티 형사가 머뭇거리며 대답했다. "당신을 무단침입으로 체포할 수도 있습니다."

"그럼 하세요." 마야는 양 손목을 맞댄 채 손을 내밀었다. "이젠 정말 딸애를 집에 데려가야 해요."

"부인은 용의자예요."

"정확히 무슨 혐의죠?"

"뭐겠습니까? 살인이죠."

"근거는요?"

"왜 오늘 저녁에 거기 갔죠?"

"말했잖아요."

"더글러스 부인에게 피살자가 실종된 상태라는 얘기를 들었죠?"

"네."

"그런데 수수께끼의 제보자가 그 창고에 가보라고 했고요."

"맞아요."

"그 수수께끼의 제보자가 누굽니까?"

"익명의 제보였어요."

"그 사람이 전화했나요?"

"네."

"집으로 전화했나요? 아니면 휴대전화로?" "집으로요."

"부인의 전화 내역을 모두 조사할 겁니다."

"그러세요. 하지만 지금은 너무 늦었어요." 마야는 자리에서 일어났다. "그러니까 오늘은 그만—"

"잠깐만요."

누구의 목소리인지 알아차린 마야는 나직이 욕을 했다.

뉴욕시 경찰청의 로저 키어스가 원시인처럼 으스대는 걸음으로 그들을 향해 걸어왔다. 땅딸막한 몸뚱이 양옆으로 팔이 뻗어 나와 있었다.

"누구시죠?" 곱슬머리가 물었다.

키어스는 배지를 슬쩍 보여주고 이름을 말했다. "난 마야 스턴 씨의 남편 조 버켓 살인 사건을 조사 중입니다. 피살자의 사인은 알고 있습니까?"

곱슬머리는 잠시 경계하는 눈빛으로 마야를 보더니 키어스 형사에게 말했다. "잠깐 저쪽에서 얘기하시죠."

"목이 베인 것 같던데요." 마야의 대답에 두 형사가 그녀를 바라봤다. "난 정말 빨리 가봐야 해요. 시간 절약 좀 하자고요."

키어스가 인상을 쓰며 다시 곱슬머리를 바라봤다.

"목에 칼로 베인 상처가 있었습니다. 하지만 아직 그 이상은 모릅니다. 내일 아침에 검시관이 부검 결과를 말해줄 겁니다."

키어스는 마야 옆으로 의자를 끌어다가 빙글 돌려 뒷면이 앞으로 오게 하더니 양다리를 벌리고 힘겹게 앉았다. 마야는 그를 바라보며 캐럴라인이 한 말을 생각했다. 그가 버켓가로부터 뇌물을 받는다는 말. 그게 사실일까? 그럴 것 같지 않았지만 사실이든 아니든 지금 그 얘기를 꺼내는 건 현명하지 못하리라.

"지금 당장 변호사를 부를 수도 있어요. 날 잡아둘 근거가 없다는 거 아시죠?" 마야가 말했다.

"그 점에 있어서는 당신의 협조를 고맙게 생각합니다." 키어스가 손톱만큼의 진심도 없이 말했다. "하지만 가기 전에……. 음, 아무래도 우리가 이걸 잘못 생각하고 있었던 것 같습니다."

키어스는 그녀가 미끼를 물기를 기다렸다.

"'우리'가 뭘 잘못 생각했다는 거죠, 형사님?" 마야는 '우리'라는 단어에 힘을 주었다.

키어스는 의자 등받이에 두 손을 올렸다. "당신 주위에서 자꾸 시체들이 나오는군요. 안 그래요?"

형부가 한 말이 생각났다. "죽음이 *처제를 따라다녀.*"

"처음에는 남편, 이번에는 사립 탐정."

키어스는 그렇게 말하며 미소를 지었다.

"하고 싶은 말이 뭔가요, 키어스 형사님?"

"그냥 그렇다는 말입니다. 처음에 당신은 남편과 함께 공원에 있었습니다. 그러다 남편이 살해됐고요. 그다음에는 당신 혼자서 뭔지 모를 조사를 하고 다녔죠. 그랬더니 또 톰 더글러스가 죽었네요. 이 두 사건의 공통분모가 뭘까요?"

"제가 맞춰보죠. 저요?"

키어스는 어깨를 으쓱였다. "어쩔 수 없이 그런 생각이 드는군요."

"그러시겠죠. 그래서 형사님 가설은 뭔가요? 내가 두 사람을 죽였나요?"

키어스는 다시 어깨를 으쓱였다. "저야 모르죠."

마야는 항복하듯 두 손을 들어 올렸다. "이런, 들켰네요. 그러니까 뭐냐 시체의 상태로 보아 제가 한 달쯤 전에 톰 더글러스를 죽였군요. 그런 다음 시체를 그 창고에 감쪽같이 숨겨놓았는데 무슨 이상한 이유에서인지 그의 부인을 찾아가고, 그다음에는 뭐죠, 형사님? 다시 창고로 가서 시체를 꺼내 날 궁지에 몰았나요?"

키어스는 잠자코 있었다.

"맞아요. 이 사건과 제 남편 사건 간의 연관성이 명확하게 보이네요. 살인 사건 현장을 계속 맴돌다니 제가 정말 멍청한가봐요. 그거야말로 경찰에 잡히는 지름길인데 말이죠. 아, 그리고 우리 남편의 경우에는요, 와, 제가 얼마나 실력이 좋으냐면 심지어 우리 언니를 쏜 총까지 찾아내서 그걸로 남편을 죽였지 뭐예요. 언니가 살해될 당시 전 이 나라에 있지도 않았는데 말이에요. 제 말이 얼추 맞죠, 키어스 형사님? 뭐 빠진 거 있나요?"

키어스는 아무 말도 하지 않았다.

"형사님은 내가 이 두 사람을 죽였다는 걸 증명하시려는 모양인데…… 잠깐, 제가 언니도 죽였나요? 아니구나, 지난번에 당시 내가 해외 복무 중이었기 때문에 그럴 수 없다고 말씀하셨죠……. 어쨌거나 형사님은 그걸 증명하시려는 모양인데, 그거 말고 형사님과 버켓가의 관계도 살펴봐야 하지 않을까요?"

그 말에 키어스가 관심을 보였다. "그게 무슨 말입니까?"

"신경 쓰지 마세요." 마야는 자리에서 일어나 출입문 쪽으로 걸어갔다. "여러분은 시간 낭비 하고 싶으면 마음대로 하세요. 난 우리 딸을 데리러 갈 테니까요."

마야의 차는 경찰에 압수당한 상태였다.

"벌써 영장이 나왔나요?" 마야가 물었다.

곱슬머리가 영장을 건넸다.

"빠르네요."

곱슬머리는 어깨를 으쓱였다.

"제가 모셔다 드리죠." 키어스가 말했다.

"아뇨, 사양할래요."

마야는 휴대전화로 택시를 불렀고, 10분 뒤에 차가 도착했다. 집에 도착한 후에는 조의 차를 운전해 언니네 집으로 갔다.

그녀가 현관까지 가기도 전에 에디가 먼저 나왔다. "어떻게 됐어?"

마야는 현관에 서서 오늘 있었던 일을 말해줬다. 에디 뒤로 릴리와 놀고 있는 알렉사가 보였다. 그녀는 알렉사와 대니얼을 생각했다. 너무나 착한 아이들이었다. 마야는 결과 지향적인 사람이었다. 아이들이 저렇게 착하다는 건 부모도 착하다는 뜻이리라. 다 언니의 덕일까? 결국 믿고 릴리를 맡길 수 있는 사람은 누굴까?

"형부?"

"왜?"

"형부에게 말하지 않은 게 있어요."

에디가 그녀를 바라봤다.

"필라델피아요. 거기에 앤드루 버켓이 다닌 학교가 있어요." 마야는 그 사실과 언니와의 연관성도 설명해주었다. 한술 더 떠 내니 캠에서 조를 봤다는 말까지 할까 싶었지만 지금 당장은 그 말을 해서 도움될 게 없어 보였다.

"그러니까," 그녀의 말이 끝나자 에디가 말했다. "세 건의 살인이 있었네." 클레어와 조, 오늘 시체가 발견된 톰 더글러스를 뜻했다. "그리고 유일한 연관성은, 내가 보기에는 앤드루 버켓이고."

"네."

"뻔한 거 아냐? 그 배에서 무슨 일이 있었어. 오랜 세월이 지난 후에도 그 일 때문에 사람들이 죽을 정도로 끔찍한 사건이."

마야는 고개를 끄덕였다.

"그날 밤에 또 누가 있었지? 배에 탄 사람이 또 누구야?" 에디가 물었다.

마야는 크리스토퍼 스웨인에게 보낸 메일을 생각했다. 아직까지는 답장이 없었다. "가족과 친구들요."

"버켓가 자녀들 중에서는 누가 타고 있었지?" 에디가 물었다.

"앤드루와 조, 캐럴라인요."

에디는 턱을 문질렀다. "그중 둘이 죽었군."

"네.

"그럼 남은 사람은……?"

"당시 캐럴라인은 어렸어요. 어린애가 무슨 일을 할 수 있었겠어요?" 마야는 에디 뒤쪽을 바라봤다. 릴리는 졸려 보였다. "그나저나 너무 늦었어요, 형부."

"그래, 알았어."

"그리고 릴리 어린이집의 보호자 명단에 형부를 등록해야 해요. 직접 가서 하지 않으면 다음부터는 형부가 릴리를 데려갈 수 없어요."

"알아. 미스 키티에게 들었어. 처제랑 함께 와서 증명사진도 찍고 그래야 한대."

"시간 되시면 내일 함께 가요."

에디는 졸린 눈으로 노래를 부르며 알렉사와 함께 손뼉치기를 하는 릴리를 바라봤다. "그러자고."

"고마워요, 형부."

에디와 알렉사 그리고 대니얼은 마야와 릴리를 차까지 배웅했다. 릴리는 이번에도 역시 안 가겠다고 투정을 부렸지만 너무 피곤해서 제대로 떼를 쓰지 못했다. 마야가 카시트를 좌석에 고정시킬 때 릴리는 이미 잠들어 있었다.

집으로 가는 길에 마야는 죽은 세 사람을 생각하지 않으려 했지만 당연히 쉽지 않았다. 에디의 말이 맞았다. 지금 벌어지는 일은 17년 전 그 배에서 일어난 사건과 직접적인 연관이 있었다. 말이 안 되는 소리지만 틀림없다. 이 경우에는 오컴의 면도날보다 아서 코난 도일이 자신의 창조물인 셜록 홈스의 입을 빌려 전한 철학이 더 적합할 듯했다. "불가능한 가설을 모두 제거하고 남은 것은 아무리 비현실적으로 보일지라도 반드시 진실이다."

과거를 묻어버리는 건 불가능하다고들 한다. 아마 사실일 것이다. 하지만 이 말의 진정한 의미는 과거의 트라우마가 현재까지 영향을 주면서 어떻게든 살아 있다는 뜻이다. 지금 마야도 그랬다. 헬리콥터에서 미사일을 발사한 그날의 트라우마는 아직까지 살아서 영향을 미쳤다. 그것도 그녀가 아닌 다른 사람에게까지.

그러니 돌아가자. 이 모든 일의 발단이 된 최초의 사건은 무엇일까? 앤드루가 바다에서 죽은 사건일 수도 있지만 그것은 출발점이 아니다.

그렇다면 무엇일까?

가능한 한 멀리 거슬러 오르자. 대개 거기에 답이 있다. 그리고 이 경우에는 프랭클린 비들 아카데미와 시오 모라의 죽음까지 거슬러 갈 수 있다.

집에 돌아오니 고요한 실내가 놀랄 만큼 외롭게 느껴졌다. 평소에는 이런 고요함이 위로가 되었지만 오늘은 아니다. 릴리는 목욕을 하고 옷을 갈아입는 동안에도 계속 비몽사몽이어서 몸조차 제대로 가누지 못했다. 마야는 릴리가 정신을 차리기를, 그래서 둘이 함께 무언가를 할 수 있기를 은근히 바랐지만 릴리의 눈은 계속 감겨 있었다. 마야는 릴리를 침대로 데려가 이불 속에 눕혔다.

"우리 릴리, 책 읽어줄까?"

마야의 목소리는 비굴할 정도로 애원조였지만 잠든 릴리는 꿈쩍도 하지 않았다.

마야는 침대 옆에 서서 딸을 내려다보았다. 그 순간, 놀랄 만큼 차분해졌다. 여기 이 방에, 딸 옆에 머물고 싶었다. 그 욕망이 용감한 보초병의 본능에서 나왔는지, 혼자 있기 두려운 엄마의 마음에서 나왔는지는 알 수 없었다. 중요하지도 않았고. 마야는 의자를 끌어다가 문가 화장대 옆에 앉아 오랫동안 릴리를 바라봤다. 온갖 감정이 해변의 파도처럼 일어났다가 부서졌다. 마야는 그런 감정들을 멈추려 하지도, 판단하지도 않았다. 가능한 한 끼어들지 않은 채 흘러가도록 내버려두었다.

이상할 정도로 평온했다.

자야 할 이유가 없었다. 보나마나 온갖 소리가 살아날 것이다. 오늘 밤만이라도 소리들이 잠잠해지게 둘 것이다. 그냥 여기 앉아 릴리를 바라볼 것이다. 밤만 되면 머릿속 악몽의 수레바퀴에 올라타 햄스터처럼 바퀴를 돌리느니 이편이 훨씬 더 평온하고 편안하지 않을까?

시간이 얼마나 지났는지 알 수 없었다. 아마도 한 시간쯤 되었으리라. 두 시간일 수도 있고. 단 1초도 방에서 나가고 싶지 않았지만 노트와 볼펜을 가져와야 했다. 갑자기 잠시라도 릴리가 시야에서 사라지는 게 두려워서 서둘러 방에 돌아와 아까처럼 문가에 앉아 편지를 쓰기 시작했다. 손에 볼펜을 쥔 느낌이 낯설었다. 요즘에는 글을 거의 쓰지 않기 때문이다. 다들 그럴 것이다. 편지를 보낼 때는 노트북 키보드로 작성해 발송 버튼을 누르는 세상이다.

하지만 오늘 밤만은, 이 편지만은 아니었다.

편지를 다 썼을 때 휴대전화가 진동했다. 발신자로 캐럴라인의 이름이 뜨자 마야는 재빨리 전화를 받았다.

"캐럴라인?"

전화기 너머에서 속삭임이 들렸다. "오빠를 봤어요."

온몸의 피가 차가워졌다.

"오빠가 돌아왔어요. 어떻게 된 건지는 몰라요. 곧 언니를 찾아갈 거라고 했어요."

"캐럴라인, 지금 어디 있어요?"

"말할 수 없어요. 내가 전화했다는 말 아무에게도 하지 마세요. 부탁해요."

"캐럴라인……."

딸칵 소리와 함께 전화가 끊겼다. 마야는 다시 캐럴라인에게 전화했지만 음성 사서함으로 넘어갔다. 메시지는 남기지 않은 채 전화를 끊었다.

'숨을 깊이 들이쉬고, 내쉬고. 수축, 이완…….'

겁먹지 않을 것이다. 그래 봐야 아무 소용 없다. 그녀는 다시 의자에 앉아 이 통화를 이성적으로 분석했다. 그러자 오랜만에 처음으로 명확해지기 시작했다.

하지만 오래가지 못했다.

진입로에 차가 들어서는 소리가 났다.

아까 캐럴라인이 했던 말이 생각났다. *"곧 언니를 찾아갈 거라고 했어요."*

마야는 혹시나 싶어 황급히 창가로 달려갔다.

혹시나…… 뭘 기대한 거지?

자동차 두 대가 진입로를 올라와 멈췄다. 위장 경찰차에서 로저 키어스가 내렸고, 에식스 카운티 경찰차에서 곱슬머리가 내렸다.

마야는 몸을 돌려 잠든 릴리를 한 번 더 바라본 후, 계단을 내려갔다. 피로가 밀려와 신경이 곤두섰지만 꾹 참았다. 끝이 보였다. 갈 길이 멀기는 해도 마침내 끝이 보였다.

릴리가 초인종 소리에 깨는 게 싫어서 마야는 그들이 현관으로 걸어오는 동안 미리 문을 열고 기다렸다.

"무슨 일이죠?" 본의 아니게 짜증 섞인 목소리로 그녀가 물었다.

"새로 알아낸 사실이 있습니다."

"뭔데요?"

"경찰서까지 함께 가주셔야겠습니다."

# 28

미스 키티는 지난번에 본 위장 경찰차를 알아보고도 환한 미소를 잃지 않았다. 마야가 막 말하려는데 미스 키티가 멈추라는 뜻으로 한 손을 들어 올렸다.

"설명하실 필요 없어요."

"고마워요."

릴리는 어느새 익숙해졌는지 아무 거리낌 없이 미스 키티에게 갔다. 미스 키티는 햇살처럼 환한 노란색 방의 문을 열어주었다. 행복한 웃음소리가 릴리를 통째로 삼키는 듯했고, 릴리는 뒤도 돌아보지 않고 사라졌다.

"정말 착한 애예요." 미스 키티가 말했다.

"고마워요."

마야는 어린이집 주차장에 차를 두고 대신 키어스의 차에 탔다. 경찰서까지 가는 동안 그는 대화를 시도했지만 마야는 대꾸하지 않았다. 그들은 말없이 뉴어크까지 갔다. 30분 뒤, 마야는 경찰서의 전형적인 취조실에 앉아 있었다. 테이블 위 작은 삼각대에 비디오카메라가 놓여 있었다. 곱슬머리는 카메라를 마야 쪽으로 돌린 다음, 버튼을 누르고 취조에 응할 마음이 있는지 물었다. 마야는 그렇다고 대답했다. 그러자 그런 사실이 명시된 서류에 서명해달라고 했고, 마야는 순순히 서명했다.

키어스는 털이 북슬북슬하고 큼직한 손을 테이블에 올리더니 '다 잘되고 있으니 긴장 풀어요'라고 말하는 듯한 미소를 지었다. 마야는 그의 미소를 무시했다.

"처음부터 시작해도 되겠습니까?" 그가 물었다.

"싫은데요."

"네?"

"새로 알아낸 사실이 있다고 하셨잖아요."

"그랬죠."

"그러니까 거기서부터 하세요."

"조금만 참아주시죠."

마야는 아무 말도 하지 않았다.

"당신은 두 남자가 돈을 뺏으려다 남편을 죽였다고 주장하며 그들의 인상착의를 설명했습니다."

"주장해요?"

"정확한 용어를 쓰는 겁니다, 버켓 부인. 버켓 부인이라고 불러도 될까요?"

"마음대로 하세요. 묻고 싶은 게 뭐죠?"

"우리는 부인의 설명에 부합하는 두 남자를 찾아냈습니다. 에밀리오 로드리고와 프레드 케이튼. 그래서 범인 지목을 부탁드렸고, 부인은 최대한 기억을 되살려 그들을 지목했습니다. 하지만 부인 진술에 따르면 놈들은 스키 마스크를 쓰고 있었습니다. 아시다시피 그래서 놈들을 잡을 수 없었죠. 로드리고를 불법 무기 소지로 기소하기는 했어도요."

"맞아요."

"남편이 살해되기 전에 에밀리오 로드리고나 프레드 케이튼과 아는 사이였습니까?"

뭐야. 지금 무슨 말을 하려는 거지? "아뇨."

"전에 이들을 한 번도 본 적이 없나요?"

마야는 곱슬머리를 바라봤다. 그의 얼굴은 무표정했다. 그녀는 다시 키어스를 바라봤다. "없어요."

"확실합니까?"

"네."

"왜냐하면 우리는 이 일이 단순 강도 사건이 아니라고 생각하기 때문입니다, 버켓 부인. 당신이 그들을 고용해 남편을 죽였을 가능성도 있습니다."

마야는 다시 곱슬머리를 바라봤다가 키어스를 바라봤다.

"그게 사실이 아니라는 걸 형사님도 아실 텐데요."

"그래요? 제가 어떻게 알죠?"

"두 가지 방법으로요. 첫째, 제가 에밀리오 로드리고와 프레드 케이튼을 고용했다면 경찰서에서 그들을 지목하지 않았겠죠. 안 그래요?"

"놈들을 배신하고 싶었을 수도 있죠."

"그건 좀 위험하지 않나요? 내가 알기로 그들을 잡아들인 유일한 단서는 제 증언이에요. 제가 아무 말도 하지 않았으면 절대 그들을 찾아내지 못했을 거라고요. 그러니 왜 제가 그들을 지목하겠어요? 그냥 입 다물고 있지 않았을까요?"

키어스는 대답하지 않았다.

"영문은 모르겠지만 제가 정말 형사님 말대로 그들을 고용한 다음, 경찰에 잡히도록 했다고 쳐요. 그럼 그들이 스키 마스크를 쓰고 있었다는 말을 왜 했을까요? 그냥 그자들을 지목해서 체포되게 하면 그만일 텐데요."

키어스가 뭔가를 말하려고 입을 열자 마야는 미스 키티를 흉내 내 한 손을 들어 올렸다.

"말도 안 되는 변명을 하실 생각은 마세요. 그 일 때문에 여기 온 게 아니라는 건 우리 모두 알고 있으니까요. 그걸 어떻게 아냐고 물으신다면 지금 여기가 뉴욕이 아니라 뉴어크기 때문이죠. 저기 계신 저 곱슬머리 형사님의 관할 지역에 있는 거예요. 미안해요. 형사님 이름을 잊었네요."

"에식스 카운티의 드미트리어스 매브로제너스 형사입니다."

"멋진 이름이네요. 근데 그냥 계속 곱슬머리 형사님이라고 불러도 될까요? 어쨌거나 시간 낭비는 그만하죠. 조의 일로 날 부른 거라면 키어스 형사님이 소속된 센트럴파크 경찰서로 갔을 거예요. 하지만 우린 지금 뉴어크에 있어요. 뉴어크는 에식스 카운티고, 어젯밤 톰 더글러스의 시체가 있던 리빙스턴도 에식스 카운티 관할이죠."

"시체가 있던 게 아니라 발견되었죠. 부인에 의해서." 키어스가 잃어버린 주도권을 조금이나마 되찾고자 말했다.

"그렇죠. 하지만 그건 새로운 사실이 아닌데요."

마야는 말을 멈추고 기다렸다.

"아니죠." 마침내 키어스가 말했다.

"그러니까 게임은 그만하세요, 형사님. 대체 뭘 알아내셨길래 이 아침에 절 여기로 데려왔죠?"

키어스는 곱슬머리를 바라봤다. 곱슬머리가 고개를 끄덕였다.

"오른쪽에 있는 텔레비전을 봐주세요."

벽에는 평면 텔레비전이 걸려 있었다. 곱슬머리는 리모컨을 집어 들어 텔레비전을 켜더니 비디오를 재생했다. 주유소 CCTV에 찍힌 화면이었다. 주유기 한 대와 그 너머의 도로 그리고 신호등이 보였다. 마야는 이 주유소가 정확히 어디에 있는지는 몰라도 이야기가 어떤 방향으로 흘러가는지 대충 알 수 있었다. 그녀는 키어스를 힐끗 바라봤다. 키어스는 그녀의 반응을 주시하고 있었다.

"여길 봐주세요."

곱슬머리는 그렇게 말하며 정지 버튼을 누르고 화면을 확대했다. 신호등 빨간불 앞에 멈춰서 오른쪽을 향하고 있는 마야의 차가 보였다. 카메라는 그녀의 차 뒤쪽에 초점이 맞춰져 있었다. "번호판의 첫 두 글자만 알아볼 수 있는데 부인의 번호판과 일치하더군요. 이게 당신 차인가요, 버켓 부인?"

마야는 저 숫자로 시작하는 번호판을 단 BMW가 자기 차뿐이냐고 따질 수 있었다. 하지만 소용없는 짓이었다. "그런 거 같네요."

키어스가 곱슬머리에게 고개를 끄덕이자 곱슬머리는 리모컨을 집어 들고 버튼을 눌렀다. 화면이 조수석 창으로 이동했다. 두 남자의 눈이 그녀를 향했다.

"조수석에 탄 남자는 누굽니까?" 키어스가 물었다.

차창에 심하게 반사된 햇빛 탓에 사람 형체와 야구 모자만 간신히 보였다.

마야는 대답하지 않았다.

"버켓 부인."

그녀는 침묵을 지켰다.

"어젯밤에 더글러스 씨의 시체를 발견할 때 혼자라고 하셨습니다. 맞나요?"

마야는 화면을 바라봤다. "이 화면 어디에도 그 진술과 모순되는 점은 없는데요."

"부인은 분명 혼자가 아니었습니다."

"그리고 여긴 분명 제가 시체를 발견한 정비소가 아니고요."

"지금 이 남자가……."

"남자가 확실한가요?"

"뭐라고요?"

"그냥 형체와 야구 모자만 보여서요. 야구 모자는 여자도 쓸 수 있잖아요."

"이 사람은 누구죠, 버켓 부인?"

그녀는 코리 러진스키에 대해 말하지 않을 것이다. 그들이 알아낸 사실이 무엇인지 알고 싶어서 이곳에 따라왔고, 이제 그 사실을 알게 되었다. 그래서 다시 물었다. "절 체포하실 건가요?"

"아뇨."

"그럼 그만 가봐야겠네요."

키어스는 그녀를 보며 씩 웃었다. 마야는 그 미소가 마음에 들지 않았다. "마야."

더는 버켓 부인이라고 부르지 않았다.

"당신을 데려온 건 이 일 때문이 아닙니다."

마야는 걸음을 멈췄다.

"더글러스 부인과 얘기했더니 당신이 다녀갔다고 그러더군요."

"그래서요? 어젯밤에 이미 말했잖아요."

"그랬죠. 언니 클레어가 더글러스 씨를 만났다는 이유로 당신이 찾아왔다고 더글러스 부인이 그러더군요. 맞습니까?"

이걸 인정하지 않을 이유는 없었다. "그 얘기도 이미 했어요."

키어스는 고개를 갸웃했다. "언니가 톰 더글러스를 만났다는 걸 어떻게 알았나요?"

이 질문에는 대답하고 싶지 않았다. 분명 키어스도 예상했으리라.

"역시 또 익명의 소식통에게 제보를 받았나요?"

마야는 대답하지 않았다.

"그러니까 제가 제대로 이해하고 있다면, 당신은 익명의 소식통에게 클레어가 톰 더글러스를 만났다는 제보를 받았습니다. 그다음에는 또 익명의 소식통에게 톰 더글러스의 창고에 대한 제보를 받았고요. 말해봐요, 마야. 그 제보 중에 당신이 증명할 수 있는 게 하나라도 있나요?"

"무슨 말이죠?"

"그 익명의 정보통이 사실을 말했다는 증거가 있습니까?"

그녀는 얼굴을 찌푸렸다. "언니가 톰 더글러스를 찾아갔다는 건 확실하죠."

"그런가요?"

마야는 목덜미가 따끔거렸다.

"창고에서 정말로 톰 더글러스의 시신이 나왔으니 분명 도움이 되는 제보였네요. 하지만 익명의 소식통이 당신에게 모든 책임을 다 덮어씌운 건 아닐까요?"

키어스는 일어나서 텔레비전 쪽으로 걸어가더니 야구 모자를 쓴 형체를 가리켰다. "그리고 바로 이 사람이 그 익명의 소식통 아닙니까?"

마야는 아무 말도 하지 않았다.

"아무래도 이 남자가, 그냥 재미 삼아 남자라고 가정합시다. 수염이 살짝 보이는 것 같으니까. 이 남자가 당신을 창고로 안내한 사람 같군요."

마야는 깍지 낀 손을 테이블 위에 올렸다. "그렇다면요?"

"그자가 분명 부인 차에 타고 있었죠?"

"그래서요?"

"그래서," 키어스는 다시 돌아와 두 주먹을 테이블에 올리고 그녀 쪽으로 몸을 내밀었다. "부인 자동차 트렁크에서 혈흔이 발견됐습니다."

마야는 미동도 하지 않았다.

"AB 양성. 톰 더글러스와 같은 혈액형이죠. 어쩌다 그 피가 거기 묻었는지 말해주시겠습니까?"

# 29

혈액형은 일치했지만 혈액 속 DNA가 톰 더글러스와 일치한다는 결과는 아직 나오지 않았다. 따라서 그녀를 구속하기에는 증거가 부족하다.

하지만 경찰이 점점 그녀의 목을 죄어오고 있었다. 시간이 부족하다.

키어스는 자진해서 그녀를 집까지 데려다주겠다고 했다. 이번에는 마야도 거절하지 않았다. 처음 10분 동안은 둘 다 아무 말도 하지 않았다. 마침내 키어스가 침묵을 깼다.

"마야?"

그녀는 창밖을 내다봤다. 코리 러진스키를 생각하는 중이었다. 어떤 면에서는 이 모든 일의 발단인 남자. 코리가 그 영상을 공개하는 바람에 그녀의 몰락이 시작되었다. 물론 이번에도 훨씬 전으로 거슬러 갈 수 있었다. 그날 임무를 수행할 때 그렇게 하지 않았다면, 군에 입대하지 않았다면 등등. 하지만 사실 그녀의 세상을 흔들어놓고, 언니와 조를 곧장 죽음으로 이끈 것은 그 망할 놈의 테이프가 유출된 사건이었다.

코리가 그녀를 속였을까?

마야는 그의 신임을 얻느라 조바심친 나머지 자신을 그토록 무너뜨린 남자를 믿는 게 현명하지 못할 수도 있다는 사실을 잊고 있었다. 코리가 했던 말을 곱씹어보았다. 그는 언니가 먼저 연락했다고, 코리더휘슬 웹사이트를 통해 연락했다고 했다. 마야는 그 말을 믿었다. 하지만 사실일까? 잠시 생각해보자. 언니가 코리에게 연락해 음성을 공개하지 말라고 부탁했다는 얘기는 여러 면에서 일리가 있다. 하지만 코리가 언니에게 연락해 음성 비공개를 미끼로 은근히 혹은 대놓고 버켓가와 EAC 제약 회사에 관한 정보를 수집해달라고 협박했을 수 있다. 그 가정도 코리의 말 못지않게, 어쩌면 그보다 더 일리가 있었다.

마야도 코리의 손에 놀아난 걸까?

너무 놀아난 나머지 톰 더글러스가 살해된 일까지 뒤집어쓴 걸까?

"마야?" 키어스가 다시 불렀다.

"왜요?"

"당신은 첫날부터 내게 거짓말을 했어요."

더는 못 참는다. 이젠 역공해야 할 때라고 마야는 생각했다. "당신이 버켓가로부터 뇌물을 받았다고 캐럴라인 버켓이 그러더군요."

키어스는 미소를 짓는 듯했다. "거짓말입니다."

"그런가요?"

"네. 캐럴라인 버켓이 당신에게 거짓말을 했는지," 그는 곁눈질로 마야를 힐끗거리더니 다시 도로를 봤다. "아니면 당신이 물타기를 하려고 지금 지어낸 말인지는 모르겠지만."

"이 차 안에는 불신이 가득하네요."

"네." 키어스가 동의했다. "하지만 당신에게는 시간이 많지 않아요, 마야. 한번 내뱉은 거짓말은 절대 사라지지 않습니다. 어떻게든 덮어버리고 싶겠지만 거짓말은 반드시 모습을 드러냅니다."

마야는 고개를 끄덕였다. "참 심오하네요."

그가 킥킥 웃었다. "네. 좀 과했죠?"

그들이 탄 차가 마야의 집 진입로에 멈춰 섰다. 마야는 문손잡이를 잡아당겼지만 차 문은 열리지 않았다. 그녀는 키어스를 바라봤다.

"난 답을 찾아낼 겁니다." 그가 말했다. "그 답이 당신과 이어져 있지 않기를 바랄 뿐입니다. 하지만 만약 이어져 있다면……."

마야는 딸칵하는 소리와 함께 차 문의 잠금장치가 해제되기를 기다렸다. 마침내 딸칵 소리가 나자 그녀는 문을 열고 재빨리 차에서 내렸다. 고맙다거나 잘 가라는 인사는 하지 않았다. 집으로 들어가 문이 다 잠겨 있는지 확인하고 지하실로 이어지는 어두운 계단을 내려갔다.

처음에 지하실은 다소 호화로운 '남자만의 공간'으로 꾸며져 평면 텔레비전 세 대와 떡갈나무로 만든 바 테이블, 와인 쿨러, 당구대, 핀볼 머신 두 대가 구비되어 있었다. 하지만 릴리가 태어난 후로 조는 이곳을 차츰 릴리의 놀이방으로 꾸몄다. 벽에 붙은 진갈색 나무 패널을 떼어버리고 하얀색 페인트를 칠하는가 하면, 〈곰돌이 푸〉와 〈매들라인〉에 나오는 다양한 캐릭터의 실물 크기 스티커로 사방을 도배했다. 바 테이블은 치우겠다고 약속했지만 아직 그대로 있었다. 설사 계속 두었다 해도 마야는 상관하지 않았을 것이다. 지하실의 멀리 떨어진 구석에는 조가 토이저러스에서 사 온 어린이 놀이집이 있었다. 튼튼한 요새 스타일의("남자답지." 조가 말했다) 놀이집으로 간이 부엌("여자답기도 하고." 조는 마야가 싫어할 것을 알고 본능적으로 작게 말했다)과 실제로 작동되는 초인종, 덧문 달린 창까지 있었다.

마야는 총기 보관용 금고로 걸어갔다. 집 안에 자기 혼자뿐임을 알고 있는데도 허리를 숙여 지하실 계단에 다른 사람이 없는지 확인한 후에야 금고 문에 엄지손가락을 댔다. 금고에는 각기 다른 지문을 서른두 개까지 저장하는 기능이 있지만 현재로서는 그녀와 조의 지문만 저장되어 있었다. 혹시 셰인에게 총이 필요할 경우를 대비해, 혹은 그녀가 어떤 이유로든 셰인에게 이 금고에서 총을 가져다달라고 부탁할 경우를 대비해 그의 지문도 등록해둘까 생각했지만 미처 기회가 없었다.

그녀의 지문이 인식되고, 금고가 열리는 것을 알리는 띠리릭 소리가 두 번 울렸다. 마야는 손잡이를 돌려 금속 문을 열었다.

글록 26을 꺼낸 다음, 총이 모두 제자리에 있는지, 다시 말해 누군가 여기 내려와 금고를 열고 총을 가져가지 않았는지 확인했다. 그래야 두 발 뻗고 잘 수 있기 때문이다.

아니, 조가 살아 있다고 믿지는 않는다. 하지만 이런 상황에서 웬만큼 미치지 않고서는 그 생각을 완벽하게 떨쳐내기가 힘들었다.

마야는 총을 하나씩 꺼내 분해하고 깨끗이 청소했다. 얼마

전에 청소했는데도 총만 잡으면 늘 다시 확인하고 청소했다. 아마 그랬기 때문에, 총을 그렇게 꼼꼼히 관리했기 때문에 목숨을 건졌을 것이다.

혹은 인생을 망쳤거나.

마야는 잠시 눈을 감았다. 그때 다르게 행동했다면, 다른 선택을 했다면 어땠을까 싶은 순간들이 너무나 많았다. 이 모든 것은 프랭클린 비들 아카데미 혹은 그 배에서 시작되었을까? 아니면 그냥 과거에 모두 끝난 사건일까? 아니면 알카임에서 그녀가 저지른 일이 그 사건을 되살아나게 했을까? 죽은 영혼들을 깨어나게 한 책임은 코리에게 있을까? 아니면 언니에게 있을까? 아니면 그 영상을 폭로한 탓일까? 톰 더글러스 때문일까?

아니면 이 망할 놈의 금고를 열었기 때문일까?

마야는 도저히 답을 알 수 없었다. 어느 쪽이든 상관도 없었고.

앞에 보이는 총들, 그녀가 로저 키어스에게 보여준 총들은 모두 뉴저지주에 합법적으로 등록되어 있다. 총들은 하나도 빠짐없이 제자리에 있었다. 마야는 금고 뒤쪽으로 손을 뻗어 벽을 더듬다가 어느 한 지점을 꾹 눌렀다.

비밀 수납공간.

언니네 집에 있던 할머니의 트렁크가 생각났다. 비밀 공간을 만드는 일은 그렇게 몇 세대 전부터 시작되었고, 그녀는 지금 여기에서 가족 전통을 이어가고 있다.

그 비밀 공간에는 총 두 자루가 들어 있다. 둘 다 다른 주에서 구입했고 따라서 소유주가 그녀라는 것을 알아낼 수 없었다. 그렇다고 불법은 아니다. 두 자루의 총 역시 제자리에 있었다. 대체 뭘 기대한 걸까? 유령이 된 조가 훔쳐가기라도 했을까 봐? 젠장, 유령은 지문이 없다. 그러니 유령 조는 이 금고를 열고 싶어도 열 수가 없을 것이다.

맙소사. 이러다가 신경쇠약에 걸릴 것 같다.

갑자기 휴대전화가 진동하는 바람에 마야는 깜짝 놀랐다. 발신자가 떴지만 모르는 번호였다. 통화 버튼을 누르고 전화를 받았다. "여보세요?"

"마야 버킷 씨?"

공영 라디오 방송 아나운서들처럼 매끈한 남자 목소리였지만 분명 떨고 있었다.

"네, 전데요. 누구시죠?"

"전 크리스토퍼 스웨인이라고 합니다. 제게 이메일을 보내셨더군요."

조의 고등학교 축구부 공동 주장이다. "네. 전화 주셔서 고마워요."

침묵이 흘렀다. 순간적으로 마야는 전화가 끊긴 줄 알았다.

"몇 가지 물어보고 싶은 게 있어요." 그녀가 말했다.

"뭘요?"

"제 남편에 대해서요. 그리고 조의 동생 앤드루에 대해서도요."

침묵.

"스웨인 씨?"

"정말 조가 죽었나요?"

"네."
"당신이 내게 연락한 걸 아는 사람이 또 있습니까?"
"아무도 없어요."
"정말입니까?"
마야는 휴대전화를 더욱 꽉 쥐었다. "네."
"그럼 만나서 얘기합시다. 전화로는 안 돼요."
"어디로 가면 될까요?"
그가 코네티컷주의 주소를 불러주었다.
"두 시간 안에 갈 수 있어요." 그녀가 말했다.
"여기 온다는 사실을 아무에게도 알리지 마십시오. 만약 동행이 있으면 들어올 수 없을 겁니다."
스웨인은 전화를 끊었다.
들어올 수 없다고?
마야는 글록이 장전되었는지 확인하고 금고를 닫았다. 허리 안쪽에 착용하는 가죽 권총집을 차고 그 안에 글록을 넣었다. 특히 신축성이 좋은 청바지와 무채색 재킷을 입을 때 이 권총집을 착용하면 글록을 감쪽같이 숨길 수 있다. 그녀는 총을 들고 다닐 때의 느낌이 좋았다. 민간인의 세상에서는 그런 말을 하면 무언가 잘못되었다, 당신이 폭력적인 사람이라는 증거다 등의 비난을 받지만 총이 주는 무게감에는 원초적이면서도 마음을 편하게 해주는 뭔가가 있었다. 물론 위험하기도 하다. 지나치게 자신감이 넘치는 나머지 말려들어서는 안 될 상황에 선선히 말려들기도 한다. 왜냐하면, 몰라서 묻나, 걸리적거리는 놈들을 언제든 쏴버릴 수 있기 때문이다. 자신이 약간 천하무

적이 된 기분이고, 약간 자신만만해지고, 약간 지나치게 용감해지고, 약간 지나치게 마초가 된다.

총을 소지하면 늘 선택의 여지가 생긴다. 그리고 그것이 늘 좋지만은 않다.

마야는 내니 캠 사진들을 자동차 뒷좌석에 던졌다. 더는 이 물건을 집에 두고 싶지 않았다.

크리스토퍼 스웨인이 알려준 주소를 지도 앱에 입력하니 현재 교통 상황으로는 1시간 36분 정도가 걸린다고 했다. 운전하는 동안 조가 선곡한 노래들을 쩌렁쩌렁하게 틀어놓았다. 이번에도 이유는 알 수 없었다. 첫 번째 노래는 라이의 〈오픈(Open)〉이었다. "난 네 허벅지의 전율을 사랑하는 바보야"라는 끈적한 가사로 시작하지만, 그 여운이 채 가시기도 전에 몇 줄 뒤에서 두 연인 사이가 벌어지고 있음을 알 수 있다. "네 마음이 식은 거 알아, 하지만 가지 마, 눈 감지 마."

다음 노래에서는 랩슬리가 멋지게 경고했다. "오랜 시간이 걸려 돌아왔지만 나는 지쳐가고 있어." 자기 이야기 같다고 마야는 생각했다.

마야는 음악에 심취해 큰 소리로 노래를 부르며 운전대를 두들겨댔다. 일상에서든 헬리콥터에서든 중동에서든 집에서든 어디서든 그녀는 음악을 크게 트는 법이 없었다. 하지만 여기, 빌어먹을 차에 혼자 있을 때만은 아니다. 빌어먹을 차에 혼자 있을 때는 음량을 높이고, 처음부터 끝까지 가사를 고래고래 따라 불렀다.

아무렴. 그래야지.

대리엔시 경계선에 들어섰을 때 마지막 노래가 흘러나왔다. 코쿤이 부르는 아름다운 노래였는데 〈스시(Sushi)〉라는 이상한 제목이었다. 이번에도 첫 소절의 가사가 마음을 파고들었다. "아침이면 묘지에 가서 당신이 영원히 떠났는지 확인해야겠어……."

그 가사를 들은 마야는 울컥했다.

가끔씩 모든 노래가 자신의 이야기처럼 들리는 날이 있다.

그리고 때로는 너무 아프게 다가오기도 한다.

마야는 조용하고 좁은 도로를 내려갔다. 도로 양쪽으로 나무가 빼곡히 심겨 있었다. 지도에 의하면 목적지는 막다른 길의 맨 끝이었다. 그렇다면 의심의 여지없이 한적한 곳에 자리한 저택이다. 진입로 끝에 경비실이 있고, 차량 차단기가 내려져 있었다. 마야가 차를 세우자 경비원이 다가왔다.

"무슨 일로 오셨죠?"

"크리스토퍼 스웨인 씨를 만나러 왔는데요."

경비원은 다시 경비실로 사라지더니 전화기를 집어 들었다. 1분 뒤, 전화를 끊고 다시 그녀에게 왔다. "올라가서 방문객 주차장에 주차하세요. 오른쪽에 보일 겁니다. 거기서 사람이 기다리고 있을 거예요."

방문객 주차장?

진입로를 올라가며 마야는 이곳이 개인 저택이 아님을 깨달았다. 그렇다면 뭘까? 나무에도 CCTV가 설치되어 있었다. 연회색 석조 건물들이 나타나기 시작했다. 한적한 분위기하며 석조 건물들, 그 건물의 배치 등이 전반적으로 프랭클린 비들 아카데미와 흡사했다.

방문객 주차장에는 차량이 열 대 정도 있었다. 그녀가 주차를 마치자, 또 다른 경비원이 골프 카트를 끌고 다가왔다. 그녀는 재빨리 권총집에서 총을 빼 수납함에 넣었다. 아무리 생각해도 금속 탐지기로 몸을 훑거나 금속 탐지대를 지나야 할 것 같았다.

경비원은 그녀의 차를 힐끗 보더니 그녀에게 골프 카트 옆자리에 앉으라고 했다. 마야는 그 말대로 했다.

"신분증 좀 볼 수 있을까요?"

마야는 운전면허증을 건넸다. 경비원은 휴대전화로 운전면허증을 찍은 다음, 그녀에게 돌려주었다. "스웨인 씨는 브로클허스트 홀에 계십니다. 거기로 모셔다드리죠."

가는 동안 마야는 다양한 사람들이(주로 20대 남녀로 모두 백인이었다) 이상한 형태로 모여 있거나 둘씩 짝지어 빠르게 걷는 것을 보았다. 대다수가 담배를 피우고 있었으며, 청바지에 스니커즈 차림으로 상의는 맨투맨 티셔츠나 두툼한 스웨터를 입었다. 대학 캠퍼스 안뜰과 비슷해 보이는 공간이 나왔는데 다만 정중앙에 성모 마리아 조각상이 있는 분수가 있었다.

마야는 마음속에 떠오르는 의문을 큰 소리로 말했다. "여긴 대체 어디죠?"

경비원은 성모 마리아를 가리켰다. "1970년대 초반까지는 수녀원이었습니다. 믿기 힘들겠지만."

마야는 충분히 믿을 수 있었다.

"그때는 수녀들로 바글거렸죠."

"정말요?" 마야는 빈정대는 투로 들리지 않도록 조심했다. 수녀원이 수녀 말고 달리 무엇으로 가득 차겠냐는 어조가 되지 않도록. "그럼 지금은 뭐죠?"

그가 눈살을 찌푸렸다. "그것도 모르고 오셨습니까?"

"네."

"누굴 찾아오셨죠?"

"크리스토퍼 스웨인 씨요."

"전 말할 입장이 못 됩니다."

"제발요." 애교 섞인 목소리로 마야가 말했다. "지금 제가 어디 있는지는 알아야죠."

경비원은 고민하는 척 한숨을 내쉬더니 대답했다. "여긴 솔머니 요양소입니다."

"요양소군요." 중독 치료 재활 센터를 돌려 말하는 것이다. 그제야 이해가 갔다. 평생 청렴하게 살겠다고 맹세한 수녀들이 속세를 멀리하고 은신하던 곳에서 스웨인 같은 재벌이 산다니 아이러니했다. 하지만 가만 보면 이곳도 은근히 호화로웠다. 그러니 아이러니가 아니라 무언가 다른 것이리라.

기숙사처럼 생긴 건물 앞에 골프 카트가 멈춰 섰다.

"다 왔습니다. 저 문으로 들어가세요."

건물 안쪽에서 다른 경비원이 문을 열어주었고, 예상대로 마야는 금속 탐지대를 지나야 했다. 금속 탐지대 너머에서 기다리고 있던 여자가 미소 지으며 악수를 청했다.

"안녕하세요. 난 멜리사 리라고 해요. 여기서 퍼실리테이터

(facilitator, 문제를 해결하고 조정하는 사람—옮긴이)로 일하고 있죠."

퍼실리테이터. 역시나 다목적으로 돌려서 사용할 수 있는 단어다.

"크리스토퍼가 당신을 일광욕실로 데려다달라고 했어요. 절 따라오세요."

텅 빈 복도에서 멜리사 리의 구두가 또각또각 소리를 냈다. 저 소리를 제외하고는 수녀원처럼 조용한 공간이었다. 그 사실을 아는 사람이(매일 여기서 근무하니 당연히 알겠지) 왜 저렇게 소리가 나는 신발을 신었을까? 유니폼처럼 의무적으로 신어야 하는 구두일까? 아니면 일부러 신었을까? 왜 그냥 운동화를 신지 않았을까?

그리고 왜 나는 이렇게 사소한 일에 시비를 걸고 있을까?

크리스토퍼 스웨인은 긴장한 채 데이트 상대를 기다리는 남자처럼 그녀를 맞이하려고 자리에서 일어났다. 몸에 딱 맞는 검은색 맞춤 양복에 흰 셔츠, 가느다란 검은색 넥타이를 매고 있었다. 수염은 일부러 아무렇게나 기른 듯이 보이도록 손질했고, 군데군데 금발이 섞인 머리칼은 앞머리를 길러 한쪽으로 넘겼다. 지나치게 멋을 부리기는 했어도 잘생긴 얼굴이었다. 무엇에 중독되었는지는 몰라도 그 후유증으로 얼굴에 주름이 있었다. 아마 본인은 마음에 들지 않아서 보톡스나 필러를 맞았을 테지만 덕분에 마냥 도련님 같기만 한 얼굴에 오히려 개성이 생겼다.

"마실 것 좀 드릴까요?" 멜리사 리가 물었다.

마야는 고개를 저었다.

멜리사는 살짝 미소를 짓더니 스웨인을 바라봤다. 그러고는 걱정스런 목소리로 말했다. "정말 내가 없어도 되겠어요, 크리스토퍼?"

"네." 자신 없는 말투였다. "이번 일이 제게는 중요한 계기가 될 것 같습니다."

멜리사는 고개를 끄덕였다. "내게도 그래요."

"그러니까 둘이서만 얘기하게 해주세요."

"알았어요. 만약을 대비해서 근처에 있을게요. 무슨 일이 생기면 소리를 질러요."

멜리사는 마야에게 다시 살짝 미소를 지어 보이고는 문을 닫고 나갔다.

"와, 정말 미인이시네요." 둘만 남게 되자 스웨인이 말했다.

마야는 뭐라고 대답해야 할지 몰라서 말 없이 있었다.

스웨인은 싱글벙글 웃으며 대놓고 그녀를 위아래로 훑어봤다. "엄청나게 예쁜 데다 범접할 수 없는 분위기까지 있군요. 남들이 뭐라고 하든 개의치 않는다는 듯이요." 그는 고개를 절레절레 저었다. "분명 조는 당신에게 첫눈에 반했을 겁니다. 내 말 맞죠?"

지금은 페미니즘 운운하거나 화를 낼 때가 아니다. 그가 계속 말하게 둬야 한다. "그런 셈이죠, 네."

"내가 맞춰 보죠. 조가 뭔가 유치한 말로 작업을 걸었죠? 웃기면서도 자학적이고 본인의 약점을 드러내는 말로요. 안 그래요?"

"맞아요."

"당신이 금세 사랑에 빠지게 만들었죠?"

"네."

"아, 역시 조답네요. 그 친구는 마음만 먹으면 엄청나게 카리스마 있는 모습을 보여줄 수 있죠." 스웨인의 미소가 옅어지더니 다시 고개를 저었다. "정말 죽은 겁니까? 조 말입니다."

"네."

"몰랐습니다. 여기서는 뉴스를 볼 수 없거든요. 규칙이죠. 소셜 미디어도 인터넷도 금지고요. 바깥세상의 일은 알 수가 없습니다. 메일만 하루에 한 번 확인할 수 있죠. 그래서 당신이 보낸 메일도 봤고요. 그 메일을 보고 나서…… 의사가 기사를 찾아봐도 괜찮을 거라고 했어요. 솔직히 말해서 충격 받았습니다. 좀 앉으시겠어요?"

일광욕실은 확실히 건물의 기존 분위기와 어울리는 방식으로 보수 공사를 했으나 딱히 성공적이라고 할 수는 없었다. 급하게 날림으로 지은 듯했다. 돔으로 된 천장은 가짜 스테인드글라스로 장식되어 있었다. 물론 화초가 있기는 했으나 일광욕실이라는 말에서 연상되는 것보다는 적었다. 두 사람은 중앙에 마주 놓인 가죽 의자에 앉았다.

"조가 죽었다는 게 믿기지 않습니다."

네. 저도 그런 생각 많이 한답니다. 마야는 속으로 생각했다.

"당신도 거기 있었죠? 조가 총에 맞았을 때요."

"네."

"기사를 보니까 당신은 무사히 빠져나왔다더군요."

"네."

"어떻게 그럴 수가 있죠?"

"도망쳤으니까요."

스웨인은 미심쩍다는 듯이 그녀를 바라봤다. "분명 무서웠겠군요."

마야는 아무 말도 하지 않았다.

"기사에는 강도들이 돈을 요구하다가 그렇게 됐다고 나와 있더군요."

"네."

"하지만 그게 사실이 아니라는 건 우리 둘 다 알고 있어요, 그렇죠, 마야?" 그는 손으로 머리카락을 쓸어 넘겼다. "그냥 강도였다면 당신이 여기 오지 않았을 테니까요."

마야는 그의 태도에 점점 불안해졌다. "일단 무슨 일이 있었는지 알아보고 다니는 중이에요."

"믿을 수가 없네요. 아직도 믿기지가 않아요."

그의 얼굴에 야릇한 미소가 떠올랐다.

"뭐가 믿기지 않으세요?"

"조가 죽었다는 사실요. 자꾸 같은 소리만 해서 미안합니다. 그게 조는…… 이런 말을 해도 될지 모르겠지만 '생명력'으로 가득 차 있었거든요. 정말 진부한 표현이죠? 하지만 정말 생명력 그 자체였습니다. 무슨 말인지 알죠? 너무나 튼튼하고 막강했어요. 걷잡을 수 없이 타올라 도저히 끌 수 없는 불처럼요. 말도 안 되는 소리지만 불사신처럼 느껴질 정도였습니다……."

마야는 자세를 바꿔 앉았다. "크리스토퍼?"

그는 창밖을 내다보고 있었다.

"앤드루가 죽던 날 밤, 그 배에 타고 있었죠?"

그는 움직이지 않았다.

"앤드루에게 무슨 일이 있었나요?"

스웨인은 침을 꿀꺽 삼켰다. 눈물이 볼을 타고 흘러내렸다.

"크리스토퍼?"

"난 아무것도 보지 못했어요, 마야. 아래층에 있었으니까요."

그의 목소리에 냉기가 감돌았다.

"하지만 뭔가 알고 있죠?"

다시 눈물이 흘러내렸다.

"제발 말해주세요. 앤드루가 정말 사고로 죽었나요?"

그가 속삭이듯 말했다. "모릅니다. 하지만 그런 것 같지는 않아요."

"그럼 무슨 일이 있었던 거죠?"

"내 생각에……." 크리스토퍼 스웨인은 그렇게 말하고 숨을 깊이 들이쉬더니 좀 더 결단력을 끌어모아 다시 말문을 열었다. "내 생각에는 조가 앤드루를 밀친 것 같습니다."

# 30

스웨인은 두 손으로 의자의 팔걸이를 꽉 잡았다. "그 일은 시오 모라가 프랭클린 비들 아카데미에 오면서부터 시작됐습니다. 혹은 내가 알아차린 시점이 그때거나요."

두 사람은 상대의 무릎이 거의 닿을 정도로 가까이 앉았다. 왠지 실내가 점점 더 추워지는 듯했기 때문이다.

"가난한 아이가 부자 아이들이 다니는 학교에 와서 격을 떨어뜨리면 미움 받는다, 아마 당신은 그렇게 생각할 겁니다. 눈에 선할 거예요. 부자 아이들이 뭉쳐 다니면서 시오를 괴롭히는 모습이요. 하지만 그건 사실이 아닙니다."

"그럼요?" 마야가 물었다.

"시오는 외향적이고 재미있는 아이였습니다. 우리를 피해 다니거나 굽실거리지 않았어요. 학교에 금방 적응했죠. 다들 그 애를 좋아했고, 시오도 우리와 별로 다르지 않았습니다. 사람들은 부자가 가난한 사람들과 다르다고 생각하지만 어릴 때는 그저 서로 어울려 놀며 소속감을 느끼고 싶어 할 뿐이죠. 우리도 마찬가지였습니다."

그는 눈물을 닦았다.

"게다가 시오는 축구를 잘했습니다. 잘하는 정도가 아니었죠. 최고였어요. 난 그런 시오를 보며 신났습니다. 덕분에 우리는 그해 내내 경기만 하면 이겼죠. 단지 우리 주에서만이 아니라 전국 사립 고등학교와 공립 고등학교, 성당 부속 고등학교까지 모두 참여한 대회에서도요. 그만큼 시오가 잘했습니다. 어떤 상황에서든 득점을 했죠. 아마 그게 문제였을 겁니다."

"왜요?"

"난 전혀 위협감을 느끼지 않았습니다. 미드필더였으니까요. 룸메이트이자 가장 친한 친구인 앤드루도 마찬가지였고요. 앤드루는 골키퍼였습니다."

스웨인은 말을 멈추고 마야를 바라봤다.

"하지만 조는 스트라이커였죠." 그녀가 말했다.

스웨인은 고개를 끄덕였다. "조가 시오를 노골적으로 적대시하진 않았습니다. 하지만…… 난 초등학교 1학년 때부터 조와 친구였어요. 우린 함께 자랐죠. 늘 축구부의 공동 주장이었고요. 누군가와 그렇게 많은 시간을 보내면 가끔씩 가면이 벗겨지는 순간을 보게 되죠. 그 순간의 분노와 격노도요. 중학교 2학년 때 조가 야구방망이로 한 아이를 때려서 입원시킨 적이 있습니다. 무슨 이유 때문이었는지 지금은 기억도 안 나요. 나와 친구 둘이서 조를 그 불쌍한 애에게서 떼어낸 일만 기억납니다. 그 애는 두개골에 금이 갔죠. 3학년 때는 조가 좋아하던 마리언 바포드라는 여학생이 다른 남학생과 댄스파티에 가기로 했습니다. 톰이라는 친구였죠. 그랬더니 이틀 후에 과학실에서 불이 났고, 톰은 간신히 목숨을 건졌어요."

마야는 분노를 삼켰다. "아무도 신고 안 했나요?"

"조의 아버지를 만난 적 없죠?"

"네."

"무서운 분입니다. 암흑가 사람들과 가깝게 지낸다는 소문이 돌았죠. 어쨌든 보상은 했습니다. 일이 터지면 버켓가의, 뭐랄까, 불건전한 친구들이 피해자 집에 들러 침묵을 요구했죠. 게다가, 음, 조는 그런 일에 능숙했습니다. 증거를 별로 남기지 않았어요. 아까 조가 얼마나 매력적인지 말했죠? 조는 진심으로 뉘우치는 척할 수 있었습니다. 사과도 하고, 회유하기도 하고요. 그에게는 돈과 권력이 있었고, 마음만 먹으면 자신의 어두운 면을 얼마든지 숨길 수 있었습니다. 다시 한 번 말하지만, 난 평생 조와 친구로 지냈어요. 그런 나도 조의 그런 모습을 본 게 몇 번 되지 않습니다. 하지만 어쩌다 그런 일이 생기면……."

스웨인은 다시 눈물을 쏟았다.

"당신은 아마 내가 왜 이런 곳에 있는지 의아할 겁니다."

전혀 의아하지 않았다. 마야는 그가 무언가에 중독되어 치료받기 위해 여기 왔을 거라고 짐작한 터였다. 달리 무슨 이유가 있겠는가? 마야는 다시 본론으로 돌아가기를 바랐지만, 그가 잠시 곁길로 새고 싶어 한다면 막지 않는 게 나으리라고 생각했다.

"난 조 때문에 여기 있는 겁니다." 스웨인이 말했다.

마야는 얼굴을 찡그리지 않으려고 노력했다.

"압니다, 알아요, 모든 건 내 책임이죠. 여기서 늘 듣는 말이

기도 하고요. 네, 난 늘 대상을 바꿔가며 중독됐습니다. 알코올, 약물, 마약……. 안 해본 게 없죠. 하지만 내가 처음부터 이랬던 건 아닙니다. 학창 시절에는 맥주를 한 캔 이상 마시는 법이 없다고 놀림 받았어요. 그 맛이 싫었거든요. 대마초는 고등학교 3학년 때 딱 한 번 피워봤습니다. 속이 울렁거리더군요."

"크리스토퍼?"

"네?"

"시오는 어떻게 됐죠?"

"처음에는 장난이었습니다. 조가 그렇게 말했어요. 내가 그 말을 믿었는지 안 믿었는지는 모르겠습니다. 하지만…… 그때 난 나약했어요. 아니, 지금도 나약합니다. 조는 리더였고, 난 추종자였죠. 앤드루도 그랬고요. 솔직히 무슨 큰일이 나겠습니까? 그냥 장난 좀 치는 건데. 학교에서 그런 일은 늘 있죠. 그래서 그날 밤 우리는, 그러니까 나와 조는 시오의 방으로 쳐들어갔습니다. 앤드루는 이미 그 방에 있었고요. 우리는 시오를 들어 올려 아래층으로 데려갔습니다."

스웨인은 멍한 눈으로 먼 곳을 바라봤다. 그러더니 야릇한 미소를 지었다. "그거 압니까?"

"뭐요?"

"시오는 장단을 맞춰줬어요. 다 알고 있다는 듯이요. 자기는 신입생이니 괴롭힘을 당하는 것도 학교생활의 일부라는 듯이요. 그렇게 멋진 애였어요. 이 정도 장난은 괜찮다는 듯이 미소를 짓고 있던 시오의 모습이 기억나네요. 우린 시오를 의자에 앉혔고, 조가 밧줄로 시오를 묶기 시작했죠. 우리도 도왔고요.

다들 키득거렸고, 시오는 살려달라고 외치는 시늉을 했습니다. 내가 매듭 하나를 느슨하게 묶었더니 조가 와서 다시 꽉 묶더군요. 시오를 결박하고 나자 조가 깔때기를 꺼냈어요. 술을 많이 마실 때 쓰는 호스 달린 깔때기 알죠? 조가 호스를 시오의 입에 넣었습니다. 그러자 시오의 눈빛이 변하더군요. 뭐랄까, 그제야 깨달은 것 같았습니다. 다른 두 친구도 그 자리에 있었어요. 래리 라이아와 닐 콘필드요. 다들 킬킬 웃었고, 앤드루는 깔때기에 맥주를 부었습니다. 우리는 '마셔라, 마셔라' 하고 구호를 외쳤죠. 그 후의 일은 꿈같아요. 지독한 악몽요. 아직도 그 일이 일어났다는 게 믿기지 않습니다. 어느새 조는 맥주가 아닌 에틸알코올을 들이붓고 있었죠. 앤드루가 말리던 게 생각나네요. '이러지 마, 형, 잠깐만…….'"

그의 목소리가 희미해졌다.

"그래서 어떻게 됐죠?" 마야는 그렇게 묻긴 했지만 물어보나 마나였다.

"갑자기 시오의 다리가 요동쳤어요. 발작이라도 일으킨 것처럼요."

크리스토퍼 스웨인은 울기 시작했다. 마야는 손을 뻗어 그의 어깨를 잡아주고 싶었다. 하지만 동시에 그의 얼굴에 주먹을 날리고 싶었다. 그래서 그냥 가만히 앉아 기다렸다.

"이 이야기는 아무에게도 한 적이 없습니다. 당신 메일을 받고…… 어제 처음으로 주치의에게 말했죠. 그래서 이제는 선생님도 알게 됐고, 내가 당신을 만나 이야기하는 게 좋을 거라고 하더군요. 어쨌든 그날 밤부터 내 탈선이 시작됐습니다. 너무 무서웠어요. 한 마디라도 했다가는 조가 날 죽일 테니까요. 단지 그때만이 아니라 지금도 마찬가집니다. 지금까지도요. 난 계속…….”

마야는 그에게서 계속 이야기를 끌어내려 했다. “그래서 당신들이 시오의 시신을 지하실에 처박아둔 건가요?”

“조가 그랬습니다.”

“하지만 당신도 함께했죠?”

스웨인은 고개를 끄덕였다.

“조 혼자서 시오를 운반하지는 않았을 테니까요. 그렇죠?”

그가 또 고개를 끄덕였다.

“누가 조를 도왔죠?”

“앤드루요.” 스웨인이 고개를 들었다. “조가 시켰습니다.”

“그래서 앤드루가 정신이 나간 건가요?”

“모르겠습니다. 앤드루는 어차피 그렇게 됐을 겁니다. 앤드루와 난…… 우린 두 번 다시 예전으로 돌아갈 수 없었어요.”

하비에르 모라의 말이 맞았다. 슬픔 때문이 아니다. 죄책감 때문이었다.

“그다음에는요?”

“내가 뭘 할 수 있었겠습니까?”

당시 그가 할 수 있는 일은 엄청나게 많았다. 하지만 마야는 그를 비난하거나 용서하려고 온 게 아니었다. 진실을 알고 싶을 뿐이었다.

“난 비밀을 지켜야 했습니다. 그래서 그 일에 대해서는 한마디도 하지 않았죠. 예전 생활로 돌아가려 했지만 불가능하더군요. 성적이 떨어지고, 공부에 집중할 수 없었습니다. 그때부터 술을 마시기 시작했죠. 네, 핑계처럼 들리겠지만…….”

“크리스토퍼?” 마야가 그의 말을 잘랐다.

“네?”

“그로부터 6주 후에 당신들은 그 배에 함께 타게 됐어요.”

그는 눈을 감았다.

“무슨 일이 있었죠?”

“무슨 일이 있었겠습니까? 몰라서 물어요? 이젠 당신도 알잖아요. 그러니 당신이 말해봐요. 내가 한 말을 종합해보라고요.”

마야는 몸을 내밀었다. “그러니까 당신들은 모두 그 배를 타고 버뮤다로 가고 있었어요. 다들 술을 마셨고요. 아마 당신은 특히 더 많이 마셨겠죠. 시오가 죽은 뒤로 당신들이 모두 모인 건 처음이었고요. 앤드루도 거기 있었어요. 앤드루는 상담을 받고 있었지만 아무 소용 없었죠. 죄책감으로 망가져가고 있었으니까요. 그래서 앤드루는 결단을 내리죠. 근데 정확히 어떻게 된 건지는 잘 모르겠어요, 크리스토퍼. 그러니까 당신이 말해줘요. 앤드루가 당신들을 협박했나요?”

“협박하지 않았습니다. 협박이라기보다는…… 그냥 사정했죠. 앤드루는 자지도 먹지도 못했습니다. 몰골이 말이 아니었어요. 그 일을 언제까지 숨길 수 있을지 모르겠다며 자수하자고 했습니다. 난 너무 취해서 앤드루가 무슨 말을 하는지 제대로 알아들을 수도 없었어요.”

“그래서요?”

"그러고 나서 앤드루는 밖으로 나가 갑판으로 올라갔습니다. 우리에게서 벗어나려고요. 몇 분 뒤에 조가 따라 나갔고요." 스웨인은 어깨를 으쓱였다. "그게 끝입니다."

"그 일을 아무에게도 말하지 않았나요?"

"네. 절대."

"다른 두 사람, 래리 라이아와 닐 콘필드는……."

"닐은 예일 대학에 진학할 예정이었습니다. 하지만 마음을 바꿔서 스탠퍼드로 갔죠. 래리는 아마 유학을 갔을 겁니다. 파리로요. 우리는 혼란스런 상태로 졸업했고 그 후로 두 번 다시 만나지 않았어요."

"그리고 지금까지 이 일을 비밀로 했군요."

스웨인은 고개를 끄덕였다.

"그런데 왜 이제 와서 마음을 바꿨죠? 왜 지금은 기꺼이 이 사실을 말해주는 건가요?"

"알잖습니까."

"아뇨, 잘 모르겠어요."

"조가 죽었으니까요. 이제야 안전하다는 기분이 들어서요."

# *31*

마야가 방문객 주차장으로 걸어가는 동안 크리스토퍼 스웨인의 말이 귓가에 울렸다.

*"조가 죽었으니까요……."*

결국 모든 게 다시 내니 캠으로 돌아가는 셈이다.

그 일을 냉철하게 분석해야 할 때다. 내니 캠에 조가 찍힌 일은 세 가지 가설로 설명해볼 수 있었다.

개연성이 가장 높은 첫 번째 가설은 누군가 포토샵 프로그램 같은 것으로 조작했다는 것이다. 요즘 기술로는 얼마든지 가능하다. 그녀는 영상을 잠깐 봤을 뿐이지만 그 정도 조작은 쉽게 할 수 있으리라.

첫 번째 못지않게 개연성이 높은 두 번째 가설은 마야가 환영을 봤거나 상상을 했거나 어떤 식으로든 마음이 사기를 쳐서 살아 있는 조를 만들어냈다는 것이다. 옛날에 아이린은 착시를 일으키는 영상을 자주 보내곤 했다. 우리는 무언가를 봤다고 생각하지만 카메라가 살짝 옆으로 움직이면서 실은 우리의 눈이 미리 특정 이미지를 상상했음을 알게 된다. 게다가 마야는 외상 후 스트레스 장애에 시달리고, 약물을 복용하며, 최근에 언니가 살해되었고, 그 일에 죄책감을 느끼고, 또 센트럴파크에서는 그런 일을 겪었다. 이런 점들을 고려하면 두 번째 가설도 결코 무시할 수 없다.

가장 개연성이 낮은 세 번째 가설은 조가 아직 살아 있다는 것이다.

만약 두 번째 가설, 그러니까 모두 그녀의 상상이라는 가설이 정답이라면 해야 할 일은 별로 없다. 물론 이 일을 계속 파헤치기는 할 것이다. 왜냐하면 진실이 우리를 자유롭게 하지는 못할지라도 어떻게든 세상을 바로잡는 데 기여할 테니까. 하지만 만약 첫 번째(포토샵)나 세 번째(조가 살아 있다) 가설이 정답이라면 누군가 그녀를 엿 먹이고 있는 것이다. 의심의 여지없이.

그리고 첫 번째나 세 번째 가설이 맞다면, 이사벨라가 거짓말을 하고 있다는 뜻이다. 그녀는 내니 캠 영상에서 조를 봤다. 그런데도 못 본 척하고, 마야에게 스프레이를 뿌리고, SD카드를 가져가고, 어딘가에 숨어 있는 이유는 하나뿐이다. 그녀도 공범이기 때문이다.

마야는 다시 차에 올라타 시동을 걸고 음악을 틀었다. 이매진 드래곤스가 너무 가까이 다가가지 말라고, 그 안은 어둡고 악마들이 숨어 있다고 노래했다.

모르시는 말씀.

마야는 헥터의 트럭에 붙여둔 GPS용 앱을 실행했다. 첫째로 이사벨라가 공범이라면 그녀는 절대 이런 일을 혼자 할 타입이 아니다. 앤드루가 죽던 날 밤, 그 배에 탔던 이사벨라의 엄마 로사도 한패일 것이다. 헥터도 마찬가지고. 둘째로(젠장, 오늘은 계속 숫자 타령이네) 물론 이사벨라가 어딘가 멀리 떠났을 가능성도 있지만 그럴 것 같지 않았다. 그녀는 근처에 있다. 찾아내는 건 시간문제다.

마야는 수납함에서 권총을 꺼내고 GPS를 확인했다. 현재 헥터의 트럭은 판우드 고용인들 주택 단지에 주차되어 있다. 마야는 지난 며칠간 트럭의 이동 경로를 보여주는 버튼을 눌렀다. 조경사가 가기에 적합하지 않은 곳은 딱 한 군데뿐이었다. 뉴저지주 패터슨에 있는 임대 주택 단지. 헥터는 그곳을 자주 찾아갔다. 물론 그의 친구나 여자 친구가 거기 살 수도 있지만 왠지 수상했다.

그럼 이제 어쩐다?

설사 이사벨라가 거기 숨어 있다 해도 무작정 찾아가서 문을 두드릴 수는 없는 노릇이다. 한발 앞서서 행동해야 한다. 지금으로서는 그것뿐이다. 답은 거의 다 나왔다. 나머지를 찾아내 종지부를 확실히 찍어야 한다.

휴대전화가 울렸다. 발신인은 셰인이었다.

"여보세요?"

"대체 무슨 짓을 한 거야?"

그의 말투에 마야의 몸이 차가워졌다.

"무슨 말이야?"

"키어스 형사."

"그 사람이 왜?"

"키어스 형사가 알고 있어, 마야."

그녀는 아무 말도 하지 않았다. 자동차 내부가 점점 좁아지기 시작했다.

"내가 네 부탁으로 그 총알을 검사한 걸 알고 있다고."

"셰인……."

"조가 클레어를 죽인 총에 살해됐다면서. 어떻게 그럴 수가 있지?"

"셰인, 내 말 들어. 무조건 날 믿어야 해, 알았지?"

"넌 계속 그 말만 하고 있어. '날 믿어.' 그게 무슨 주문이라도 돼?"

"그래, 그 말도 할 필요 없지." 부질없는 짓이었다. 지금으로서는 그 일을 설명할 길이 없다. "그만 끊을게."

"마야?"

그녀는 전화를 끊고 눈을 감았다.

'그냥 내버려두자.'

마야는 차를 몰아 조용한 거리를 달렸다. 운전하는 동안 아까 셰인과의 통화며 크리스토퍼 스웨인이 한 말, 머릿속에서 휘몰아치는 온갖 감정과 생각에 계속 정신이 팔렸다.

그다음에 일어난 일은 어쩌면 그 때문인지도 모른다.

반대쪽에서 밴 한 대가 다가오고 있었다. 가장자리에 나무가 심긴 도로는 좁았기 때문에 마야는 오른쪽으로 살짝 차를 틀어 밴이 지나갈 수 있게 했다. 하지만 가까이 다가온 밴은 느닷없이 왼쪽으로 방향을 틀어 그녀의 앞을 막아섰다.

마야는 밴을 들이받지 않으려고 브레이크를 밟았다. 몸이 앞으로 튀어 나갔지만 안전벨트가 붙잡아주었다. 그 순간 그녀는 본능적으로 위험을 감지했다.

이것은 명백한 공격이다.

밴 때문에 앞으로 나갈 수 없으므로 차를 후진하기 위해 기어로 손을 뻗었다. 그때 운전석 차창을 두드리는 소리가 들렸다. 고개를 돌려보니 총구가 그녀의 머리를 겨누고 있었다. 시야 가장자리로 조수석 창문 너머에도 누군가 서 있는 게 보였다.

"놀라지 마세요. 우린 당신을 해치러 온 게 아닙니다." 창문이 닫혀 있어서 남자의 목소리가 잘 들리지 않았다.

어떻게 저 남자가 순식간에 차 옆으로 왔을까? 밴에서 내린 것 같지는 않았다. 그러기에는 너무 빨랐다. 사전에 신중히 계획된 것이다. 그녀가 솔머니 요양소에 간다는 사실을 누군가 알고 있었던 모양이다. 도로는 조용하고 차량 통행이 거의 없었다. 그러니 이 두 남자는 나무 뒤에 숨어 있다가 밴이 그녀를 가로막을 때 나왔을 것이다.

마야는 가만히 앉아서 자신에게 어떤 선택지가 있는지 생각했다.

"차에서 나와요. 우리와 함께 갑시다."

첫 번째 선택, 기어로 손을 뻗어 차를 후진시킨다.

두 번째 선택, 권총집에서 총을 뺀다.

두 선택의 문제점은 간단했다. 남자가 총으로 그녀의 머리를 겨누고 있었다. 아마 조수석 쪽에 서 있는 남자도 총을 들고 있을 것이다. 그녀는 와이엇 어프 같은 명사수도 아니고, 여기는 오케이 목장도 아니다. 만약 남자가 그녀를 쏘겠다고 마음먹는다면, 마야는 총이나 기어를 잡아보지도 못하고 죽을 것이다.

그렇다면 세 번째 선택만 남는다. 차에서 내려…….

그때 총을 든 남자가 말했다. "어서 나와요. 조가 기다리고 있습니다."

밴의 미닫이 옆문이 열리기 시작했다. 운전대에 두 손을 얹고 있던 마야의 심장이 거칠게 쿵쾅거렸다. 밴의 옆문이 반쯤 열리다가 멈췄다. 마야는 실눈을 떴지만 차 안은 보이지 않았다. 그녀는 총을 든 남자를 돌아봤다.

"조가 기다린다고요……?" 그녀가 말했다.

"네." 갑자기 부드러운 목소리로 남자가 말했다. "빨리 갑시다. 남편이 보고 싶죠?"

마야는 처음으로 남자의 얼굴을 바라봤다. 그런 다음, 조수석 쪽에 서 있는 남자도 봤다. 그의 손에는 총이 없었다.

'세 번째 선택…….'

마야는 울기 시작했다.

"버켓 부인?"

그녀가 울먹이며 말했다. "조가……."

"네." 남자가 완강한 목소리로 말했다. "차 문을 여세요, 버켓 부인."

마야는 계속 흐느끼며 문의 잠금장치 해제 버튼을 찾아 더듬거렸다. 버튼을 누르고 문손잡이를 잡아당겼다. 남자는 여전히 총으로 그녀를 겨누며 문을 열 수 있도록 옆으로 비켜섰다. 마야는 반쯤 굴러떨어지다시피 차에서 내렸다. 총잡이는 그녀를 부축하려고 손을 뻗었지만 마야는 눈물 바람으로 고개를 저으며 괜찮다고 말했다.

그녀는 허리를 펴고 밴이 있는 쪽으로 휘청휘청 걸어갔다.

총잡이는 그런 그녀를 내버려두었다. 이걸로 마야는 원하던 답을 얻었다.

밴의 옆문이 조금 더 열렸다.

마야는 머릿속으로 계산했다. 밴 운전사, 옆문을 여는 사람, 아까 조수석 옆에 서 있던 남자, 총잡이, 모두 네 명이다.

밴으로 다가가자 지금까지 그녀가 받았던 모든 훈련과 사격장에서 보낸 시간이 효과를 발휘하기 시작했다. 마음이 이상하리만치 차분하고 편안해졌다. 태풍의 눈에 들어온 기분이었다. 이제 곧 어떤 식으로든 일이 벌어질 테고, 죽든 살든 그녀는 한발 앞서서 행동하게 된다. 운명을 바꾸려는 게 아니다. 그건 허무맹랑한 생각이다. 다만 훈련을 받았고 준비만 되었다면 자신 있게 행동할 수 있다.

마야는 계속 비틀거리며 고개를 살짝, 아주 살짝 돌렸다. 왜냐하면 지금 보게 될 장면에 모든 것이 달렸기 때문이다. 아까 마야가 비틀거리며 차에서 내렸을 때 총잡이는 그녀를 잡지 않았다. 그녀가 우는 척하며 반쯤 실성한 사람 행세를 한 이유도 그 때문이다. 총잡이가 어떻게 대응하는지 보기 위해서. 총잡이는 우는 연기에 속아서 그녀를 순순히 보내주었다.

몸수색을 하지 않았다.

'거기에는 세 가지 의미가 있지…….'

마야는 힐끗 뒤를 보았다. 역시나 총잡이는 긴장이 풀려 권총 든 손을 내리고 있었다. 더는 마야가 위협적이라고 생각하지 않는 것이다.

'첫째, 총잡이는 내게 총이 있을 거라는 경고를 전혀 받지 못

했어…….'

눈물을 흘린 순간부터 마야는 어떻게 할지 계획을 세웠다. 눈물은 일종의 무기였다. 납치범들로 하여금 긴장을 풀게 하고, 그녀를 얕잡아 보게 하고, 또한 그녀가 차에서 내려 정확히 어떻게 할 것인지 계획을 세울 때까지 시간을 벌기 위한 무기.

'둘째, 조라면 내게 총이 있으리라는 걸 알았겠지…….'

달리기 시작한 순간, 마야의 손은 이미 옆구리로 가 있었다. 여기서 대부분의 사람들이 모르는 재미있는 사실이 하나 있다. 권총으로 표적을 정확히 맞추기란 쉽지 않다. 움직이는 표적을 맞추기란 훨씬 더 어렵다. 훈련받은 경찰관의 76퍼센트가 1미터에서 3미터 사이에 있는 움직이는 표적을 맞추지 못한다. 하물며 일반인은 99퍼센트 이상이다.

그러니까 늘 움직여야 한다.

마야는 밴의 뒤쪽을 바라봤다. 그런 다음 발을 헛디디지도, 경고를 하지도, 머뭇거리지도 않고 도로 위로 몸을 굴리며 권총집에서 글록을 뽑아 벌떡 일어나는 동시에 총잡이를 겨눴다. 총잡이도 그녀의 의도를 알아차리고 총을 들어 올렸지만 이미 늦었다.

마야는 그의 가슴 한가운데를 겨눴다.

현실에서는 부상만 입히려고 쏘는 경우는 절대 없다. 조준이 빗나가도 맞출 확률이 가장 높고 가장 큰 표적인 가슴 한가운데를 겨누고 계속 쏘기 마련이다.

마야도 그랬다.

총잡이는 쓰러졌다.

'셋째, 결론. 저들은 조가 보낸 사람들이 아니야.'

몇 가지 일이 동시에 벌어졌다.

마야는 정지한 표적이 되지 않기 위해 계속 구르며 움직였다. 또 다른 남자, 아까 조수석 옆에 서 있던 남자에게로 몸을 돌려 총을 쏘려 했지만 남자는 그녀의 차 뒤로 숨어버렸다.

'계속 움직여, 마야…….'

밴의 옆문이 쾅 닫히고, 엔진에 시동이 걸렸다. 마야는 밴 뒤로 숨어 혹시라도 남자가 총을 쏠 경우를 대비해 밴을 방패 삼았다. 하지만 계속 여기 숨어 있을 순 없다. 밴은 곧 움직일 것이다. 아마도 후진해 그녀를 뭉개려 할 것이다.

마야는 본능적인 결단을 내렸다.

도망가자.

총잡이는 도로에 쓰러져 있고, 밴에 탄 놈들은 겁에 질렸을 것이다. 마지막 하나 남은 놈은 그녀의 차 뒤에 숨어 있다.

의심스러울 때는 가장 간단한 해결책을 따르면 된다.

계속 밴을 방패 삼은 채 마야는 숲으로 들어갔다. 밴이 후진하면서 하마터면 그녀를 칠 뻔했다. 마야는 계속 밴 옆쪽에 서 있다가 아까 조수석에 서 있던 남자가 밴에 완전히 가려지자 뒤돌아 서너 미터를 달렸다.

'멈추지 마…….'

숲이 울창해서 달리는 동안 뒤를 돌아볼 수 없었지만 어느 정도 달리다가 나무 뒤에 숨어 재빨리 뒤를 돌아봤다. 그녀의 차 뒤에 숨어 있던 남자는 그녀를 쫓아오지 않았다. 그는 밴을 향해 전력 질주하더니 계속 움직이는 밴 속으로 뛰어들었다.

밴은 전진했다가 후진한 다음 방향을 틀었다. 타이어가 비명을 지르며 다시 도로를 내달렸다.

그들은 쓰러진 총잡이를 버려둔 채 가버렸다.

이 모든 일, 마야가 도로를 구를 때부터 지금까지 아마 채 10초가 걸리지 않았을 것이다.

이제 어떻게 한다?

결정은 순식간에 내릴 수 있었다. 사실 선택의 여지가 없었다. 만약 경찰에 신고하거나 경찰이 오기를 기다린다면 필시 체포될 것이다. 그녀는 조가 살해될 당시 함께 있었고, 톰 더글러스의 시신을 발견했고, 셰인에게 탄도 검사를 부탁한 데다 이제 그녀의 총에 맞은 남자가 한 명 더 있었다. 이 모든 일을 쉽게 설명할 수는 없을 것이다.

마야는 서둘러 도로로 나갔다. 총잡이는 다리를 벌리고 도로에 등을 댄 채 누워 있었다.

죽은 척하는 것일 수도 있지만 그럴 것 같지 않았다. 그래도 혹시 몰라 그녀는 총을 겨눈 채 다가갔다.

하지만 그럴 필요 없었다. 남자는 이미 죽었다.

그녀가 죽였다.

머뭇거릴 시간이 없었다. 곧 이곳을 지나가는 차가 올 것이다. 마야는 재빨리 그의 주머니를 뒤져 지갑을 꺼냈다. 지금은 신분증을 확인할 시간이 없었다. 그의 휴대전화를 가져갈까 잠시 고민했지만(더는 자신의 휴대전화를 쓸 수 없으므로) 그건 너무 위험할 듯했다. 아직 그의 손에 쥐여진 총도 가져갈까 했지만 혹시라도 일이 틀어졌을 때 그녀의 행동이 정당방위였음을 증명할 유일한 증거였다.

게다가 그녀에게는 아직 글록이 있었다.

머릿속으로는 이미 계산을 마쳤다. 총잡이의 시신은 길가에 있다. 1미터 정도만 밀면 강둑으로 굴러떨어질 것이다.

마야는 다가오는 차가 없는지 주위를 재빨리 둘러봤다.

총잡이를 굴리는 일은 생각보다 쉬웠다. 아니면 아드레날린이 분비되어 힘이 세졌거나. 그는 아래로 미끄러져 내려갔고, 축 처진 몸이 나무에 부딪쳤다.

그렇게 시신은 마야의 시야에서 사라졌다. 적어도 일시적으로는.

물론 곧 발견될 것이다. 어쩌면 한 시간, 어쩌면 하루 안에. 하지만 그동안 시간을 벌 수 있다.

마야는 서둘러 차로 돌아가 운전석에 올라탔다. 이제 전화기에 불이 날 것이다. 셰인이 전화할 것이고, 키어스 형사도 무슨 일인지 의아해할 것이다. 멀리서 차 한 대가 이쪽으로 오고 있었다. 마야는 마음을 가라앉혔다. 차에 시동을 걸고 부드럽게 액셀러레이터를 밟았다. 그녀는 그저 솔머니 요양소를 다녀가는 방문객일 뿐이다. 근처 어딘가에 CCTV가 있다면 쏜살같이 지나가는 밴 한 대와, 잠시 뒤 요양소를 방문하고 보통 속도로 지나가는 BMW가 찍혔을 것이다.

'심호흡해, 마야. 들이쉬고 내쉬고. 수축하고 이완하고…….'

5분 뒤 그녀는 다시 고속도로에 들어섰다.

그렇게 시신으로부터 멀어졌다.

휴대전화의 전원을 끈 다음, 혹시 아직도 전화의 위치가 추적될지 몰라서 운전대에 내려쳤다. 50킬로미터를 더 간 후에 CVS 드러그스토어 주차장에 차를 세웠다. 총잡이의 지갑을 확인해보니 신분증은 없었지만 400달러가 들어 있었다. 잘된 일이었다. 마침 돈이 떨어졌는데 ATM은 사용하고 싶지 않았기 때문이다.

마야는 현찰로 일회용 휴대전화기 세 대와 야구 모자를 샀다. 드러그스토어 화장실로 가서 거울에 비친 얼굴을 보니 말이 아니었다. 먼저 세수를 하고 머리를 뒤로 모아 묶은 다음, 야구 모자를 썼다. 그렇게 좀 더 말끔한 행색으로 화장실을 나섰다.

그녀를 납치하려던 놈들은 어디로 갔을까?

아마 더는 걱정하지 않아도 될 것이다. 그들이 마야의 집에서 그녀를 기다리고 있을 가능성은 거의 없었다. 아마 그 밴은 훔쳤거나 빌렸거나 가짜 번호판을 달았거나 그랬을 테니 오늘은 이대로 끝날 것이다.

그래도 집에 돌아가고 싶지는 않았다.

마야는 에디에게 전화했다. 두 번째 신호음이 울렸을 때 그가 전화를 받았다. 마야는 만날 장소를 이야기했다. 에디는 가는 길이라고 했고, 고맙게도 더는 묻지 않았다. 에디를 만나는 것 역시 위험했지만 그나마 제일 덜 위험했다. 그래도 그로잉 업 어린이집이 눈앞에 나타나자 마야는 주위를 꼼꼼히 살폈다. 재미있게도 그로잉 업은 군대 기지와 비슷하게 지어졌다. 눈에 띄지 않게 접근하는 것이 불가능했고 이중, 삼중으로 보안이

되어 있었다. 물론 총으로 협박해 안으로 들어갈 수는 있지만, 현관문이며 각 교실 문이 안쪽에서 버튼을 눌러야 열리는 구조였기 때문에 그사이에 직원이 곧장 경찰에 연락할 수 있다. 경찰서는 불과 한 구역 떨어져 있었다.

마야는 어린이집 주위를 한 번 더 돌았다. 의심스러워 보이는 사람이나 자동차는 전혀 없었다.

주차장에 들어서는 에디의 차가 보이자 마야도 뒤따라 들어갔다. 글록은 다시 허리춤에 꽂았다. 그녀는 에디의 차 옆에 주차한 다음, 차에서 내려 에디의 차 조수석에 올라탔다.

"어떻게 된 거야, 마야?"

"형부가 릴리를 데려갈 수 있게 서류를 작성해야 해요."

"아까 나한테 전화한 그 이상한 번호는 뭐야?"

"그냥 이 일부터 처리해요, 네?"

에디는 그녀를 바라봤다. "클레어와 조를 죽인 게 누군지 알아냈어?"

"네."

에디는 잠시 기다리다가 말했다. "근데 내게 말 안 해줄 거야?"

"지금은 안 돼요, 네."

"이유가 뭐야?"

"시간이 없어요. 또 언니는 형부를 보호하려 했고요."

"난 보호받고 싶지 않아."

"그렇게는 안 돼요."

"왜 안 돼? 나도 돕고 싶다고."

"지금은 나랑 저기 들어가는 게 날 돕는 거예요." 마야는 문 손잡이를 잡아당겼다. 에디는 한숨을 내쉬며 역시 차 문을 열었다. 에디가 등을 돌리고 차에서 내리는 동안 마야는 그의 노트북 가방 밑바닥에 봉투를 밀어 넣은 다음 차에서 내렸다.

미스 키티가 문을 열어주었고, 서류 작업을 도와주었다. 에디의 증명사진을 찍는 동안 마야는 노란 방을 들여다보았고, 거기서 놀고 있는 릴리를 발견했다. 릴리를 보니 갑자기 마음이 가벼워졌다. 마야의 낡은 셔츠를 입은 릴리는 두 손이 페인트 범벅인 채로, 그 조그만 얼굴에 함박웃음을 짓고 있었다. 마야는 감정이 복받치는 것을 느꼈다.

미스 키티가 그녀의 뒤에 와서 섰다. "안에 들어가서 인사하시겠어요?"

마야는 고개를 저었다. "다 끝났나요?"

"네. 이제 형부께서 언제든 릴리를 데려갈 수 있어요."

"내가 미리 전화할 필요 없는 거죠?"

"네. 원하시는 대로 해드렸어요."

마야는 릴리에게서 눈을 떼지 않은 채 고개를 끄덕였다. 마지막으로 딸을 바라본 뒤 고개를 돌려 미스 키티를 바라봤다. "고마워요."

"괜찮으세요?"

"괜찮아요." 그녀는 미스 키티 너머로 에디를 바라봤다. "그만 가요, 형부."

두 사람이 주차장으로 나왔을 때 마야는 에디에게 휴대전화를 빌려달라고 했다. 에디는 순순히 전화를 건네주었다. 그녀는 웹사이트를 통해 GPS 추적 앱에 접속했다.

헥터의 트럭은 또 패터슨의 임대 주택 단지에 있었다.

잘됐다. 한발 앞서서 행동할 때다. 에디에게 전화기를 빌릴까 했지만 누군가 그 사실을 알아내고 위치를 추적할지 모른다. 그래서 다시 전화기를 에디에게 건넸다.

"전화기 잘 썼어요."

"정말 무슨 일인지 말 안 해줄 거야?"

주차해둔 차 앞에 서서 마야가 말했다. "잠깐만요." 그러고는 트렁크를 열어 공구 상자에서 스크루 드라이버를 꺼냈다.

"뭐 하는 거야?" 에디가 물었다.

"형부 차와 번호판을 바꾸려고요."

아직 지명 수배자가 됐을 것 같지는 않지만 조심해서 나쁠 것은 없었다. 마야는 앞쪽 번호판부터 시작했다. 에디는 스크루 드라이버 대신 동전을 이용해 뒤쪽 번호판의 나사를 돌렸다. 2분 뒤에 두 차의 번호판이 교체되었다.

마야는 차에 올라탔다. 에디는 우두커니 서서 그녀를 바라봤다.

마야는 잠시 동작을 멈췄다. 에디에게 하고 싶은 말이 너무도 많았다. 언니, 조, 그 밖의 모든 일. 그녀는 말하려고 입을 열었지만, 그런 이야기를 해봤자 도움 될 게 없음을 누구보다 잘 알고 있었다. 더구나 오늘은. 더구나 지금은.

"사랑해요, 형부."

에디는 손을 들어 눈가에 그늘을 만들었다. "나도 사랑해, 마야."

그녀는 차의 시동을 걸고 패터슨으로 출발했다.

# 32

헥터의 트럭은 패터슨 풀턴가에 위치한 고층 아파트 주차장에 있었다.

마야는 도로에 주차한 뒤 걸어서 대문을 통과했다. 혹시 트럭 문이 열려 있을지 모른다는 생각에 문손잡이를 잡아당겨 봤지만 그런 행운은 따라주지 않았다. 그녀는 어떻게 해야 할지 생각했다. 헥터가 이 아파트 어디에 있을지 알아내기는 불가능했다. 또한 그가 이사벨라와 함께 있는지 없는지도 알 수 없었다. 이젠 어느 쪽이든 상관없었다. 그녀의 목표는 간단했다.

헥터에게서 이사벨라가 어디 있는지 알아낼 것이다.

마야는 다시 차로 돌아가 기다렸다. 건물 출입구를 주시하는 한편 혹시라도 그가 다른 방향에서 올 경우를 대비해 트럭이 제자리에 있는지 가끔씩 확인했다. 30분이 지났다. 인터넷이 되면 좋겠지만 (그녀의 예상대로 코리가 EAC 제약 회사의 비리를 폭로하는 글을 올렸는지 확인하고 싶었다) 그녀의 휴대전화기는 박살 났고 일회용 전화기는 전화와 문자만 가능했다. 분명 코리가 폭로했으리라. 그래서 버켓가의 누군가가 그녀를 납치하려고 한 것이다.

출입구에 헥터가 나타났다.

마야는 이미 권총집에서 총을 빼 손에 들고 있었다. 헥터는 트럭의 리모컨 키를 들어 올려 버튼을 눌렀다. 전조등이 깜빡거리며 문의 잠금장치가 해제되었다. 그는 심란해 보였다. 하지만 원래 느긋하거나 행복해 보이는 사람은 아니었다.

마야의 계획은 간단했다. 헥터를 따라 그의 차로 간다. 그에게 몰래 접근해 얼굴에 총을 들이대고 이사벨라가 있는 곳으로 가자고 한다.

사람들 눈에 띌 염려가 있지만 지금은 그런 걸 따질 시간이 없었다.

하지만 차에서 내려 헥터에게 다가가던 마야는 그럴 필요가 없음을 깨달았다.

이사벨라가 건물에서 걸어 나왔기 때문이다.

좋았어.

마야는 다시 차 뒤로 숨었다. 그럼 이제 어떻게 하지? 헥터가 떠날 때까지 기다렸다가 행동을 개시할까? 만약 헥터가 보는 앞에서 이사벨라의 얼굴에 총을 들이대면 그가 가만있지 않을 것이다. 게다가 그에게는 휴대전화가 있으니 경찰에 신고하거나 고함을 지르거나…… 어떤 식으로든 일을 망칠 것이다.

그러니 그가 떠날 때까지 기다려야 한다.

헥터가 트럭에 올라탔다. 마야는 몸을 낮춘 채 자동차 한 대를 지나쳤다. 총은 보이지 않게 숨겼다. 이렇게 살금살금 다가가는 모습을 아무에게도 들키고 싶지 않았지만, 설사 누가 본다 해도 수상하다고 생각할 뿐 경찰에 신고하지는 않을 것이다. 그 정도 위험은 감수해야 했다.

이사벨라가 갑자기 왼쪽으로 돌아갔다.

잠깐만.

마야는 이사벨라가 오빠를 배웅하거나 트럭 차창 너머로 할 말이 있어서 나온 것이라 생각했는데 그게 아니었다.

이사벨라가 트럭 조수석에 올라타고 있었다.

마야에게는 두 개의 선택지가 있었다. 첫째, 다시 차에 올라타 이들을 미행한다. 하지만 그러다가 놓칠 위험이 있고, 휴대전화가 없으니 더는 위치 추적도 할 수 없다.

둘째…….

그만두자.

그녀는 서둘러 트럭으로 달려가 뒷문을 열고 뒷좌석에 올라타 총으로 헥터의 뒤통수를 겨눴다.

"운전대에 손 올려." 그런 다음 이사벨라를 겨눴다가 다시 헥터의 머리를 겨눴다. "너도 마찬가지야, 이사벨라. 대시보드에 손 올려."

둘 다 충격 받은 표정으로 그녀를 바라봤다.

"빨리."

두 사람은 천천히 그녀의 말대로 했다. 지난번에 이사벨라를 얕잡아 봤다가 당한 일을 떠올리며 마야는 이사벨라의 가방을 집어 들고 안을 들여다봤다.

역시나 호신용 스프레이와 휴대전화가 들어 있었다.

헥터의 휴대전화는 차량용 컵 홀더에 들어 있었다. 마야는 휴대전화를 집어 들어 이사벨라의 가방에 넣었다. 혹시 헥터에게 총이 있을지 몰라 그를 겨눈 상태로 재빨리 몸수색을 했지만 아무것도 없었다. 트럭 열쇠를 뽑아 이사벨라의 가방에 넣었다. 앞쪽 바닥에 가방을 내려놓는 순간, 마야의 눈에 무언가가 띄었다. 그녀는 동작을 멈췄다.

그녀의 시선을 끈 것은 색깔이었다…….

"원하는 게 뭐죠?" 이사벨라가 물었다.

운전석 뒤쪽 바닥에 옷이 한 무더기 쌓여 있었다.

"이렇게 무작정 총으로—"

"닥쳐. 손가락 하나만 까딱해봐. 헥터의 머리를 날려버릴 테니까." 마야가 말했다.

옷 무더기 맨 위에 회색 면 티가 있었다. 마야가 발로 그 티를 밀어내자 너무도 눈에 익은 옷이 눈에 들어왔다. 마야는 분노가 치솟아 하마터면 방아쇠를 당길 뻔했다. 그것은 포레스트 그린색 버튼다운 셔츠였다.

"말해." 마야가 말했다.

이사벨라는 그녀를 노려봤다.

"마지막 기회야."

"할 말 없어요."

대신 마야가 말했다. "헥터는 키와 체격이 조와 비슷하지. 그래서 그 영상에서 조 행세를 했을 거야. 넌 헥터를 집 안에 들였고, 헥터는 연기를 했지. 릴리는 헥터를 알고 있으니 당연히 가서 안겼을 거고. 그런 다음 다른 비디오테이프에서 조의 얼굴을……." 그 미소. 화면 속 조의 미소. "맙소사, 우리 결혼식

테이프에서 조의 얼굴을 가져온 거야?"

"할 말 없어요. 어차피 당신은 우릴 죽이지 못 해요." 이사벨라가 말했다.

더는 못 참는다. 마야는 권총을 꽉 쥔 다음, 손잡이 끝으로 헥터의 코를 세게 내려쳤다. 코뼈가 우드득 부러지는 소리가 났다. 헥터는 비명을 질렀고, 손가락 사이로 피가 새어 나왔다.

"죽이지는 못해도 네 오라비의 어깨에 총알을 박을 순 있어. 그다음에는 팔꿈치, 그다음에는 무릎에. 그러니까 빨리 말해." 마야가 말했다.

이사벨라는 머뭇거렸다.

마야는 총을 들어 이번에는 헥터의 한쪽 귀를 내려쳤다. 헥터가 신음하며 옆으로 쓰러졌다. 이사벨라는 본능적으로 대시보드에서 손을 떼고 오빠를 향해 손을 뻗었다. 마야는 권총으로 이사벨라의 얼굴을 가격했다. 아프기는 해도 너무 심한 부상을 입지 않을 정도로만.

하지만 이사벨라의 얼굴에서도 피가 흘렀다.

마야는 총구를 헥터의 어깨에 대고 누르며 방아쇠를 잡아당기기 시작했다.

"잠깐만요!" 이사벨라가 외쳤다.

마야는 움직이지 않았다.

"당신이 조를 죽였기 때문에 그런 거예요!"

마야는 여전히 헥터의 어깨를 겨눈 채 말했다. "누가 그래?"

"그게 중요한가요?"

"네 말대로라면 난 남편을 죽인 여자야." 마야는 손에 든 권총 쪽으로 고갯짓을 했다. "그런데 왜 네 오라비를 못 죽일 거라고 생각하지?"

"어머니가 그랬습니다."

헥터가 입을 열었다.

"당신이 조를 죽였다고 어머니가 그랬어요. 그걸 증명할 수 있도록 우리가 도와야 한다고요."

"어떻게 돕지?"

헥터가 몸을 일으켰다. "당신이 죽인 게 아닌가요?"

"어떻게 도우라고 했지, 헥터?"

"당신 말대로예요. 난 조의 옷을 입고 내니 캠 앞에서 그의 행세를 했습니다. 그런 다음 SD카드를 판우드로 가져갔죠. 버켓가에서 고용한 포토샵 합성 전문가가 있었으니까요. 한 시간 뒤에 다시 SD카드를 당신 집으로 가져갔고, 이사벨라가 그걸 사진틀에 넣었습니다."

"잠깐만. 그게 내니 캠이라는 걸 어떻게 알았지?" 마야가 물었다.

이사벨라가 코웃음을 쳤다. "장례식 다음 날 느닷없이 가족 사진이 뜨는 디지털 사진틀이 떡하니 놓여 있었는데 그걸 몰라요? 내가 아는 엄마 중에 딸 사진을 가지고 다니지 않는 사람은 당신뿐이에요. 당신은 릴리가 그린 그림도 걸어놓지 않잖아요. 그런데 갑자기 사진틀이라니, 내가 바보인 줄 알아요?"

마야는 내니 캠에 녹화된 화면에서 이사벨라가 늘 웃으며 열심히 일했던 사실을 떠올렸다. "그러니까 뭐야, 당신이 내니 캠 얘기를 당신 엄마에게 한 거야?"

이사벨라는 대답하지 않았다.

"그렇다면 호신용 스프레이로 날 공격하라는 것도 엄마의 아이디어겠군."

"당신이 그렇게 나올 줄 내가 어떻게 알았겠어요? 내 임무는 그저 당신이 그 장면을 다른 사람에게 보여줄 수 없도록 SD카드만 빼돌리는 거였어요."

마야를 고립시키려고 했던 것이다.

"당신이 그 장면을 보여주면 난 조가 안 보이는 척하기로 했죠." 이사벨라가 말했다.

"왜지?"

"왜겠어요?"

뻔했다. "내가 헛것을 봤고 정신이 이상하다고 몰아가려고……."

마야가 말끝을 흐렸다. 이제 마야는 그들 너머, 트럭의 앞 유리창 너머를 응시하고 있었다. 이사벨라와 헥터는 마야를 봤다가 그녀의 시선을 따라 고개를 돌렸다.

트럭 앞에 셰인이 서 있었다.

"움직이면 쏴버릴 거야."

마야는 헥터와 이사벨라에게 으름장을 놓고 뒷문을 열어 트럭에서 내린 다음, 이사벨라의 가방을 집어 들었다. 셰인은 우두커니 서서 그녀를 기다렸다. 그의 눈은 충혈되어 있었다.

"뭐 하는 거야?" 셰인이 물었다.

"저들이 날 속였어." 마야가 말했다.

"뭐?"

"헥터가 조의 옷을 입고 조 행세를 했어. 그런 다음, 누군가가 다른 비디오테이프에서 조의 얼굴을 가져다가 포토샵으로 합성한 거야."

"그럼 조는……?"

"죽은 게 확실해, 응. 날 어떻게 찾아냈어?"

"GPS."

"내 휴대전화는 고장났는데?"

"너희 집 차 두 대에 추적기를 붙여뒀어."

"왜?"

"요즘 넌 정상이 아니니까. 내니 캠 사건이 있기 전부터 그랬어. 이젠 너도 깨달아야 해."

마야는 아무 말도 하지 않았다.

"그래, 내가 닥터 우에게 연락했어. 어쩌면 네가 다시 상담을 받도록 선생님이 설득할 수 있을까 해서. 혹시 네가 도움이 필요할 경우를 대비해서 네 차에 위치 추적기도 부착했고. 그러다가 키어스 형사에게 그 탄도 검사 결과를 들었어. 넌 내 전화를 받지도 않고……."

마야는 다시 트럭을 돌아봤다. 두 사람은 트럭 안에 그대로 있었다.

'심호흡을 하자…….'

"할 말이 있어, 셰인."

"탄도 검사 얘기겠지."

그녀는 고개를 저었다.

'수축, 이완…….'

"알카임에서 있었던 사건 얘기야."

셰인은 어리둥절해했다. "그게 뭐?"

마야는 입을 열었다가 다물었다.

"마야?"

"우린 이미 병사들을 잃은 상황이었어. 그것도 실력 있는 병사들. 더는 그런 일이 벌어지게 둘 수 없었어."

마야는 눈물을 글썽였다.

"알아. 그게 우리가 맡은 임무였잖아." 셰인이 말했다.

"그러다 그 SUV를 발견했어. 살려달라는 병사들의 무전이 들리는 상황에서 SUV가 그들을 향해 돌진했지. 우리는 SUV를 조준했어. 그리고 사령부에 허가를 요청했지. 하지만 사령부에서는 허락하지 않았어."

"맞아. 민간인이 타지 않았는지 확인해야 한다고 했어." 셰인이 말했다.

마야는 고개를 끄덕였다.

"그래서 우린 기다렸고." 셰인이 말했다.

"그동안 병사들은 살려달라고 애원했지."

셰인의 한쪽 입꼬리가 실룩거렸다. "듣고 있기 정말 힘들었어. 알아. 하지만 우린 옳은 일을 한 거야. 우린 규칙을 따랐고, 기다렸다고. 민간인들이 죽은 건 우리 잘못이 아냐. 승인이 떨어졌을 때—"

마야는 고개를 저었다. "사령부에서는 승인하지 않았어."

셰인은 그녀를 바라보았다.

"내가 네 무전기를 꺼버렸어."

"뭐…… 뭐라고? 지금 무슨 말을……?"

"사령부에서는 발사하지 말라고 했어."

그는 고개를 저었다. "지금 무슨 말을 하는 거야?"

"그쪽에서 승인을 내리지 않았다고. SUV에 적어도 한 명의 민간인이 탔고, 그것도 미성년일 가능성이 있다고 했어. SUV에 탄 사람들이 적일 가능성은 반반이라고."

셰인의 숨소리가 거칠어졌다. "하지만 난 분명히 들었어. 무선으로……."

"아냐, 셰인, 넌 듣지 않았어. 나한테 전해 들었지. 기억나?"

그는 가만히 서 있었다.

"넌 우리가 SUV를 맞추고 환호했기 때문에 음성이 공개되면 안 된다고 생각했겠지. 하지만 내가 코리에게 잡힌 약점은 그게 아니야. SUV에 민간인이 탔을 수도 있다는 사령부의 무전이 녹음됐기 때문이야."

"그런데도 넌 SUV를 쐈구나." 셰인이 말했다.

"응."

"왜 그랬어?"

"민간인이 탔든 말든 상관없었으니까. 내겐 우리 병사들이 중요했어."

"맙소사, 마야."

"난 선택을 했어. 적어도 내 눈앞에서는 더 이상 우리 병사들을 잃지 않겠다고. 내가 그들을 구할 수 있는 한. 만약 민간인이 죽는 부수적 피해가 발생한다면 그러라지. 난 신경 안 써.

그게 진실이야. 넌 내가 민간인을 죽였다는 죄책감에 시달려서 밤마다 그 끔찍한 소리를 듣는다고 생각하지만 사실은 반대야, 셰인. 내가 그 소리를 듣는 건 죄책감을 느끼지 않기 때문이야. 날 괴롭히는 건 그들의 죽음이 아냐. 날 괴롭히고, 내 머릿속을 떠나지 않는 건 내가 또 그런 상황에 처한다면 똑같이 행동할 거라는 사실이야."

이제는 셰인의 눈에 눈물이 고였다.

"굳이 정신과 의사가 아니라도 알 수 있다고. 난 밤마다 그 일을 다시 겪어. 하지만 결과는 바꿀 수 없어. 그래서 그 소리가 사라지지 않는 거야, 셰인. 매일 밤 나는 다시 그 헬리콥터에 타고 있어. 매일 밤 어떻게든 그 병사들을 살려내려 하지."

"그리고 매일 밤 그 민간인들을 다시 죽이는구나, 맙소사……."

셰인이 두 팔을 벌리고 그녀에게 다가왔지만, 마야는 그를 밀어냈다. 이건 도저히 감당할 수 없었다. 그녀는 재빨리 몸을 돌려 이사벨라와 헥터를 바라봤다. 그들은 여전히 그대로 있었다.

이제 가야 할 시간이다.

"키어스가 뭐라고 했어, 셰인?"

"조와 클레어가 같은 총으로 살해됐다고. 넌 이미 알고 있었지? 키어스가 말해줬지?"

마야는 고개를 끄덕였다.

"하지만 넌 내게 말해주지 않았어, 마야."

그녀는 대답하지 않았다.

"다른 건 다 말했는데 탄도 검사 결과만 말하지 않았어."

“셰인…….”

“난 너 혼자서 클레어의 죽음을 조사한다고 생각했어. 경찰은 무능력하니까. 그러다 뭔가를 발견한 거라고 생각했지.”

마야는 트럭에서 눈을 떼지 않았다. 이사벨라와 헥터를 감시하기 위해서라기보다 셰인을 마주 볼 수 없어서였다.

“넌 조가 죽기 전에 그 총알을 내게 줬어.” 셰인이 말했다. “그게 클레어를 죽인 총에서 나왔는지 확인해달라면서. 검사 결과 일치했고. 하지만 어떻게 그 총알을 구했는지 말해주지 않았어. 그런데 조도 같은 총으로 살해됐다며? 어떻게 그럴 수가 있지?”

“답은 하나뿐이야.” 마야가 말했다.

셰인은 고개를 저었지만 이미 알고 있었다. 그녀는 고개를 돌려 셰인을 똑바로 바라봤다.

“내가 죽였어. 내가 조를 죽였어.” 마야가 말했다.

# 33

마야는 야구 모자를 쓰고 헥터의 트럭을 몰아 판우드 뒷문을 통과해 본관으로 향했다. 어둠이 내려앉아 있었다. 아직 경비원들이 지키고 있었지만 경비는 꽤나 느슨했다. 눈에 익은 트럭을 굳이 세우거나 검문하는 사람은 없었다.

셰인은 헥터와 이사벨라를 붙잡아두고 있었다. 그녀가 판우드로 간다는 걸 알리지 못하도록 하기 위해서였다. 마야는 일회용 휴대전화로 레더 앤드 레이스에 전화해 룰루를 바꿔달라고 말했다.

"이젠 당신을 도와줄 수 없어요." 룰루가 말했다.

"아닐걸요."

통화가 끝난 뒤 마야는 저택 옆쪽에 트럭을 주차했다. 주위는 어둠에 잠겨 있었다. 저택 뒤쪽으로 살그머니 돌아가 부엌문을 열어봤다. 다행히 잠겨 있지 않았다. 집 안은 아무도 없이 고요했고, 불은 모두 꺼져 있었다. 마야는 벽난로 쪽으로 다가가 걸음을 멈췄다. 그러고는 홀로 거실에 앉아 기다렸다. 시간이 흐르며 눈이 어둠에 적응되었다.

지난 일이 주마등처럼 스쳤다. 하지만 이 모든 일의 시작이자 그녀의 운명이 완전히 바뀐 순간은 총기 보관용 금고를 연 때였다. 당시 해외 복무를 마친 마야는 언니가 죽은 후 처음으로 집에 돌아왔다. 조와 함께 언니의 무덤에도 다녀왔다. 그는 하루 종일 이상하게 굴었지만 그다지 거슬리지는 않았다. 다만 조가 어떤 사람인지, 그들이 실제로 함께 보낸 시간이 얼마나 적은지, 그들의 연애가 얼마나 정신없었는지, 자신의 직업과 그가 하는 일에 대해 생각했다. 하지만 역시나 그런 것들은 그녀에게 별 의미가 없었다.

그때 그녀는 정말로 자신이 조를 잘 모른다고 생각했을까? 아니다. 지금 와서 돌이켜보니 그런 생각이 들 뿐이었다.

그러다 총기 보관용 금고를 열면서 모든 것이 바뀌었다.

마야는 총 관리만은 철두철미해서 늘 먼지 한 점 없이 깨끗이 보관했다. 따라서 금고에 있던 스미스앤드웨슨 두 자루를 꺼낸 순간 분명히 알 수 있었다.

그중 하나, 비밀 공간에 넣어둔 스미스앤드웨슨을 누군가가 사용했음을.

그녀가 귀국했을 때 조는 총이 너무 싫다, 사격장 같은 데는 관심 없다, 집에 총을 보관하지 않았으면 좋겠다는 말을 되풀이했다.

한마디로 총에 지나친 거부 반응을 보였다.

돌이켜보면 이상한 일이었다. 그토록 총에 관심 없는 남자가 왜 총기 보관용 금고에 자신의 지문을 등록했을까? "*만약의 경우를 대비해서야. 어떻게 될지 모르잖아.*" 조는 그렇게 말했다.

살다 보면 모든 것이 바뀌는 순간이 있다. 착시를 일으키는 그림처럼 분명 무언가를 봤다고 생각했는데, 그림을 조금만 움직이면 완전히 다른 것이 보인다. 분명 총을 잘 모르는 사람이 어설프게 닦아둔 그 스미스앤드웨슨을 들고 있던 마야의 심정도 그랬다.

아랫배를 정통으로 얻어맞은 듯했다. 최악의 배신이었다. 적과의 동침이라니 바보가 따로 없었다. 그 총을 사격장으로 가져가 한 발 쏜 다음, 총알을 셰인에게 가져가 언니의 두개골에서 발견된 38구경과 같은 총에서 나왔는지 몰래 검사해달라고 부탁했다. 하지만 굳이 검사하지 않아도 그녀는 이미 알고 있었다.

언니를 죽인 사람이 조라는 것을.

하지만 그녀가 틀렸을 가능성도 있었다. 똑똑한 살인 청부업자가 몰래 금고를 열어 그녀의 총으로 언니를 죽인 다음, 다시 가져다 뒀을 수도 있다. 조의 짓이 아닐 수도 있다. 그래서 마야는 두 개의 스미스앤드웨슨 686을 바꿔치기 했다. 비밀 공간에 있던 스미스앤드웨슨, 다른 주에서 구입해 주인이 그녀라는 것을 알 수 없고 조가 언니를 죽일 때 썼던 총과 뉴저지주에 그녀 소유로 등록되어 금고에 보이도록 진열된 스미스앤드웨슨을. 원래 금고에 보관하는 총은 절대 장전해두지 않는다.

비밀 공간에 넣어둔 스미스앤드웨슨만 제외하고.

마야는 조의 물건을 뒤지기 시작했고, 일부러 뒤진 흔적을 남겼다. 자신이 그를 의심하고 있다는 사실을 알리고 싶었다. 그가 어떻게 나올지 보기 위해, 왜 언니를 죽였는지 자백을 받아낼 수 있을 정도의 증거를 얻기 위해서였다.

그렇다. 키어스 형사의 말이 맞다. 그날 밤 조가 전화한 게 아니라, 마야가 그에게 전화했다.

"*당신이 한 짓을 알고 있어.*" 그녀가 말했다.

"*무슨 소리야?*"

"*증거가 있어.*"

마야는 센트럴파크의 그곳에서 만나자고 했다. 그러고는 일찌감치 약속 장소로 나가 주위를 둘러보았다. 길거리 불량배 두 명이 베세즈다 분수를 지나가고 있었다. 그들의 이름이 에밀리오 로드리고와 프레드 케이튼이라는 건 나중에 알게 되었다. 걸음걸이로 보아 로드리고는 분명 총을 소지하고 있었다.

절대 유죄 판결을 받지 않을 희생양으로 완벽했다.

조를 만났을 때 마야는 충분히 기회를 주었다.

"*왜 언니를 죽였어?*"

"*증거가 있다고 큰소리치더니 아무것도 없는 모양이네.*"

"*증거는 찾아낼 거야. 절대 포기하지 않을 거니까. 당신 인생을 지옥으로 만들어주지.*"

그때 조가 금고 속 비밀 공간에 넣어두었던 총, 장전된 스미스앤드웨슨 686을 꺼냈다. 그러고는 미소 지었다. 적어도 그녀의 느낌으로는 그랬다. 사실 주위가 너무 어두워서 아무것도 보이지 않았고, 마야는 권총을 보고 있었다. 하지만 지금 돌이켜봐도 그때 조는 분명 미소를 짓고 있었다.

그리고 마야의 가슴 한복판을 겨눴다.

그녀가 영원히 사랑하겠다고 맹세한 남자가 장전된 총을 겨누는 모습을 보니 그 전까지 했던 생각들, 자신이 안다고 생각했던 것들이 모두 사라져버렸다. 조가 언니를 죽였다는 건 알고 있었지만, 아직 그 사실을 믿지는 않았다. 완전히 받아들이지는 못했다. 착오가 있을 거라고 생각했다. 이런 식으로 조를 자극하면 그녀가 놓치고 오해한 무언가가 드러날 거라고 생각했다.

그녀가 낳은 딸의 아빠이기도 한 남자가 살인자일 리 없다. 언니를 고문하고 죽인 살인자와 지금까지 동침하고 마음을 나눴을 리 없다. 어떻게든 이 모든 게 설명될 거라고 생각했다.

조가 방아쇠를 당기기 전까지는.

어둠 속에 앉은 마야는 눈을 감았다.

총이 발사되지 않았을 때 보였던 조의 표정이 눈에 선했다. 그는 다시 방아쇠를 잡아당겼다. 그리고 한 번 더 잡아당겼다.

*"내가 공이를 제거했어."*

*"뭐?"*

*"내가 공이치기에서 공이를 제거했다고. 그러니까 그 총은 발사되지 않아."*

*"상관없어, 마야. 넌 내가 클레어를 죽였다는 걸 절대 증명하지 못할 테니까."*

*"맞아."*

그 순간 마야는 또 다른 스미스앤드웨슨, 조가 언니를 죽일 때 쓴 총을 꺼내 세 발을 쐈다. 첫 두 발은 일부러 치명상을 입히지 않도록 쐈다. 그녀는 명사수였지만 길거리 불량배들은 그렇지 않다. 그러니 한 발만 맞고 죽으면 의심을 살 것이다.

키어스 형사의 말대로 첫 번째 총알은 조의 왼쪽 어깨에, 두 번째 총알은 쇄골 오른쪽에 맞았다.

그때 마야는 구세군 가게에서 현찰로 산 트렌치코트를 입고, 장갑을 끼고 있었다. 그러니 총을 발사했을 때의 잔여물도 그 옷과 장갑에 남을 것이다. 그녀는 트렌치코트와 장갑을 벗어 담장 너머 5번가 쪽 쓰레기통에 버렸다. 경찰은 그 옷을 찾아내지 못할 테지만 설사 찾아내서 어쩌다 총기 발사 잔여물이 있는지 검사한다 해도 상관없었다. 그녀가 그 옷을 입었다는 증거는 없으니까. 마야는 허리를 숙이고 죽어가는 조를 껴안아 자신의 셔츠에 그의 피를 충분히 묻혔다. 그런 다음, 총 두 자루를 가방에 넣고 베세즈다 분수 쪽으로 비틀거리며 걸어갔다.

"*도와주세요……. 제발…… 누가 좀……. 남편이…….*"

아무도 그녀의 소지품을 뒤지지 않았다. 왜 뒤지겠는가? 그녀는 피해자인데. 처음에는 다들 그녀가 다치지 않았는지 걱정했고, 그다음에는 범인을 찾는 데 집중했다. 원래는 총 두 자루만 든 가방을 어딘가에 버리려고 했지만 그럴 필요가 없었다. 그래서 그냥 들고 있다가 결국 다시 집으로 가져왔다. 조를 쏜 총은 강에 버렸다. 등록된 스미스앤드웨슨은 공이를 원래대로 돌려두고 다시 금고에 넣었다. 키어스 형사가 검사한 총이 바로 그것이다.

마야는 탄도 검사 결과 자신의 무죄가 입증되고, 경찰이 혼란스러워 할 것임을 알고 있었다. 언니와 조를 죽인 총이 같기 때문이다. 언니가 죽을 당시 마야는 해외에서 복무 중이었으므로 확실한 알리바이가 있고, 따라서 절대 범인이 될 수 없다. 애꿎은 두 사람, 에밀리오 로드리고와 프레드 케이튼이 용의자가 된다는 점이 마음에 걸렸지만 어차피 그중 한 명은 불법으로 무기를 소지하고 있었다. 또한 마야가 그들이 스키 마스크를 쓰고 있었다고 증언하면 절대 기소될 수 없었다. 그러니 그들이 누명을 쓰는 일은 없을 것이다.

알카임에서 있었던 일과 비교하면 그 정도 부수적 피해는 무시할 수 있었다.

결국 사건은 그녀가 원했던 대로 미해결로 남았다. 언니는 살해됐고 범인은 처벌 받았다. 끝. 일종의 정의가 구현되었다. 조가 왜 언니를 죽였는지 자세한 내막은 몰랐지만 알 만큼은 알았다. 이제 그녀와 릴리는 안전하리라.

그런데 내니 캠이 모든 것을 바꿔놓았다.

진입로에 차가 멈추는 소리가 들렸다. 마야는 그대로 앉아 있었다. 현관문이 열리고 행사가 너무 지루했다고 말하는 주디스의 목소리가 들렸다. 닐과 캐럴라인도 그녀와 함께 있었다. 세 사람이 거실로 들어왔다.

전등 스위치를 켠 주디스는 헉 하고 숨을 들이쉬었다.

마야가 그곳에 앉아 있었다.

"맙소사. 심장이 멎는 줄 알았다. 여기서 뭐 하는 거니, 마야?" 주디스가 말했다.

"오컴의 면도날." 마야가 말했다.

"뭐라고?"

"여러 가설이 있을 때 가장 단순한 것을 선택해야 한다는 말이죠." 마야는 빙그레 웃었다. "한마디로 가장 단순한 답이 진실일 가능성이 가장 높다는 법칙이에요. 조는 총에 맞아 죽었어요. 어머니는 조가 살아 있는 것처럼 꾸미셨지만요."

주디스는 두 아이들을 바라봤다가 다시 마야를 봤다.

"어머니가 그 내니 캠 쇼를 계획하셨죠. 로사의 가족들에게 내가 조를 죽였지만 증명할 방법이 없으니 날 조금 흔들어놓고 싶다고 말하셨을 거예요."

주디스는 굳이 부인하지 않았다. "그래서?" 그녀의 목소리는 냉랭했다. "범인을 잡는 게 불법은 아니잖니?"

"그렇죠." 마야도 동의했다. "물론 저도 처음부터 알고 있었어요. 어머니는 타인을 조종하는 데 능숙하시니까요. 그게 직업이기도 하고요."

"그건 심리 실험이라고 하는 거다."

"그게 그거죠. 하지만 전 조가 죽은 걸 봤어요. 살아 있을 리 없다는 걸 알고 있었죠."

"아, 그렇지만 어두웠잖니. 네가 착각했을 수도 있지. 넌 조를 속여서 그곳으로 끌어냈어. 그러니 조도 널 속였을 수 있지. 총알을 공포탄으로 바꿔놓는다거나 하는 식으로." 주디스가 말했다.

"하지만 조는 그러지 않았어요."

닐이 헛기침을 했다. "원하는 게 뭡니까?"

마야는 그를 무시하고 주디스에게서 눈을 떼지 않았다. "설사 제가 조가 살아 있다고 믿지는 않더라도, 압박감에 조를 죽였다고 자백하지는 않을지라도 어떤 식으로든 반응할 거라고 생각하셨죠."

"그래."

"전 누군가 절 엿 먹이고 있다는 걸 알았어요. 그래서 조사하기 시작했죠. 아마 제가 실수를 저질러서 범인이라는 사실이 탄로 나기를 바라셨을 거예요. 제가 어떤 식으로든 실수하기를 바라셨겠죠. 게다가 제가 어디까지 알고 있는지도 알아내야 했고요. 또 그 심리 실험도 하셨죠. 캐럴라인은 제게 와서 오빠들이 아직 살아 있는 것 같고, 키어스가 뇌물을 받는다고 했어요. 새빨간 거짓말이죠. 하지만 당시 제겐 많은 일이 한꺼번에 일어나고 있었어요. 내니 캠에 사라진 옷, 전화. 누구라도 자신의 정신 상태를 의심하게 될 거예요. 저도 그랬고요. 미친 사람이 아니고서야 정신이 이상해지고 있다는 생각을 안 할 수가 없었죠."

주디스가 미소를 지었다. "여기 왜 온 거니, 마야?"

"물어볼 게 있어요, 어머니."

주디스는 기다렸다.

"제가 조를 죽였다는 걸 어떻게 아셨죠?"

"인정하는 거냐?"

"물론이죠. 하지만 어떻게 아셨어요?" 마야는 닐을, 그다음에는 캐럴라인을 바라봤다. "엄마가 어떻게 알았는지 말하던가요, 캐럴라인?"

캐럴라인은 얼굴을 찡그리며 주디스를 바라봤다.

"그냥 알았다. 난 엄마니까." 주디스가 말했다.

"아뇨. 제게 조를 죽일 만한 동기가 있다는 걸 알고 계셨던 거예요."

캐럴라인이 주디스에게 말했다. "지금 언니가 무슨 소릴 하는 거예요?"

"조는 우리 언니를 죽였어요."

"그럴 리 없어요." 심통 난 어린아이 같은 목소리로 캐럴라인이 말했다.

"엄마?"

주디스의 눈이 분노로 이글거렸다. "네 언니는 도둑질을 했어."

"엄마……." 캐럴라인이 칭얼거렸다.

"도둑질 정도가 아니지. 우리 집안을 풍비박산 내려고 했어. 버켓가의 이름에 먹칠을 하고 재산을 모두 날려버리려고 했다. 조는 그걸 막았을 뿐이야. 클레어를 설득하려고 했어."

"조는 언니를 고문했어요." 마야가 말했다.

"그 애는 제정신이 아니었다. 그건 나도 인정해. 어차피 네 언니는 자백하지 않았을 거야. 자료를 돌려주지도 않았을 테고. 조가 잘했다는 건 아니지만 네 언니가 시작한 일이다. 클레어는 우리 집안을 무너뜨리려고 했어. 넌 이해할 거야. 클레어는 적이었고, 적을 공격할 때는 가진 것을 총동원해서 전력으로 싸워야 해. 자비를 보여서는 안 되지."

마야는 분노가 치밀었지만 거기에 사로잡히지 않았다. "이 멍청하고 사악한 여자 같으니."

"이봐." 닐이 엄마를 두둔하고 나섰다. "작작하시지."

"당신은 모르죠, 닐? 조가 집안의 재산을 지키려다가 그렇게 된 줄 알죠? EAC 제약 회사 일을 감추려 했다고요."

주디스를 바라보는 닐의 표정을 보니 마야는 자신의 짐작이 옳았음을 알 수 있었다. 하마터면 실소를 터뜨릴 뻔했다. 그녀는 주디스를 돌아봤다.

"조가 어머니에게도 그렇게 말했죠? 우리 언니가 제약 회사 관련 정보를 수집하고 있다고. 그리고 닐, 당신은 자기가 제약 회사 비리의 책임을 져야 할 것 같으니까 더는 엄마의 계획을 따르지 않았어요. 겁에 질려서 그 남자들에게 날 납치하라고 시켰죠. 내가 어디까지 아는지 알고 싶어서요. 그러고는 그 납치범들에게 내 정신 상태가 불안정하다고 했어요. 조가 기다리고 있다는 말을 들으면 내가 뭐 무너지기라도 할 거라고 말했나요?"

닐은 증오가 역력한 표정으로 그녀를 바라봤다. "적어도 약해지긴 할 거라고 생각했지."

주디스가 눈을 질끈 감고 중얼거렸다. "어리석긴."

"'조가 기다리고 있습니다.' 납치범 중 한 놈이 그러더군요. 그게 실수였어요, 닐. 만약 조가 배후라면, 정말 조가 그들을 보냈다면 그들은 내가 무기를 소지하고 있으리라는 걸 알았을 거예요. 하지만 전혀 모르더군요."

"마야?"

주디스였다.

"넌 내 아들을 죽였어."

"조는 우리 언니를 죽였고요."

"조는 죽었으니 처벌을 받을 수 없지. 하지만 여기 네 자백을 들은 증인이 셋이나 있다. 우린 고소할 거야."

"이해를 못 하시네요. 조가 죽인 건 우리 언니만이 아니에요.

시오 모라도 죽였고…….”

“그건 장난을 치다 사고로 일어난 일이야.”

“톰 더글러스도 죽였어요.”

“조가 죽였다는 증거라도 있니?”

“그리고 자기 동생도 죽였고요.”

이 말에 세 사람은 멈칫했다. 잠시 쥐 죽은 듯한 정적, 가구마저도 숨을 죽인 듯한 정적이 흘렀다.

“엄마? 사실이 아니죠? 그렇죠?” 캐럴라인이었다.

“당연히 아니지.” 주디스가 말했다.

“사실이에요. 조가 앤드루를 죽였어요.” 마야가 말했다.

캐럴라인은 다시 주디스를 돌아봤다. “엄마.”

“신경 쓰지 마라. 거짓말이야.”

“오늘 크리스토퍼 스웨인을 만나고 왔어요. 앤드루는 시오의 죽음으로 힘들어했고, 그날 배에서 경찰에 자수할 거라고 했어요. 그러고는 갑판으로 올라갔고, 조도 따라갔죠.”

정적이 흘렀다.

캐럴라인은 울기 시작했다. 닐은 도와달라는 듯한 표정으로 엄마를 바라보았다.

“그렇다고 해서 조가 앤드루를 죽였다고는 할 수 없어. 넌 머리가 병들었으니 그 끔찍한 망상을 믿겠지만 네 입으로 무슨 일이 있었는지 말했잖니. 그게 진실이야.”

마야는 고개를 끄덕였다. “앤드루가 배에서 뛰어내려 자살했죠.”

“그래서?”

"그리고 조는 그걸 봤고요. 조가 제게 그렇게 말했어요."

"그래, 그거다."

"하지만 그건 사실이 아니에요. 조와 앤드루는 새벽 1시에 갑판에 올라갔어요."

"그래."

"하지만 이튿날 아침에야 앤드루의 실종 신고가 접수됐죠." 마야는 고개를 갸웃했다. "만약 조가 동생의 자살을 목격했다면 그때 바로 경보를 울리지 않았을까요?"

주디스가 배를 한 대 얻어맞은 사람처럼 눈을 휘둥그렇게 떴다. 그제야 마야는 깨달았다. 주디스 역시 부인하며 살아온 것이다. 진실을 알면서도 인정하지 못하는 상태로. 놀랍게도 우리는 그렇게 명백한 진실을 외면하면서 살 수 있다.

주디스는 털썩 주저앉았다.

"엄마?" 닐이 말했다.

주디스는 상처 입은 짐승처럼 울기 시작했다. "그럴 리가 없어."

"사실이에요." 마야는 그렇게 말하며 일어섰다. "조는 시오모라를 죽이고, 앤드루를 죽이고, 우리 언니를 죽이고, 톰 더글러스를 죽였어요. 또 누굴 죽였죠? 조는 중학교 1학년 때 야구 방망이로 친구의 머리를 내려쳤어요. 고등학교 때는 여자아이 때문에 동급생을 산 채로 불에 태워 죽이려고 했고요. 아버님은 그 사실을 알았어요. 그래서 닐에게 회사 경영을 맡겼죠."

주디스는 계속 고개를 저었다.

"어머니는 살인마를 기르고 보호하고 독려했어요."

“그리고 넌 그 살인마와 결혼했고.”

마야는 고개를 끄덕였다. “네.”

“네가 정말 조가 어떤 사람인지 모르고 결혼했을까?”

“네. 조는 절 속였어요.”

계속 주저앉아 있던 주디스가 고개를 들어 마야를 바라봤다. “넌 조를 처형했어.”

마야는 아무 말도 하지 않았다.

“정당방위도 아니었지. 그냥 경찰에 신고할 수도 있었잖니.”

“네.”

“하지만 넌 그 애를 죽여버렸어.”

“어머니가 또 나서서 보호하셨을 테니까요. 그런 꼴은 보고 싶지 않았어요.” 마야는 현관 쪽으로 한 걸음 나아갔다. 닐과 캐럴라인이 뒤로 물러났다. “하지만 이제 다 밝혀질 거예요.”

“그러면 넌 평생 감옥에서 썩게 될 거다.” 주디스가 말했다.

“네, 아마 그러겠죠. 하지만 EAC 제약 회사 건도 밝혀질 거예요. 다 끝났어요. 아무것도 안 남았다고요.”

“잠깐.” 주디스가 말하며 자리에서 일어났다.

마야는 걸음을 멈췄다.

“협상을 하자꾸나.”

닐이 나섰다. “엄마, 무슨 말씀을 하시는 거예요?”

“쉿.” 그녀는 마야를 올려다봤다. “넌 언니의 죽음이 밝혀지길 원하잖니. 그렇게 하거라. 우리도 찬성이다.”

“엄마?”

“잘 들어보렴.” 주디스가 마야의 어깨에 손을 올렸다. “우린 EAC 제약 회사 문제를 조의 탓으로 돌릴 거다. 그 일 때문에 조가 네 언니도 죽였다고 할 거고. 알겠니? 사람들이 진실을 알아야 할 필요는 없어. 그걸로 정의는 실현된 거야. 그리고 아마…… 아마 네 말이 맞을 거다, 마야. 난…… 난 이브야. 아벨을 죽인 카인을 키웠어. 진작 알았어야 했다. 내가 이런 일을 겪고도 살 수 있을지, 내 죄를 조금이라도 갚을 수 있을지 모르겠다만, 우리 모두 자중한다면 난 남은 두 자식은 구할 수 있다. 너도 구해줄 수 있고."

"협상을 하기엔 너무 늦었어요, 어머니." 마야가 말했다.

"그 말이 맞아요, 엄마."

닐이었다. 마야가 닐에게로 몸을 돌리자 그녀를 겨누고 있는 총이 보였다. "하지만 제게 더 좋은 생각이 있어요." 그가 마야에게 말했다. "당신은 헥터의 트럭을 훔쳐 우리 집에 무단으로 침입했어. 물론 총도 소지하고 있겠지. 당신은 조를 죽였다고 인정했고, 우리까지 죽이려 했어. 그런데 다행히 내가 먼저 총을 쏴서 우리 가족은 살아남은 거야. EAC 제약 회사 건은 조에게 뒤집어씌울 수 있고, 우린 더는 마음 졸이며 살지 않아도 돼."

닐은 주디스를 힐끗 보았다. 주디스는 미소 지었다. 캐럴라인은 고개를 끄덕였다. 온 가족이 한마음이었다.

닐은 총을 세 번 쏘았다.

시적이네. 나도 조를 세 번 쐈는데. 마야는 생각했다.

그녀는 바닥에 주저앉았다가 사지를 벌린 채 바닥에 쓰러졌다. 그리고 움직이지 않았다. 몸이 차가워질 줄 알았는데 그렇지 않았다. 잠깐씩 목소리가 들렸다.

“아무도 모를 거야…….”

“주머니를 뒤져봐라…….”

“총이 없어…….”

마야는 미소 지으며 벽난로 쪽을 올려다봤다.

“왜 웃는 거지……?”

“벽난로 위에 저건 뭐야? 혹시…….”

“맙소사…….”

마야는 깜빡거리던 눈을 감았다. 헬리콥터 소리, 총성, 비명의 공격을 기다렸다. 하지만 들리지 않았다. 이번에는. 영원히.

어둠과 정적이 내리고 마침내 평화가 찾아왔다.

# 34

25년 후

엘리베이터 문이 막 닫히려는 순간, 누군가 내 이름을 불렀다.

"셰인?"

나는 엘리베이터 문이 닫히지 않도록 손을 내밀었다. "아, 아이린."

그녀는 미소 지으며 엘리베이터 안으로 들어와 내 볼에 키스했다. "오랜만이야."

"그러게. 너무 오랜만이네."

"좋아 보여, 셰인."

"당신도 좋아 보여, 아이린."

"무릎 인공 관절 수술을 했다고 들었어. 괜찮아?"

난 걱정할 것 없다는 뜻으로 손을 저었다. 우린 함께 미소 지었다.

오늘은 좋은 날이다.

"아이들은 어때?" 내가 물었다.

"잘 지내. 미시가 배서대학에서 학생들 가르친다고 말했던가?"

"미시는 옛날부터 똑똑했지. 엄마를 닮아서."

아이린이 내 팔에 손을 올렸다. 우리 둘 다 아직 싱글이다. 한때 사귀는 사람이 있기는 했지만. 그 얘기는 거기까지 해두자. 우리는 말없이 엘리베이터를 타고 올라갔다.

마야가 판우드 저택의 벽난로에 올려둔 내니 캠에 찍힌 영상을 안 본 사람은 없을 테니(소셜 미디어를 중심으로 엄청나게 퍼졌다) 나는 나머지 일만 말하도록 하겠다.

그날 저녁, 마야는 내게 헥터와 이사벨라를 감시하라고 한 뒤 코리더휘슬 쪽의 누군가와 통화했다. 나를 비롯한 누구도 그 사람의 이름은 모른다. 그들은 내니 캠을 이용해 생중계하기로 했다. 한마디로 그날 밤 버켓가에서 벌어진 일을 전 세계인이 볼 수 있었다. 그것도 생방송으로. 코리더휘슬은 이미 유명했지만(당시는 그런 식의 고발 사이트가 아직 유아기 단계였다) 그날 저녁 이후로 엄청난 유명세를 탔다. 당연히 난 우리를 고발한 그 사이트에 별로 호의적이지 않다. 하지만 결과적으로 코리 러진스키는 그날 밤 마야가 가져다준 유명세를 이용해 좋은 일을 많이 했다. 겁에 질리고 상처 받고 무력해서 진실을 말하기 두려웠던 사람들이 갑자기 용기 내어 나섰고, 부패한 정부와 기업들이 무너졌다.

세상 사람들에게 실시간으로 진실을 폭로하자는 것이 마야의 생각이었다. 다만 아무도 그렇게 끝날 줄은 몰랐다.

눈앞에서 살인을 목격하게 될 줄은.

엘리베이터 문이 열렸다.

"먼저 내려." 내가 아이린에게 말했다.

"고마워, 셰인."

수술한 무릎 때문에 다리를 절뚝거리며 아이린을 따라 복도를 내려가는 동안 난 가슴이 벅차올랐다. 나이를 먹으니 점점 감정이 풍부해져서 좋은 일이 생기면 나도 모르게 눈물을 글썽인다.

모퉁이를 돌아 병실에 들어섰을 때 제일 먼저 눈에 띈 사람은 대니얼 워커였다. 이제 대니얼은 서른아홉 살에 키가 195센티미터고, 이 병원 3층에서 방사선사로 일한다. 그 옆에는 아이 하나를 둔 서른일곱 살 알렉사가 있었다. 디지털 디자이너로 일한다는데 그게 정확히 어떤 일인지는 잘 모르겠다.

둘 다 포옹과 키스로 날 맞아주었다.

에디도 부인 셀리나와 함께 병실에 있었다. 에디는 거의 10년간 홀아비로 지내다가 재혼했다. 셀리나는 좋은 여자고, 클레어가 죽은 뒤로 에디가 다시 행복해져서 다행이었다. 에디와 나는 악수를 하고 어설프게 포옹했다.

난 침대를 바라봤다. 릴리가 이제 막 태어난 딸과 함께 침대에 누워 있었다.

세상에. 아기를 본 나는 울컥했다.

그날 밤 마야는 자신이 죽으리라는 걸 알고 판우드로 갔을까? 모르겠다. 마야는 총도 차 안에 두고 갔다. 버켓가의 사람들이 정당방위를 주장하지 못하도록 일부러 그랬다는 설도 있다. 아마 맞을 것이다. 마야는 죽기 전날 내게 편지를 썼다. 에디에게도 썼다. 자신에게 무슨 일이 생기면 에디가 대신 릴리를 키워주기 바란다는 내용이었다. 에디는 그 일을 훌륭히 해냈다. 마야는 알렉사와 대니얼이 릴리의 좋은 언니 오빠가 되어주길 바란다고도 썼다. 두 아이 역시 더할 나위 없이 좋은 언니 오빠가 되어주었다. 난 릴리의 대부가 되었고, 아이린은 대모가 되었다. 마야는 우리에게도 릴리 곁에 계속 있어달라고 당부했다. 아이린과 나는 그렇게 했지만 릴리에게는 에디와 대니얼, 알렉사 그리고 훗날의 셀리나만으로 충분했을 것이다.

그런데도 내가 릴리 곁에 계속 머무르는 이유는 릴리를 자식처럼 사랑하기 때문이다. 그리고 다른 이유도 있다. 릴리는 마야와 비슷했다. 얼굴도 마야를 빼닮았고, 하는 짓도 마야를 닮았다. 곁에서 그 애를 보살피는 것만이 내가 계속 마야와 함께할 수 있는 방법이었다. 너무 이기적인 생각일까? 모르겠다. 하지만 난 마야가 그립다. 릴리와 야구 경기를 관람하거나 영화를 보고 나서 다시 집에 데려다줄 때면, 가끔씩 어서 마야가 있는 어딘가로 달려가 오늘 하루 있었던 일과 릴리는 아주 잘 지내고 있다는 말을 해줘야 할 것만 같은 기분이 들었다.

어리석기는.

침대에 누워 있던 릴리가 날 올려다보며 미소 지었다. 제 엄마를 꼭 닮은 미소다. 비록 마야는 좀처럼 이렇게 환하게 웃지 않았지만.

“아기 좀 보세요, 셰인 아저씨!”

릴리는 엄마를 전혀 기억하지 못했다. 그 사실이 너무 가슴 아프다.

“수고했다, 릴리.” 내가 말했다.

물론 사람들은 마야가 범죄를 저질렀다고 말했다. 그녀는 민간인을 죽였다. 또한 아무리 그럴 만한 이유가 있었다고 해도 한 남자를 죽였다. 만약 살아남았다면 감옥에 갔으리라. 거기에는 의심의 여지가 없다. 그러니 어쩌면 마야는 감옥에 가느니 죽음을 택한 것인지도 모른다. 감옥에 처박혀 썩어가느니 버켓가를 확실히 무너뜨리고, 그들이 절대 릴리의 삶에 끼어들지 못하게 했는지도 모른다. 이젠 나도 모르겠다.

마야는 알카임에서 자신이 한 짓을 절대 후회하지 않는다고 했지만 난 그것도 잘 모르겠다. 그 끔찍한 기억은 매일 밤마다 마야를 갈가리 찢어놓았다. 자신의 행동에 아무런 후회도 없는 사람은 그렇게 과거에 사로잡히지 않는 법이다. 안 그런가?

누가 뭐래도 마야는 좋은 사람이었다.

에디가 이런 말을 한 적이 있다. 자기는 가끔씩 죽음이 마야의 일부인 것 같고, 죽음이 그녀를 따라다니는 것 같다는 생각이 든다고. 이상한 표현이기는 하지만 무슨 뜻인지 알 것 같았다. 이라크에서 그 일이 있은 뒤 마야는 그 소리를 잠재울 수 없었다. 죽음이 늘 곁에 머물렀다. 그녀는 앞으로 돌진하려 했지만 죽음이 발목을 잡고 놓아주지 않았다. 아마 마야도 알고 있었으리라. 그리고 무엇보다도 그 죽음이 릴리를 따라가지 못하도록 안간힘을 썼으리라.

마야는 릴리가 성인이 되어 읽을 수 있는 편지 같은 건 남기지 않았다. 에디에게 릴리를 어떻게 키워달라거나, 왜 그에게 릴리를 맡기는지도 설명하지 않았다. 마야는 그냥 알고 있었다. 에디가 올바른 선택임을. 그리고 실제로도 그랬다. 예전에 에디가 릴리에게 언제, 어떻게 친부모에 대해 알려주는 게 좋을지 내 의견을 물은 적이 있다. 우린 둘 다 어떻게 해야 할지 몰랐다. 마야는 종종 아이들은 사용 설명서 없이 태어난다고 말했는데, 그래서인지 모든 걸 우리에게 맡겼다. 때가 되면 우리가 잘 알아서 할 거라고 믿었다.

마침내 릴리가 이해할 수 있는 나이가 되었을 때 우리는 사실을 말해주었다.

불편한 진실이 달콤한 거짓말보다 낫다는 게 우리의 결론이었다.

릴리의 남편 딘 바니쉬가 병실로 들어와 릴리에게 키스했다.

"안녕하세요, 셰인 아저씨."

"축하한다, 딘."

"고맙습니다."

딘은 군인이다. 분명 마야는 사위를 마음에 들어했으리라. 행복한 부부는 침대에 앉아 경이로운 눈으로 아기를 바라보았다. 나는 에디를 돌아봤다. 그의 눈에도 눈물이 고여 있었다. 나는 그에게 고갯짓을 하며 "에디 할아버지"라고 불렀다.

에디는 대답하지 않았다. 그에게는 이 순간을 누릴 자격이 있다. 릴리를 훌륭히 키워냈고, 난 그 사실을 고맙게 생각한다. 난 늘 그의 곁을 지켜줄 것이다. 대니얼과 알렉사의 곁도 지켜줄 것이고, 릴리의 곁도 지켜줄 것이다.

내가 그러리라는 걸 마야는 당연히 알았으리라.

"셰인 아저씨?"

"왜 그러니, 릴리."

"아기를 안아보시겠어요?"

"글쎄다. 내가 워낙 덤벙거려서."

릴리는 그 말을 무시했다. "괜찮을 거예요."

난 릴리의 말이라면 꼼짝을 못한다. 릴리의 엄마에게 그랬듯이.

침대로 다가가 조그만 머리를 팔꿈치 안쪽에 뉘이며 아기를 받아들었다. 그러고는 경외심에 가까운 감정으로 내려다봤다.

"이름은 마야라고 지었어요." 릴리가 말했다.

나는 목이 메어 고개만 끄덕였다.

마야, 내 친구이자 전우인 마야와 나는 여러 번 죽음을 목격했다. 우린 죽음은 죽음일 뿐이라고 말하곤 했다. 죽으면 그걸로 끝이야. 마야는 늘 그렇게 말했다. 하지만 지금 이 순간에는 그런 생각이 들지 않는다. 이 아기를 내려다보는 지금 이 순간, 어쩌면 우리가 틀렸을지도 모르겠다는 생각이 든다.

마야는 지금 여기 있다. 분명히.

## 감사의 말

저자(그러니까 나)는 릭 프리드먼, 린다 페어스타인, 케빈 마시, 피트 미시아, 공군 중령 T. 마크 맥컬리, 다이앤 디세폴로, 릭 크론버그, 벤 세비어, 크리스티안 볼, 제이미 냅, 캐리 스웨토닉, 스테파니 켈리, 셀리나 워커, 리사 에어바흐 반스, 엘리안 베니스티, 프랑수아즈 트뤼포에게 감사한다. 물론 그들도 실수를 했겠지만 좀 봐주자.

저자(여전히 나)는 또한 마리언 바포드, 톰 더글러스, 아이린 핀, 헤더 하월, 프레드 케이튼, 로저 키어스, 닐 콘필드, 멜리사 리, 메리 매클라우드, 줄리언 루빈스타인, 코리 러진스키, 키티 셤, 닥터 크리스토퍼 스웨인에게도 감사한다. 이분들(또는 이 분들을 사랑하는 누군가)은 내 소설에 이름이 등장하는 대가로 내가 선택한 자선단체에 넉넉한 후원금을 보내주셨다. 앞으로도 이 일에 참가하고 싶은 분이라면 HarlanCoben.com을 방문하거나 giving@harlancoben.com으로 메일을 보내주시기 바란다.

마지막으로 USO투어 베테랑의 일원이 된 것을 자랑스럽게 여기는 바이다. 몇몇 겸손한 군인들은 이 책에 이름이 실리지 않는 조건으로 허심탄회한 이야기를 들려주었다. 또한 10년 넘게 전쟁터에서 싸운 후로 여전히 심리적 장애에 시달리는 용감한 동료 전우들(그리고 그들의 가족들)의 노고를 알아달라고 부탁했다.

옮긴이_ 노진선

숙명여자대학교 영어영문학과를 졸업했고 전문 번역가로 활동하고 있다. 옮긴 책으로 피터 스완스의 《죽여 마땅한 사람들》, 요 네스뵈의 《스노우맨》, 《레오파드》, 《레드브레스트》, 《네메시스》 등 〈해리 홀레〉 시리즈와 엘리자베스 길버트의 《먹고 기도하고 사랑하라》, 존 그린의 《거북이는 언제나 거기에 있다》 등 100여 권이 있다.

**비밀의 비밀**

초판 1쇄 발행 2018년 8월 3일
초판 2쇄 발행 2024년 2월 7일

지은이 | 할런 코벤
옮긴이 | 노진선
발행인 | 강봉자, 김은경

펴낸곳 | (주)문학수첩
주소 | 경기도 파주시 회동길 503-1(문발동 633-4) 출판문화단지
전화 | 031-955-9088(마케팅부) 031-955-9530(편집부)
팩스 | 031-955-9066
등록 | 1991년 11월 27일 제16-482호

ISBN 978-89-8392-711-8 03840